新 诗 研 究 丛 书

洪子诚 主编

彼岸之观

跨语际诗歌交流

孙晓娅 编撰

北京大学出版社
PEKING UNIVERSITY PRESS

图书在版编目（CIP）数据

彼岸之观：跨语际诗歌交流／孙晓娅编撰．—北京：北京大学出版社，2016.1

（新诗研究丛书）

ISBN 978-7-301-26608-3

Ⅰ.①彼… Ⅱ.①孙… Ⅲ.①诗歌研究—世界 Ⅳ.①I106.2

中国版本图书馆 CIP 数据核字（2015）第 293413 号

书　　名　彼岸之观——跨语际诗歌交流
著作责任者　孙晓娅　编撰
责 任 编 辑　张雅秋
标 准 书 号　ISBN 978-7-301-26608-3
出 版 发 行　北京大学出版社
地　　址　北京市海淀区成府路 205 号　100871
网　　址　http://www.pku.cn　新浪微博：@北京大学出版社
电 子 信 箱　pkuwsz@126.com
电　　话　邮购部 62752015　发行部 62750672　编辑部 62767065
印 刷 者　北京中科印刷有限公司
经 销 者　新华书店
965 毫米×1300 毫米　16 开本　30 印张　404 千字
2016 年 1 月第 1 版　2016 年 1 月第 1 次印刷
定　　价　69.00 元

“新诗研究丛书”出版说明

推动中国新诗研究的深入开展，出版相关的有一定学术质量的研究成果，是北京大学中国新诗研究所的工作重点之一。为此，在北京大学出版社的支持下，拟定了组织出版“新诗研究丛书”的计划。丛书的选题主要是：

一、新诗理论研究；

二、新诗史，包括断代史、流派史、诗刊史等；

三、诗歌文本阅读和重要诗人研究；

四、新诗文化问题研究；

五、有价值的新诗研究资料；

六、其他。

北京大学中国新诗研究所

“新诗研究丛书”编委会

目　录

中编　诗歌交流

下编　诗歌随笔

序

洪子诚

“中国新诗研究丛书”已经出版的著作中，孙晓娅编著的《彼岸之观——跨语际诗歌交流》有点“另类”。它不是严谨、系统的研究论著，里面的主要篇幅，是首都师大中国诗歌研究中心这些年举办的外国诗人讲座，和中外诗人、翻译家交流、对话的现场实录（书中也收入若干诗人、翻译家有关中外诗歌交流、翻译的论文）。讲座、对话这些活动，由孙晓娅博士单独主持或与其他学者、诗人合作主持。现在，她将这些实录汇集出版。这本书内容丰富，富有启发性，值得细心阅读。下面是我的几点读后感。

首先是有关新诗合法性方面的。其实，《彼岸之观——跨语际诗歌交流》没有任何篇幅讨论这个问题。中国新诗已经百年。百年虽是历史一瞬，但对“当事人”来说也足够漫长。令人尴尬的是，百年“老叟”常常陷于身份未明的危机之中，有时还担心报不上“户口”。这个情况现在有了改变，即使怀有偏见的也不得不承认：它就在那里！诗人和读诗者这方面的焦虑得到缓解。这个判断，从《彼岸之观——跨语际诗歌交流》中也能得到间接支持。中外诗人、翻译家的这些对话，他们对中外诗歌写作和翻译问题的探讨，侧面显示的信息是：新诗已经有了丰厚的艺术积累，确立了自身的传统，出现了成就卓著的诗人。新诗的存在，既无须以是否“继承”古典诗歌作为前提，也不必征引外国（西方）诗歌作为依据。就如有的诗人指出的，它的评价标准，由新诗自身的“传统”给出。从书中的对话实录中可以看到，中国诗人在中外诗歌交流中已不再总处于被动、仰仗影响的弱势位置。他们中的优秀者已有足够心理能量、知识储备和艺术才能，来参与这种平等的对话。在成为域外诗歌创造的参照物上，不仅中国古典诗歌能够承担，新诗也已加入其中。

另一个感想是，在诗歌批评、研究（包括诗歌史写作）上，除了系统、严谨的学者论著之外，诗人、翻译家的谈论诗歌写作经验的文字，也值得重视。这里说的重视，不仅指它们为研究者提供背景性的资料。2014 年 10 月在台湾清华大学举行的两岸诗歌研讨会上，我的发言谈到，由于诗歌这一文类的性质，诗歌批评、研究，包括诗歌史写作应该有多种方式。没错，寻找规律、条理化的研究论著自有它的价值，但是，更多基于诗歌写作实践的，能容纳并有效处理感性细节，呈现为抽象概括遮蔽的情景、思绪、精神氛围的著述，也十分重要。对于诗来说，我们解说的方向不仅需要聚拢，也需要开放扩散；不仅要谈论“必然”和“中心”，也需涉及众多的偶然和碎片。读着《彼岸之观——跨语际诗歌交流》，印象最深的就是鲜活的现场感，和不避偶然和碎片的独特发现。这个特点，既来自演讲、座谈、对话的方式，也来自参与者的诗人、翻译家的身份，他们那种“置身其中”的视角。比起小说等来，现代诗是一种特殊，甚至是更“专业”的手艺和知识；诗歌写作经验，是有成效的诗歌批评和诗歌史写作的重要条件；因此，出色的诗歌评论家和研究者，应该也是够格的诗人。这个想法很可能被认为是偏见，但它却既为历史证实，也是我在新诗研究上屡陷困境的自省。

第三，新诗自它诞生之日起，与外国诗歌就关系紧密，“跨语际交流”一直在进行。自然，由于情况发生的变化，交流的性质、方式也相应不断发生变化。从本书的交流实录可以看到，在当前，有两个方面的问题得到了诗人和学者的重视。一是在对话中发现差异的重要性，另一是诗歌翻译的位置。诗歌翻译在当前中国诗界得到特别关注，和中外翻译的不对等情况有了某些改善，也和对翻译性质的理解有关。王家新引述巴赫金的话说得很好：“自我是一个礼物，他从他人那里得来。”而且，翻译不仅是沟通的媒介，也是创造。人们越来越认识到，戴望舒不只写有《望舒草》《望舒诗稿》，还写有《洛尔迦诗抄》。

至于说到交流对话，正如本书编著者孙晓娅说的，交流是一种融合；不同事物在“相遇”中互相发现，互相支持；因为交流创造了“空虚”和“饥饿”。卡夫卡说，“读一本非常重要的书，这本书在我们身上挖出了一个空虚”（本书中法国诗人克洛德·穆沙的引述）。“空虚”感是融合得以产生的前提。不过，在全球化的今天，交流也是在发现差异，以保护、发展文化、诗歌的多元性。了解陌生的对方，吸取滋养，同时返回“本土”，返回自身，返回自身的语言、文化传统，返回写作者内心，以认识我们生存、创造的可能与意义，“让生命在诗歌中重生”。斯洛文尼亚诗人阿莱什·希德戈谈到，欧洲看起来是一个整体，其实像马赛克一般，是由许多不同的小环境、小气候构成。首都师大诗歌中心这几年对东欧诗歌的侧重关注，对其中一些诗人的重点推介，体现了他们对诗歌一体化、同质化趋势的警惕，也体现了对哪些诗人、哪些诗歌传统能与当前的中国诗歌建立更有效对话的识见。我们从这里得到的启示还在于，当我们谈论、处理诸如“华文诗歌”“现代汉诗”“中国新诗”等范畴下的事物的时候，如何也能警惕某种同质化的思维方式，而细心发现、保护，并推动因地域、族群、语言、文化传统形成的特殊性的成长。

要感谢首师大中国诗歌研究中心，感谢孙晓娅，这些年来他们做了这么多扎实、有意义的工作。可以想见，组织这样的中外诗人、翻译家的讲座、交流对话活动，需要付出怎样的精力。而论题的设计，对话的引导、阐发，更体现了孙晓娅在深入把握中国新诗基础上，对诗歌现状的那种问题意识。“写自己的故事”与为集体发声之间究竟是怎样的关系；“象牙塔”的说法是否是一种“政治上的发明”而“在艺术上并没有价值”；主流社会追求赢利，崇尚迅速接受的知识，并非一目了然的诗歌对此是要抵抗，还是采取妥协；多媒体、视觉诗歌、跨界写作将给诗歌带来生机，还是让我们轻忽语言、文字的力量；网络导致的自立门户、自设标准的“文学共同体”的出现，是开拓诗歌多样性，还是破坏了建立共识的需求；在信息爆炸和交往频繁的今天，人是否还有属于自己的内心空间，又如何定义这个空间；沟通、传播的便捷，也加速语言陈旧化的速度，诗人将如何面对为“过时”写作的恐惧……讲座和对话中提出的种种问题，是当前我们所面对的，相信也是我们所关心的。

上编

诗歌讲座

从诗歌中拔出来的语言

主讲:〔法国〕赛尔日・佩

主持:孙晓娅

翻译:树才

时间:2010 年 4 月 26 日

地点:首都师范大学国际文化大厦

主办:首都师范大学中国诗歌研究中心

孙晓娅:今天的讲座题目是"从诗歌中拔出来的语言"。主讲人赛尔日・佩(Serge Pey),1950 年出生于法国图卢兹,作为新一代的行吟诗人,他以独特的诗歌行为诠释着法国当代诗歌。他于 1975 年创立了刊物《骚乱》(*Émeute*),1981 年又创立刊物《部落》(*Tribu*)。他是法国当今诗歌界最重要的诗歌行为表演艺术家之一,弗拉芒戈行动"镰刀者"诗歌小组的创始人,现执教于法国图卢兹第二大学(L' université de Toulouse – Le Mirail)艺术首创中心,教授当代诗歌。代表作品有:《从城市和河流开始》(*De la ville et du fleuve*, 1981),《预言》(*Prophéties*,1984),《鹰的定义》(*La définition de l' aigle*,1997),《黑色的圣母院》(*Notre Dame la Noire*,1988),《为了解放生者,也应解放生者》(*Pour libérer les vivants il faut savoir aussi libérer les morts*,2000)等。本场讲座由中国社科院研究员树才担任翻译。

赛尔日・佩:我一直认为介绍自己是非常困难的一件事,因为在我的内心深处住着一群诗人,他们共同造就了今日的我。今天我代表所有的诗人来到这里,首先要讲的是:你们好!

诗歌在我看来能使自己重新诞生,同时也使读者得以重生。时间状态、历史状态的生命很难激起我的兴趣，而人类精神的再生则使我异常激动，我在大学教授诗歌正是试图传达这样的道理——让生命在诗歌中重生。诚然，我们每写一首诗都是生命的一次再生。当然，诗歌是关于诗歌的历史，诗歌是没完没了的，它是个体生命与个体使用语言之间的一种关系。语言改变生命，生命也改变语言，如果你想改变生命就试着改变语言，一个人如果不改变语言也无法改变他的生活。诗歌总是创造出另外一种生命形式，尽管大多时候人们看不见它，但是，总有一个看得见的生命与看不见生命的部分，所以在我看来诗歌正是介于可见与不可见之间的充满爱的行动，正如海德格尔所言：诗歌是人类唯一能够栖居在大地上的方式。

诗歌可以写在纸上，也可以写在水上、风上、沙漠上。但是永远会有一个留下来的书写，因为人类首先是懂得阅读的人类，只有诗歌的阅读创造诗歌。所以，为了学会写诗，首先应该学会读诗。我们都是诗歌的读者，今天我们聚在一起正是为了分享诗歌——这个看不见的生命带给我们的阅读感受。这不是我们的梦，而是我们的觉醒，我们并不触及梦幻般的诗歌，而是触及真正的诗歌。

【交流环节】

提问 1：您的诗歌行为在诗歌中扮演什么角色？

赛尔日·佩：这是一个比较复杂的问题。当然，如果问题不那么麻烦也不会触及真实，因为真实的东西经常会像蛇一样游走。诗总是渴望一个身体，渴望一份空间，渴望以另外一种方式再活一次。它总是寻求可见身体之外那些不可见的部分，它是介于可能与不可能之间的永恒犹豫。一首诗写在纸上，但是诗的意味是溢出纸的边缘。当它们跑到纸页外面之后，我们要设法把它们找回来。即便一位诗人不像我这样伴随着一种诗歌行为，他也在寻找写在纸片之外的意味，如同让幽灵显身。因此我一直觉得诗是有“手”的，诗人也是有很多“手”的人。诗歌是关于世界的一种思想，它占有我，也抛弃我。我所做的诗歌行为则使我从被诗歌占有的情景中逃离出来。

提问 2:诗歌本身就是一个世界,还是我们通过诗歌抵达到某个世界?诗歌与你的行为之间是什么关系?

赛尔日·佩:当我在实践一个诗歌行为时,如同丛林中的猎人先设置一个陷阱,试图去抓住不可见的生命的踪迹。也可以说,除了写出了诗之外,通过我的诗歌行为,好像我又用同一首诗创作了另一个世界。诗篇本身已是一种行动,但有时候我渴望与之舞蹈,尤其是我和一些朋友在一起时,我会邀请他们与我写出的某首诗共舞。作为写作的行动,一首诗歌在纸上完成后就形成了一个世界,而通过自己的诗歌行为,可以使同一首诗歌创作出另一个世界。

树才:赛尔日·佩回答得很好,对我来说"写"本身就是行动。诗人唯一的和最高的权利就是"写",应该说,在写成一首诗之前,没有一个天才的诗人(不管他多么天才)知道自己是否在写一首诗,但是他必须写,"写"可以过渡到"是"。我非常注重朗读,朗读是一个弱化的克制的诗歌行为。洛尔迦(Federico Garcia Lorca)有一句话说得很好:读一首你喜爱的诗吧,就是让它再活过来一次。一首诗写在纸上是死的,你读它,它就活了,因为诗歌的灵魂是声音。

问题 3:您在大学如何教授诗歌?您比较喜欢哪些诗人?

赛尔日·佩:我观察法国的诗歌教育,与其说是教诗歌不如说是教人走进坟墓。狭义上的诗歌教授总是在传递一些枯燥的失去生命的知识,这是由法国教育体制决定的。大学教育中习惯教授那些程式化的静态知识,而诗歌是动态的东西,实际上,它是无法在大学教授的,所以我在图卢兹大学也只是按照自己的方式在教学生。我认为,诗歌就是要唤醒你内心深处的灵魂,我试图唤醒学生的灵魂。作为一个诗人碰巧又在大学教诗歌,恐怕我的任务与其他教授相反,我的目的就是要把学生脑子里的平庸的东西破坏掉。因此,我经常告诉学生:你们要把全世界的好诗歌都读一读。

实际上,凡是优秀的诗歌我都热爱,我不喜欢的是那些诗歌化的东西、那些模仿诗歌的人,因为诗歌最大的敌手就是写出来的诗歌本身。一首真正的诗歌总是在寻求再生产,一位真正的诗人经常痛恨诗歌。

问题 4:您的两首诗《25 小时的诗》《魔棍与声音》句子特别短,有的诗行甚至只有一个字。您是否有意通过诗歌行为来延伸句子的内涵?

赛尔日·佩:我写了一些句子很短的诗,也写了一些句子很长的诗。我选的这几首诗有个共同点:极富节奏感。这与我之前在法国的行为朗诵有关,这几首诗歌当时是写在木棍上的。从翻译的角度看,更利于理解。

问题 5:"诗歌是关于诗歌的历史",您如何践行这一命题?

赛尔日·佩:一个诗人无论身处法国、美国或是中国,他是跟整个世界的诗歌联在一起的。当我写一首诗时,满世界的诗歌都会在我脑海中涌现,美国的诗歌像金斯伯格(Allen Ginsberg),法国的超现实主义、行吟诗人的诗歌,包括中国高僧大德的禅诗……诗歌创作的关键是要通过写作去寻找生命和语言之间一种新的关系,而不是去重复历史中曾出现的诗篇。为什么说"诗歌是关于诗歌的历史"?因为一个诗人必须认知整个人类诗歌的历史,以便创作出新的关于诗歌的历史。比如说,我刚才看到这两张桌子时的一闪念,通过拍这个桌子,唤醒这个桌子的诗歌历史,也唤醒当年打造出这张桌子的工匠的内心的呼吸节奏。简而言之,诗歌无所不包,比如我相信中国禅宗本身就是一种诗歌。

问题6:您将行为艺术与诗歌成功地结合在一起,而在戏剧或歌剧中也经常会出现行为艺术与诗歌紧密结合的例子,它们的本质区别是什么?

赛尔日·佩:二者之间最显著的差别是即兴性。我的诗歌朗诵行为总是即兴的、不可重复的。而戏剧不得不排练,有更强的重复性。另一点差别是,我所表现的诗歌行为中朗诵是伴随着我的创作的。在我的诗歌行为中,朗诵更像一种哲学,这种诗歌行为在观念上可以追溯到古希腊的狄奥根尼:白天,狄奥根尼举着蜡烛在门前走,人们好奇地询问他找什么,他却说:我在寻找一个人。以此为例,我的诗歌行为就是想要把诗歌变成超越各种各样诗歌边界的东西——视觉的以至哲学的。

问题7:历届参加"诗人的春天在中国"的法国诗人多是老诗人,这样的选派,能否代表法国诗坛的最高成就?您与法国当下青年诗人的关系如何?

赛尔日·佩:这让我想起白银时代一位伟大诗人的一句话"诗歌,诗歌,诗歌,有时候就是诗人之间的一场争斗"。在法国诗歌界,我也是被边缘化的,因为在思想上我更接近于达达主义。但不管怎么说,每个诗人都渴望创作一个异样的世界,跟我在一起的比较年轻的诗人也在致力于创作一个陌生的世界。有时候一位诗人即使年纪相对大了,如果他有创作力,他会变得年轻;而有些年轻诗人若没有创作力,不断去重复他人,则很显老态。最麻烦也最危险的是一位诗人老了,他的诗歌也老了,真正的诗人永远是婴儿。我并不赞同中法诗歌交流系列活动——"诗人的春天在中国"的理念,它会使人产生误解——春天草长莺飞,诗歌好像只有在春天才"长出来"。这样的话我们就会掉进诗歌意识形态里,这是我们必须反对的。诗歌的一个权利是热衷于谈论诗歌的"春天",但是我们并非处在诗歌权利范围内部。因为诗歌从来就不分季节,大部分诗歌是在"冬天"发生的。

问题8:诗歌无国界,但当你不懂一个国家的语言,不了解那个国家的文化底蕴时,你该如何走近异国诗歌并读懂它呢?

赛尔日·佩:语言是障碍,但又不是障碍。因为诗歌并不是语言发明出来的,而是诗人创作了一些被称之为诗歌的语言。因为诗歌的语言并非商业语言,不是英语创作了哈姆雷特,而是莎士比亚通过英语创造了哈姆雷特;不是意大利语创作了《神曲》,而是但丁在《神曲》中发明了意大利语;也不是汉语创作了《道德经》,而是老子在《道德经》中延展了汉语。更何况语言在永远不停地流变之中,现在全世界关于诗歌的观念都在流动、相遇,互相碰撞、激发。比如说,如果不是认识到东方诗歌在日语、汉语中存在的视觉方面的诗歌理想,西方诗歌就不会发展到今天,法国也不会一个世纪以来持续写着日本的俳句。我的诗歌写作同时受到印第安诗歌传统的影响。所以,诗歌的困难首先在于诗人能否把诗歌中看不见的部分在语言中找到相对应的形式,在不同语言中,都存在这个问题。

树才:这是关于翻译的问题,赛尔日·佩讲了诗歌流通中精神的部分,那个部分是没有空间概念的,它不需要"签证",去哪个国家都行。但是诗歌有其物质层面——词语,诗歌是由词语组成的,词语本身是物。假如今天他以母语给大家做讲座,你们可能走掉一大半,因为不管他讲得多么优美,它还是没有过渡到"意义"中来。翻译就是要保证这样的流通是有效的。诗歌天然具有意义,当然诗歌翻译是众多翻译中最困难的。

赛尔日·佩:诗歌永远是一座房子,所以我在法国的房子也是你们的房子,今天在这里,我感觉进入到自己的房子里,我们以后就一起分享这座房子。我希望两所大学之间今后能建立一种合作关系,共同分享更多的诗歌盛宴。我会在回国的途中携带着你们给予我的美好回忆,再次感谢大家。

孙晓娅:赛尔日·佩的讲座极具现场感,互动效果很强。从他的讲座和诗歌行为中我们可以感受到:他将诗歌视为生命的载体,他试图进入它的灵魂,试图牵着它的手舞蹈。他肯定并敏锐地感受到诗歌丰富而敞开的空间,发现语言是空间中自由的舞者,诗歌是延展多重意味和寓意的场域,在这个场域中诗人既是观众又是创作的主体,他观看语言的舞蹈,同时又参与到舞蹈的行为之中。他的讲座方式别开生面,精简生动,同时提出很多有创见的观点,比如对诗歌语言、节奏、朗诵的理解都极为独到。感谢树才极具个性的翻译、阐释,感谢赛尔日·佩精彩的讲座。

兰波与诗歌使命

主讲：〔法国〕克洛德·让克拉斯

主持：孙晓娅

翻译：李华

时间：2010 年 4 月 27 日

地点：首都师范大学北一区文科楼

主办：首都师范大学中国诗歌研究中心

孙晓娅：今天的讲座题目是“兰波与诗歌使命”。主讲人克洛德·让克拉斯(Claude Jeancols)，1949 年生于法国，作家、记者和艺术史学家，尤以出版研究兰波(Arthur Rimbaud)的十几部作品而闻名。他对兰波的研究捍卫了兰波广为人知的人性化诗人的一面，相关代表作有：《薇塔莉·兰波：兰波母亲对儿子的爱》(*Vitalie Rimbaud, pour l'amour d'un fils*, 2004)，《兰波之后的兰波》(*Rimbaud après Rimbaud*, 2004)，《兰波的作品与一生》(*Rimbaud, l'œuvre, la vie*, 2005)，《野兽派画家：颜色与光线》(*Les Fauves, couleurs et lumières*, 2006)，《兰波的蓝色目光》(*Le regard bleu d'Arthur Rimbaud*, 2007)等。本场讲座由首师大外语系李华老师担任翻译。

克洛德·让克拉斯：很高兴来到大家中间，惭愧的是我并不是大学教师或研究员，我的身份是一名作家，对兰波的研究使我改变了对兰波的观点。对于研究世界文学的学生而言，兰波是世界文学史链条的一个环节。在兰波之前有巴纳斯派的诗人，在兰波之后又有象征派的诗人，兰波就是这两者之间的一个环节。我认为兰波的现象已经超出了文学的领域,具有更大的意义,绝不仅仅是法国诗歌发展史的一个阶段。兰波不同于其他诗人的地方在于他不以诗歌为工具,而是把诗歌作为一种目标,最终的目标是要改变生活。兰波的生活和作品是密不可分的,兰波的写作生涯主要集中在15岁到20岁之间,今天我主要与大家分享的就是这五年的研究。

为了让大家了解兰波的写作情况,我们来回顾一下他15岁之前的生活。兰波生于法国北部的一个边境小城市,他的母亲来自农村,生性比较严肃,有着坚定的宗教信仰。兰波的父亲是一位军官,在他5岁的时候就抛弃了他们,也就是说兰波5岁之后的教育完全是没有父亲指引的。兰波开始观察他所生活的地方,因为他生活的地方有许多的工业企业,这里的一些人满足于他们在物质上所获得的成功,而工人们经常酗酒,所以兰波决定奋起反抗,他希望自己最终能找到另外一种生活方式。但是,社会将人们的梦想碾碎,把人们分隔起来,关闭在各自的空间里面——社会的这种错误价值观把人们紧紧局限在个人的世界里。由此,兰波产生了反叛意识。一方面,他是一个非常早熟的孩子,在学校一直是优等生,拿到了所有的奖学金;另一方面,他开始在报纸上关注人们在谈论什么。正是在这时他感觉到:诗人才是他的本性。兰波的观察向度有三个方面:社会、学校和自身。对一个少年来说往往最需要得到的就是父亲的承认——承认你从一个没有性别差异的孩子已经成长为一个男人,而在兰波身上这种承认就显得格外重要,因为他的父亲并不在身边,所以他更希望获得来自社会的承认——这便成为他的第一个诗歌使命。于是他开始观察自己身边有哪些诗人出版了哪些作品,有哪些作品得到了发表。他首先注意到班维尔(Théodore de Banville)和雨果(Victor Hugo)早期的古典诗歌,19世纪六七十年代雨果已经在外流放了,兰波在这时写出了自己的第一首诗《孤儿的新年礼物》("Les Étrennes des orphelins")——这首诗在1870年才得以发表。就在兰波看见自己的名字出现在报纸上并为此感到极大幸福时,另一件事情的发生对兰波生活的演变起到了决定性的作用。1870 年,乔治·伊桑巴尔(Georges Izambard)来到了兰波所在的学校。那一年兰波 15 岁,他们俩年龄差距并不大,正是这位老师为兰波敞开了大门,带领他读了一些在当时学校禁止读的作品。乔治·伊桑巴尔非常喜爱与信任兰波,同时也鼓励他进行写作。他引导兰波读了三类在当时学校不教授的书:第一类是当代诗人的诗歌,比如波德莱尔(Charles Baudelaire,1821—1867)的诗歌;第二类是 18 世纪的哲学家的作品(鉴于这些哲学家本身的革命性,故其作品在当时学校列为禁书);第三类是雨果的诗,但并不是传统意义上的诗歌,而是那些备受争议的政治诗歌。

这位老师唤醒了兰波身上的政治意识,让兰波明白了在写《孤儿的新年礼物》时可以采用已有的用法,并找到自己独树一帜的地方。为此兰波给自己定下了第二个使命:诗歌不仅仅是描绘诗人所看到的场景,同时还要表达内心的冲动。

法文诗歌也讲究格律和节拍、词的音乐性及用韵。我现在用法文给大家读一下兰波的诗《感觉》:"蓝色的夏夜/我将踏上那些小径/任麦芒扎着/行走在青草地上/梦想的人啊/将感觉两脚的清凉/任风儿沐浴我赤裸的头吧/我不再说话,什么也不想/但无尽的爱从灵魂中升起/我将远走,走得很远/像个波西米亚人穿过大自然/幸福的如有一位女子同行。"

1870 年 7 月,普法战争震撼了兰波的生活。法国向普鲁士宣战,因为兰波居住的城市正在普法边境上,那里的生活受到了更多的干扰——学校关闭,伊桑巴尔心情郁闷地回到法国北部的老家。因为在巴黎有很多的诗人和出版商,兰波决定去巴黎。但是他在巴黎一下火车,就被警察逮捕了,怀疑他是间谍,将他投进了监狱。开始四天他还不肯说出自己的名字,因为害怕牵涉到自己的母亲。四天之后,他写信给他的老师伊桑巴尔。兰波被释放出来以后,并没有立刻回家,因为他害怕被母亲训斥,去了老师家,并结识了诗人德梅尼(Paul Demeny)。这位诗人已经出了一本诗集,兰波可以用他的声望来帮助自己。

这时母亲叫他回去,可是他回去没几天又跑回老师家,创作自己的诗歌。母亲派了两名宪兵将他押回去,他又跑了出来。当时的巴黎正与普鲁士作战,遂诞生了巴黎公社,巴黎的民众开始奋起反抗。巴黎公社运动要求男女平等,要求所有人都获得教育的权利,这是一个理想主义者的梦想,兰波对这场运动也持同情态度。但是一星期后巴黎被围困,人们衣食无着,兰波只得又回到自己的家乡。在这种情况下,他准备起草一个共产主义运动的草案,但这个草案现在已无从可见。

因为兰波的主要工具是诗歌,所以他又赋予诗歌一个使命:把诗歌视为一种武器,这种武器既可以用来自保,也可以用来攻击。1871年春天,兰波开始运用这一武器进行攻击,首先攻击的是一些所谓的"朋友",他认为这些朋友不够喜爱他,对他不够好;接下来是神父,他认为这些人整天在说一些盲目的大话,非常虚伪;第三种就是那些坐着的人,这些人整天坐在椅子上,一点都不愿意挪动,包括一位夏尔维勒图书馆的管理员,兰波曾找他借一本中世纪的书,他认为受到打扰,懒得动;另外他还攻击一些官员,当时比利时的烟草非常便宜,如果他从比利时回来,那些海关官员就会搜他的身,他感到非常生气,就写首诗来抨击这些人。兰波还抨击战争,他认为战争本身荒唐可笑。拿破仑三世(Napoléon III)也出现在他表达不满的行列里,因为是拿破仑三世发动了这场战争。最后他还抨击了传统。1871 年 5 月,巴黎公社梦想破灭,兰波看到无数的人被杀,他感到非常悲伤,于是就写下几首诗来歌颂巴黎公社。还是在这一年 5 月,5 月是一个狂热的季节,兰波又给了自己一个诗歌使命。由此我们可以看到,兰波的诗歌使命是在不断地上台阶,最初是为了出名,后来是为了表达自我,最后把诗歌当成了武器。他在两封谈及通灵者的信中写到新的使命,认为诗是人应该看到看不到的东西。诗人应该为全人类来负责,包括人和动物。因为古希腊的普罗米修斯偷来了火种并带给了人类,他把诗人比作"窃火者"——从我们看不见的神那里偷来我们闻所未闻见所未见的景象来丰富人们的视野。为此兰波认为诗歌应该采用新的语言来写,他的诗歌应该成为灵魂的灵魂，包括各种声音、芬芳、颜色，把思想固定在人的思想之上，从中提取。兰波诗歌的目的就是想要达到一个新的境界，打破一切的规律，打破人们一切的感官和意义。为此，我们要消灭几个世纪以来对人们所规定的规则和义务，他认为这是自己唯一的命运，可以为此付出一切，包括生命。

在这段时期，他经朋友介绍认识了魏尔伦（Paul Verlaine）。当时魏尔伦已经出了好几本书，是一名成功的诗人。兰波本人非常欣赏魏尔伦，认为他是一个通灵者。他把自己的几首诗寄给魏尔伦。读到他的诗歌，魏尔伦非常震惊，邀请兰波来巴黎。在巴黎，兰波当众朗读自己的《醉舟》（"Le Bateau ivre"）时，诗人们都非常赞叹。兰波却对这些诗人感到失望，因为他看到这些诗人和自己要成为的通灵者之间存在着巨大差距。比方说有些诗人本身就是官员，他们小心翼翼，是不会为了诗歌付出生命的，而兰波不是这样。另外，他发现有一些诗人是反对巴黎公社的，而兰波自己的梦想却和巴黎公社紧密相关，再加上他得知有一批诗人是从拿破仑三世（在兰波的眼里是魔鬼般的人物）那里领取补贴的，就更加不满意了。因为对诗人们感到很嫌恶，兰波很快又离群索居。但是魏尔伦却非常认同兰波，一方面他非常认同兰波身上的诗歌特质，另一方面，他疯狂地爱上了兰波。从本质上看，兰波并非天生的同性恋者，但魏尔伦对爱情理念非常模糊，并且已经是一个孩子的父亲。他们之间的爱情，一方面是源于彼此欣赏，另一方面源于他们发自内心的对于诗歌创作的热爱。他们在一起进行疯狂的诗歌创作，互相誊写对方的诗歌。魏尔伦也经常给兰波一些建议，让他简化自己的诗歌从而直接达到诗歌最为精华的部分。

1872 年春，兰波在创作的通灵方面，又上了一个台阶，开始删去诗歌的枝蔓，直达诗歌的本质。从诗歌《最高塔之歌》（"Chanson de la plus Haute Tour"）中可以发现他的创作风格变得更为神秘、有鲜明的音乐性。1872 年 7 月，兰波说服魏尔伦一起去伦敦，因为当时伦敦是一个非常活跃的现代化城市，正在兴建世界上第一条地铁线，有很多大型轮船公司,伦敦的港口有来自世界各地的商品。这正是兰波想要去的地方,在这里他才可能成为一个现代性的人物。刚开始他们为这座现代化的城市而兴奋激动,但很快就发现了在英国生活所需要付出的代价。当时英国正处于资本主义进入自由化的阶段,有很多大资本家积累起了财富,同时也出现了许多穷人,于是有许多《圣经》的宣扬者,他们渴望通过《圣经》来摆脱社会带给他们的烦扰。此时,兰波认为自己的诗歌又应该有新的使命了,他对英国的社会非常反感,试图改造这个社会,而能够起作用的只有《圣经》,但《圣经》又过于古老,所以兰波决定写一部具有“现代性”的《圣经》。这困难很大,因为当时人们眼界狭窄,只有将上帝放在他们的面前,他们才肯开口说话。在这件事情上,魏尔伦并不打算追随兰波。

兰波和魏尔伦的诗歌有本质的不同,魏尔伦的诗歌是柔和的,富有音乐性,是女性化的,而兰波的诗歌则是神秘的,富有牺牲和奉献精神,甚至不惜付出生命。所以他们很难互相忍受,虽然兰波曾试图将魏尔伦拉入自己的诗歌世界,做太阳之子。

1873 年春,他们决定分开,魏尔伦回到家人的身边,兰波回到了自己的家乡,重新开始写作。他将《圣经》中的三章进行改写,观点是完全与《圣经》相反的。一方面他给朋友写信说自己的命运就在此了,另一方面他又非常不满自己的作品,认为这是对原著的模仿和抄袭。于是他约见魏尔伦,向他说出了自己的计划,而魏尔伦也希望能够和兰波再出发,他们再次来到了伦敦,但这次的共同生活更加糟糕。兰波一心沉浸在自己的创作当中,对魏尔伦丝毫不关注。魏尔伦离开伦敦到了布鲁塞尔,买了一把手枪试图自杀,兰波蓦然清醒过来,意识到自己离不开他,便也去了布鲁塞尔,但是魏尔伦此时只想回到原来的家庭,一时争执不下,用手枪打中了兰波的左手腕。兰波提出控诉,魏尔伦被捕入狱,叛了两年监禁,兰波这时只好回到了母亲的农庄。兰波的枪伤给他的心灵造成了很大的创伤,就是在这个时期,他写出了自己的代表作《地狱一季》(*Une saison en enfer*)。这本散文体的诗歌集囊括了很多日记形式的作品，讲述了他的经历和在精神上的追求，以及试图寻找通灵者的道路，语言极具音乐感。这本书并没有达到他当初想要的“现代性”的《圣经》的效果，但也接近了他的目的，至少它是一本很神圣的书，有很多晦涩难懂的地方，他希望在这些难以解释的地方放进每个人自己的生活。在这部作品里，他用未完成过去时记述了自己的忏悔，用法语中的现在时规约诗歌的形式，用将来时制定自己的计划，可以说这是一部关于自己、为了自己的作品。

他的母亲虽然读不懂这部作品，但意识到自己的儿子已经长大成人，同意出钱来帮他出书。兰波带着这笔钱去布鲁塞尔找到自己认识的一位印刷商人，因为钱不够，只印了七本，他带着这些书又去了巴黎。如果想让自己的作品改变世界，必须要有人来读。到巴黎以后，他去找那些认识的诗人，但由于魏尔伦的原因，大家都不理他了。他失望地归家，诗歌写作的初衷开始动摇，因为他给了诗歌太大的使命，抱有太大的希望，结果却根本没有人读。但他还是去往伦敦，重新写作，写了一些短小的散文体的启示诗，风格变化多样，有通灵类的，也有像《地狱一季》那类风格的。但这些诗歌已经失去了诗歌的使命，兰波开始感到无能为力，想回到过去，他写下《孩子》：“……我久久看着落日/浸洗于忧郁的金色中/我也将是那个骑在大海防波堤上的孩子/那个沿着小径走去，额头触天的璞童/路途艰涩/小山岗染木覆荫/空气凝滞/鸟群和水源竟如此之远/前行，只可能是世界的尽头。”

1875 年初，20 岁的兰波决定不再写诗，因为他觉得一直可以作为工具的诗歌让他失望。这是一个非常沉重的决定。他最后去了非洲的军营，也曾做过商人，1891 年，他在 37 岁的时候去世。

我们不应该单单从兰波诗歌的审美角度出发去评价他，为什么兰波要从事写作？是哪些因素一直在改变？因为兰波基本上每年都会给自己的诗歌一个新的任务，从一个任务走向另一个任务。兰波是一个极度自由的人，他能够不断对自己提出质疑，能够对自己的创作做到说停就停，再不继续。他没有选择用自杀来结束自己的生命，而是重新开始了另外一种生活。应该以兰波的热情和纯粹来启迪我们对无尽事物的追求、对光明的追求，我们应该像兰波实现自我一样去实现梦想。谢谢大家。

【交流环节】

提问 1：兰波的一个诗歌使命是打破传统的意义、已有的规则，追求未知的境界，这跟他最初渴望得到社会认可有所冲突，他如何调和这种冲突？

克洛德·让克拉斯：兰波希望自己的书能够出版，这就属于他想打破传统的行为之一，一开始他渴望得到认可，但是后来他的目的发生了改变，他希望自己的诗歌能够产生效用。

提问 2：抛开兰波的诗歌，您如何评价他的人生观？

克洛德·让克拉斯：兰波是一个有强大意志力的人，就像他曾经给他的老师伊桑巴尔写信说，"有志者事竟成"，他的作品在死后很受欢迎，如下周要在巴黎举行一个展览，叫作"兰波狂热爱好者"。兰波的作用就在于他能像酵母一样催熟其他音乐家、画家、作家、诗人的创作。所以兰波作品所产生的力量是无法预计的。

提问 3：就诗歌而言，兰波给您怎样的震撼？兰波曾经说：要么全有，要么全无。兰波是怎样来实践自己这句话的？

克洛德·让克拉斯：兰波诗歌最打动我的地方就是他的异质性。兰波的诗歌并不像女孩子闲得无聊时绣绣花打发时间，他认为诗歌必须被赋予一种生命意义，要有一定的用途。兰波并不把诗歌看成消遣，而认为它有着实际的贡献。虽然不清楚你的引文出自哪里，但是可以肯定兰波是一个不接受任何妥协的人，对于兰波来说，非黑即白，这也正是兰波的一个弱点。我们知道，有时候人必须做出一些让步。兰波是一个坚强的人，没有像一般敏感脆弱的诗人一样选择自杀。

提问4:与魏尔伦之间的同性恋关系对兰波的创作有什么影响?

克洛德·让克拉斯:魏尔伦在通灵性上没有给兰波任何帮助,主要的帮助是在诗歌技巧和音乐性上面。他简化了兰波的写作,就如1872年兰波创作的那几首诗歌。对于兰波来说,魏尔伦是一个重要的谈话的对象,可以有人倾听他在诗歌方面的想法,因此他们的关系对于兰波诗歌的成熟起到重大作用。

提问5:兰波的诗歌和哲学之间的关系?

克洛德·让克拉斯:兰波主要读过法国18世纪哲学家的一些著作,这是他的老师给他提供的优待。德国哲学对于兰波的影响不大。

提问6:尼采也是一个非常放荡自由的哲人,这种智慧的自由和兰波的诗意的自由有什么不同呢?

克洛德·让克拉斯:兰波和尼采有着共同的愿望和追求,人们也经常提到他们之间的相似性。如果能有一位中国学者研究他们之间的相似性,我想将是非常有价值的。

提问7:兰波曾经说过这样一句话:生活是缺席的,我们都不是生活在同一个宇宙中。这句话跟米兰·昆德拉(Milan Kundera)的"生活在别处"是不是一样的呢?

克洛德·让克拉斯:兰波非常擅长写出这样一些类似格言的句子,比方说他的《地狱一季》,我们现在甚至可以用来形容一个失利的足球运动员。我们考量一个句子,应该从两种意义出发:"生活在别处","生活的缺席",即不应该局限于自己生活的地方,而应该到生活之外去追求;此外,我们应该从兰波的生活背景,从他的生活环境出发,也许兰波在写作这个句子时是跟他的本意完全相反的。他的这句话,应该是写在《地狱一季》里,这时他认为自己生活在地狱之中,所以才会认为生活是缺席的,他的本意是想摆脱地狱。

兰波还曾经说过：我们是不得不现代的，他认为现代仅是一个短暂的过渡性的东西，他甚至嘲笑现代性的东西，所以我们读兰波的时候一定要回到他的本意，回到他的生存背景上去。很庆幸的是，兰波的这些句子，在我们现代的生活中已经有了全新的解释，兰波用他的创作来丰富了人们的生活。谢谢大家，你们都是非常好的听众！

孙晓娅：克洛德·让克拉斯先生的讲座为我们展现了兰波诗歌创作背后的本事，并将诗人的生命经历与诗歌创作融为一体，诗歌观念与人生经验互为观照，洞悉了兰波诗歌独具的格局和魅力。讲座内容集中，线索清晰，我们从中不仅了解了兰波的诗歌观念、创作阶段与人生经历，有些观点也对当代诗歌写作具有启迪意义。感谢克洛德先生的讲座以及李华老师细腻的翻译。

从独特到普遍

——瑞士法语文学的代表作家及作品

主讲:〔瑞士〕弗郎索瓦·德布律

主持:孙晓娅

翻译:吴康茹

时间:2010 年 10 月 18 日

地点:首都师范大学北一区图书馆

主办:首都师范大学中国诗歌研究中心

孙晓娅:今天的讲座题目是《从独特到普遍——瑞士法语文学的代表作家及作品》,主讲人弗郎索瓦·德布律(François Debluë,1950—),瑞士法语作家、诗人和评论家,曾在瑞士洛桑大学(Université de Lausanne)文学系执教。出版了《时光的运行》(*Travail du temps*,1985)、《黑夜来临的诗篇》(*Poèmes de la nuit venue*,1992)、《阿勒凡的季节》(*Les saisons d'Arlevin*,1999)等 10 部诗集、3 部短篇小说集、6 部评论集。他曾荣获 1986 年耶夫·沙玛奖(Prix Yves Chammah)、1990 年米歇尔·邓当奖(Prix Michel Dentan)。2004 年,其全部作品获得瑞士席勒奖(Prix Schiller)。他长期担任法国、比利时和瑞士文学报刊的专栏作家及评论员,曾应邀去法国、德国、俄罗斯、加拿大和丹麦做文学讲座。他的许多作品已被译成德文、英文、西班牙文和中文等多种文字。今天的讲座由首师大文学院副教授吴康茹担任翻译。

弗郎索瓦·德布律:感谢孙晓娅与吴康茹女士的邀请。作家,就是从事写作的人,他和所有的人一样,都是从自身出发,然后去和他者(l'autre)和世界相遇。他要询问这个世界的就是,作为人,他自己到底是谁？他生命的意义何在？如果说他有幸活在世间的话，那么这个世界到底具有什么意义？

这次中国之行，起初是一种精神的灵魂之旅，因为穿越空间的旅行既能反映出内心游历的过程，也是一种能够观照内心的机会，同样，我还体验到一种要迫切敞开自己心扉的心情。在日常生活的世界里，由于习惯和常规的作用，有时我们好像对现实已经失去了强烈的感受力，尽管如此，还是要出发去接触现实。我此次旅行最初抱有某种对一个我不熟悉的大陆和国度的好奇心。当然好奇心本身并不是错。按照乔治·贝鲁（Georges Perros）的说法，好奇心就是“采摘智慧的蜜蜂”！

当面对世界时，我兴致勃勃，而且满心贪婪，即便我已经不是伯莱兹·桑德阿（Blaise Cendrars，1887—1961）的年纪（这是个马不停蹄地要走遍世界的瑞士人，也是一个四海为家的瑞士人），他曾在其著名的短篇小说《张帆启航》一书的开始部分，讲述了他的第一次远行——那时他只有16岁，小小的年纪，他就有了当旅行者的愿望、好好体验生活的欲望了：“15岁时，人的眼睛要比肚皮大。/那时我是多么的贪婪啊！/我来到芒枢里已经有三个月，可是内心并没有丝毫的满足。/我睁大双眼，/眼睛眨都不眨。/白天黑夜，我都睁开眼睛看啊看！/我想把一切都尽收眼底，我想看周围的一切。/以至于我常常都有眩晕感。”（《张帆启航》，瑞士伯什出版）

一　特殊的处境

（一）瑞士的地位及瑞士法语区的地位

中国是世界大国，一个拥有高度文明的国家。我来自瑞士，这是个有湖泊和山川的小国，是个需要保存历史的国家：因为从外表看似乎这是个没有多长历史的国家。我的国家曾经避开了许多大的战争和大屠杀，尤其是曾免于20世纪的两次世界大战，这就足以让它显现出其优越性。然而,我们无法忽视这个国家高自杀率的事实,这里也发生过各种各样的谋杀案和悲剧,这是人们避免不了的——当然,像“自然死亡”这样的事,更是避免不了的!

我来自的国家拥有许多盛誉,这种盛誉是当之无愧的,但是即便如此,这个国度仍有一部分人处于社会的边缘,有时也处在极其拮据和窘迫的境地,这也是不容忽视的事实。此外,这种盛誉的获得也只是后来才有的。瑞士人长期以来祖祖辈辈都是农民:他们常常背井离乡到处去谋生,或者去为外国军队服役当雇佣军,例如在16世纪,他们甚至加入了对立的阵营,同胞之间要面对面地作战。我结识一些农民,他们曾经离开瑞士去阿根廷或者加拿大,希望在那里找到更好的谋生方式。那些生活在远离瑞士——非洲大陆或者是中东等地的人们有时把瑞士想象成人间乐土:他们梦想着可以在这里避难,能够无忧无虑地生活,远离死亡。他们有时甚至采取疯狂的冒险手段,常常试图非法穿越高山回到家园,有时在偷偷穿越高山时死于严寒,或者被国界线的岗哨抓住后扣留和关押在收容所里。人们可以把这些收容所称为“接待室”,不管怎样,它到底还是收容所,大家可以参看扎维埃·科莱(Xavier Koller)1990年的电影《希望之旅》(*Reise der Hoffnung*)。有些人想象,在这个国家人们可以整天吃巧克力,时间分分秒秒都非常珍贵,原因是它的奢华名表享有盛誉。人们甚至相信,生活在那里的人们一直都是听着钟声和乡村奶牛的叫声。其实这都是些陈词滥调。不过我们要清楚,那些老掉牙的说法,和先入为主的印象总是有真实的一面。也就是从那时起,人们才会联想到近些年来的有关银行的一种说法:瑞士人拥有很多财富,瑞士肯定是拥有财富最多的天堂之国!然而我们已经充分了解到,就在2010年的秋天,瑞士的各大银行已经不能够再逃避和美国各大银行相似的濒于破产的厄运了。这是一个假想的金融大国——看似庞然大物,腿却是泥土做的,是被操纵的傀儡,不过对它被操纵的深度和广度,我是无法推测的。

我在瑞士还算生活得无忧无虑,属于那些幸运的人中的一员。不过这并不能阻止我保留着某种批评意识,有时也让我不得不感觉到自己好像是个局外人。瑞士部分国土因为受山地的阻碍常处于封闭状态——我们可以通过拉姆兹(Charles Ferdinand Ramuz)的作品来见证这个事实,但是这并没有妨碍它向世界开放,去倾听世界的声音。从山顶,视野可能会更开阔。《人类境况》(*La Condition humaine*,1933)的作者安德烈·马尔罗曾这么评价瑞士:"它是欧洲的观景台(André Malraux)。"我们和奥地利、意大利毗连。我们拥有许多湖泊,而这些湖泊也是我们与法国、德国共同的国界线。一些流经我们那里的河流,也穿越我们的邻国,最后流入到了地中海或者北海。因此,瑞士也有幸成为各种语言、文化和多种文学的汇合处。

我的国家也是由许多地区联合组成的国家。这里大部分地区是说德语的,还有一部分地区说法语,其余的不太多的地区是说意大利语或罗曼什语。罗曼什语(le romanche)是当地半数的方言,部分源于拉丁文,部分源于瑞士德语。称得上奇迹的是瑞士一直在"坚守着",不至于解体,它和比利时恰恰相反——它好像没有受到分裂的威胁。它也和所有周边的国家不一样,应该特别指出的是,它曾经拒绝加入欧盟。瑞士人是非常固执、自满的,他们唯恐失去他们的独立性。正是在这一方面,固守的思想才值得大书特书:因为有一部分人对此赞同欣赏,还有一部分人则是对此加以谴责的。

瑞士仍保留着某种民主的传统——这或许也成为陋习的一部分,保留着最大限度的言论自由。我们也有幸享有最丰富的信息网络,报纸、电台、电视都是相对独立和多元化的——即使这些传媒工具现在已经逐渐趋于贫乏或单一化。持之以恒地去倾听世界和关注时事,这对我们来说,是相对容易的。但有时仍然出现一些"灾难性"的新闻,引得大家唇枪舌剑地争论:比如关于年轻一代的教育和生活状态问题。一方认为年轻一代不思进取,可年轻一代也并不满足于生活在小小的安逸之中而对世界其他地方一无所知。两者其实异中有同。我本人也认为不思进取是一种不负责任的生活态度,也是应该受谴责的自私自利的退缩行为。但是我担忧的是,它不仅仅是被溺爱的青少年的精神状态,也是那些生活在安逸之中的人们的普遍倾向。

可能你们会对我说,刚刚讲的内容似乎与讲座题目并无关系。事实上,对你们所说的一切,在我看来,都是必不可少的开场白。从这些基本现实的要素开始,我才能延展话题,去谈两个或者三个瑞士法语作家,他们的经历与创作给你们提供若干例证和思考的参照系。请注意:说法语的瑞士地区只代表着这个小国家的一小部分地区——大概只占瑞士四分之一的面积,甚至不到四分之一;说法语的人口在750万总人口中约有120万——20%是外国人;因此瑞士法语区简直就是小国中的小国!瑞士大部分地区都是德语区——瑞士德语,有别于德国本土德语,德国德语构成其最有历史渊源的部分,同时也是其语言分化的另一个分支;还有两个少数族裔的地方是说意大利语——阿尔卑斯山南部与意大利接壤的特闪语,以及拉丁罗马语。综上所述,瑞士的官方语言是这四种语言,这在我们银行发行的货币上都可以看到。

瑞士说法语的地区和法国保持着一种很暧昧的含糊不清的关系。首先拥有共同的自然边界线,两国与低海拔的汝拉山脉接壤。而语言和文化上的分界线几乎是看不见的:我们都说着同样的语言,词汇都是相同的,几乎没有细致的差别。如果说语音语调上不太相同的话,这在法国本土同样也存在这样的差异。对于我们来说,我们精神上和文化上的"首都"不是伯尔尼 ,而是巴黎。如果说我们读法国作家的作品即便不多于本土的法语瑞士作家,那么也是数量相等的。我们也看法文报刊,收听法国电视电台广播。更为重要的是,我们的文学文化,从中世纪直到现在,都是法国文学文化。尽管如此,我们与法国还是分开的——由于法国本身的问题,它很自然地忽视了其市郊所发生的一切:对于一个瑞士法语区的作者和一个说法语的比利时人来说,很难在法国出版自己的作品,希望在法国报纸上看到对自己作品的简短评述更是难上加难,几乎是不可能的事。当法国注视我们的时候,它是高高在上的，也是冷眼旁观的！也正缘于此，我们可能都有些不自在的感受，也不由自主地想把自己禁闭起来。说意大利语的瑞士人在看待他们和意大利之间的关系时，也意识到了同样的问题，而他们才只有30万人口。瑞士德语区的人由于得到德国邻居的接受显得状况稍好些，这只是相对而言。问题的根本症结在于我们政治上的边界线与我们文化和语言上的边界线并不十分吻合。瑞士是一个拼图，这个拼图的图案都是由一小块一小块拼成的。

我属于瑞士法语区的人，这就是我要为很多作家朋友们效劳的原因。瑞士法语区有时对我们来说就好像是印第安的保留区对于北美这个国家的意义一样！来到中国、受中国的欢迎反而比去法国博得它的欢迎要更容易些，我在中国拥有的读者在人数上或许要超过在我自己的国家里的读者数量。这真是不合常情的事，不过也是个巨大的荣誉。生活在法国的边缘或许也不是坏事，是好事：因为这样就会给我们留下批评的余地、自由的空间，让我们能够独立地去思考问题，直接面对那些多种多样的思维方式及各种礼仪规范。

在谈论瑞士几个重要的具有象征性意义的作家之前，需要提示下：这个国家是个多种文化的汇合处，而这种汇合处恰恰促进了更多相识相见的机会。如果我们要考查一下这五十多年来有相当数量的外国作家曾经来过我们这里，来丰富我们国家的文学，那么上述所说的就可以得到证实。我也仅限于谈谈瑞士法语区，此外，我还想到了亚美尼亚籍的瓦厄·哥德尔（Vahé Godel）（1931），荷兰籍的安可达·克里斯多夫（Agota Kristov）（1935），和出生于罗马尼亚的欧仁（Eugène）（1969）及马里乌斯·丹尼尔·波佩斯库（Marius-Daniel Popescu）（1963）。乔治·哈尔达斯（Georges Haldas）（1917）更是他那一代最重要的作家，其父是希腊人，母亲是日内瓦人。当然，瑞士并不是世界的中心，可是它却是个活动中心、重要的枢纽。有这样独特的社会和地理位置，我发现它极具丰富多彩的诗意的魅力——混合杂交本身就是一种丰富。

（二）让-雅克·卢梭（Jean-Jacques Rousseau，1712—1778）

这种丰富的诗意的追溯可以从现代思想和感受力产生的最重要的源头之一——让-雅克·卢梭开始。他出生在日内瓦。在18世纪初叶，这还是一座小城镇，但它却是法国边界一个独立的小共和国。那时它和法国恰恰相反，既不是君主制国家，也不是天主教国家，它是个共和制和新教的国家。卢梭，一个钟表匠的儿子，而且是个自学成才者——牧师私下里教他一些课程，那就是他接受的全部教育。但是不久以后他却成为最伟大的法语作家之一。我在这里所指的是他的写作才能和他的文笔；他的敏锐感受力和政治思想在欧洲更是闪烁出无比灿烂的光芒。他的思想对法国大革命以及整个19世纪和今天都产生了重要的影响。从某种意义上来说，我把自己也定位为其传承人。

他可能是第一个走向世界的最卓越的人的典范，他对宇宙万物都充满好奇心；他更是一个具有超凡才能的作家，甚至那些不喜欢他的思想的人都承认他绝妙的写作才华；他带给法国文化和社会一种清新的基调、一种新的声音和新的目光；他具有百科全书式的思想，他对音乐感兴趣，也对大自然有兴趣；他还有独特的政治思想和不因循守旧的宗教思想；最后要说的就是他写出了欧洲第一部伟大的自传：使得现代心理学得以建立的《忏悔录》（*Les Confessions*，1770），赋予了童年在成年人生活中的重要意义。

"我要做一项既无先例，将来也不会有人仿效的艰巨工作。"这就是《忏悔录》最著名的开场白。作品的第一部分是真实的，而第二部分的真实性已经被19、20世纪的文学史所否定！他接着还说了下面一席话："我想把一个人的真实面目赤裸裸地暴露在世人面前；这个人就是我。只有我是这样的人。我深知自己的内心，我也了解别人。"从这里出发，他开始了对心灵的探究。在《忏悔录》中我们找不到任何"关于社会和政治"的理论，而卢梭已经在其他作品中表达出了这些思想。然而我们可以从中读到一些触发他思考社会和政治问题的情感原因：正是其童年和成年生活中的某些插曲才起决定性的因素，如对不公正、对谎言、对梦幻式童年的失去等问题的发现。对这些故事的叙事要比那些抽象的思想理论阐述更能激发读者的想象力和情感。

卢梭所要开创的,是与自然的紧密对接和全新承续的关系,是对幻想的全新的深刻体验。他可能是第一个描绘“幻想(遐想)”这种心灵状态的作家,并且赋予了这个词重要的意义。他的最后一本书即为《孤独的漫步者的遐想》(*Les Rêveries du promeneur solitaire*, 1778)。“幻想”表明的是思想悬置/暂停的状态;在幻想中内与外的区别和界限好像已经消失了:人们不再把“我”和世界加以区分,两者几乎浑然一体……这也是一种沉思冥想的状态。我们还可以说这类似于祈祷的心灵状态,不过是无言的祈祷,无上帝的祈祷,毫无疑问这也是诗的意境。

这本书以及“幻想”这个概念肇始于卢梭在圣-皮埃尔小岛上的湖泊逗留和游玩的经历。那个岛上的小湖,150 年之后终于被 20 世纪上半叶的瑞士德语作家罗伯尔·瓦尔塞(Robert Walser)发现了。

回到我的创作。继卢梭后我写了类似的幻想:第十一个遐想!这是卢梭没来得及写的、成为其遗愿的作品。大家可以参见我的作品《散议忠诚》[1]一书。

> 湖边。湖畔。也许,远处还有几片云朵……
>
> 叙述者手里握着几个石子:在湖畔捡拾到的。他想起了曾经和他相识的一个女人。他也许想要给她写封信……他玩着朝水面上扔石子打水漂的游戏。光滑的石子在湖面上,蹦了几下,然后就改变了方向!就这样,想法产生了!

这一作品片段实际上暗示着卢梭曾经经历过的一段轶事,正是这

---

① 原法文书名是 François Deblue, *Courts Traités du Dévouement*, *Editions de Zoé*, 2004 年出版。

一生活插曲加剧了他遭人迫害的内心感受,因为他感觉自己周围到处都是敌人！1762 年,由于《社会契约论》(*Du contrat social*,1762)和《论教育》(*Émile*,*ou De l'éducation*,1762)这两本书都被巴黎大法官判定为不符合神学教义的书,卢梭被从巴黎驱逐出境,并受到牢狱之灾的威胁。于是,他隐居在汝拉山区一个山谷里,与世隔绝。宁静没有持续太长的时间:一方面,迫害他的人到处追捕他;另一方面,崇拜他的人常来拜访他。卢梭本身也是一个很“独特”的人,因此也常常受到不公平的对待:人们常常嘲笑他;牧师也不信任他;连孩子们都追逐他。一天夜里,有人朝他住的屋子扔石头——在《新约全书》中,只有对不忠诚的女人,人们才扔石块。但是卢梭却遭此攻击！于是他便隐居在我刚刚提到的那个小岛上,他相信自己在那里找到了一个最终的庇护所。然而他在那里只待了 6 个星期,最后还是被当局驱逐出去！此后,他来到柏林和英国,但无论是精神还是物质上的生活条件都非常艰难困苦。然后又回到法国和日内瓦,可是他被禁止在日内瓦逗留。这是一段被流放的时期,他在这样的条件下写出了《忏悔录》。

下面大家跟我再阅读一些我的诗作:《阿勒凡的季节》中有一些关于季节和自然的诗篇。阿勒凡,是意大利传统中的喜剧人物。在文本中,他被酒变形了。酒在诗歌中也反复出现,有一篇是关于葡萄酒节的,如《丰收节庆》(“Fête des vignerons”,1999)。每 25 年,是葡萄酒季节的一个循环。我们要向酿葡萄酒的工人致敬。《人来到世间》描写的是我居住的地方拉沃盛产葡萄,和中国某些山区种植稻谷一样。早晨,所有的人面对世界、面对他自己的生活时,常常会有一种惊诧。《土地上的耕耘》开篇开头提问:瑞士,这个国家是开放的还是封闭的？随后我在诗歌中尝试含蓄地回答。

(三)具有象征性作用的人物:拉姆兹和桑德阿

查理-菲尔迪南·拉姆兹(Charles Ferdinand Ramuz)(1878—1947):拉姆兹被列入他那个时代众多最伟大的诗人和小说家行列之

中,可是他在法国是得不到承认的。法国曾在很长时间里一直批评他的乡土气息及其外省方言。这种方言倾向于忠实特定的地域:这样一来,人们就会认为他不会写作,或者说得好听一些,就是人们误认为他故意不好好写作!他的小说《阿丽娜》(*Aline*,1905)已经被翻译成中文,他的另外一部作品《山中的巨大恐怖》(*La Grande Peur dans la montagne*,1925—1926)正在翻译中。他在书中给我们讲述了他对小国家和世界之间所存在的亲缘关系的内心体验,很多见解难能可贵。书中特别描绘了一种重要的体验。为了更好地理解这种体验,必须阅读其作品中的描绘,这样可以揭示拉姆兹的独特性。他的作品与法国17世纪的古典传统,与瑞士的法语文学存在根本的断裂。拉姆兹要求得到了解、发现自己故乡的权利——这本身就是与法国对着干!这种断裂当然是通过语言来体现的,通过对陡峭的"荒凉"的景色的描绘,还通过一种断断续续的、反复重复又时而庄重的节奏表达出来,或者用拉姆兹本人所称之为的"肢体语言"来表达。这种"肢体语言"能表现出农民的固执和憨厚的特点。这完全是对农民行为的模仿,是一种远离学院派的做法。

可以说,就是这样一个扎根于土地,对农民、故乡的特性非常了解的人,却和其他少数人一样。总之,在一个国民和俄国农民之间,只有些肤浅的区别,这就像果戈理在《死魂灵》(*Les Âmes mortes*,1842)里所指出的那样。拉姆兹所表现的鲜活生动的世界不是20世纪初诞生的金融世界,而是受自然和贫困暴力控制的山村居民的世界;同样,这是葡萄种植园的劳动者们与正处在上升时期的国家做斗争的世界,也是梦想爱情和金钱的士兵们的土地。人类的经验是对孤独的体验,也是对曲折和受戏弄的爱情的体验。人类的经历是不断质问生活意义的一种体验生活,一种具有哲学和社会性质的追问。这让我想起了拉姆兹早期在巴黎创作的两篇杰出小说《阿丽娜》和《受迫害的让-吕克》。他也写出了很多伟大而优秀的随想录,他的观点在书名中就可表现出来,如《存在的道理》(*Raison d' être*,1914)、《人的尺寸》(*Taille de l'* homme,1933)。那些谆谆教诲都是出自他独特的心灵,他总是不断地去寻求接近那种普遍永恒的东西!根源于对故土的眷念,他用个体的独特性去触及普遍性。

我之所以使用拉姆兹的例子来说明,是因为他揭示出了我所思考的两个根本的问题:一个是有关那些不离乡背土,不离开他的生活中心的人的作用问题——让他们为故乡更好地发挥光彩和热量。另一个作用就是离心律问题(centrifuge):瑞士在这方面提供了很多例子——生活在很小的国家或偏僻地方的人,大都会产生想走开的想法。

在艾拉·梅亚尔(Ella Maillart)(1903—1987)和尼古拉·布维尔(Nicolas Bouvier,1925—1998)之前,有诗人桑德阿,他比拉姆兹小差不多十岁。《张帆启航》(1930)叙述的是他第一次远行。这个男孩生活在自己狭小的世界里,只有自己的家庭和国家。他读到了埃利塞·何克律(Élisée Reclus)写的《世界地理》(*La Nouvelle Géographie universelle*,1894),于是有了巨大的梦想!地图册激发出了一个少年巨大的想象力,大家可以参照兰波的作品《七岁的诗人》(*Les Poètes de sept ans*,1865)。这都是同样的冲动,不分法国的还是瑞士的;这是青春期的活力和冲动,也是渴望、憧憬生活的冲动,更是好奇心的驱使!

桑德阿这一名字本身就是笔名——他的真名是弗雷德里克·路易·扫泽(Frédéric Louis Sauser),而笔名本身对他来说就是一种逃离的方式,这样可以摆脱传承下来的身份。但是这个笔名也揭示出了一种身份问题:这里已经不仅仅涉及个人和家族的身份——他表示拒绝父亲和父亲的遗产,同时也是“国籍”“民族”问题了:他的真名是个德语的姓名,念起来没有一点法语味。而 Blaise 则是对 braise 的变化,Cendrars 是拉丁文 ardere“炙热”的意思,而 le cendre 是法文中“燃烧过后的灰烬”的意思。

二　诗人的目光

(一)诗歌告诉我们什么?

我阅读过几位被译成法文的中国诗人的作品。他们的诗都表达了什么?当自己提出这个问题的同时,我并不知道自己对这个问题其实是无能为力的,没有办法回答的:因为我不懂中文。我深知,对我来说有一部分东西是缺失的,也因为像程抱一(François Cheng)——《中国诗歌写作》(*L' Ecritures poétique chinoise*)和保尔·戴米耶维勒(Paul Demiéville)——《中国古典诗歌诗选——从古代到 1911 年》(*Anthologie de la poésie chinoise classique*,1962)这样的文学评论家对法语区的读者和他们所针对的那些西方读者所指出的那样:我们欣赏不了这些诗人的诗歌的压韵,他们诗歌语言的节奏和抑扬顿挫的美感。那些精巧的游戏,我们是根本无法领会的。我们也不能欣赏其诗歌语言的多层意义和典故,更欣赏和领会不了中国诗歌语言的多种用途,或者更准确地说,即中国诗歌形式的多义性。既然如此,那么是否应该放弃呢?是否就把这些诗人的书合上不看了呢?

(二)差异

答案是否定的。可以跟随这些文学评论家的引导去读作品,除了刚刚我提到的几位汉学家,还有一些有名的汉学家,如让·弗朗索瓦·毕来德(Jean Francois Billeter——他的作品《评读庄子》[*Études sur Tchouang - tseu*,2004]),如弗朗索瓦·于连(François Jullien)(《迂回与进入》[*Le Détour et l' Accès*],1995)。这两位学者之间可能存在某些分歧和矛盾,但是对我刚刚提到的自己所不了解的领域,他们两位都是极有趣的引领者,能给予人们很多启发的。凭着经验,我也知道通过层层的过滤网,通过不忠实的翻译,有些精华都很遗憾地被过滤掉了! 和所有其他的语言一样,法语也是多义的:词与词之间存在关联性;语言有磁化作用,也就是说在那些相互受吸引力影响的词语之间存在亲缘性。诗人对这些都是了如指掌的!我自己在20年前(1991年)就有这方面的体会了。一位北京的法语教师让他的学生把我的一篇文章翻译成法语,将作品命名为《差异》。她把在杂志上已经发表的译文转交给了我。当然,我既为之感动,又深感荣幸,但当时我又有些困惑和惊讶:译文会表达些什么呢?我的作品的意思又保留多少?于是,我请求一位中国朋友告诉我翻译后的意思,显然我没有把我自己的原作给他看!还好,虽然你们和我们的语言存在差异,但我还是从中了解到了我作品的灵魂和思想!作品表达了一位老人的孤独感。夜晚,这位老人坐在一条长椅上,面朝着小湖——这个小湖泊对我来说也是很重要的存在物,它位于勒芒湖畔,是欧洲面积最大的湖泊之一:"和他一样,鸡也是日出而作,日落而息,/但和它们不同的是,他不必到处觅食……"(《差异》,"Différence",*Llieux communs*,1979)

(三)普遍性和特殊性

你们可能看出:这一作品并不"复杂难懂",这就是对孤独的体验——具有普遍性。在我的一生中,曾经作为年轻作者,我第一次感受到了普遍永恒的东西——某种普遍永恒的东西把处在不同角落的我们彼此紧紧相连,我将这种彼此共同的体验写在诗中,并把我的书命名为《共同的地方》(*Lieux communs*),它有双重含义:"共同的地方",表示的是一种平常和平淡。但是从文学的意义上来说,它又是相遇的"地点",在这个地方,大家彼此相识,好像大家都是一家人似的。因此可以说,这个地方就是一本书,一首诗,一个故事,一种对人类普遍存在的基本体验的表达。

迄今为止我已经写了20几本书,我所有的书都有一个相同的主题,重中之重的中心主题,这就是我们与时间的关系问题。我已经写出和出版的作品,有《时间的运行》(*Travail du Temps*,1985),《黑夜来临的诗篇》(*Poèmes de la nuit venue*,1992),《耐心的样子》(*Figures de la patience*,1998),还有最近出版的《论逼近的死亡》(*De la mort prochaine*,2010)。谁没有对黑夜的感受经历呢?谁没有体验过那些噩梦?谁没有体验过失眠?谁没有体验过对死亡的恐惧担忧——包括对他人、朋友和所爱的人的死亡的担忧?谁没有对自己死亡的担忧,对临终前痛苦的体验的担忧?谁没有看过葬礼呢?请允许我在这里举诗人杜甫为例:他曾经讲述了自己做过的一个梦,梦中李白出现了,这位伟大诗人比杜甫年长十岁,他俩之间有深厚的友情。只要读读各个时代的诗人的作品,无论生活在什么地方,都可以在他们身上找到人类共同点。

谁又不曾有焦急烦躁的体验?只要去等待一次晚点到达的火车或者等待一位姗姗来迟的朋友,就可以有这种体验了!再者,去等待一堂冗长的没完没了的课或报告的结束就可以感受到了!或者有心等待一封非常重要的信件的回复就可以了……每一次,我们感受到了不耐烦,我们就涉及与正在运行的时间的关系问题。

我刚刚给你们读的作品《差异》,是以一种略带幽默的语调将一位老人和一群小鸡加以对比,如果说鸡和人存在某些相似性的话,那么将他们区别开来的同样也是最本质的区别,即苦难意识——老人身上对孤独的体验。

在谈下个话题之前,我乐意给自己提出这样一个简单的问题:诗都说些什么?所有真正的诗人都会从某个特殊的经历,某个特殊的时代和某个特定的地点,与我们说一些有关这方面的体验。你只要读读他们的诗,接受表面的那种差异,就可以发现,这些诗人离我们并不遥远,他们并未脱离时空问题。其实,"差异"是次要的,这些都是表层问题!而人类深层的体验都不会过时,也不会改变的。这些诗人都说了些什么?他们都曾见证过什么?我们要继续谈什么呢,彼此之间还要说些什么呢?我在这里引用两千多年前的屈原所说的一段话:

……

心不怡之长久兮，忧与愁其相接。

惟郢路之辽远兮，江与夏之不可涉。

忽若去不信兮，至今九年而不复。

惨郁郁而不通兮，蹇侘傺而含戚。

外承欢之汋约兮，谌荏弱而难持。

忠湛湛而愿进兮，妒被离而障之。

……

（屈原《哀郢》）

不需要有屈原被流放的经历，也不需要住在像中国那么大的国家，通过他的诗我也能够猜测出和体会到他这种愁绪。毫无疑问，诗歌永恒普遍的伟大主题是取之不尽，用之不竭的。列出关于主题的长长目录索引，也是没有必要的；而我最感兴趣的，主要是一些最基本的主题，比如关于世界，关于能够打动我们的男人或女人之美；对世界的厌恶，对所充斥的暴力；关于时间的流逝和驻留在记忆中的时间，关于鸟的飞翔，关于黄昏、黑夜的降临、寒冷的来临，关于某个早晨的到来，或者动物的出现；雾弥漫的朦胧美景——显然中国古代诗人喜欢表现这些主题；暴风雨、天空出现的光、彩虹、雨——法国作家，比如魏尔伦、克罗岱尔（Paul Claudel）、普鲁斯特（Marcel Proust）、蓬热（Francis Ponge）、雅克·普莱维尔（Jacques Prévert）、雷蒙·格诺（Raymond Queneau）等则倾向挖掘这些主题。作为写诗的人，我经常会对已经出现的诗歌主题产生浓厚兴趣：这种做法既是谦虚谨慎，也是野心勃勃的：首先，我没有发明任何东西；其次，我可以展示我能够创作的。比如，我与一些艺术家、诗人之间的精神对话。举一位荷兰画家伦勃朗（Rembrandt），他生于1606年，死于1669年，是西方和世界绘画史上伟大的画家之一。他在400年之前开始画画，当我用当代人的目光去审视他时会发现许多新的内涵。我曾看到过他的几张让人震撼的自画像，我感受到某种承重的目光以及这幅画自身所生成的文化重量：双重的目光——我在看他，他也在看我——这就是已经成为艺术史的伦勃朗的目光。

讲座接近尾声，由于时间关系，我必须舍弃已准备好的部分内容，再次感谢晓娅老师的盛情邀请，以及现场同学的配合与聆听！

孙晓娅：这是一场缜密、翔实、视野开阔的讲座。德布律先生不仅带领我们了解了瑞士的国家历史、地缘处境、人文传承、复杂的文学创作环境，尤其是瑞士法语文学的创作概貌，同时也展现出他自身的文化底蕴、思想来源、哲学思考。德布律先生对这个世界、对国家的发展、对时空的理解、对不同作家个体经验和代表性文本既有理性深邃的辨析评论，又兼具敏锐感性的诗性情怀。两个小时的讲座充实紧张，德布律先生在为我们集中勾勒描述瑞士的地理环境、文学场域、文化生态发展概貌的同时，还深度介绍了瑞士文学尤其是瑞士法语文学创作实况，扩展、加深了我们对瑞士文学独特性的了解，延伸了我们对卢梭等作家及其经典文本的阅读视域。因为时间已经饱和，我们无法安排互动交流，再次感谢德布律先生，感谢吴康茹老师精心的准备和翻译！

中国现当代诗歌在法国

主讲:〔法国〕徐爽

主持:孙晓娅

时间:2010 年 11 月 3 日

地点:首都师范大学国际文化大厦

主办:首都师范大学中国诗歌研究中心

孙晓娅:今天的讲座题目是“中国现当代诗歌在法国”。主讲人徐爽,法国巴黎狄德罗-第七大学(Université Paris Diderot-Paris 7)东亚语文学院的教授,法国东亚文明研究所(Centre de recherche sur les civilisations de l' Asie orientale,简称 CRCAO)研究员,北京大学诗歌研究院研究员。主要教授中国语言文化,并从事中国当代文学的研究和翻译。她的近期著作有《中国及日本当代文学中对放逐的想象》(主编之一)、《莫言研究——法国国际讨论会论文集》(主编之一)。代表论文有《传统与西方:九十年代中国诗人的诗歌立场》《传播与想象——中国当代诗歌在法国》《书写,图象,创新:诗歌创作中的文字与画面》《中国当代小说中人物身份的演变》《莫言的魔幻写作》《网络穿越小说中的“鬼魂”写作》《网络穿越小说中对乌托邦身体的想象》。

徐爽:首先感谢首都师范大学中国诗歌研究中心的邀请。今天讲座的题目缘于晓娅老师交代的“命题作文”。我非常喜欢这个题目,它应和了我的求学轨迹:我首先是在北大法语系学习法语语言文学;后来在武汉大学设立的法国博士预备班学习法国的文学批评;随后获得法国政府的奖学金,到法国巴黎第八大学做博士论文。我的论文导师是法国当代知名诗人、学者、哲学家米歇尔·德吉(Michel Deguy),由世纪出版集团、上海人民出版社出版的“法国20世纪当代诗人丛书”中收录了先生的《听说》(2009)(余中先译)。当年跟随先生读书时他曾建议我:“你对蓬热感兴趣,那就研究他的翻译吧！在两种语言的碰撞下研究诗歌的可译性，肯定能找到一些问题。”由此,我的博士论文研究主题就是诗歌的翻译及评论,从蓬热文本的法语翻译实践来探讨诗歌的可译性。做完博士论文,我的兴趣就转到了中国语言文学上:适时身在国外,我开始对母语愈发依恋,并以一种新的眼光来看待它。后来,我有幸在法国巴黎狄德罗第七大学东亚语文学院任教,教授和翻译中国文学。我开始把研究与教学结合起来,曾研究的一个项目是:作为文化媒介的翻译和在他国树立的文学形象之间是怎样一种关系。

谈到中国现当代诗歌在法国的翻译,谈到法国诗歌,我首先想到的就是波德莱尔、兰波和马拉美(Stéphane Mallarmé)。这些年在很多诗歌讨论的场合里,也经常有同事或诗人向我询问法国诗歌的现状。当很多诗人谈及波德莱尔、马拉美对其诗歌轨迹的影响时,可能我们本身都没有意识到,他们生活在19世纪末,却成为奠定法国现代诗歌传统的经典诗人。在一百多年后的今天,当我们再次和法国诗歌界交流时,有必要了解这一传统在一百多年间的发展和延续。

一　法国诗歌的出版与传播

在法国有几个大的诗歌出版社,首先是很有名的伽利玛出版社(Gallimard),它曾出版两套比较重要的诗歌丛书:一套是“Collection poésie/poche”,书的版面不大,恰好可以放在口袋里,故名“口袋诗歌丛书”,几乎所有当代知名诗人的作品均能在这套丛书里出现。另一套丛书“认识东方”(“Connaissance de l' Orient”)与中国有关,从1956年开始,主要出版中国古典文学名著。一流的大出版社还有:门槛出版社(Le Seuil)、弗莱马里翁出版社(Flammarion)。另外,南方行动出版社(Actes Sud)和菲利普·皮革耶出版社(Philippe Piquier)也很值得一提,因为它们出版了许多中国文学作品,涉及范围从古代到现当代。从传播中国文化的角度来看,这些是比较有名、比较重要的出版社。还有一些很小的、协会性质的出版社,虽然资金不多,但是出版了很多很好的诗集。同学们可能会问,出版社缺乏资金怎么运作?法国有一点比较好,虽然诗歌不赚钱,但是国家经常给予诗歌各种各样的资金补助,只要申请到资金就可以出版。还有几本诗歌报刊值得关注,比如《诗歌行动》杂志(*Action Poétique*)、《诗》杂志(*Po&sie*)、《码头》(Docks)等。《诗》杂志由德吉先生主办,它在 1987 年出了一个中国专号,之后也集中发表过中国的诗歌。《码头》杂志创建于 1976 年,旨在介绍不为法国了解的遥远国家的诗歌活动。早在上个世纪 80 年代,此杂志就出版了中国专号,名为《中国的“非官方”诗歌与艺术》。当时,该刊仅刊登北岛等一代诗人的诗歌(原文和法文译文),而且发表了许多与诗人艺术家相关的照片。

诗歌传播的另外一个途径是诗歌活动。首先给大家介绍一个活动——“诗人之春”(Printemps des poètes),1999 年由法国国家文化部推出,就像法国音乐节一样,是个很热闹、很大众化的诗歌活动,每一年都会有不同主题,比如 2010 年的主题是“女性色彩”(Couleur femmes),2011 年的主题是“无尽的风景”(D' infinis paysages)。为什么这个活动如此大众化,如此热闹呢?因为在法国的各级机关,从小学到大学,以及社会的各个地方,都延续着朗诵诗歌的活动。学校还鼓励中学生写诗,把他们的诗贴在校园的墙壁上。这是一种全民动员的诗歌活动。“诗人之春”在春天举行,每年 3 月份,法国的主流媒体都会报道活动盛况。我所在的巴黎七大,也有这个活动。我的同事尚德兰(Chantal Chen-Andro),今年已经退休了,但她仍保持着这个习惯和传统,常常邀请中国诗人到校园里来朗诵。

另外还有一个机构叫“诗歌之家”(Maison de la poésie)。这是由诗人组成的一个民办机构,拥有舞台与剧院,主办诗人间的聚会、诗人与读者的互动等。诗人在此吟诵,就像表演话剧一样,对外售票,且票价不菲。

“诗歌集市”(Marché de la poésie)办得也很有情怀与趣味。我不知道你们看到这个称呼之后会怎么想象,是不是诗人拿着自己的诗稿,就像在自由市场一样卖诗呢?不是的。这是一个诗歌出版社的聚会,也会有很多小型的研讨会,有诗人的吟诵等活动。

此外,还有一个诗歌活动,即“瓦尔马恩省双年国际诗人节”(Biennale Internationale des Poètes en Val-de-Marne)。瓦尔马恩(Val-de-Marne)是巴黎郊区马恩河谷的一个省,每两年举行一个世界性的诗会。它对于传播中国当代诗歌也起了一定作用。

通过上述简单、快速的介绍,同学们可能想,既然法国的诗歌活动如此活跃,诗歌本身的发展是不是和这种活跃的诗歌氛围成正比呢?

二 法国诗歌的现状

法国诗歌的发展是面临“危机”还是“生机”?虽然法国的诗歌活动种类繁多,但是诗歌的发行几乎可以说是悄无声息的。因为这都是一些小的出版社在发行,没有大的媒体像宣传小说一样来宣传诗歌。法国有一个传统,就是9月份开学时,往往会有几百部的小说上市。广播电台不断地介绍这些小说及小说家,小说好像成了一种产品,被当做广告来推广,但诗歌没有。由此,我们会问:是不是现在的诗歌出现了危机?与1920年“超现实主义”那个狂飙突进的年代相比,是不是诗歌悄无声息了?其实,如果我们到书店里去走一走,就会发现还是有很多诗歌类以及介绍法国诗歌成果、诗歌发展的书。这似乎是在提醒读者,诗歌还继续存在。诗歌界的各种争论提出了一个共同的问题:21世纪初的诗人,现在到底还能做些什么?诗人克里斯坦·布里让(Christian Prigent)在《诗人现在还有什么用处》(*A quoi bon encore des poètes*, P. O. L. 出版社,法国,1996)一书中写道:“在法国,人们很喜欢诗歌,但是这些诗歌谁都不去读它。正是因为谁都不读诗,所以对诗歌的热爱就是无限的。就是不碰它,但是热爱好像总是存在着。"1995 年,结构主义时代非常有名的文人菲利普·索莱尔斯(Philippe Sollers)在《世界报》(*Le Monde*)上写道:"诗歌变成了看不到摸不着的事物。"

人们分析诗歌边缘化的原因,一方面是因为诗歌过于知识分子化,追求一些脱离读者的语言,所以最近法国诗坛提倡简单明了的写作风格。前两年,法国诗人达拉斯(Jacques Darras)在青海国际诗歌节上的演讲说,诗歌分两种,一种是内心的探索,一种是为民众的;这个传统从雨果就开始了,他主张的是为民众的诗歌。达拉斯在法国声誉很高,获得过很多荣誉。1988 年创作长诗《梅河》(*La Maye*,1988—2012),2006 年获得法兰西学士院诗歌大奖(le prix de l' Académie française)。另一方面,很多诗人和评论家认为,法国诗歌这种所谓的"危机",与现代社会的特点是分不开的。他们认为现代社会追求的是可盈利的、能够被迅速接受的知识。这就与诗歌的特点完全不同。因为诗歌语言不容易懂,需要人们反复去体会。于是诗歌的阅读既要花很多时间,又不能给人带来轻松之感。现在的人,需要的是能够一目了然的文字和立刻就能消费的思想和意义——这一倾向我自己都能在法国学生身上体会到。正因为诗歌不盈利,而且被这个消费的社会认为是无用的,便日渐处于边缘化状态。由此,诗界才采取了一种抵制的姿态,继续追求诗歌的纯洁性——不同流合污,不迎合社会的口味。1961 年,诗歌评论家乔治·穆南(Georges Mounin)曾说:"在这个社会上,写诗的人总比读诗的人要多。"现在的状况仍是如此。虽然诗歌处于这种低谷状态,但仍旧有很多写诗的人。所以一个诗歌杂志认为,这不是"危机"而是"生机"。如果说"危机"真的存在,那就是诗人所关注的问题已经产生了变化,而这个变化是令人不安的。因为诗人不再关注诗歌的地位及社会作用,关注的是诗歌本身与其性质:什么是诗?诗人也不再关注诗歌发展到什么程度了。他关注的是,在今天的社会，到底什么是诗。出现如此问题的转移，是因为关于诗歌的定义从 19 世纪末，从马拉美、兰波他们开始，就出现了一个转化。诗歌从有韵律的变成没有韵律的，变成了自由体式等。诗歌和这种严格的韵律形式的脱离，使诗歌的形式变得越来越松散化，越来越散文化。所以当代诗人詹姆斯·萨克雷（James Sacré）曾疑问："是不是现在谁声称自己写的是诗，它就是诗呢？就算它是文章的、散文的形式，也能算是诗呢？是不是读者认为这诗人写的是诗，它就是诗呢？"这样的问题越来越多。怎么重新定义诗歌，成了非常令人不安，也是诗歌论坛非常关心的一个问题。诗歌发展到这一状态，当然是和诗歌传统紧密相连的。

法国当代的诗歌传统，我们可以分成两条大线索：一条主线是兰波。兰波把诗歌创作看成是内心的、需要达到通灵的状态。所以从兰波以来，诗歌就被定义成一种对内心的探讨，寻求内心自我不了解的未知的东西。这种诗歌的传统可以被看成是诗人对于主体的、特性的、身份的一种定义与追求。从 20 世纪的发展来看，20 年代的"超现实主义"（Le surréalisme），就是受了兰波的影响。但是，"超现实主义"以后，很多诗人就不再追求兰波注重的"内心的拓宽"与对于无意识的捕捉了。因为他们觉得"超现实主义"对于潜意识的追求走到了极端，很多人就此放弃。这个传统可以称为是对内心空间的开拓，1984 年去世的米肖（Henri Michaux）即是承袭了这种传统的诗人。

另一条主线，就是马拉美。马拉美开拓了诗歌写作的另外一条道路。总的来看，有两条副线：一条是对语言的追求。马拉美认为，纯粹的诗歌作品需要诗人的完全消逝，诗人要把字词完全呈现在读者的面前。诗歌传统的功能因此有了变化，诗人希望突出的是诗歌的形式及诗歌字词产生的效果。他说要"诗人消逝"，推崇的是对字词、语言的追求，反对诗人个性的情绪张扬。自他以后，法国当代诗歌在追求语言能指的这个层面出现了一条比较明晰的发展轨迹，即注重语言的物质性。马拉美影响的第二条副线，认为通过诗歌可以观察到这个世界隐含的秘密。他认为诗歌就是一种表达的形式，通过这种表达，通过寻找到很本质的节奏，我们可以发现世界所呈现的很神秘的特点。这种想法和德国浪漫主义的诗歌相呼应，寻求诗歌形而上的功能，把诗歌神圣化。诗歌由此完全脱离了平时用于交流的语言功能，成为解码宇宙秘密的工具。

20世纪法国有很多诗歌运动、诗歌潮流，特点就是和传统的决裂，比如，以布勒东（André Breton）为代表的"超现实主义"。1945年二战以后，诗歌大概有几种阵营：一种是实验性的诗人，与追求形而上的诗人对立；另一种就是追求语言形式的诗人，与追求语言深处内容的诗人对立。总之，其现在可分成三种诗派：一种可以称为"文本主义"诗派，法文叫"poésie textualiste"，就是从"文本（texte）"来的。在"文本主义"诗人中，又可以分成两小类：一类是以"诗歌对抗诗歌"的诗人，比如我所翻译的蓬热及在他之后的丹尼斯·罗什（Denis Roche），让-玛丽·格莱兹（Jean-Marie Gleize）比较特殊，他既是一位研究蓬热的专家，也是一位诗人，而且他对蓬热的诗歌理论和实践又加以延续和发展。蓬热"以诗歌来对抗诗歌"的做法可以概述为以下几点：首先，他明确表示反对个性张扬的诗，反对抒情。他认为抒情诗人的那种抒情状态像是一个卖弄风骚的女人，非常夸张、招摇。所以，他提倡冷峻的写作立场和姿态，把目光着眼于文字本身。在写作的内容上，他返回到日常生活中一些很常见的、很细琐的、很卑微的事物，比如蜡烛、法国菜市场卖完菜之后扔下来的木条箱，或者香烟、一块肉等。同时在形式上，他拒绝律诗的形式，从他开始出现了诗与散文的联姻，蓬热称之为"proême"。他的这种重视文本的写作态度受到了当时"原样派"的推崇。我所翻译的《采取事物的立场》（*Le Parti pris des choses*, 1942）只反映了他诗学抱负的第一步，从译文中你们很快就会发现，他的诗从有规有矩的排列分行的诗慢慢地就变成了散文诗。后来他又出了很多诗集。这些诗集就完全走到了非常反叛的诗歌写作形式，比方说他的《何为一只语言的无花果以及为何》（*Comment une figue de parole et pourquoi*,1977)。在这么厚的一本书里,他把自己所有写无花果的草稿、准备状态的文字、从字典里摘下来的关于无花果的各种定义全都原封不动地发表出来,其目的就是要完全打乱诗歌这种封闭性的、完美的、精确的、高雅的、不可批判的传统形式。在60年代,他的影响力非常大,许多立体派的作家、画家都与他合作,创作出很多文章和绘画,还有草稿性质的诗歌作品。所以从他开始,我们可以看到这样一派诗人,他们试图通过挖掘文字本身的物质形式来激发诗歌语言的表达能力。文字本身的物质形式,就是它的形状和内涵。这个内涵不是我们日常生活中已经用得失去意义的那种含义,比如说木条箱的内涵,不是大家想到的那个用完被扔在菜市场垃圾堆里的器具。通过诗歌的创意,蓬热赋予它新的诗歌形象。他的这个创作思想,影响了之后的一大批诗人。另外,蓬热认为诗歌的创作要给予新的形式,不能墨守成规。"文本主义"诗人的第二小类,也很有影响,现在还在继续写作,这就是以雅克·鲁博(Jacques Roubaud)为代表的乌力波(Oulipo)。Oulipo是一个缩写,全名为潜在文学作坊(Ouvroir de littérature potentielle)。Ouvroir这个词原来的意思是"裁缝作坊"。我们把Oulipo翻译成"潜在文学作坊",就是一些诗人聚在一起,他们互相制定诗歌规则,然后共同来创作诗歌。他们以这种写诗行为来反对"超现实主义"一味寻求潜意识的"我想到什么画面就写什么画面,我想到什么意象就写什么意象"的写作理念。

第二类是探寻世界意义的诗人。你们可能还记得马拉美的影响,就是把诗歌作为一种形而上的形式,去寻求世界的真谛。他们当然完全反对"超现实主义"提倡的自动写作,也反对泛滥。他们认为应该有意识地控制、把握想象。很有名的一个诗人就是伊夫·博纳富瓦(Yves Bonnefoy)。他认为我们写诗不是要写能看得见的东西,而是要通过表面、抓住表面的瞬间去寻求这个世界的真谛。另外还有一位诗人,也非常有名,写得非常好,是菲利浦·雅各泰(Philippe Jaccottet)。雅各泰认为可以看见的东西是无限的,是难以捕捉的。他提倡一种透明的语言,即一种没有意象的、非常淳朴的语言,意象已经融在文字里的语言。这也使我想到蓬热所说的诗,即反对个性的张扬,反对诗人以想象者的姿态在那里招摇。

最后,还有新抒情派诗人。以两位诗人为代表,一个是让-米歇尔·牟勒布瓦(Jean-Michel Maulpoix)。他的诗歌主张从以下两首诗的题目就可以想见。一首诗题为《奥尔菲的声音》(*La Voix d' Orphée*, 1989);奥尔菲是古希腊的一个诗人,持着琴,下到地狱里去寻找他心爱的人,用他的琴弦打动地狱里的人。这是很美的一个故事,从题目我们可以看到重返抒情传统的倾向。还有一首诗,题目是《如爱一般的诗》(*La Poésie comme l' amour*),让我们看到人间的爱又回来了。另一个诗人叫雅克·莱达(Jacques Réda),现在非常有名。他写诗时甚至常常回到韵律诗,主张使诗易读易懂,让广大的读者接受。可见对于感情的抒发又重新通过这一派诗人回到法国当代诗坛。同时他们也反对过分地张扬,他们已经不再像兰波那样认为诗人是可以改变世界的,他们拒绝认为语言是可以改变世界的。"大自然"这个主题成为他们写作的中心,生活中的一些小事件被他们以比较抒情、比较低调的笔调描绘出来。

法国诗歌现状就给大家介绍到这里。要讲中国现当代诗歌在法国,我们的确需要先了解法国现当代诗歌的走向。那么,法国对于外国的诗歌又有怎样的期待呢?

三　中国现当代诗歌在法国

从两个方面介绍中国现当代诗歌在法国的接受情况:一个是译介的渠道。中国的诗歌传播到法国,首先是通过出版社。伽里玛出版社出版过一些中国现当代的诗。最近它把一家很小的名为"中国蓝"(Bleu de Chine)的出版社买下来。"中国蓝"专门出版中国现当代作品,于坚的《飞行》就是在那里出版的。另外还有一些很好但是很小的出版社出版了很多中国的诗，特别是中国当代的、朦胧诗以后的、80年代以后的一些诗，如尤里斯出版社(Ulysse)、希尔赛出版社(Circé)、个性出版社(Caractère)等。对中国诗歌在法国的出版做出贡献的，还有一个附属于法国东方语言学院的出版社(其法文名为 Publications orientalistes de France, collection D'étranges pays, 1979)，它发表了一批中国现代诗人的诗，比如郭沫若、冰心、艾青等。

另外有一些杂志，其中有我刚才提到的《码头》，对中国朦胧诗的传播意义重大。在1981—1982年的冬天这一期，它刊出了中国专号，介绍中国刚出现的朦胧诗以及和朦胧诗同时代产生的绘画专辑，发表了北岛、江河、杨炼、舒婷等人的诗作。这本杂志是1976年成立的，其最初的宗旨是关注外国的诗歌创作——其中"外国"不是美国英国等国，而是欧洲以外的边缘国家和没有受到重视的国家。中国早在1982年就被注意到了，这是非常值得欣慰的。另外还有一个很有名的文学杂志《欧罗巴》(*Europe*)，经常出版一些文学作品与文学评论。这个杂志于1985年、1987年和1988年多次发表了北岛、顾城、江河、舒婷的诗歌，相继出版了很多关于中国诗人的作品。这本杂志能够介绍这些中国当代的诗人与尚德兰女士——我们七大的文学老师密切相关。她和《欧罗巴》杂志有过长期的合作，而且一直致力于介绍中国80年代的诗歌。此外，在一些报刊上，比如1988年的《国际通讯》(*La Lettre internationale*)和1989年8月法国的《世界报》都介绍过北岛、顾城、芒克、杨炼。1950年在马赛成立的报纸《诗歌行动》，对中国诗歌传播尤其重要。它源起于马赛的码头搬运工罢工，有些诗人就聚集在一起觉得应该为社会做些什么，于是就创建了《诗歌行动》。所以这个报纸是非常左派的。这些诗人可以说都是法国共产党诗人，认为诗歌应该通过语言反映社会，诗歌写作经验不能和社会相脱离。《诗歌行动》的主编是亨利·德里(Henri Deluy)，这位法国诗人多次来过中国，其诗歌宗旨就是尽可能多地关注不同国家、不同文化、不同民族的诗歌创作。1997年，该刊出版了一个中国专号，介绍了很多中国80年代以后的诗人。最后就是我的导师米歇尔·德吉编的《诗》，也出过中国的专号。

诗歌活动对中国诗歌在法国的介绍和推动也起到了非常重要的作用。法国的文化部和外交部多次邀请中国当代诗人出国进行诗歌交流活动。诗人维尔泰（André Velter）对于中国诗歌在法国的译介做了很多贡献。他常年主持法国文化电台的一个诗歌节目——“话语诗歌”（Poésie sur parole），1991年曾邀请北岛到电台进行访谈。另外就是“诗人之春”这个活动。我所在的巴黎第七大学，尚德兰老师经常请中国的诗人来开朗诵会，我们的学生和中国诗人一起吟诵中文的原文诗和法文的译本。“诗人之家”也经常请中国诗人，特别是现在的“诗人之家”的当家人达拉斯。还有一个活动，就是刚才说的瓦尔马恩省每两年举办一次的“世界诗人诗会”，这个诗会的作用非常大，1997年，该诗会的组织者，即《诗歌行动》的主编德里（Henri Deluy），邀请了很多中国诗人来法国参加诗会。尚德兰编写的《中国新诗选》这个选集中，很多诗就来自于这一次的诗会。

可以看出，这些诗歌活动其实和法国当代诗坛上几位诗人老将的贡献、他们对于中国的兴趣和支持是分不开的。他们就是德里——《诗歌行动》的主编，达拉斯——“诗人之家”的主席，维尔泰——法国文化电台诗歌节目的主持人，德吉——《诗》杂志的主编。

一方面是法国的诗人通过这些诗歌活动，推动了法国读者对于中国诗歌的感性认知，而且能领略诗人的风采，能亲耳听到用中文朗诵诗的节奏和音韵，这是非常重要且有意义的一件事；另外一方面，这些诗歌活动也推动了诗歌翻译。从翻译、译者这一面，我们可以看到法国致力于中国文学的学者对于诗歌译介的贡献。这些翻译诗歌的人大多是学校里的文学教授，比如巴黎七大的尚德兰老师、里昂大学的利大英（Gregory Lee）教授。Gregory Lee是英国人，后来在法国里昂三大任教，是研究戴望舒的专家，也介绍过北岛和多多的诗歌。法国南方的杜德莱（Noël Dutrait）教授也做了非常多的译介工作。但遗憾的是，我们发现在这些出版的作品里，翻译的诗歌很多，但是诗歌的评论及对诗人的评论相对就要少一些。这是我们以后应该负起的责任、应该做的工作。

下面我将通过艾青和《中国新诗选》两个个案的分析来看法文中的中国现当代诗歌的形象。在现代诗人中，艾青的译介是最多的。此外法国有一本介绍郭沫若的书，一小本冰心的《春水》的翻译及厚厚的一本介绍受法国象征主义诗人影响的中国“现代派”诗人的专著，但是没有诗歌的翻译。艾青诗歌的译本比较多，与他一生在中国发表的上千首诗歌相比，翻译成法文的其实也不多，共有五十多首。除了有几首诗是零星出现在文学杂志上以外，大部分的法译诗出现在以下几本书中：一是 1958 年出版的艾青诗集，《向太阳》；二是 1962 年的《中国当代诗歌选》；三是由东方语言学院下属的出版社在 1979 年出版的《艾青诗集》。另外，到了 80 年代，尚德兰老师翻译了艾青的《诗论》；1987 年有一位研究艾青的博士生翻译了艾青的《光的赞歌》《礁石》，但是这位学者没有继续在学院里做研究。所以这两本诗集影响不是很大，在很多研究著作里都没有被提及。在五十多首译成法文的作品里面，艾青早期（1932—1939 年）的诗作只有 5 首；创作旺盛期（1937—1942 年）的作品，一共有 41 首；新中国成立后的诗作（1950—1955 年）有 5 首，80 年代后的诗有 3 首。对于艾青的介绍偏向现实主义题材，抗战时期的诗歌占多数。有 12 首诗被不同的译者翻译过两次，表现的主题多是和中国社会紧紧相连的，比如受苦大众的形象，对大地和水深火热中的祖国的热爱、人民的希望，团结和胜利等主题。而对于延安时期的生活、新中国成立以后出访外国的感受等主题的表现则比较欠缺，特别欠缺的是他在法国生活时期的 1929—1932 年的一些诗。从这些早期的诗中我们可以看到一个在法国学绘画的学生对画面、色彩的敏感。这些诗非常有文学价值的，但是被翻译的很少。也就是说，艾青受西方影响、结合象征主义和传统抒情的个性化的诗在译文中比较欠缺。被介绍的作品根据它的特点，展现了国家大众的生活和国家的命运。他第一首诗被介绍过来的时候是夹在一个文学专号里,即《欧罗巴》文学杂志的专号,只标有他的名字。这首诗在哪个年代写的?艾青是谁?均没有介绍。后来,渐渐地,对艾青的介绍越来越详细,越来越完整,不过主要强调其诗歌反映中国社会民众的形象,1980年以后强调的则是他之前的20年中被打成右派受迫害的情况等。可以说,这种译介的目的和功能,是一种启蒙性的。对于法国的读者来说,它是一扇通向中国社会的窗,透过这扇窗户了解中国的社会、历史和政治。所以诗歌的选择也比较片面,比较有目的性,而诗歌本身的文学价值并没有受到应有的重视。所以,诗歌译介对于文学形象的树立有正面也有负面的意义。艾青的个案可以告诉我们,他对于法国社会的文坛是没有什么影响的。虽然他被介绍在一些文学杂志或是文学出版物中,但其实介绍他的目的是为了了解中国社会。

第二个例子是2004年法国出版的《天空飞逝——中国新诗选》(*Le ciel en fuite—anthologie de la nouvelle poésie chinoise*)。这部诗选就是由尚德兰女士和七大退休的另一位文学老师主编的,也是迄今为止唯一的一本介绍中国当代,即80年代以后的中国诗选。那位老师主编的是台湾部分的译本,尚德兰老师主编的是大陆部分。"中国新诗选"这个题目很有意思,前言中指明中国的新诗是从1919年"五四"开始的,但是所译的现代部分的诗几乎为零,主要是八九十年代的诗,选了四十多位诗人,对诗人的介绍比较少。在此,我介绍一下尚德兰女士:她1967年开始专攻中国文学,翻译了很多中国文学作品,如80年代王蒙的小说、莫言的《天堂蒜薹之歌》和《檀香刑》。她最近正在译《蛙》,前两天还跟我讨论这个"蛙"到底怎么翻译?是翻成青蛙的"蛙",女娲的"娲",还是干脆就翻成小孩哇哇乱叫的那个"哇"?她还翻译了老舍、沈从文的很多作品。诗歌方面,她主要翻译了北岛、杨炼的作品。1983年,《欧罗巴》文学杂志邀请尚德兰编一期中国当代文学专号。此前没有接触过中国当代文学的尚德兰花了两年时间,阅读了包括短篇小说、诗歌在内的大量中国当代文学作品。这一看,让尚德兰暂时搁下了对古典文学的研究，开始关注中国当代文学。在法国，如果我们说到汉学，主要是指对于古代中国的研究，现当代这一块几乎是空白。尚德兰老师原来研究的是王国维的《人间词话》，所以从80年代开始，她与80年代兴起的诗人一起成长，在他们成长的同时，尚德兰老师发现了他们。之后，这些诗人通过各种各样的诗歌活动来到法国，和尚德兰老师结下了很深的个人友谊。正是基于这样一种经历，对于80年代的诗歌，她的感觉和把握是非常敏锐、非常准确的。但是我也观察到一些很有意思的现象，首先在和诗人王寅的交谈中，她强调说："我这个诗选是非常个性化的。除了北岛、杨炼他们这一代诗人我比较熟，别的诗人我是看到我喜欢的我就选了，而且相关资料在法国非常少。"我们可以发现，虽然主要诗人都在《诗选》里了，但是她选的诗，并没有完全与大陆的标准吻合——比如一些诗人的代表作、成名作并未入选。这也体现出法国学者个性化的研究作风：不迎合正统与官方。那么在尚德兰老师眼里看来，她选的诗，她眼中期待的、想象的诗歌，向我们呈现的法语中的中国诗歌又是怎样的呢？

在此举一两个例子：第一篇是柏桦的诗。尚德兰选的一些诗很符合法国对于中国、对于东方一直以来的异国想象。比如说有首诗名为《悬崖》，诗中提到唐代的风范。还有首诗名为《在清朝》，即用一种古旧的调子来吟唱生活，我们能读到一种古代中国的文人气质。在另一首《望气的人》（望气是古代一种占卜的方法）中，描述五行的变化，体现诗人对于古典意境的捕捉，透着古代的风韵：一种雍和平稳，行云流水般的意象转化等等。尚德兰把它作为开篇，而且有意识地选了这些诗，非常符合她自己的诗歌性情，她也希望法国人读这些诗的时候，对想象中的中国有一种认同。另外还有一个主题的特色，比如胡东的《黄种人的柠檬》，讲的是一个四川人在法国的地中海"蓝色海岸"——尼斯，看到柠檬的感受。因为柠檬是黄色的，诗人联想到中国的黄皮肤、黄河等等。这一方面体现了漂泊诗人内心的感受，另一方面表现了东方和西方文化的冲突。还有一个主题是对神话的改写，包括了重写蛮荒时代、洪水泛滥等等。另外一个主题就是东方的神秘，比如胡东的另一首诗《芝麻》，写于2001年，写的就是东方与西方的交流，汉代的使者行驶在丝绸之路上。另外，在她介绍的诗人里面，很多都是和政治、历史背景相联系的。比如北岛，介绍他诗中对于历史的思考，历史对他的重压，以及他的政治背景。有很多漂泊在国外的诗人，她介绍得非常多。我个人认为，中国当代诗选的标准一方面当然是诗要有个性；另一方面，也要看它翻成法文之后，能不能还保留这种诗性，这对于译介诗歌的人、对于诗人来说都是挑战。比如说波德莱尔一百年前写《恶之花》被禁，还被处以罚款，法国当时的社会认为他的书里有很多黄色的东西，写女性的身体、裸露之类的。如果现在中国诗人还把这个当作一种先锋的表现，翻译到法国是不是还有人读，法国的读者会不会还觉得它是一种先锋呢？显然不会。中国诗人在当代语境之下，越来越多地被介绍和翻译到别的文字里，应该寻求怎样的一种诗歌形象，才能突出诗歌个性呢？我想这对中国诗人也是一种挑战。

现在我们进入了一个全球化的语境，诗人、文化、国与国之间的交流会越来越多，相互的认识越来越真切。我想，对于诗歌界，可能会有两种挑战：一是诗歌古典格式的失落，二是对于文字敏感度的提升。这对诗歌的翻译也提出了挑战，我们的探索还需要持续。谢谢大家。

【交流环节】

提问1：“诗歌就是在翻译之中所流失的东西”，如何把法语能指本身的东西翻译成中文呢？

徐爽：这个问题是我曾经面对过的。比如说翻译蓬热，如何翻译他在语音上做的工作？他给予法国文字的这种关注就像以前中国的象形文字一样。比如说，写蛇，他就写“S”，用很多有字母“S”的词语。我采取的办法，就是需要用他的诗歌原则，在中文里重建蓬热的诗歌意境。我想有些地方我也不一定完全成功，但是我做过这些探索。比如说在我译《水》这首诗的时候，我就用了很多“i”音，因为原文中有很多的“i”，以此来呈现水卑微的被压抑的形象。关于这个问题，尚德兰老师也很敏感。在她译的当代中国诗里面，她就觉得多多的诗里有很多“ang”“ong”，这种音，她觉得很暴力，有一种压抑后的抵抗力。

提问 2：程抱一是第一个获得法兰西院士殊荣的华人，他翻译过小说《天一言》与《此情可待》，诗集《万有之东》。您如何评价他的翻译和影响？

徐爽：程抱一进入法兰西学院是一个特例。作为院士，他是捍卫法兰西文字的。他对于诗歌研究的几部著作，对法国诗歌界，或说文学界的影响很大。很多法国学者，甚至是学中文的学生，对于中国诗歌的想象、对中国诗歌的认识，都受到他的影响。这使我想起在教学中的一个小小轶事：去年的文学课上，曾经给我的研究生讲中国的先锋派小说家在叙述上的建构。后来有一个学生交给我一份作业，从中国古典美学的角度分析格非的小说：她把叙述中“空缺”阐释为美学中的“空”“虚”，把重复的叙述看成是一种“实”，在“虚”与“实”之间有一种结构的美。这就完全符合程抱一书中所写到的中国古典的美学。我觉得她分析得很独特，从而也能看到程抱一的文学理论对于法国的影响。现在还有一些华裔法语作家，比如加拿大的应晨，她也写诗，但主要还是写小说。她在复旦大学毕业后去了加拿大，专门学习写作。她写的法文小说，在加拿大法语界很受重视。

提问 3：中国学者是怎样向法国翻译和介绍中国本土诗歌的？

徐爽：中国文学的法文译介并不受法国主流文坛的重视。比如说艾青，其实中国外文出版局出版了一些译作，恕我直言，法国学者觉得其法语的力度不够。这是译介工作中非常重要的一环，也许译文在文字上、语法上都没有错误，但却不是地道的文学语言。所以，有一种翻译策略是合作翻译，即以中文为母语的译者和以法文为母语的译者合作。这样操作,就有两种目光的观照,能够比较准确地把诗性翻译出来。这也是我所做的一个工作。前一段时间我在自己的课堂上就注意培养法国学生对于文字和文学的敏感度。我觉得通过这样的工作,可能会培养出一些比较好的文学翻译。

孙晓娅:徐老师的讲座为我们立体地呈现出中国现当代诗歌在法国近百年来的翻译、出版、传播的历史,扩充了中国现当代诗歌研究的域外视野,提炼并呈现出中国现当代诗歌在法国的译介动态以及存在的问题、可发展的空间。其次,在全球化的语境之下,如何面对诗歌的边缘问题和危机问题,徐老师对这个问题进行了描述与分析,从“生机”这个独特的角度考量了当代全球化语境之下对于诗歌的种种共识性的焦虑,在文化传播、出版等方面提出了自己的思考和崭新的研究方式。徐老师的讲座颇为关注诗歌传播的现场,有当下性,她把诗歌的发展、现状和大众传媒紧密联结起来,从交流、出版、创作、诗歌纪事、学术研究的多重视角为我们打开中国诗歌在法国的译介现状,感谢徐老师精心的准备。

先锋派多媒体网络诗歌

主讲:〔英国〕贺麦晓

主持:孙晓娅

时间:2011 年 4 月 14 日

地点:首都师范大学北一区图书馆

主办:首都师范大学中国诗歌研究中心

孙晓娅:今天的讲座题目是“先锋派多媒体网络诗歌”。主讲人贺麦晓(Michel Hockx),荷兰人,曾获荷兰莱顿大学(Leiden University)博士学位,现任英国伦敦大学亚非学院中文系教授。他的研究领域包括中国现当代诗歌、新诗诗学和文学社会学,曾专门研究中国民国时期杂志文学,最近从事中文网络文学研究。研究专编著包括:《下雪的清晨——通往现代性路上的八位中国诗人》(*A Snowy Morning: Eight Chinese Poets on the Road to Modernity*, 1994)、《二十世纪中国文学场域》(*The Literary Field of Twentieth-Century China*, 1999)、《文体问题:现代中国的文学社会与文学杂志》(*Questions of Style: Literary Societies and Literary Journals in Modern China*, 2003)、《当代中国文化》(*Culture in the Contemporary PRC*, 2006)。有中文文章发表于《读书》《学人》《诗探索》《现代中国》《社会科学论坛》等杂志。

贺麦晓:非常感谢诗歌中心给我一个机会和大家讲“先锋派多媒体网络诗歌”的初步想法,同时也很高兴我的老朋友、现代文学史料研究的权威刘福春在场,他对“当代网络文学”会不会有所欣赏我还不太知道。现在网络上一些欧美作家和海外华人作家、诗人进行诗歌内容与形式的实验,这值得注意。研究这个题目,需要很多电子设备的支持。以往我做类似的报告的时候都会出现一些问题,这些作品是实验性的,有些是10年甚至15年以前的作品,所以不一定所有作品都能显现出来。

目前,我的研究范围是电子文学,凡是需要电子设备来创作和阅读的文学作品都可以叫作电子文学,网络文学只是其中的一部分,我今天要和大家讲的作品都曾经在网络上出现过,这些作品大部分还能在网上找到,但是有些已经不存在了。我今天讲的是多媒体的视觉诗歌。视觉诗歌是把诗歌作为一种视觉性的作品,把文字当做一种形式,这种诗歌的重点不在于内容、不在于阐释、不在于它的意象有多么美,它的重点在于视觉,你看见的是什么,这就是你的诗学感受。读这种诗歌的时候,阅读方式跟一般的诗歌不一样,而且你的感受也不一样。如果你写作这类诗歌,一旦有电脑、有网络,一下子就增加了很多可能性,因为它可以让文字、图画、声音等全部结合在一起,而且可以做各种各样的实验,我今天给大家介绍的就是这种极具实验性的多媒体的视觉诗歌作品,它们有一个共同点——使用的都是汉字——但不一定都是中国人写的。我先从一些欧美的作家讲起,会讲到一些美国的作品,最后会讲到我唯一能够找得到的一个国内的例子。另外,围绕视觉多媒体诗歌文类的一些实践的观点,我也会分享给大家。

用电脑做视觉诗歌的外国诗人都用过什么样的写作方法呢?先看一个文本变形的例子:我现在展示的是一个加拿大诗人90年代末的作品,他是独立作家,曾经学过中文,做过翻译,出版过诗集。这个作品的操作方式是这样的:我的鼠标放在这里就出来一首英文诗,我作为读者,需要慢慢地把鼠标挪动到右边,然后这首诗就开始改变成另外一首诗,视觉效果非常好。一首诗用文本变形的方法创作,读者可以一步一步地跟随每一个变形的过程。这首诗怎么变形、变形的结果如何都是由作者提前决定的,但是读者可以从任意地方开始。下一首诗我也可以让它变形,它是从英语转换成法语的。下面的同一首诗,可出现拼音,然后我们可以变形为直译的英语,最后直译可以变形成汉字——有没有这种可能性呢？我们来看：它变成了代码，90 年代还没有统一的代码，怎么变成文字呢？就只能偷偷地点前面的“重新再来”。90 年代他们做的实验当中很希望出现汉字，但是有问题，因为电脑总需要代码，拉丁文字不能很顺利地变成文字，每一个字都会花很多工夫，而且需要很多专业知识——这是计算机专家的工作，而不是诗人的工作。所以，在这些作品里使用汉字确实是一个问题，你需要花的时间和需要具备的能力比写其他的语言要多很多。这些都是很早的关于文本变形的例子。

我们再来看一个稍微晚一点的作品，这里面也有文本变形，但这不完全是由作者决定的，而且这里面还有声音，作者先朗诵这首诗，然后把它变形，朗诵的声音也跟着变形，通过电脑变换产生新的声音。在这个作品播放的 20 分钟里，作者呈现了如何将自己的一首诗作变形成翻译的一首宋词，变形的过程是随机的，连作者自己都不知道它会通过哪一些步骤去变形，所以每一次看的过程都不一样。我们再看这位作者再稍微晚一点的作品，这里面有声音、有不同的语言、有文本变形，它是完全互动的，每一次看的时候都不一样，而且我可以决定从哪里开始看。开始看到的是我们熟悉的文本变形，然后横向纵向排列的有十几首作者自己喜欢的诗，有英语的、法语的、汉语的、西班牙语的，他有时会把这一首的某一行和另外一首的某一行联系在一起，我们不知道这样的关系是什么，只能随便地做一些横向和纵向的操作。因此，我们可以做两个总结：第一，你不能用传统的眼光来看，你看的时候如果问“这是什么意思?”那就没意思了，这首诗需要你参与其中，不断互动，在互动的过程当中产生感性的或者理性的理解。它的先锋性正好就在于此，给你一种新的感受，让你有一种新的读法；第二，在这种作品里面用汉字是很好的选择，因为汉字有非常好的视觉效果。

现在我们来看另外一位加拿大诗人的作品。这位作家不懂中文，用的都是英语，但是互动中你作为读者可以把一些中文输入进去。他的一首作品被台湾一位诗人翻译成中文,所以这种作品还涉及翻译的问题。第一个作品是他早期的,这些先锋派的多媒体诗人一方面反对传统的阅读方式、写作方式,但是不反对传统的发表方式和出版方式,所以这些作品的作者、日期、相关评论等都不可或缺,对他们来说,这在整个诗歌的文学体系中很重要。这首作品有英文版、中文版和芬兰文版,作品一开头就告诉我们第一次是在哪里发表的。发表在自己的文学网站不算什么,能在专门网站上发表象征着一种认可。

接下来,我演示的这个作品很有趣,一般我们看传统的诗歌不需要说明书,拿起一本书打开从左到右,古汉语是从右到左。但是这个看起来像个菜单,我们点击这个,发现它动起来了,再按就变快了,再按一次就慢了,每次点击都会有不同的变化。当然,我们最后期望得到的是"meaning",中文的"meaning"就是"意义",就这一个字会很无趣,他借用了"文本之外无他物"这七个字来完成同样的作品,"文本之外无他物""文本之外无物他""他文之本物外无""无外他之本文物""无他之本物外文"都可以翻译。就这一方面而言,中文版诗歌就比英文版更有意思。不要忘记,这些不是直接写在电脑屏幕上的,而是通过电脑程序转换的,也就是说屏幕上的东西背后都有一个源代码,源代码一打开还可以看到"欢迎您到我的作品下层版本"等等这样一些话,读到最下面有这样的一句"如果你还在读这个的话,我不知道为什么。我不知道我还要介绍这个作品的机械性吗,不要,只是技术,技术很难得到,但是谁都可以学会"。这是一个很典型的先锋派作品或者说是后现代作品——到作品更深的一个层次去找作品真正的意思或者意义是找不到的,你找到的只是技术上的、在屏幕上呈现的东西。不要深层挖掘,也不要用现代主义的解读方式,作品的意义就是在屏幕上的,你一直玩它就会玩出真正的意义来。

再来看另外一个作品,应该说这是我目前最喜欢的一首诗——《行星》,这个作品并不走高雅艺术路线,而是先锋派路线,尤其是它的声音。它一共有216关,我可以进行操作,开始第一关还比较简单,再往后还会越来越难。我研究诗歌很长时间了,读过很多的诗,各种各样的诗也给我不一样的感受,这是我第一次读一首诗的时候唯一想到"杀""杀""杀",所有的美学感受都在一种激烈的感情里,先锋性、实验性就在这里。作为这首诗的读者我可以在屏幕上输入其他的词,但是不能使用汉字,一旦输入汉字就会出现乱码。对这些人来说,汉语总是多了一道程序,有源代码,有汉语的代码,然后才有汉字,拉丁文只有源代码然后就有文字。

也许你觉得很奇怪,我从哪里找来这么多奇怪的作品。有一个网站:电子文学目录。美国专门有一个电子文学研究会,他们做了一个目录,把全世界能够找到的电子文学都放在目录里面,然后加了链接,你可以从链接里看。这个目录还是比较传统的,非常重视作家的身份,刚才也说到,作品是互动的,我作为读者也可以像作家一样操作,但是这些制作目录的人还是会觉得作家比作品更重要,这方面他们并没有突破传统的文学生产模式,依然把作家当做特别神圣的人物。

这些作品里有一位是台湾诗人,叫姚大军,他早期在美国加州大学念博士,1995 年就已经开始尝试中文的视觉诗歌实验。对姚大军来说诗歌传统是文化问题,而且要在汉字的文学传统里对话,比如他的《我喜欢朗诵》这首朦胧诗。90 年代中期姚大军就开始在电脑上用随意的一些形容词来填充一首诗的程序,比较有代表性的是他的《全唐诗第四卷五言绝句》。如果你是一个诗人,如果你追求的是视觉效果,五言绝句大概是最无聊的,因为它的视觉效果每一首都是一样的,4 行 20 个字。我认为诗歌应该有视觉效果,而传统的中国诗歌没有视觉效果。我们再来看唐朝李益的《立秋前一日览镜》。"等下载结束后再用滑鼠控制"这个是说明书,"便利性文学"就是把说明书包括在里面的文学。在 90 年代,要下载 460KB 的东西大概要用五分钟左右,我用鼠标单击一下,就出现了李益的这首诗。这首诗配合这首音乐给人的印象就是嘈杂、混乱的,我估计他想说的是中华文化有很多种,有很多方言,有不同的隐喻,所以这不是一个单一的概念。传统的方式就是单一的这一首诗，但实际上，现在作为一个华人是很混乱的，在语言当中会有体现。当然，在所有的华人当中所共有的还是那些传统，这正是单一的传统和多方面声音的一种结合，所以我说技术对他而言不是很重要，汉字语言是他作为一个中文语言文化的台湾人在国外所思考的，语言汉字作为文化的一部分。

据我所见，大陆做这样的实验还比较少，先锋派多媒体网络诗歌能找到的很少。被评论家注意比较多的是毛翰，我目前正展示给大家的，从形式来讲其实就是一本书，有封面，有出版机构的信息，有目录，有诗，可以自动翻页，还有声音。我觉得这样的一首多媒体诗，他没有做更多形式上的实验，他有一定的象征资本在里面，到底是粗俗还是大陆多媒体先锋派，你们自己决定。我很想知道在大陆还有没有人在做类似于我前面给大家看的那些实验，我印象中比较少，这种视觉的诗歌在整个中国的新诗传统里面很少很少。这可能跟诗歌在中国文化中的地位有一定的关系，中国人觉得诗歌就应该很美，包括80年代的朦胧诗虽然朦胧，但还是有一种和读者沟通的意思在里面。另外一个因素，我没有找到这些作品，可能是因为它们在网上不存在，但在某些人的电脑里面存在。虽然中国的新诗没有很多形式方面的实验，但是有另外一种实验在中国正在进行，那就是论坛文学、论坛诗歌，这是在西方很少看到的一种诗歌的生长方式，一个人写一首诗，网上一些人进行评论，这种和读者、学者专家的互动，所谓的象征资本的条件也改变了，并不是一个专家说了算，如果有读者喜欢，他的人气就会变得很高。另外，网刊也变成很重要的发表作品的地方，作品本身就形式上而言没变化，但是发表方式不同于传统，发展得很快而且新颖。与西方的发表方式比较，论坛、博客有一定的先锋性，所以中国诗歌的先锋性不在于它的形式而在于它的出版方式，这是我得出的结论。

【交流环节】

提问1：大陆并不太热衷于诗歌形式上的革新和先锋性，您如何看待？

贺麦晓：首先，视觉诗歌确实有很长的历史，不管是在西方还是在中国。在一篇文章里，我采取另外一种研究方法：将一个普通的诗歌论坛和同样性质的美国的论坛作比较，我发现美国的那种业余的诗歌论坛在美国的学界根本没有人理会。如果有人研究，肯定是社会科学家而不是文学评论者。西方文学界接受的就是这种形式的实验，一直也都比较强调这种形式的实验性。其实，中国的那些论坛可以看作是一种集体写作，除诗歌文本之外还有评论、跟帖，它的内容在不断地变化，作者不止一个。因此，传统的文学研究办法不能去做这样的研究。至于为什么大陆比较少，也许跟文学的审查制度有关系。反对固定的形式也许对于中国大陆的诗人来说不重要，反对固有的发表形式是比较重要，这也是一点原因。或许我找到的都是从网络上自称是诗歌的作品，也可能很多人会认为多媒体艺术之类的不能称之为诗歌——诗不能随便去命名。在这些因素里，我不知道哪一个是决定性的。

提问 2：在多媒体的先锋性网络诗歌里，表演、技术，甚至是游戏的成分比较多，传统诗歌的价值在这样的情境下会受到损害吗？

贺麦晓：我觉得这基本上是一个定义的问题，就像你所说，如果持一个保守的、传统的态度，你会认为这不是诗，这是另外一个东西。100 年以前有人看到抽象画就会说这根本不是画，什么都不像。作者自己说这是诗，而且已经存在了一百多年视觉诗歌的传统，它不是突然一下就蹦出来的。现代诗歌里面一直有的传统，只是在进行一些新的实验，所以我们还是要宽容一点说这也是诗，这正好证明了诗歌对我们很重要，它一直还可以有新的形式，还很活跃，自由发挥其实是一件乐观的事情。

提问 3：在定义先锋诗派的时候，您更多的是把多媒体的方式联系在一起，但是新的就一定是好的吗？在审美上如何评价它们？

贺麦晓：我从来不从事审美价值评论，我是一个批评家、学者、文学社会学家，我用客观的方法去分析文学场里面发生的一些变化。当然，我也有我自己的一些美学标准，但是很少在我的研究工作里面用这些价值判断。我尊敬别人这样做，但我自己却不是这样做的。另外，对于先锋派的定义，某一个时代的文学场里面有些人站在所谓的先锋派的位置上，有些是正统文学的代表，在80年代的中国先锋派的位置可能是朦胧诗或者是先锋派小说之类的，2000年可能是《上海宝贝》这样的作品，在清朝的时候最先锋的可能是复古。所以说，先锋派是相对的，不能说新的就是先锋的，不是先锋的就一定不是新的，不能说新的都是好的，一定要了解文学机制是怎么样运行的，在里面又是什么样的人物、什么样的派别、什么样的地位等等，慢慢地研究分析才可以决定什么是先锋派。一般来说，先锋派在最开始的阶段需要自己来做，自己找一个网站或者刊物，自己写评论，从一个小圈子开始。正统的不太了解它，甚至会批评它，但是有的先锋派会慢慢地被正统所接受，正如抽象艺术画就会被接受一样。电子文学在90年代是一个小圈子，现在电子文学已经在美国一些大学成为一个专业，也有电子文学的专业书籍，也有可能过十几年后就不先锋了，会过时。

姜涛：贺麦晓老师是我一直追踪的对象，我非常关注他的研究，从我做博士论文时候开始就一直看他的书，去寻找他的一些资讯。贺麦晓老师的讲座内容非常新颖，对我最大的启发是他的研究方法和以往的中国现代文学期刊、社团的研究有内在的连续性。都是从文学社会学的角度来进入，我们以前谈文学社会学可能有偏见，所谓的社会学意味着文学反映了什么样的社会主题，表达了什么样的不满，其实文学社会学这个角度更多的是把文学看成是一个完整的系统，包括交流、出版、评论等。这样一套系统不仅决定了文学的存在，也决定了文学很多内在的问题，比如说我们怎么样去理解文学，什么是文学的本质，文学的形式是什么等等。今天贺麦晓老师精彩的讲述又一次证明了关于网络诗歌的研究不是外在的一种表述，而恰恰是一种内在的现代诗歌的可能性。

为什么中国的网络诗歌中缺少形式上的创新？造成这样的原因可能非常复杂，我想补充一个朴素、简单的原因，就是通过网络、通过电子媒体来创作新的诗歌形式是一个门槛，相对有难度，需要具备专业的技术知识与资金支持。相比之下，中国大陆现在大部分写诗的人缺乏这样的条件，没有掌握相应的技术进行相应的创作。另外，说到资金的问题，类似的创作在中国的艺术中可能存在，而且可能艺术需要时间，也更需要资金等前提条件支持。我非常赞成贺麦晓老师说的一点，中国网络诗歌虽然在形式上没有太多的创新，但是在发表方式等方面是有成绩的，中国的现代诗歌与传统诗歌有很大的断裂，从形式上、内涵上包括很多模式可能给我们感觉断裂没有那么大，诗歌在群体间的聚合能力是非常常见的。我觉得当代中国网络诗歌也许不在于创作大量的作品，而在于创造一个便捷的、有利于交流的文学共同体。这种聚合作用，这个变化，正面的效果带来传播交往的方便，也使文学更快地再生产，但是负面的效果有可能使今天的诗坛分裂成更多的小群体，有自己的标准去排斥另外一种声音，所以这实际上是一个更复杂的问题。但是中国社会中诗歌的位置一直在那里，它不是一种文学，它是一种文化，一直是这样，这就是我的一个看法，感谢大家。

孙晓娅：感谢贺麦晓老师富有先锋色彩的讲座，感谢姜涛老师高屋建瓴的学术点评。本场讲座的题目极具前沿性，含纳了很多问题的生长点。先锋派和多媒体，它们同构、交叉，又分属不同领域，讲座将二者融合并论，立体地呈现出各自独立、丰富的内涵。就网络诗歌而言，大陆学界相关研究并不少，但是最大的盲区是不知道有什么先锋的因素在里面，长期停留在对网络诗歌的概念的界定方面，淡化了网络平台的规划推进、形式建设、自身的发展创造等问题。仅仅从现象的表面进行探讨，而没有深入到网络媒体机制、功能和审美特质的探索当中，致使观念的更迭滞后与先锋观念缺失。下面我对本次讲座做个总结：

首先，讲座中谈及视觉诗歌和诗学的感受问题，这让我想到柏拉图将书写视为“知觉的革命”，他说眼睛代替了耳朵，成为语言加工的器官。回过头来看我们当下所处的时代，这个时代已经从柏拉图所说的书写的时代——文字的魔术转向了电子魔术，这是一个巨大的变化，可以看成是人类思维方式的转变。今天的讲座借用了多媒体视觉展示，在趣味的表象下，他更为关注诗歌文字的变形所带来的视觉的隐喻、形式实验的复杂隐喻，以及阅读者参与这种互动的意义、存在的再创造、再阅读等多重问题。

其次，讲座提到了象征资本，从文学场域的视角进行研究、分析、理论介入实践。讲座始终关注诗歌以什么样的方式去创造一种象征性的意义，网络又如何成为新诗发表的一个载体，网络文学运行的机制是什么……这些问题的展开拓宽了我们的研究视域以及分析问题的角度。

最后，贺麦晓的讲座，试图从接受美学的视角评价实验性诗歌，他并不强调文本变形之后诗歌的意义是什么，重点不在文本自身的价值，而是象征性先锋诗歌的实验性意义所在。感谢刘福春老师对讲座的支持，是他将贺麦晓老师请到首师大，感谢所有参与讲座的学者和朋友。

必须懂诗吗

主讲:〔法国〕克里斯蒂昂·杜麦

主持:孙晓娅

翻译:树才

时间:2011 年 5 月 23 日

地点:首都师范大学中国诗歌研究中心

主办:首都师范大学中国诗歌研究中心

孙晓娅:今天的讲座题目是"必须懂诗吗"。主讲人克里斯蒂昂·杜麦(Christian Doumet)来自法国巴黎第八大学(Universté Paris-VIII),诗人、法国文学教授,巴黎第八大学国际哲学学院研究项目主任,著有诗集《必须懂诗吗?》(*Faut-il comprendre la poésie* ?,2004)、小说《弗拉明戈方法》(*La Méthode Flaming*,2001)、随笔集《愿望之火》(*Feu à volonté*, 2008)、《三座茅屋》(2010)等。由中国社科院研究员树才担任翻译。

克里斯蒂昂·杜麦:讲座的主题"必须懂诗吗"是在全面考量了法国诗歌的历史和创作背景的基础上提出来的,因为在法国始终有些诗歌十分晦涩难懂。在 19 世纪中期,法国诗坛发生了一种变化:法国诗歌告别了类似中国古典平仄押韵的诗歌——格律诗,创作出一种自由体诗。从此,以往辨认一首诗的特质,因为自由体诗的出现而不复存在。举一个例子,法国的天才诗人兰波,他最后一本诗集是用散文体创作的,可翻译成《彩图集》(*Les Illuminations*,1872—1875)或《神启集》。兰波了不起的诗歌创作,打破了古典诗歌的衡量标准。比如标点符号在自由体诗里面被取消——这在阿波利奈尔(Guillaume Apollinaire)后来的创作中表现得很明显。阿波利奈尔的《米拉波桥》("Le Pont Mirabeau",1912)里面就没有标点符号,它那种连绵的写法让人联想到:在米拉波桥下流淌的是塞纳河,流淌的是已经逝去的爱情。

树才:就杜麦讲到《米拉波桥》没有标点符号我做个补充。当年我要做博士论文,查阅了这首诗的所有资料。法国的国家图书馆里有一份资料显示,最初这首诗有标点符号,在最后一刻诗人把它们去掉了。可见杜麦说得有道理,自由体诗的出现存在一个过渡。程抱一的译文把那些标点符号都恢复了,但我觉得恢复得没有什么道理。今天杜麦也证实了这一点,如果恢复了的话,自由体诗就过渡不过去了。

克里斯蒂昂·杜麦:问题的本质在于——诗歌文本和散文文本,究竟有什么本质的区别?是什么能够区别这两者?我推荐五种识别的标志或者可能,来区分一首诗和一篇散文。

第一,阅读一个文本时,如果其中有一句或者一个段落你不懂,但这并不影响你对整首诗的领会,这就是诗。可以参考兰波的另外一首诗《醉舟》,很多人认为兰波的诗篇都非常难懂,不过这首诗却相当简单、清晰可解。但是,这首诗中有一行是非常难解的,可直译成:"在无法描述的雪光下,我梦见了绿色的夜晚。"(J' ai rêvé la nuit verte aux neiges éblouies.)这完全是一种幻觉,因为在法语里面,这种表达是极少的,一般人说我梦见了黑色的夜晚或者黑夜,而在这里,它一下子变成了一个绿色的、发着绿光的夜晚。且在这首诗开篇,兰波就用了主体"我"——"我梦见"。因为是"我梦见",所以不管这首诗的后边怎么难解,在我们整体的观念中,梦的稀奇古怪和不同凡响都是可以接受和理解的。我体会它的诗性在于:兰波告诉我们,在"梦"这样一个动词的牵引下,他想要的句子、他想要的诗都可以这样被创作出来。

第二,读一首诗,要打开一首诗所有的理解的可能性。我们读一篇散文的时候,几乎把散文的各个要素——临近的两个要素以及更多的要素之间,通过一个理解把它综合起来思考。也即是说,你要懂它,然后形成一个整体的意思。法国哲学家柏格森(Henri Bergson)提出一点:人们在读一个文本的时候,经常有一个先于文本的东西,可以说成是预理解。也就是说,人是带着自己的能力去理解的。一首诗的特殊性,就在于这种预理解:还没有读到下一行诗,自己似乎就能够理解其中的意思。用这种预理解去读诗是不可能的或不应该的。还回到兰波的那句诗:“在无法描述的雪光里,我梦见了绿色的夜晚。”如果用散文思维理解“我梦见夜”,我想到它可能要与“黑色的”搭配在一起,但实际上它突然又冒出来“绿色的”,这完全出乎我的想象。所以按照我们原有的知识,我们没法做到对诗有一个预理解。概括地说,读一首诗,要在我们身上打开理解的可能性或者说理解的潜能。

第三,造成一首诗歧义的正是言语本身。这个观点并非是我独出机杼,20 世纪有其他大作家用另外一种方式也谈到了这一点,例如卡夫卡。卡夫卡的《变形记》整体上有诗性的元素,用隐喻的方式把整个人类隐喻成甲壳虫。甲壳虫失去了话语言说权,其他人的话语对他来说就变得难以沟通。这部小说的整体构想,内嵌了一种诗性的结构。所以我们读一首诗会感觉到,我们是通过读这首诗在自己身上听到了对我们来说很奇特的一种语言、一种声音。也就是说,读一首诗时在自己身上必须去发掘听懂这种语言的能力。我举一个例子,法国 20 世纪的大诗人亨利·米修(Henri Michaux),他到处旅行。在《大战役》这首诗中,他使用了很奇异的词语,但是我们读完以后,很容易领会其诗意——全诗围绕着大战役或者大争斗的氛围和主题,我们的阅读并未因奇异的语言产生过多障碍。我认为读一首诗就是去遭遇词语中的陌生感、奇特性。

第四,懂一首诗,不光是要懂这首诗里边语言的奇特性和陌生感,还要据此来理解整个世界的陌生性和奇特感。亨利·米修为什么要生造出这些奇异的词汇,实际上是他要去命名那些从未被命名的感觉。因为在这个世上,尚未被命名的东西是让人产生不安的。比如说在自然界我们遇到一种从未遇到过的奇异的动物或者植物,我们会有这样的感受:内心激起了很强烈的担心,甚至是恐惧。因为它是我们不习惯的、从未出现的东西。正因为这个世界上存在着这些真实，所以诗人试图通过创造新的词汇来描述它和命名它。读者在一首诗里遇到这种令人担忧的或者无法理解的状况的时候，一般有两种态度：一种是调动自己身上的理解能力，就像他在读一篇散文的时候所做的那样。这就像有人在一个废弃的火车站等一辆火车，等到最后他才会明白，他已经等不来火车了，但他能等来别的东西；另一种态度就是什么也不等，但是让自己全身心地去读这首诗，去聆听这首诗里的声音，然后有所发现。所以说读一首真正的诗，并不是说非得去懂什么，而是全身心地沉浸其中，让自己被这首诗的语言带着走，让它来改变读者自身。

第五，读一首诗要去理解一首诗本身的发声。举个例子，罗马尼亚裔诗人鲁伽有一首诗，是在咿咿呀呀的声音和话语里逐渐内拓而成——整首诗围绕“巴西欧内蒙”（passionem 音译，指激情）这个词来展开——讲的是激情的发生过程。所有的诗句都围绕上述这个词的第一个发音“巴”（pa），然后诗人不断地让这个词自己滚动。滚动的时候产生了新的意义，因为“巴”有“爸爸”（Papa）的意思，它在这里边也是“爸爸”，然后是“坏爸爸”“好爸爸”，然后过渡到“巴颇”（Pape）这个了不起的人物——教皇，后又过渡到“经过（让一个东西过去）”（passer）这个词——词语的链条像蛇形那样发生。这首诗几乎不能翻译，但是可以再造一下。这首诗很长，结尾是“我爱你，激情发生”，表达了一个男人告诉一个女人：我很爱你，而且我是带着巨大的耐心来爱你。但是它发生成一首诗，就变成特殊的语言形式。它只能写成一首诗，对一个女性说：我是带着激情来爱你。它说出来就没有意义，或者它甚至是不能说的、无法说的，所以通过一些声音来说出他要表达的东西。所以除了语言本身给我们带来的东西，它一无所有。

以上五点都是我的切身经验，简而言之：读一首诗，或者说一首诗的诗性机制就是读者应该让自己进入这首诗的语言空间，让这首诗来启示你、告诉你——它试图命名的、尚未命名过的那些感受和感觉。

【交流环节】

提问1:语言的逻各斯不一样,进入文本的方式也不一样。在中国语言背景下,怎样去判断诗和散文之间的关系?

树才:讲座中探讨过这个问题。中国的古典诗和现代诗之间也有逻各斯的变化,只是这个断裂不像法语诗歌那样平缓。汉语诗经历的是一个急变,如胡适所说,"作诗如作文"。但是整体而言的态势和法国是一样的,也是从格律严谨的形式过渡到结构自由的诗。中国汉语的诗,我自己体会,它还是以节奏来区别一首诗和一篇散文。一篇散文也有节奏,但一篇散文的节奏和一首诗的节奏有根本性的不同。一首诗的节奏,它几乎是语言本身要求它的东西是最重要的,没有一个主体,尤其是中国的诗,一首诗可以从一种事物开始,后面的诗句要服从语言本身的发生的需要。而一篇散文的节奏,达不到诗的节奏的质量,它的节奏更多的是语流的、话语发展的自然起伏而已。有些散文看上去也能朗诵得非常好,但是节奏没像诗歌那样。诗歌中有一种强度,是人为搁进去的。散文是自然形成的,总的来说还是提供更多可解的可能性。而节奏要求一首诗是这样的:它不管你可不可解,它要你听懂节奏本身。

克里斯蒂昂·杜麦:西方与东方、法语与汉语,各有各的节奏,但是怎样才能在我们之间找到相同的东西,换言之如何共同面对语言的现实?在诗歌领域,诗歌是通过语言造就的,语言完全是文化本身造就的,它不是自然界里称之为"自然"的那种东西。正是"语言"这种东西,使法语和汉语的诗歌、中国和西方的文化有一个共同的可以探讨的语境和空间。

提问2:被翻译过来的外国诗歌里面已经注入了译者自己的感受,面对译介的文本、原文本,以及我们自己的理解,怎样达到最接近诗本身的理解呢?

克里斯蒂昂·杜麦:无论是法语翻译成汉语,还是汉语翻译成法语，在一首诗里面，翻译本身遭遇的困难恰恰就是我刚才提到的两点：一个是诗是不可译的，另外一个是永远不要停止翻译诗歌的脚步，必须做最大的努力去读它、翻译它。这就是“懂”——去面对它。诗是无法让我们去懂的东西。

树才：翻译和原文之间的差距，我们应该天然地承认它，因为正是差异使得翻译变成可能，而且有意义。如果翻译只是为了抵达所说的原文，这是一个乌托邦，是抵达不了的，那么翻译本身就没有意义。所以最好是既能读原文，也能读译文。但是我们不能穷尽地球上的语言。我能用外语读诗的大概就是法语，而且有些也读不懂。当你懂法语，去感受一首法语诗的方式，和你不懂法语，用汉语去感受译诗，实际上方式是一样的。我们要用自己对母语的敏感去判断一首诗译得怎么样，其实我们完全有能力去判断。我译的一首诗，中国诗人根本不用去懂法语，仅凭自己写作的能力，就可以判断：这个段落有问题，因为这个段落如果没有问题的话，在法语里怎么能变成一首名作呢。也就是说，诗歌的翻译不是通过直接的“懂”，而是通过“译”——读者对诗性的那种感受能力，能够抵达或接近原文。

提问3：波德莱尔讲过：只有诗人、教士和士兵是可以享受一种最崇高的荣耀，其余的人只配挨鞭子。请问，波德莱尔所处的时代和今天法国的时代背景有多大的差别？第二个问题，波德里亚在我看来既是思想家又是诗人，杜麦先生可不可以给我们介绍一下。

克里斯蒂昂·杜麦：首先我对波德莱尔在19世纪开启现代诗是无条件钦佩的。波德莱尔在自己的私人日记里预言了让人惊异的很多事情，比如，他在1850年就预计到了整个世界的美国化，他也谴责所有的商人都是混蛋——他认为商人是可唾弃的。实际上从“美国化”和“商业”这样的字眼来看，我们已经过渡到了另外一个时代。

我对波德里亚（Jean Baudrillard）熟悉，但是也没有更多的要给你介绍的。你的印象让我感到有一点惊异：你把他理解成一个诗人，但是在法国,他更多地被理解成一个社会学家。可能是他的书被翻译得不错。

提问4:诗人在面对重新命名时是否有一种恐惧感?同时,诗歌是一个审美的东西,它带给我们的是一种美感。对于诗人来说,这种恐惧感和美感的矛盾是怎么处理的,哪种更多一点?

克里斯蒂昂·杜麦:你讲的"审美",我在法语里给它翻译成很简单的一个词根,就是"美"。在某种程度上讲,20世纪诗学本身不再包含于古希腊提出的某种包含美的那样一种美学。波德莱尔有一首诗叫作《腐烂的一条狗》,里面描述了"美"是怎样分解和崩塌的。从此以后,审美的方式有了变化。所以凭着我对诗人和诗歌的经验,"美"的性质是变化了的——不再是以前描述它的那些要素,而是变成了一首诗里边的匀称、透明感,是一种迷醉甚至是你所说的那种恐惧和疼痛。用布勒东的一句话来说就是:"美"就是让人感到折磨的,或者什么都不是。

提问5:您把诗解释成"命名那些尚未被命名的感觉和感受",这种感觉和感受是诗的功能还是它的本质?

克里斯蒂昂·杜麦:我刚才描述的命名那些尚未被命名的感受和感觉,更多的是把它当作诗歌的本质,不是功能。功能里面,比如说诗歌的政治宣传这个功能,宣传有政治性,在这个问题上我愿意表达一种非常坚定而清楚的态度:所有用于政治宣传的诗歌绝对不会构成诗歌,也不会做出好诗歌。以法国诗人埃里亚为例,他是个了不起的抒情诗人,在40年代写过一首《斯大林颂歌》。他凭着诗人的才华能写出很多诗,但是这首诗歌在我看来什么都不是,它完全就是一首劣诗,甚至连劣诗都不是。用于政治宣传的诗歌,可能呼应了一种要做成一首诗的幻觉或者说自我欺骗,但是它从来不会是一首好诗。

提问6：我们面对一首诗应该懂什么、如何懂？诗歌的本质是否有超脱于您所说的之外的东西？后现代已经是去中心化、去本质化，但是上升到语言本身来说，语言是用来传达信息的，传达信息本身不就是一种中心化吗？

克里斯蒂昂·杜麦：你的问题太难，凭我的法语能力，我希望自己抓住其中一些关键的点。也就是说，"懂"这个词是"理解"。肯定是有什么要理解，有什么东西应该被理解，这是读一首诗的价值和目的。阅读本身是一种阐释，其实翻译本身也是一种阐释。但是"阅读"这个行为和"懂"即"理解"这个行为，两个动词在法语里区别是比较大的。"懂"，即把一个东西拿到自己的怀里来，这是比较具象的行为。但是我所说的去命名从未被命名的那些事物和感觉，那个本身也是不能被命名的，是不能被指认的。也就意味着，那个东西不是要明确告诉你，你说的有没有溢出它的范围之外，那个东西本身在一首诗里面也是带阐释的，是自我理解的一部分，不能把它当作一个东西那样抱在怀里，或者把它拿过来。

"阅读"是一种阐释，但是"懂"这个词汇本身有"把东西拿来"的意思。去命名尚未被命名的感觉和事物，这个表达本身也是尚未被命名的一部分。

树才：下面请杜麦用母语朗读一下自己的诗，随后我再用中文朗诵：

第一部分

此地几乎没有人类面孔
此地铺成梅花形的砖块勾缝
提示迷宫之途通向无限
当我们低着头在死胡同里寻找出路

中了迷人的圈套
那些墙一寸一寸塌陷
变矮,矮到我们的膝盖
地平线出现那一边的出路
一片光明
但是回头看看地面
我们继续在残存的基础之间徘徊
去了又回　抵达又上路
永远想寻找那如此真切的给予我们的东西

第二部分

公交车在波士顿停了一下
当白昼落在老旧的纺织厂上
黑色的水洼澄清得如此缓慢
仿佛查理城的一部分仍然沉溺其中
每个人来这儿都带着模特
你就只在乎这个女人　只在乎这个
孩子们现在从煤渣路上散开
很快消失在遗迹之中
并被那里的另一些遗迹遮没
公交车从容上路　在底特律在纽约
相同的情景来面对另一些问题　另一些责难
有时甚至是侮辱　拳脚
就这样,越来越远　荒芜　煤渣　水洼和那些蓝玻璃墙板
然后到了旧金山　美国旅馆　只剩下回忆　房屋严峻　傲慢　吓唬人
房间遭到过仔细的抢劫　被开了膛

宽阔的道路挡着墙　或已毁坏
事情发生的那些夜晚
无人记得　这些孤单的旅客　这些路过的爱情
我们必须在那里入睡
两个人兴奋地话别　我们男人女人一样
穿着短大衣　从我们自身出来　在四周游荡
夜间乖乖地返回　笑闹着有点醉了

克里斯蒂昂·杜麦:这是我的近作,还没有最后定稿。灵感来自去年在美国的几个月的旅行经验,我在美国看到了工业化时代造成的工业废墟,很吃惊,不知道如何描述,后来这本诗集命名为《看着我们诞生的世纪的废墟》。你们是在20世纪诞生的,工业社会的废墟伴随着我们的诞生,见证了我们的诞生。

树才:杜麦通过自己的写作对"诗和散文"给予了区分。他把散文的部分也加到诗里边,但是这些散文写得冷峻、沉痛,也很美。他的语言非常简洁,尤其是开头两句。

孙晓娅:是的,杜麦先生对现代文明的反思犀利而敏锐。某种程度上说,他所揭示的和卞之琳对三四十年代北平城的描写有异曲同工之妙。今天的讲座,从宏观上看,是建立在感性写作基础之上的理性批评和反思。杜麦先生从两个维度展开:一是作为诗人,阐释他对诗的本质的理解;二是作为研究者、阅读者,从批评和接受的视角来剖析诗歌,并对"懂"字做了前所未有的展开,带给我们无限丰富的启迪。他的讲座凝练深刻,节制而丰富。感谢杜麦和树才的默契合作,今天,你们合力完成了最精彩的诗篇。

诗歌创作的持续与创新

——以托马斯·特朗斯特罗姆为例

主讲：孙晓娅

时间：2011年10月11日

地点：首都师范大学中国诗歌研究中心

主办：首都师范大学文学院

孙晓娅：我今天的讲座题目是"诗歌创作的持续与创新——以托马斯·特朗斯特罗姆为例"。5天前，2011年10月6日下午1点（北京时间10月6日下午7点）在瑞典首都斯德哥尔摩揭晓了今年获诺贝尔文学奖名单——瑞典诗人托马斯·特朗斯特罗姆（Tomas Transtromer）。

托马斯·特朗斯特罗姆（以下简称特翁）1931年生于瑞典，写诗至今六十多年。他的正式职业是心理医生，1956年，他在斯德哥尔摩大学学习心理学获得学士学位后，进入斯德哥尔摩大学心理实验研究所工作。1960—1966年，在瑞典一所少年犯监狱做心理医生。1980年之后，他长期在韦斯特罗斯市的劳工市场研究所从事心理辅导工作。作为心理医生，他深受少年犯、残疾人和瘾君子们的尊重。1954年，特翁出版了第一本诗集《诗十七首》，轰动瑞典诗坛，成为1950年代瑞典诗坛上的一件大事，四年后《途中的秘密》的出版，使他成为影响瑞典诗坛的诗人，后来又陆续出版了十部诗集。诗集《翻译集》（1999）、《诗全集》（2001）和《硕大的谜》（也有译成《巨大的谜团》）（2004）先后获得了多项国际国内文学奖。1990年，特翁因患脑溢血导致右半身瘫痪，但即使遭受如此劫难，他仍顽强地坚持纯诗写作，身体的不便确实让特翁在1990年之后的创作数量大大减少，他形容自己是透过网孔探望世界。

我开始认真阅读特翁的诗是在2004年，当年中国首届新诗界国际诗歌奖设立的"北斗星奖"分设国内、国外、海外华裔诗人三个奖项，分别颁发给牛汉、特翁、洛夫。时任《新诗界》主编的李岱松计划出一本获奖者作品集，他邀请我整理一份牛汉老师的诗歌创作年表。合集《光芒涌入》（新世界出版社2004年6月版）出版后，我得到两本样书，内文收录特翁近一百首诗作，这是我研究特翁的缘起。今天的讲座计划谈谈诺奖，谈谈特翁在中国的翻译以及我个人对特翁诗歌的点滴看法。

诺贝尔文学奖颁给特翁其实存在着历史的压力：瑞典是个小国，此前已经有7个瑞典人获诺贝尔文学奖，从数量上看确实不少。上一次瑞典作家获奖是在37年前。1974年，文学奖被授予瑞典作家艾温德·约翰森和哈里·马廷松。由于两人都是评选文学奖的瑞典文学院院士，此次授奖在国内外引起极大争议。在巨大压力下，敏感的诗人马廷松最终选择自杀。此后，瑞典文学院对把奖授予瑞典作家格外慎重。如果按写作使用的语言分类统计，排名最多的是英语作家，其次是法语、德语、西班牙语，瑞典作家排名第五。在诺贝尔文学奖刚创立的前二十多年里，国际文化交流面较窄，瑞典文学院把多数文学奖授予了瑞典、丹麦、挪威等国作家。此后，瑞典文学院逐渐把眼光转向欧洲大陆、美国，特别是近年来，一些来自南美、亚洲、非洲的作家逐渐引起文学院关注。

作为当代欧洲最杰出的象征主义和超现实主义大师，特翁在瑞典家喻户晓，作品被译成六十多种文字，多次在国际上获奖，自1993年以来每年都被提名为诺贝尔文学奖候选人。早在1992年，诺贝尔文学奖得主沃尔科特就曾说："瑞典文学院应毫不犹豫地把诺贝尔文学奖颁发给特朗斯特罗姆，尽管他是瑞典人。"诺贝尔文学奖很多年没有给诗人了，这次特翁获奖，得到了各国诗歌界人士的认同，这足以给我们带来多重的反思。

一　诗歌入围

——后工业时代诗歌处境的反思

当电子资讯在后工业社会中取得霸权，必然强化了这个社会的时代特色——强大的复制能力，迅速的传播方式，生产力大增，商业消费导向的决定影响力。这四个特点使原有的文化领域分裂，造成大众文化或通俗文化的崛起，进一步使其与精英文化或高层文化的分界泯灭。在后现代主义者盛赞的大众文化日益盛行的全球化语境中，诺贝尔文学奖颁发给终生坚持纯诗创作的诗人特翁，无疑有着深远的警示意义。就诗人与奖项的关系，北岛中肯而鞭辟入里地指出："我认为近些年获奖的诗人大多数并非一流。这也没办法，这和世界性的诗歌衰退有关，最好的诗人基本上都已辞世。在这个意义上，托马斯大于诺贝尔文学奖，这个奖给不给他，他都被公认为当代最伟大的诗人之一。"北岛所言最精彩之处在于他提出一个看似唐突的观点：诗人本身大于奖项，特翁的获奖重于诺贝尔文学奖本身！在我看来，北岛显然不是说特翁的影响比诺贝尔文学奖大，我个人认可并理解所在是：一位终生从事纯诗写作的诗人，一位始终坚执于不为声名、持久创作的诗人，一位视诗歌创作为身体中流淌的血液一样必要的诗人，一位完全和诗歌融合的真正的诗人，他的作品，他的存在，已经远远重于任何奖项和物质的评定。这本身就已经解构了消费时代的商业核心，特翁成为后工业时代独特的镜像。

特翁的创作历程，出奇地持久、稳定。20岁时，他就如同一位智慧的老人，不为外界干扰地创作，独立于纯粹自主的诗歌世界。在这里，我们共同回顾一下特翁出版诗集的情况，相信大家自己就能捕捉到很多思考点。特翁陆续出版的11部诗集如下：《诗十七首》(1954)、《途中的秘密》(1958)、《半完成的天堂》(1962)、《音色和足迹》(1966)、

《看见黑暗》(1970)、《小路》(1973)、《波罗的海》(1974)、《真理障碍物》(1978)、《野蛮的广场》(1983)、《为生者和死者》(1989)、《悲哀贡多拉》(1996)。特翁一生创作了160余首诗,他的诗集出版时间有一个规律——大约每隔四年出版一部诗集,平均一年只创作四五首。从诗集出版时间看,他创作产量均匀,结集周期始终保持稳定的节奏,而且每本诗集一般不超过20首,经由时间的检验和审视,足以说明他是一位极具韧性又十分从容,且不被功名牵引的诗人,社会时局的动荡、政治经济的变迁、文艺思潮的拥卷、诗人彼此之间的挤压都无法抵御诗人强大的内心力量,他是一位站在社会广场之上的智者型诗人。

从他的诗作篇幅来看,普遍短小精练,艺术水平平均,正如李笠所言:"说不上来哪首诗歌特别出色,整体就像高原一样。"一个持续高原水平创作的诗人其创新处首先体现在艺术观念的创新。特翁曾说:"创作要不断突破自己,不能停留,要不断地突破以往的风格和成就。"1990年7月,在接受李笠访谈时特翁进一步强调:"诗人必须敢于放弃用过的风格,敢于割爱、消减。如果必要,可放弃雄辩,做一个诗的禁欲主义者。"可以想见,有这样创作意识、观念的诗人,其艺术的创造性和诗性的灵感根本就不会停滞下来,对他而言,创作无所谓终极也无所谓制高点,他的标尺就是超越。也正因为他持有突破过往的艺术观念,特翁的诗集成果稳定,但诗歌内在的世界变化万千,呈现出多元多维的视角和不断更迭的陌生化效果,它会使无形的东西变得有声有色,可触可及。诗人仿佛在说:世界是密码,读它!破译它!因此,特翁诗歌的最大魅力在于新,他不断求新,不断发现创作的新道路。

特翁另一个创新之处在于他对诗歌资源的融汇与创造。他拥有丰富的传统资源,从古罗马的贺拉斯到日本的俳句,从瑞典前辈诗人埃克罗夫到现代主义的宗师艾略特,从法国超现实主义的艾吕雅到俄国象征主义的帕斯捷尔纳克,他承上启下,融汇贯通,在一个广阔的背景中开辟自己的道路。他在一篇名为《记忆看见我》的文章中这样说:

“通过形式，某些东西可上升到另一个层次。毛毛虫的腿消失了，展开翅膀。人永远不要失去希望。”这句话隐喻地表达了诗人自身对传统和创新的态度，也表达了诗人为突破和创造所赋予的美好理念和自在的姿态。这让我再次想起北岛在最近的一次访谈中说的话：“这些年在海外对传统的确有了新的领悟。传统就像血缘的召唤一样，是你在人生某一刻才会突然领悟到的。传统的博大精深与个人的势单力薄，就像大风与孤帆一样，只有懂得风向的帆才能远行。而问题在于传统就像风的形成那样复杂，往往是可望不可即，可感不可知的。中国古典诗歌对意象与境界的重视，最终成为我们的财富（有时是通过曲折的方式，比如通过美国意象主义运动）。我在海外朗诵时，有时会觉得李白杜甫李煜就站在我后面。……这就是传统。我们要是有能耐，就应加入并丰富这一传统，否则我们就是败家子。”特翁对传统是一种拥抱的姿态，他能在各种资源中游刃有余地吸纳、融汇，并最终完成突破，敞开极限。

此外，特翁诗歌的创新还体现在其诗作可以在不同时期带给不同国度的诗人持续性的影响和激励。这种持续的影响无形中与诗人自身对诗歌的理解竟然有所暗合。1990 年 7 月，在与李笠的对话中，特翁认为“完成一首诗需要很长时间。诗不是表达‘瞬息情绪’就完了”。他的诗对不同文化背景的诗人都有着深刻的影响。于坚曾说，特朗斯特罗姆的诗歌“一方面是西方世界期待中的现代主义的东方式的诗意，另一方面它又是中国诗人梦想西方的现代主义。他对中国的理解在经典上是古代的，在现实和当代的意义上，它则是政治的、制度的，而不是审美的”。特翁对当代诗人的影响是多方位的，布罗茨基曾风趣地说，他的很多意象是从特朗斯特罗姆那里“偷”来的。

二　托马斯·特朗斯特罗姆的诗歌在中国的译介情况

我们有必要了解特翁诗歌的中译情况。1983 年，北岛应汉学家马悦然之邀将特翁的诗集《野蛮的广场》翻译成中文，成为特翁诗歌的第一个中译者。《世界文学》1984 年第 4 期发表了北岛署名“石默”从英译本转译的《诗六首》。1985 年 4 月，特翁来中国访问，并参加了在北京外国语学院举办的“瑞典诗歌座谈会”等活动。同年《外国文艺》第 3 期发表了李笠从瑞典文翻译的特翁诗作《树和天空》（外五首）。1987 年 4 月，北岛编译的《北欧现代诗选》，由湖南人民出版社出版。这本诗选集中收入了北岛选译的特翁诗歌 9 首，均从英译本转译。1987 年，《世界文学》第 3 期发表了李笠译的《风暴》（外二首），另外二首是《序曲》和《十月即景》。1989 年，《世界文学》第 5 期发表了李笠译的《瑞典散文诗六篇》，里面收有特翁的《名字》。1988 年，译者柔刚翻译的由英国爱德华·B. 格梅恩编就的《西方超现实主义诗选》一书在海峡文艺出版社出版，其中收有特翁的 5 首诗歌，译者也是从英文转译的。1990 年，漓江出版社出版了李笠翻译的特翁诗歌选集《绿树与天空》，收入“域外诗丛”中。2001 年，南海出版公司推出了李笠直接从瑞典文翻译的《特朗斯特罗姆诗全集》，全集将诗人十余部诗集全部收入，全集还获得了由新闻出版总署举办的第六届全国优秀外国文学图书奖二等奖。同年，在北大召开了一次“托马斯·特兰斯特罗姆诗歌研讨会”。2003 年，河北教育出版社出版了由诗人董继平从英译本转译的《特兰斯特罗默诗选》。2004 年，特朗斯特罗姆获得中国“新诗界国际诗歌奖”，同时获奖的诗人有牛汉、洛夫、西川、王小妮、于坚、北岛和痖弦。同年，诗人李岱松编辑出版了“新诗界诗歌奖”获奖诗人的诗合集《光芒涌入》。

目前国内翻译特翁诗歌的译者主要有三家：北岛、李笠和董继平，前两位所做工作最多，翻译得也最好，不过，北岛和李笠就特翁诗作的译介问题也屡次争议。翻译之争源于二人的译介观点、对原诗理解等方面的分歧。有关他们翻译之争的文章，一篇是北岛的《特朗斯特罗默：黑暗怎样焊住灵魂的银河》，另一篇是李笠的《北岛的“焊”？还是特朗斯特罗姆的“烙”？——对北岛〈黑暗怎样焊住灵魂的银河〉回答》,在这两篇文章中,他们就翻译技巧和语言是否忠实于诗人主体风格、语言的精确把握、对原诗的尊重与否、翻译态度等问题进行了针锋相对的论辩。

北岛是第一个翻译特翁作品的诗人,他在其散文集《蓝房子》(江苏文艺出版社 2009 年版)中,专文描述了自己和特翁的交往;然而,北岛不懂瑞典语,他的译诗是由英文转译的。旅居瑞典的诗人李笠可以用瑞典文写作,他多年从事特翁作品的翻译。“新诗界国际诗歌奖”在“北斗星奖 · 特朗斯特罗姆”的授奖词中写道:“这个奖同时也是对李笠先生的表彰。他出色的翻译,在中国读者和特朗斯特罗姆之间架起了一座诗的桥梁。”北岛的翻译简练,这很符合特翁的语言特点;不过,北岛的翻译明显渗入译者个人风格。我个人比较倾向于李笠的翻译,虽然他的翻译也偶有不谨严之处。这一判断与我个人的翻译取向有关。

首先,从诗歌翻译与跨文化交流方面看。兰斯 · 休森和杰克 · 马丁强调:所有的文本都有与表述系统相关的因素,即特定的社会语境(《翻译操作者即文化操作者》)。我们可以将社会语境理解成文化运作中的意识形态和文化框架。翻译是介于两种语言和文化之间的阅读和阐释,是两种文化系统的融合和转换的过程,翻译操作者就是其间的媒介或中介。在某种程度上,翻译掌控着社会文化关系,为相同的或不同的观念之间提供不同层面的接口,它的功能是发展跨文化建设,同时连接和突显差异。根据目的语的社会文化规则,翻译最终被定义为由调解者在一些同源相关的意译选择中所作出的为个人和跨文化交流激发的选择。诗歌翻译与其他文体的翻译一样,绝不仅仅是简单的语言转换、翻译技巧的斟酌,作为译语文化系统中的分支,诗歌翻译同样关心作为人类跨文化交流的实践活动所具有的独特价值和意义,注重考察跨越国界与文化的动态过程,研究在翻译的过程中出现的文化信息,呈现文本深层内涵和文化底蕴,尽可能地保留原语文化风格,这些都是从事诗歌翻译无法回避或忽视的问题。在实践翻译行为的初始，关注诗歌语言背后的文化韵味、文化成因，甚至比关注创作者的诗学理念、创作经验、书写表达的策略还要重要。在译介学中，有学者更为直接地阐释：是背后的文化操纵了语言和翻译，翻译操作者一定程度上就成为文化操作者。李笠和北岛都是旅居海外多年的诗人，就瑞典的社会、诗歌环境而言，李笠更为熟悉和贴近特翁的国家和母语，也更利于体现原诗的文化韵味，表达原诗的语言极致。

其次，从翻译中如何处理诗歌意境、意象与张力这一问题看。冰心在《我也谈谈译诗》中明确指出："我只敢翻译散文诗或小说，而不敢译诗……我一直认为译诗是一种卖力不讨好的工作，若不是为了辞不掉的'任务'，我是不敢尝试的。"一方面，冰心注意到了不同文体翻译的差异，另一方面，她也明确指出相较于其他文体，诗歌翻译的难度。恰如清代诗论家在论诗时所言"诗之至处，妙在含蓄无垠"（叶燮《原诗》）。除了两种语言的掌握能力，对诗歌的领悟和创作能力，译者的阅读策略和阐释策略是诗歌翻译尤为重要的因素之一。诗歌中的意境与张力的翻译和处理技巧，尤其加深了内部"含蓄无垠"的翻译的难度和复杂性。朱湘就诗歌意境的翻译问题，曾给予过富有启示性的理解："我们对于译诗者的要求，便是他将原诗的意境整体的传达出来"，为此，他建议给翻译者充分的自由，为了更好地表达原诗的意境，使原诗的想象有回旋的余地，可以添加接收者本土的语境、语言材料，以便"将原诗的意境更深刻的嵌入国人的想像中"，有了这种理解逻辑的推演，朱湘果断地指出："惟有诗人才能了解诗人，惟有诗人才能解释诗人。他不单应该译诗，并且只有他才能译诗。"诚然，与原诗意境翻译同样棘手的问题，就是诗歌张力。简而言之，诗歌呈现出的外延力及内涵力的有机统一，戏剧性和反射性，语言、意象、结构、形式等等自身的冲突碰撞，都可以构成现代诗歌的张力美。恰切、圆满、蕴藉地翻译原诗的意境、张力美，为译介学开拓了富有挑战的学术研究空间。特翁卓越的诗才体现在他对意象和事物、词语内部张力的处理方面，他的诗歌意境近于唐诗，同时又具有现代、后现代的奇幻、隐喻，这些都给译者带来巨大的难度。李笠的翻译能够跨越两种语言和文化,由于熟谙,尤显洒脱,而且在意象处理、词语内涵的厘定等方面更富有创新,更大胆,赋予翻译以生命的活力。

三　唤醒与穿越

——托马斯·特朗斯特罗姆诗歌的神韵和风骨

(一)诗歌:唤醒几种关联

即便以世界性的眼光审视,特翁的创作状态也是独异特出的。很多诗人是在遭受挫折之后才走向内心风景,就像诗人日瓦戈医生选择在瓦雷金诺的心灵的沉思一样,而特翁是一种自主的选择。在诗坛上,他一出场就臻至创作的顶峰,并一直保持智性、冷静、沉潜式的书写风格。他很自负而从容地掌控内心火炽的激情、丰沛的情绪和敏感的触觉、锐利的洞悉,他轻松地绕开蜂拥而至的词语的缠绕和写作技术策略的诸多诱惑,当然还有政治伦理的干扰。从始至终,他更为关注自我与周围世界的关系,死亡、历史和日常镜像是其作品中常见的主题。作为一个现实象征主义诗人,他通过"凝炼、透彻的意象",为我们提供了通向现实的新途径。用"唤醒"和"穿越"这两个词概括特翁诗歌的神韵、风骨,是我的第一感觉,也是反复阅读后,依旧抓紧我的两个核心评论词。

(1)唤醒内涵

如果说特翁的诗歌有什么神奇的力量,首先是诗人以丰富的想象力唤醒了可能的关联。特翁选择"唤醒"来表达他对诗歌的独特理解。他本人在《诗是一种积极的禅坐——首届"新诗界国际诗歌奖"授奖辞》中说:"约定俗成的语言和观点在对付世界,达到有限具体的目标时无疑是不可缺少的。但在生活更重要的瞬息,我们发现它们往往是品味不足的。一旦它们完全主宰我们,我们就会陷入隔绝、毁败的境地。诗歌,我认为,正是对这一趋势的抵抗。诗是一种积极的禅坐,它不是催眠，它是唤醒。”特翁的语言稳、准、犀利，既突然又合理，能够像炼丹术一般唤醒毫无关联的事物：唤醒词语，唤醒诗艺的所有策略与技巧（隐喻与象征，现实与超现实的关联），唤醒陌生事物的可能关联，唤醒日常与平凡，唤醒意象的丰富与内涵，唤醒内生命的秘密，唤醒发现的眼睛，唤醒灵魂沉潜的迟钝与污染。

（2）唤醒词语

特翁的诗歌打开了语言表达范围的极致和所有可能敞开的含义，让读者既感到意外又有体验的共鸣：“剧场倒空。这上午夜/文字在墙上灼烧/未答复的书信之迷/沉入冰冷的光泽。”（《墙面》二）特翁诗歌中除了体现出很强的语言造型能力之外，还具有十分高超的音调技法，这些都为其诗增添了言简意深的艺术魅力。以《沉寂》一诗为例：“走吧，他们已被埋葬……/一朵云遮挡住太阳/饥饿是座/夜间迁移的高楼/卧室里电梯的鼓/用黑棍敲打着内脏/沟中的花朵。鼓乐和沉寂/走吧，他们已被埋葬……大西洋黑色的深底/让银子在桌上成群地活着。”词语和词语之间冷静地对击、突兀地碰撞，唤醒每个人内心对寂寞最深切的感悟，久久不能磨灭的深切。诗人对词语的提炼亦或敲击，是为了唤醒语言的自由和丰富，他在《自 1979 年 3 月》一诗中明确阐明了这一观点：“厌烦了所有带来词的人，词而不是语言/我走向白雪覆盖的岛屿/荒野没有词/空白之页向四方展开！/我触到雪地里鹿蹄的痕迹/是语言而不是词。”

（3）唤醒所有陌生事物的关联

特翁的诗歌主要探讨自我与周围世界的关系，死亡、历史和自然是其作品中常见的主题。他尝试着在对立物间揭示彼此的联系，他在《诗是一种积极的禅坐——首届“新诗界国际诗歌奖”授奖辞》中说道：“三十年前，我对自己的诗歌艺术作过简要的论述，对于我，这些观点今天仍是有效的：我的诗是会聚点。它们让被约定俗成的语言和观点隔离的现实各部分发生联系，让景象中大大小小的细节彼此撞击，让不同的文化和人物、自然与工业交错一起等等。换句话说，让貌似矛盾冲突的东西揭示内在的关系。”与这一理念相符，他坦诚其诗“常常从一个物体或状态着手，为诗建立一个‘基础’。这基础有时是一个地点。诗从一个意象中渐渐诞生……我用清晰的方法描述我感受到的神秘的现实世界”。

明确了诗人的艺术观念，回过头我们再阅读他的诗作自然会豁然了悟、深入感受：“沼泽中低矮的松树高昂着头：一块灰暗的破布/但你看见的根本无法与树根/相比，那向四方扩展，悄悄爬动，不死或半死的/根部//我你他她与枝杈般伸展/在愿望之外/在都市之外……”（《几分钟》）诗人从具体的意象——沼泽中的松树入手，隐喻式地赞叹了自由伸展无限延续的生命状态，那么受有形观念和生存空间局限的人类呢，本该从植物那里寻找一种延展的可能，与“愿望之外”“都市之外”对应，最广阔的恰是内心的无限。探究灵魂的隐秘、探究超现实的神秘，并与生存的各种可能关联起来，诗人如同魔法师，深谙一切诡异的把戏，自如淡定地将它们讲述出来。再如描写二月的一首诗：“二月，活着的静静站立/鸟懒得飞翔，灵魂/磨着风景，像船/摩擦停靠的渡口//……有一天某种东西走向窗口/工作中止。我仰起头/色彩在燃烧。一切转过了脸，/大地和我对着一跃。”（《脸对着脸》）实与虚、动与静、单调与色彩持重地结合，变幻对立，最后，一切情境和意象刹那间融汇，主体撞击，升腾出熔炼后的灵魂，自由敞开封闭、作为季节的二月突破人们意识中固有的形象，我——诗人自身从灵魂的渡口腾越而出。从物象的细致捕捉到生命的刹那升华，《树与天空》一诗可谓达到了极致：“一棵树在雨中走动/在倾洒的灰色中匆匆走过我们身边/它有急事。它汲取雨中的生命/就像果园里的黑鹂//雨停歇。树停下脚步/它在晴朗的夜晚挺拔地静闪/和我们一样它在等待那瞬息/当雪花在空中绽放。”

(4)唤醒意象与现实之间的丰富与内涵

诗评家唐晓渡认为，虽然没有任何资料记载特翁对中国古典诗歌有着深入的研究，但是他的诗歌意象完整、扭转、空灵，这和中国古典诗歌有着几分神似。同样,北岛最推崇特翁诗歌的意象和音调,他认为特翁的“意象诡异而辉煌,其音调是独一无二的”。这样的例子俯拾皆是:“思想静静站立/如宫院内/镶嵌画上的石块”“死亡向我/俯身,一盘棋局而已/找到了对策”“蒲公英,蒲公英/从柏油路上站起/像一个乞丐//枯黄的叶子/昂贵,如死海/捞起的圣经”“带着阳光的脖套/林荫路慢慢地走着/谁在呼叫?”“鸟身人面/苹果树在开花/硕大的谜”(《俳句》11首)。特翁最独特的才能是对意象——诗的最大奥秘的处理。他被称作“隐喻大师”,善于从日常生活入手,从现实生活中提炼意象,“他擅长把有机物和科学结合在一起,把技术词汇运用到诗歌的神圣领域——自然和艺术中去,诸如:‘蟋蟀疯狂地缝着缝纫机’,‘孤独的水龙头从玫瑰丛中站起,像一座骑士的雕像’……”他的作品多短小、精练,往往用意象和隐喻来塑造个人的内心世界,把激烈的情感寄于平静的文字里。例如,他将停留在车窗上的蛾子想象为“来自世界的一份份苍白的小电报”。又将意象的隐喻与创造经由内心世界最终返回现实。在此以李笠翻译的《打开与关闭的房子》一诗为例做简要的分析:这首诗起句给人带来强烈的陌生感,我们不禁会质疑“世界和手套会有什么经验的关联”?深入阅读,不自禁油然钦佩诗人比喻的神奇与感受的贴切。诗人从手套这个具体的意象入手,手套意味着个人与世界的一种劳动的关系,手套搭建起人与世界的特殊具体的联结,而这种关系在发生变化,并由此产生突然的紧张:它们突然生长,扩展,从内部翳暗整个房子,直至进入自由伸展的心灵视域,最终完成诗人自己倡导的“用清晰的方法描绘”“感受到的神秘的现实世界”。

(二)穿越在三重世界之间

(1)三重世界所指

地面深处

我的灵魂
彗星般悄然滑行
——《鹰崖》

如同神异的通灵者，特翁打开所有的边界，现实与超现实，虚幻与实相，自然与精神，存在与灵感……他自如地穿越于三重世界之间——自然、现实世界和精神世界。自然作为其中的第一重世界，是指贯通古今的人类存在的自然环境，涵盖春夏秋冬、田园山水、日月星辰、江河大海、森林旷野、风雨云雾和花鸟虫兽等。可是，当后期印象派画家喊出“我们照着太阳画，怎样也画不过太阳本身”时，又让我们不得不反思自然面相的隐喻和巨大盲点，毕竟自然是变化万千，无法穷尽。第二重世界，即现实世界，是现时代的在场，包括城乡等社会世相。第三重世界包含超以象外、跨越时空的精神世界、内生命和灵魂空间。众所周知，好的作品不会受到时空的限制，它可以超越时空，从屈原、陶渊明、李白、杜甫、李商隐、叶芝、里尔克、艾略特、狄金森到米开朗基诺、贝多芬、毕加索等，莫不如是。当里尔克以个人敏锐的心灵同时空交谈，写出“时间，如何我俯身向你，以金属碰击的声音”，当海明威以诗的暗示性，在《老人与海》中，表现人宿命性地同“空无”与“死亡”搏斗的悲剧感，当贝多芬以激越的跳动的音符，通过第一与第二重世界的阻力，步入内心强大的第三世界，创造出感人的经典乐章，当艾略特面对所谓的现代工业文明带给人类内心与精神的破坏……他们绝不在技巧与表面上耍花样，而是深谙如何表达开阔无限的第三世界。挣脱第一与第二重世界的有限境界与重重障碍，使它们获得超越、转化，进入更深邃的第三世界，获得延展与永恒的生机，这就是古今中外伟大艺术家们保持持久艺术生命的奥秘。

1954 年出版的《诗十七首》收录一首预言并隐喻了特翁毕生创作姿态的诗作《联系》：“看这棵灰色的树。天空穿过/它的纤维，流入大地——/大地狂饮后只给留下/一朵干瘪的云。被盗的宇宙/拧入交错的树根，挤成/苍翠——这自由的瞬息/飞出我们的体内，旋转着/穿过命运女神的血液前进。”屹立的树是诗人自身的写照，他最终突破形式、权力的约束和强制，“玻璃般透明地穿行岁月”(《石头》)，直至完成天地宇宙间的穿越，完成历史现实的超越，完成对命运的穿越——自由、豁达、超脱的精神品格的确立。

很显然，从写诗伊始，特翁就知道自己在做什么、要做什么、如何去做，他知道如何引导强大的创作内驱力穿越生与死的黑暗，穿越虚与实。他说：“诗就是对世界的感受，不是认识，而是幻想，一首诗是我让它成为醒着的梦，诗最重要的任务就是塑造精神生活，揭示神秘。”从这句话，我们可以看出特翁的诗歌直指隐秘无相的第三重世界，用瑞典文学院院士谢尔·埃斯普马克的话说，特翁是“缓慢变化中的宇宙”，他“试图解释灵魂”。他在诗歌中自如地穿越于不同空间，推动社会经验。历史经验与诗人个体经验的深度融合，从而形成自己独特的诗歌风格。后现代主义大师詹明信对人类在后现代主义时代的命运是相当忧虑的，他说：“目前，人类已经在没有深度、没有崇高点以及被遗忘的状态中生活。”在特翁的诗中，我们完全可以看到詹明信所忧虑的现象，但它们被特翁巧妙地串联起来，自如地穿越于有机和无机、虚幻和实在之间，完成了“穿越中的超越”，这也是特翁诗歌吸引我的一个原因。

(2)穿越中超越：自然——现实世界——内生命

“我必须跨过/黑暗的门槛/……直到光追赶上我/把时间折起”(《签名》)特翁很少直白地书写自然，或在自然山水万象中任性地抒怀，他更善于突破约定俗成的限制和观念的束缚，自如地选取主体“我”和自然间相通的关联物，张弛有度地任诗思和情感穿越于主客体，打破经验意义上的可能或不可行。我们先看看诗人是如何清醒地刻绘现实世界和疯狂的想象与直觉的：“窗外是春天长长的动物/阳光那透明的巨龙/如郊外一辆没有尽头的火车/——我们没看上它的头部//岸边的别墅向两侧移动/像傲慢的螃蟹/太阳使雕塑闪耀//宇宙疯狂的火海/被土化成一段抚摩/清算的时刻到了。”(《光芒涌入》)万物萌生的春天,生命跃动鲜活,诗人用长长的动物、透明的巨龙、没有尽头的火车比喻春天中自然的景象,这一切,最终要回归——被大地吸纳包容,与大地同样博大深厚的,是诗人的心胸。再如:“五根弦在拨弄。我穿行地面温暖富有弹性的森林/蜷曲成胎儿,睡去,轻轻滚入未来,突然感到植物有着丰富的思想。”(《舒伯特》)植物与思想的关联,全在五根弦拨弄的音符,舒伯特的音乐带领诗人进入超验的世界,并与客体植物、大地、森林浑融一体,超以象外,物我两忘。

作为智性诗人,特翁始终秉持着现时代的在场意识。他写教堂(《解散的集会》)、小旅馆(《悲歌》《画廊》)、车站(《车站》)、村庄(《尾声》)、海岸和港口(《波罗的海》)……他不在现实的场域中停滞,而是明智地跨越现实的权力和界限:“路尽头,我看到了权力/它像一只洋葱/粘贴的脸/在一一脱落……”(《墙面》一)“我躺在这间敏感的屋里/许多人想穿墙而入/但多数人被挡在了外面/他们被遗忘那白色的喧嚣吞没。”特翁挣脱第一与第二自然的有限境界与重重障碍,使第一与第二自然获得超越转化进入更深远深邃的第三世界,获得延展与永恒的生机。特翁热衷于生与死,虚与实。“我们必须相信很多东西,才不至于度日时突然掉进深渊/相信挂在村庄山崖上的积雪,相信无声的许诺,默契的微笑/相信噩耗与我们无关,刀光不会在心野闪现/相信车轴能在放大三百倍的钢铁蜜蜂的公路上带我们向前/事实上,这些东西并不配我们的信赖/五根弦说我们可以相信别的/相信什么?相信别的。他们跟我们朝那里走了一段。如同灯光在楼梯处熄灭,手追随着——用信赖——”(《舒伯特》)外界的影响有形亦有限,惟有心灵之手可以推动我们超越黑暗与障碍。接下来再细读特翁的另一首诗《致防线后面的朋友》:

1

我写给你的如此贫乏。而我不能写的

像老式飞艇不断膨胀
最终穿过夜空消失。

2

这信此刻在检查员那儿。他开灯。
强光下,我的词像猴子蹿向栅栏,
哐啷摇晃,停住,露出牙齿。

3

请读这字行之间。我们将二百年后相会
当旅馆墙壁中的扩音器被遗忘
终于可以睡去,变成三叶虫。

仅从题目看,特翁又重拾他诗歌中最常见的主题——边界。从文本层面看,诗里所写的语言的边界,是可表达与不可表达的边界。这首诗,结构上的转换与关联、对接很娴熟,用数字代表的三段似乎互不相关,但又指涉同一主题——语言的边界。但我觉得诗中隐喻的巧妙和含义更耐人寻味。第一节点出语言的贫瘠和表达的无力,这个问题困扰很多作家,因为人无法把握自身的潜意识或无意识,语言进入这一盲区,尤显无力。第二节始于检查员所代表的防线(即语言边界),也可以将检察员理解为秩序的规范,语言表达的秩序。"我的词像猴子蹿向栅栏/哐啷摇晃,停住,露出牙齿",则意味着语言所具有的行为能力,还有扩张力,用罗兰·巴特所说"语言的延宕力",是对检查员所代表的防线的挑战。第三节"我们将二百年后相会",时空的穿梭和跳跃让我猛然联想起卞之琳的《距离的组织》中的诗句"想独上高楼读一遍《罗马衰亡史》,/忽有罗马灭亡星出现在报上"。"我们将二百年后相会","我们"可以实指"我"和防线后面的朋友,也无奈、痛苦地呈现出人类处境的特殊状态。"当旅馆墙壁中的扩音器被遗忘/终于可以睡去,变成三叶虫",由于死亡和遗忘,字里行间的虚无情态终于显现出来。三叶虫显然来自诗人关于博物馆的童年记忆,那化石是虚无的外化。在历史面前,所有的过往都可以被定格为化石,意义和威权荡然无存,时光消解了每一个瞬息。当然,边界还可以喻指时空的边界、制度的边界、政治的边界,如此,这首诗的含义就更为深沉凝炼。“变成三叶虫”这句诗又让我想起卞之琳的名篇《鱼化石(一条鱼或一个女子说)》:“我要有你的怀抱的形状,/我往往溶于水的线条。/你真象镜子一样的爱我呢,/你我都远了乃有了鱼化石。”两首诗的情感表达都是克制而深邃,冷静而从容,内蕴深厚。当然,都难以破译。但是,同样抽象化、造型化的处理,从内心和语言挖掘的深度看,从经验的现实意义和普遍性看,特翁更胜一筹。如此智慧杰出的诗人,在“新诗界国际诗歌奖”的授奖辞中却谦虚地说:“我感到十分荣幸被授予‘新诗界国际诗歌奖·北斗星奖’。我由衷感谢此奖的评委。和大诗人牛汉、洛夫分享这一殊誉,对我来说是莫大的欢乐。”他以平常心对待获奖,以平等心、敬重心阅读不同文化语境的诗歌作品——比如他对日本俳句的吸收化入,这是特翁能够持续创作并不断创新的根源之一。真正优秀、伟大的作家,创作的持续性与创新性常常是并存的,懂得珍视、驾驭这一合力作家,必定会将震惊寄存给当下以及未来!

【交流环节】

提问 1:特翁平均三四年出一本诗集,保持相应的创作质量,数十年来皆是如此,我们该如何判定他是否有所创新?他的创作难道没有受过政治因素的影响?

孙晓娅:这正是因为时间局限我未能展开的问题。以特翁写于1954 年的《果戈理》一诗为切入点。创作《果戈理》时,特翁才 20 岁左右,收录该诗的诗集《诗十七首》当时在瑞典诗坛引起了轰动。果戈理虽然在文学创作方面获得了巨大声誉,但他本人一生未婚,生活状态不好,在斋戒日之后于潦倒中辞世。在《果戈理》一诗中,第一节的最后一句“心脏似一页纸吹过冷漠的过道”,写尽了人世的苍凉和生命的荒茫,第二节“落日像狐狸悄悄走过这片土地/瞬息点燃荒草/天空充满了蹄角,天空下/影子般的马车/穿过父亲灯火辉煌的庄园”,辉煌的贵族生活和他个人的凄凉处境相对照,意象的差异对比十分鲜明。“这身穿大衣的可怜虫/像海蜇在冰冻的街巷漂游”,意象运用之独到令人赞叹。诗人刚在诗坛起步就能创作出这样的作品,确实有天才之因素。特翁初登诗坛起点就很高,之后的创新是否明显,对比他前后期的意象塑造、情感蕴涵、写作技法处理、哲思的表达、心灵膨胀的触点……我们会发现,他一直都在变化和创新。这里也有文体的尝试,比如特翁创作中期一度写散文诗等。

此外,特翁诗歌创作确实很少受政治的牵制,鲜受身份、政治因素的影响。从60年漫漫时间链条的角度审视,能长久保持纯粹创作态度,秉持个人独立的艺术观念,实属不易。反之,倘若是一位为功名所累,为政治所左右的诗人,他是无法如此持久地进行鲜明主体化和个性色彩的创作的。20世纪60年代,红色政治风潮席卷全球,特翁保持的是一种置身事外的态度,他一如既往地探视、穿越于自然——现实——内生命三重世界中,我想这和他作为一名心理医生的职业身份以及由此而来的对心灵世界的探究习惯有关。正因此,特翁曾被他的同代瑞典诗人指责回避政治,尤其是在最政治化的年代。特翁是如何看待这一问题的呢?在1979年的一个访谈中他直言不讳地说:“他们要求我投靠马克思主义的政治语言。我的诗处理属于政治和社会生活的事务,以及社会问题,是相当自然的,因为我的平常职务是心理专家。我的工作和社会现实一向密切,而这些始终会间接进入我的诗里。但我从未视我的写作是某种意识形态的工具。”他并非有意识回避,反而以包容的姿态接纳“政治和社会生活的事务”,这就是特翁始终秉持的文学观念或曰写作理念。

此外,一个创作极为规律并且从第一本诗集就攀越到艺术生涯顶峰的诗人,我们该如何理解他的创新,如何评价他创作的持续性?这是一个值得探讨挖掘的问题。特翁自己的回答更有深度,他说:“诗歌创作不在于捕捉瞬间的持久,我更关注瞬间给人们带来的持久的回忆。”一方面，我们可以看到诗人对创作的慎重、对诗歌的尊敬，对精神挖掘的关注，另一方面，他的创作姿态从此在、当下直指未来，他是在日常生活中发现崇高的诗人——无所不在的崇高。

提问 2：您在特翁获奖后第一时间深入系统地把握了他诗歌的一些特点，讲解精准敏锐。特翁获得今年的诺贝尔文学奖，我并不感到意外，2011 年，他还获得了黄礼孩创办的第六届“诗歌与人·诗歌奖”，这个奖是由黄礼孩一个人独立评出的，由此可见中国的学界和民间诗坛早已意识到特翁诗歌的重要性。

孙晓娅：伟大的诗人在任何时候任何地方都湮没不了他的伟大，他们赐予我们的再生感不会受到时空之隔。作为评论者，我们始终应该坚持独立的精神去研究诗人诗作，当然也不应该被奖项或是名气所左右，要秉持独立的批判精神和主体建构意识 。

台湾新诗生产与出版生态

主讲：林于弘

主持：孙晓娅

时间：2013 年 6 月 28 日

地点：首都师范大学北一区文科楼

主办：首都师范大学中国诗歌研究中心

孙晓娅：今天的讲座题目是“台湾新诗生产与出版生态”。主讲人林于弘，台湾诗人、学者、编辑，笔名方群，现供职于台北教育大学，担任台湾《当代诗学》季刊的主编。主攻方向是语文教育学以及台湾当代文学，著有《台湾新诗分类学》等诗歌研究著作和语文教育相关论著。

林于弘：我今天要讲一个有关出版与行销的问题。台湾出版和大陆出版最主要的区别就在于，台湾在 1980 年以后就没有出版法的限制，所以在台湾出版书籍不用买书号，很自由。现在 PPT 展示的是台湾曾经票选过的十大诗人。“选十大诗人”这件事本身就极具争议性，但有争议性的话题才值得讨论，才会有报道，所以这是一个策略。第一代的十大诗人是由张默、张汉良、辛郁、菩提和管管五人主编的《中国当代十大诗人选集》选出的纪弦、羊令野、余光中、洛夫、白萩、痖弦、罗门、商禽、杨牧、叶维廉。这些人都是 40 年代前出生的，评选出来的时间是 1977 年，时间距离现在很久；时隔五年，到了 1982 年，选出了第二代所谓的十大诗人：余光中、白萩、杨牧、郑愁予、洛夫、痖弦、周梦蝶、商禽、罗门、羊令野，可以看到这些名单还是比较相近的，这就是我们经常谈到的经典被复制的问题。在座的同学都很喜欢阿里山和日月潭，为什么呢？因为你们小学的课本里提到了，但是如果你真的去日月潭或阿里山，就会觉得失望。还有一句诗你们也应该听说过，“如何让你遇见我”(《一棵开花的树》)，以及郑愁予的《错误》，这两首诗我不认为是最好的诗。但因为经典不断在被复制，成就了它的经典性。如果你过几十年再去看它的流传性，就像你们爱唱的流行歌曲一样，过了十年二十年又有多少人还记得？

2005年台北教育大学进行台湾当代十大诗人票选，发了209封信，记名选票，成功回收84封回函，选出洛夫、余光中、杨牧、郑愁予、周梦蝶、痖弦、商禽、白萩、夏宇、陈黎十位诗人，结果招致抨击。我得出的结论是：如何寻觅另一种更为客观的评选方式，实有待后继研究者的不断开拓。

下面，我给大家介绍一下2009年台湾诗歌出版的部分概况。台湾3.6万平方公里，人口大概是2300万。台湾的报纸只有十多种，综合期刊二十多种。台湾所有期刊一年所刊登的各类作品约为8696篇。除去网络上诗歌的发表，诗刊和期刊所刊登的新诗合计约3800首，比率高达43.7%，差不多一天10首。大家可以想象这一数量，43.7%看起来比重很高，但其实分量很小。因为在报纸的版面上，诗有时候会用来补白，但这至少让诗人有一个发表的平台。

再来看报纸和诗刊发表的数量分配部分：其中报纸约占所有新诗总数的24.5%，接近全部的1/4；诗刊和期刊约占75.5%，稍微超过总量的3/4。台湾发表诗歌是给稿费的，大概一首十行的诗是300块人民币。这里提供一份2009年与1985年新诗发表场域与诗作数量对比资料：

表1

	2009年	1985年	
报纸副刊数量	10	15	-5
诗刊数量	14	13	+1
期刊数量	26	19	+7
发表诗作总数	5030	4863	+167

报纸副刊的数量明显减少，诗刊的数量大致持平，期刊的数量则

相对增加;总之,发表场域的整体数量大致相近。同样,反映在全年诗作发表数量上也相去无几,2009 年只比 1985 年多了 167 首,平均每天多不到半首。那么可以得出结论:从“解严”前的 1985 年到新世纪的 2009 年,台湾社会历经剧烈的动荡更迭,但是从新诗发表的场域和数量来看,发表作品的场域或有停刊,或有新创,也或有坚持,从总量的部分观察,没有太大的变化。

作家在每一年有一定的产出才能不容易被世人忘记,所以我心目中的十大诗人是以年度量化的。看一位诗人在一个年度内能发表多少作品这是第一,第二是在什么地方发表的。以年度发表数量(含报刊重复发表)来看,2009 年在报刊发表诗作的前十名分别是:向明(64 首)、李进文(28 首)、林焕彰(26 首)、方明(25 首)、汪启疆(23 首)、颜艾琳(22 首)、方群(22 首)、落蒂(22 首)、李长青(19 首)、李东霖(19 首)。

向明,1928 年出生,连续蝉联了五年的台湾发表创作的榜首。他在 2009 年共发表 64 首诗作,其中报纸 29 首,分布在 7 种报纸;期刊 35 首,分布在 11 种期刊,其数量之多,层面之广,着实令人惊讶。排行第二的是李进文,1965 年出生,在 2009 年共发表 28 首诗作,其中报纸 6 首,分布在 3 种报纸;期刊 22 首,分布在 9 种期刊,其发表以期刊为多。排行第三的是林焕彰,他的诗歌经常发表在《九弯十八拐》,这个期刊的名字比较有意思。第四名是方明,方明是广东的侨生,也是“创世纪”的发起人之一,所以在《创世纪》发表的比较多。排行第五的是汪启疆,是“创世纪”的同人,所以在所属期刊发表比较有优势。第六名共有三位并列,首先是落蒂,他发表的大部分都在期刊;接下来是我,1966 年出生,报纸和期刊都有发表;颜艾琳,相对在《幼狮文艺》发表的最多。需指出的是,颜艾琳是前十名中唯一的女性。台湾诗人的男女性别比例是 9∶1。第九名的也有两位并列,首先是李长青,李长青鲜在报纸发表,但是他发表诗作的期刊的类型与数量则相对可观,这也是非常特殊的个别现象,发表较多的刊物是《掌门诗学》;并列第九名的第二位是李东霖,他是我的学生,1986 年生,非常年轻,相当有抱负。最近他家中妹妹因为医疗的原因过世,他最近的创作比较多,可以说是诗人不幸诗家幸。

整体来讲,这十大诗人以年龄检视,年龄分布还比较均匀,老一辈诗人依然活跃,年轻一代诗人也在成长——这是一个完整的世代传承,但旧一辈的霸权地位也非常明显。我拿它再跟 1985 年之前的十名诗人比较讨论,也就是将资料进行比较。1985 年的十大诗人是赵天仪、非马、李魁贤、张健、沙白、谢武彰、钟顺文、吴明兴、胡仲权、林耀德、许常德,这个名单里面绝大多数的人已经不在了或者不写诗了。这 11 位诗人占 1985 年诗歌发表量的 10%,可见当时诗歌发表权是集中在少数人手中的。

可是到了 2009 年之后,大部分人的发表量没有那么高了,是比较均匀地打散。从 2009 年与 1985 年发表诗作前十名诗人之年龄与年代归属表中我们可以这样总结:11 名 1985 年发表诗作最多的作家,全部是 50 岁(含)以下;2009 年发表前十名的诗人平均年龄是 52 岁;1985 年发表前十名的诗人平均年龄是 36 岁;比较后我们看出存在一种危机。下面附上 2009 年与 1985 年发表诗作前十名诗人之年龄与年代归属表。

	2009 年发表诗作前十名诗人之年龄与年代归属	1985 年发表诗作前十名诗人之年龄与年代归属
1920—1929	向　明(1928)	
1930—1939	林焕彰(1939)	赵天仪(1935) 非　马(1936) 李魁贤(1937) 张　健(1939)
1940—1949	汪启疆(1944) 落　蒂(1944)	沙　白(1944)
1950—1959	方　明(1954)	谢武彰(1950) 钟顺文(1953) 吴明兴(1958)

续表

	2009 年发表诗作前十名诗人之年龄与年代归属	1985 年发表诗作前十名诗人之年龄与年代归属
1960—1969	李进文(1965) 方　群(1966) 颜艾琳(1969)	胡仲权(1961) 林燿德(1962) 许常德(1963)
1970—1979	李长青(1975)	
1980—1989	李东霖(1986)	

前十名诗人入选当年度“年度诗选”的状况比较：

1985 年在报刊发表诗作的前十名(共 11 人)中，吴明兴、林燿德、非马、谢武彰、李魁贤 5 人入选，入选率是 46%；2009 年在报刊发表诗作的前十名中，向明、李进文、林焕彰、方明、汪启疆、颜艾琳、落蒂等 7 人，入选率是 70%。我关注的是：诗作发表数量虽然未必与质量成正比，但是较多的发表量也代表比较努力的耕耘与较高的曝光度，是以反映在“年度诗选”的名单中，也会有相对等的呼应。文学本身就是一个有机社会，它之所以攸关紧要，就在于它不折不扣是一种完整的社会意识形态。社会结构的转型深深地影响到今日整体的文学现象，而文学也在反映现实之际以某种程度的力量不断地改变社会。

“解严”影响着文化现象与文学发展。在 90 年代以前，很多有心人可能做不了生意当不了老板，但是他可以写小说、写散文、写诗歌。伴随着时代的改变，出版成为人人可为的事情，它的崇高性和意义慢慢也会消失。我们以前想要印书会很困难，所以书就显得格外珍贵。现在谁都可以出书，这其实是一个值得反省深思的问题。我今天表面上是在讲文学的问题，其实也在讲经济的问题，或者讲你们将来在社会如何活下去的问题。回到我们的主题，相较于“解严”前的 1985 年，2009 年已处在信息发达、网络畅通、出版便利的新世纪，又有多少好的作品脱颖而出呢？你们有没有注意到，我们现在读的作品其实都是 90 年代甚至 80、70、60 年代乃至五四初期的，当下的作品在印制不过数百本的个人诗集里，又有多少杰出的诗作能够流传久远？我觉得这有时候是运作的一个技巧，留下来的东西不一定都是好的，只是因为他运作得成功而已。相对于报纸副刊的广大读者，或是期刊杂志的专业伙伴，传统纸本刊物的影响力不容小觑。

在2005年台湾票选“十大诗人”后，萧萧曾提出“凸显了中生代诗人的重要性”，我们要向下一代去看，不能老是追思过往，这份名单呈现了“老将持续发光发热，中生代诗人努力不懈”的状况，年轻一代在崛起，长江后浪推前浪。我在分析2009年诗作发表前十名的研究后就想，2009年的诗坛到底是老少咸宜的普遍参与，还是亲朋故旧的相互取暖？当诗人越来越少、诗作越来越少、诗作品质越来越低时，诗歌危机就形成了。

我的硕士论文研究的内容有关于传统诗歌，我在传统诗歌比赛中也得过奖，五律五绝七律七绝古体等写得不比新诗差。但很多写传统诗的诗人一直认为传统诗歌会指引我们写作新诗，我是不太认同的。新诗有将近一百年的历史，以它产出的作品相对传统诗的一千年或者两千年可能会更优秀，但这尚需更多的时间。《诗经》的作品能够流传到今天肯定是最好的，唐诗就以唐朝来说290年选了300首，平均一年选一首，以这样的比例来看我们不应该苛责新诗，但也不应该给它过多掌声，当整个文学史拉长之后，我们这些诗人又能够留下几位？不管是余光中、洛夫还是谁，也许一个标点都轮不到，作为一个创作者必须用你的作品去证明你自己的存在。

以上是2009年的资料，我这里还有更新的2011年的资料。我把2011年台湾所有个人诗集的出版做了一个总整理，整理出四个栏目：书名，作者，出生年，出版社，这个研究方法可以提供给我们很多信息。这里我是按照作者的出生年升幂排列的，第四个出版社里有一个秀威信息科技公司，这是个出版社的名字，台湾的诗集大概有七成多是秀威出的，我开始搞不懂为什么这家出版社那么喜欢出诗集，后来知道是可以自费出版的，因此这家出版社不会亏本。另外，新近有一种POD的复印技术盛行，它印出来的书也非常好，且成本会比较低，将来估计会引进到大陆来。从这个整理中我们可以看到很多有意思的事情:老诗人依旧活跃着,如最早生于 1928 年的向明;出版社里有一家叫作“酿”,是秀威的副品牌。大陆有作协,但是台湾没有这样的单位,台湾的作家都是个体户,不接受官方的补助。另外台湾也有很多大陆人出版诗集,出的是简体字,台湾是可以出简体字的,比如骆英的《第九夜》印得非常漂亮;猫王阿图、隐匿、黑侠、银色快手(肯定是笔名,非常有意思)等这些作者也在台湾出过诗集;阿米的诗集名字叫《要歌要舞要学狼》;还有本诗集是喵球的《要不我不要》,这个名字正反读来都是“要不我不要”,故意搞回文的趣味,非常地吸引人;余小光、逗小花等,单是这些名字就很有趣味,逗小花的诗集《女妖森林》是由女书文化公司出版。我再依诗人的出生年代,并以十年为一世代单位,分别计算比率。一人若有两本以上的诗集出版,则以册数统计,我们发现 1970—1979、1980—1989 出生的诗人出版的诗集最多,整体来说中生代的出版还比不上新生代的作家。

其次,关于“年度诗选”的统计方式,将以“2011 台湾诗选”为本,但以选录状况为准。排在前两位的是向明、洛夫。这些是按照出生年月排列的,里面很多诗人大家应该比较熟悉,如郑愁予、席慕蓉等。大家了解到的台湾诗人几乎都是台湾 30 年前左右的诗人,我希望能够让你们看到更新的,而不是“小时候,乡愁是一枚小小的邮票……”

从整理的数据来看,1950—1959 的诗人入选“2011 台湾诗选”的人数最多,共 17 人,占 23%。1940—1949 的数量次之,共 15 人,占 20.3%。1970—1979 再次之,共 12 人,占 16.2%。1960—1969 的排第四,共 11 人,占 14.9%。整体而言,前四名的差距有限,而 1940—1949、1950—1959、1960—1969 与 1970—1979 这四个时代的入选人数达 55 人,比率为 74.3%,将近 3/4,由此可见台湾入选“年度诗选”的主力所在。

最后,我以台湾 2011 年度于报刊发表的诗作数量进行统计:排行第一的是向明,在 2011 年共发表 49 首诗作;排行第二的是赵天仪,在

2009 年共发表 37 首诗作,其中报纸 17 首,全集中在《台湾时报》,比较有意思,值得研究;排行第三的是我自己,在 2011 年共发表 33 首诗作,其中报纸 13 首,分布在 5 种报纸;排行第四的是邓荣坤,在 2011 年共发表 26 首诗作,其中报纸 26 首,分布在 4 种报纸,发表较多的报纸是《更生日报》,这也是个很奇怪的现象;排行第五的是林明理,发表较多的刊物为《人间福报》;排行第六的是林焕彰;排行第七的是李进文,他是“创世纪”的同人,发表较多的刊物为《创世纪》;排行第八的是方明,他是“创世纪”的社长,所以发在《创世纪》的比较多;排行第九的是落蒂;并列第十的有两位,是林文义和颜艾琳。

从 2011 年台湾个人发表诗作前十名诗人之世代差异统计,我们可以看到,1949 年新中国成立以前出生的作家还是能够占到一半以上,同时 50 后、60 后也是台湾诗坛的主力,70 后还上不了“台面”,这也是个残酷的事实。中生代虽然没有出版的量,但是在入选上来说还是非常有地位的,中生代诗人在年度发表数量前十名有相当明显的优势。

不论是年度出版诗集的数量,或是入选“年度诗选”的名单,乃至年度于报刊发表的诗作的前十名,是以总和前列的三项检索条件,再与台湾中生代诗人的表现交叉比对,我们可以发现以下现象:

首先,从年度出版诗集数量的差异来看,2001 年中生代诗人出版的诗集为 24 册,比率只有 31.2%,并不具有优势。推究其原因,应该是在台湾出版并没有任何限制,加上新世纪以后,印刷科技日新月异,如 POD 的推出,对诗集的印制有很大的裨益,出版的门槛相对变低,因此年轻一代的诗人,如 1970—1979 与 1980—1989 这两个世代的出版诗集数量反而最高,超过总数的 1/3,也超越中生代诗人的出版量。是以这样的数据,某种程度上反映台湾年轻一代诗人对于创作出版的重视与实践。

其次,在 2011 年入选“年度诗选”的名单中,中生代诗人有 28 人,比率达 37.8%,这一部分的优势相对明显。而新生代入选的共有 19

人，占25.7%，但仍不及前行代的21人。考察其原因，应该是“年度诗选”的选录有其一贯性与权威性，加上主选者多为中生代诗人，新生代一时还难进入权力核心，因此在入选“年度诗选”的表现上不尽理想，但是中生代诗人则有其主客观的优势存在。

最后，在2011年度于报刊发表的诗作的前十名诗人名单中，中生代诗人共有7人，比率为63.6%，接近2/3；前行代有4人，比率为36.4%；至于新生代诗人则付之阙如，没有人能达到前十名的发表数量。考察其原因，应该是在报刊发表必须通过“守门人”的审核，而年长一辈也就是前行代和中生代的经历、能力与人际关系，皆优于年轻一代，因此新生代在平面传媒的发表困境也相对浮现。是以新生代诗人的报刊发表数量不仅不及中生代，甚至连前行代诗人都难以相比，中生代诗人在这部分的活力相对旺盛，而新生代的劣势则十分明显。

总的来看，在以2011年为时间轴度，搭配诗集出版数量，入选“年度诗选”人数，以及年度于报刊发表创作前十名等三项条件，再逐一检视当前的台湾诗坛。经由量化的数据可以明确发现，1949年以前出生的前行代诗人仍有可观的活力，而1970年以后出生的新生代诗人也正在崛起中，但是作为当前台湾诗坛的中坚群体，关于中生代诗人的付出与成就，仍然是建构台湾新诗创作所不可或缺的核心成分。

【交流环节】

提问1：您如何看待代际命名？

林于弘：每个时代都需要找到自己的位置，这是合理的。文坛的新陈代谢非常慢，一般来说作家都比较长寿，所以其实这是一个世代的问题，就是说现代人的寿命变长，创作时间也变长，我前面提到的世代的压迫，20后的作家还在主导台湾的文坛，甚至30后还都有影响力，后面的人会很不容易。个体不容易存活，于是通过群体就会有代的观念，把代划得越大，同志就会越多，产生的力量就会越大。只要存在就是一种力量，就会让人关注。

提问 2：从您提供的一些数据来看，诗歌创作的数量跟质量有时候呈现反比？

林于弘：数量跟质量其实是仁者见仁、智者见智的东西。学文学的人一贯是贵古薄今，如果这个学说成立的话，那我们的文学应该是一代不如一代的，宋词不如唐诗，元曲不如宋词，新诗又比不过之前的诗歌，如果是这样，这个社会应该是一个退化的社会，可是我们从社会各个方面的演化来看，却发现其实这是一个进化的过程，所以反过来我们看文学的问题与整个社会的运作是颠倒的，所以我不认为质量是有下降的，也有可能是你的眼光变高了。比如以前我们看到"两个黄蝴蝶/双双飞上天/不知为什么/一个忽飞还"会觉得写得很烂，但是胡适也许会认为这是毕生最好的作品。不同的时代会有不同的标准，胡适的诗在他那个时代有特定的价值，有独特的意义，所以到底是不是退化这要留给后人说，我们现在的所作所为该得几分，必须要在更远的时代去看，才会更清楚。

孙晓娅：林于弘教授从出版诗集、入选年度诗选和刊发的报刊三个方面展现了他对台湾诗歌生态的概貌研究。林教授在研究中借用统计学的方法，加强了资料的可信度和研究价值，全面而扎实地体现了台湾当代诗歌的发展生态，为两岸诗歌的深入研究提供了坚实的数据。这场演讲图文并茂，形神兼备，很多同学都被林教授的幽默所折服，被他讲座的生动性、学术性和治学方式深深吸引，再一次感谢林教授的精彩演讲！

诗与痕迹

主讲:〔法国〕克洛德·穆沙

主持:孙晓娅

翻译:李金佳

时间:2013 年 10 月 30 日

地点:首都师范大学北一区文科楼

主办:首都师范大学中国诗歌研究中心

孙晓娅:今天的讲座题目是“诗与痕迹”。主讲人是法国巴黎第八大学的诗人、翻译家、评论家、教授克洛德·穆沙(Claude Mouchard, 1941—)。穆沙曾长期任教于巴黎第八大学,创立比较和普通文学系,并担任第一任主任,是《诗 & 歌》杂志副主编。代表作有评论集《人的大漠》(1981)、《谁,在我呼喊时?——二十世纪的见证文学》(*Qui si je criais... ? Œuvres - témoignages dans les tourmentes du XXe siècle*,2007),诗集《这里》(*Ici*,1986)、《空中》(*L' air :poèmes choisis*,1997)、《证件》(*Papiers !*,2007)等。2011 年其以杰出的诗歌创作和翻译成就,荣获韩国昌原国际文学奖。来自法国巴黎东方语言文化学院的诗人李金佳担任翻译。

克洛德·穆沙:非常高兴能有这个机会和大家在一起谈论诗歌。这是我第二次来中国,15 年前我应邀到北大讲过三周的课。那是我教师生涯最美好的一段回忆,北大的学生和我进行了很多交流,他们的求知欲非常强。几个月前我听说有机会来中国做访问,心情非常激动,写了一篇很长的讲演稿。现在就将演讲稿中的主要思想和观念总结一下,希望能和大家做更多的交流。

美国诗人华莱士·史蒂文斯(Wallace Stevens)曾经说,诗是什么?是在冬天寒冷的夜晚,一只猫在厚硬的冰壳子上走,这产生的声音就能够定义诗的意象。另一个可以定义诗的意象的例子来源于一首钢琴曲《雪地中的脚步声》,这首钢琴曲是偶然听到的。对我来说,诗的每一个形象就像每一个音符在一定空间里产生的一种非常宁谧安静的音响效果,是一种非常精密准确的东西。诗歌的形成就像在雪地中穿行的脚步声,是一种痕迹。在我看来,这是诗歌最根本的一种意象。诗歌的这种形成过程是在空间进展中进行自我促形的过程,这是现代诗歌区别于古典诗歌的一点。今天我主要谈论的还是西方诗歌,当然,也可以从这点出发,把中国诗歌和西方诗歌进行比较。

现代诗歌在扬弃古典诗歌的一些传统形式时也引起了诗歌角色的变化。在传统的诗歌中有浓重的仪式感,有一些形式是为所有诗人所共同接受和分享的,也有一些形式是为了特定场合而设定的。而现代诗歌则主要是一种经验——一种个人的经验,一种很固执地独自向前走的个人经验。这个人一边向前走一边发明着属于自己的诗,或者是自己生命的记事。19 世纪末是现代诗歌的启蒙时期,现代诗歌的开启者之一马拉美就曾有过描述:每一个诗人总是以一种不间断的个人节奏创作;个人创作和个体经验有着很大的联系。欧洲的现代诗歌,一直以来都与个人经验紧密结合。相较于中国诗,我对韩国诗还稍稍有些了解。我曾经多次到韩国旅行,跟韩国诗人一起工作,还参与了韩国诗歌的翻译。我读过 20 世纪初的五位韩国诗人的作品,那些诗是我读过的 20 世纪最具先锋性、实验性的作品之一。这些经验使我看到,现代诗歌的现代性和个人经验的关系,在欧洲与亚洲都存在。

接下来我介绍自己是怎样开始阅读诗歌、创作诗歌的。我在法国中部城市奥尔良度过了童年和青少年时期,这也是我和我的夫人居住的城市。这个城市有很多古老的建筑,在二战时被轰炸毁灭。对于二战时期的轰炸,虽然我当时很小,却依然记忆犹新。我在青少年时期开始阅读诗歌，那时在奥尔良这种小城市里生活让我产生了很多困惑。当时我主要读的是亨利·米修(Henri Michaux)的作品，这位诗人我没有遇到过，却有幸听过他的诗歌朗诵。现在我仍清楚记得，我曾经一个人走在夜晚的雪地里回味着他的诗，这些作品使我对语言观念产生了一种新的变化。当时是50年代中期，我正在经历一个非常特殊的、备感忧虑的时期。适时，法国进行了几场殖民战争，我对法国的殖民政策深恶痛绝，因此感到有必要反抗这种政策。在我感到生活非常艰难时，亨利·米修的诗给了我很大的鼓励，使我葆有继续生存的动力，给了我很多深层的触动。这位诗人的作品将我重新带回了此时和此地，也就是说我正在生活和正在经历的人和事。这些诗就像一种诺言，亲临着读者，承诺着一种改变，改变着我和时间、空间的一种关系，改变着我在世界中所处的地位，而这种改变的程度是立即发生的。亨利·米修对中国很感兴趣，他曾到中国旅行并且写过关于中国的文章，他对我影响深远。

今天主要谈一下亨利·米修和另外一位诗人之间的关系。在五六十年代，也就是我开始阅读和写作诗歌的年代，在法国生活着另外一位诗人——保罗·策兰(Paul Celan)。策兰是20世纪欧洲最重要的诗人之一，他的诗歌在欧洲诗坛占据着核心地位。他用德语写作，而他本身是有着犹太人血统的罗马尼亚人。诗歌有一种魅力：它可以带我们回到此时此地，并且帮助我们思考此时此地，在此时此地之上做出我们诗人的工作。在20世纪的欧洲，有成千上百无辜的人被历史上的事件所毁灭。比如说二战时期纳粹对犹太人的迫害和屠杀，策兰自身就经历过这种悲惨性事件。在策兰还年轻时，罗马尼亚被纳粹占领，策兰被逮捕到一个劳动营。他在那里渡过十个多月，而他的父母在集中营被杀害。战争结束之后，策兰来到巴黎，成为诗人，但是他写作的语言始终是德语。策兰也是一位重要的翻译家，他是亨利·米修在德语中的最重要的翻译者，很多作品都被他翻译成德语。1970年，策兰在塞纳河投河自杀。在得知策兰自杀的消息之后，亨利·米修写过一首很长的诗，这里引用最让我震撼的一句：“漫长的刀子停止了语句。”“停止了语句”这种说法对我来说是非常生动和深刻的，它写出了策兰诗歌的一种整体特征，因为策兰的每一句诗都非常短促。读策兰的诗有一种感觉：每一句策兰都想说出什么，但是刚要形成就被停止切断了。策兰的诗就像刚才讲座刚开始时提到的，诗中的每一个词都是在一定空间里留下的印迹，这种印迹刚刚形成就被一阵忽然而来的风刮掉吹没了。现在我念一小段策兰的诗：“可是我们不知道/你知道吗/可是我们不知道/重要的是什么。”1960 年，策兰在外旅行时曾经遇到另外一位犹太裔的作家，名字叫内莉・萨克斯（Nelly Sechs），这位作家也用德语写作并获得过诺贝尔文学奖。这首诗就是策兰和萨克斯这两位同样用德语写作、同样具有犹太血统的诗人在血的悲剧后心灵相遇、对话交流的结果。他们都曾拒绝此时此地存在的基本权利。在这两位伟大的诗人相遇之后，策兰便创作了这首诗。策兰用非常短小的形式和几个很简单的词语提出一个根本性的问题：生命中最重要的、真正有价值的是什么？也就是说在世界上是什么东西让我们觉得值得生活？策兰用这些有节奏的诗歌向我们传递着一位诗人认为的世界上最为重要的东西。

我刚才谈到米修和策兰，他们的诗给我打开了非常重要的一扇大门，使我开始广泛地阅读其他的作家作品。我再给大家介绍另外一位作家瓦连・莎拉姆夫（Varlan Shalanov），对我来说，他是 20 世纪俄语文学中最重要的作者之一。在二十多年里，他多次被斯大林政府逮捕，生活非常艰苦。他曾被押到西伯利亚，很多囚犯在西伯利亚都死于寒冷或饥饿，还好他幸存了下来。获释之后，他返回莫斯科开始重新过起正常生活，并且开始写作。他把自己的写作当作对历史的见证，他最重要的一部文学作品是《克里玛记事》（*Kolyma Tales*），克里玛是当时苏联政权在西伯利亚设立的一系列集中营的总称。我认为这本书是 20 世纪最重要的作品之一。莎拉姆夫说，即使在那样险恶和悲惨的时代环境下，自己被关押在西伯利亚却从来没有对当时的政权屈服过。劳动营里惯用的政策之一就是让一些囚犯互相检举揭发，劳动营里的管教也曾对他说过，如果他能去揭发别的囚犯便可以提早获释。但他从来没有接受过这种诱惑，也就是说他是知道什么是生活中最重要的，这一点也正如策兰所说。

《克里玛记事》由一些中短篇记事组成，每一个叙事作品都是非常了不起的文学杰作。《克里玛记事》的第一篇是一首诗，更确切地说是一首散文诗。这篇作品写成于1956年，也就是策兰写作关于他和萨克斯的对话的四五个月之前，那时我作为一个年轻的写作者正在奥尔良阅读着米修的诗歌。这首诗带有一定的叙事性，题目是《走在雪地上》。对于他们来说，“走在雪地上”是非常具有象征性的意象。现在我们又一次听到了雪地上的脚步，但是这在莎拉姆夫笔下已经是一件非常可怕的事情了，因为西伯利亚的寒冷是可以置人于死地的。在莎拉姆夫笔下，“走在雪地上”既是一种意象，同时也是一段真实的经历——因为他曾经很长一段时间在西伯利亚的土地上行走。于他而言很重要的一点就是：走在雪地上如何留下痕迹？因为那段历史不能够真实地留下记忆。

《克里玛记事》的开篇写一个人在雪地上艰难地行走。作者描述雪地上留下的一串串黑色的细小脚印，慢慢形成了一个个黑色的洞。第一篇的主题是怎么样在一望无垠的雪地上踏出一条路：首先是一个人在雪地上艰难地行走，然后出现其他人，跟着这个人一起用脚步踏出一条路——这是真实的经历。当时在劳动营里，大雪把路都埋上了，开辟一条路的方法就是这样：一个人先走，后面的人跟着，前人的脚步留下的黑洞慢慢地扩大。这篇文章是一首叙事性的作品，但同时也是一首诗，它的阐释空间非常大。比如说，它在文中写到在雪地上是如何寻找出一条路，我们也完全可以从另外一个角度去理解这篇文章，它也可以是另外一种意象，雪地上正在踏出的这些脚步、这些黑色小洞同时是写作本身的一种意象。“在雪地上前行”的意象向我们展示了一种非常艰难、非常痛苦的写作的过程——回到过去、见证过去的写作并非虚构,而是一种必须经历的事件。在这篇文章里,“克里玛的雪”象征着完全不可能继续存在的一种生命状态,即因犯们的此时此地被完全摧毁了。莎拉姆夫的写作正是这样:记录这种特殊的,也就是连他自己都时常想不起来的一种记忆。我先说到这里,谢谢大家!

【交流环节】

提问1:您谈到史蒂文斯“一只猫”的意象,我想到了外国诗人笔下雪地里的狐、鹰,还有中国诗人的“千山鸟飞绝,万径人踪灭。孤舟蓑笠翁,独钓寒江雪”。以您的经验来看,更倾向于哪一种意象?

克洛德·穆沙:在这些形象里进行选择是非常困难的事,因为这些形象对我来说都可以很好地表现定义是什么。根据你的引用,举我非常喜欢的瑞士作家罗伯特·瓦尔泽(Robert Walser)为例。瑞士是一个非常保守的国家,普通的行为规范都有严格的规定。瓦尔泽在当地就被认为是疯子,经常被关在疯人院里,最后死在那里。在他生命的最后一段时期,他离开自己的家像往常一样在雪地里散步,当时比我还年迈的他出去以后就再也没有回来。警察出动去寻找他,但最后只在雪地上找到他的尸体。我当时还看见警察拍了一系列照片,他躺在雪地上。开始的一张能够看见雪地上的脚步留下的一些细小的痕迹,慢慢地沿着雪地中的脚印找到他的尸体。在此事发生的40年前,他还年轻时,曾经写过一个诗人的死,当时小说里描写的情景跟后来警察发现他被冻死的那个情景是一模一样的。

提问2:西欧的衰落以及东欧的解体导致很多文化碎片的产生。可以说整个欧洲都呈现出了衰落现象,是否可以说西欧政治碎片影响了文化?

克洛德·穆沙:问题非常好,回答起来也是非常困难。实际上这是两个问题:一个是我刚才提到的碎片如何影响到我自己的作品,另一个是米修到底改变了什么。我主要回答一个问题，谈一谈这种碎片对我个人创作的影响和我的一些感觉。大约15年以来，我尝试着一种比较特殊的写作方式和体验。比如，我曾在我家接待过一个柬埔寨人，他本人幸运地躲过了当时的恐怖政策，但是他全家都被杀害了。他在法国和我们一起生活了一年半，我当时很喜欢跟他谈话，但是没有做记录，只是到了近期我开始写一些东西才回忆起了我们的一些谈话。在一些尝试写作的作品中，我提到了我能够回忆起来的一些事情，还包括一个普通的法国人是怎么回忆起来多年以前发生的这些谈话。我想把这些回忆以诗歌的形式来呈现。在这首诗里有两种声音，在作品中我提到一些我们谈话中无法交流或者中断的东西，您可以看到这是根据一种痕迹产生的写作，像您所说的碎片式的，谢谢。

提问3：没有生活的动荡与坎坷，能写出优秀的作品吗？

克洛德·穆沙：面对惨重的历史，写诗是一种见证。但是并不是所有的诗都是见证惨痛历史的，诗同样可以写幸福人生和美好时刻。比如史蒂文斯，他就写过幸福的诗，而且写得特别好。见证历史的诗歌非常重要，但是不要把所有诗歌都往这个方向进行归纳。也可以说，正是因为一位诗人有体味幸福的能力，他才能够去写体会到的痛苦。刚才提到的柬埔寨难民和我的谈话，我自己也是生活在所谓的宁谧、安静的生活当中，没有亲身经历那些惨痛的事件。我是二战之后成长起来的，所以直接经验和间接经验对我是同时存在的。

提问4：您提到的那些诗人对您诗歌创作风格有什么影响？

克洛德·穆沙：关于阅读和写作的问题，卡夫卡曾经有过非常精辟的言论，他说我们在读一本非常重要的书的时候，我们知道这本书在我们身上挖出了一个空虚，也就是说，好的作品不是滋养你，而是使你更加饥饿。

提问5:里尔克、策兰、米兰·昆德拉这样的作家,他们选择去德国,另外还有一些俄语诗人选择去美国。欧陆文化和美国内陆文化对于他们的生活与写作各自有什么影响?在异乡,他们"流亡"生活的反抗与融入该怎样理解?

克洛德·穆沙:这是一个让人非常激动的话题。主题的写作确实是现当代文学中一个非常值得注意的现象。很多诗人一方面因为各种各样的原因不能生活在自己的国家,另一方面他们在外国也经常融入不到社会生活里面,所以他们的处境非常艰难和尴尬。有这种经验的不仅是作家,还有很多哲学家。这种经验从20世纪初就开始比较明显地存在了。说到流亡的问题,我现在只提一点,如果作为一个诗歌的主题,它不一定仅仅出于流亡作家笔下,因为那只是一部分政治原因造成的。比如,我认为19世纪中期波德莱尔的作品《信天翁》(*L'Albatros*,1861)就是当时非常有影响的一首有关流亡的诗。如果大家仔细分析这首诗,就会知道它是写一个法国人生活在自己的城市巴黎,但他却已经是一个流亡者了。

提问6:很多中国作家也经历过像莎拉姆夫一样的苦难,比如老舍、牛汉。对于那一代人来说,惨痛的经历像一块石头一样无法消失,您怎样看待那些苦难?

克洛德·穆沙:这个问题很重要,但是我对中国情况了解得有限。如您刚才说,有些中国的青年想把历史过去的事件看作是已经过去的,这种态度本身是可以理解的。但这个问题非常复杂,因为历史的惨痛经验不是想绕过去就能绕过去的。德国有一位历史学家、人类学家扬·阿斯曼(Jan Assmann),大家如感兴趣可以查找他的书。他曾经说过,从一个比较长的历史时段来看,一代人经历的痛苦有时好像比较容易消逝,但是它潜在的一些阴影会波及好几代人。

孙晓娅:穆沙教授紧密围绕"诗与痕迹"这一主题,在历史的镜框和个体生命经验的回述中，为我们展开文学、社会学、人类学、现象学、历史学的多向度思考。讲座中他选择“痕迹”和“见证”两个关键词阐释并探讨了作为诗人、诗歌批评者、历史见证者，他所理解的诗歌见证的指向与意义，以及诗歌写作与生命存在交互影响的维度，最终将讲座的重心落实在诗歌的内生命里，这种探索和展开问题的方式赋予本次讲座以丰富的内涵和深刻的意蕴！感谢穆沙教授，感谢李金佳的翻译。

1945 年以后的东欧诗歌创作

——小气候，抗争，追寻超越

主讲：〔斯洛文尼亚〕阿莱什·希德戈

主持：孙晓娅

翻译：鲍捷

时间：2014 年 4 月 9 日

地点：首都师范大学北一区文科楼

主办：首都师范大学中国诗歌研究中心

孙晓娅：今天的讲座题目是"1945 年以后的东欧诗歌创作——小气候，抗争，追寻超越"。主讲人是首都师范大学中国诗歌研究中心的首届国际驻校诗人阿莱什·希德戈（Aleš Šteger，1973），斯洛文尼亚当代最负盛名、最具活力的青年诗人，享誉欧美。阿莱什出生于斯洛文尼亚的普图伊（Ptuj 原属前南斯拉夫），毕业于卢比尔雅那大学（Universitas Labacensis），主攻比较文学和德语文学，后从事文学编辑工作。22 岁出版第一本诗集，佳评如潮。阿莱什先生从事多文体的写作，在诗歌、小说和散文领域均有涉猎，散文集《柏林》（*Berlin*，2007）于 2008 年获得斯洛文尼亚语最高散文奖。他的作品至今已被译成 15 种语言。《事物之书》（*Knjïga reĉi*，2005）由美国诗人布莱恩·亨利（Brian Henry）译成英文（*The Book of Things*，2005），2010 年在美国出版即获好评，2011 年夺得 BTBA 最佳图书翻译奖（诗歌类）。阿莱什此次是作为首都师范大学中国诗歌研究中心的首位国际驻校诗人来到首都师范大学。本场讲座由北京外国语大学鲍捷老师担任翻译。为了让同学们更多地了解阿莱什的诗歌创作，首先请几位同学为大家朗诵阿莱什的几首中文译诗：

做个小孩

还是个小孩的时候我读
到星星死去有两种方式。
按照第一种方式星星开始
冷却。好几百万年之后
它慢慢失去它的热和光。
所有可能的生命都渐渐消失
直到它终于变成
无限的寒冷，一颗死去的巨大天星的视地平。
按照第二种方式星星开始
收缩。好几百万年之后
每一粒原子，每一滴光，
每一种欲望，思想，希望都被
一个不存在的中心吸引。
当星星和它整个的大气层

被压缩成一只网球
它的死才结束。
所有一切成了一个中心，
无穷的物质和引力。
还是个小孩的时候我读
到星星死去有两种方式。
当那个孩子消失
每一只小鸟不过是在模仿

这两种死亡中的一种。
文明的起源。诗歌的诞生。
我出生了两次而我的父亲有两次对我失去信心。
你瞪眼瞧着书本太久,
他说,这对你的健康很不好。
学会怎么样正确地拿好球拍
然后把球击到比球网更远的地方
这样你才会做得更好。

(本首诗由作者、尼古拉·杰夫斯、理查德·乔治、布莱恩·亨利合作英译)

诞　生

诗人
当听到了声音就诞生了。
声音是不朽的。
它在这里。永远地临在如
借贷。
乌鸦的唧唧声有一顷刻
淹没了观众的咆哮声。
爱情是扯断的线头。
纺织工业是神圣的。
你从哪里听到的?
我耳朵里。

(本首诗由马特加兹·维德马和王慧琴合译,梁俪真校)

方　　程

如同在做爱中
也如同在诗中
别人的身体
无法以神秘的方式企及。

没有规律，
唯有别离。

我们必须越过
所有词汇，
如同三角洲的流水
静静淌过河床，
流经它宽阔的
土地。
让两枚雨做的舌头
以水拼写，
在水之中，从水内部。
你在，你在。
（本首诗由马特加兹·维德马和王慧琴合译，梁俪真校）

欧　　洲

你仍然兜售这故事：土耳其人
在维也纳城门外，假装把帐篷拆除。
他们蒙起脸孔，扮作售卖烤肉串
直至如今他们还在等待机会

从小亭里跳出来扭断你的脖子。

虽然你的部落永远消失
在你野蛮意图的沼泽里
你自己也分不清楚哥德人、
斯拉夫人、盎格鲁人与法兰克人的头骨,
但你仍然相信只有儿子溅血才能让你振兴。

你仍然以为你会把我们骗倒。
我闭上疲惫的眼睛,你出现,
仿如打着鼾生孩子的肥胖多毛的女人,
仿如在黑暗里这女人旁边那个
想着美国偷偷地手淫的男人。
(本首诗由比尔· 马丁与汤姆·洛扎尔合作英译,梁秉钧中译)

阿莱什·希德戈:今天我要集中讨论 1945 年之后,即二战结束后的东欧诗歌创作。在最基本的层面上,我不仅想要谈论诗歌,还想与你们分享诗人思考诗歌的方式。比起一场学术训练,我的谈话更像是从一个置身其中者的视角探讨欧洲诗人如何看待他们自身。如果有任何问题,希望大家在讲座过程中打断我并直接提出来。

我选取了一些在我看来关键的东欧诗歌,它们来自不同年代的诗人,有些年轻,有些年长。我个人非常喜欢他们的创作,并有意识地挑选了那些我认为比起其他诗歌而言,不为中国人所熟知的作品。我确信你们知道切斯瓦夫·米沃什(Czesław Miłosz)这样的波兰诗人,但其他同样优秀的诗人及其作品对你们来说也许并不同样熟悉,这就是我选取它们的原因。孙晓娅教授周到地为你们准备了这份诗歌手册,这是你们应该带回家的东西。我们将要很快地通读这些诗歌,也许你们不会理解所有的内容,但它是一次在家中继续阅读的邀请。

在你们拿到的诗歌当中,实际上没有一首是用英文写成的,而是以不同语言被创作出来。这些语言的分布覆盖了整个欧洲。“多语言”是欧洲的重要特征,通过我的讲述,我想让你们了解更多欧洲人的思维方式,以及欧洲诗歌在当代如何运作。我将我的谈话主题称为“小气候”“抗争”“追寻超越”,这是三个我想在谈话中与你们探讨的关键词。

(一)“小气候”

请理解第一个关键词“小气候(microclimate)”不只是一个气象学术语,而是一个隐喻,指向一个非常丰富多元的镶嵌图案,它由构成欧洲的那些不同的政治、社会、语言事实所组成。我来自斯洛文尼亚,我的母语以及我用来进行全部写作的语言都是斯洛文尼亚语。斯洛文尼亚并不比北京的一个城区大。即便如此,它仍然有着非常深厚的文学传统、活跃的出版产业,并能够贡献出在我看来极其有趣的诗人。从地理角度来说,如果你手持斯洛文尼亚的地图,会看到它坐落在意大利、奥地利、克罗地亚和匈牙利等几个国家之间,临近亚得里亚海。但重要的是,你不能只在政治上知道它坐落在何处,你需要把它想成一张语言地图。我们在最基本的层面上被不同语言所包围。如果你从我所居住的卢布尔雅那出发,沿一个方向开3—4个小时的汽车,再没有人会说你的语言。这种被自己不使用的语言——或是异国语言所包围的体验,对大多数欧洲人来说极为寻常,几乎遍及了所有人。因此我们可以将自己的立场作为一个探讨“欧洲为何”的案例。

理解任何欧洲诗歌,你都需要探索两个层面:第一层是背景,关于以诗人的母语写成的诗歌;第二层是更为宽广的语境,即便不是国际的,至少是欧洲的。2000年,有一场非常奢华的项目在欧洲进行:一列独特的满载着诗人和作家的火车行驶了五周,从欧洲最西边的里斯本出发,穿过马德里、巴黎、柏林,直到莫斯科,然后返回柏林。这趟列车上有多于100位欧洲作家。他们来自43个国家,其中包括一些较为遥远的东欧国家如乌克兰。在此次旅行中，他们的作品被翻译为将近 100 种语言。我们需要多次更换火车。如果你搭乘火车在欧洲旅行，你不能只乘坐一趟火车，因为铁轨的宽度不同。从火车体系在欧洲如何运作的这个基本事实，你们已经能看出欧洲与中国的巨大差异。如果我的观察正确，中国有着悠久的统一历史，所有的道路都通向北京；欧洲恰恰相反，那里有许许多多的小型实体。它们大多数时候协作，但有时也存在竞争或误解。五周之中，阅读到处在进行着，诗人们探讨并交流，每个人可以说真正看到了欧洲一隅。在这场旅行结束之后，包括我在内的所有参与活动的诗人都被要求写一个关于此次经历的作品——关于何为欧洲，特别是何为 2000 年的欧洲。《欧洲》就是我在此次体验之后完成的作品——我在这首诗中对欧洲的看法是它正处于东方的威胁当中，当时使用“东方”这个词，并非指中国，更多的是指土耳其和俄罗斯。欧洲有其内在的脆弱性，它建立在战争和冲突的基础上，并且它试图在一个朝向美国的当下世界中寻找自己的位置。所有这一切都有着深层次的历史原因。我认为上述说法不仅在政治方面具备有效性，还存在于包括阅读在内的许许多多情况当中。它们进入到欧洲，并且塑造着欧洲诗人的想法。

今年，在整个欧洲范围内都在庆祝一个重要的历史事件，即一战开始 100 周年。一战的经验深深嵌入了欧洲以及欧洲诗人的潜意识，二战可以被解读为一战的延续。如果我们审视两次世界大战之前的欧洲诗歌，不难发现我们审视诗歌的视角发生了根本变化。一战之前——这是概括性的内容，但我认为它能有助于你们的理解——在诗歌中占据主导地位的是形式和历史。一战之后，主流的诗歌美学是反抗，是先锋主义，是试图摆脱历史背景的束缚。我不久前正在阅读一些关于一战的故事。其中有些故事涉及 40 年代自杀的人，仅仅因为他们没有被遴选入伍。参军被视为一个关乎个人荣誉的问题，并且所有人都以为这场战争会非常短暂，他们将作为英雄从中走出。但事实恰好相反。这是一场漫长的并且是自我毁灭的战争。没有真正的赢家,却摧毁了此前欧洲所有根深蒂固的价值。作为诗人,我们需要将此译介成诗歌。我相信你们读过大量的20世纪早期的欧洲先锋主义诗歌,比如超现实主义、未来主义、达达主义等,它们都可以被视为对战争和科技做出的反应。

斯洛文尼亚有一位非常卓越的诗人,斯莱可·科索沃尔(Srecko Kosovel),他仅活了22岁,却在这段时间内创作出了超过1000首的诗歌。他是20世纪欧洲最杰出的诗人之一,是一个天才。当战争开始时,他年仅10岁,战争结束时他14岁。他写作的相关诗歌中有强烈的个人体验,并且抓住了战争带给人的感觉,他有一首诗《欧洲在死亡》,我用英语朗诵一下:

Europe is Dying

Srecko Kosovel

The League of Nations and the apothecary,
both are a lie.
Operations! Revolutions!
On a grey road I appear.
Brown leaves are falling from trees,
and only one thing I fear.
When these trees are black, no longer verdant
and grey fields
and small houses
and I will scream
then everything, everywhere around
will be silent.

在一战后的欧洲,正是这种对寂静的恐惧与幻灭的感受普遍盛行着。但换一个角度,让我们来想象一下这种体验——在欧洲的各个不同的语言及文化中,人们彼此隔绝。战后的这个时期也是许多欧洲民族国家既已建立的历史阶段。在这些民族国家中,许多语言,例如斯洛文尼亚语,被作为口语使用着,并同时用于文学创作,但它们在被承认为官方语言之前仅仅是民间的。在欧洲,许许多多诗人倾向于遗忘此前的一切。这对于你们来说也许非同寻常,但如果你们更为细致地审视他们的思考方式,以及他们与其他作者之间的沟通交流,会发现他们代表着在一战后写作的独特诗群。语言的性质本身也起到作用。在我看来,使用拉丁字母时产生遗忘比起使用汉字时产生遗忘来说更为容易。如果我理解得正确,汉字通常提醒人们它背后隐藏的历史。在使用拉丁字母时,事情并非如此。你可以更为轻易地忘记它所承载的历史。这种遗忘在所有这些小气候中以不同形式、在不同程度上发生着。这是一个对于历史的永恒再造——你想象一种历史,你把它询唤出来,你操纵它。对于上述情况,你们可以在脑海中将它们想象成一个马赛克式的绘画作品。

(二)“抗争”

此前我提到世界大战期间出现的先锋派对虚构性的打破。从这些基本经验中,成长起几代多产的、非常吸引我的、强有力的作家们。他们通常在两次世界大战之中降生,但在二战后进行创作。他们在这些历史经验的基础上思考所有事情,包括一战之中产生的断裂性、二战以及 1945 年之后东西阵营彼此对立的欧洲。我出生于一个共产主义国家,对此我非常荣幸。我严肃地如此认为,而不是在开玩笑,因为我意识到政治系统可以非常复杂,没有一种理想模式。欧洲存在多种形式的共产主义。南斯拉夫的共产主义是最柔和的派别之一。东德人民在几十年当中都被禁止去南斯拉夫旅行,因为东德的共产党人担心他们会在南斯拉夫堕落。东德最主要的作家之一是彼得·胡策尔(Peter Huchel)。我不知道他在这里是否为人所知,他是一个重要的戏剧作家——贝尔托·布莱希特(Bertolt Brecht)非常要好的朋友。胡策尔非常喜爱中国古典诗歌。他在东德主办了一个核心刊物《意义与形式》,在当时极为重要。他始终努力要在东德创造出一个能够自由思考的空间。最后他在70年代移民到西德,并居住于此直至去世,但他过得非常不愉快。通过他的审美风格,你可以看到德语文学当中延续至今的一种分歧。直到现在,东德的诗人仍在私下里认为他们是传统的唯一继承者。他们试图从回溯的、超越一战历史经验的视角来进行创作。相反,有些来自西德的诗人,至今却更多地倾向于从我所提到过的方式——基于那场与先锋主义共同开始的战争——进行写作。从这个角度来看,胡策尔很有意思,因为他试图将这一建立在德国经典诗歌基础上的“大德国传统”——特别是浪漫主义诗歌传统如歌德、席勒——与东方的美学与传统相融合,后者多数来自中国。这种尝试的结果是一种非常安静的诗歌风格。这些诗歌不像西方的,特别是美国的诗歌那样强调对力量的运作。它试图创造出非常精确的画面。这一追求有非常深厚的传统渊源,并且能够在其他历史以及神话当中找到相似点。

Eastern River

Peter Huchel

Do not look for the stones
in water above the mud,
the boat is gone.
No longer with nets and baskets
the river is dotted.
The sun wick,
the marsh marigold flickered out in rain.

Only the willow still bears witness,
in its roots

the secrets of tramps lie hidden,
their paltry treasures,
a rusty fishhook,
a bottle full of sand,
atine with no bottom,
in which to preserve
conversations long forgotten.

On the boughs,
empty nests of the penduline titmice,
shoes light as birds.
No one slips them
over children's feet.

(Translated by Michael Hamburger)

从这首诗的最后两行——“没有人将它们滑落/在孩子们的脚背”,你们可以听到此次战争经验的回声。还有一位在斯洛文尼亚语境下成长的诗人,戴恩·扎伊茨(Dane Zajc)。他可能属于相对年轻的一代,但仍然是此次战争经验的有力见证者,同时也是 1945 年之后在斯洛文尼亚的首都卢布尔雅所发生的事件的目击者。戴恩曾目睹了他家的房屋在二战中被德军烧毁,当时他只是个小男孩;此后又目睹他的兄长在二战后被处决。由于不被允许进入大学读书,他需要在首都卢布尔雅那独自谋生。在那里他成为一名儿童图书馆的图书管理员。正如我此前论及的所有这一代诗人——这些人发现了一个被烧毁的世界,他是一个在审美和个体意义上追求完整性与反抗性的例子。官方美学在当时是既定的,而他以自己的方式进行创作,便处于极度危险当中。我们需要用这种理解方式来阅读这首诗歌:它关于如何创造一种新的语言,即语言如何在他这里生长,并且生长于灰烬。我不打算用英语阅读这首诗歌,我这里有戴恩的朗诵音频,他是一个完美的诗歌朗诵者。你们可以聆听,并且独立阅读。你们将会发现,他是一位他自己诗歌的出色讲解者。他把他自己的诗歌铭记在心。他曾经说过他被他的诗歌所追逐,后者是某种几乎无法忍受的存在,无法遗忘——不仅是他自己的诗歌,还有与之捆绑在一起的经验:

Lump of Ashes

Dane Zajc

For a long time you carried fire in your mouth.
For a long time you hid it there.
Behind a bony fence of teeth.
Pressed within the white magic circle of your lips.

You know that no one must catch scent
of the smoke in your mouth.
You remember that black crows will kill a white one.
So you lock your mouth.
And hide the key.

But then you feel a word in you mouth.
It echoes in the cavern of your head.

You begin to search for the key to your mouth.
You search for a long time.
When you find it, you unlock the lichen from your lips.
You unlock the rust from your teeth.
Then you search for your tongue.

But it isn't there.
You want to utter a word.
But your mouth is full of ashes.

And instead of a word
a lump of ashes rolls down
your blackened throat.
So you throw away the rusty key.

And you make a new language from the soil.
A tongue that speaks with words of clay.

(Translated by Erica Johnson Debeljak)

下一位要介绍的诗人是来自塞尔维亚的瓦斯科·波帕(Vasko Popa),他在西欧非常有名,至今仍然被广泛阅读。他的诗歌对二战后的情形有非常强的概括性,既在政治方面,也在审美方面。当时不同的美学圈子之间往往存在着观念上的高度重合,它们在彼此不了解的情况下同时存在着。

Hide - And - Seek

Vasko Popa

Someone hides from someone else
Hides under his tongue
The other looks for him under the earth

He hides on his forehead
The other looks for him in the sky

He hides inside his forgetfulness
The other looks for him in the grass

Looks for him looks
There's no place he doesn't look
And looking he loses himself

从这首诗中你们可以发现某些熟悉的、类似的主题——土地、语言、记忆或遗忘。这非常有趣,因为这些诗人通常并不认识对方。他们使用不同的语言,处于不同的环境当中,在不同的政治形势下进行写作。但是除去传统的不同,他们有着高度统一的主题框架,并代表着战后气度宏大的东欧诗歌。当下存在某种对于诗人的理解误区。这种观点认为所有的诗人在根本上都属于那些美好的旧日时光,而这批诗人受到了惩罚,但他们对某些坚固的对立面仍然有反抗力量。在我个人看来,这种看法并不准确。我们今天也有很多值得反抗的东西,只是通常我们懒惰到不能够辨识出它们。

A Song about the Closest Guilt

Jan Skácel

There is a spring replete with blood
And everyone has drunk of it
And someone killed only a sparrow
And someone horribly offended

And afterwards he repented
And let the water his palms stain
And watched it against the sunlight
And his fear he couldn't sustain

And held but not long upheld
The water in his fingers, oh my Lord
And crushed the rock in empty quarry
And prayed : stone me or use Thy sword

And held but not long upheld
And his fear he couldn't sustain
And the spring is replete with blood
And all of us now have its stain

你们再次看到非常直接的呼唤。但当时存在的事实是,我们迄今为止介绍的这些诗人都无法直接提出诗歌的主题,他们必须创造出一种秘密的语言,一种能够被受教育者,甚至是被教育程度不那么良好的人所理解的语言,而他们不被允许直接对事物命名。例如我此前提到的戴恩·扎伊茨,他有一首非常著名的诗歌叫做《大黑公牛》。"大公牛"是当时在核心党派成员中所流行的对秘密警察领袖的昵称。但在这首诗歌当中,他只刻画了它的动物性。这是一种与区域性"小气候"绕圈子的游戏。为了抵达诗歌的力度,你需要去追问和质疑这种"小气候"。欧洲没有统一的气候,只有局部气候。

当然,自 1989 年以来,欧洲在政治上发生了很大变化。为了理解当下的欧洲,你们首先要了解作为政治组织的欧盟。但我在欧洲看到了某种共同的文化空间,这个空间本身远远大于欧盟。目前在乌克兰发生的事件也可以在这个意义上被理解成乌克兰自身两种力量的对峙,其西部曾经属于西欧的奥匈帝国,东部则曾经属于东欧的沙俄帝国。由此你们可以看到,我们欧洲人努力去忘记,但总是从过去闪烁出光芒的一战历史,从上到下笼罩着我们。这同样发生在诗歌当中。在欧盟有 24 种官方语言。仅仅在这片领土之内,就多于 40 种语言拥有强有力的传统和作家群,它们被讲述着,并非作为官方语言,而是作为一种有着文化身份和历史沿革的语言，比如巴斯克语和威尔士语。欧盟是在贸易联盟的基础上建立的，后者是在1945年之后成立的有关贸易往来的会议组织。从官方来说，没有一个欧盟成员国愿意放弃自己的文化政治和身份政治，它们希望欧盟仅仅是一个在经济框架下运作的合作组织。如果你对欧洲各个角落的诗人所重视的东西进行比较，你会发现极大的不同。你可以将法国作为例子。法国曾经有极其优秀的先锋诗歌以及诗人，比如弗朗西斯·蓬热（Francis Ponge），但在60年代之后几乎整体败北。诗歌的语境不复存在，被理论所取代。法国在过去的30到40年中出现了许多伟大的理论家以及哲学家，他们比任何法国的诗人都更广为人知也更有影响力。这一现状给人的感觉是法国雄厚的诗歌传统太过庞大，而诗歌作为艺术表达已经过时。但是从另一方面，你可以举波兰或是斯洛文尼亚作为例子。那里有诸多伟大的诗人，比如切斯拉夫·米沃什、维斯拉瓦·辛波丝卡（Wislawa Szymborska）、戴恩·扎伊茨或是托马斯·萨拉蒙。在这两个国家，诗人受到尊敬，并被认为在社会上扮演着非常重要的角色。如果有人写诗，他不会被视作疯癫。你们看到，在当代欧洲，对诗人来说存在着非常不同的语境。他们需要与公众对诗歌的不同理解作斗争。两个概念在这里至关重要——“多元文化主义”和“多元语言主义”。多种不同文化在寻找与彼此相处的方式，没有一个帝国，我也不知道它将如何成为可能。由于有多种不同的语言，译介成为关注的重点。译介在欧洲是一项非常重要的政策。想象一下，仅仅在欧盟议会，所有它出产的政策和文件都需要被立即同步翻译成24种语言。它是人类历史上最大的翻译工厂。尽管我倾向于认为——这略微偏离我们的话题——如果他们翻译欧洲诗歌而不是欧洲法案，他们将作出更大的贡献。与此同时，世界全球化的趋势日益增强，英语成为人们彼此交流的语言——也是我在对你们说的语言。但正是因为局部气候的重要性，仅仅依赖于英语译介是困难的。今天我们阅读了一些译为英语的诗歌，但是以翻译性语言为中介，我们的阅读只能到达一定的理解层次。当我们谈论诗歌的翻译时,至关重要的是要意识到诗歌效果的产生不是通过其他的语言中介,而是在可能的情况下以母语直接产生。在很多情况下这并不现实,但我们应该致力于使其成为可能。

(三)“追寻超越”

基于 1990 年之后欧洲政治背景的变化,新一代的艺术家和诗人产生了。尽管很难对他们进行归类,但我认为一种对身份的追寻和重塑在欧洲诗歌中发生着。为了这个目的,诗人们开始追溯一战前的历史。比如托马斯·鲁日茨基(Tomasz Rózycki),一位用波兰语写作的波兰诗人。我选择他,部分因为他与同时代的波兰诗人颇有不同。波兰诗人忠实于简单原则。波兰有着辉煌的当代史,涵盖了诸多诺贝尔奖获得者以及包括米沃什、辛波丝卡、鲁热维奇(Tadeusz Rózewicz)在内的卓越诗人。作为对他们的反叛——在某种程度上他们都属于形而上诗人,追求绝对真理、上帝、诗歌规则等精密典雅、思想宏大的主题。大多数年轻一代的诗人对此不满,他们需要其他的一些东西。所以他们以美国为例子,大多数特别选择了欧·亨利(O. Henry)以及其他“垮掉的”诗人。“垮掉的”诗人是北美地区五六十年代的诗歌现象,包括艾伦·金斯伯格(Allen Ginsberg)等。大多数年轻一代的波兰诗人都试图从“轻描淡写的政治”当中进行创作。他们会以讽刺和嘲弄的态度,描述非常琐碎的日常生活和细微事件。他们的诗歌表达也倾向于节制,因此他们不会像传统诗人那样展示诗歌。相反,这些诗歌会是绝对的节制性陈述,它们强调诗歌没有特别之处,只是多种寻常的表达方式之一。在过去的 30 年中,这种美学风尚可以在许多西欧国家中找到。在我看来,这并没有太大意思。托马斯·鲁日茨基与我所谈及的这种诗歌趋势有所不同。他试图以一种非常清新的方式,探讨关于身份分歧的宏大主题。比如在下面这首诗中,他主要对故乡的概念进行了探讨:

A Crossing

Tomasz Rózycki

The left bank is in the fatherland, but not the right.
This means the birch tree is, but not the beech.
And in between fish live in the dark. Yesterday I threw
bread into the water and from afar watched it turn murky.
Then I quietly uttered the words. And then you could hear
frogs croaking, carp smacking their lips. In the morning I threw
bread into the water and watched it sink. The silt devours
all good wishes, and the way through remains unknown.

Today I went back and did it again, moving my lips
like a moon on black water. Before you take a step,
wait for a sign from the sludge. A call will lead you, a kiss
from lips blue with cold, sleep light as a hollowed out canoe.

On the left bank is the beech tree, on the other side the birch.
And boats lie at the bottom. The fatherland is beyond the fog.

(Translated from *the Polish* by Mira Rosenthal)

你们可以看到,他试图在诗歌中展示某种地理学特征。由于边境位于水里,它是不可定义的、流动的。在欧洲,我们始终被边境界定所困扰,现实与我们的想象始终存在差异。

下一位仍然是成长于东德的诗人,杜厄斯·格林拜因(Durs Grünbein)。他或许是同时代诗人当中国际知名度最高的一位。我们倾向于认为,一百年前的巴黎对欧洲意味着什么,今天的柏林对欧洲就意味着什么。这不仅因为全世界的艺术家都涌入柏林居住并工作,还因为柏林是欧洲的隐喻。它是一个非常严酷的帝国的首都，一个被严重炸毁的城市，一个被分割15年的城市，一个重新统一并且得到再造的城市——这一过程有时会让人想起中国。德国与中国有很多相似的地方，特别是对高楼大厦的偏爱。格林拜因是一个非常喜欢将自身与传统相联系的诗人，特别是那些古老的、用拉丁语写作的、罗马帝国时期的诗歌。你们在这首英文译诗中无法直接看到这一点，但在原作中，这首诗歌的形式是他从奥维德（Ovide）那里直接借鉴来的。借助这种严格的、古罗马挽歌的诗歌形式，他想表达的是非常晚近的经验。

Berlin Posthumous

Durs Grünbein

You can always go to Berlin. Remember, you' ve been there before.

Kierkegaard, Repetition

December morning. Driving past the cemetery walls in the taxi,
You feel a strange pang of envy. ' Their worries are over. '
In your eyes, forced apart by light, you have a sensation as of wet sand.
The driver is fingering his worry-beads. You see nothing but biers
In the windows, junk, behind yellow drawn curtains.
And then you begin counting. The fingers of both hands
Are not enough for all the undertakers on the stretch
Between your front door and the station, all hustling shamelessly
For the dead of tomorrow. A cutthroat business, evidently.
Everything here is right angles. Crosses and latticework cure you
Of your yen to die as a samurai with a sword in your guts.

The bakers have kneaded their dough. Different fruit gleams in flats.

The butchers are whetting their blades before getting to work.

The taximeter skips ahead twenty cents at a time-money it takes

Forever to earn if what you do for a living is turn hexameters.

A delicate shiver in your brain, the effect of so much cynicism

Taken on an empty stomach, first thing in the morning.

Silently you catch the eye of the driver in the rearview mirror.

He will have to step on it if you're not to miss your train.

6.03, a low voice gabbles financial news on the car radio.

A raiding party on some stock exchange, someone else's credit rating dives.

'Ever considered the future?' the bold print mugs you in Coffins for all the Family.

On the pavement edge, a life flashes by - a blur and gone.

'What's the sense in endless moping. Just leave us to do the coping.'

(Translated by Michael Hofmann)

这首诗歌是对当下经验的呈现,但诗人试图囊括过去——记忆、死者、幽灵的世界,以一种非常严格的形式。在英语版本当中,它的词语被安排得更为灵活自由,但在德语原作中,这首诗歌非常整饬。

以一位女诗人的创作来结束我的演讲。过去的 20 年中,在欧洲到处可见同样的现象:被承认的诗歌或文学创作更多是男性的事业。尽管女性或许永远是最好的读者,但作品是由男性写成的,至少数据显示如此。目前欧洲的这一局面正在改变。女性仍然是最好的读者,但是她们也在成为最好的作者。举例来说,在斯洛文尼亚的文学界,诗歌和散文作者的男女性别比例各占 50%。这在斯洛文尼亚的文学史上是前所未有的。从 18 至 19 世纪以来,文学创作的主角一直都是男性。我个人认为只存在着两种文学,它们以好坏而非男女进行区分。但这场对女性作家的解放是一个重要的维度。安娜·瑞斯特维奇(Ana Ristoviæ)来自塞尔维亚。她是从另一个角度经历前南斯拉夫战争的诗人。正如战争中的许多知识分子,她感到痛苦,因为她的国家参与了一场注定要失败且自我毁灭的战争。她非常反战。我今天大量地论及了战争。通常来说,我这一代,甚至更早一代的欧洲诗人已经不再如此频繁地思考过去的战争。但在我看来,就我们对美学和社会的认识论转向来说,这场战争是一个关键的转折点。

Spring Trade

Ana Ristoviæ

Some little birds
sang,
spoke two, three words
and shat on the terrace, ashine with sun.

So this little bird,
still a matchbox
that outgrew its wingspan.
His eyes only half phosphoric grains.

From the small shit
grew a four-leaf
clover:

our luck speaks in an animal language
and in the language of good digestion,

outdoing its causes
and not choosing the spot where I would land.

It must keep quiet, truly:
if he mentions
the sun above us,
it changes
into golden gallows.

(Translated by Brian Henry)

这首诗采取了一种更为幽默的对细微事物的处理方式。最后一行的意象“金色的十字架”在欧洲诗歌中有漫长的传统。安娜在这里所做的,是将如下元素结合起来:图式、历史所指、非常具体的细节描绘、从这些细节中衍生出的黑色幽默风格的故事,以及偶尔隐现的沃尔夫(Christa Wolf)式的荒诞。附着在上面的还有一种黑色的、污秽的美学理念,表现于对排泄物所进行的讨论。但这并非因为她要震惊读者,而是由于她想如其所是地展现她目击的现实,从美到震惊体验。我认为这是一种正在发生于欧洲诗歌中的共同走向:一方面探索那些比我们更大的东西,那些连结着我们的东西,另一方面探索那些深深地扎根于我们个体经验的东西。

我希望我唤起了你们对于这些诗歌以及诗人的兴趣,使你们稍后去搜索更多关于他们以及他们诗歌的信息。非常感谢你们认真的聆听。

【交流环节】

提问 1:数学与诗歌存在共通性,比如对自由的追求。您如何看待诗歌写作与自然科学的共性?

阿莱什·希德戈:对于当下的诗人群体来说,这是一个关键问题。很多诗人试图对此进行反思,从不同层面寻找诗歌与科技的桥梁:第一个层面是将自然科学视为隐喻;第二个层面是从科学的视角追寻创意产生的过程,比如细查诗人工作时大脑如何运作,试图找出大脑的哪个部分产生了诗歌作品。所以尽管方法论不同,我们的日常生活、对人的定义等都在过去的几十年当中发生了颠覆性的变化。这不仅限于我们交流的方式,举例来说,在以往,书给予我们的震惊感受在当下几乎是不可能的——你需要一本书,完全可以免费从互联网上下载得到它。时代变化了,但是从最基本的层面来说,对于这些在我们日常生活中遇到的技术变革,其共同法则均以战争工业为基础。网络、遗传学及其他都是战争工业的产物。所以我们需要看到这个问题的伦理及道德维度。在诗歌技术的层面,即诗歌是如何写成的,我们所不能回避的是日常经验。今天的日常生活经验是微信、是快速交流、是越来越少的人愿意用很多时间来钻研一首诗歌。诗歌如何对这些事实做出反应?诗歌如何对被大众传媒转变过的语言做出反应?这些都是非常关键的问题,我对此没有确切的答案。

提问 2:在您进行创作时,您的预设读者是一小部分人,还是很多人?

阿莱什·希德戈:当我写诗时,我的面前没有读者,我写诗仅仅因为我——写——诗。当校正我写下的东西时,我已经是作品的第一位读者。我不再是诗歌的作者,而是从编辑的角度对其校正的人。然后是第三个我——试图使这首诗延伸到未知的读者的我。为了得到任何可能的反馈,我不希望被我的诗歌所吸引,不希望沉溺于我的诗歌的语境以及它的美,而是希望能与它的创造者开展一场对话。我得以写作我所有的诗歌,那是因为我有一切从他人的优秀诗歌中得到的启发。我不是传统的创始者,不是某个开创了诗歌写作的人,我只是某个非常渺小的、享受诗歌盛宴的人,有时为他人写作诗歌。

提问3:您提到20世纪早期民族国家业已建立,诗人们不约而同地关注诸如民族语言、区域政治等议题。诗歌对于地域特殊性的关注必然有助于民族国家的巩固。诗人们是否有意为之?这些表达在客观上是否有助于民族特殊性的形成?

阿莱什·希德戈:在欧洲,建构民族性以及民族国家的努力是在拿破仑战争之后开始的,介于拿破仑战争和一战之间。另外有许多民族国家在一战刚刚结束之后被建立起来。一战增加了芬兰、波兰、南斯拉夫、匈牙利,去除了俄罗斯帝国以及奥匈帝国。这场战争确实是在政治上对欧洲的根本重塑。在所有这些国家当中,你都能找到民族主义或是爱国主义的诗人,他们活跃于19世纪末到20世纪初以及更晚近的历史时期。他们自觉地为某种政治立场、民族主义等代言,到处都能发现他们,他们是当时文学圈子里的主流。但是从历史的角度来看,比起其他抗拒将自身作为民族主义以及政治工具的诗人来说,这些诗人在当代不再那么被欣赏。因此我今天展示的所有诗歌都不是民族主义的、为政治代言的诗歌。相反,它们都试图提出更广阔的、复杂的问题:某种特定的政治倾向对人类来说意味着什么?社会机制是什么样的?为了政治的目的,压力以何种方式被施加到人类身上?所有我所展示的诗歌——我认为它们代表了20世纪的宏大声音,基本都在本国内完成,却采取了旁观者的视角。如果你今天观察20世纪伟大诗人的地图,你可以看到在维持自身独立性的基础上继续写作有两种方式:一种是采取一个内在者的立场——你留在你的国家,但你永远不属于它机制的一部分,并且从侧面进行写作;另一种是自我放逐和走向流亡。

提问4:我认为一个写作者的责任是直面现实。如果事情确实发生了,就不能视而不见,而是要发出自救的声音,或是帮助别人呼救的声音。这与职业道德相关,诗人也要有其自身的职业道德,要有一颗拯救世界的善良的心。这与政治无关,与功利无关,与旁观无关。刚才您谈到了您周边国家的政治状况，包括乌克兰的动乱，一战二战的延续所带来的政治动荡。您是否觉得您在写作中对这些状况进行了刻意回避？换言之，您写作的时候只看到了花朵和大海，却没有看到战争的、动乱的、伤害的碎片。

阿莱什·希德戈：政治始终在简化现实。政治是一种非此即彼的思维方式，而儒家哲学则强调即此即彼。因此我认为艺术创作更为复杂，并且比起政治思考来说有更弱的规定性。我不认为我为任何国家代言，无论是斯洛文尼亚还是欧洲。我开始写诗是缘于我对翻译过来的拉丁美洲诗歌的阅读——比如聂鲁达（Pablo Neruda），他们与我毫无关系。但从诗歌的角度来说，他们改变了我的生活。我认为作为一个人，应该自己决定我要表达什么、为谁表达。如果说战争、冲突对我有所影响，那么这体现为我在诗歌中对它们做了很多回应。在南斯拉夫战争当中我进行诗歌创作。这是我自己的故事。如果我认为世界上所有的故事都是我的故事，这将会对我的语言，对我的审美表述产生很大的伤害。在所有的政治冲突中，有太多的感受和太多人的故事，很难在诗歌或是其他表述方式中对这些复杂的成分进行到位的表达，很难避免被头脑简单的政客所炸毁，以便达到他们每日的目标。我不是任何政策的奴隶，我只是诗歌的谦卑侍者。

孙晓娅：今天参加讲座的同学来自不同的专业、学科，这与阿莱什的讲座题目的吸引力不无关系，阿莱什对同学们所提问题的回答非常机智精彩，听了您的讲座，我有一个疑问：90 年代，哈贝马斯（Jürgen Habermas）和德里达（Jacques Derrida）在他们的合著中对欧洲的命运进行了探讨，结果他们采取了非常矛盾的观点。今天讲座的关键词是独立性、小气候、抗争，您以诗人的身份和内部视角，自内而外地探讨欧洲的走向。那么，您是如何看待欧洲文化共同体的建构，欧洲的未来是什么？

阿莱什·希德戈：这是一个很有挑战和趣味的问题。我知道哈贝马斯和德里达共同写作的那本书。你需要看到他们在从两个非常不同的视角进行讨论——德里达从犹太人的视角,哈贝马斯从某种启蒙的、泛欧洲的视角。我认为欧洲现在处于身份危机的边缘。我之前提到过两个普遍的概念——“多语言主义”以及“多文化主义”,但是它们并没有如字面所示的那样在欧洲运作。事实上,为了有足够的竞争力,欧洲需要变得更加统一。我担心这同时也意味着在文化事务上的更加同一化。从政治层面上来看,统一性是不可避免的。另一方面存在着特别是来自右派政治势力的反抗性力量,它们在全欧洲得到了支持。它们的基本诉求是终结欧盟,恢复民族国家的独立性。我认为这将是灾难性的,但它正成为某种日益显现化的威胁。

孙晓娅:提这个问题与我前年去克罗地亚的经历有关。当时克罗地亚还没有加入欧盟。在克罗地亚很多街道的墙壁上,经常会看见用彩色笔涂写着“拒绝欧盟”的标语。可见,对于是否加入欧盟,以及对欧洲共同体的理解,即便是在欧洲内部,不同国家或同一国家内不同区域的公民,他们的想法可能也是截然不同的。

阿莱什·希德戈:我喜欢欧盟,也喜欢欧洲的多元文化。但是在一个存在激烈竞争的世界中,如果头不知道脚在干什么,运作身体将变得非常艰难。多元文化对小说和诗歌非常有益,因为你能够获得多种新奇的灵感。但是有的时候,我认为必要的任务需要在必要的时候完成。

孙晓娅:阿莱什的讲座密度高、综合性强,他思考的问题很有研究价值,极富探索意义。他将半个多世纪以来东欧政治、文化的生态发展等问题以理性兼具感性的方式展现出来:宏观层面,有历史的、动态的演变梳理,有地缘的、文化的、经济的交叉因素的剖析;微观层面,他选取了三个关键词,深入阐释了他对中东诗歌的了解和认识——他选取了几位东欧的代表性诗人,从他们的诗歌文本切入,而不是做空泛的理论化、模式化解读。阿莱什的讲座有逻辑主干，有大的视野，他把东欧的多语言、多文化、现代经验，以及文化问题、诗歌问题、经济问题、政治问题甚至是整个欧洲的定位都融合汇聚起来，讲座的综合性强，涉及的问题较多，既有诗歌审美的鉴赏，也有历史的梳理；既有政治的理性洞见，也有前卫的艺术反观。

我尤为关注阿莱什如何使用“气候”一词隐喻与包容欧洲的政治以及诗歌创作。显然，阿莱什所谈及的“小气候”综合了政治问题、历史现象和当下境况，生动再现了东欧乃至欧洲目前的文化样态和文学内涵。当阿莱什谈到抗争问题时我突然想到“入侵”这个词。入侵有扩张、介入性，抗争有主体、自觉性，“入侵”和“抗争”是两个紧密纠结的关联词，它可以带出欧洲一直以来存在的各方面的问题。记得我在2013 年去斯洛文尼亚做诗歌交流时，参观过一个古城堡，那是土耳其几百年前侵略当地时遗留下的见证，如今成为旅游景点供人参观。历史上，欧洲不同的国家——包括同一国家的王室之间，常常处于“入侵—抗争”的关系，这是历史遗留下来的地缘发展生态。以历史为隐喻，阿莱什从反抗的角度进入对欧洲现代诗歌文化症候的分析，这一隐喻睿智而恰切，它足以引发我们对中、东欧诗歌创作症候进行不同维度的思考。

讲座中，阿莱什还谈到翻译问题：在欧洲，多元语境多种语言共生，这使得很多优秀的诗人同时也是优秀的翻译家，他们的诗歌翻译工作活跃而颇受重视，这足以引发我们对中国当代诗坛翻译现状做出相应的反思。阿莱什还提到阅读诗歌的一个重要环节，即从元语言的角度进入诗歌，而不是借助中间语言，将翻译的缺失永久地留在阅读之外。

简而言之，这是一场极具实力、做过精心准备的讲座，再次感谢我们的主讲人和翻译！

诗与译诗

主讲：陈黎

主持：孙晓娅

时间：2014 年 5 月 23 日

地点：首都师范大学北一区文科楼

主办：首都师范大学中国诗歌研究中心

孙晓娅：今天的讲座题目是"诗与译诗"。主讲人陈黎，台湾诗人、翻译家、中国人民大学的驻校诗人。陈黎是台湾当代很有影响力的诗人，尤为让人敬佩的是，他倾尽 30 年的心血致力于诗歌翻译。他毕业于台湾师范大学英语系，著有诗集、散文集、音乐评介集等二十余种；译有《万物静默如谜：辛波斯卡诗选》《拉丁美洲现代诗选》《世界当代诗抄》《聂鲁达：二十首情诗和一首绝望的歌》《精灵：普拉斯诗集》等二十余种。曾获台湾文艺奖，《时报》文学奖叙事诗首奖、新诗首奖，《联合报》文学奖新诗首奖，台湾文学奖新诗金典奖，梁实秋文学奖诗翻译奖等。1999 年受邀参加鹿特丹国际诗歌节。2004 年受邀参加巴黎书展中国文学主题展。2005 年获选"台湾当代十大诗人"。2012 年，获邀代表台湾地区参加伦敦奥林匹克诗歌节。讲座之前，先请学生朗诵几首陈黎创作和翻译的诗：

动物摇篮曲

让时间固定如花豹的斑点
疲倦的水鸟滑过水面轻轻滴下它的

眼泪像一只离弦的箭需要落实
这是花园没有音乐的花园灰蒙蒙的
大象沉重沉重地走过你的身边并且请你
为蜂巢为没有蜜蜂的蜂巢守望

我将为夜为没有衣裳的草叶收拾露水当星星
升起天空逐渐高过门口的长颈鹿
让哺乳的母亲远离它们的孩子像一只
弓背的猫终于也疏松它的脊椎不再
抽象地坚持爱的颜色梦的高度因为
这是花园没有音乐音乐的花园

笨拙的驴游行时不要学它打鼾
让时间停住呼吸像装死的熊静静躺下
一些雪白的花扑打它的睫毛一些蝴蝶
我将为牛栏为没有屋檐的燕子擦拭门牌当
灰蒙蒙的大象沉重地走过你的身边并且请你
为断柱为没有忧伤的断柱织补缝隙

这是花园没有音乐的花园盘旋的鹰不要
搜索猎犬你不要奔跑像天使的额头
它的宽广包容五十座城堡七百匹马车
让远离母亲的孩子回到它们的母亲像久久
湮没的神话宗教重新被发觉信仰
我将为果树为落尽果实的果树赞美祈祷

让时间固定如花豹花豹的斑点
一些雪白的花扑打它的睫毛一些蝴蝶

熟睡的狮子它们的愤怒不要惊动
这是花园没有音乐的花园灰蒙蒙的
大象沉重沉重地走过你的身边并且请你
请泥土快快藏好它的足印
(1977)

岛屿边缘

在缩尺一比四千万的世界地图上
我们的岛是一粒不完整的黄钮扣
松落在蓝色的制服上
我的存在如今是一缕比蛛丝还细的
透明的线,穿过面海的我的窗口
用力把岛屿和大海缝在一起

在孤寂的年月的边缘,新的一岁
和旧的一岁交替的缝隙
心思如一册镜书,冷冷地凝结住
时间的波纹
翻阅它,你看到一页页模糊的
过去,在镜面明亮地闪现

另一粒秘密的扣子——
像隐形的录音机,贴在你的胸前
把你的和人类的记忆
重迭地收录、播放
混合着爱与恨,梦与真
苦难与喜悦的录音带

现在,你听到的是
世界的声音
你自己的和所有死者、生者的
心跳。如果你用心呼叫
所有的死者和生者将清楚地
和你说话

在岛屿边缘,在睡眠与
苏醒的交界
我的手握住如针的我的存在
穿过被岛上人民的手磨圆磨亮的
黄钮扣,用力刺入
蓝色制服后面地球的心脏
(1993)

慢　　郎

急惊风的我,寻找你已经半世纪了
慢郎,听说你住在古代中国
(所以又叫慢郎中)很慢很慢
生年不满百可以怀千岁忧的古代
你没听过佛洛伊德,没用过
手机,email,或实时通
焦虑,不安,神经质,镇静剂
这些词汇还没丢进你们的搜索引擎
你不知道什么叫天平座,什么叫
摆荡与反摆荡,什么叫朝九晚五
什么叫高铁,捷运,子弹列车

什么叫快感，快锅，快餐，快乐丸
你们最快，不过是用一把快刀
斩乱麻或抽之断水（而麻照乱
水更流）或者振笔疾书快雪时晴帖
一个月雪融后到达收件者手中
急啊，你知道吗，应该用快递或
宅急便，或者传简讯。我替你着急
漫不经心，慢条斯理，慢工出细火
不是我的风格。我自然也有慢处
我傲慢，我自大，对于不仁的天地
浩瀚的宇宙，那爬到高不及101
大楼的幽州台，前不见古人，后
不见来者，念天地悠悠，独怆然
泪下的陈姓诗人，绝不是我
我轻慢，对千百年来重不可移的
礼教制度国家民族机器
贞节牌坊纪念柱纪念碑
我漫骂一切我不爽不耻不屑者
而很快地，我的骨头也重得像铜像
我不喝啤酒的啤酒肚，我很轻的
青春，很薄的一夜情，随风远扬
我轻薄一切单调重复僵硬迂腐者
腐儒腐刑腐臭腐旧腐烂文章
而我的牙齿毛发器官也不免
或蛀或落或失色或失灵——
它们来得太快，慢郎，教我如何
慢一点，让它们慢一点
让时间，让快乐，让焦急的心

在这岛上,在现代,在后现代
慢慢地傲慢,轻慢,怠慢
慢慢地老去,朽去,松去
(2008)

我想和你一起生活

茨维塔耶娃(Marina Tsvetayeva,1892—1941,俄国)

陈　黎　译

……我想和你一起生活
在某个小镇,
共享无尽的黄昏
和绵绵不绝的钟声。
在这个小镇的旅店里——
古老时钟敲出的
微弱响声
像时间轻轻滴落。
有时候,在黄昏,自顶楼某个房间传来
笛声,
吹笛者倚着窗牖,
而窗口大朵郁金香。
此刻你若不爱我,我也不会在意。

在房间中央,一个磁砖砌成的炉子,
每一块磁砖上画着一幅画:
一颗心,一艘帆船,一朵玫瑰。
而自我们唯一的窗户张望,
雪,雪,雪。

你会躺成我喜欢的姿势:慵懒,
淡然,冷漠。
一两回点燃火柴的
刺耳声。
你香烟的火苗由旺转弱,
烟的末梢颤抖着,颤抖着
短小灰白的烟蒂——连灰烬
你都懒得弹落——
香烟遂飞舞进火中。

白石上的黑石

瓦烈赫(César Vallejo,1892—1938,秘鲁)

陈 黎 译

我将在豪雨中的巴黎死去,
那一天早已经走进我的记忆。
我将在巴黎死去——而我并不恐惧——
在某个跟今天一样的秋天的星期四。

一定是星期四,因为今天(星期四)当我提笔
写这些诗的时候,我的手肘不安得
厉害,而从来从来,我不曾
感觉到像今天这样的寂寞。

西撒·瓦烈赫他死了,每一个人都狠狠地
锤他,虽然他什么也没做。
他们用棍子重重地揍他,重重地

用绳索;他的证人有
星期四,手肘骨
寂寞,雨,还有路……

我喜欢你沉默的时候

聂鲁达(1904—1973,智利)

陈　黎　译

我喜欢你沉默的时候,你仿佛在遥远的地方。
你远远地听我说话,而我的声音触不到你。
你的眼睛好像已经飞走,
好像一个吻已经封住了你的嘴巴。

由于万物都充满我的灵魂,
你从万物中浮现,充满我的灵魂。
梦之蝴蝶,你就像我的灵魂,
你就像“忧郁”这个词。

我喜欢你沉默的时候,你仿佛在遥远的地方。
你仿佛在哀叹,一只喁喁私语的蝴蝶。
你远远地听我说话,而我的声音够不着你:
让我跟着你的静默一起沉默。

让我和你交谈,用你的静默——
明亮如一盏灯,简单如一只戒指。
你仿佛是夜,默不作声,满布繁星。
你的静默是星子的静默,如此遥远而单纯。

我喜欢你沉默的时候,因为你仿佛不在,
遥远而令人心痛,仿佛你已经死去。
那时,一个词,一个微笑就够了,
而我感到欢喜,欢喜那并不是真的。

内在的树

帕斯(Octavio Paz,1914—1998,墨西哥)

陈　黎　译

一棵树长在头颅里,
一棵树向内生长。
根须是血管,
枝桠是神经,
思想是叶纠缠。
你匆匆一瞥它便着了火,
而它荫凉处的果实
是血红的橘,
是燃烧的石榴。
破晓
于肉体的夜晚。
在内在,我的头颅内,
树在说话。
靠近些——你听见了吗?

陈黎:各位前辈、各位老师、各位同学,大家好!听同学们安静、自在地朗诵我的诗、我翻译的诗,我很感动!同学们都不是职业的朗读者,但是你们把自身个性与对诗的感觉毫不犹豫地表现出来。本来我有点紧张,可是看到同学们这么好的开场,也就不紧张了。我想先从自身写作的一些经验谈起。我在台湾的东部花莲长大，一直到赴台湾师范大学读英语系才有机会离开。除了在大学读书的四年之外，几乎过去半个多世纪我都在花莲，这与我写作的一些定位似乎有点关系。我几乎是足不出户，没有离开过台湾，可是我通过阅读和写作，在我的小城花莲里复制了所有的城、前往世界各地去旅行。我在台湾出生，但我父亲是福建籍，说闽南话，我母亲的祖先是从广东梅县迁移到台湾。我的父母在1945年以前受日本教育，所以总是用日语互相交谈。在家里，父母亲会和我们讲台语或者客家话，可是讲私密话的时候，都是日语。听久了，有些字眼好像也会在自己的语言中盘旋。小时候，学校推行国语运动，如果讲方言是要罚钱的——那时台湾的方言不止所谓的闽南语和客家语。我小时候以为方言就是台语，没想到客家话也是，更没想到台湾的少数民族语言也是一样。可是当初我们称台湾的少数民族都是山地同胞，台湾的少数民族起码有十几个族群，他们每一种语言之间的差别要比英语和法语之间的差别还大，可是我们居然以为它们是同一种语言。所以在当时以普通话为主的国语教育之下，台湾学生的升学、就业等都是以中国的语文、历史、地理作为考试的对象。我就在这样的语言环境之下长大，多重杂糅的语言经验很自然就反映在我的阅读和写作中，尤其是在我的写作中，有不同的语言元素存在，不同语言的词汇会不时地穿插其中。

我从事翻译工作是与我太太一起。我们是师大英语系的同班同学，大学毕业之后就开始想持续地去翻译一些东西，最早是翻译美国诗人普拉斯和她先生特德·休斯，或者是英国运动派诗人菲利普·拉金的一些诗。大学时我们选择西班牙语作为第一外国语，由此，我对西班牙语的诗歌非常有兴趣。因缘际会，读大学时，我买了一堆拉丁美洲文学的诗，包括很多西班牙语以及西语和英语对译的诗，还有一些西班牙文学史或者拉丁美洲文学史。我23岁左右开始翻译，想要学习我的老师余光中翻译一本厚厚的现代诗选。他曾经翻译过两次英美现代诗选，我在30岁之前就翻译出版了一本600多页的《拉丁美洲现代诗选》。翻译拉丁美洲现代诗，特别是聂鲁达的诗作，对我的写作有明显的启发。而聂鲁达诗歌的这本译作也成为台湾现代文学阶段性的里程碑之一。

现在八十几岁的向明先生、年纪比较小一点的痖弦先生、今年已经过世的94岁的周梦蝶先生，还有大家公认的在台湾超现实主义作品中最精彩且诗作大量被翻译成外国语的商禽先生（他是跟国民党从大陆到台湾的老兵），这些人从大陆把中国现代诗的主旨带到台湾。诗人纪弦先生在上海时曾与戴望舒一起，把现代派从中国大陆整个“横的移植”到台湾来，他认为台湾的现代诗，或者说中国的现代诗应该是对西方“横的移植”而不是继承了中国古典诗歌——这当然是他的说法。我们前辈诗人的创作受到很多西方现代主义的影响，所以在他们身上可以看到很多出于个人和时代因素的现代主义讳饰。特别是当时台湾在国民党的统治下，很多地方对思想的控制很紧，可是诗人们总是有办法透过写作以及各种前卫的表现手法，用当局看不太懂的超现实主义去偷渡一些东西。所以，在80年代，当我们听说在大陆有朦胧诗运动的时候，我们会觉得“好清楚噢，怎么会朦胧呢”？归根结底，到底怎么样才是朦胧并不很重要，重要的是艺术就是要透过艺术的表现——转化与变形，从而把它的真知灼见和思想暗藏于内，就这一点来说，两岸的用心是一样的。

写作初期，我受到了现代主义作家，包括T. S. 艾略特、叶芝，或者更早一点的象征主义诗人，譬如波德莱尔、魏尔伦、兰波、瓦雷里等诗人的影响。我也和前辈一样，阅读到了1920—1930年代中国新诗人的作品，从大家耳熟能详的诗人卞之琳、何其芳、冯至、穆旦，一直到当时令我个人非常着迷的废名。虽然当时我们看到的废名的作品有限，但他的诗作强烈地启发了我。我曾经跟加州大学的奚密老师聊过：我觉得在台湾现代诗里面有一个谱系，就是在我刚刚所说的正宗的现代主义传统之下有一个比较诙谐、另类的谱系，它的祖宗可能就是废名，然后是纪弦、商禽。商禽是一个非常迷人的超现实主义诗人，他写的诗不是很多,可是国内外都觉得他很迷人。商禽曾告诉我,他离开家乡跟着国民党政府来台湾的时候,放在口袋里面的一本破破的诗集就是废名的诗集。在台湾,商禽的诗影响了很多人写作的方式。我觉得从废名、纪弦、商禽到比我年纪稍长一点的罗青以及我,还有比我小两岁的夏宇,我们有某些企图,想要在继承现代主义后另辟蹊径。夏宇是台湾的一个文化女英雄,她的诗在华人世界也受到很广泛的阅读和回响,其实所谓另类,到现在来讲是后现代。说废名是当时的后现代算不算呢?也算是!不然他的诗怎么会把车牌号码放进去,无厘头地把一些具有后现代性的信息插入文本里面?

我自己的方式是,除了阅读英美现代诗或欧美现代诗之外,还想要通过第三世界拉丁美洲的文学特别是诗歌,找到与世界对话的方式。对于处在发展中国家的我们来讲,单论新文学或者新诗这种形式的话,所谓的世界就是西方或者欧美。比如马尔克斯的小说《百年孤独》通过所谓的魔幻写实把拉丁美洲的神话、绘画传统和现代主义的技巧糅在一起,我也思考怎样用类似第三世界拉丁美洲的某些创作样式,与当代艺术结合、对话。我在阅读和翻译拉丁美洲现代诗的过程中发现,其实它与台湾现代诗的发展情境有类似的地方,只是那个时候我隐约感觉到它可能比台湾各种主义流派的形成过程早 20 年,也就是说我们现在所看到的譬如帕斯、聂鲁达、瓦烈赫——三个最显赫的 20 世纪拉丁美洲现代主义诗人,他们创作的成绩与高峰比我刚才所提到的台湾 60 年代出现的现代派诗人要早 20 年,某些东西可能是在台湾再现。然而,大陆的诗歌和同样是第三世界拉丁美洲文学的关系差几年我就不能确定了,因为中间有"文革",诗歌发展的时间会比台湾更慢。所以说,台湾的朦胧诗很朦胧;而大陆当代——七八十年代才开始出现有朦胧诗。

当我开始翻译菲利普·拉金的诗时,因为他是用口语写作,而且用日常生活作题材,所以很明显可以发觉他跟叶芝的不同。我们今天可以清楚地看到叶芝对 20 世纪前半世纪英国诗的影响,一如菲利普

·拉金对20世纪后半世纪英国诗的影响,这个态势非常明显。受之影响,我自己在不知不觉之中摸索怎样可以让我的诗有别于前一代,或者说怎样去追寻给我营养和滋润的诗歌源头时,我在中国现代诗里锁定了何其芳。何其芳对痖弦有极强烈的影响,痖弦诗作的标题与句子都是继承何其芳的,可是痖弦是很有创意的诗人,所以经过他的转化,我们也不觉得他的诗作是完全的“何其芳式”。我年轻时看何其芳与李广田等人的《汉园集》或者他的散文集《画梦录》时,感觉像触电一样,觉得真美啊。可是我对何其芳的阅读比较吊诡,因为当时在台湾要全面找到关于30年代的作品不太容易,我就通过购买西洋书籍的管道,买到一本美国人所写的关于何其芳的论文集和他的诗歌翻译。除了先前所熟悉的《汉园集》之外,我又读到一些他后来到延安创作的《夜歌和白天的歌》《成都,让我把你摇醒》等诗歌。当时我很期望知道诗歌除了像现代主义这样关注个人内在的孤寂或时代某些画面之外,是否有可能用一种清新的、新鲜的口语去关注日常事物。那段时间,何其芳对我具有强大的吸引力,特别是,我是通过英文的翻译读解他的诗作,有些诗句并不知道中文是怎么写的。后来我看到何其芳的原作,其实很多地方是很直白的,但通过英文翻译而来的句子让我觉得正好,清新又不那么的直白。

我在第二本诗集《动物摇篮曲》出版之后,就开始试验用聂鲁达或者何其芳《夜歌和白天的歌》的式样写诗,写一些平凡的小人物或者是身边一些事情,也会写一些社会的东西。可是让我困惑的是,那本论文集里面没有讲到,那时候何其芳也还活着,但他后来怎么不写诗了?我猜想如果何其芳离开现代主义或者说颓废的现代主义的东西,走向更明亮的民众或者更可亲的口语的时候,他会怎么做呢——如何把口语和艺术相结合呢?后来我发现,这居然是一片空白!很奇怪这到底是怎么一回事,等到两岸沟通相对方便的时候,我很容易就买到了何其芳、穆旦、冯至、卞之琳的全集,从卞之琳或者何其芳的身上大家可以很清楚地看到,他们在新中国成立后那段时间写的新诗,无法阅读。但是在此前,何其芳给予我创作的动力。

我在80年代出了两本诗集后选择回到花莲教书,因为那时我觉得生活比诗重要,而且写诗还蛮丢脸的。我虽然在学生时代写诗,但出来当中学老师的时候,几乎有十年时间都写不出来十首诗。1988年,也就是从《春夜听冬之旅》开始,我又重新开始写诗,原因是发生了工作变故:有一次我帮学校编校刊,校长觉得这个校刊不好,要全部烧掉,然后他说陈老师你下学期不用当导师了。我一开始觉得很难过,可是没想到我没当导师的时候有比较多的时间去写作,我的生命或者说创作的生命因而重新开始——我从1988年到现在为止一直持续地在创作。在1988年这个阶段,我几乎一年之内密集地写诗与散文,包括受到聂鲁达的影响写一些很长很长的作品,比如以我家乡为背景的《太鲁阁·一九八九》,那首诗大概将近250行吧,在那里面我不断地去回视中国的元素,台湾地区的历史与人文……,以诗歌表达我对现实的热爱、对社会的关照。甚至有时我把诗当成一种工具,写出来就直接念给我的同事,问他们跟着我念你有没有感动。后来我在1993年之后出版《家庭之旅》以及《小宇宙》的时候,突然觉得文学关心政治、关心社会好像有一点点肉麻,尽管在当时所写的诗也是非常真切。

过了那个阶段之后,我在1995年写出了被台湾诗评界认为是我个人创作里程碑的《岛屿边缘》。诗集中的诗作大量触及台湾的主题,因为我想要响应拉丁美洲诗人们面对现代诗时的情境,我就用我自己的方式或者用台湾的方式写出了很多台湾的现代诗。我非常大胆地使用了一些之前我从未想到自己会采用的方式来写诗,其中大部分是因为我们开始使用了计算机。新的语言、新的感性或新的知性触发我用新的方式写作。其次,因为我觉得写诗应该发现更高的东西,不必只对抗眼前的政治或社会的某些现实,我当然也关心台湾,可是我要我的东西更大胆、更逍遥一点。简单来讲,80年代我跟着台湾所谓的乡土文学运动,希望正视现实或者说想要对政治、社会有一些响应的那个阶段过去之后，我认为诗作为文学创作的一种载体，还是应该要放在一个比较高的视角上面。1995 年以后我的诗愈发自由，完全不在乎对社会的任何责任或负担。因为诗的责任或任务，已经内化为我身体里的一部分，剩下的是一个诗人通过他的创作，怎样才能让读者采用一种新的样式去关心那些古老的不断重复的主题，不管是社会的现实，还是人性的光和影。

在我过去的 10 年或者 20 年当中，表面上看起来我的写作风格很多样，或者有的人认为我的风格很大胆，其实我一直在遵守着我对诗的理解——诗应该是精致的、内敛的、节制的、均衡的——我一直在寻求这种秩序。很多人认为我强烈地受到西方的影响，可是我觉得我一直在响应从小所阅读到的中国经典，包括一些诗人或者民歌、乐府诗等等。我一直在思考怎样用简单新奇的方式去翻新最大胆动人的东西。比如，我最近 10 年的写作，通过对中国文字的开发，特别是它的字音、字形、字义，它的音像所夹带的趣味，想要显现它有别于其他语言的诗的趣味与魅力。

最后我想讲一下中国大陆和台湾语言之间的差别：第一，在“文革”阶段，我们对传统文化的接收和排斥，一来一往之间是有一些落差的。我们在考大学的时候都要读四书，《论语》《孟子》都是耳熟能详，这样几十年下来，那些语法就变成我日常语法的一部分，所以我在写东西的时候很自然文白相杂。可是文白相杂并不是因为我们受到民国文学的影响——比如阅读周作人、鲁迅、沈从文；当阅读我的前辈诗人包括余光中、杨牧、叶维廉以及他们的散文的时候，我们可以看到他们也是这样把继承过去的中文美感和当代口语结合在一起。第二，两岸的语言之所以不同，因为两岸对待中国传统文化还是有一些差异的，譬如简体字与繁体字。如果把我自己的诗变成简体字的话，我非常注重的形象之美可能会消失，譬如说我很多诗完全不是押声音的韵，而是押偏旁的韵。我有一首诗叫达达主义的《達達》，“達達”就是错字旁，那首诗里我大量运用错字旁的东西，如果把它翻译成简体字的话,有些东西可能就不见了。我还有一首诗叫作《孤独昆虫学家的早餐桌巾》,它全部是用虫字边写成的,但我发现比如"刺猬"的"猬",这个字在台湾是虫字旁,到了大陆就是犬字旁了,显然是因为繁简体字的不同而有别。第三个更重要,就是两岸的语感。在五年前我曾经来过北京,有些人会说我们讲的东西有点文绉绉,有点娘娘腔——娘娘腔可能就像女生的思绪,会比较绵密一点,或者说它不是直奔主题,而是对更细微的东西关照,难道这也有过错吗?注意细节,并且懂得尊重某些东西,难道这也有过错吗?我觉得所谓的这种娘娘腔,或者讲得比较好听,我们对语言的这种亲密,它并不是罪过。你对某些东西更熟悉的时候,你当然希望能照顾到更多的细节。可是我五年前去北方的时候,北方的诗人都说你们南方太琐碎了,不够伟大。什么是伟大呢?我想,诗不过就是从日常小小的东西里面呈现生命与人性的幽微,或者宇宙的巧妙与趣味。

我所翻译的辛波斯卡在两年前能够有机会被大陆的读者接受,而且一年多卖了超过 10 万本,这似乎说明大陆读者对台湾诗人语言的排斥在这几年慢慢消失了。因为之前在大陆,辛波斯卡的诗并不是没有翻译本,除了翻译的语意之外,语言的感觉应该也是这本诗选能够被大陆的读者接受的一个小小的明证,它能够证明两岸语言的感觉或者生活的感觉已经在慢慢接近。这两年我在网络上看到中国大陆的很多东西,我觉得非常强大有力,特别是我在大学教书时发现,现在台湾大学里面只要来五个大陆生,前五名都是大陆学生,这代表大陆的年轻人对知识的渴望比起同年纪的台湾同侪是有过之而无不及,这也是我觉得在两岸互动当中可以互相给对方一些借鉴和一些启发的。

最后,用两首我的诗来呈现自己写作的一些情境。我曾经写过一组诗叫《小宇宙》,大概有 100 首,它们广义来讲是受到日本俳句的影响。因为俳句有"五—七—五",共 17 字音,这里面有些东西也是小的趣味,但是不是也是诗人不可或缺的一部分呢?这很值得思考:

小宇宙

14

我等候，我渴望你：
一粒骰子在夜的空碗里
企图转出第七面

18

寂寥冬日里的重大
事件：一块耳屎
掉落在书桌上

51

云雾小孩的九九表：
山乘山等于树，山乘树等于
我，山乘我等于虚无……

（选自《现代俳句一百首》）

“山乘山等于树”，三乘三等于四，台湾过去念“一二三树”。下面“山乘树等于我”（音三乘四等于五），“山乘我等于虚无”（音三乘五等于十五），这是台湾国语。《小宇宙》在台湾曾经是高校入学考试的题目。另外，台湾有一个音乐团体叫作苏打绿，他们曾经发过一张唱片就叫作《小宇宙》，我曾经很奇怪为什么与我的诗集同名呢？后来才知道苏打绿是个音乐团体，主唱吴青峰就读过我从教的大学，他曾说他最崇拜的台湾现代诗人是陈黎和夏宇。没想到他居然拿我的诗作为他唱片的标题，后来我看他的几首歌，跟我早期一些诗的名字几乎是一模一样，我想勉强算起来他也是我的粉丝吧。我的意思不是要他来为我站台，我是说，诗是每个人都可以喜欢的。我再来念几首诗：

49

所有夜晚的忧伤都要在白日
转成金黄的稻穗，等候
另一个忧伤的夜晚收割

66

一颗痣因肉体的白
成为一座岛：我想念
你衣服里波光万顷的海

97

婚姻物语：一个衣柜的寂寞加
一个衣柜的寂寞等于
一个衣柜的寂寞

02

争鸣：
0岁的老蝉教0岁的
幼蝉唱“生日快乐”

人生苦短，可是你知道蝉声/生更苦短吗？最老的蝉也活不到一岁——最老的蝉也是0岁，刚生出来的蝉也是0岁啊。就像我在《春夜听冬之旅》中所说，并不会因为一撕即破的纸而减少我们对生命的重量，所以老蝉教小蝉说“生日快乐”，活着的时候要快乐。第66首诗是写我和杨牧，杨牧也是花莲的诗人，我们都曾就读于花莲中学。

有人说我用日本俳句“五—七—五”，17个音节来写诗。我们知道写作也是一种翻译,如果用外文翻译杜甫的“国破山河在”,或者李白的“床前明月光”,他要怎么翻译?他要翻作平平仄仄平吗?也要押韵吗?还是说他可以用另外一种方式?日本的俳句是17个音节,五—七—五,17个音节翻成中文的时候可能不到17个字,我们知道さようなら是再见,さようなら是四个音节,可是再见只有两个字而已,虽然这样的翻译是可以质疑的。有人说陈老师你可以翻译,那你可不可以写一个五—七—五俳句的诗给我们看看,所以我就写了下面的这首诗:

42

一二僧嗜舞
移二山寺舞溜溪
衣二衫似无

它就是五—七—五,那个“移二山寺舞溜溪”的“溪”跟七是同音,是同一个字有两种发音。我想这样的美学其实是非常古典的,在我看来,每一个古代诗人都是现代诗人,都是前卫的诗人,同样每一个现代诗人或后现代诗人也都是古典的诗人。因为我们所生发的所珍惜的那些美感的要素,我想是古今如一的。可是每个时代不一样,我们表现的方式、借用的素材、媒介或感性可能略有不同,所以像“一二僧嗜舞”,因为我们从小也都读五音文,对这些东西的解释或者汉字的多义性是完全可以掌握的:一两个和尚很喜欢跳舞,“移二山寺舞溜溪”是很超现实主义的,他移动两个山寺,你可以把“舞”当作动词,也可以当作不及物动词,他们在滑溜溜的溪旁边跳舞,或者说舞动两条滑溜溜的溪都可以,跳了整个下午,身上的汗很多,所以衣服就若隐若现了。这首诗不仅可以顺着念,还可以倒过来念。

最后以《岛屿边缘》中的一首诗《战争响曲》来结尾,这首诗写出来时曾遭到质疑:这到底算诗吗?

战争交响曲

兵兵兵兵兵兵兵兵兵兵兵兵兵兵兵兵兵兵兵兵兵兵兵兵
兵兵兵兵兵兵兵兵兵兵兵兵兵兵兵兵兵兵兵兵兵兵兵兵
兵兵兵兵兵兵兵兵兵兵兵兵兵兵兵兵兵兵兵兵兵兵兵兵
兵兵兵兵兵兵兵兵兵兵兵兵兵兵兵兵兵兵兵兵兵兵兵兵
兵兵兵兵兵兵兵兵兵兵兵兵兵兵兵兵兵兵兵兵兵兵兵兵
兵兵兵兵兵兵兵兵兵兵兵兵兵兵兵兵兵兵兵兵兵兵兵兵
兵兵兵兵兵兵兵兵兵兵兵兵兵兵兵兵兵兵兵兵兵兵兵兵
兵兵兵兵兵兵兵兵兵兵兵兵兵兵兵兵兵兵兵兵兵兵兵兵
兵兵兵兵兵兵兵兵兵兵兵兵兵兵兵兵兵兵兵兵兵兵兵兵
兵兵兵兵兵兵兵兵兵兵兵兵兵兵兵兵兵兵兵兵兵兵兵兵
兵兵兵兵兵兵兵兵兵兵兵兵兵兵兵兵兵兵兵兵兵兵兵兵
兵兵兵兵兵兵兵兵兵兵兵兵兵兵兵兵兵兵兵兵兵兵兵兵
兵兵兵兵兵兵兵兵兵兵兵兵兵兵兵兵兵兵兵兵兵兵兵兵
兵兵兵兵兵兵兵兵兵兵兵兵兵兵兵兵兵兵兵兵兵兵兵兵
兵兵兵兵兵兵兵兵兵兵兵兵兵兵兵兵兵兵兵兵兵兵兵兵
兵兵兵兵兵兵兵兵兵兵兵兵兵兵兵兵兵兵兵兵兵兵兵兵

兵兵兵兵兵兵兵乒兵兵兵兵兵兵兵乓兵兵兵兵兵兵兵乒
兵兵兵乓兵兵乒兵兵兵乒乒兵兵乒乓兵兵乒乓兵兵乓乓
乒乒兵兵兵兵乓乓乓乓兵兵乒乒乓乓乒乓兵乓兵兵乓乓
兵乒兵乒乒乒乓乓兵兵乒乒乓乓乓乓乒乒乓乓乒兵乓乓
乒兵乓乓乒兵乓乓乒乒乓乓乒乒乓乓乒乒乓乓乒乒乓乓
乒乒乓乓乒乒乓乓乒乒乓乓乒乒乓乓乒乒乓乓乒乒乓乓
乒乒乓乓乒乒乓乓乒乒乓乓乒乒乓乓乒乒乓乓乒乒乓乓
乒乓乒乓乒乓乒乓乒乓乒乓乒乓乒乓乒乓乒乓乒乓乒乓

乒乓乒乓乒乒乓乓乒乓乒乓乒乒乓乓乒乓乒乓乒乒乓乓
乒乒乒乒乒乒乒乒乓乓乓乓乓乓乓乓乒乒　乒乒乒　乓
乓乓　乒乓乒乒　乒　乓　　乒乒　　　乒乒　　乓乓
乒乒　　乓乒　乒　乓　乒　乓　乒乒乒　　乓　乒
乒乒　乓　乓乓　乒　　乒　乓　　乒　乓　　　乒
乒　　　　　　乓乓　　　　　　乓　　　　乒　乓
　乒　　　乓　　　　乒　　　　　乓　　　　乓
　　乒　　　　　　　　　　　　　　　乓

丘丘丘丘丘丘丘丘丘丘丘丘丘丘丘丘丘丘丘丘丘丘丘丘
丘丘丘丘丘丘丘丘丘丘丘丘丘丘丘丘丘丘丘丘丘丘丘丘
丘丘丘丘丘丘丘丘丘丘丘丘丘丘丘丘丘丘丘丘丘丘丘丘
丘丘丘丘丘丘丘丘丘丘丘丘丘丘丘丘丘丘丘丘丘丘丘丘
丘丘丘丘丘丘丘丘丘丘丘丘丘丘丘丘丘丘丘丘丘丘丘丘
丘丘丘丘丘丘丘丘丘丘丘丘丘丘丘丘丘丘丘丘丘丘丘丘
丘丘丘丘丘丘丘丘丘丘丘丘丘丘丘丘丘丘丘丘丘丘丘丘
丘丘丘丘丘丘丘丘丘丘丘丘丘丘丘丘丘丘丘丘丘丘丘丘
丘丘丘丘丘丘丘丘丘丘丘丘丘丘丘丘丘丘丘丘丘丘丘丘
丘丘丘丘丘丘丘丘丘丘丘丘丘丘丘丘丘丘丘丘丘丘丘丘
丘丘丘丘丘丘丘丘丘丘丘丘丘丘丘丘丘丘丘丘丘丘丘丘
丘丘丘丘丘丘丘丘丘丘丘丘丘丘丘丘丘丘丘丘丘丘丘丘
丘丘丘丘丘丘丘丘丘丘丘丘丘丘丘丘丘丘丘丘丘丘丘丘
丘丘丘丘丘丘丘丘丘丘丘丘丘丘丘丘丘丘丘丘丘丘丘丘
丘丘丘丘丘丘丘丘丘丘丘丘丘丘丘丘丘丘丘丘丘丘丘丘
丘丘丘丘丘丘丘丘丘丘丘丘丘丘丘丘丘丘丘丘丘丘丘丘

一九九五．七

陈黎：这首诗我用两分钟创作出来。第一段和第三段我仅花了 30

秒钟大量复制“兵”和“丘”，第二段把“乒”“乓”这两个字组合起来，视觉上看是一个断了脚的士兵，你也可以当作他受伤，或者把它念出来——“乒乓”刚好是枪的声音。另外，乒乓球是我们中国最强项的桌球运动，战争就像打乒乓球——这有点讽刺。诗作的中间在视觉上可以看到有些空白，这些空白是暗示可能是被拉走的受伤的士兵，其中也有我们中国传统绘画里面一些留白的因素。虽然我用了四个字，但是也可以将它们算作一个字，因为“兵”“乒”“乓”还有“丘”都是“兵”的一部分。这首诗在我刚写出来的时候很多人都觉得不以为然，可是不到20年，台湾每一个中学生都读过这首诗了，课本里面、考卷上面不断出现，它也被一些外国的读者翻译过。有一位波兰的翻译家，他在英国教翻译，在翻译这首诗的时候，他还是运用图形，把“兵”改成“A man”，阿兵哥就是“A man”，一排一排“A man”千军万马、军容壮盛地走过来。到了第二段把“A man”变成零零落落的“乒”“乓”的时候，他就译成了“Ah man”，当人落单的时候就是“Ah man”，两个人三个人的时候它还是这样排。写成“Ah man”，那边有一个人倒下来，暗示说他受伤了。到第三段我写“丘”的时候，“丘”是小坟墓，或者是没有手脚的尸体，译诗从“A man”到“Ah man”变成了“Amen”。由此可见，诗歌的作者并不是我了，而是中国文字本身。我想这里面有我通过这样的翻译，把中国文字译成一首诗；而外国的一些读者，他们也透过翻译把它翻成英文写成了一首新的诗；此外，在台湾有人把它做成一个动画，把《战争交响曲》转换成视觉的诗，这也是一种所谓的翻译吧。

最后，谢谢各位，特别感谢孙老师的邀请。

【交流环节】

提问1：在译诗过程中，您是否要亲身感受原诗已有的描写或情感，然后再去翻译，还是只从文字入手去翻译？

陈黎：其实我们每天都在翻译，比如手机发出去的信息就是在创作，在散发我们的思绪。翻译最重要的是你感觉快乐，从我小时候的经历谈起：从小我爸爸妈妈鼓励我们听古典音乐，譬如说我们听到舒伯特的《魔王》的时候，《魔王》叫做 Erlkönig，后面那个“o”还点两点打两个头，我就觉得很好奇。但你听了几遍之后就知道这个字母是怎样念，“könig”是 king 的意思。那个时候你自然而然就会对外文有一点亲近，你会熟悉它。在台湾我在大学里面购买的原版唱片，就像你现在看到普契尼的唱片很可能是意大利文，然后旁边是英文、德文、法文，这样你很快就可以看到不同语言的文字。我总是好奇，特别是当资源很少的时候，我会反复为之，去抚摸它、亲近它，这就是感情的一种喜悦和探索。听古典音乐的好处是它强迫你一直听，譬如说莎拉布莱曼唱的《歌剧魅影》，歌词里反复反复唱“memory”的时候，我就记住它了。同样我没有学意大利语、法语、德语，可是通过唱片反复聆听，那些语言就在我身上了。我当然知道它词语的位置跟英文是不一样的，就会想这个字到底是名词还是形容词，这样一种初选的接近当然就是第一个阶段的翻译。等到我去翻译德语诗的时候，虽然我没有学过德语，可是我相信我可以用这样的方式去翻译它，更何况我们有词典、辞书，更何况现在的网络很方便，有一些翻译机器或者搜寻引擎等等，它们都可以帮助我在没有老师的情况下，了解这个词究竟是形容词还是动词或名词，不会把它的位置放错。

如果你有时间的话，一辈子只听一首歌，你可以去找它所有的资料，反之，就只能够尽力而为了。两个礼拜前我在北大巴西文化中心讲西班牙的传统民歌，它也是诗歌，叫“Fado”，是命运的意思。在场的人大概有三四十位，大家都觉得不可思议，竟然用葡萄牙文唱这个歌。那里只有少数七八个胡续冬教授的学生懂得葡萄牙语，可是每一个人在我印出来的歌词底下，都会跟着唱，而且很激动，所以我们是可以通过诗歌的原文找出部分字音、字义的一些感受。我在翻译“Fado”的时候的确有上网去查，因为我知道葡萄牙有两个传承，一个是里斯本，维姆·文德斯的电影《里斯本物语》中有讲到里斯本的“Fado”，另外一个是欧洲最古老的大学 Coimbra(孔布拉),我这辈子最想去的地方除了北京之外就是 Coimbra(孔布拉),它是传统的大学,可是他们唱的 Fado 很像吟游诗人。所以你从影像与声音里面,甚至从地图上面去感受某些东西的时候,对翻译会有所帮助的。我们没办法用所有时间单单去做一件事情,所以我们只能尽力而为。

提问 2:您是不是很注重翻译对象的年纪?我觉得一个人年轻的时候很难翻译上了年纪有一定阅历的人的诗歌。您现在还会翻译澎湃着青春激情的诗吗?您会有意识地去选择翻译对象吗?

陈黎:我觉得所有的诗人都是自葬,都是发育不良或者太早熟。他们在 90 岁所写的东西和 19 岁所写的可能差别不大,所以我自己并没有太多这样的考量。只是对我来说,譬如说聂鲁达的一些诗,创作的时候,诗人不过才 20 岁而已,他的《二十首情诗和一首绝望的歌》先前已经译成多国语言,卖了超过一亿本,我当时是 20 岁出头的时候翻译他的诗,那个时候他跟我年纪差不多,我还可以接受他作为一个年轻诗人写这样的一些诗蛮不错,我还想我过几年要写得跟他一样好。可是没想到当我 30 岁的时候再继续翻译他的这些诗,就感觉不爽,因为他的诗里面所写的对于人生和爱情的感悟几乎是支配、预告着我的命运,也就是说一个二十几岁的诗人怎么能够写到人生某些共通的东西。下个月要在大陆出版他的三本情诗集,我这次来也有去校对稿子,我就更加不爽了,我都已经超过半世纪花甲之年了,可是我还在为一个 20 岁的年轻诗人不断地去校对和斟酌,而且我发现他居然无情地命中我们这些后中年人或者后老年人寂寞的心境。在这方面我想更年轻一些的王家新老师应该有些体会吧。

王家新:我有一点翻译的经验,陈黎先生和我的经历好像很不一样。我根本不是一个职业的翻译家,翻译对我来说,首先是一个自我的辨认。比如说翻译茨维塔耶娃,其实我从未想过去翻译她,但是 1992 年我在伦敦参加一个诗歌节,诗歌节里有小册子,封面有她的一首诗,我一读就有一种电流贯彻全身的触电感,而且读到最后不敢往下看。这首诗的题目叫《约会》,开头就是“我将迟到,为我们的约会/当我到达,我的头发将会变灰……”这首诗,一读完就全身颤动。后来我就在伦敦翻译了这首诗,但近年又翻译了更多。我认为翻译是一种自我的认同,它是一个他者——一个内在的他者,我们可以带着我们身上说俄语或者说德语的他者,通过翻译把它发掘出来、塑造出来。

提问3:翻译过程中,您如何处理直译和意译的关系?您作为诗人和诗歌的翻译者如何保持与原诗和原作者之间的关系?

陈黎:在中国有诗人兼翻译者的传统。的确,我一开始提到的那些名字,包括卞之琳、冯至、何其芳,他们强烈地影响了我。譬如,我的《动物摇篮曲》这本诗集,在形式的节制上,就受到冯至翻译的里尔克的影响,对于诗人翻译诗这样的传统,在二十几岁一开始尝试做这样的工作之时我就有一些知觉了。我自己的感觉是我要放开这个场域,我也购买了很多中国大陆出版翻译的诗,包括30年代到当代的,我觉得中国大陆当代的翻译者没有太多用到过去几十年累积的中文新鲜的语法的可能,所以他们在翻译某些作品的时候,特别是像小语种如俄语、西班牙语等等,虽然他们的语言能力都不错,可是翻译出来的句法多少有点像徐志摩那个时代,比如“你是我的永恒　你比永恒还多一秒”……那种东西跟我们现在好像不太一样,我不知道你们是否喜欢这样的翻译,这种翻译是很奇怪的,新的语言我们都在说,可是为什么在写的时候却是陈腔滥调?我自己是比较坚持所谓的直译。直译有两个意思:第一个是假设我翻译的东西,不必要加油添醋,它原来是如何,我用适当的中文去呈现它,当然适当的中文就包括我所累积和承继的语言习惯,有时候也会用所谓的文言,但文言或白话不是说有没有学过,那是一种姿势。诗是一种声音的姿势与张力。所以我在翻译诗的时候,即使有些诗用的不是外国语诗的原本,我也希望能够保存原来诗应有的意象。可是我要承认,包括我在内的很多现代诗人,我们在翻译西方注重押韵的诗作时,很难照顾到意象和声音。如果你照顾到声音很可能就违背了原来的意象,很多人和我一样保持以意象为主,而声音方面我们用某些现代诗的声音去呼应它。现代诗并不是没有声音的结构和要求,它有其本身具足的一种内在规则,可是它不像传统诗。所以在这部分,我是跟一些先生们一样,希望维持原诗的意念或意象,只要你有足够的才气或者你对这首诗足够投入,我相信上天都有好生之德,会让这首诗再生成为中文的新诗。

王家新:我特别喜欢陈黎先生的译作。我最早读到的不是他本人的诗,而是翻译诗,后来我也把这些诗选入到我编选的诗选之中。对于直译和意译,我还是坚持以直译为主。在这个框架之内,有些细节可以灵活地处理,甚至可以很有创造性,但是这个前提是你要对原文有透彻的理解。我们现在发现很多翻译根本不知道原文在说什么,在瞎蒙,还号称意译,号称创造性翻译。如果说有翻译秩序或者翻译道德的话,我认为它的前提是忠实,因为我最看重的翻译技艺是精确,西方诗歌语言是非常精确的。比如我们都非常尊重的前辈穆旦,他的很多翻译可以说是无人可以企及,但是他也有硬伤,有一些地方也是不太准确的。比如他翻译奥登的一首诗,其中有一句,"在白日,从一个房间到另一个房间,怀着爱的温柔、爱的坚贞"。后来我对着原文看,这个"温柔"不够精确,应该翻译成"爱的柔弱、爱的坚贞",一定要达到这种精确性,不然你无法进入原诗的内核,差之毫厘,失之千里。

提问4:您刚才播放的诗歌多媒体——《战争交响曲》,给我完全开放的感觉。您把美术、音乐、视觉和听觉都融进诗中,包括汉字的象形文字,请您谈谈对这首诗的理解。

陈黎:我在翻译瓦烈赫的诗作《白石上的黑石》时,发现他是在聂鲁达和帕斯之前拉丁美洲现代诗的一个高峰人物。他在法国流亡、学习过,他的诗里面有很多形式上的技巧或者排版技巧的试验,甚至有些字是他自己发明的,在西班牙语里是找不到的。他说新诗应该把一些新的语汇放进去，他所说的新语汇包括马达、收音机等等，这些对现在的我们来说都是旧的东西，可是我们把这种精神再现的话，就是把手机、面巾纸这样李白和杜甫的时代没有的词汇语汇放进来，或者电脑的某些方式放进来的话，也是和瓦烈赫所说的一样，每一个时代应该有它新的知性和新的感性。所以，我在写《战争交响曲》的时候，如果没有电脑，我不可能用大量复制的方法。因为当我很熟悉怎么样去复制的时候，内在会有一种忍不住的冲动，想要去使用这种语言，这是内在的一种趋向，对应着时代的召唤。另外你刚才讲得很好，这首诗是比较开放的。开放有两个意思：一个是说后现代主义的某些东西是不固定的，我写这首诗的时候根本没想过这首诗应该怎么读，它是视觉的还是听觉的，它其实是开放的，可以让观众来参与。据说台湾的养老院曾经把这首诗直接搬过来作为院歌，做广场的大妈操。我从小就非常喜欢中国文字，买了大量的辞书和百科全书，每天翻都看不完，还觉得很好。这首诗本身很像是对文字的游戏，可是它有没有可能是对政治和现实的呼唤呢？这是更开放的呼应了。

吴思敬：陈黎刚刚带着我们欣赏了一首真正意义上的多媒体诗歌。多媒体诗歌很重要的一点是运用了音、象、声包括多媒体的技术，刚刚播放的这首诗，是很典型的多媒体诗歌。这首诗还让我们看到了这几年我们大陆理论界所提出的汉字思维问题：中国人用汉语写作、用汉字写作，和西方人用拼音文字写作的思维方式是有很大不同的——汉字严格地说是对历史对文化的一种概括，每个字的字形就凝结着一首诗，这一点在陈黎的创作之中非常明显地体现出来。“乒乒乓乓”完全是音，但是它又和我们汉语对这些文字的理解纠集在一起。他还有一首诗《黄巢杀人八百万》，完全由一系列“杀杀杀杀杀杀”构成的，仅一个“杀”字，仿佛历史就是在“杀杀杀”的声音中进展的。陈黎的诗绝不是在做简单的文字游戏，而是从汉字之中触发诗意，这是他对人的生命的一种深刻的思考。

提问5：首先，请出席今天讲座的诗人谈一谈诗歌对自己现实生活的解救及其相关的感触；其次，请谈谈你们理想的爱情诗。

陈黎：以前我以为把美丽的东西合在一起就是美好的诗，后来发现不然。我的《小宇宙》里有："冬日里面寂寥是一块耳屎"，耳屎不是很脏的东西吗？也可以入诗吗？也可以成为诗的趣味吗？当然可以入诗！因为波德莱尔的《恶之花》已经回答我们了：恶、病都可以开出花朵。

潇潇：美好的情感首先要能够打动我自己，让我不得不写出内心触电的感觉，它也肯定会打动有共同经验的朋友，不管他是不是诗人。而有时，最打动人的恰恰是那种忧伤的、达不到彼岸的爱情——那种绝望的甚至抵达死亡边缘的体会，是爱情诗里面最极致的一种表达。

冯晏：年轻的时候，你会觉得爱情是你的全部，所以你写爱情诗的时候可能把一首诗都放在了这段爱情里面。成熟后，我会把爱情放到一个词里，绝对不会整首诗全部都写到，对我而言，这跟年龄有关。

王家新：很惭愧，我很少写爱情诗，几乎没有。原因很多，其中一点是我上大学之后，不知道在什么地方读到里尔克的一句话，结果成为对我的一个告诫，他的意思是说不要写爱情诗，所以在我的诗中你很难找到一些直接写爱情的诗。不过，难道我的诗中没有爱吗？不是这样的，没有爱你无法成为一个诗人，可以说诗人就是为爱而燃烧的人，为语言而燃烧的人，没有这个你无法成为一个诗人，但是它不是以单独的某个作品的形式出现。前不久我在长沙一个朗诵会上朗诵了一首短诗《马》，读完之后一位女士说这是一首爱情诗："有时我们看到的马有一双孩子的眼，/有时我们看到的马有一双囚犯的眼，/有时我们看到的马，一转眼化为树木和岩石，/有时我们看到的马，比天使还要羞怯……/但此刻，我的马，你从雾霾中向我们走来，/在你的眼中我看到一场燃烧的火灾！"我喜欢马，写了这样一首诗，结果被认为是一首爱情诗。诗人提供一首诗，怎么读是读者的事情，诗最好是自己不给它定义,让读者来读。

提问6:一个诗人怎样承担作为诗人的那种沉重的痛苦?如何处理“轻”与“重”?

陈黎:这个问题非常好。我一直觉得大陆的诗太“重”,那个“重”是不必要的,并不是写“重”就是好,艺术的创作应该是要把它简化、纯净化、单纯化、轻盈化。轻盈不是说很直白、很简单,而是经过艺术化的处理,并不是“重”本身动人,也是要经过艺术的处理。辛波斯卡作为一个在社会主义国家成长的女性诗人,就这个问题,她曾在她的诗中表达过她所理解的人生的“轻”与“重”,或许能给我们一些启发:

在一颗小星星底下

我为称之为必然向巧合致歉。
倘若有任何误谬之处,我向必然致歉。
但愿快乐不会因我视其为己有而生气。
但愿死者耐心包容我逐渐衰退的记忆。
我为自己分分秒秒疏漏万物向时间致歉。
我为将新欢视为初恋向旧爱致歉。
远方的战争啊,原谅我带花回家。
裂开的伤口啊,原谅我扎到手指。
我为我的小步舞曲唱片向在深渊呐喊的人致歉。
我为清晨五点仍熟睡向在火车站候车的人致歉。
被追猎的希望啊,原谅我不时大笑。
沙漠啊,原谅我未及时送上一匙水。
而你,这些年来未曾改变,始终在同一笼中,
目不转睛盯望着空中同一定点的猎鹰啊,
原谅我,虽然你已成为标本。

我为桌子的四只脚向被砍下的树木致歉。
我为简短的回答向庞大的问题致歉。
真理啊,不要太留意我。
尊严啊,请对我宽大为怀。
存在的奥秘啊,请包容我扯落了你衣裾的缝线。
灵魂啊,别谴责我偶尔才保有你。
我为自己不能无所不在向万物致歉。
我为自己无法成为每个男人和女人向所有的人致歉。
我知道在有生之年我无法找到任何理由替自己辩解,
因为我自己即是我自己的阻碍。
噢,言语,别怪我借用了沉重的字眼,
又劳心费神地使它们看似轻松。

“别怪我借用了沉重的字眼”,可是我们又费了一辈子的心力要让它看似轻松,在“轻”当中我们都要负载着各种有可能的沉重。

王家新:这是一个很大的话题。我认为所说的“重”不是有意识的承担,而是一个人天生美学上的一种取向。比如你爱好那些有分量的事物,凝重的甚至寒冷的,冷到足以让你燃烧的东西,这是一种天生的选择,并不是有意识要为时代提供一种承担。现在人们经常说我的代表作,比如说“终于能按照自己的内心写作了,却不能按一个人的内心生活”,当时就那样不假思索地迸发出来了,后来居然成了所谓名句。这都是一个本能的反应,是个人的反应,并不是要当什么代言人,我们哪有资格和能力去为一个时代代言,只是从个人的角度做出一些小小的见证。

我想,无论生活是“重”或“轻”,它都是生活的本意,包含了多个方面。如果你写诗,写到沉重的诗,我不敢说它能拯救你,你写到家,写到份儿上,甚至也会感到一种幸福感,这种幸福感甚至使你泪流满面。比如我当年写《帕斯捷尔纳克》的诗,那种感动,真的使你幸福,泪流满面。它绝对不是一般的诗歌,而是一种力量,提升我们,燃烧我们,照亮我们,来超越生活之重、生活的平庸。所以我能坚持到今天,依然感到这种力量、相信这种力量。

提问7:余光中先生讲过周梦蝶的文字是偏离社会的,您怎样看?

陈黎:我跟梦蝶先生也算是忘年交,他在台湾西门町闹区里面摆了一个书摊,就是我们这些年轻的喜爱文学的人的朝圣之地。他自己枯坐在那个地方,像一个孤独国的国王,他内心非常热情。如果你去的话,他会一直盯着你看。

我所知道的周梦蝶先生,或我觉得他迷人的地方,并不是他不关心社会,他关不关心社会我们没有办法测量。可是我要用一个例证来讲,为什么他是重要的中国现代诗人。因为他让他笔下的这些中文的诗句陌生化、新鲜化,你也知道他用大量的传统的经典词句,还有一些佛经的东西入他的诗才会这样,可他绝对不是一个不食人间烟火的人。出版社的编辑跟我说周梦蝶先生曾经坐公车到出版社,买了20本我的《小宇宙》送给他所喜欢的女生,而且还买了两次。不要以为周梦蝶先生不食人间烟火,他把辛波斯卡的诗放在他的诗里面,而且还叫马英九先生去读——他认为马英九读他这个诗可以知道怎么治理国政。我觉得一个好的诗人,是与时俱进的,善用他的敏感去吸纳消化新的语言。

孙晓娅:家新老师和人民大学做了一件非常有意义的事情,他们没有请前行代的诗人,而请了一位优秀的中生代诗人作为人民大学的驻校诗人,这是非常有眼光的选择。陈黎老师的讲座展示了他多方面的创作成果和综合全面的修养。首先,他的诗歌创作是当下台湾诗歌创作的一个典型代表;其次,他是一位真诚的、有责任感、有创见的诗人、翻译家——他不愿意重复别人,屡有创新和发现。

今天的讲座活动还有一个意外的成功——大陆和台湾中生代诗

人们之间展开了亲密的诗歌交流与对话，大家共同探讨了一些始终为人们关注的话题。感谢陈黎老师和到会的诗人们，希望同学们继续热爱诗歌、关注诗歌，期望在你们中间诞生未来的诗人、未来的诗评家！

心灵在辽阔的异乡相遇蔚蓝的目光

主讲：寒烟

主持：孙晓娅

时间：2014 年 9 月 16 日

地点：首都师范大学中国诗歌研究中心

主办：首都师范大学中国诗歌研究中心

孙晓娅：今天的讲座题目是"心灵在辽阔的异乡相遇蔚蓝的目光"。主讲人寒烟，诗人，1969 年生，80 年代末开始文学创作，曾在 *World Literature Today*（美国）、《当代世界文学》《世界文学》《上海文学》等刊发表作品，著有诗集《截面与回声》（2003）、《月亮向西》（2012）。寒烟是一位真正用生命写诗的人，她的生命热力与诗歌创作水乳交融。她远离俗尘与声名，多年来以澄明纯透的心境坚守着属于诗歌的那方神圣净土，以独行者的姿态介入到诗歌内核和生活、思想的深层。在中国当代诗坛，她是为数不多的简单地生活、高贵地写诗，默然笃定的诗意栖居者。

寒烟：很高兴能有这样一个机会，来跟大家交流我对外国诗歌的一些感悟和体会。对诗歌的感悟是非常微妙和个人化的，我不知能否把它们表达得到位。我最早接触外国诗歌是在 20 世纪 80 年代中期，我在学校图书室里读到的艾略特的《荒原》给了我一种石破天惊的震撼。我在《值得人活下去的成长》这篇文章中曾这样描述这种体验：

> 一个异乡人，他那辽阔内心的身影我还来不及辨认，就被那幽晦迷人，浸着甜蜜血液的歌虏获而去了——

四月是最残忍的月份，从死去的土地里
培育出丁香，把记忆和欲望
混合在一起，用春雨
搅动迟钝的根蒂
…………

不记得是怎样恍惚、迷乱地走出那间阅览室的。艾略特。《荒原》。连同刊载它的那本译介外国文学的杂志——黄河岸边的那座小城因这一切——与遥远世界的联系而陡然变得陌生……时令正值春天，我的16岁的身体异常敏锐地捕捉着天空与空气中的微妙变化，宛若一架精密的仪器——也许世界需要重新测度？校园里依旧是熟悉的风景，教室、操场、路边静静的垂柳、挟着书本匆匆来去的身影……这一切好像永远都不会变，但是，置身其中的我变了。我好像已被什么神奇的事物点化，某种“异类”的气息使我深刻地区别于周围的一切——后来当我走在别的地方，无论在什么样的环境中，都很难摆脱这种魔咒般的气息：孤独，格格不入，无人可与之言说。

世界上竟还有这样自由鲜活的声音，毫无陈腐毫无禁锢，这让一个已经习惯于在唐诗宋词以及徐志摩们的熏染下长大的人是多么不适应啊！就像一道强光射过来，我无暇思索这道光的含义及价值，只是本能地抓住它，大口大口地呼吸，伸展……僵硬的身躯即将从古老中复活！

以我那样的年龄、背景、学识，根本不可能读懂《荒原》——但这样的阅读事件，这样的颠覆、摧毁、告别，却是必不可少的文学初夜。我就这样毫无准备地于懵懂、局促甚至有些生硬中，接受了现代主义诗歌的启蒙。

“文学初夜”这个词很重，但我觉得并不过分。对于一个在封闭的地方长大的16岁的女孩，能够很偶然地在图书室读到像艾略特诗歌这样极具现代性的作品——其对我的冲击，就是永远的文学初夜。这篇《值得人活下去的成长》是我就外国文学在我生命成长过程中所产生的一些至关重要的影响所作的一个回顾和梳理。也许，以艾略特开头，冥冥之中意味着一种艰涩而又深长的开启吧，开启了外国诗歌多年来对我的召唤和牵引。后来我又接触到了惠特曼、狄金森、聂鲁达等在那个年代能接触到的诗人。在他们的启发和影响下我开始走上了诗歌写作的道路。虽然我当时在各个诗歌报刊发表了一些作品，反响也不错，但在我内心一直翻滚着一种隐隐的苦闷和彷徨。我问自己“我写的这些东西是非写不可的吗？”“我有别于别人的、唯我独有的东西是什么？”“我该往生命的哪个方向挖掘才能找到属于自己的深度？”当初20岁左右的我还不是一个成熟的写作者，但我朦胧地感到，一个写作者如果没有找到属于你生命的那种命定性和唯一性，即使写一辈子，也只是在文学、诗歌的外部打转转。只有词语的炫技，而没有骨子里的东西，就没有进入诗歌的核心。当然词语的技巧也是很关键的一部分，比如做家具，技巧也要有，但更核心的是像木材的质地、木质的肌理这样一些本质的东西，只有这二者结合才能创造出很好的作品。

非常幸运的是，我在1997年前后开始读到《复活的圣火》等一批俄罗斯“解冻文学”的书籍，读到了曼德尔施塔姆、茨维塔耶娃等这样一些白银时代诗人的诗歌。我在去年的一个访谈中，曾这样谈到他们对我产生过的影响：

> 与这些俄罗斯白银时代优秀灵魂的相遇，是我生命成长中一个极为重要的“事件”。他们对我的生命、灵魂、精神有触痛、震颤、启迪作用。因为在此之前，我已经写写停停、彳亍徘徊了很长的一段时间了。苦闷找不到“出口”，我隐隐感到，如果不能找到那股来牵引生命“才情”的更强大的力量，这“才情”就将像无源之水一样，注定走不远，更无力眺望那“大海”的“终极”……也

许,是我向往的"焦灼"和求索的"饥渴"感动了上苍,所以才赐予我与他们邂逅的机缘——在那些阅读他们的日夜,我经受着我平生从未有过的"亢奋"和"灼烧":无论是曼德尔施塔姆"对世界文化的思念",还是茨维塔耶娃那永远"忠实于自己"的桀骜不驯,无论是帕斯捷尔纳克那充满良知救赎的"日瓦戈的医案",还是阿赫玛托娃为历史和人性而"悲歌"的《安魂曲》……这一切的一切,对于我,都不再是通常意义上的阅读,也刷新了在此之前的"诗歌"、文字在我心目中的"涵义"—— 一种"血性"的相认,唤醒并奠定着我的生命和灵魂……

就是在这种亢奋和灼烧的状态下,我写下了《俄罗斯注视》这组诗歌。从这组诗歌开始我不那么焦虑了。因为我觉得这样的东西是属于我的。《俄罗斯注视》这组诗包括五首诗,题目分别是《帕斯捷尔纳克》《茨维塔耶娃》《曼德尔施塔姆》《阿赫玛托娃》《叶赛宁》。那是1998年9月份,距现在已经整整16年了。但那些热血沸腾的日日夜夜,就像在昨天一样,那么真切,那么鲜活。

与俄罗斯白银时代疼痛的碰撞不仅激发了我的创作,也从某种意义上夯实了我人格、信念的基石。我感到从那以后我在做人方面也有了一个质的飞跃。因为我觉得之前我没有进入诗歌的内核,现在虽然也不能说进入了,但是是在向那个方向进逼的状态。一个诗人光作品写得好,并不能赢得我对他的尊敬,我更看重诗和人的结合,至少不能分裂。虽然我也看重才华,但如果分裂,我宁可去取人格的东西,而舍弃才华。我之所以说它夯实了我人格、信念的基石,是因为那段时期正是我物质生活最窘迫的时期。因为不肯妥协,我在现实生活中四处碰壁。那时几乎周围每一个认识我的人都在劝我:"还是稍微妥协一下吧","你得先填饱肚子再写诗"。我的父母甚至威胁我要和我断绝血缘关系。但我内心却有一个更坚定的声音,就是决不能迈出向生活妥协的第一步,因为你妥协一步,就会步步妥协,就会身不由己地被世俗绑架,然后滑入一种本末倒置的生活;但如果你能挺住第一步,此后每一步的挺住都会给你更大的力量。告诉大家这一点可能比告诉你们怎样写诗更重要,我们每个人在生活中都会面临很多选择,人生最关键的就只有几步。

别人在哪里摔倒我就避免走那一步。我在遇到一些大事的时候,直觉似乎特别好,好多东西出现时就像闪电一样“哗”地一下就照亮我的生命了,不需要再犹豫。这可能就是晓娅老师说的理性的一面。从感情这方面讲,如果我向世俗妥协了,我还配热爱曼德尔施塔姆、茨维塔耶娃这些坚毅高贵的灵魂吗?这就是我做人的目标。我给大家简单讲一下曼德尔施塔姆和茨维塔耶娃。茨维塔耶娃是上吊死的。他们对我形成了一种逼视的状态。艺术良知和人的尊严、高贵在与现实的撕裂中,他们往往宁愿选择毁灭,也不会去给斯大林献媚,也不会为了保住性命而妥协。曼德尔施塔姆也是在集中营被迫害而死的。他有一句著名的论断:“诗与帝国对立。”他认为诗的美学与帝国的政治是天生对立的,所以他的悲剧命运也阐释了这样的一个断言。他是以生命去践行自己美学主张的诗人。他不会为了求生而去写一些歌颂领袖的诗篇。他们对我构成了一个大的参照背景。如果我向生活妥协,我还配写向他们致敬的诗歌吗?在那些致敬的诗篇里我是那样渴望纯粹,渴望尊严,渴望高贵的向度。这些虽然看似抽象,但有了这样的人生目标,你再松懈也不会太离谱。纯粹、尊严、高贵,是我生命中的三块压舱石,使我在生活的风浪中,最终承受住了颠簸和摇晃。纯粹、尊严、高贵,它就像一根神秘的脐带一样,使我时时刻刻能从那些伟大的灵魂那里汲取到一种骨血的力量。这种骨血的力量不仅是我作品产生的一个根源、一个背景,也是对我做人的一个奠定。没有这些,人是会飘的。当下的环境,因为更加市场化、经济化、消费化,比我在十几年前感受到的那种考验更严酷了。个人的力量是非常微不足道的,但我们仍然可以发挥自己的主动性。布罗茨基说:“拯救世界也许为时已晚,但是拯救自己却始终存在着机会。”这句话在我年轻的时候给了我很大的鼓励。

1998 年我还写了一首给荷尔德林的诗。他是我最崇敬的诗人，可以用“源头性诗人”这个称谓来表明他位列所有诗人的前列。他是诗学绕不开的一个名字。但我不知道该如何向你们介绍荷尔德林。在他面前，我总是感到一种言说的困难，有一种语言的失重感。荷尔德林是被伟大的天命召唤的诗人，在他身上充分体现了那种献祭的命运。在我心中荷尔德林就是神的祭器，他破碎得越彻底就越证明了神性的丰盈和完整。他的命运非常悲惨，晚年精神失常，被一个木匠收留。1998 年我写给荷尔德林的那首诗题目为《通灵者》，我背诵其中的几段，请大家感受一下，我在诗中尝试着对他的理解：“唯有你被选中，荷尔德林/输送雷电的人像被烧焦的树干/只有精神失常才能把你拯救？/只有霍姆堡的藏书才能给你回报？/大理石的翅膀/一阵阵隐痛的包扎坚固你的诗意//死是正直的。为每一个过客/只开启一次信用——/要在诗歌中长存/就得在尘世间消亡//尘世，快把尘世这堆纤维/还给华丽的忙碌吧/诗人怎能绊倒？怎能不为开垦留种/而只邮递礼拜天的花篮/在这更加贫瘠的打谷场……”

荷尔德林曾说：“在一个贫瘠的时代，诗人何为？”时代有一些东西是共通的。他生存的时代有它的残酷性，他与那个时代格格不入，自身的价值不被认可。但他并没有就此沉沦。诗人应该为了开垦留种而去做一些事情，而不是践踏性地、毁灭性地不顾眼前。你得留下种子，才会有生机。诗人不能只像邮递员一样去邮递礼拜天的花篮这种表面光鲜亮丽的东西，而应该去做一些开垦留种的事情，虽然当时看不到效果，但留下了一粒火种。荷尔德林激发了我对自己当下的生存环境的思考。荷尔德林的诗理解起来很有难度，一个原因是没有很好的译本。目前翻译过来的有好几个版本，我总是几个版本对照着看，从中模模糊糊地辨认那些没有被译出来的东西。还有一个原因，你如果对希腊文化、希腊精神、宗教背景没有充分了解的话，也不能很好地理解他的诗歌。我给大家推荐两本书，当年这两本书对我理解荷尔德林有很大帮助。一本是《荷尔德林诗的阐释》。这本书是海德格尔对荷尔德林的几篇作品的深度阐释。另一本书是茨威格的《与魔鬼作斗争》。如果说时间有限,要从两本中选一本来读的话,我觉得《与魔鬼作斗争》可能更吸引人。《荷尔德林诗的阐释》是一本诗学著作,而《与魔鬼作斗争》写了荷尔德林、尼采和克莱斯特这三个人物——他们都具有疯狂的特质,又都具有悲剧的命运。茨威格不仅能像其他小说家那样把他写的这些人物还原到生活的场景中去,而且有自己深刻的洞察。同时他还有一个很了不起的地方是:他在写这三个人物的时候,都能把自己彻底地"空出来",让这些生命完全涌进他自己的生命里,就像魔鬼附体一般。文学创作中如果没有这种魔力牵引你,一般是写不出好东西的。尤其是诗歌创作,如果没有魔力,就只能写一些平平常常的东西。诗歌是高于生活,高于正常的状态的。有一种说法是,诗歌起源于巫,是人类与神明沟通的语言。所以说他是被选中者,被选中者只能去履行上天赋予他的天职。天赋和时势造化这两者缺一不可。阅读《与魔鬼作斗争》既是一种享受,也会对做学问有所启发。

接下来讲一下法语诗人勒内·夏尔。我阅读勒内·夏尔的感受可以用三点来概括。第一点可以用"历险"这个词来概括。阅读勒内·夏尔对于我确实是一种历险。进入他丰富复杂的诗歌世界,就像进入一个原始森林。在这个原始森林里,意象的丛林繁茂缤纷,瑰丽奇谲。词语的藤蔓相互缠绕扭结,意义的小径忽隐忽现。为了不迷失,你必须保持高度警觉和紧张。但你同时又好像被一种催眠的力量施了魔咒,渴望迷醉,渴望迷失在这个神奇的世界中。可以用夏尔的一句话来概括我那种历险般的阅读体验:"我热爱那使我头昏目眩然后在我体内加深我黑暗的东西。"就夏尔整体的诗歌世界而言,他的诗比较晦涩难懂,但他的短诗又非常简洁透彻。就像原始丛林中也有清澈的溪流,有晶莹剔透的鹅卵石一样。从夏尔的短诗中可以感受到那种饱满、激烈的力量。夏尔有一首诗《红色的饥饿》:"你疯了。/这多么遥远！//你死时，一根手指横在嘴前，/在一个高贵的姿态里，/为了截断感情的涌流；/寒冷的太阳青色的分享。/你太美了，没有人意识到你会死。/过一会儿，就是夜，你同我一起上路。//确切无疑的赤裸，/乳房在心脏旁腐烂。//静静地，在这重合的世界上，/一个男人，他曾把你搂紧在怀里，/坐下来，吃饭。//安息吧，你已不在。”这就是夏尔诗歌的魅力，既有溪流般的简洁透彻，也有丛林葳蕤的丰饶驳杂。说到夏尔诗的晦涩难懂，不用说我们面对的是翻译过来的文本，就是法国的研究者们在对夏尔做了数十年的认真评论后，也不得不承认：“仍有很大一部分作品是陌生的或没被读懂的。”但我想强调一点，夏尔的晦涩是有内涵的晦涩，与那些炫技派的故弄玄虚有本质的区别。他的晦涩里有一种召唤的力量，驱使我一遍又一遍地去阅读，去感悟，也去猜测……有时候，冷不丁的就会有一种虽然还不能说懂，但似有所悟的感觉。

夏尔诗的第二个特点，是他的诗处在梦幻与清醒、混乱与秩序的临界点上，两者相互搏斗、厮杀，呈现了一派动态的活力。面对这些冲撞对抗的事物，夏尔不是充当了调停者的角色，而是用饱满的情感和灵魂的强度，将这两种相反的力量拉向弓的两端，使得他笔下的诗行像从拉满的弓弦上射出的箭矢一样，给人一种扑面而来的感觉，具有强烈的速度感和爆发力。也许正是由于这个原因，使得夏尔的很多诗句显得那样突兀、突如其来。我个人认为，这不是一种修辞技巧上的刻意为之，而是太过饱满的情思要求释放而被迫择定的方式。试想一下，有哪一道闪电不是突兀的？又有哪一个炸雷不是突如其来的呢？

夏尔诗的第三个特点是诗与思的结合。下面，是我从夏尔的诗篇中随手摘取的几句：

“群狗冲着天使狂吠。我们也是。”

“那些眼看着狮子在笼中遭受痛苦的家伙，将在狮子的记忆中腐烂。”

“诗,人类唯一的上升,死者的太阳也不能在完美而滑稽可笑的无限中使它黯淡。”

“20 世纪,人在最低处。”

夏尔不是把诗只当作诗来写——他在考察人类的生存困境。我曾经读过一本海德格尔的著作,书的前面附上了他有关诗与思的断章。我尝试着对二者进行比较,我发现,海德格尔“思”的元素占上风,偏重理性;而夏尔“诗”的元素占上风,偏重形象。那么诗与思这两种元素最本质的区别在哪里呢?我个人的体会是:诗就像暗夜里的一道闪电,是向未知领域的突进和冒险,带有预言和预知的领先性。夏尔说过“诗人是报警的孩子”。而思就像一把手术刀,是对过去的事物所作的剖析和省察,更多是回想式的。

我有夏尔晚年的一盘朗诵磁带,我不懂法语,但我一遍一遍地听,我隐约领会到了他那种独特的气息和节奏感。它就像指纹一样,只属于他。在他沧桑而浑厚的声音里,有一种沉缓但很倔强、陡峭的东西。他的声音和他的诗带给我的阅读感悟是相吻合的。这样,我比别的阅读者就多了一种声音的领悟,让我得出了一个令自己确信的结论:最终使诗人挺立在时空里的是一种不会被时间消散的强烈性。夏尔有一首诗叫《闪电的胜利》,诗的最后一句“无物宣告这一如此强悍的存在”,特别恰切地概括了这种感觉的强烈性。

可以说,夏尔的诗基本体现了法国诗歌的某些特点。法国诗歌少了一份俄罗斯白银时代的沉重和苦难,多了一份欢乐和飞翔的轻盈。相对来说,法国诗人更注重诗歌形式的探索和革新,比如兰波、波德莱尔、马拉美、瓦雷里等优秀诗人,他们每一位都在诗歌形式、结构、音韵等方面奉献了他们匠心独具的探索。20 年代在欧洲掀起艺术狂飙,引导了诗歌、绘画、电影的“超现实主义”流派就诞生在法国这块土地上。夏尔早年也是“超现实主义”流派的一员。后来他主动脱离了这个团体。因为“真理是个人的”(夏尔《早起者的淡红色》),所以他注定不属于任何流派和团体。

接下来我想给大家大致勾勒一下我略知的世界诗歌版图，介绍一下各个语种的经典诗人。德语的荷尔德林、里尔克、保罗·策兰、特拉克尔；西班牙语的洛尔卡、巴列霍、博尔赫斯、帕斯、聂鲁达；希腊语的卡瓦菲斯、埃利蒂斯、塞菲里斯；波兰语的米沃什、辛波斯卡、扎加耶夫斯基；瑞典语的特朗斯特罗姆；葡萄牙语的佩索阿、安德拉德。像惠特曼、斯蒂文森、叶芝等英美国家的诗人大家都很熟悉，就不再一一列数。每一个名字在我心中都是闪闪发光的，都是一颗永恒的恒星。而且，每颗恒星都不是孤零零地在闪烁光辉，而是交相辉映，甚至彼此之间相互激发。只要去读一读里尔克、帕斯捷尔纳克、茨维塔耶娃这三位诗人的通信，你就不能不惊叹伟大的心灵与心灵之间会激发出怎样壮丽的交响——那是山峰与山峰的对话，是钻石与钻石的碰撞。彼此激发的另一个层面是前辈与后辈的传承关系，比如荷尔德林影响了里尔克、保罗·策兰，而里尔克和保罗·策兰又影响了后来的诗人。每个诗人都是这承上启下、薪火相传的链条上不可或缺的一环。

【交流环节】

提问1：相比于诗歌的灵感、才华，您更看重什么？

寒烟：我看重诗与人的高度结合，但这个境界可能很难达到。因为它要求诗人有一种自律。如果是在诗和人分裂的前提下，我个人可能比较看重人格的力量。如果有人格的力量而且写得好，我觉得这是我心目中渴望的境界。

提问2：是否要等诗格与人格达到一种高度的融合之后再去创作诗歌？

寒烟：不是说等你达到了再去创作，而是在前行的过程中相互砥砺、相互激发。就比如说我与白银时代的相遇，它对我人格基石的奠定起着关键的作用。有的诗人不一定人格很高大，但可能也会进入那个核心。

提问3:诗人本身有一种悲剧性色彩,他与国家、权力常处于对抗性的关系之中。“在一个贫穷的时代里,诗人何为?”您认为在诗歌世界里要不要说真话,怎么说出来?能不能从一个女性的视角来谈谈。

寒烟:绝对应该而且必须说真话,但也许不得不变相地说或者婉转地说。说真话就是要有对现实的批评。不要说作为一个诗人,就是作为一个公民这也是一种基本的品质。作为一个诗人,以什么方式说出来,而且又不被一下“掐死”,这很重要。而且还不能因为处理现实题材就降低了对诗艺的要求。不仅说出真话,而且把要说的真话转化成真正诗歌的形式和内涵,这对一个诗人来说是极大的考验和挑战。不能因为关注现实,就降低了对诗歌形式和内涵深度的要求。相比男性来说,女性可能承受了更多的压力。萧红说“女性的天空是低的”。现实的疼痛感也是我写作的动力和源泉。

提问4:写当下的现实是很难处理的。作为诗人,您如何看待文学作品与现实的关系?

寒烟:文学不能脱离现实。现实有深度现实和表面现实。不一定非要在作品中呈现一个场景才叫“写现实”。写作者要有自己的精神世界,然后带上自己的思考,咀嚼反刍现实的层面。现实的疼痛感是我的背景,不一定非要写某个具体现实。但只要你有现实的疼痛感,它就像你的心灵底色,即使不写现实,写情感或其他的东西,也同样会流露出来。它就像氛围、背景、土壤。对于一个写作者来说,没有疼痛感就没有厚度。直接或不直接写现实其实不重要,你可以不写现实,但它已经成为你每一行诗背后的来源。有了这种现实的疼痛感,就会让人觉得你时刻都在现实中,一刻也没有脱离过。

提问5:您说生命中的三块压舱石是纯粹、尊严、高贵,您怎样理解高贵？

寒烟：这三个词是相关的，相互的，共同推动你向前。高贵它不是单独存在的。你纯粹了、尊严了，自然就高贵了。它就像黄金的质地，是有硬度的。这三个词是可以相互推导的，缺一不可。

提问6：能不能简单地谈谈中国传统诗歌对您创作的影响？

寒烟：古典诗歌对我的影响更多是潜移默化的。它们在审美眼光以及性情的陶冶上给予我很多濡养。还有一些诗人从灵魂、风骨上给予我力量，比如陶渊明，他那种人格的力量，和白银时代的诗人一样，对我也是一种激励。现代诗歌的语言形式发生了深刻变革。我觉得当代诗人受外国诗歌的影响可能更大一些。

孙晓娅：通过阅读外国诗歌，寒烟与那些伟大的诗人进行了精神与灵魂层面的交流，从而激发了她更多的灵感。带着深切的生命体认，寒烟在讲座中梳理了她所认同的外国诗人及其作品，同时浸透着她的阅读感悟、思考叩问与洞察延伸。寒烟的讲座如行云流水，自然真诚，一个平时多沉默寡言的人，今天娓娓而谈，激情澎湃，让我们深切地感受到她在个体诗学世界中建构起的外国诗歌小宇宙——不同星际的碰撞形成丰富的张力，而她始终如彗星般穿梭其中，留下闪亮的光芒！我相信，寒烟必定会因笃定的坚守、不惮寂静的书写、对生命虔诚的敬畏之心、富有个性的精湛诗艺被时间沉淀下来。

外国诗歌之于我

主讲:安琪

主持:孙晓娅

时间:2014 年 11 月 5 日

地点:首都师范大学北一区文科楼

主办:首都师范大学中国诗歌研究中心

孙晓娅:今天的讲座题目是“外国诗歌之于我”。主讲人安琪,诗人,福建漳州人,曾被评为“新世纪十佳青年女诗人”,是首届中国“阮章竞诗歌奖”的获得者。其诗作曾入选多种诗歌选本,其中较有代表性的如《中国当代文学专题教程》《中国新诗百年大典》《亚洲当代诗人十佳》(韩国)等。这一方面说明安琪的诗歌创作为不同选家所肯定、被多重审视眼光所器重;另一方面,也显示出其旺盛的创作生命力以及开阔的、富有前景的写作能力。对于创作者而言,创作通常有比较集中的爆发期,安琪近些年的写作速度及创作产量超乎我的预期。国际诗坛上杰出的女诗人都葆有旺盛的创作力,个中缘由并非天生秉赋或诗才所能简单概括的。这其中有勤奋、有生命的磨砺、有欣喜的经验、有灵魂的大痛苦——正是灵魂的伤痛赋予了诗歌的金石质地。诚然,生活赋予过安琪丰富的体验,生活赐予她的命运履历,我们不能去效仿,大家可以通过这场讲座去探寻其精神领地。

安琪:倒退 10 年来谈这个题目,我一定会对外国诗歌之于我的影响给予充分肯定,但今天,我经历了北漂,在北京这个巨大的斗兽场上饥渴跌倒又幸运爬起,从茫茫荒野四顾无人的绝望到终于有一间自己的屋子,我感受到了外国诗歌在为我的诗歌写作注入强大生命力的同时也彻底地改变了我的命运，于今回望，犹自心有余悸。

2013 年 4 月 24 日我在北京外国语大学聆听了李少君关于诗歌的讲座，李少君先从中国诗歌传统以向自然致敬谈起，谈到中国诗歌的传统是讲究人与自然的和谐，人与人的和谐，从《诗经》的关关雎鸠、《离骚》的香草美人，都拿人与自然作譬，体现了自然经由诗歌来抚慰心灵的力量。因此，中国诗人没有自杀的传统。屈原自杀在少君看来是一件值得质疑的事，他引用学者朱大可的研究，认为屈原是被追杀的，朝廷为了掩人耳目而以自杀名之，划龙舟就有这种追杀的隐喻，我想了想似乎有道理。少君进而例举苏东坡等古代诗人无论身处多大磨难都能乐观面对来印证，古代诗歌对诗人心灵的安抚作用犹如大自然的教化，总是能让人获得自我解脱的宁静。

新诗开始后，诗人自杀的现象就多起来了，朱湘、海子，和近几年几个 80 后诗人，为何会这样？李少君认为，这是新诗向西方现代派学习的结果。西方的思维是二元对立的，上帝和魔鬼非此即彼、不可兼容，形成了一种对抗思维，影响了各种艺术门类，现代诗也是如此。中国当代新诗在学习西方现代诗的过程中把这种极端、对抗的思维和行动也学了过来，新诗变得暴烈，诗人的性情也跟着改变。少君这个观点让我联想起自己的写作，我之现代诗写作确实学习的是西方超现实主义，我性格中的极端和不善通融也因此深入骨髓，所做出的离乡背井北漂似乎也正根源于此，少君这段话我确实很有共鸣，故拿来与大家分享。

中国新诗自发端之日起便深受西方诗学的影响，我甚至认为，中国新诗的源头在西方。新诗的白话文语言和古典诗的文言文语言基本是两种语言系统，所以才会有古诗今译的各种选本大行其道，可见，古诗在某种程度上已经等同于外国诗了。黄灿然诗论《在两大传统的阴影下》开篇所言“本世纪以来，整个汉语写作都处在两大传统（即中国古典传统和西方现代传统）的阴影下”一经说出便成为共识，其原因在于作者对汉语写作从源头至今的深度追踪后的精准指认，倘若再追问这份影响的焦虑的形成便不难发现，百年中国新诗几乎是在对两大传统的摹写中起步的。新诗的发起人和写作者譬如胡适、李叔同、刘大白、穆旦、徐志摩、戴望舒，等等，无一不是学贯中西的大家，在他们身上交汇着的两大传统总是顽强地抬起头自他们的笔下走出，走到纸页，走到今天的读者面前。他们的诗作尤其是早期诗作，几乎是对中国传统诗词的白话摹写，有的还是口音不太地道的摹写。之所以说摹写是因为他们的诗作在意象选用、诗句构造及平仄押韵上，还自觉不自觉地保留着古典诗词的范式，刘大白《秋晚的江上》，胡适《湖上》，李叔同《送别》，朱湘《废园》乃至戴望舒的《雨巷》，细读起来都有浓郁的古典气息和情绪。可以说，他们的白话并不彻底，也没有给白话诗注入新的元素。

白话诗起源时期诗人们对西方现代诗的摹写就有更多例证，几乎每个白话诗人身内都藏着或身后都站着一个西方诗人，这些出过洋留过学的中国诗人在把西方现代诗作翻译引进中国本土的努力和成效上值得尊敬，而他们自觉不自觉摹写他们所引进的诗人诗作似也有其无可厚非之处。笔者就曾亲耳聆听到诗人西川顺口念出的一连串现代著名诗人及他们所模仿的西方诗人名姓，记忆最深的是他对胡适《文学改良刍议》中“八事”的提醒：这“八事”实际上化用了庞德意象派的“三个原则”。2002 年第 3 期的《外国文学评论》上，学者江弱水发表了《伪奥登风与非中国性：重估穆旦》一文，通过实证分析指出穆旦诗中充斥着“众多的对西方现代主义诗人尤其是奥登的文学青年式的模仿之作”。而印度诗人泰戈尔因为诺奖和两次访问中国，对中国诗人的影响就更为广泛而深远，沈尹默、刘半农、冰心、郭沫若、瞿秋白、徐志摩等人都受过泰戈尔的影响，尤以冰心为最。

王运涛认为中国古典文学有十大特征：政治、补史、地域、哲理、教育、情感、道德、宗教、志异、美感。王的观点基本涵括了中国古典文学的特征。我们再来看看西方现代主义文学的特征是什么？

在百度中我搜索到如下一段话：西方现代主义文学属于 20 世纪

资本主义文化的一部分。这种文学不主张用作品去再现生活，而是提倡从人的心理感受出发，表现生活对人的压抑和扭曲，主要用象征性、荒诞性、意识流去表现荒诞的世界里异化的人的危机意识；在现代主义文学作品中，人物往往是变形的，故事往往是荒诞的，主题往往是绝望的。艺术特征大略有：非理性、象征、表现主义、意识流、超现实、存在主义、荒诞、黑色幽默、魔幻现实、垮掉主义、未来主义、达达主义等。

中国古典文学和西方现代主义两者一对比，单是字面意义就明显决定了二者的走向，前者注重对社会秩序的修复与完善，后者则以自我为中心，对外界采取批判的不信任的态度。在诗歌写作上迄今依旧有两个不同的价值观和写作路径，一者沿袭中国古典传统对诗歌的认定，诗歌必须是唯美的，对世道人心有有益的教化作用的；一者全盘接受西方看待世界的方式，讲究的是用诗歌创造一个新的世界而非诗人所置身其中的世界，因为诗人始终认为，他所置身其中的世界是不完美的。

我恰好属于后者。大概是1990年我在漳州晓风书屋门口的地摊上找到了一本《西方超现实主义诗选》，柔刚翻译，定价5.10元，在地摊上它以2.5元出售，这本书至今依然在我的书桌上，是我从福建带到北京的两本诗集之一，另一本也是外国诗，是庞德的《比萨诗章》，我后面会谈及。

柔刚，1963年生于福州，1984年毕业于厦门大学外文系，后在福州海关工作至今。早在大学期间就从事英美现代诗歌的翻译，译有《意象派诗选》等。《西方超现实主义诗选》是他第一部公开出版的译作。我看了一下版权页，本书由海峡文艺出版社出版于1988年12月，到我买它的时候它已躺在地摊上并打五折，可见它的销量在当时是不如意的。柔刚翻译这部诗集时年龄不超过25岁，正是青春激情勃发的时候。迄今，柔刚广为世人所知的是他创办于1992年的柔刚诗歌奖，迄今已颁发了22届，成为诗歌界最具影响力的民间诗歌奖项。他个人的诗歌创作一直不如他翻译的这本超现实主义诗选和他创办的柔刚诗歌奖，所以他在回答为什么创办柔刚诗歌奖时很坦诚地说，我写不好诗，就想为那些写得出好诗的人喝彩。如果真的如柔刚所言他写不好诗的话，那他一定是能翻译出好诗的人，《西方超现实主义诗选》真的是非常棒的一本译著，棒在哪里？棒在译者自己也不懂被译者到底写些什么说些什么，他就把自己理解不了的诗直通通地译了出来，而这，恰好是超现实主义诗人的特色，什么是超现实主义？在百度中我们看到如下定义——

超现实主义，探究此派别的理论根据是受到弗洛伊德的精神分析影响，致力于发现人类的潜意识心理。因此主张放弃逻辑、有序的经验记忆为基础的现实形象，而呈现人的深层心理中的形象世界，尝试将现实观念与本能、潜意识与梦的经验相融合。

于是我们看到的超现实主义诗作，都像是梦呓。梦是没有道理的，梦是反常规的，梦是无所不能无所不可的。《西方超现实主义诗选》编选者格梅恩在编选前言中写到一个例子，他说，如果你问一个清洁工“扫帚有什么用?”他会挥舞扫帚清扫地板，或给你看工资单，但你要问一个超现实主义诗人，他会说，我看到扫帚在挥动着头发，那圆柱似的肌肉在颤抖着。你瞧，这就是超现实主义的思维和表达。

超现实主义对诗歌乃至对整个文化艺术最大的贡献在于，它打破了艺术家惯常的逻辑条理，它告诉诗人，每个词都可以重新赋予它的词性，词与词的组合也不必按照语法规定，一句话，超现实主义提倡的就是陌生化而且是最大限度的陌生化。因为太过陌生化而变成了自说自话，由此没人能懂得超现实主义者到底要表达什么。所以对超现实主义运动我记得有一个外国批评家(我忘了这个批评家的名字)这么说过，大意是，超现实主义群体最后只留下“超现实主义”这个概念，但没有留下任何一个文本。确实的，整整一本《西方超现实主义诗选》，没有一首诗能被记住，你记住了布勒东这个超现实主义诗人，但你记不住他写了什么。这就是超现实主义。

受超现实主义诗风影响，我在福建时期写了大量的短诗和长诗，长诗大都收入2012年我自费印刷的长诗选《你无法模仿我的生活》，大家都知道我有一首长诗叫《轮回碑》，却不知我是在写出了《神经碑》之后才写出《轮回碑》的，《轮回碑》之后我又写了《灵魂碑》，是为“三碑”，时在2000年。《神经碑》200多行，每个句子都超现实，开头三句如下：

呜咽也在自我孤立
没有一件血滴衣裳
人们吱吱叫着，模拟老鼠夸张示爱

仅这三句如果硬要去给个合理解释也不是不可能，但如果全部200多行都这样的话，那就简直是不想让人读了，即使读了也找不到里面的线索。《神经碑》只能作为我曾经尝试过超现实主义写法的明证，类似明证在长诗选《你无法模仿我的生活》里还有很多。

但超现实主义一旦结合庞德的《比萨诗章》所带给我的震撼，那就将产生相对完美的诗作，譬如《轮回碑》，譬如《九寨沟》，譬如《纸空气》等我满意的长诗。

我是在1998年12月漳州南山书社遇到庞德和他的《比萨诗章》的，此前我曾读过他脍炙人口的《地铁站台》但无甚触动，但这一天，当庞德和他的《比萨诗章》在南山书社仿佛只为与我相见般地被我买回家后，新的天地便在我的面前打开了。《比萨诗章》由黄运特翻译，张子清校订，漓江出版社1998年1月出版。顺带说一下，我喜欢的这两本译著很奇怪地都没有再版，特别《西方超现实主义诗选》的译者柔刚跟我很熟，真的不下十次建议他再版该书并且笃定地告诉他一定不会赔钱，但他就是一直没有再版，我实在不知为什么。那天，当我的食指和大拇指合作抽出《比萨诗章》时，庞德强劲的个人意志、旺盛的诗歌创作、不倦的诗事活动以及勃勃的征服世界的野心瞬间附体到我身上。我在那个晚上打开了《比萨诗章》从此也打开了我走向任性之途。

从《比萨诗章》,我懂得了不是仅有自己经历的生活可以入诗,社会万象也可以入诗。如何入诗,用什么样的语言入诗?这时,我前期被超现实主义训练过的语言派上了用场,也就是,不用大众化的常规语言来叙述我的经历或我所置身其中的世界。譬如《轮回碑》第一句“汽船的浓烟是用胸脯做的”其实写的是我眼中凹凸有致仿佛胸脯形状的浓烟,还有写作《九寨沟》时恰逢北约轰炸南联盟,我于是写下“一个国家的军火在另一个国家发挥作用/一个国家的人民在另一个国家流离失所”,接下来我用这么几句使国际形势和我的写作主题发生呼应——

> 我写下这些,感到世界不止是一个世界,风景不止是一个风景
> 然后我命令自己
> 不给脚打招呼,以便它失败得更为彻底

凭借《西方超现实主义诗选》习得的语言功力和《比萨诗章》学到的开阔视野,2000 年前后,我一共写了百余首长诗,有的不满意,但很大一部分自己还是满意的,它们是《任性》《纸空气》《九寨沟》《张家界》《西藏》《庞德,或诗的肋骨》《出场》《五月五,灵魂烹煮者的实验仪式》《之七》《越界》《手工活》《星期日》《传奇》《时间屋》《在劫难逃》《轮回碑》等,我甚至方向明确斩钉截铁写下这么一句说气吞山河也好说不自量力也罢的诗观:“我的愿望是被诗神命中,成为一首融中西方神话、个人与他人现实经验、日常阅读体认、超现实想象为一体的大诗的作者。”

西川第一个注意到我的庞德倾向,他在收到我的自印长诗选《任性》后来信写道——

从湖州回来以后我大致翻了一下你和黄礼孩编的《诗歌与人》(中间代特辑)。我尤其认真读了你的诗歌。我发现我们两人在对庞德的兴趣上十分相似。这让我感到惊讶,因为一般女诗人都会躲开庞德的混乱。庞德对历史生活的任意切割甚至会令一些男诗人退避三舍。他对某些脆弱的诗歌灵魂会形成伤害。但你居然没有被他击倒！了不起！

这是西川2002年3月17日的信。注意到庞德对我有影响的还有燎原、树才、赵思运、向卫国、张德明、吴投文等诸多批评家。燎原甚至说,庞德是我的精神老爹。这个老爹在我离开福建北漂至京的2003年就开始失效了,但我会一直把他记在心上。

1999年我写了一首长诗《庞德,或诗的肋骨》,刊登在《诗刊》2000年第8期"青春诗会"专刊上,诗的最后我写道:

你的青春永垂不朽
我爱你正如你靠着墙爱我,你的身后有整个世/诗界

是的,庞德永远是青春激烈的诗人,即使晚年照,他依然楞骨分明线条突出眼神坚定。他是我青春记忆非常重要的一部分,也是我诗歌记忆非常重要的一部分,时至今天我依然要说,感谢你,庞德老爹!

对我而言比较奇怪的一件事是,我从未受过俄罗斯文学的影响,中国女诗人普遍具有的阿娃、茨娃情结,我确实一点都没有。我整个的外国诗歌阅读倾向是欧美的,时间定位是在20世纪的现代主义和后现代主义,记得评论家杨远宏教授有一个观点,他认为,发端于20世纪的现代诗歌运动既是对千年传承的既定诗意的质疑、挑战和反叛,更是对一脉传承中走向定向化、精致化和范式既定语词、语言惯性、秩序的偏离、打破和哗变。和杨远宏教授一样,我也对现代诗歌运动情有独钟,一切破坏的、反理性的都天然地获得我的喜爱,而那些抒

情的、唯美的、圆满的写作则被我视为传统而摒弃。布罗茨基说，要改变生活，先改变语言。布氏的话应验在我的福建时期，那时我因为追求一种极端的写作语言而使自己的思维变得极端，并进而影响到自己的生活，以至于有抛家别女到北京闯荡的不可思议之举。因此我说，我感受到了外国诗歌在为我的诗歌写作注入强大生命力的同时，也彻底地改变了我的命运，于今回望，犹自心有余悸。

【交流环节】

提问1：写作时，我想表达最真实的情感，但当要将文字公开之时，又期望能够回避内心的想法。该如何处理？

安琪：如果你真实地表达你内心的想法，效果会比较好。如果你要修饰、回避，对于诗歌创作而言，将是一种损失。还是要尊重自身的真实想法。

提问2：现实生活是实在的，但写诗时会感到虚灵，该如何转化？

安琪：这就是刚才我所讲的超现实主义的语言表达方式。如果你要表达出语言的艺术效果，就要经过语言的训练。以诗歌的语言表达现实生活，不妨避开一些常规的思维、表达方式和词义。一个专业的写作者，要训练自身的语言。所以你所说的并不是一个现实转化的问题，而关乎语言还没能把握、表达现实的困惑。

提问3：您讲要造出专属于自己的词汇，但有很多诗作都是用平实的语言给人以真实的感受。

安琪：这就是我们所说的第三阶段，即再度回到“看山是山，看水是水”阶段。但是你要达到此种平和而富于韵味的阶段，首先要经过第二阶段，即“看山不是山，看水不是水”的阶段。我近期的写作就很朴素的，只是用家常话写出来，比如《孔庙拜先师》。当然，这需要一个过程，当你经过了一段痛苦的语言训练以后，就能进入自如的境界了。但你没有经过训练时，写出的较近于白话的诗，你自觉得很朴素，别人却觉得很浅显。

孙晓娅：这就是炼诗。诗也要修炼，没有谁能掌握语言之后就一气呵成写出一篇优秀的作品。创作需要坚实的前期准备以及知识、技法的积淀和训练，比如语言的修辞、表达修辞等等，如此你才能以朴素、平实的语言成就优秀的诗篇。

提问4：超现实主义如何突破其自身观念的局限？您如何看待其未来的发展。

安琪：超现实主义对文学的影响一直持续到现在，每个爱好艺术的人，最初接触到超现实主义都会得到一次“撞击”，你可能最初会感到震惊，但马上就会开始接受、学习运用这种手法。因此，超现实主义作为写作手法永远不会退出历史舞台，其生命因而得到延续，虽然超现实主义作为流派、运动本身已经停止了，但这一概念对人类写作的触动是永远不会停息的。超现实主义不仅对写作产生影响，对各种不同的艺术门类都有深刻作用。比如达利的《软表》就运用了超现实主义的意识流手法。它能够呈现你的心灵世界中一切无所不能的想象。至于如何突破，我认为可以用超现实主义手法来表现清晰的事物、概念、情感等等，而非每句都保持晦涩而不可理解的状态，如此就完全拒绝了他人的解读。比如诺奖得主特朗斯特罗姆就受到了超现实主义影响，他的语言是超现实主义的，但他所呈现出的文本却是清晰的，你能够进入其诗歌。

孙晓娅：中国新诗的历史绝对不能忽视外国诗歌的影响，这是一个磅礴的、至今依然影响着中国当代诗人创作的重要资源与诗学命脉。讲座中，安琪谈到外国诗歌对其阶段性写作的影响，并从两个方面清晰地展现了其自身的创作谱系。安琪创作的持续性体现在，不同阶段她都留下了有代表性的诗歌文本。我们在评价或研究一位诗人时，并非仅仅着眼于其某一时期的代表性作品，应该秉持整体观考量其不同阶段的变化、发展以及取得的成绩甚至是不足之处。通过安琪的笔耕不辍，我们看到了一位在诗艺锤炼之路上不断探索、不断延伸的精神脉络，目前为止，安琪的写作还没有出现“枯竭”或“停滞”，她不断在登临“极地之境”，感谢安琪。

存在于隐喻之中

主讲:蓝蓝

主持:孙晓娅

时间:2014 年 11 月 19 日

地点:首都师范大学北一区文科楼

主办:首都师范大学中国诗歌研究中心

孙晓娅:今天的讲座题目是“存在于隐喻之中”。主讲人蓝蓝,诗人,1967 年生于山东,1988 年大学毕业。出版诗集:《含笑终生》(1990)、《情歌》(1993)、《内心生活》(1997)、《睡梦睡梦》(2003)、《诗篇》(2007)、《从这里,到这里》(2010)等;出版中英文双语诗集《钉子》(2013,香港中文大学出版社)、中英文双语诗集《身体里的峡谷》(2013,美国 Zephyr Press、香港中文大学出版社);出版散文集《人间情书》(1993)、《滴水的书卷》(1995)、《夜有一张脸》(2001)、《飘零的书页》(1999)、《燕麦草》(2008)等;出版童话集《蓝蓝的童话》(2003)、《魔镜》(2006);长篇童话《梦想城》《大树快跑》《坦克上尉歪帽子》(皆 2006)等。

蓝蓝是活跃于中外诗坛、影响力很大的女诗人,她在从事诗歌创作的同时,在散文、童话等体裁方面也均有涉猎。蓝蓝的创作视野十分广阔,多年来她始终不断完善与超越自己,在突破中逐步变换既往的艺术风格。在不同时期蓝蓝都凸显出闪亮的个人特色,她的诗风多变,题材广泛。同时,她以谦卑敏感的创作姿态观察、批判与思考生活,在诗歌与生活交融的大宇宙中抒发个人的救赎与慨叹。她的诗歌渗透着对生命的敬畏与热爱,闪烁着人性的灵光,表露出对社会痼疾沉痛有力的反思,有诗人高洁的坚守和担当。不过,始终如一,她留恋于故乡不为人觉察的美和乡土人情、四时流淌着的常与变。

蓝蓝:谢谢孙晓娅老师的鼓励。我觉得一定是过誉了,但我把这些话视作是一种友情的表达,甚至是一种更高的要求。我希望能做到像她说的那样,也谢谢大家来听我的讲座。既然今天要谈我与外国诗歌的关系,就请允许我回顾一下,我是怎样开始读外国诗歌,以及外国诗歌对我的创作一直以来产生的影响和结果。我希望通过这样的分享多少可以带给同学们一些启示。

一　最初的语文教育

我们知道,当下中国的诗歌教育是严重滞后的。举个例子,美国的诗人告诉我,在美国,几乎所有大学都有诗歌教授,学校会专门请诗人来给学生教授诗歌。这在中国是不可想象的。在首师大,我们有中国诗歌研究中心,有像孙晓娅老师、张桃洲老师,以及老一辈的吴思敬老师等学者,他们都在努力为诗歌事业做出贡献。北京、上海这样的大学比较多,但在其他更多大学,尤其是地方性的大学,恐怕连诗歌课都没有。从前我们不是这样漠视诗歌教育的国家。这其中有很多历史的原因,恕不赘言。

我出生在"文革"开始之后,最初接触到的语文教育,可能现在的年轻人都很难想象。我记得当时使用的语文教材,内容都非常意识形态化。写作文也有一个固定的模式,譬如开篇是祖国形势一片大好,中间是抄书抄报,抄《人民日报》《新华社日报》《人民社论》这些当时非常有权威性的杂志报纸,结尾是标语口号,比如"要为共产主义事业奋斗终生"等等。其实小孩子们并不知道共产主义是什么,但是这样写就可以得高分。当时,几乎所有学生都非常熟练地使用这套话语方式。我在上小学一年级时,每次上课之前,老师都要拿出毛主席语录来读一段。这意味着，孩子们即使不理解，也要表明自己对领袖的态度。我们就是在这种情况下接受语文教育的。但是我个人接受的很重要的另一种教育，来自我的家庭——我的姥姥和父母给我讲大量的民间故事，这些故事培养了我的想象力。这些是我们本土深厚的文化传统，与我接受的课堂教育是完全不同的。

涉及书面语言，我就要讲到从小学到中学接触的文学读物。在小学接受的诗歌教育，除了“革命”诗歌之外，真正滋养我的就是唐诗宋词。我那时一边抄写一边被感动着，但不仅仅是李白“床前明月光，疑是地上霜”这样比较易懂的诗歌好，三四年级的小孩也会觉得杜甫的诗歌更有深意。我瞒着父母偷偷读《红楼梦》，也被里面的诗词感动得热泪盈眶，觉得里面有深深的情感。但是“文革”时期所谓好诗却是这样的诗：“活着就要拼命干，/一生献给毛主席！/——那是我们的金训华呵，/化作雄鹰云里翔！/跟上来呵！——//英雄在召唤：我们来了！”

金训华的故事曾出现在我们的课本里。其讲述了山洪暴发时洪水把公社的木料冲到河里，金训华为了救那些木料而被淹死的故事。金训华就是被树立的英雄典型。“文革”时期的诗歌几乎就是口号，非常直白。我当时以为白话诗就是这样的，它可以激起我们革命的激情，但是离我们的生活很远，没有影响我的生活，反而唐诗宋词给人的感觉却是那么让人心里柔软。“文革”时候对我们影响更大的是“文革”歌曲，现在生于五六十年代的人依然对这些歌曲难以忘却的一个最重要的原因，是因为那些记忆代表着他们逝去的青春；另一个原因是，在当时，很多人通过唱这样的革命歌曲觉得和伟大领袖发生了直接的关系，因为大多歌曲都是歌颂领袖的，所以，“文革”歌曲很像情歌。有一首歌改编自藏族歌曲，名叫《金瓶似的小山》；还有《毛主席来到咱农庄》——“麦苗儿青来菜花儿黄，毛主席来到咱农庄。”这些歌曲像情歌一样拉近了普通人和被崇拜者的距离。还有一些语录歌，例如“政策和策略是党的生命，各级领导同志，务必充分注意，万万不可粗心大意”。这种语言方式是孩子无法理解的，但是这种奇怪的语言反而加深了我的记忆。“文革”时期诗歌的特点就是“集体主义”，是去个人化的，歌唱英雄人物、歌唱领袖，是“纯洁”的，很少出现爱情。我记得在粉碎“四人帮”时，偷听邓丽君的爱情歌曲甚至会被抓起来，因为你听的是资本主义的靡靡之音，是有可能腐蚀革命意志的乐曲。关于浪漫主义的个人崇拜，我为大家推荐以赛亚·伯林的《浪漫主义的起源》这本书，它阐述的是浪漫主义从艺术领域开始逐渐渗透到政治生活、社会生活的一个过程，以及它如何被极权所利用的后果。但是，即使在“文革”这样的诗歌中，我们还依然可以看到一些很微妙的东西，我把它称为“大自然的反抗”。比如有一首《打靶歌》。“文革”时期的歌曲不是歌唱领袖的就是批评苏修、美帝国主义的，如：“东风吹，战鼓擂，现在世界上究竟谁怕谁？不是人民怕美帝，而是美帝怕人民。”而《打靶歌》第一句是：“日落西山红霞飞，战士打靶把营归。”把大自然黄昏美丽的晚霞引入歌中，这一句，就把对事物美的感觉带入到精神之中。再比如《弹起我心爱的土琵琶》的第一句“西边的太阳就要落山了，微山湖上静悄悄，弹起我心爱的土琵琶，唱起那动人的歌谣”。这是歌唱共产党游击队打日本鬼子的革命电影歌曲，因为其中的歌词和大自然的湖水、晚霞、微风、动人的音乐联系在一起，所以和“文革”时期“文化大革命就是好呀就是好”这样的歌曲有了微妙的不同。

二　诗歌启蒙人：泰戈尔

到了五年级的时候，我最喜欢的文学作品是小说，是像《聊斋志异》这样的民间故事，还有更吸引我的唐诗宋词。后来，我读到泰戈尔的诗歌，开始真正接触到外国文学。第一次读到泰戈尔作品时候，我感到莫名的激动，不可思议！还有人可以这样表达自己，有人能这样生活。我想我也能。语言就这样开始改变了一个人，改变了她的世界。改变世界一定是从语言开始的，维特根斯坦曾有一句名言说：“我们的生活没有改变，是因为我们的词语没有改变。”去年我在香港参加国际诗歌节，在汕头大学有一场演讲，我和北岛、顾彬一起和大学生有一个交流互动，我便谈到了这句话。维特根斯坦是德国人，顾彬也是德国人，我看到他很高兴地把这句话记在了本子上。

我认为，文明意味着进入想象力，而想象力也在改变着我们的生活方式和表达方式。从这一点来说，诗歌永远走在文学前列，它是语言最敏感的一根神经。我读泰戈尔，首先就是他的诗歌方式洞开了我的想象之门——

> 林野住了歌声，家家闭户。在这冷寂的街上，你是孤独的行人。呵，我唯一的朋友，我最爱的人，我的家门是开着的——不要梦一般地走罢。
>
> 尘世上那些爱我的人用尽方法拉住我。你的爱就不是那样，你的爱比他们的伟大得多，你让我自由。

当时，我身边都是“文革”的标语和批斗的大字报，当看到“孤独的行人”“林野”和“歌声”，“唯一的朋友和我最爱的人”这样的句子，对于孩子来讲，就好像进入另外的世界、另一个星球。这个星球是迷人的，它有着清澈的泉水，银子一样的月光，和你生活的嘈杂世界完全不同。这样的诗句不仅仅美妙，更重要的是，它开始参与一个人情感和智慧的建设，让你从新的视角看待人与人、人与自然的关系。这样美好的诗句，给我的不仅是语言方式的改变，也潜移默化地改变了我的世界观。这是我五年级最先接触到的外国诗歌，它对我的影响源远流长。我记得与我年纪相仿的诗人、译者李以亮，也曾提到，他最初同样也是受到泰戈尔的影响后才开始写诗。泰戈尔的诗歌看似浅显易懂，但其内涵深厚。他的诗就像深山里的潭水，虽然清澈得一眼能看到底，但是却那么深邃。泰戈尔是世界范围内拥有众多读者的伟大的诗人，也是我诗歌道路上的启蒙老师。

从那个时期起，我就开始大量阅读外国文学、外国诗歌。我上高中时读过萨特的文章，读过桑塔耶拿的《美感》；我在一个小县城的新华书店买到过海涅、雪莱、普希金的诗集。外国诗歌对我的影响，就是破除了那段特殊时期的教育对我有害的影响，并且丰富了我的心灵，更新了我的目光，让我思考怎样去感受万物、感受生命、感受生活。“文革”的很多文学作品都是浮夸的谎言，而古典文学则被批为“四旧”，也不能学习。那么，70 年代末，一直到 80 年代大量译介的外国文学，恰好纠正了“文革”对文学本质的扭曲，也给我提供了一种文学标准的参照。

当然，不是所有外国文学都会对一个少年学生构成有效的阅读。“文革”后期的一些翻译诗歌和“文革”时期没有很大差别。那个时候的翻译诗歌有很大比例是以“革命诗歌”为主的。比如艾吕雅有一首诗叫《希腊在先》。我这里有一本竖版的《艾吕雅诗抄》，1954 年出版，是苏金伞老先生在他九十多岁的时候送给我的。这里面的诗，就是出于政治的需要挑选出来的。我记得当时还有普希金、雪莱这样充满革命浪漫主义的作品。但是，他们的作品中很复杂很优秀的诗歌在那个年代却没有被翻译，因为革命不需要。我记得有人引用列宁说过的话：“革命不需要音乐，因为它使你变得软弱。”革命战士是不能软弱的，要铁石心肠、视死如归的。艾吕雅在这首革命诗歌《希腊在先》中写道：“希腊的人们并不那么好对付，/谁向他开火谁就助他胜利。/希腊的平民狂热地热爱自由、理智以及自己的力量。/为了人类的伟大，/他们用了手来反对拳头，/用了脚反对利爪，反对战争，/他们靠正义，实际的需要训练教育了他们。”古希腊是最早推行民主制的国家，像苏格拉底、柏拉图都是人类的瑰宝，很多欧洲诗人都写过大量与希腊有关的诗歌。在这首诗里，最好的一句是“他们用了手来反对拳头”。这里举起手代表的是选举，拳头是暴力。但是我们依然觉得这样的直白口号般的诗，容易被意识形态利用。不容易被利用的诗是表达最个人化、最细微感受的诗，意识形态很难深入到一个人感受的深处——因为在那里,通常住着爱和柔情,它们是极其强大的。同样是艾吕雅的诗,这首诗是因为革命的需要被翻译,但是他其他的诗,会让我们看到艾吕雅特别优美的、不一样的一面。

同样写希腊的,有扎加耶夫斯基的《像希腊人那样生活》,还有拜伦的《雅典的少女》:

雅典的少女啊,在我们分别前
把我的心,把我的心交还!
或者,既然它已经和我脱离,
留着它吧,把其余的也拿去!
请听一句我临别前的誓语:
你是我的生命,我爱你……

我们在艾吕雅和拜伦笔下看到的希腊是不一样的,哪一首诗更能打动我们,哪一个希腊更可爱呢? 肯定是拜伦的这首。所以现代诗歌最大的敌人是陈词滥调。唯有当诗人像赤子一样抒发内心真实的感受,才构成力量。还是艾吕雅的诗,例如《恋人》:"除了爱你我没有别的愿望/一场风暴占满了河谷/一条鱼占满了河/我把你造得像我的孤独那么大/整个世界好让我们躲藏/日日夜夜好让我们相互了解/为了在你眼中不看到别的/只看到你眼帘所控制的日日夜夜//她站在我的眼睑上/而她的头发披/在我的头发中间/她有我手掌的形状/她有我眸子的颜色/她被我的影子所吞没/仿佛一块宝石在天上/她的眼睛总是睁开/不让我睡去/在大白天她的梦/使阳光失了色,/使我笑,哭了又笑/要说什么但却什么话也说不出来。"

艾吕雅除了写革命诗歌,还会写这样柔软心灵所表达出来的诗。事实上,一直到我读大学,我依然还在解决"诗是什么"这样的问题。通过这样的阅读理解,我也在慢慢建立自己的诗歌标准。

三 世界的心灵——从感受和语言开始

读大学之后，我才算真正开始集中、大量地阅读外国文学。我有幸遇到了几位学养深厚的老师，他们给了我受益终身的读书指导。就在那个时期，我明白了现代汉语和古代汉语是两套语言系统，古代汉语的表达形式，在现代只作为一种鉴赏文本形式存在。现代汉语的历史不过百年，这也就意味着现代诗人还大有可为，我们还可以做更多的事情。80 年代，人们对“文革”时期的文学表达早已厌倦，但新的文学表达形式尚未完备，所以，外国文学的影响，真是占了天时，更多地参与到了当代汉语、当代诗歌的建设中，启发着作家、诗人们新的表达方式。

“他山之石，可以攻玉”，此言不虚。记得四川诗人柏桦发过一个微博，说现代汉语是由白话、大量的外来语、佛教词汇和翻译词汇构成的。什么是现代汉语的纯正性？真的很难说。不同民族的文化影响丰富了我们自己的文化。纯正的汉语在过去吗？——我们不可能去讲唐朝的语言，唐代人也不可能去讲《诗经》时代的语言。我们看中国的诗体流变，就可以发现，中国诗歌从最初的两个字到四言五言，绝句律诗，到赋和骈文，到宋词、元曲等等，一直也在变化中。中国的诗体在一定程度上受到许多民族、许多国家文学的影响。如此，翻译对于当代汉语的丰富是功不可没的。

现代汉语的句型结构和翻译体的诗歌有很大的不同。记得有一年和诗人、著名编剧邹静之、黑大春等一起聊天，大家一致认为，最好的汉语诗歌是用汉语形式表达、翻译过来的外国诗歌。20 年过去了，现在我们完全可以看到，中国也有很优秀的汉语诗歌。古代汉语诗歌的特点第一是句式短，比如最简单的“床前明月光，疑是地上霜”。当然还有再复杂一些的，比如可以说是名垂中国文学史的杜甫的《秋兴八首》。一般来说，现代汉语的日常用语几乎都是短句子。如果用书面体来表达就更加明显。比照外国诗歌,翻译过来的句子有时候很长,有很多的定状语,甚至全诗就是一个句子。

举例美国诗人肯明斯的作品《噢甜蜜的自然的》来看:"噢,甜蜜的自然的/大地/如何常带有/那/好色的/哲学家/沉溺于爱的手指掐痛/和/插进/你,科学不害臊的大拇指/戳向/你的/美丽,如何/常常有宗教将你/放在他们凸凹不平的膝盖上/压紧和/撞击你让你信仰/上帝/但是真实/对于死亡的/无与伦比的眠床你的/节拍的/热爱者/你回答/他们只用/春天。"此诗由一个类似叙述句的长疑问句,加上一句回答组成。阅读它,会逼迫习惯简单主谓宾句式的汉语诗人调动起理解力的精确思维。这首诗对很多有经验的读者都能构成阅读的挑战。它讲大自然和科学、哲学、宗教的关系,它赞美大自然的伟丽,没有比大地更能启发人们对自然、对人类自身的认识。当"好色"的哲学家动用他的逻辑理性分析,对大自然指手画脚的时候,他就像一个暴徒在对待美丽的女子。科学对待自然的手段就是探测、挖矿、毁损。科学是双刃剑,有时会把人们带到危险的境地。诗中讲到宗教,说上帝创造了自然;但只有那些"节拍的热爱者",那些和大自然一同呼吸的人,才知道大地和生命的秘密。节拍是世界运动的节奏,世界之所以生机勃勃,是因为它有呼吸的、诗歌一般的、心跳一样的节奏——山峦的起伏是节奏;海浪的涌动是节奏;四季轮回是节奏;生命就是节奏。春天万物复苏,草木萌芽,野花盛开,大自然是最有生命力的事物。诗人就用"春天"来回答哲学、宗教、科学的问题。

通过肯明斯的诗,我知道了诗歌语言、诗歌形式可以有很多可能性。一个在希腊的朋友告诉我,"诗人"这个词在希腊语里和表示上帝的"创造者"是同一个词。创造就是破除僵死的陈旧表达,打破陈词滥调,尤其是意识形态的陈词滥调。不同民族、不同文明的相互交流和沟通,都能在这一点上给予我们新的刺激,带来新的启示。

阅读外国诗歌,首先带来的是语言的改变,接着就是想象力和理解力的改变。理解力就是:当我们尝试去观察和了解一棵树,我们可能就会理解它的悲伤欢喜和想法。

有时候,读一首好诗就会改变我们对很多习以为常的事情的看法,譬如波德莱尔对穷人的看法。当我把《把穷人打昏吧》这首诗送到打印室的时候,打印的人看到“把穷人打昏吧”这个题目就笑了。她问这是什么意思,大家都同情穷人,为什么要把穷人打昏?我说你要有兴趣可以看一下。她看完后不说话了。

按照正常的理解,一个左派诗人对穷人的看法是充满了同情的,但是,波德莱尔在这篇散文诗里表达了不同的看法。他要寻找一种新的声音,和以往的诗人不同的表达。这个声音不是苏格拉底善良的精灵,这个声音对波德莱尔说:“谁能感到平等,谁才能和别人平等;谁知道争取自由,谁才配得上有自由。”他在这首诗中改变了人们简单廉价的对穷人的同情,代之以激起穷人的自尊心和反抗精神,并最终使乞丐重新获得生命和骄傲。这就是我说的,好的外国诗歌改变了我看待事物的角度,培养了我愿意更深入去思考的习惯。

我喜欢的外国诗人,诸如勒内·夏尔、雅姆、雅各泰,诸如俄罗斯白银时期很多的诗人,诸如荷马、萨福、鲁米、西门内斯、阿莱桑德雷、索德格朗、布莱克、帕斯、米沃什、史迪文斯、布莱等等,他们的作品都曾滋养过我的灵魂。当然,像加缪、本雅明、谢尔古年科夫这样的作家和哲学家,我也视同诗人,对他们一样充满了敬爱之情。

四　诗歌的两只翅膀:抒情和隐喻

我们知道,和中国传统诗歌相比,外国诗歌不仅仅是语言方式的变化,价值观、美学标准、思维方式等都有不同程度的差异。从语法来说,汉语的主谓宾结构很简单,不会出现众多的定语、限制词。但在外语里这种情形很常见,因为他们的语言习惯就是要把事物说得尽可能准确,因此定语、状语特别多。语言包含想象力和理解力,尤其是对于作家和诗人。我强调专业精神,从事写作工作要训练有素,在表达方式、技艺上下功夫。外国诗歌对我的影响不仅仅在于它们的语言方式,他们的语法习惯、观察事物的方式以及感受的丰富性,也都蕴含在诗句里。

我也遇到过一些不太容易理解的外国诗,虽然翻译过来的诗歌也是用汉语呈现,但是它依然在阅读上给我们带来很多难题,譬如史蒂文斯的这首《原理》:

我是我周围的事物。
女人们懂得这一点。
你不是公爵夫人
离四轮马车一百码远。
这些是肖像:
幽暗的前厅;
帷幕遮住的高床。
这些只是例子。

我曾经请某大学现当代文学专业将要毕业的同学看这首诗,他们不懂是什么意思。史蒂文斯被称为"诗人中的诗人",他的诗比较晦涩难懂。我买到他的诗集后用了好几年时间才慢慢看懂。我突然觉得有的诗人是无穷尽的,就像一个富矿一样挖取不竭。这首诗中,公爵夫人的形象让我们想到十七八世纪的欧洲贵族。公爵夫人身份高贵,有很多人为她服务,为她拉门,恭敬地请她先走,为她拿着大衣,帮她摘帽子。当她从饭店或剧院出来的时候,接她的四轮马车一定不会离她一百码远让她走过去,马车一定是老老实实在她脚边等她,所以接她的四轮马车离她一百码远的时候,她一定不是公爵夫人。这是一个判断条件。很多人都会通过衣服的品牌,饰品来判断你是一个什么样的人。同样,一人说什么样的语言,北京话、河南话、四川话还是外国话,住的是独栋别墅还是地下室,使用的手机什么牌子……所有这一切，构成了“你这个人”。所以才有“我是我周围的事物”这么一说。

一个人如何和周围的事物发生关系呢？在文本里，人与事物就是通过比喻，通过想象力发生联系的。比方说“你是一朵玫瑰”，我们就知道这个女孩有多可爱；“你像一匹野马”，我们就知道这个男孩多么顽皮自由。

史蒂文斯这首诗就是在讲一个“原理”，就是他的题目，你和你周围的事物怎样发生关系，通过各种各样的象征和隐喻构成某个事物。我们回到一个最简单却是最重要的问题：作为一个诗人经常会被人问到“诗是什么”。现代汉语词典释义：“诗是文学体裁的一种，通过有节奏、韵律的语言反映生活，抒发情感。”维基百科对诗歌的注释是：“诗歌高度集中地概括、反映社会生活，饱含着作者丰富的思想和感情，富于想象，语言凝结而形象性强，具有节奏韵律，一般分行排列。古典诗歌形式采用逐句分行和押韵。现代诗歌的形式和内容已经极大丰富，伸缩性极强。”这都是模棱两可的话，并不准确。天津快板，山东快书都是有节奏的，有韵律的，表达个人情感反映社会生活，但是它们不是诗。给诗歌下一个定义很难。我试着作出一个并不完善的阐述：“诗歌是语言的意外，但不超出心灵。诗歌是通过有内在节奏的文字，引起读者想象力重视并达到最大感受认同的能力。诗歌拥有在句子单位里迅速改变多重时空的能力，这是其它文学体裁望尘莫及的。”

诗歌语言一定不是大家通常意义上日常交流实用的语言，它是突破表达边界的语言，它一定出人意料，语不惊人死不休，这就是诗人的志向。在诗歌中，比喻与隐喻织就了想象力之网，为了让我们认识到世界是一个整体。这一点特别重要，意识到我们和世界是一个整体，那么我们就不太可能无所谓地拿着枪，对着另外一个人的胸口扣动扳机。因为我们与他是有关系的。世界上所有的独裁者都害怕诗人，就是因为他们拥有这种靠隐喻和想象力使人们之间建立一种整体关系的能力。比喻和隐喻就是构成诗歌的基本元素。诗歌的不朽和伟大在于它让我们和世界成为一体，所以不要觉得诗歌只是一种风花雪月的抒情文体。只要我们开始描述一个事物,就会和身边的世界发生关系。只有周围与你相关的事物才能说明你自己,存在于隐喻与比喻之中。

外国诗歌对我的影响主要集中在两个方面:语言方式和思维方式。诗歌是为事物命名、让万物发生关系的体裁。隐喻是什么呢?当我们想命名这个世界和万事万物的时候,我们是拿出自己的肉体的经验和经历与世界对应。对世界的命名从比喻开始,这当然重要。惠特曼有一首诗《一个孩子每天向前走去》:"有一个孩子每天向前走去,/他看见最初的东西,/他就变成那东西,/那东西就变成他的一部分……// 如果是早开的紫丁香,/那么它就会变成这个孩子的一部分;/如果是杂乱的野草,/那么它也会变成/这个孩子的一部分。//一个孩子一天天地向前走去,/长大了,很有知识,/很有技能,/还善良和有诗意,语言斯文……/同样是长大,那会多么不一样!"一切与他相遇的事物都是他的,它们参与他的精神和灵魂的建设。一个人是他周围的事物,一个人存在于事物与它的隐喻象征之联系里。我曾写过一首很短的诗《一切的理由》:

我的唇最终要从人的关系那早年的
蜂巢深处被喂到一滴蜜。

不会是从花朵。
也不会是星空。

假如它们不像我的亲人
它们也不会像我。

在这些隐喻之中,可以解释我和世界的关系,以及我为什么要写诗的原因。这首诗也可以倒过来读。如果星空和花朵不像我的亲人,它们也就不像我，我可以在这些事物上看到亲人，我和亲人们也可以在其中互相看到，这些事物象征了人类的情感，爱和思念，这一切，构成了我生活和写作的理由。“让我的唇最终要从人的关系那早年的蜂巢深处被喂到一滴蜜”，这滴蜜就是爱。我强调它在“早年”，是强调要在时间中坚持下去。

一切的理由回到今天的主题——“存在于隐喻之中”，这或许是一个抒情诗人的宿命，它有一部分源于我的生活，来自我脚下这片土地的文化熏陶，另一部分来则自外国诗歌和外国文学的影响，它们同属人类的伟大精神瑰宝。

【交流环节】

提问1：您刚刚讲解的几首诗很晦涩难懂，请问怎样能把小众的诗歌推向大众？

蓝蓝：我觉得这是一个循序渐进的过程，我自己也是从简单的诗歌开始阅读，之后过渡到更加繁复的诗。文明教化、诗歌的传播，必须有一个过程。学习阅读很重要，要通过阅读经典给自己创立一个好胃口，去消化那些引人深思的作品。

提问2：有一些并不优雅的诗歌为什么还能被出版，被人们熟知？什么是中国正确的诗歌方向呢？

蓝蓝：我在给学生讲中国当代文学史的时候，各种类型的诗歌我都会介绍一下。大家对诗歌的看法各种各样，我觉得没有关系，喜欢的就多读，不喜欢的就不读。我要做的就是把所有信息分享给大家，使大家了解一下有什么样的诗人、什么样的诗歌形式。如果真要禁止某种诗歌的发表，也是很可怕的。即使我反对你的意见，我也要赞成你言说的自由。这个原则大家可以自由选择，我尊重大家不同的看法。

提问3:您的阅读范围?

蓝蓝:我的阅读范围很杂,甚至读过一本关于怎么修理钟表的书。我看的书大多是人文、历史、哲学这些方面,也包括幻想类、理工类的。《植物志》这样的书我有好几本,我都会翻一翻。我喜欢这些知识。我们一定要有图书馆似的知识储备。我觉得诗人在这一方面好奇心非常强,我看书很杂就是因为有按捺不住的好奇心,觉得内心有一个小孩儿,想知道万事万物的秘密。

提问4:诗歌的评价体系在不断变化,一方面说我们要结合社会政治,一方面又说我们要回归纯正的文学,您如何看待?

蓝蓝:这是一个很重要的问题,从古到今,知识分子都在争论这个问题。因为文学与政治生活有密切的关系,社会矛盾激化的时候这个问题便浮出水面。是忠于美还是忠于正义,我觉得并不矛盾。在我的一篇文章《不分裂的诗与诗人》中,我就谈到对"介入"与"不介入"诗歌的看法。是忠实于美学还是忠实于社会学的担当,我都有谈到。

提问5:我不太喜欢充满隐喻、晦涩的诗歌,诗究竟应该如何写?

蓝蓝:那就听从内心的召唤,不要沿着别人为你铺设的道路走。至于它是后现代,解构还是建构,都与你的心灵生活有关。人不可能脱离生活感受世界,有一些问题需要自己去想通。拆解世界的目的是要建立世界。我的看法是,语言本身就是一个隐喻系统,一个符号化的系统。诗歌不可能和隐喻没有关系,它正是要通过隐喻将世界的此事物与彼事物建立起联系。

孙晓娅:每次读蓝蓝的作品或者听她的发言,会有一种感觉向我袭来——蓝蓝的思想里有很多"气根":从她的作品中可以感受到她繁多纵深的视角,创作中她的每一个"气根"都有扎实的根源、遒劲的走向。我很喜欢早期蓝蓝诗歌中从自然、人性、生存中的常态所提炼出来的朴素而精美的感受。如果说蓝蓝前期的诗歌趣味与很多女诗人类似,那么,近些年来其诗歌中犀利的批判与敏锐的反思、对生命本质力透纸背的敲打与独见,在中国当代诗坛卓然独立 。

蓝蓝是写作的多面手,她不仅写诗,还写随笔、散文诗等。我在主编《新世纪散文诗选》一书的前言中曾这样概括蓝蓝的散文诗:“蓝蓝的作品彰显日常审美的诗性体验,将诗意生命化、情感化,她的散文诗生命节奏自如而情调天然,情感饱满又张弛有度,既贴近生活又贴和心灵,于平静的写作中妙手波动心中的琴瑟,将自己的生活体验融入自然的写作之中,细腻的情感体验如温柔的春水穿越杂草丛生的平原和山川,舒缓温暖,诗性丛生。”近期,蓝蓝的写作实力日渐凸显,一个内心强大、积蕴深厚、艺术直觉敏锐的人,一旦她把诗当作灵魂的出口,那就是诗歌的幸事了!

永恒的“我与你”

——诗歌和翻译中的生命辨认与对话

主讲:王家新

主持:孙晓娅

时间:2014 年 12 月 31 日

地点:首都师范大学北一区文科楼

主办:首都师范大学中国诗歌研究中心

孙晓娅:今天的讲座题目是“永恒的‘我与你’——诗歌和翻译中的生命辨认与对话”。主讲人王家新,诗人、翻译家、中国人民大学教授。王家新是当代中国诗坛最重要的诗人之一,在诗歌领域,他是多面手:创作、批评、研究诗歌的同时,他还从事诗歌翻译工作,其诗歌译著在国内外产生很大影响,这一点,在中国当代诗歌翻译史上,不容忽视。曾有学者称:王家新的创作为“当代中国诗坛的启示录”,在我看来,其意义不止于此,他以“诗歌生命”见证并超越了中国当代诗歌史。近些年他的创作更是堪称独步,越加敦实、厚重,不失普世情怀。其内心坚实的力量源自他的生命体验,源自于他译介、学习外国诗歌的储备。本场讲座时间是家新老师自已择定的——2014 年 12 月 31 日,这是辞旧迎新的一天,别有一番意味。

王家新:感谢晓娅老师的邀请!今天很高兴见到各位朋友和同学,我们都是在学习诗歌的路上,我比你们年长,走的路稍长,但是现在依然在路上。今天讲座的日期确实是我选的,这是不平凡的、令人揪心的 2014 年的最后一天,2015 年将如何?前路茫茫。我希望和今天在座的同学们谈谈诗歌和我的文学道路,以此来告别旧的一年,迎接新的一年。

今天的讲座,我想先从我的早年谈起。早年,有两句话对我影响甚深,对我的人生起到了深刻、持久的支撑作用。一句是李白的“天生我材必有用”,这句大家耳熟能详;另一句是英国诗人奥登的一句诗——“人的一生从来没有完成过”。先讲第一句“天生我材必有用”,这句话对我意义不同寻常。我的经历比较独特。我是在“文革”中成长的,那时我“第一次”感到了时代的压抑。我的父母出身不好,都是地主,我的父亲在1949年前读书时还加入过“三青团”,所以我遇到的第一个挫折就是不能加入“红小兵”。班上的同学分两批先后加入了“红小兵”,都戴上了红臂章,唯独我没有。这深深地刺激了我,使我深感屈辱和压抑。我爱好文学,与我的这种经历有关系。在那样一个年代,文学几乎成了我唯一的安慰。我原本活泼的性格自懂事起就发生了变化,变得越来越内向了。因为出身问题,父母不断从县中学调到区中学,从区中学再下放到山区学校。父亲有一次关起门来在家里大喊“天无绝人之路”,那一幕对我来说很震撼。这些经历对于我走向文学之路非常重要,也可以说是这种经历造就了我。正如奥登所说:“寒冷造就了一位诗人。”事实正是如此,我出生在湖北省武当山区,那个地方冬天大雪纷飞,冰雪齐膝盖深,当年下放到那里的“知青”都称我们家乡是“湖北的西伯利亚”。但是,寒冷也是一种燃烧。因为社会氛围的极度压抑,也因为内在的渴望,这种奇异的、强烈的痛苦就在你的肉体中燃烧。那时我将鲁迅杂文全背了下来,因为没有更多的书可读,但我也有幸发现了一些好书。比如,我认识一位黄阿姨,是我母亲的朋友,她上过省卫校,也爱好文艺,是个典型的小资。我在她家中居然发现了一些50年代的没有被烧掉的《萌芽》杂志与《收获》杂志,我一头扎进了这些杂志。她家距我家有好几十公里,于是我就住在她家,几乎不吃不喝阅读这些杂志。黄阿姨很惊讶,她问我:“你长大是不是要当文学家?”我当时点点头,黄阿姨就和她当医生的丈夫对视了一下,然后重重地对我说了一句:“当文学家可是要吃苦的！”我听她这样对我说，同样重重地点了点头。我的一生仿佛在那一刻就这样决定了！这位黄阿姨的哥哥因为文字问题被打成“右派”，所以她才对我讲这些。我就是在那样一种环境下走上文学这条路的。周边没有任何爱好文学的人，我父亲也不是文学爱好者，他只是一位中学教师，说实话，他并不希望我写作。他唯一担心的就是写作会给我带来灾祸。自打我开始写作，他就一直在告诫我，要我“小心”“别犯错误”。直到“文革”后我上了大学，他每次来信还都会叮嘱我“写作要小心”。但我也理解他，他们的一生都“受整”，已被整怕了。这就是我的早年经历也是我在后来会选择翻译保罗·策兰的原因。策兰是犹太人，他的父母先后死于集中营，一读到他的作品和经历我就知道了：在“文革”时期，像我这样的人就是“小犹太人”，受歧视、排挤，完全处于社会边缘。社会上那种无处不在的歧视和压抑，使我形成了那样一种敏感、内向、孤傲的性格。也正因为历经屈辱，李白的“天生我材必有用”才对我产生了那么强烈的刺激作用。但我也为此付出了代价。比如我差点无法上高中，因为那时的初中校长向我的班主任授意，在我的毕业鉴定上下了一道评语——“有严重的资产阶级个人奋斗思想”，所以高中没敢录取我。当时全班同学都收到录取通知书了，就是我一人没收到。那时还是春季入学，在等待录取通知书的时候，正是冬天，又是冰天雪地，我父亲面对这种状况忍气吞声，我母亲却像个大将军一样到区“革委会”跟人家理论。当我看到母亲的背影消失在家对面山坡上的雪地里时，我心中当然很感激。但我依旧很孤傲，我宁愿不上高中，也不要去求他们。那种“天生我材必有用”的思想就在那时深深地扎进了我的内心。活到今日，经历了那么多，我还是常常惊讶于那种来自心灵的力量，那种力量，那种内在的动力与意志，可以让一个人在如此恶劣的环境中存留下来，并不惜一切代价去“成为自己”。我的父母也常常惊讶于我的坚忍：冬天很冷，大家都围着火盆取暖，我在读一本《蓬皮杜传》。因为大家都在嗑瓜子聊天，那声音打扰我读书，于是我宁肯不烤火，缩在一个小角落里，冻得浑身发抖,也要接着读书,完全着了迷。连父母都不理解我怎么了。我也很难解释这种心灵的力量。还是奥登说得好:“寒冷造就了一位诗人。”正是这种奇异的寒冷的火一直在我体内燃烧,才使我走到了今天。

我真正走上文学之路是在读大学以后。我是77级大学生,当年,我在知青点抱着将信将疑的态度报考了大学,那时“文革”刚宣布结束。因为在这之前,一切都是讲“出身”的,出身不好,一切都没用。我没想到自己竟考了湖北省文科的第一名,被武汉大学录取。读大学后,我们怀着巨大的饥渴“补课”,并第一次读到穆旦翻译的奥登、冯至翻译的里尔克、袁可嘉翻译的叶芝,等等,我从中经受了现代主义精神和艺术的洗礼。这与早年的阅读大不相同,比如我读到穆旦翻译的奥登《悼念叶芝》时,深受震撼,一篇携带着巨大寒意的伟大诗歌出现在我面前。我所体会到的,正如庞德所说的那种“在伟大作品面前突然成长”的感觉,那对我的一生都是重要的一瞬间。也正是在穆旦那里,我读到了奥登那句“人的一生从来没有完成过”。这句诗表面看上去没有什么新奇之处,但它所带给我的影响却是深刻且持久的,我一下子就记住了它。这与李白那句诗不同,李白的诗主要表达的是个人的傲气。很多诗人都是很孤傲的,比如茨维塔耶娃说,“我的火焰不是用来熬粥的”,这是一种傲气。几年前,我在斯洛文尼亚参加诗歌节,闭幕式上一位诗人想将我介绍给总统,我觉得很不好意思,于是迟迟没有起身。那位诗人就问我怎么了,我说,你知道杜甫怎样写李白吗?“天子呼来不上船”。那位诗人一听,立刻拥抱我,想必他也很认同这种“诗人的傲气”。但是,奥登“人的一生从来没有完成过”为什么对我有如此深刻的影响?因为它超越了个人傲气,而将一切都提升到存在的本体论高度,在更高的形而上层面对人生给予关照,所以在读到这一句诗时,我们的一生,我们的未来都展现在了眼前——生命之遥远,存在之艰难,都已远远超乎了我们早年的想象。当然,我读这首诗时,也对它进行了改写。好的诗歌可以将读者变成诗人,“读”也就成为“写”。我将之改写为“生命被赋予必须完成”,纵然它不可完成,但是却必须完成,或者说就朝向这种“未完成”。也就是说,你要认识你自己、成为你自己,不计代价地成为你自己,无论你经历了怎样的人生。这成为我生命中一股最强劲的内驱力。

后来,我又接触了更多。比如哈姆雷特那句著名道白:“To be or not to be”,从朱生豪到卞之琳大都译为“生或者死,这是一个问题”。这样似乎有点简化原诗,我将之译为“存在或者不去存在,这是问题所在”,或者译为“成为或者不去成为,这是问题所在”。哈姆雷特的全部经历和内在矛盾将他推向了这个临界点,他由此展开了对自身存在的追问。这是一种伟大的追问。不然它不会在世界上那么多人那里获得共鸣。再如后来我还读到帕斯捷尔纳克《日瓦戈医生》中拉丽莎对日瓦戈说的一段话:“我们就是千百年来人类所造就的最后两个灵魂,正是为了那些不再存在的奇迹,我们才走到一起,相互搀扶、爱恋、哭泣、帮助……”当我读到这些时,我的内心有一种无法言说的战栗。它也告诉我们:你的生命是被赋予的,你自己也没有权利荒废它。我们写诗,就是使自己的灵魂不致荒废。当然,成为自己是艰难的。同学们可能读到过我所写的《帕斯捷尔纳克》中的两句:“终于能按照自己的内心写作了/却不能按一个人的内心生活。”没想到这两句诗竟成了我的名句。我知道很多普通读者读了之后也都很有感触,这两句诗对他们也是一种“唤醒”,他们也同样感受到生命的两难处境。所以,成为自己很艰难,要付出很多代价,很多时候你都会陷在这种两难困境中。这样的主题在我的诗歌中不断出现,贯穿了我的全部写作,如2011年我写的诗片段《变暗的镜子》:“不是你老了,而是你的镜子在变暗。”“不是你在变老,而是你独自用餐的时间变长了。”诗人蓝蓝读到这两句诗很惊讶,她问我是如何写出这样的句子? 当然,这一切都是从我的人生中来的。活到什么份儿上,就写出什么样的诗。正因为生命的艰难和孤独,我们渴望对话。《变暗的镜子》还有这一句:“机场关闭。暴风雪仍在发疯地填着大海。不是回家,而是一种对话变得更困难了。”这也来自于我的真实经历:从大连回北京,因暴风雪而被滞留在机场几个小时。但这句诗写的并不是实际意义上的回家,而是在那样一种隔绝的情境下对生命对话的想象。这种对话即意味着“回家”,意味着生命的归属。这类诗歌我写过很多,我有首长诗叫《回答》,不知在座的同学是否读过,大概300多行,是我写的最长的一首诗。牛汉先生说这首诗他反复读了好几遍,说人一生只能写一首这样的诗,因为要完成这样一首诗,需要付出一生,代价很大。这首诗也是以我个人生活的变故为素材,虽有传记因素,但它是一首诗。写这首诗时当然很痛苦。离婚后,我感觉我的生活中很多东西都从根部被拔起了,常常夜半无法成眠,这使我感到我必须要写一首诗,来回答我的生活。我的生活已经来到这样一个关口,但已别无选择。就像诗中所说:“但已别无选择。那长久以来造就我们的一切/已照亮了一个寒冬中的额头;/而每一次的伤害和震惊,也都在促成着/这一步。现在,你迈出去了,虽然/那来自黑暗中的力量仍在拉你回去,/虽然,一种巨大的荒凉也会时时哽上你的喉头,/但你迈出去了——/也许有一天我们都会回头,但不是现在。”

这一切,从很多意义上,可以说也就是“存在或者不去存在”“成为或者不去成为”的另一种翻版。我们到现在仍在重复着千百年来诗人的命运。现在我们来看其他诗人的作品:茨维塔耶娃。我的体会是,人的一生需要榜样,茨维塔耶娃就是我的艺术榜样之一,他们支撑着我,他们的存在使我不至于垮掉。今年我所翻译的茨维塔耶娃《新年问候》出版了。我不是职业翻译家,正是出于爱,我接下了这翻译的“任务”。茨维塔耶娃的一生颠沛流离,但她对诗歌的忠诚及其献身精神,她的心灵力量和诗歌天才都令我惊讶。她对诗歌持有一种神圣的感情,她也拥有“成为自己”的力量与意志。英国翻译家费恩斯坦在翻译茨维塔耶娃的译序中谈到一点,那也恰是我本人想要说的:“令我最受震动的,用帕斯捷尔纳克的话来说,是她那决心要实践‘黄金般无与伦比的天赋’的要求 ……” 下面是我所翻译的她的《“躺在我的死床上”》一诗：

> 躺在我的死床上，我将不说：我曾是。
> 无人可责怪，我也不会感到悲哀。
> 生命有更伟大的眷顾已够了，比起那些
> 爱的功勋和疯狂的激情。
>
> 但是你——我的青春，翅翼将迎着
> 这只箱柜拍打，——灵感的起因——
> 我要求这个，我命令你：去成为！
> 而我将顺从并保持耐心。

这是诗人早期最让我感动的诗之一，“生命有更伟大的眷顾已够了”。我在翻译时的重心，就是要让人在死亡的围困中，清晰地听到拍翅声和搏击声，“目击”到那种迎着箱柜展翅的姿态。我要让诗人最内在的生命在汉语中显现。这就是我作为一个译者要全力去做的一切。

茨维塔耶娃的这首诗，也就是对我们谈到的“去成为”的回答。它给我们带来勇气、坚忍，对“更伟大的眷顾”的回应等。接下来我要谈谈“怎样去成为”的问题。因为生命是一种天赋，但同时也是一种自我建构。巴赫金说过，“自我是一个礼物，他从别人那里得来”。这也从另一个角度说明了这一点。生命在于对话，在于相遇，也在于自我转化和提升。让我再回到我的大学时期，我在长诗《回答》里回顾了自己经历的前半生，诗中有这样一句，“珞珈山已是墓园/埋葬了我们的青春。”我的大学同学不理解我为何将大学校园比作墓园，但是青春就是用来埋葬的，否则你就不会“长大”，你的人生就无法趋向成熟。大学二年级时，我第一次读到冯至翻译的里尔克。我是那样喜欢里尔克的《秋日》，初读时有如创伤般深刻，它的开头，也与哈姆雷特的道白有些接近：

主啊！是时候了。夏日曾经很盛大。
把你的阴影落在日规上，
让秋风刮过田野。

让最后的果实长得丰满，
再给它们两天南方的气候，
迫使它们成熟，
把最后的甘甜酿入浓酒。

谁这时没有房屋，就不必建筑，
谁这时孤独，就永远孤独，
就醒着，读着，写着长信，
在林荫道上来回
不安地游荡，当着落叶纷飞。

这是诗人在一个重要的时刻，向他的主发出的吁求。当年，我们班很多人都会背这首诗，甚至有时候晚上熄灯时都会说一句“主啊！是时候了。”当然，这是一句玩笑。从严肃的角度看，我们虽没有宗教信仰的背景，但在人生某个紧要关口或某种境地，我们耳边都会响起一声类似的呼喊。冯至翻译的也非常好，每一句都带有擦伤感、尖锐感，不轻飘，每一个字眼都具备敬畏而紧迫的力度。与中国式的“悲秋”不同，里尔克的秋天是尖锐的，将一切提升到存在的高度，“谁这时孤独，就永远孤独”。我相信谁在第一次读到这些诗句时都会感到震颤，这些诗句也会在你的生命里一再响起。在里尔克那里，这种秋日来临的孤独不是一般性的孤独，而是根本性、致命性的孤独，同时这种孤独也喻示着人生的收获与完成，使你的生命得以成熟。里尔克另外一句诗，“我是孤独的，但孤独得还不够，为了来到你的面前”，同样使人震撼。在座的同学大多是本科生，正处在青年情绪的变动期里，会突然遭遇青春的感伤、孤独,而里尔克的诗作却让我们能够抑制青春的哀伤,要求自身提升到人生的新境界——存在的敞开。冯至所翻译的里尔克《给一个青年诗人的十封信》堪称为我人生的启示录。一位年轻诗人写信给里尔克,并随信附上自己的诗作,想听里尔克的意见。里尔克回答,你不要问我,你要问你自己,"在你夜深最寂静的时刻问问自己:我必须写吗?你要在自身内挖掘一个深的答复。若是这个答复表示同意…… 那么你就接受这个命运,承担起它的重负和伟大"。这就是我对里尔克、包括对冯至充满感激的原因,他们带给我人生中最重要的东西。再回到里尔克那句"我是孤独的,但孤独得还不够,为了来到你的面前"。1992 年我初次出国,在英国度过了我人生中一段非常孤独、艰难的岁月,那时,里尔克的诗句就不断在我的生命中响起。那么,问题也就来了:该如何理解诗句中的"你"?里尔克要将自己的生命带向的,是一个怎样的"你"?

"你"是"黑暗中的天使"?生命与爱的对象?命运?诗神?上帝?很难有明确的界定。但不管怎么说,这个"你"都是唯一的、绝对的,是诗人生命中一种至高的存在和对话者。

很多诗人的诗中都有这样一个"你"存在,这对一个诗人是至关重要的。如在茨维塔耶娃《电线》中:

沿着这歌唱的电线从一极
到另一极,支撑起天堂,
我发送给你一份
我在此世的尘灰。

有传记资料说这是茨维塔耶娃在捷克期间写给帕斯捷尔纳克的诗,但从内里看,这正是写给一个"永恒的你"。诗歌的存在就有赖于一个这样的"你"。有了这个"你",诗中才会出现如此动人的超越生死的想象力。我们看看海子临死之前写的诗《最后一夜和第一日的献诗》:

今夜你的黑头发
是岩石上寂寞的黑夜
牧羊人用雪白的羊群
填满飞机场周围的黑暗

黑夜比我更早睡去
黑夜是神的伤口
你是我的伤口
羊群和花朵也是岩石的伤口

雪山
用大雪填满飞机场周围的黑暗
雪山女神吃的是野兽穿的是鲜花
今夜 九十九座雪山高出天堂
使我彻夜难眠。

生命的永恒对话将海子带向他最后的时刻。诗中的这个想象中的"你"即是海子灵魂中唯一一个与之进行对话的对象,"你"在场而又缺席,不在场而又历历在目。海子永远是孤独的,在绝对的极度的孤独中,"你"的出现,一下子击中人心。这样一个"你"不仅构成了诗人的"伤口",也和高出天堂的"九十九座雪山"一起,使诗人"彻夜难眠"。正是"你"的出现,使诗人来到了一个非同寻常的临界点:这是他生命的"最后一夜",同时也是他的曙光即将升起的"第一日"!

前不久我还翻译了狄金森的一首小诗:

和你一起,在沙漠——
和你一起焦渴——
和你一起在罗望子密林——

豹子得以呼吸——终于！

“你”的存在有如呼吸般重要：只有和“你”在一起，豹子才终于开始呼吸。当然，此处“豹子”是作为隐喻而存在的。

这就是诗人们会如此执着于“我与你”的对话和辨认。在我最初翻译的策兰诗中，有这样一首，多年来，它一直对我构成了深深的激励：“我仍可以看你：一个回声，/可用感觉的词语/触摸，在告别的/山脊。//你的脸相当惊怯/当突然地/那里一个灯一般闪亮/容纳我，正好在某一点上/那里，一个最痛苦的在说，永不。”有人统计，在策兰诗中“你”(du)出现了900多次。策兰的诗，往往就在“我与你”这种关系中展开。我们知道，策兰有着艰难的一生，策兰诗歌中的“你”，要比其他诗人诗中的“你”更黑暗，也更难以辨认，有如亡灵一般。但无论怎样难以辨认，策兰诗中始终存在着一个这样的“你”。正是“你”的出现，使我们听到了他诗中那种更为内在、更痛苦的声音。

甚至可以说，在李商隐诗中也有一个“你”：“君问归期未有期”中“君”字应如何理解？“君”就是“我—你”中的“你”！李商隐这首诗涉及一个版本学问题。在洪迈(宋)《万首唐人绝句》中更早的版本题为《夜雨寄内》，清人在编《唐诗三百首》时经考证(李商隐作此诗时其妻已亡故)，将其改为《夜雨寄北》。这首诗究竟是写给谁的？这个问题一直众说纷纭。我们不妨从诗歌本质出发进行讨论，即李商隐在与其生命中唯一的心灵信息的接受者对话。这个“唯一者”超越了一切现实人际关系，是一种精神存在，想象中的存在。这正是诗歌的本质。很多诗歌其写作起因都含有现实因素，比如叶芝写给茅德·冈的诗，但是读叶芝的诗作，即使我们并不知道茅德·冈，也依旧可以欣赏这些诗。诗歌有其现实起因，但它最终指向的会是生命中唯一的对话者，唯一的“你”。这一传统，我认为不独在西方诗歌中，也同样存在于中国诗歌中。中国诗人在漂泊无依的岁月中，也一直在寻找“知音”。这个“知音”概念，也带有形而上的意味，与我们在这里谈的

“我—你”也有着密切联系。我们看李商隐的诗,李商隐诗中常常写到相思,其实是借助爱情诗的形式表达生命对话的渴求:无论是“春蚕到死丝方尽”的执着,还是“车走雷声语未通”所表达的遗恨以及生命对话的不可能性,无论是“梦为远别啼难唤”所展现的人生孤寂,还是“何当共剪西窗烛”所喻示的希望……这一切都指向生命的对话。李商隐的诗歌大都处在凄楚氛围笼罩下,但《夜雨寄北》这首诗中却出现了一抹难得的亮色,这是想象中的生命对话所带来的一抹亮色,是一种语言的明亮,虽然它只是一种“想象中的解决”——但它仍指向了人生的终极救赎这一点。

回到我们的主题:“我与你。”德国犹太裔宗教思想家马丁·布伯(1878—1965)在其著名的《我与你》(1923)中提出人生意义的追寻乃至信仰的建立都有赖于“我与你”这种更亲密、更深刻的关系的建立,并以此作为对“我—它”这种西方哲学传统的超越。马丁·布伯那里有两个基本词:一个是“我—你”(Ich－Du),一个是“我—它”(Ich－Es)。“我—它”中的“它”(亦可替换为“他”或“她”)只是“我”(主体)认识和利用的对象(客体)。马丁·布伯认为,“我—它”关系是一种非本质关系,“我—你”才是本质性关系,能够创造真正的关系世界。只有在“我—你”中才存在真正的相遇与对话。真正的人生皆是相遇,这种相遇打开了个体存在的维度,带来向更高领域的敞开,带来真正的自我的实现。因为有“你”存在,“我”才成之为“我”,“因你而我”,“你”的出现也是因“我”而成就。这是哲学意义上的、本体论性质的“我—你”。“你”是绝对的、形而上的,终极性的,任何一个现实中的“你”都不能将之取代。(方维规《叙言:我和你》)

马丁·布伯对“我与你”的关系还这样描述:当我与这个存在的全部本真相遇,即是我与你的关系。在这种“我与你”的“关系”中,“你”便是世界,便是生命,便是神明。人必得倾其全部生命来称述“你”,献身于此,无所保留。在实现“我”的过程中讲出“你”,接近“你”。“你”成为当下时,现时方会显现。这种意义上的“我与你”已远远超出了一般的人际关系，它指向了一种绝对意义上的生命对话及其相互归属。通过“我—你”，才能与“永恒的你”（即上帝）建立一种“我—你”关系。

策兰诗歌中的“我与你”，显然受到马丁·布伯的影响。据传记材料，策兰一直在读马丁·布伯，视其为精神导师。策兰在马丁·布伯的作品中就曾记下这样的话：“灵魂不在‘我’之中，而在‘我’与‘你’之间”。真正的生活就在“相遇”、到场和交流之中。当然，策兰诗中的“你”也打下了他个人的独特印记，比如说他与“死亡”，也构成了一种“我—你”的关系。如策兰这样一首只有三句的诗：

你曾是我的死亡
你，我可以握住
当一切从我这里失去的时候

这和一般的“死亡玄学”不一样，死亡在策兰这里，首先是一件环绕着他的物理般的事实，正是在对死亡的深切体验中，他与之建立了这种面对面的内在关系。他甚至最后让“死亡”通过他写作，说话。他诗歌中的“我—你”，往往就是生与死的永恒对话。海子最后的诗《黑夜的献诗——献给黑夜的女儿》中，也有着这种对话：“黑夜从大地上升起/遮住了光明的天空/丰收后荒凉的大地/黑夜从你内部升起”，请注意是从“你的内部”升起。海子不仅和“大地”、也和死亡构成了这种“我—你”的关系，因此他能直达生命的黑暗本原。

创作如此，翻译也是如此。今年，作家出版社出版了我的一本译诗集《带着来自塔露萨的书》，出版前编辑让我写一段话，我这样写道：“我的翻译首先出自爱，出自一种生命的辨认……”我并非一位职业翻译家。职业翻译家什么都可以翻译，而诗人翻译家翻译诗歌是有选择的。穆旦为什么会翻译奥登？冯至为什么会翻译里尔克？策兰为什么会翻译曼德尔施塔姆？这其中都含有最深刻的生命辨认和精神的认同。正是这种内在的辨认与高度的认同“把两位诗人合为一体”。这也就是“翻译的对位法”。

这些年来，我主要翻译策兰、茨维塔耶娃、曼德尔施塔姆、夏尔等等。我选择翻译的这些诗人，多少年来在我的生活和写作中形成了重要的在场。有时，我甚至感到他们是为我而活着的，当然，反过来说可能更为合适。

我曾在文章中谈到我翻译茨维塔耶娃《约会》一诗的情景。那还是在二十多年前的一个晚上，我参加完一个诗歌节，回到伦敦北部的住处，在泰晤士的桥头，我再次翻开了诗歌节的小册子，一读就引起了浑身战栗。当然，我当时读的是其英译，以下是我的翻译：“我将迟到，为这我们已约好的 /相会，当我到达，我的头发将会变灰…… /是的，我想我将被攫夺 /在春天。而你赋予的希望也太高了。/我将带着这种苦痛行走，年复一年 /穿越群山，或与之相等的广场，城镇/（奥菲丽娅不曾畏缩于后悔！）我将行走 /在灵魂和双手之上，勿需颤栗。//活着，像泥土一样持续，/带着血，在每一河湾，每一灌木丛里。/甚至奥菲丽娅的脸仍在等待/在每一道溪流与伸向它的青草之间//她吞咽着爱，充填她的嘴 /以淤泥。一把金属之上的光的斧柄！/我赋予我的爱给你，它太高了。/在天空之上是我的葬礼。”

茨维塔耶娃这首诗给我以创伤般的阅读经验。这是我与茨维塔耶娃的第一次真正的“相遇”。我遇见了一位终生的对话者，遇见了一位要用一生去阅读的诗人。而阅读一位诗人，最好的方式就是去译。按照本雅明的说法，翻译出于生命的“不能忘怀”。法国哲学家巴迪欧说“爱就是忠诚于相遇”。我的翻译就是我“爱”和“忠诚”的产物。

茨维塔耶娃的长诗《新年问候》是一首献给里尔克的伟大挽歌。1926 年 12 月 29 日，里尔克病逝，31 日，茨维塔耶娃得知消息后，当晚便以德语写了一封悼亡信。1927 年 2 月 7 日，茨维塔耶娃完成了这首伟大的挽歌。翻译《新年问候》难度非常大，但我必须把它译出，这是我不能抗拒的一个要求。布罗茨基曾以七十余页篇幅逐句解读《新年问候》，称无论是对茨维塔耶娃本人，还是俄罗斯诗歌，《新年问候》都堪称“里程碑式的作品”。这首诗采用“书信体”形式，是两位诗人灵魂对话的延续，但又跨入了新的领域。死亡打开了泪水的源头，最终使两个伟大灵魂相互进入和拥有。有读者读到我的译文后来信说，“被带入那样深的感情和灵魂的对话中，不能抽身——茨维塔耶娃对里尔克的每一句问候都让我忍不住流泪……”这也是我在翻译时的感受，谁能达成如此动人的灵魂对话的深切性与亲密性？“告诉我，你朝向那里的行旅/怎么样？是不是头有点晕但是并没有/被撕裂？……”“我是不是猜对了，莱纳——天国就是一道山，/一阵风暴？……”“在那样的生命里写作如何？/没有书桌为你的胳膊肘，没有前额/为你的手掌？”

这种生命对话的深切与亲密、心灵的深刻与伟大，使我仿佛在翻译中亲身经历了天堂与地狱，其中的感受真是难以言表。我感谢这种翻译经历，它成为最深刻，也最能让我全身心为之燃烧的生命对话与辨认的方式。

今天是2014年最后一天。最后，我愿引用茨维塔耶娃《新年问候》中的两句诗来结束今天的讲座：

> 向着那可以看到的最远的海岬——
> 新眼睛好，莱纳！新耳朵好，莱纳！

最后，祝同学们在新的一年“新眼睛好”“新耳朵好”！

【交流环节】

提问1：您所讲的“我—你”是生命存在的超越性对话，这是否意味着在诗歌中，我们要抛弃去思考或者容纳一个较小范围的“他者”的处境？

王家新：“我—你”是人的生命中最本质的关系，是打开生命中更本质维度的途径。爱情如此，信仰如此，写作也是如此——构建“我—你”关系。比如你在教堂做祈祷时，上帝与你就构成了“我—你”关系。西方诗歌与祈祷、忏悔都有着密切关联，其背后的宗教文化背景是极其重要的。

而“他者”是另外一种表述体系，自我与他者的关系也是极其重要的。当然，“他者”有时也可以构成“我—你”关系，两者的表述系统可以转换，但要结合具体语境。写文章时我会使用“他者”这一概念，但在写诗时我更看重“我—你”。中国诗歌的语言发展需要一个“他者”——另一种语言、文化、诗歌的参照，由此我们得以反观自身，深化、拓展和建构自身。但是当我们进入自身个体生命的存在时，或在写诗时，“我—你”这种更内在、本质的关系就显现了出来。

提问 2：读过您翻译的《心的岁月》，感觉您非常欣赏策兰，但对巴赫曼似乎没有那么强烈的感情？

王家新：这本书德文原书名为“巴赫曼与策兰通信集”。但在中国出版时，因为策兰在中国更有影响，我又是策兰的主要译者，由此，出版方向德国方面征求意见，改为“策兰、巴赫曼书信集”。但我并非更为偏爱策兰，恰恰是巴赫曼在更多方面使我感动，我更同情巴赫曼。巴赫曼有一封未寄出的长信，是她流泪写的，其中寄寓着她对策兰爱恨交加的深切感情。翻译此书时，我们曾去马尔巴赫德国文学档案馆查阅档案，巴赫曼当年写给策兰的通信原件，第一句即是“亲爱的保罗……”你可以听见那笔尖的沙沙声，生命的倾诉声在纸上走动，非常感人，那是灵魂对话的见证。至于“心的岁月”一名，这来源于策兰写给巴赫曼的一首诗的开头：“心的岁月，梦者/为午夜密码/而站立。”（《科隆，王宫街》）

提问 3：刚才您也提到一些有关诗歌创作背景、动机的问题，我想问的是，当您感到痛苦、压抑而想用诗歌将其表达出来时，是会更加痛苦还是更加超越？我觉得在这种情况下，诗歌有时会产生超越性，但更多会进入一种更加孤独、抑郁的世界。

王家新：痛苦是我自身创作的内驱力之一。尼采将写作分为两种，一种是出于饥饿的写作，一种是出于过剩的写作。他更为认同出于饥饿的写作，因为更真实，它是必须说出的，而非可有可无或无病呻吟。处于当今消费时代，过剩的写作更类似于游戏，其中并没有真情实感，纵使写得不错，也无法打动人心，而只不过是消费时代一个镀金的花边。人生需要沉淀，痛苦永远是其内核。我的人生充满了坎坷，但我的痛苦和我的感激是同时存在的。我的痛苦、我的爱，和我成为自己、超越自己的渴望是结合在一起的，而不只是单纯的痛苦。80 年代朦胧诗人江河说过一句话，我记忆犹新：“抱怨这个抱怨那个，这不是诗人的气质。”里尔克也是如此——“我赞美”！我自己的诗中，比如《回答》，很多诗句写得很痛苦，但有些人读后却对这首长诗的结尾感到很惊讶，因为到最后出现了一个更高、更广阔的赞美：“从笼罩着山上山下和万物的静寂中，/将会静静地升起一支冬日的颂歌……”诗歌自身的逻辑和必要性造就了这样的结尾，也可以说，这是诗歌本身对我们的巨大提升与转化。就像穆旦所翻译的奥登：“靠耕耘一片诗田/把诅咒变为葡萄园。”(《悼念叶芝》)诗人的工作，或者说他的“天职”，就在这两句诗中了。

提问 4：在您写作的过程中，所谓的强者诗人是否对您构成一种“影响的焦虑”？

王家新：我说过我的人生和艺术都是有“榜样”的，但我并没有因此有太多的焦虑。我也不会与其他诗人比试，或想要超过谁。我曾讲过，诗歌不是“竞技”，当然，我敬仰、认同许多伟大诗人，比如策兰、叶芝、夏尔，再如杜甫等等。在中国古典诗歌尤其是律诗范畴里，我们不可能超过杜甫，他是一位登峰造极的诗人。但在某种意义上，他依然是我的同代人，比如他对汉语的千锤百炼，比如他的一颗深厚、沉痛的诗心。再以翻译为例,策兰、茨维塔耶娃等都是“强力诗人”,我翻译策兰时甚至感到些许恐惧,他的磁场强大得如同黑洞,足以将我吸入其中,那种黑暗中的能量太强大了。茨维塔耶娃也是如此。如果说,阿赫玛托娃的缪斯是女性的、婉转的,那么茨维塔耶娃的缪斯就是男性的、强力的、凶猛的,有时甚至是野蛮的。但我作为译者,翻译他们的诗作并不感到焦虑,我在与他们对话,以爱与忠诚。这里谈的“忠诚”,并非字面意义上的,而是更高意义上的。在翻译时我会做一些创造性变动和处理。我以这种方式来表达我的忠诚和爱。我受惠于他们,但我也把我最好的东西给了他们,这就像策兰给巴赫曼的书信中所写的:“存在,为了相互存在!”

孙晓娅:无论我如何评价一位诗人,都不如大家聆听一场他的讲座,比如家新老师今天的讲座,我们一直沉浸其中。家新的声音带有金属的质感,铿锵有力,他讲座的语调富有诗的韵律、节奏,浸透着家新的调性、充盈着诗性的魅力。讲座中,他通过梳理对其生命意识和创作有深度影响的诗人,表达、阐述了他与不同生命体之间精神和诗学两个维度的牵连和触动——或隐秘或直接,并由此审视了个体诗歌创作的诗学渊源,探讨了生命与诗歌存在的意义、阅读接受的内在含义。他以“我—你”为切入点打开连通生命和灵魂,存在和体验,当下与过往的本质性关联……“我—你”或者说自我与他者是一个亘古存在的生命诗学话题,也是令很多人着迷的哲学问题。这个所有作家都要面对的文学母题普遍又复杂,它会时时伴随并闯进诗人的思考之列。从诗性的层面看,因为与诗歌相遇,家新才得以延伸马丁·布伯《我与你》的美学含义。从始至终,家新讲得从容绵密,深入浅出,这与其独立坚执的意志、深厚的诗学储备、探究式的思考方式、贺拉斯式的风格不无关系:一方面,他用生命去写作(诗歌、随笔等)并从事诗歌翻译;另一方面,翻译与创作给予他更为开阔、强大的内在能量。在2014年的岁尾,祝福大家新年快乐!

法国诗歌与我

主讲：树才

主持：孙晓娅

时间：2015年5月11日

地点：首都师范大学北一区文科楼

主办：首都师范大学中国诗歌研究中心

孙晓娅：今天的讲座题目是“法国诗歌与我”。主讲人树才，诗人、翻译家，文学博士，中国社会科学院研究员。1965年生于浙江奉化。1987年毕业于北京外国语大学法语系。现为中国社会科学院外国文学研究所副研究员，兼任《世界文学》编委。出版诗集《单独者》（1997）、《树才诗选》（2011）、《节奏练习》（2015）等；译著有《勒韦尔迪诗选》《夏尔诗选》《博纳福瓦诗选》《法国九人诗选》《希腊诗选》等。2005年获首届“徐志摩诗歌奖”，2008年获法国政府颁发的“教育骑士”勋章。

很多诗人在用生命和智慧写诗，与此同时，树才还用智慧和生命译诗，并自觉地将这项工作视为必须去践行的诗歌使命，这一点尤为可贵。多年来，他为促进中法当代诗坛的互动、交流做出巨大贡献。近年来，树才还在从事儿童诗歌教育工作，很多小朋友都成为他的超级粉丝。今天的讲座，树才将结合自己的创作和翻译实践，为大家介绍法国诗歌的源头、流变与现状。

树才：感谢晓娅老师，很开心又来到首师大，我为今天这场讲座专门备了课，也故意没带讲稿，因为我想如数家珍地讲一讲我心中的法国诗歌。你们听了以后，可以得到法国诗歌发展的一个线条。如果你们有兴趣,可以顺着我的线索,去做纵深的研究。那样你们自己学到的,就会比我今天讲的要丰富得多。

从古老性方面看,法国跟中国没法比。法国这个国家、法国的语言(法语)还有法国的文学,它们三者共享一个源头:842 年的《斯特拉斯堡誓言》(*Les Serments de Strasbourg*)。是这个用罗曼语写成的法语最早的文献,开启了法国文学。法国历史学家米舍莱(Jules Michelet)就说:"法兰西的历史是与她的语言同步开始的,语言是一个民族的主要标志。"也就是说,唐诗兴盛的时候,法国文学才呱呱坠地。中国的诗歌史,可以上溯到 3000 年以前。但从现在来看,法国诗歌所积累的辉煌成就,比得过中国,无愧于世界。可以说,波德莱尔横空出世以来,全世界都从法国诗歌那里汲取了营养。

法国的第一个诗歌作品——《圣女欧拉利之歌》,其实是残篇。它是公元 880 年前后问世的无名氏之作。诗中说欧拉利因为拒绝献身于冒充的诸神,本应被活活烧死,但火光一直不能靠近她的身体,后来她要被斩首的时候,变成了一只白鸽,飞向天空。可以说,法国文学是中世纪的形态。中世纪的法国诗歌是英雄史诗,而英雄史诗的代表作是《罗兰之歌》(*La Chanson de Roland*)。

《罗兰之歌》是一首四千多行的叙事诗,由神职人员于 11 世纪末 12 世纪初写成。诗中讲查里曼大帝远征西班牙时,麾下主将罗兰如何"为了可爱的法兰西,为了查里曼大帝"而英勇献身的故事。在叛徒的出卖下,罗兰被困在一个山谷里,陷入困境,最后英勇战死。故事有虚构的成分,也有一定的史实。"法兰西高于一切",就是从《罗兰之歌》开始撒播到法国人心里的。"为法兰西而战,为法兰西而死",就是从罗兰开始的。所以这首诗对法国来讲,有特别的意义,它带来一种民族凝聚力。

要说法国这个民族的最大特点,我们马上就会想起一个词——浪漫。英雄史诗是崇高而质朴的,它不是浪漫的源头,浪漫的源头是骑士诗歌。骑士诗歌出现在英雄史诗之后,它宣扬骑士精神和贵族精神。骑士抒情诗更多地讲到了浪漫的爱情,创作者多是行吟诗人。我讲其中最突出的一个诗人,叫维庸(François Villon,1431 或 1432—1463?),如果说波德莱尔是法国现代诗歌的源头,那么,维庸则是法国诗歌更早的源头。他的诗集《小遗嘱集》(*Le Lai ou Petit Testament*)和《大遗嘱集》(*Le Grand Testament*),杨德友做了一个带有研究性的翻译,我觉得很不错。维庸五岁丧父,很快母亲也去世,他变成了孤儿,被教士兼巴黎大学神学教授吉约姆·德·维庸(Guillaume de Villon)收养,于是他就随了这个教士的姓。维庸学业很出色,进入当时的索邦学院艺术系学习,不幸的是,他染上了那时候大学生普遍的恶习——偷东西。据说他还杀过人,或者参与杀人。偷盗是犯法的,何况他是个惯犯,他甚至敢把教堂里的烛台都偷走。维庸 31 岁的时候,因为偷东西,还参与了一起谋杀案,被判处死刑。但这个人命不该绝,他一被判刑就满心忏悔,开始写遗嘱,把翻江倒海的内心全部倾泻到诗歌里。他的诗跟以前的英雄史诗不同:英雄史诗的风格崇高而质朴,完全是外部的历史叙述,骑士爱情则是一些很夸张的表达;维庸的诗是把自己悲凉的内心和悲惨的身世说出来。你们别看诗人一个个喊着"孤独啊,孤独啊……",实际上,诗人比一般人对享乐更敏感,他们都是享乐主义者。法国国王查理读到他的诗,被他的凄惨、他的忏悔,更主要还是被他的诗情所打动。大概以前皇帝没读到过这么真实的诗歌,于是维庸被赦免了,他大难不死。但很快,他的小偷朋友又找到他,他贼性不改,又去偷东西,结果被逐出巴黎,流放外地,最后下落不明,不知死在哪里。这么优雅浪漫的民族,它的诗歌源头之一,竟然是这样一个小偷诗人。这也许有一定的暗示性:这个民族除了优雅,还有一种敢于冒犯的强烈个性。说到底,一个诗人留名青史的,不是他的浪漫故事,而是他的诗歌本身,那些浪漫故事只是促成了他的诗歌创作。维庸的诗歌,有两个特点:写内心,写死亡。这是前所未有的。维庸是中世纪最后一个大诗人,也是第一个有现代意识的诗人。

法国把语言当作一种国策,足见法国人对语言的迷恋。法国认为自己是文化大国,是凭借其文化的多元和丰富,傲立于世界之林。文化的载体是语言,语言确实是文化的宝库。文化中所有古老的、智慧的、精神的、想象的内容,都在语言这个宝库里保存着。

15 世纪的时候,法国出现了一个我们必须记住的七星诗社(Pléiade)。法国最重要的一套丛书就叫“七星文丛”(“Pléiade”)。这个词最早出现在古希腊神话中,讲的是巨神阿特拉斯的七个有才智的女儿的故事,所以通常用复数 Pléiades。谁能被收进这套丛书,谁就永垂不朽。这个出版社是站在国家和民族的高度上,来做这么一套丛书,它把古往今来,东方西方的经典都纳入其中。我们的四大名著被收进去了,当代的,一个都没有。七星诗社是法国文学史上出现的第一个文学社团。为什么说“七星”? 是当时六位青年诗人和他们的老师。诗人们觉得自己都是星星,海子死前更疯狂,自比太阳。

关于七位星星,我只讲其中一位,他叫彼埃尔·德·龙沙(Pierre de Ronsard,1524—1585)。法语姓名中带有 de,意味着这个人是贵族出身。这个名字倒过来也很厉害,“沙龙”(salon):沙龙文学是法国 19 世纪文学的一种雅集形态。龙沙的诗集,我读了又读。我认为,龙沙是法国历史上写爱情诗写得最好的诗人,也是第一个写了这么多爱情诗的诗人。快 60 岁了,还跟 18 岁的姑娘恋爱。最近叶芝(William Butler Yeats,1865—1939)的《当你老了》被唱成流行的歌曲,它的源头就在龙沙那儿。龙沙的诗启发叶芝写出《当你老了》——这首诗袁可嘉先生翻译得最好。他和其他六位诗人成立了七星诗社之后,杜贝莱(Joachin Du Bellay,1522—1560)起草了宣言——《保卫和发扬法兰西语言》(“*Défense et illustration de la langue française*”,1549)。法国人很喜欢宣言,布勒东(André Breton,1896—1966)发表了《超现实主义宣言》(“Manifeste du surréalisme”,1924),后来意犹未尽,又发表《超现实主义第二宣言》(“Second manifeste du surréalisme”,1930)。龙沙他们提出《保卫和发扬法兰西语言》,中心思想是要为创建法兰西的民族诗歌而努力。法语当时还不成熟,词汇也不丰富,但是民族语言最终是有前途的,这个提法有前瞻性。

龙沙是我偏爱的一位诗人。他的爱情诗引起我们对生命短暂的感叹和对时间无情的心痛。确实,恋爱的时候,时间显得稀少而珍贵。龙沙看到一朵玫瑰,就想到:早上露水将它打得鲜亮,但晚上花瓣就蔫了。全世界的爱情诗都有这种特点,一方面是极乐式的喜悦,另一方面是对时光的无奈和感叹。这种感受是触景生情,看到美好的东西油然而生的一股挽留之情。一个诗人不经过爱情诗的磨炼,怎能成为一个大诗人!对中国当代诗歌,我有一种遗憾,就是很少能读到把情感抒发到极端状态的爱情诗。当然,爱情催生了很多诗人,但失恋也带走了很多诗人。龙沙是伟大的爱情诗人,我希望以后译出一本《龙沙爱情诗选》。

龙沙说完了,15 世纪就过去了。16、17 世纪是理性主义时代,值得一提的是诗人拉封丹(Jean de la Fontaine,1621—1695)。他是法国最杰出的寓言诗诗人。泰纳(Hippolyte Taine,1828—1893)甚至说:“拉封丹是我们的荷马。”世界范围内,他的寓言诗出版了成千上万的插图本,现在还有出版社约我重译他的作品。他阅历非常广泛,从事过很多工作。Fontaine 是泉水的意思,果然——拉封丹的灵思妙想也跟泉水一样,源源不绝。他的寓言诗,通过动物形象进行讽喻,这种幽默是法国人性格里的东西。他自己就说:“我是借写动物来写人。”不过他后来得罪了朝廷,酿成了悲剧。一个人如果了解法国文化,知道法国人的讽刺没有侮辱你的动机,你就可以欣赏到其中高妙的部分。法国人把自己的总统都讽刺得很难堪。法国文化还有一种广阔而温暖的胸怀,接纳了很多流亡作家和诗人。

17 世纪还有一位诗人,布瓦洛(Nicolas Boileau Despreaux,1636—1711),他是法国第一位伟大的诗歌理论家,用五年心血写成一部《诗艺》(*L'Art poétique*)。他从“理性”出发,试图给文学创作制订出合乎理性、因而普遍永恒的绝对准则。他确定了诗歌里的古典主义原则,比如哲思的深度、语言的简洁、情境的交融,对法国 17 世纪及后世文学产生了巨大的影响。

17 世纪过后,18 世纪可以略过不提。对法国来说,18 世纪是诗歌的沙漠。那时的法国对东方产生了着魔似的向往,被中国的丝绸和瓷器这两样飘飘欲仙、精妙脆薄的器物所打动。只要是贵族,家里不摆几件瓷器,贵妇人没有几件丝绸,简直就不能显示自己的身份。法国人为此新造了一个词 La Chinoiserie,可以把它翻译成"中国热"。

19 世纪,了不起的时代到了。这种了不起首先来自浪漫主义的响亮号角,它吹醒了整个法兰西民族的诗性情怀。吹响号角的人,就是法兰西的国宝——维克多·雨果。雨果作为小说家,好像更为我们所知,实际上他的诗歌也很了不起,只是后来遇到了波德莱尔,他的光环褪去了不少。如果只能推举一个法国伟大诗人的话,我会选雨果,因为从某种程度讲,波德莱尔也是受雨果启发的。雨果把浪漫主义诗歌从精雕细刻的巴那斯派,过渡到了关注内心的象征主义。他与整个时代的风云相碰撞,有社会敏感,也有人生敏感,开拓了一个新的诗歌精神空间。他有未来感,一个肩膀挑起两个时代。雨果的诗情激昂,他的诗歌让人热血奔腾,这一点后来的现代诗人不可能做到。后来的诗歌时代充斥着那些非理性的东西——疯狂、不安、焦虑,生命状态不再是昂扬、灼热的。

19 世纪最重要的落脚点是波德莱尔。波德莱尔使法国诗歌具有了欧洲的规模,或者说具有了世界的规模。兰波称他为真正的上帝;布勒东说他是道德观上的第一位超现实主义者,也就是说,诗歌伦理可以超越所有社会伦理,诗歌是探测生命的一种方式;瓦雷里把波德莱尔看成是法国最重要的诗人;另外一位法国大诗人茹弗(Pierre Jean Jouve,1887—1976),他称波德莱尔为圣人;英国诗人艾略特(T. S. Eliot,1888—1965)把波德莱尔说成是一切国家最伟大的诗人;法国有个全能诗人科克托(Jean Cocteau,1889—1993),一个超现实主义者,一个艺术家所能的——画画、拍电影、吸毒、同性恋,他都会,所以我称他为全能诗人,他说波德莱尔的目光落到我们身上的时候,就像星星照耀着我们。波德莱尔作为大诗人,真正的影响不是他有生之年写了什么,而是在他死后,他所写的东西成为一个诗歌源头。法国后来的那些大诗人,不可能不跟波德莱尔发生瓜葛,比如象征主义的三巨头——兰波、魏尔伦、马拉美。法国象征主义给了中国新诗以猛烈的一推,给了我们的现代诗最有营养的奶汁,李金发、冯至、戴望舒这些诗人都受到影响。波德莱尔是诗歌现代性的开始,现代性对我们来说是个疼痛的话题。在文化上,中国的现代性至今没有完成,但现在很多人急切地扑向所谓的后现代。

波德莱尔的作品,你不读《恶之花》(*Les Fleur du mal*,1857,1861)的话,其他也就不要读了。我的导师郭宏安先生有个译本,他还贡献了一篇十几万字的很有分量的论文。另外还有陈敬容先生的译文,我认为最有诗感。这些译文催生了像柏桦这样的重要诗人,柏桦读了之后,猛然开悟,甚至悟出了诗歌创作的奥秘:一首好的诗作要有70%的传统和30%的创新。其实,翻译波德莱尔这样的大诗人,是难于上青天的。译者们免不了争论"原意",但他们都把自己的理解认定为原意。这个我不能赞同。诗歌当然有原意,一个词——一个隐喻,但在翻译的时候,谁都无权声称自己"拥有"原意。译者不能把自己与文本在某个时间状态下达成的理解关系当作原意,并强加给作者。原意在我看来是一个想象物,一个我们永远试图接近但无法真正得到的东西,它就沉默在一首诗的字里行间,它呼唤每一个阅读者自由地去理解它,它呼唤每一个人达到最佳的理解关系。

下面我要讲波德莱尔的"三个大弟子"。

首先是兰波和魏尔伦。他俩有过一段同性恋情。兰波是外省人,比魏尔伦小,魏尔伦是公务员,已经是位成名诗人,他读到兰波的诗,震惊了。你们去读魏尔伦的诗,那就是音乐,他的每一行诗,不是一棵树就是一根树枝或者一片树叶,情感赋予它音乐性,产生类似于树叶在风中飘响的感觉。这个人是天才,他把所有平常的事物都写成了富于音乐效果的句子。有人说,所有的艺术都追求音乐的境界,我认为是对的。爱诗歌的人,天然地爱音乐,情感本身就有音乐的特质。我也很想翻译一下魏尔伦的诗选。兰波尽管比魏尔伦年纪小,又不出名,但他不到 20 岁已经把法国历史上的那些文学大家否定了一遍。他自认为是通灵者。他的出现非常强悍,像彗星划过法兰西的上空。法语,因为他的诗歌天才而变得有弹性。与汉语不同,法语是一种理性的、分析性的语言。兰波把它变成了有弹性的语言。兰波一通灵,魏尔伦就感受到了。所以兰波一到巴黎,魏尔伦就被吸引了。这两人过了一段短暂的天堂般的生活之后,最终发现他们是一对地狱伴侣。兰波在他们的关系中扮演的是男角色,后来可能厌倦了柔弱的魏尔伦,要离开。魏尔伦一气之下,拔出手枪,打伤了兰波的手。这成了一个刑事案件,魏尔伦因此被判入狱。兰波在养伤的时候写了最后那本散文诗集 *Illuminations* ,我把它翻译成《彩图集》,也有人翻译成《神启集》,实际上"*illuminations* "这个词,既有彩图的意思,也有开悟的意思,这两种翻译我看都可以。我翻译了这本诗集,至今没能定稿。天才就是天才,他的语言太奇特了!根本不可能找到相应的汉语。等我老了以后,无所事事,我就找一个法国朋友,和我一起一行一行地感受兰波的诗歌,再做修改,定稿。我们现在有葛雷和王以培的译本,他们都付出了巨大的努力。但如果你会法文,能直接读兰波的作品,你就能感受到,译文和原文之间差距非常大。兰波总共写了五年诗歌,写完《彩图集》之后,就到埃塞俄比亚去做发财梦,贩卖军火了。兰波和波德莱尔的诗,在法国最受欢迎。

马拉美有一种学院的风格。他是位中学英语老师,瓦雷里、纪德(André Gide,1869—1951)都曾经是他的学生,每星期二都到他家聚会。他娶的是他的表妹,爱情不美满。他全心全意探讨诗艺。我以为,你如果真正爱诗歌,它就会像爱情一样带给你极乐和愉悦,马拉美就是这样,他的《牧神的午后》(*L' Après - Midi d' un faune*),大自然里的那份沉醉,就是生命中最美妙的爱……显然,他是一个人百无聊赖地来到塞纳河,划一艘船,在河水中任其自由漂浮。精神的愉悦和陶醉促成了这首诗。马拉美的创作受到当时从东方尤其印度传过去的虚无哲学的影响，东方的“虚无”在17、18世纪几乎淹没欧洲的知识界。马拉美对象征的理解很有趣，他用“垂直的”“平行的”这样的词汇，来形容象征在诗歌里发挥力量的方式，“垂直的”对应于陡峭的诗情，“平行的”类似于现在的平面化叙述。垂直与平行，织地毯似的，把象征的意象拼合在一起，像我们从飞机上看油菜花梯田，一垄一垄，高低错落，有一种天然布局的美。象征在马拉美那里发扬光大，瓦雷里则成为后期象征主义的代表诗人。他不是从单个意象展开隐喻，而是把整首诗当作一个隐喻、一个想象空间，然后在这个大空间里又有很生动的小意象在波动。诗歌艺术在他那里达到了精美的高度。瓦雷里在汉语“白话诗”萌生的时候，产生了很大的影响，中国现代诗歌里有明显的象征主义留下的残痕。在戴望舒的时代，诗人们认定的好东西，就是法国象征主义那些大家。毋庸讳言，那时拿我们最好的诗去跟人家的比，我们就是学生。汉语诗歌谱系中的大家，比如徐志摩、戴望舒、卞之琳，在并列的时空里如果跟法国的大家相比，中国的“大家”只能算“中家”，甚至是“小家”。这种小家之气的原因之一，就是现代汉语至今还不够成熟，在翻译时难以胜任，所以才迫使译文大面积欧化，表达上漏洞百出。现在很多人诟病翻译，我认为不应该这样苛刻，如果没有翻译，现代汉语将更加贫乏、更加苍白。翻译家通过努力，至少贡献了很多外来词、句式和形象，更不用说连带而来的观念和思想。现代汉语要往前走，还是得从翻译中汲取营养，这样说并不是因为我是译者要捍卫什么。有一次，我跟哲学家陈嘉映随机挑选一篇报纸社论，发现50%左右词汇是外来语，这下我就很清楚地看到了，外来语、翻译和汉语之间的关系是什么。在这点上，现代法语比现代汉语要成熟，法国从七星诗社那个年代开始，已经自觉地在发展民族语言，而我们的民族语言（文言文）原来非常成熟，但白话入诗是胡适的灵感，他从美国读完博士回来，受到庞德等“意象派”的影响，在新文学运动的框架内倡导白话诗。要知道，意象派是受到中国唐诗的影响。法国诗歌从马拉美、瓦雷里以后，跟中国诗歌的关系一直很紧密。戴望舒、冯至、卞之琳，这些很多翻译家本人就是重要诗人。在汉语诗歌的谱系里，精通外语的诗人能得到更多的外来营养。尽管我翻译了那么多诗，但说心里话，最好的那些东西，我反而翻译不出来。最好的东西是无法翻译的；翻译出来的，只是次好的东西，所以对翻译，你们既要重视，又不能太当真，毕竟在翻译的语言行动中，隐伏着一个译者。郭宏安译出的波德莱尔，是郭宏安的波德莱尔；钱春绮译出的波德莱尔，是钱春绮的波德莱尔；我现在翻译夏尔，那是我的夏尔。对译诗，重要的已经不再是谁写的，而是谁译的。要真正理解翻译，必须研究译者和翻译的复杂语言过程。

我刚才讲的，只是我脑子里法国诗歌发展的一条粗线，都是法国诗歌星空里特别闪亮的一些星星。我自己翻译的法国诗人，不讲也罢，因为都在那几本书里，像《法国九人诗选》《勒韦尔迪诗选》《勒内·夏尔诗选》《博内富瓦诗选》。我最热爱的诗人是勒韦尔迪（Pierre Reverdy，1889—1960），他最先发现毕加索（Pablo Picasso，1881—1973）的天才，并予以最初的评价。我还喜欢博纳富瓦，他现在还活着，1923 年出生，跟牛汉老师同年。同样爱诗如命的两位老人，因为国家不同、政治环境不同，命运也如此不同，我曾经想安排他们见面，但博纳富瓦最后未能成行，因为老人的膝盖出了问题，要接受手术，医生不许他长途坐飞机。但每次同我说起中国，他都感觉非常遗憾。

法国诗歌到了 20 世纪，可以提三个名字：勒内·夏尔、亨利·米修、弗朗西斯·蓬热。他们是二战之后三位法国大诗人。雅各泰也很精妙，他还活着，已经被收进“七星文丛”。

法国诗歌的了不起，在于它有真正的个性，以及对语言的敏感。个性是生命的特殊色彩，语言传载着历史和文化的古往今来。一个词，它的发音、形象、线条等等，与个性相遇，体现着生命的不可见与语言的可见相融合的过程。所有的诗歌都是这么发生的。诗人要对自己的写作保持真诚。我讲到的这些诗人，都是把自己生命中最真诚的东西写进诗歌,不是为了谋求功名,不是为了谋求诗歌利益。写诗不是为了获得奖项、奖金之类。对诗人来说,钱不会让他们有更好的创作,反而会在虚荣心被满足后停止探索。

下面我用法语给你们背一段押韵的诗吧,是阿波利奈尔的《米拉波桥》。米拉波桥的桥头刻着这首诗。

【交流环节】

提问 1:20 世纪法国诗人普雷维尔(Jacques Prévert,1900—1977)既是诗人同时也是歌词作者,您如何看待现代诗和歌曲、歌词的关系?

树才:我认为诗有了歌,就像鸟有了翅膀,一定会飞得更远。但同时,最好的诗也唱不成歌,也许是因为诗歌本身是幽深的,里面有形而上空间。诗歌的动人之处,也在于对孤独的深层次的挖掘,那是通过隐喻抵达的。所有的歌都是现场表演的,从被人接受的层面上讲,一首歌的旋律比词更重要。诗歌在语言要求上比歌词难得多,在音乐性这点上,这两者有一部分交错,但大部分并不交错。我也有几首诗被唱成歌,但我最喜欢的诗作,我觉得不能唱成歌,甚至害怕被他们唱出来。我不希望有一个足球场的人都听,有三五个人读到心里去,就可以了。

普雷维尔不是歌词作家,他是大诗人,他写的是诗,只是因为歌手喜欢他的创作,便把他的很多诗谱成了曲。他还写剧本。我前两天翻译了普雷维尔的一首《早晨的午餐》。你们看,这名字就很幽默,还在早晨,却用午餐。我读一下:“他把咖啡/倒进杯子/又把牛奶/加进咖啡/再把糖块/放进牛奶咖啡/他用小勺/来回转动/他喝了牛奶咖啡 /他把杯子放下/不跟我说话/他点了一根烟/他转圈子/围着烟圈儿/他把烟灰/弹进烟灰缸/不跟我说话/也不看看我/他站起来/他把帽子/戴到头上/他把雨衣/穿到身上/因为外面下雨/他出门了/走进雨中/没有一句话/也不看看我//我呢用手捧住头/哭了。”

提问2:不仅仅是诗歌,法国在艺术、数学等方面都非常出色,这个民族的文化为什么如此迷人?

树才:一个词:个性。法国文化无条件地支持个性。个性在情感上的反映,就是自由地爱,它激活了整个民族的创造力的细胞。遗憾的是,我们的文化不支持个性。法国人有一个共识:个性是人的价值。没有人笑话感情,因为他们觉得爱是一个人的天性。任何爱情都有盲目性,都是被生命个性催化出来的。就像花开有时,你偏要规定一朵花什么时候开,怎么开,开成什么样,怎么可能?诗歌更需要个性,诗的语言、节奏、口吻、境界,追根到底,还是个性。法国人向往和支持生命的自由状态,人其实是不自由的,但是沉浸在个性中,可以达到自由的状态。个性包含创造力。

提问3:如何看待法国诗歌在世界上的位置?除了语言的精妙、浪漫和个性,法国诗歌是否另有专属于它的传统气质?

树才:这个问题值得我写一篇论文。法国诗歌一直在探索的前沿,20世纪60年代以前,法国人意识不到他们需要翻译,或者说不重视翻译。文化和文化之间是存在落差的,因为翻译是出于需要,它像镜子一样照出谁高谁低。法国从60年代开始重视翻译。惠特曼(Walter Whitman,1819—1892)这样的诗歌传统是信马由缰式的,整个欧洲诗歌和美国现代诗歌不同。欧洲人的整体气质偏于形而上,一方面对语言有洁癖,另一方面是探索欲。从语言上讲,形而上是一种看不见的特质,另一个看得见的特质,是法国的风格化写作。在文学性上,法国人对风格(style)有一种极端的敏感。法国人的文化程度非常高,全民写作,但在法国要成为作家可不容易。在中国好像怎么写都能成为作家,在法国不行,你去读读普鲁斯特就知道了。

孙晓娅:树才在讲座中选取几个关节点,集中而清晰地展现了法国诗歌的发展、演变和诗学资源,历时性地梳理了法语诗歌从源头到当下的发展主脉——就像一棵大树，立体地呈现出它的枝干、叶蔓、纹理和闪光点，有广义的文学语境、有具象的文本关注，融法国诗歌、文化、艺术为一体。即使不热爱法语诗歌的同学，可能也会因为树才的讲述而对法语诗歌产生兴趣和探究欲。

以广阔的视野统摄讲座的内容，以诗性情怀贯穿细小的主题，并时时将自己对东、西诗学的比较、思辨，包括汉语诗歌的建设方向，融汇于对法国诗歌历史、文化、法语诗歌翻译等多界面、繁复的文学现象的介绍之中，这种强大的统摄能力是树才一以贯之的风格、魄力和气度，他的讲座与其说是介绍不如说是滋养。再次感谢树才。

中编

诗歌交流

诗歌的声音

——中青年国际学者学术研讨会

主持:孙晓娅　树才

翻译:明迪

时间:2011年11月23日

地点:首都师范大学国际文化大厦

主办:首都师范大学中国诗歌研究中心

《读诗》编辑部

孙晓娅:大家下午好!“首届北京国际诗会”由首都师范大学中国诗歌研究中心策划、创意、组织、承办,缘起于中克诗人的文化互访,克罗地亚作协派出了他们国家当今最优秀的青年诗人来京参访,诗人明迪也在马其顿诗歌节结识了诗人弗拉基米尔,并邀请他来北京参访,由此形成了召开首届北京国际诗会的机缘。首先介绍三位欧洲诗人:他们分别是来自克罗地亚的马寇·波伽查(Marko Pogacar)、伊万·赫策格(Ivan Herceg)和来自马其顿的弗拉基米尔·马丁诺夫斯基(Vladimir Martinovski)。参会的中国诗人与学者有西川、王家新、敬文东、胡续冬、姜涛、莫非、西渡、张桃洲、冷霜、吕约、张洁宇、李润霞、张光昕、王东东、徐俊国,还有来自韩国的李贞玉。这次研讨会的主题是“诗歌的声音”,希望我们能够有效而紧密地围绕这一主题展开对话。

树才:召开这次研讨会是为了互相倾听对方的声音,分享各国诗人对“诗歌与声音”这个话题的看法。诗人写下一首诗是沉默的,但是他的声音就在这首诗中,现代诗歌的困境需要诗人从对声音的敏感和贡献中找到一条出路。三位欧洲诗人远道而来,请其中一位先发言。

马寇·波伽查:通常情况下,我不会给自己的诗歌加注解,这样会因为掺杂了一些诗歌之外的元素而使诗变得不再纯粹。诗歌的声音分为两种:一种是具体的物质的声音,一种是表达诗意的声音。这个话题,使我想到了法国诗坛曾经有一段时间盛行过“有声诗歌”,这种诗歌形式的创始人把诗歌的声音划分为物体的声音和转达意义的声音。我在阅读他本人的诗作时能够强烈地感觉到他在把诗歌当作乐器用,直接挑战文字本身,把它视为语言之下的最小单位,并用录音设备合成声音。“诗歌的声音”这个主题首先让我想起诗歌的声音与诗人创作语言风格之间的关系,但我想打开另一层讨论空间,即单纯的物质的声音对诗歌的意义。

树才:法国的“有声诗歌”是诗歌界为挽救诗歌读者、听众的一种努力。

马寇·波伽查:确实,法国诗人一开始是有想挽救诗歌受众的初衷,但随着对这种诗歌形式的长期深入推广,最后走向了实验性,再次流失了读者。

西渡:这种诗歌只是录音,没有文本?

马寇·波伽查:他们是把声音和文本重叠到一起。

西渡:是不是把人的哭声、笑声等非文字的元素混合在一起?

马寇·波伽查:他们表达的是抽象的声音,背离了音乐的意义性。

树才:弗拉基米尔,你在巴黎三大念法国文学博士,研究诗歌和绘画艺术的关系,能谈谈你对法国当时盛行的“有声诗歌”的看法吗?

弗拉基米尔·马丁诺夫斯基:思考“诗歌与声音”,首先应该对声音进行一点区分:一种是身体、生理、物理的声音,它对于每个人来说是独一无二的。另一种就是诗歌的声音,它对于每个诗人来说也是独一无二的。为什么古往今来诗人们总要聚集在一起举行诗歌朗诵会呢?可能是他们想在同一时空下听到一个诗人身上的这两种声音。还有第三种声音,可以称之为“听者的声音”,或曰读者的声音。当代诗歌进入了录音时代,很多诗人可以将自己的朗读录制下来,甚至可以出版有声读物或者将自己的朗读录音上传至网络,与诗歌爱好者分享。由于当代的先进技术,获取声音的途径变得更加多元化。

谈到诗歌与声音的关系,就不能不谈诗歌和音乐之间的关系。古希腊根据声波的振幅来定义声音和音乐的区别。虽然古希腊的诗歌没有以声音的形式保留下来,但我们可以通过他们诗歌中有关声音的文字感受到他们对声音的关注。

西川:我对东欧诗歌怀有很高的敬意,我想问弗拉基米尔,你是如何让自己的诗歌不同于法国诗歌,或者说你是如何在自己的创作中消化法国诗歌的?

弗拉基米尔·马丁诺夫斯基:我在自己的诗中融入了马其顿传统音乐的节奏和韵律,并加入了一些实验元素。

伊万·赫策格:对我来说,声音具有双重性,我个人对诗人自身发出的声音更感兴趣。我没有音乐学习的背景,在诗中更喜欢使用意象。

马寇·波伽查:虽然我提到声音的二重性问题,但就我个人而言,更看重纸上的文字,它们可以激发心灵与书写之间的关系。

树才:伊万把话题从声音转到了传统的形象上。但我想,声音之所以同样重要,是因为沉默的文本和有声的现场之间一定有着某种密切的关联。

王家新:包括我在内的许多中国诗人对东欧和俄国诗歌感到非常亲近。提到诗歌与声音,我想到今年九月我去贝尔格莱德参加文学节,受邀的诗人们被安排在贝尔格莱德国家大剧院的露台上对公众朗诵——那是具有历史意义的地点,米洛舍维奇当年就是在那里对示威人群发表讲话时被轰下台的。当然,面对那样一个喧闹的广场进行朗诵,象征意义大于实际效果。这件事说明,无论在欧洲,还是中国,诗歌都被视为一种声音。虽然中国重视诗歌的意象,但在根本上还是将之视为一种声音。我相信,真正的诗歌不借助表演依然可以直抵人心,它具有这种古老而神秘的力量。上周末我曾在北京的一个外国学校对一群外国中学生孩子朗诵我的一首名为《和儿子一起喝酒》的诗,我的翻译是一位女士,她念的时候泪水一下子就出来了。我想这也证明了诗歌确实具有进入人心的力量。如果我们没有感到这种力量,或者不再相信这种力量,那我们也就不要再去写诗了。前不久,克罗地亚的一个电台栏目朗诵了我的20首诗。

马寇·波伽查:这个电台栏目自南斯拉夫时期起已经创办了40年,对当地的诗歌界来说非常重要。

王家新:我很好奇自己的诗被翻译成克罗地亚语后,再被朗读出来是一种什么样的感觉。一般来说,中国电台、电视台的诗歌朗诵我不喜欢,那是一种官方的声音。在中国,真正深刻、真实的声音只有通过诗人的朗读才能表达出来。

树才:中国电台的诗歌朗诵发出的是一种美化、高亢的修饰性声音,这使得关注中国诗人如何朗诵好自己的诗歌变得十分必要,它对缓解长期以来政治话语给诗歌带来的压抑有着特殊的意义。

王家新:诗歌即使不朗诵出来,也会发出自己的声音。

弗拉基米尔·马丁诺夫斯基:在欧洲的诗歌传统中,诗分两种:一种是罗马诗人赫拉修以意象为主的强调视觉艺术的诗,另一种是以声音为主的诗。在当今的马其顿,有一个103电台,青年们每天都有一个小时的时间,在自己最喜爱的音乐的伴奏下,公开朗诵自己的诗作。此外,我们还有一个网站,诗人们既可以在那里展示自己的诗作以及以此为底本的译作,也可以上传自己用母语朗诵的录音,他们不允许演员们来朗诵自己的诗。朗诵确实给诗歌本身添加了很多节奏、音韵层面的意义,它放大了诗歌本身。比如当我在网络上听到了保罗·策兰朗诵自己诗作的原声时,感到很震撼。

王家新:我正在翻译保罗·策兰。曾多次听过策兰朗诵《死亡赋格》这首诗的录音,这对我将其译成中文起到了极大的作用。比如全诗最后的重心"你的灰色头发苏拉米斯"这一句,策兰在读这最后一句时,在"苏拉米"后稍微停顿了一下,最后以一个若有若无的"斯",

意犹未尽地结束了全诗。这样的朗诵，最后把我们带入了无限的沉默。

吕约："诗歌的声音"这个话题很有意义，听了前面几位的发言，我将它分为了两个层面：三位欧洲诗人谈到的是真正属于诗歌、甚至具体到某个诗人个体的声音，可以说是还声音于声音，包括音响效果、节奏韵律和诗人本身朗诵时发出的声音。我在看到这个话题时，想到的是另一个比喻意义上的声音，是一种在话语哲学层面上公开表达的思想意识。从文化政治的角度来看，声音变成了话语场里争夺话语权力的工具。当声音进入公共领域，听者就会关注"谁在说"这个问题，其次就会关注"说什么"的问题，要想回答这一连串的问题，应该意识到是诗在说，而且它是从现实的语言转化而来，并根据每个人不同的经验、特质表达出来。我曾问过一位不写诗，但偶尔会阅读诗歌的人一个问题：你期待诗歌带给你一种什么样的声音？他回答道：我期待诗歌发出一种能够准确而迅速地进入事物核心、发现世界秘密的声音。"准确而迅速"是他心中对诗歌声音的期待。

马寇·波伽查：我觉得一首诗并非一写完就进入了话语场，而需要唤醒读者心中的某种声音后才能确认其存在的意义。

西渡：我对弗拉基米尔之前提到的第三种声音，即读者的声音，很感兴趣。读者对诗人的声音有一种想象，这种读者的声音和诗人在诗中想传达的声音有一定的差异。就我本人的阅读经验而言，熟悉某个诗人的声音会对我的阅读产生某种障碍。诗歌的声音毕竟不同于生活中的声音，它是一种超越物质嗓音、更加微妙丰富的声音。我觉得这种声音对诗歌来说可能更加重要。

弗拉基米尔·马丁诺夫斯基：我赞同你所说的有关阅读障碍的观点，有时熟悉了一位诗人的声音后，确实会更注重一些细微的地方，而这反倒会使听者忽视了更加重要的诗意。

冷霜：在和外国诗人的交流中，我印象较深的是，英语世界中有着十分悠久深厚的朗诵诗歌的传统，而且他们经常把诗歌和戏剧联系在一起,使朗诵中包含着表演的成分。这在我们新诗的传统中是很少见的。

刚才大家提到诗人发出的嗓音和诗歌通过文字建立起来的内在的声音,在我自己的朗读经验里,一直以来对朗读这种形式都会有一种轻微的不自在感,多少觉得自己实际的生理上的声音对于我想表达的内在的声音是一种干扰。如果进行反省,在我的观念中,似乎文字要比声音更重要,更纯粹,但在西方的诗歌传统中,朗诵的生理声音是诗人内在声音的一种直接在场。我感到确实应该重新思考朗诵,尤其是诗人自身的朗诵对于现代汉语诗的意义。

姜涛:我和西渡不同,我更喜欢在读诗时带入诗人的声音,熟悉诗人的声音对我的阅读不会产生很大的障碍,反而让我更容易进入一首诗。我觉得诗人本人生理上的声音很微妙且富有层次感,当阅读一位陌生诗人的诗时,我只会注意其诗歌的语言,但假如在熟悉了一位诗人的声音后,用想象中的诗人本人的声音来读他的诗,就可能读出其中的层次感。

弗拉基米尔·马丁诺夫斯基:有时一位诗人可能朗读能力并不强,但我们不能从他的朗读能力的好坏来判断其诗的质量。而且,若是听到一位没有高明朗诵技巧的诗人读诗,这难道不会给你的阅读带来障碍吗?

姜涛:这恰恰是一位诗人的特色。因为在他的声音中可以发现他诗歌中的情绪和内涵。

弗拉基米尔·马丁诺夫斯基:这种情况可能发生,但并非一定如此。

姜涛:朗诵诗歌的电台栏目在何时播出?它的受众群是些什么人?

马寇:晚上九点到九点半,由专业演员朗诵,但会将表演性的成分减到最低,节目主持是一位诗人。虽然广播业确实在逐渐消亡,但这档节目还是有着比较稳定的听众群,他们中有教师、学生、年轻诗人和一些诗歌爱好者。

姜涛:我之所以问这个问题是因为二十多年前,当我还是一个中学生时,收听过一档晚间的有关诗歌的电台节目,并从中第一次知道了帕斯捷尔纳克等诗人,可以说,它给了我最初有关诗歌的启蒙教育。

胡续冬:十多年前,广东汕头的一个电台也曾邀请我通过电话直播的方式向听众朗诵自己的诗作,对我来说,当诗人的声音出现在广播中时,确实会产生一种很奇妙的感觉。

王东东:诗人在写作过程中试图用一种能被听见或看见的声音去寻找一种看不见的声音,诗歌写作中始终存在这种将看不见的翻译成纸面文本中能够看见的过程。从刚才三位欧洲诗人的发言中,我能感到他们更加重视物理层面的声音,或者说语言学意义上的声音,他们试图将神秘的声音转化为一种泛化、媒体化的声音,这也涉及诗歌翻译中的一些难题。

敬文东:在中国古典诗中,诗和歌是联系在一起的。我同意欧阳江河关于古典诗具有音乐性的看法。今天的现代诗是一种视觉艺术,需要读者用眼睛阅读后再将之转化为内在的声音,因此诗歌的声音已经不仅仅是作者的声音,还包含读者的声音,需要读者去破译声音。我觉得不存在绝对的声音,比如我在不同时间、不同心境下读一首诗,感觉肯定是不同的。我认为,对于现代汉语诗歌来说,朗诵的声音或者读出来的声音并不重要。

李笠:我想接着弗拉基米尔谈到的有关现代诗歌和音乐的话题来谈。我目前正在修订特朗斯特罗姆的诗集,他的一些古体诗音乐性很强,他本身又是一位钢琴家,因此其诗中的语言和音乐关系十分紧密。刚才我阅读了会议材料上三位诗人的诗作,我觉得你们作为年青一代的诗人是将个人呼吸的节奏当作音乐传递出来。你们对诗歌和音乐的关系有何看法?

弗拉基米尔·马丁诺夫斯基:诗歌可以分为两种类型——具有音乐性的和不具有音乐性的。古典诗歌确实音乐性都很强。诗歌的音乐性是否可以翻译,这是一个值得关注的话题。另外,诗歌和散文的区别在于诗歌只有一种声音,而散文可以有多种声音,但在现实中诗歌也可以有多重声音。

马寇·波伽查:我个人是从音乐进入诗歌的,但在我的祖国也有一些诗人并不注重诗歌中的音乐性,甚至在我的诗歌中,也并不全都表现出一种传统的音乐性,经常会出现变奏。

伊万·赫策格:我的诗歌比较注重叙事性和使用意象,因此音乐性不强。

树才:我在阅读了伊万的诗后,觉得他的诗作表现的是"声音中的声音",将叙述和抒情结合到了一起。

张光昕:听了前面的发言,大家提到了各种声音,它们在诗歌中扮演了不同的角色,有着不同的位置,但其实我们在日常生活中用到最多的还是一种用嘴发出语言的声音形式。造物主用声音来表情达意,纯粹是一个偶然,否则肢体语言和表情等也可能成为一种交流的方式。我们应该更注重声音的有效性,而不是它的有用性。马寇的诗《光,即将出现的事物》让我眼前一亮,他在这首短诗中使用了大量有关食物的意象,而食物则是能够带给我们最强烈的物质实在感的东西。上帝的第一句话是要有光,光是由声音带来的,马寇在这首诗的结尾写道:"让声音和光线进入/看,那可疑的白色的光。"可见,他是带着一种犹疑、不确定的语调踏上追寻之途的。这首诗可以和里尔克的《古阿波罗残像》参照阅读,那首诗描述了艺术品内部的光,而马寇的这首诗是在呼唤光照进我们生活的锡铁罐头盒中。因此,我个人觉得诗歌的有效性要靠实实在在的物质性声音来传达,我们每个人都希望发出真理性的声音,但这实际上是不可能的,我们只能在不断接近中发出自己独特的声音。

莫非:中国古人有一个关于音乐的说法叫"丝不如竹,竹不如肉",意思是弹拨的乐器不如吹奏的乐器,吹奏的乐器不如人发出的声音。我觉得诗歌的声音首先来自于文本发出的沉默的声音,也许有的诗并没有被朗诵过，但它也不一定就不是伟大的作品，重要的是写在纸上的地道的文字，当这种文字遇到了伟大的读者，就会在阅读中被翻译出来，至于朗读、传播等形式当然也有其存在的意义，但我认为文字仍然是诗歌中最重要的组成部分。

张桃洲：有关“诗歌的声音”的话题是一个很值得讨论的话题。从中国新诗史来看，20 世纪 20 年代新月派就经常通过朗诵来辨别音韵，可以说这是他们创设新格律的一种途径，其中朱湘就格外爱朗诵；到了 30 年代，朱光潜在北京组织过“读诗会”，朗读的范围非常广泛，据说当时老舍朗诵自己的小说和散文十分有名。朗诵在我看来是寻求诗歌发出声音的一种途径，他们试图通过声音传达出诗歌的另外的涵义。听了大家的发言后，我想到了自己曾看过的一部名为《雨》的日本纪录片，摄制组人员去日本各地采集雨的声音，通过这部纪录片，我有一个思考，即声音都不是纯粹的，比如雨声虽然属于大自然的天籁之音，但有了人的介入，就会被赋予某种意义。声音是和意义紧密相连的，没有不掺杂任何意义的声音。因此，诗歌的声音应该和诗歌的意义联系起来讨论。

孙晓娅：“诗歌的声音”是一个具有很大空间的话题，尽管所有的对话都是将研究对象缩小的过程，但是今天大家的讨论紧凑而富有张力，碰撞出许多有益于诗歌建设的观点，由于时间的原因，不少值得探讨的问题留待日后深入地研究和拓展。最后，感谢明迪全程翻译，感谢各位嘉宾的莅临。

诗歌的革新

——阿多尼斯与中国诗人座谈

主持:孙晓娅

翻译:薛庆国　树才

时间:2012 年 10 月 24 日

地点:北京市紫玉饭店

主办:首都师范大学中国诗歌研究中心

《译诗》编辑部

孙晓娅:感谢大家参加首都师范大学中国诗歌研究中心和《读诗》编辑部联合主办的“诗歌的革新——与大诗人阿多尼斯座谈”。阿多尼斯,原名阿里·艾哈迈德·赛义德·伊斯伯尔,1930 年生于叙利亚海滨村庄卡萨宾,1948 年开始以“阿多尼斯”为笔名发表诗作,迄今共出版 24 部诗集,并有思想、文化、文学论著 20 部及大量译著、编著,曾荣获布鲁塞尔国际诗歌奖、土耳其希克梅特文学奖、马其顿金冠诗歌奖,以及德国歌德奖等国际大奖。他是当今世界最杰出的诗人之一,也是当代阿拉伯文学的标志性人物,其作品体现出的对阿拉伯文化的深刻反思和对诗歌发展的独特见解,在阿拉伯乃至全世界都产生了深远影响,爱德华·萨义德称他为“当今最大胆、最引人瞩目的阿拉伯诗人”。一方面,他是 20 世纪的重要诗人之一;另一方面,他也是一位著作等身的思想家、文学理论家、翻译家和画家。除了极为丰富的诗歌创作外,他还编选过多部阿拉伯古代和现代诗集,并有十几部译作问世。他不仅是阿拉伯诗歌现代化最积极的倡导者,还超越了阿拉伯的时空,站在了全人类的高度,俯瞰人生万象。他曾经致力于阿拉伯思想史的研究，但是在诗歌创作中，他的叛逆在某种程度上源于一位生命力和创作力都极其旺盛的诗人的内心的躁动。

我们邀请到薛庆国老师担任本场活动的翻译，树才担任助理翻译。今天讨论的主题是“诗歌的革新”，拟出这个题目与阿多尼斯自身的研究方向和诗学实践有关。

阿多尼斯：感谢首都师范大学中国诗歌研究中心的邀请，与中国的诗人朋友们一起探讨诗歌，非常荣幸；同时也感谢孙晓娅老师刚才对我的高度评价。

对我来说，诗人首先是一个学习者，而不是一个教授者，诗人与其说提供问题的答案，不如说诗人的本能是提出问题，我希望借此机会能从与各位诗友的讨论中学习并获益。在阿拉伯文化中，诗歌本身就意味着革新，可以说，诗歌和革新是一组同义词，没有革新就不存在诗歌。在世界各民族的诗歌发展史上，都存在两股潮流，一种是保守的潮流，另一种是革新的或者走出主流的潮流。革新是存在于世界所有民族的各个发展阶段的，但说到区别，则侧重于量的区别，而非质的区别，也就是说，更强调的是，某个阶段对传统的保留程度更高，还是对革新更加注重。当今世界的很多民族也存在两股潮流，有一方更强调对传统文化的维护、坚守，另一方则更强调革新，即对传统的变革甚至革命。所以就会出现这样的情况，在世界各地朗诵诗歌的场合，听众中的有些人理解诗歌的思想还停留在 15 世纪，而有些人的思想则是 21 世纪的，这些人聚集在同一个场所里。因此，我们有必要首先明确，革新到底指什么？

诗人或者诗歌的革新，并不能改变事物本身，比如死亡、自然、童年等，革新改变的是看待事物的观念和表达这种观念的方式。例如，我作为一位诗人在描写爱情时，并不能创造爱情的概念，或是描写作为一种文化现象、社会现象的爱情以及大众共同的爱情体验，我只能写自己关于爱情的独特体验和爱情带给我自身的深刻变化。真正的爱情是能给人的生命带去深刻变化的，这种变化体现在他的思想、审美和身体等方面。但遗憾的是,在世界范围内能充分表达这种变化的诗歌比较少见,尤其身体在诗歌中是缺席的。身体不是一种语言,而是由许多语言组成的,因此,我们应该让身体在语言中得到解放,就像让身体在生活中得到解放一样,对身体的重视和解放,无论在阿拉伯诗歌还是世界诗歌中都比较少见。例如,这个房间里的很多人在思想上有共通之处,有人信奉阶级斗争,有人信奉辩证唯物法,但没有两个人会做同一个梦,也没有两个人会有同一种爱的体验,所以我认为要把诗歌的革新和梦、爱情等联系在一起。同时,我们表达这些体验的方式也应该是与众不同的,这才是真正的革新。如果在读一位诗人的作品时,让我想起了之前似曾相识的诗歌语言,在我看来,这位诗人就不是一位革新的诗人。

我认为,诗歌革新的标准有以下几点:第一,诗歌语言不让人有似曾相识之感;第二,诗中所表达的体验是其他人未曾表达过的;第三,诗歌革新者不会提供现成的答案,相反,他会刺激读者去思考,去提出问题。一首有价值的诗歌会让我感到震撼。当然,这并不意味着一位诗人为了保持自己的独特性,就不去阅读别人的诗,相反,诗人应该去了解各种各样的诗歌;除了诗歌,还应该了解历史、地理、哲学、科学等一切知识,就好像蜜蜂遍采百花,才能酿出属于自己的蜜,或者玫瑰之所以释放出属于自己的芳香,和泥土、空气、水分的滋养也是分不开的。同时,我们也会发现,在世界的不同时代、语言、民族中,尽管很多诗人在表面上有共通之处,但他们表达思想的语境是不同的,其表达的意义也变得不同。

孙晓娅:阿多尼斯被很多评论家视为思想敏锐的先锋诗人,同时也是一位在精神思想和创作批评领域都很有影响力的诗人。面对今天关于“诗歌的革新”这一讨论主题,他以83岁高龄,从爱情的角度切入讨论,并谈到了自己诗歌中的隐喻、创作视野以及跨国境文化交流的开阔性,这些足以开启我们的对话。

蓝蓝:从阿老的诗歌文本可以看出,他对诗歌革新的自觉是毋庸置疑的。2009 年阿老来中国时,他和我、树才、西川等人做过一个研讨,杨炼在那次研讨会上还特别提到阿老诗歌对身体的关注。薛庆国老师也在诗集序言中谈到了阿老对身体、爱情的表达和其他很多阿拉伯诗人是不一样的,在阿老的诗歌创作中,身体或者爱情题材的诗歌占多大比例?

阿多尼斯:关于爱情或者女人,我的理解包括两个层面:一个是抽象、存在的层面,对我来说,女性就像阳光、空气一样无所不在,当我呼吸时甚至也能闻到女性和爱的气息;另一个是个人体验层面,仔细读我的诗,你会发现,其中有很多诗歌都和爱有关,但我也有一些诗集是全部直接描写爱情的,比如诗集《身体之初,大海之末》和长诗《以复数形式书写的单数》等。在阿拉伯文化、犹太文化和旧约文化传统中,身体一直受到抑制,我们在阿拉伯犹太旧约文化背景下成长起来,对身体是不了解的,男性和女性不仅不了解对方的身体,也不了解自己的身体,因此人就被剥夺了了解世界上最美的事物的权利。人身体的每一个细胞、每一个器官都是一个独特的世界,我们应该了解、探索这个世界,而这对成长于我们这样一种文化背景中的人是很难做到的。当然,我对中国的儒家、道家学说并不了解,也不清楚他们怎样看待身体,但在阿拉伯世界,我们正在尝试进行一场发现身体的斗争。

我觉得,真正的爱情诗建立在发现身体的基础之上,但遗憾的是,无论是在阿拉伯诗歌,还是世界诗歌中,这样的诗歌都不多见。因此,我们有必要发起一场文化革命,宗旨就是了解自己的身体。如果有人认为世界上存在灵魂,那么这个灵魂不是别的,就是身体。

蓝蓝:阿老所表达的我都非常赞同。我还记得他三年前曾说过一句话,大意是:因为自己生长在阿拉伯文化背景下,不能写自己真正想写的东西。我觉得中国诗人,在某些方面和阿拉伯诗人是很相似的。作为一名女诗人,这种禁忌又多了一层,比如,阿老诗中的有些内容,如果由我来写,就可能会招致一些闲言碎语,可以说,比阿老所描述的还要多一重困境。面对这么多禁忌,诗人是否可以发明一些新的表达方式？比如，辛波斯卡就发明了一种反讽幽默的写法，使其作品依然可以在波兰公开发表，这同米沃什和赫伯特的写法是不一样的，后者更让我钦佩。

阿多尼斯：你的话让我想起我们如今所处的社会中呼吁变革意识形态的声音。这些呼声更多着眼于集体的自由，而非个人的自由，因此我们可能更需要的是强调个人自由的革命，诗人不仅需要自由，更需要兰波所说的"自由的自由"，即给自由加上一个定义。

刘洁岷：阿老刚才提到个人自由和集体自由的辩证关系，包括语言类的处理方法，以及个人体验和社会变革层面。变革诗歌和变革社会是否需要同步？我觉得这个问题涉及很多层面。当追求集体自由时，个人自由和集体自由是什么关系，辐射到社会、思想、语言，又是一种什么样的关系？从具体层面上说，诗歌中个人的自由是"空中的自由"，不落到真正的实体上，现代诗歌如何做到既不在地面低徊，又不在空中飘得很高？我们一直呼吁要着眼于个人的自由，但社会变革呼吁的是集体的自由，在呼吁个人自由的同时，如何以诗歌的方式存活于集体自由中？

阿多尼斯：首先我们应该摆脱事物存在于"象牙塔"中这一说法，这种政治上的发明在艺术上并没有价值。恰恰是因为一个人和大众保持距离所形成的孤独感，才使他更理解大众、表达大众，有时完全融入大众。第二，关于如何在诗歌中表现自由，我认为，一个诗人首先要拥有自由，才能去实践这种自由，但在实际生活中，由于政治和意识形态的禁锢，或者社会和文化的制约，诗人往往并不拥有这种自由，这种自由被以上所提到的一系列外在因素剥夺了。因此，真正完全拥有自由的人是很少的。另外，在某种程度上，对自我或他人完全的真实也意味着另一种死亡。

孙晓娅：阿老的诗歌将精神深度和诗歌形式完美地融合在一起，请问您如何在创作文本中保持二者间的平衡，并不断完成自我超越？

阿多尼斯：对我来说，在诗歌写作之前并没有一个现成的设想，思想意义是在写作过程之中或之后呈现出来的。对诗人来说,同一个身体的情感、感觉和思想是不可分离的,在历史上,伟大的诗人往往也是伟大的思想家。

安琪:阿老的诗将感性和智性结合得非常好,其中的语言状态——语言的组合、句式等是感性的,而表达的内容又是智慧、思辨的。阿老的写作更多来源于生活,还是学院派的思考?阿老如何能不受生活的磨损影响,一直保持语言的先锋性?

阿多尼斯:我属于生活派,活生生的生活体验应该是一切诗人最重要的灵感来源。在我的诗歌中,你找不到学院派的痕迹,甚至很多学院派教授和我的诗歌观点相左。关于如何保持语言先锋性,我认为,诗歌没有年龄,你刚才提到生活对诗人的腐蚀,有些人的创作源泉可能会像河水磨平石头一样被生活腐蚀,而有的人则可能会把生活对他的磨难当成一把斧子,更深地挖掘这个泉源。我也经历了不少磨难,但这些磨难成为了我更深地挖掘自己诗歌灵感之源的斧子,我不会向一切磨难低头,所以我不觉得自己的诗歌灵感会枯竭,今天的我可能比20岁时的我创作能力更加旺盛。

莫非:阿老刚才说诗人就像蜜蜂,遍采百花才能酿出属于自己的蜜,在您的阅读范围内,您认为哪些诗人是值得一采的?在您写作的过程中,有没有产生过对写作本身的绝望?如果有,您是如何对抗这种绝望的?

阿多尼斯:从我个人的成长历程来看,对我影响最大的不是诗人,而是思想运动或者哲学家,比如古希腊哲学家赫拉克利特,他的作品很少,但他说过这样一句话——“人不能两次踏进同一条河流”,这句话对我的创作有着相当大的影响,我认为他的很多思想都浓缩在这句话中。第二个对我影响很大的是尼采所代表的反主流意识形态思想。第三个是阿拉伯诗歌史上很多大诗人对宗教的质疑和拒绝,尼采所反对的那个意识形态世界可以说是另一个层面上的宗教世界。

具体到诗歌,虽然我也经常会读到很多很好的世界诗歌,但很难说有某一位诗人对我产生了重大影响。至于第二个问题，我认为，只要你还在写作，就说明你对它仍存有希望。

爱斐儿：阿拉伯的女诗人多吗？她们的诗作都表现哪些题材，女性诗歌在她们的创作中有何变化和革新？

阿多尼斯：阿拉伯世界有不少女诗人，尤其在年轻女性中写诗的人很多，但很多很有天赋的女诗人后来都改写小说了。她们在小说中表现女性自身所遭遇的一些问题，比如男女关系与社会文化现象的关联等，有部分女诗人或女小说家的表达较为大胆。总体来说，和女小说家相比，女诗人作品的艺术价值或文学重要性略逊一筹。女小说家和女诗人往往会书写自己作为女性被压抑的部分，包括身体、社会制度、价值观念等层面。阿拉伯女性诗歌的革新和男性诗歌在这方面的变革是不好区分的，因为他们都是写作潮流的一部分，并不存在一种脱离男性的女性诗人所独有的新的写作风格。

夏花：阿老的几句话对我启发很大："金茂大厦正对天空朗诵自己的诗篇。雾霭，如同一袭透明的轻纱，从楼群的头顶垂下。天空叠足而坐，一只手搭在西藏的肩头，一只手搂着纽约的腰肢。"我从此处看到的是非常壮观而柔美的宇宙观，甚至能感受到中国"天人合一"的哲学思想。阿老在自己的诗歌创作中有没有融入中国的哲学思想？

阿多尼斯：遗憾的是，我对中国文化的了解并不多，唯一完整读过的有关中国传统文化的书是薛庆国教授和一位叙利亚译者共同翻译的《老子》，这说明中国和阿拉伯的文化交流还有待加强。你能从我的诗中读出"天人合一"的思想，我感到很高兴，类似"天人合一"的观点不仅中国古代文化中有，很多伟大的宗教或思想家也都提出过类似的观点，当然老子可能是最早提出这一理念的。我认为"天人合一"的思想并不是最重要的，最重要的是去感悟体验这种思想，有的人通过自然的方式，有的人通过宗教泛神论去体悟。我成长于伊斯兰文化背景下，伊斯兰文化本身也受到很多古代宗教的影响，但这些影响了我的思想都被我以独特的方式纳入到自己的艺术空间中。

王明韵:阿老曾说:“自由地表达才是我的祖国。”此时此刻,您的祖国叙利亚和您的诞生之地——那个名叫卡萨宾的海滨村庄正在经历战争,作为一位阿拉伯诗人,您如何在诗中呈现战争给人类带来的灾难和痛苦?

阿多尼斯:叙利亚或阿拉伯的苦难都不是最近才有的,最近的战事只不过是充满问题的身体的一次小小爆发。自从我有政治意识开始,我就反对叙利亚政权和一切阿拉伯政权,并一直认为这些政权应该改变,但问题是,改变应该变得更好,而不是变得更坏。在我看来,在叙利亚或阿拉伯发生的一切革命都应该基于两个原则:首先是要确立妇女的权利和自由,我把这一条放在第一位是因为,在阿拉伯世界中,享受独立和自由的妇女是不存在的,存在的只有作为男性附属的女性;第二,阿拉伯人应该告别对部落、种族、宗教和教派的忠诚,转而强调国家的公民性,强调公民在国家中人人平等。要做到这一点,就要政教区分并实现国家的世俗化,否则一切革命都只是另外一种形式的争权夺利。从这两个原则来反思今天的阿拉伯世界和叙利亚所发生的革命,我们会发现,它们只是另一种形式的争权夺利,而非旨在改变社会,因为这两个原则在近来的革命中是缺席的。可悲的是,我只能在两个坟墓之间徘徊,一个是现存的阿拉伯政权,另一个是肤浅的、以夺取政权为宗旨的反对派,但我不会在这两个坟墓之间做出选择。

周庆荣:阿老提到赫拉克利特和尼采等哲学家对他的影响,我们从生命之初甚至到今天,一直不可避免地受到各种各样的影响,其中有主动影响,也有无奈地被影响。阿老从什么时候开始在被影响的同时,想去主动地影响他人或这个世界?如果您有这样的想法,您想影响他们什么?另外,想请您谈谈对散文诗的看法。

阿多尼斯:年轻时,我写诗、发表文章,脑海中总是有个他人,希望通过写诗影响他人,后来,我越来越发现,他人或者大众本身就是一个矛盾的群体,他们有各种各样的想法。如何影响这样一个矛盾的群体呢?我认为,要想影响他们,只能用一种他们都能接受的共同的思维方式和理念。而且，我还发现，那些我以为对他们产生了影响的东西，其实是他们已知的，或者说，他们读你的作品所收获的是他们本身希望证实的东西。一个诗人所拥有的“大众”越多，他与大众之间的关系往往就越肤浅表面。我写作的第一个目的是了解自己、了解世界，如果幸运的话，还可以和某些读者心心相印。但要强调的是，我有读者，但我并不在乎大众，因为读者读我的作品，是想了解我，而非想从中证实他们已有的经验，所以诗人的使命不是去影响他人，而是写出伟大的诗歌。

在我早年编辑的《诗歌》杂志中，就刊登了大量的阿拉伯散文诗人的作品，我是支持散文诗的。虽然我们支持并刊登散文诗作品，但也遭到了两种指责：第一种指责认为，散文诗是反阿拉伯文化传统的，因为散文诗是不讲韵律的，而阿拉伯传统诗歌十分讲究押韵和节奏，当然这种指责很显然是错误的；第二种指责认为，我们刊登这些作品，是在和外国人联手破坏阿拉伯文化传统，因为散文诗来源于国外。可笑的是，有些最初反对散文诗的人后来也开始写作散文诗。

潇潇：语言的更新是相当困难的，我试图找到一种属于自己的语言更新，但直到今天，却似乎仍在挣扎。请问阿老在写作一首诗时，是一气呵成，再不修改，还是写完后不断锤炼修改？

阿多尼斯：这个问题并不容易回答，因为要想在语言上有所革新，确实是一件非常困难的事，因为这种革新不是创造新的语汇或语法。要做到语言革新，一方面要了解本国的古代诗歌传统，了解了旧的就会知道应该革新些什么，另一方面这种革新取决于你对世界和人生是否有新的看法，如果没有新的世界观，是很难完成语言革新的。至于我对后来诗人有何忠告，我一贯反对诗人好为人师或向别人传授些什么，诗歌不是用来传授的，如果你们一定要问我有何忠告，那我希望你们杀死文化意义上的“父亲”，并有所超越和革新。

宋琳：阿多尼斯这个名字对中国当代诗歌有很大的影响，他促使我们去思考诗歌语言内外的问题。阿老刚才说的“诗人是一个学习者”,这本身对我们来说就是一个教诲。

阿多尼斯:每个人写作的过程就是学习的过程,一个人如果没有停止写作就意味着他没有停止学习。我们通常把写作理解为某种形式上对未来的创造,但这种创造不是割裂和过去的关系,而是要和过去建立某种形式的联系,打个比方说,假如不了解某种语言的美学历史,我们就不可能去创造一种新的美学语言,所以应该了解过去。有请树才与我分别用母语朗诵我的一首诗《我与光一起生活》:“我与光一起生活/我的一生是飘过的一缕芳香/我的一秒是日久月长/我迷恋祖国的山歌/由牧童像清晨一般传唱/他们把歌掷向太阳,似一块纯净的黎明/伴着歌声,他们祈祷,死去——/倘若死神在你唇间大笑/生活,由于思念你而哭泣。”

孙晓娅:很赞佩阿老的健谈敏思——80 岁的老人在应对多位诗人的提问时,思路缜密深邃,回答灵敏而洋溢着激情,我被阿老的诗歌精神深深地感染了,心中临时跃出四句话,送给阿老,以表达我和所有与会诗人对阿老诚挚的敬意:阿老是一位脚踏东西方的大诗人,是怀抱大美、富有大胸怀、大气象的诗坛智者;是懂得女人、男人、人类及宇宙的怀爱者;是探索于形式和思想、中心和边缘、现实和梦、历史和宗教、反思和革新之间的生命的耕耘者。最后,感谢今天会议的全程翻译——薛庆国老师,他让我们感受到了诗歌翻译的严谨细腻,同时也感谢树才先生对本次活动的大力支持,为我们提供了一次宝贵的学习机会。“蜜蜂遍采百花,以完成生命的革新”,以阿老的这句话来结束我们今天的交流研讨。

诗歌创作与本土或外来经验

主持:孙晓娅　明迪　树才

翻译:树才　明迪

时间:2013 年 8 月 5 日

地点:首都师范大学北一区文科楼

主办:首都师范大学中国诗歌研究中心

孙晓娅:大家下午好! 今天非常炎热,大家从不同的国度、不同的地方汇聚于首师大中国诗歌研究中心,积极参与本身就是对跨语际诗歌交流的一种支持。首先请本次活动的组织者明迪和树才,分别介绍一下他们推介的外国诗人朋友。

明迪:我先介绍三位斯洛文尼亚的诗人翻译家,他们是托内·施克亚内奇(Tone Škrjanec)、芭芭拉·柯阮(Barbara Korun)、加西魄·马勒吉(Gašper Malej)。2013 年有个中斯交流项目,由西川、徐钺和我分别翻译了这三位诗人的诗,翻译的诗歌有直接翻译也有间接翻译,更多对于他们诗歌的了解就在今晚的"北京第二届国际诗会—北京之夜朗诵会"。

树才:我来介绍三位来自不同国家的诗人:第一位是来自法国布列塔尼地区的诗人伊冯·勒芒(Yvon le Men),之前法国大使馆曾邀请他来参加"诗歌的春天";第二位是乍得诗人尼姆罗德·贝纳(Nimrod Bena),生于乍得首都恩贾梅纳,他现在生活在巴黎,还是画家、小说家;第三位是来自海地的诗人雅梅斯·诺埃尔(James Noel),海地诗人来过中国的鲜少,他可能是第一个,他也从事音乐制作,他的很多诗在他的国家都被做成音乐,很多有名的中国歌手都是他的好朋友。此外还有即将回国的法国大使馆的文化官员冯达。

孙晓娅：我介绍其他嘉宾朋友：西川、王家新、余中先、麦芒、胡续冬、车前子、周瓒、宋晓杰、安琪、吴子林、爱斐儿、王东东、徐钺、马思聪等。今天我们的研讨会主题是“诗歌创作与本土或外来经验”。如何在个体写作中，将本土经验和外来经验内化融合，对创作而言至关重要，这也是我确立本场对话主题的初衷。

托内·施克亚内奇：在我的写作中，本土经验、外来经验和文学经验这三种是很难分开来说的。在自己某一首诗里反映的是国际，另外一首诗里反映的也许是本土经验，或者彼此融合，没法区分。有的人行万里路，有的人是读很多书，在书里行万里路，这些都是文学经验，这是除了本土经验、外来经验的第三种经验。

芭芭拉·柯阮：用什么语言来表现这些经验也很重要。我以前从事文学史的研究，最近这些年我的写作比较集中于本国的情况，写一些比较现实的东西，比如对政府腐败的不满。反映现实问题的时候，我想用一种现实的语言来表达，但是我发现现有的语言不够。于是，我读了两本由中斯合作交流翻译的斯洛文尼亚语的《中国当代诗选》，阅读后非常有收获。我了解了中国的诗人如何去反映现实。我不知道这两本诗选有多大的代表性，不知道有多少当代优秀诗人的诗歌被选入进去，但是对于自己来说扩大了视野，可以说通过阅读，我想让写作打开自己视野的同时也能够打开读者的视野。

加西魄·马勒吉：除了本土经验、外来经验以外，还有一点就是想象经验。我曾翻译了很多意大利文学作品，同样也遇到过像芭芭拉所提到的语言的问题——怎样用一种新的语言来表现这些不同的经验，除了本土经验和外来经验以外，想象的、奇幻的这一部分是我一直不想失去的，这可能是意大利文学里特有的东西，我就想把这个呈现给我们的读者。

王家新：听了三位斯洛文尼亚诗人的发言，很有同感。我去过斯洛文尼亚，非常美丽，以至于我在那里写不出来东西。我在斯洛文尼亚的一个城堡写了一首诗，那首诗很难说是外来经验的结晶。有时候一个诗人无论他创作的时候是在哪里，或是借用了哪些外来的材料资源，他的根本经验都是他本土的经验，他到哪里，他的本土就在哪里。我在伦敦、在德国、在欧洲很多地方写过诗，但是我想这些东西都是我自己的诗，都有我自己本土的经验在里面，表面上看来它有写当地的风景等地方元素和经验技巧等等，但是，骨子里还是一个诗人非常个人化的经验。此外，翻译的经验也是一种很奇妙的很复杂的很能让人说清楚的一种经验。我要送给明迪《心的岁月——策兰·巴赫曼书信集》，我记得我在一次采访中谈到这一说法：既不是从德语，也不是从英语里翻译策兰，而是在根本上从自身中翻译策兰，如果在自身中没有一个策兰的话，那么最好就要放弃这种翻译。我觉得这似乎可以放入今天我们的讨论主题，即本土或者外来经验来谈。另外，我承认中国诗人读外来语的诗歌会从中学到很多东西，由他人来反观自己，这也是非常必要的一种阅读经验。

西川：开始写诗的时候——20 世纪 80 年代，我自己的经验是通过读西方的诗歌来看中国、来表述中国。慢慢地，中国的本土经验变得太多了，从西方阅读这一经验就感觉不够了，不够的时候需要找到自己的语言，这个语言就是必须从自己本土经验这里来的。本土经验作为一种生活经验如何转化为一种语言方式，这对于我们来说是一种非常大的考验。我个人认为这实际上是我们的“创造力”所在，我们的写作之所以还保持一种生命力，还能继续向前推进，可能是与我们努力地在和我们自己的语言方式、我们所谓的本土经验建立起一种关系有联系。对于我来讲，本土经验分两部分，一部分是中国古典诗歌，一部分是近代中国以来的阅读经验。这两点实际上很不一样，对于我们来讲，本土经验会更复杂一些，虽然一个外国人看中国可能是整个的一个中国，但是中国人自己从内部看中国就可能看出不同的中国——古代的、近代的、现代的、当代的中国。实际上还包括地域上不同的东西，一个人的写作和地理之间的关系在以前被讨论的还不是特别多，比如说作为一个生活在北京的诗人,我跟这个城市之间的关系不仅仅是一个生活的关系,很重要的就是本身语言上的一个关系,这些都会左右我们现在的写作。

伊冯·勒芒:我在1980年去泰国时写过一首诗,里面有两句话大意是"去外国就像去朋友家,在你朋友的家就像在国外"。我办过很多类似旅游节的活动,所以想过很多关于国外旅行和诗歌写作的关系问题。我开始写作时还很年轻,21岁左右。我是法国人也是法国的布列塔尼人,我年轻时候的困惑就是不会说布列塔尼方言,我得去了解其他地方的东西。正是通过大量阅读法国诗,我意识到自己对这种语言的缺失,让我更加了解作为布列塔尼人的一些特性的东西。从这些诗歌里我找到了可以说是叫作"家园"的一种东西,它让我觉得自己在读其他语言的作品,或者是在国外,但是你可以意识到这如同是在自己的家里,这是一种超越自身语言的一种东西。我自己用法语写作,写了一本很厚的书。这本书相当一部分写的是我的故乡布列塔尼地区,讲到故乡很多的地名等,用到了布列塔尼语,尽管它不是外语,但对于我来说是比较陌生的语言。

通过其他国家的比如日本的俳句、中国的李白、杜甫的诗,我发现他们用很简约的方式来谈事物、谈风景,就会让我也试图用这种方式来写诗。说到旅游,其实我也走过很多地方,最近去过一次刚果,遇到一条大河,大河旁边有一个小男孩在那里呆呆地看着他眼前的一片风景,这么小的年纪看到一片很广阔的东西肯定还看不出个所以然。我在边上看这个孩子,希望通过他的眼睛或者他的嘴来表述。说到中国经验,我阅读过中国14—15世纪时候的文人唐寅的作品,他的诗句大意是:"无保留地打开你的心扉,你的画笔得到了灵感……"类似这样的一句话翻译成法语非常吸引人,让我一下子就记住了,每次回味都受益。

尼姆罗德·贝纳:西川刚才讲的和我思考的东西很接近,我非常有感触。我来自乍得,一个很小的部落。现在我在法国,用法语写作,所以讲到本土、国际，我就感觉到自己是很紧张的，因为没有办法不通过国际的东西来看你的本土，看上去很奇怪，但确实如此。用法语写作并不是我的选择，而是被选择，因为我的祖国是法国殖民的国家。我作为一个来自非洲却用法语写作的作家，最重要的“混血”不是生物种族意义上的混血，而是文化意义上的。这种文化上的混血不同于种族的混血，它是看不出来的。就我而言，我是一个乍得人，一个黑人，我又在法国，对于黑人来说我已经不再是个黑人，但对于法国人来说，我不算是法国人。我的位置是既不是这里又不是那里，而是处于此两者之间，这样的一种身份好像是蝙蝠，很尴尬的一种形象。真正的现代性也许就来自身不由己的两者间，世界上现存两种文化——强势的占主导的文化和弱小的文化，比如像爵士在美国就被认为是非常强势的，但如果它来自一个弱小的文化可能就不得不变味，被人用另外一种眼光来审视。我来自弱小又贫穷的国家乍得，我就处于这样的情境，也许正是我写作中现代性得以呈现的一种方式。

雅梅斯·诺埃尔：大家好！我认为所有有创造能力的、受尊重的诗人都是国际的，他们的读者也都是国际的。刚才尼姆罗德·贝纳讲到，处于两者之间的形态也就意味着从水面浮现出来，我今天带来的这本书里有那么一段很奇异的和今天讨论的主题相符合的话：“我写作是为了得到自己的消息，诗歌能够让我出发，但不是逃离……”“我不行，我不喜欢写作，这完全是一种没有味道的能力，我才不在乎人们会怎么说，今天写作在我看来是一种懦弱的方式，要挣脱一种枷锁，是一种悄悄死亡的方式，人们写作为的是不打扰他的灵柩，诗人最后的声音就是为了唤醒一条瞄准线上能够开火打枪的人，是为了能够投射一条影子的光晕，是为了让某一个男人寻找到某一个女人，是为了让地球持续运转，诗歌的重要性可能就是从这里出发，唤醒人们，也要人们意识到面对饥饿、面对死亡、面对受到威胁而产生的孤独感。诗歌并不是要让别人笑起来，而是让人产生某种动向，这样的诗歌才能改变我们的生活。”

胡续冬:我想说一个和这个主题相关的现象。现在很多人都在用微信,大概从今年春节开始起很多微信的公共账号出现,我很早就关注了一个公共账号叫“为你读诗”,这个账号是我目前见到的诗歌推广类的杂志在新媒体中做得最好的。它形成了阅读共同体,一些朋友都喜欢读诗,联合起来轮流每天推送一首诗。在我们常见的纸质诗歌阅读量不超过千人的情况下,这个公共账号的订阅人数达到两三万人左右。以前我们经常假想:专业的文学读者读外国作品特别是外国诗歌的人数在下降,可是这个阅读公共账号里 80% 都是外国诗歌,而且是多语际的。发起人说是读者通过反馈表达,要求有更多的外国诗歌,这和我们假想的读者的状态趋势刚好相反。可能平时我们理解文学的社会构成方式要发生变化。

麦芒:我们刚才谈到现在中国的诗歌读者读外国诗歌、诗歌的翻译、身份的认同等问题都和今天的主题——本土与外来经验有关。刚才续冬说到喜欢外国诗的现象,为什么喜欢外国诗呢?也许是可以认为读外国诗的体会、经验对于读者来说更加有吸引力,更易被认同。我本人在中国和美国之间晃晃荡荡很长时间,我想到一些问题:第一,什么是我们自己的经验?第二,经验本身是不是就一定是真实的?第三,真实的经验是不是必要的?现在很多年轻的诗人、读者很愿意去读外国诗歌不愿意读中国诗歌,是因为外国诗人写得跟我们更加接近,是一种现实的、真实的东西。这实际上是有一种投射。换句话来说,我们谈的并不是外国诗歌或中国诗歌的事情,而是在 21 世纪互联网时代,诗歌在所有地方都会遇到的窘境。

周瓒:根据我自己的经验,互联网的出现对于当代诗歌读者的影响非常大,我们写作的资源变得非常强大,对每一个写作者来讲,我觉得这应该是一件好事。

我想回应一下刚才谈到的关于文化殖民、文化混血的经验,其实在中国很多当代诗人那里是以另外一种形式体现的。在大概十多年前,中国诗人内部出现一些讨论,许多中国诗人,比较多地学习外国诗歌,或者有能力去译介外国诗歌。他们的诗歌写作与西方接轨,比较多的在文化上体现自觉的自我殖民。这引发一场论争,也就是我们中国创作中的文化殖民的一种现代性经验。

写作经验可以回到诗人创作中的一种内外突破上来,我在开会之前和车前子聊,他谈到画画和写作是有共通点的,写作时间久了以后可能对词语失去了一种敏感性,可以通过画画来刺激写作的敏感性。这一点非常有意思,也和今天我们谈论的话题相关。我自身没有用画画来刺激写作,我是参与戏剧、剧场的一些活动来刺激写作,用写作者自身的一种习惯让诗歌写作有所突破。

另外,我想从一个小的角度回应芭芭拉的一个观点,就是怎样通过关注当代外国诗人的写作,来写自己国家当下的一些现实,寻求一种新的语言来表达。我觉得这种新的语言的表达可以在不同语种的诗人之间的交流中获得。因为写作的经验可以在技巧之外、在诗人之间获得一种共鸣之外,还可以通过发现、理解语言之间的异同,来激发或寻找对语言的一种新的表达。

车前子:有时候我在想,本土经验就是外来经验。刚才引用的唐伯虎那句话,不像是中国人说的,好像不是我们的本土经验,而是外来经验。我读过唐伯虎的一些论作,但没给我留下一点印象。这可能是由于本土经验有些是私人性质的,比如磨墨的时候你不要用井水,井水是凝固的,写出来的作品是不好的,要用河水磨出来的墨才是流动的。本土经验对我个人来讲,如果不能转成一种汉语经验的话,是没有用的,只有转化成汉语经验才有可能成为我的一种写作经验。谈到汉语经验的话,若没有汉语思维,汉语经验就是空泛的。比如,我去过绍兴三次,我觉得要学一些当地方言,这一点非常重要。我不懂外语,所以转化成汉语经验至关重要。对我来讲,从诗歌角度上,本土的、外来的,融合起来很难,但从绘画角度,会容易一些。在我的绘画经验里,50%是本土经验,30%是外来经验,还有20%是上帝或者归功于偶然。

冯达:我在中国生活了四年,任期将满就要回国。在这里我一直是生活在惊讶中,感觉很遥远,但又深处于中国的日常景象中。就像在一艘船上漂流,既惊讶于陌生,又渴望通过陌生的感觉来消除熟悉。刚才尼姆罗德·贝纳讲到,他说他是两种文化的混血,对语言来说就是一种,是法语。实际上又不是这一种语言,因为诗人自己也在创造他的语言。对我来讲,最重要的一点就是在诗歌的语言中挖掘自己,在语言中,诗歌的真谛被锻造出来。

树才:对于我本人来说,本土经验、外来经验都是一种语言经验。实际上我的母语不是汉语普通话,而是浙江一个县的方言。我现在读任何语言的文字第一反应还是我的浙江方言,这是我从小到高中毕业的语言,我把它认作是我真正的母语。我现在发表诗歌的语言是我到北京上大学以后才学会的,我现在说普通话的能力是我在学法语的同时也在自学说普通话。对于我来讲,离开我的母语既是一件喜悦的事情,同时也是一件痛苦的事情。我能察觉出来我的写作在普通话里面夹杂着我的浙江方言。学了法语以后我离开北京又去非洲工作生活了七年,实际上是不断远离我最熟悉、最亲切、最根性的东西。

我学法语的时候开始写诗,那个时候是非常自觉的,我觉得自己要反叛这种本土经验,法语更新了我读诗歌的语言经验。感觉我学习法语就是为了翻译法语的诗歌,尽管它给我挣来了职业和生活,翻译诗歌的时候完成了我对于诗歌语言的一种更新,它让我发现我以前没有察觉的在我身上可以使用另外一种句子、一种修辞的潜力。翻译诗歌以后,我发现我身上的语言能量远不止我以前意识到的那些。再后来,我调到社科院外文翻译所工作,我还是不太相信“生活在别处”这种说法。我觉得,得回到“根”的地方,这十几年我是自觉地有意识地“回来”,这个“回来”是因为“往外走”的时候带着一种渴望,它没有信仰,我“回来”的时候是带着禅宗的信仰回来的——空灵的、古典的。我把翻译的语言疏离开来,把我写作的语言与之隔开,我翻译的时候能够照顾到更多的陌生性,但是我写作的时候绝对不会刻意给出那些陌生性的东西，我更愿意直接通过古典诗歌的简单、宁静、朴素，重新对语言产生一种信任。从游戏的状态回到这种信任，可以说是一种禅宗的智慧，它让你对自己的写作语言、写作方式完全信任。

明迪：不管是本土经验还是外来经验，对我自己来说主要是个人经验。作为一个中国人住在美国，本土与外来完全是没有界限的。我在阅读时无论读的是中国诗歌还是外国诗歌，能感动我的、让我产生个人联想的才是值得期待的好诗歌，这就是个人经验。阅读分两种，一种是读经典，另外一种是读那些能产生情感交流的作品。

安琪：外来经验对我的影响体现在诗歌语言上。当时对我影响比较大的就是超现实主义。超现实主义就是语言的一种组合，几个不相干的词组在一起。超现实主义提供了一种语言的方式，陌生化就是其中之一。但是由于它都是语言超越常规的组合，所以文本整个是看不懂的，也就不太容易留下经典的文本。这种创作方式至少对初学者很有帮助，比如我当时写我家乡的一条江，我受过这种超现实主义的训练就会写得比没有用超现实主义要表现得好一些，可以写得神秘和玄奥。最开始我吸收外来经验主要是在语言上，超现实主义和庞德是对我影响比较大的国外经验。随着年龄的增长以及创作的时间积累，我现在渴望从本土经验中汲取营养。

爱斐儿：我们这一代诗人的创作都是本土经验与外来经验有机结合的产物。如果没有外来诗歌肯定也不会有中国现代诗歌的盛况。在我的写作经验里，我受中国古典的文化影响比较深，但是仅用中国古典文化比如唐诗、宋词这样的创作理念去描摹我们现代的生活是不够的，所以我们必须借助一些外来的诗歌经验。

宋晓杰：乡土对我来说是一个确切的出生的土地，还有一个更广阔意义上的就是中国。我们阅读翻译外国作品时要注意自己的吸收能力，吸收有两种：一种是像蜜蜂一样聚合在一起，还有一种是像蜘蛛一样先吃进去再吐出来。本土经验或者外来经验，都需要注意与自身能力相适宜，我们要注重外因与我们内因的结合。

徐钺:我想到鲁迅的一些翻译。其实他的很多翻译作品在今天看来并没有那么理想。他的翻译方式是非常机械化的,非常类似今天的谷歌翻译。像鲁迅这种机械的翻译实际上也许能推出一种语言的经验,这种经验能改变我们表达的一种可能性,比如“你先走”与“你走先”。我并不赞成鲁迅的这种翻译,但是这种翻译会交流出一种不一样的语言经验,会对我们自己有效。

王东东:其实我们今天的讨论也存在着一种民族与世界的张力。我们扮演的是一种搬运者的角色,同时是履行者。有时候我们需要突破一种限制,但是我们有时候会感到回到这种限制是非常有吸引力的,或者说我们愿意回到这种限制,就像回到家一样。我们打破限制实际上有时候也是自我保护的一种力量。我们今天的话题是非常有生命力的,对于当代的诗歌写作者来讲,可能世界与民族的这一张力以外还有一种张力,在以前可能就像夏志清所说,中国的作者更多的是一种感时忧国,比如今天中国诗人的发言给我的感觉就是要求更自由、更开放、更有活力一点,我们要更多的自由去想象集体性的存在。因此我认为民族与世界、个体与种族这两对张力是始终存在的,我们是不是在这其中又在追求第三种东西,它超越了这两个张力或者说是在二者之间?

西川:讨论问题有的时候是有一些背景前提的。比如说,是从语言出发讨论问题,还是从一个大语言出发讨论问题?作为读者,你是国内的还是国际读者?你想或不想自己的诗歌被翻译?这些都是问题。另外,写作与一个人的抱负有关系。想成为一个好诗人是一种写法,想成为一个有意义的诗人有一种写法,想跟其他诗人形成一个对话这又是一种写法。

孙晓娅:隐匿在汉语诗人笔下的叶芝、策兰等诗人其实已经在我们阅读中被本土化了,对我们来说重要的不是他们在母语中创作了什么,而是他们在汉语中被重新阅读、被重新阐释之后为当代读者呈现了什么，给我们带来哪些影响。可能我们对于他们的接受有过度阐释的部分，但是这些都不重要，重要的正如刚才大家讨论中谈及的，是我们自身的经验、我们的趣味和价值判断有没有得到增进。诗歌创作与本土经验或外来经验，这个议题是我们抛出去的一块砖，提出一个有建设意义、值得研究的话题，后续研究有待进一步深入。最后，感谢所有与会的嘉宾和诗人朋友。

对中国当代诗歌的翻译

主持:孙晓娅　王家新

翻译:明迪　史春波

时间:2011 年 11 月 4 日

地点:首都师范大学中国诗歌研究中心

主办:首都师范大学中国诗歌研究中心

　　　中国人民大学文学院国际写作中心

孙晓娅:大家晚上好! 受人民大学王家新教授委托,由首都师范大学中国诗歌研究中心与中国人民大学文学院国际写作中心共同承办本场研讨会,感谢诸位嘉宾的莅临,本场讨论的核心议题是"对中国当代诗歌的翻译"。

王家新:第一位发言人是美国诗人乔治·欧康耐尔(George O' Connell),大约七八年前,他作为美国弗布莱特访问教授,在北大英文系教授创造性写作,同期在北大开设中国当代诗歌翻译的工作坊。

乔治·欧康耐尔:从我听过的美国作曲家雷昂纳德·伯恩斯坦(Leonard Bernstein)在哈佛所做的一系列关于"诗歌与音乐之间的关系"的讲座谈起吧。作为一个读者、诗人、译者,传译、解释、注释等形式的翻译与诗歌的翻译存在一个本质区别,就是音乐性。于我而言,音乐性并不仅仅指押韵、谐音、头韵、节奏感等等,可以说是诗歌内在的节奏感,或者说是通过文字的组合、不同的变换的位置,能够释放出身体和音乐之间的关联。以一定的顺序组合起来的文字之间的元素,表达出了听者、读者甚至诗人、译者的内心,而这一过程又常常是无意识的。也就是说,语言一旦以某种方式组合起来就表达出了我们的内心，这与我们的身体相连，我们的身体就成为联系自身和存在于我们之外但我们都参与了的某种东西的纽带。当这一精神上、身体上的联系建立起来，我们就跳出了自身的局限，从而能够享受引起我们战栗的每一个瞬间。对我来讲，这很难定义，但这是诗歌不可或缺的一部分，也是最难翻译的。

我想为大家推荐一篇篇幅较短的文章，其作者是美国的一位桂冠诗人唐纳德·霍尔（Donald Hall）。他仍在世，虽然年事已高，依然写作。这篇文章的题目是《不可言说的话语》（"The Unsayable Said"），他在文中详细阐释了"婴儿式呓语"对写诗、写好诗的重要性，并辅以很多实例。他所讲的是口头的，这在英语里称为"可点选的"——"pickable"：走开，回来。走开，回来。我在，我不在。我看见你了，我没看见你。他说这是诗歌的奥秘、诗歌的生命。读者无需懂得，诗人无需懂得，也无需为之命名。但如果缺少这一点，就不再是诗歌了。伯恩斯坦对此谈到的并不多，他没有谈到"婴儿式呓语"，但他谈到了找到模糊性、激发模糊性是诗歌与其他文学形式的区别。他详细谈论了美学上层结构——使某种形式成为艺术形式。无论模糊性怎么产生，模糊性是存在的。艺术家经常无意识地造成了模糊性的产生，如果模糊性是无意识产生的，他则知道如何在文本中保留、安排模糊性。

树才：乔治用的是"音乐性"这个词，我想用更中性一些的词——声音。在翻译过程中，声音、节奏感是最困难、最重要、最核心的。比如，中国的当代诗歌告别了古典诗歌以后，它已经前所未有地把音乐性的困难转移了——由以前可以从外部去判断的变成了无法从外部去判断的，而只能从每一个诗人的内部写作去判断，我们只能沉浸在每一个诗人的文本里面，去感知这个声音。

再联系到翻译的具体工作，它必然延伸出两个困难："谁在翻译"和"怎么翻译"。谁去接触中国当代诗人以及他的文本，这个"译者是谁"变得异乎寻常的重要。译者在梳理了"谁在译"之后，当然要引出怎么译——我自己没有直接地把汉语译成其他语言的经验，但是就从把法语译成汉语的一个最主要的经验来说——如何使诗的声音在另一个语言中重新生长、能够重新发出声音？因为那个声音在翻译的过程被打碎了，在另外一个语言里面通过具体的译者怎么能让被翻译的声音还原，成为依然能够发出声音的声音——我称之为声音的再现，这很重要。

王家新：乔治·欧康耐尔和树才都谈到了诗歌翻译的一个最奥秘的东西，从诗歌的内在起源来看，诗歌是声音的艺术。因此，翻译最重要的就是看能否接近声音的秘密，这对任何一个译者都是考验。

目前我们看到的很多翻译，会让人皱眉头——很大的问题就在于这些译者把一大堆词藻和意象堆砌在一起，看起来富有文学性、诗意化，但并没有把诗人内在的声音传达出来，这是一个普遍存在的问题。或者说他也传达出了声音，但那个声音是走了调儿的。我认为翻译和音乐一样，首先要定音，定不准音是一个致命性的错误。

乔治·欧康耐尔：我认为译者的任务不是重构原诗的音乐性，因为这是不可能的，或许也有可能，但不是一定可能的。翻译的过程中总会丢失一些东西，这虽然是老生常谈。翻译过程中，最先丢失的就是原始的音乐性，因为诗歌被译为另一种语言，大多数情况下并非重构。

根据我自己的经验，我认为成功的翻译是译者探索发现自己曾经处于他（她）认为的、感觉的或想象的原诗诗人所处的地方，这个地方位于语言之前。然后，译者继续在他（她）的母语，也就是目标语探索发现符合母语的那种音乐性，这是原诗的关键，虽然原诗译成了另一种语言，你无法尝试重构，这是行不通的，但是，如果幸运的话则可以。有时候如果下工夫，并且一切顺利的话，就能找到符合目标语的一种全新的音乐性，而且这在情感上、思想上、美学上也属于原诗。但这是一种全新的音乐性，与原诗不同。

我同意诗人树才讲的，我的一位老师在称赞美国诗人唐纳德·加斯蒂斯（Donald Gastis）时说：在20世纪70年代，耳朵，经过训练的耳朵可以听到并练习重构写下的任何东西。但是,这种重构不是音乐性的转换,音乐性无法转换,这很神奇,像魔术一般。

树才:在任何翻译里面都不再存在"原作的(original)"东西。所有翻译的努力就意味着打碎什么,就意味着你必须有能力生产一个新的声音。这个新的声音,我可以给它描述成另一个声音(another voice)——译本的声音,译本中总是存在着另一个声音,与原诗的声音不同。我们要强调译者有能力通过他发现诗歌的声音——在译文里面新产生出来的那个声音,而不再拘泥于作为出发点的声音。因为声音是扩散的,旅行的。我想从这个角度来强调译者为什么重要:首先译者必须有能力倾听到那个声音,如果他听不到,语言再好,方法再对,根本没用。他听到了以后,他也要明白,他已经被授权,他已经有这个义务了,要去产生一个新的声音,这个声音不是诗歌研究中通常谈到的不忠实于原文的声音——我们既不讲背叛,也不讲原文,而是用力于如何重新表现诗歌中最有魅力,最困难的这个声音。

乔治·欧康耐尔:译者的任务应该是在目标语中用符合目标语的方式重现原诗,而且这的确意味着是另一个声音。否则,你得到的就不像是诗歌。因此,无论你怎么做,打碎、分解它,寻找另一个声音,你所做的还是在目标语中最佳地重现原诗。它会是另一首诗,会是一首不同的诗。

詹妮弗·克诺罗弗特(Jennifer Kronovet):诗人的工作如同你能否通过给你打电话的人的声音辨别出这个人是谁一样。声音一经电波磁化转换,听起来就不再像同一个声音了。因此,诗人将声音再现于文字就是用源语言做类似的工作,利用声音、择词、句法等所有手段试图将声音还原。你不可能一丝不差地还原之前那个声音,但你必须努力接近那个声音,从质量上和其他方面都接近,直至用你自己的文字去重新再现。

王家新:詹妮弗是美国华盛顿的驻校诗人,是很好的诗人、译者、编辑。

安纳斯塔西斯·维斯托尼提斯(Anastassis Vistonitis):有一位希腊作家,他决定将文字谱成曲,他这么做是为了喜欢音乐的人。如果你的听觉鉴赏力不够,你就无法成为一位诗人。当然,有些诗是不能谱成曲的,比如像卡瓦菲斯诗,一些希腊作曲家尝试过,结果很失败。把自由体诗谱成曲要比把卡瓦菲斯的诗谱成曲容易,使用其他语言阅读的读者可能不知道卡瓦菲斯的诗是用严格的音步写成的,主要是抑扬格,并且押韵。音乐性跟音乐还是不同的,虽然最早的诗歌,诗歌跟音乐是不分的,但是现在,音乐性还包括音调、语调等因素。

成功的翻译是原诗翻译到译入语均是诗歌。你把诗歌从一种语言译成另一种语言,不仅仅是语言学的环境改变了,此外,目标语的音乐是不同的,这种不同是源于思维方式的不同,它不是译者选择或知道的。翻译不是复制,而是多维度的文学的创作过程。

此外,洛尔迦和马雅可夫斯基最好的译本是从法语转译过来的,这足以引起我们思考。

树才:我同意安纳斯塔西斯·维斯托尼提斯的观点。译者总是以另外一个人的声音来完成诗歌翻译工作,它会产生出一个新的东西。顾彬老师就是一个成功的转译者。

顾彬:我们所有的声音都是借来的,是别人给我们的,也可能是上帝给我们的。最简单的例子是北岛,我作为他的译者,在德国出版了他的五本书(三本诗集,两本散文集)。北岛的声音从哪儿来?从西班牙的洛尔迦那来;我的声音从哪儿来?从西班牙、从洛尔迦来。所以,无论北岛写什么,我都是从西班牙语把他的声音翻成德文的。汉语此时作为第二语言就不重要了,最重要的语言是西班牙语,当然不是译成西班牙语。如果他在德国成功的话,他应该感谢西班牙 20 世纪二三十年代的那个后朦胧诗派,他应该感谢洛尔迦的译者戴望舒。

乔治·欧康耐尔:翻译一个诗人的作品,还要了解他读过的书,寻出影响他的资源,唯其如此,才能做好翻译工作。我们不是我们自己,我们是很多很多人的孩子。一个诗人背后有很大的文学传统,所有我们读过的书都影响了我们的写作,那译者要了解这些才能翻译好。比如我翻译过的王家新的《古堡札记》,这是一个中国诗人在德国的一个城堡里的写作。这首诗涉及希腊神话人物、杜甫的妻子、一瓶中国的鸵鸟牌墨水……,如果对他所说的没有了解,我无法很好地完成翻译工作。

詹妮弗:皮尔·乔伊斯将策兰的诗歌翻译成英语就是如此。翻译是最接近阅读的一种形式,如果你在翻译的时候接近于阅读,你也会感受到其中的乐趣。

王家新:皮尔·乔伊斯的翻译就是对策兰的一种细读,我称之为一种研究式的翻译——不是一时心血来潮,按照字面就译下来,那样会犯很多错误。这样的译者是可信赖的。即使翻译一首短诗,都是一个巨大的工作,你要付出很多的精力。

乔治·欧康耐尔:翻译确确实实是关于语言的,而且,好的译者尽量尊重原诗的用词,是穿过原诗的词语到达一个词语还未形成的地方,目的是产生新的一首诗,并尽可能多地保留原诗的词语。在目标语的音乐中产生新的一首诗,意思是说你必须到这中间地带,环视四周,然后说出来。

树才:诗歌的源语言里产生这个声音有时很偶然,太过拘泥那首诗的字词组合,也是一种不准确,译者有时候有一种想象力。在中国很多的诗歌翻译实际上很静态,诚然,顾彬老师讲的是一个缺陷——译者只是孤立地考虑这个诗人;此外还有一个问题,就是过于看重一首诗的语言的物质材料。当物质材料和声音在一起会产生一种超越性——超越出物质性,有时候仅靠翻译本身是永远翻译不到另外一个语言里去的,那个时候译者也有义务发挥他自己的想象力,包括声音的想象力。所以,在翻译过程中,我并不害怕打碎,被翻译的语言不管你愿意不愿意它都会碎掉,碎掉以后会变成另外一个东西,不管怎么变换,都不是去背叛它,而是去呼应那个声音,我认为这样的诗歌翻译才会有成功可言。

安纳斯塔西斯·维斯托尼提斯：同意你的这一观点。在谈翻译的时候，从一种语言翻译到另一种语言，两种语言是完全不同的。在古希腊悲剧里面，同样一个剧本，主角跟小丑的语言就不同——用词不同、音步不同；主角的语言像独白，小丑的语言是造气氛或做解说或预测将来会发生的事——两种语言是完全不同的。我们从一个完全不同的语言翻译成另一种语言，要考虑很多因素，比如说话角度、思考方式的独特性等等。

此外，有时候看到不好的翻译，从不好的翻译看到背后存在着一个好的诗作、好的诗人。碰到这种情况，我就很激动，恨不得自己马上把那个错误改出来，恨不得自己重新翻译一遍。这就是诗人翻译家跟批评家的眼光差异，前者看到的是文本后面的东西。

米诺斯拉夫·柯瑞恩：我们现在所说的诗歌翻译是处在后现代时期的语境之下，也就是说，后现代主义的几种典型的批评方式是通过解析文化碎片来实现，一种在几乎所有的作品中植入的文化元素。这可能在更早的时候就已经有了，只不过还没有那么理论化。我想说的是，谈到翻译，不管我们翻译什么，是诗歌还是散文，都要尝试着去解读这些作品含有多少文化的信息。但是不知怎么，我们总是忘了作者某种观念的背后，都有一个渊源，或许是欧洲的传统，或许是中国诗歌的传统。所以我们在翻译的时候须得时刻记着这一点，这也就是为什么翻译到现当代中国诗歌的时候会更困难。我翻译中国现当代诗歌的兴趣不仅在于诗本身，而是在于发现中国传统文化和其他国家的文化要素之间的勾连。所以，对我来说，最重要的是“对话”，“对话”是诗歌写作，尤其是诗歌翻译的核心。翻译一直都是一种对话。你得联系着看问题：这个对话或许是和东方或是西方的传统相关，也可以是不同意识形态之间的对话。因为我来自欧洲东南部的国家，而且还在社会主义阵营，我对这个尤其感兴趣，我的兴趣点比较偏历史化。我一直在读罗马尼亚现当代诗歌，当然也在翻译，我觉得罗马尼亚的现当代诗歌是欧洲最强势的诗歌之一，从某种角度来说和中国诗歌很相像——传统文化都是经历过多次被打碎的，经历过不同的社会意识形态。

现在诗歌更具有开放性，易于受到多重影响，这使得翻译工作更加困难，这也是顾彬先生所说的，要识别出这些影响才能对其进行解释。因此，我认为所谓的民族文学已经不存在了，或者至少将要消失。当今我们可能只会谈论国际性文学，国际性诗歌。

王家新：米诺斯拉夫·柯瑞恩（Miroslav Kirin）是克罗地亚实力派诗人、翻译家，他从英文中转译了很多中国当代诗人的诗。

安纳斯塔西斯·维斯托尼提斯：我再补充一点，有人说解释一首诗最好的方式就是翻译它。但对我来说翻译不是解释，而是创作。

乔治·欧康耐尔：这个观点很有趣。我发现当我自己写关于翻译的文章的时候，仅仅是出于一种傻傻的原始的动因，我不想总使用"translate"这个词，而是想换一个动词。因此，我用的其中一个动词就是"render"（移译），另一个动词是"recast"（重铸）。"recast"这个词是一个比喻，意思是同一块金属重新熔化回到原始状态。

安纳斯塔西斯·维斯托尼提斯：没错。不管你喜欢不喜欢，你不得不这么做——意图复制，尽可能地接近原文。

乔治·欧康耐尔：我们不要忘了这一过程的核心是火——译者。

詹妮弗·克诺罗弗特：翻译在世的诗人的诗歌，困难在于要允许自己去重新燃烧熔化，实施这一"暴行"，听出现实中的声音。

安纳斯塔西斯·维斯托尼提斯：从一种语言到另外一种语言，我们要解决一些问题、一些挑战。当我将法语译成意大利语、将意大利语译成加泰罗尼亚语、将加泰罗尼亚语译成斯堪的纳维亚语的时候，环境改变了——尽管不是完全地改变了。这个过程是相同的，但是实际应用是截然不同的。

莫非：我认为翻译不是从一种语言到另一种语言那么简单。以摄影为例，我觉得它也是一种翻译、创作，如果你是傻瓜，你拍的就像傻瓜一样；如果你是一个非常优秀的摄影师，那么你拍的会非常优秀。

翻译也是这个道理。

米诺斯拉夫·柯瑞恩:好多人都做诗歌细读工作,然后说这是做翻译最好的方式。如果我们把翻译仅仅看作是直译,那么这样做可以。然而我不这样认为,我始终相信翻译是创造,是再创造。

乔治·欧康耐尔:我非常欣赏这个说法。这就是我刚刚说的那个词——“重铸”,这是一个暗喻,指的是同一块金属重新熔化,但是在燃烧中的液体被铸造成另一种金属,不管怎样改变,它们原生于同一块金属。

王家新:中国当代诗歌翻译存在哪些问题呢?

树才:我讲一点思考,可能也是中国当代诗歌翻译的瓶颈问题。如果不突破,对当代诗歌的翻译是不利的。刚才我们讨论到语言的差异性,翻译诗歌是一种“译差”的艺术,翻译一定带来差异。对待已经翻译为汉语的东西,我觉得我们缺少一个诗歌翻译批评的领域,在中国,只有诗歌翻译但是几乎没有诗歌翻译批评,这个是不正常的。那么导致恶果是什么呢?有两种极端:一种极端是过于宽容,所有人都可以从事翻译,导致译得越来越差。实际上这是因为缺少对诗歌翻译的批评,我始终认为诗歌的译者是需要条件的,不是说懂一点儿外语想从事诗歌翻译就可以把它做得有质量的。另一种极端是过于苛刻——主要发生在译者和译者之间,为了确认自己翻译的东西是否更好而做不必要的争执,事实上,翻译里面没有最好,但确实有更好。

王家新:今天的主题是“对中国当代诗歌的翻译”。在座的都是翻译家、汉学家、诗人,都关注中国诗歌,我就谈一点:我作为中国诗人,对中国诗歌被翻译到西方曾经是抱着希望的,但是后来我基本上就不抱什么希望了,1992 年我到过英国之后就不抱什么希望了。原因有很多,真正要找到一个好的译者,就像是要找到知音一样,非常困难,几乎是不可能的。每个诗人都有一个终极意义上、形而上意义上的对话者和翻译者——就像中国古代讲的知音。但是知音非常难找,纵然一个诗人有一些好的朋友。

翻译首先是一种爱的行为,是一种秘密的爱,没有这种爱不成。另外,中文翻译成西方语言,是多么困难。所以我后来就不抱什么指望了。能够遇到你们这些翻译家,是我们的幸运。但是从我对中国诗歌的了解,我认为中国当代诗歌现在处于相当不错的状态,整体上已经达到世界水准了。目前我们拥有一批可以说是世界上最好的诗人,有一批这样的诗人,不是一个也不是三五个。我们还有很多很优秀的青年诗人,还没有被汉学家发现的青年诗人。上次我给顾彬推荐了一些很年轻的诗人,像孙磊、宇向、朵渔,他们后来都被翻译成德文了,我希望,这些优秀的诗人被我们的翻译家、汉学家所了解,而不仅仅是几个有名的诗人。

我认为中国诗歌面临的最根本的问题就是翻译的问题。可见,翻译家的责任是多么重大。我希望能有更多像你们这样优秀的翻译家或者是汉学家关注中国的当代诗歌,能通过你们的翻译,让它成为世界文学的一部分。好诗人和诗歌依然存在,也许是在人们的视线之外。即使是你们认识的一些诗人,也可能还有很多地方没有被你们发现。比如说就像我,我比较满意的作品,我认为是比较重要的一些作品,都没有请你们翻译,比如说长诗《回答》和一些诗歌随笔片段,至今都没有译成西方语言,当然这些也很难译。这不是我一个人的问题,这是中国当代诗歌的整体问题。简而言之,中国诗歌仍有待被发现、认识和发掘。

树才:一位好的诗人,原文也很好的,翻译有缺陷也不在乎。我一直都觉得翻译是需要批评,但家新太强求了,好的译者可遇不可求。其实翻译,不是作者能操心和苛求的事情。中国的诗歌,在德语里遇到顾彬是运气,在法语里就没有遇到这么一个人。我对法语比较了解,这两年我想推动中国诗歌在法国伽里玛出版,非常困难。

顾彬:什么是西方语言?

王家新:西方语言不是文化意义上的,是指语言本身。

顾彬:德文是德文,德文不是英文。如果我们从德国或是德语国家来看翻译工作,我们会发现什么呢?西方语言根本就不存在,德语就是德语,不是西方语言。如果能注意到我们在德国或者是德语国家都做过了什么事,我们会发现跟英语国家的情况完全不同。在德国至少有四位诗人中文都很好,并且在翻译你们的作品,所以,在德国和德语国家,都有很棒的中文诗歌译作。大家都知道中国诗歌属于世界上最美妙的诗歌,但是因为中国诗人不学习德语,所以你们不知道我们都做了什么。我们一直在翻、在译,每次都以中国诗歌的名义出版,因为我们自己的诗歌都卖不出去。读者看到我们翻译的中文诗歌都说这是世界上最好的诗歌,然而,英语国家没办法跟我们比,为什么?因为在英语国家,你们的诗歌都在边缘。

王家新:所以我们希望德国有更多的顾彬出现。

顾彬:不是我一个人,我们有四个人——至少四个人。在英语国家只有北岛一个人成功,为什么呢?因为万伯格翻译了他。他40年以前学过汉语,他还请一位华侨帮他翻译。所以北岛在英语国家非常成功,但是多多呢?杨炼呢?都没有被很好地翻译,很多中国的诗歌都没有被好好翻译。

詹妮弗·克诺罗弗特:在美国读诗的人太少了!更谈何诗歌翻译啊?相较之能不能发现译者,这是更严重的问题。你们都很幸运,因为在德国和中国都有阅读诗歌的文化传统。在美国,出版社的状况更值得焦虑——出版社一个个都关门了,诗歌读者很少。

明迪:我今天讲的主题是:诗歌翻译过程中的语言知识:比如说,多多有首诗题目是《依旧是》,但是翻译到英语就成为"Just like it used to be",题目长了三四倍,这样就丢失了原诗的语气了。"依旧是"是文学化的、很精练的。但是"Just like it used to be"就很随性了。还有,你们提到诗人所受的文化影响的问题,有首诗叫《最高虚构》,被翻译成英语是 *Highest Fiction*,这类翻译没有表达出任何东西。如果我们知道这位诗人是受到了华莱士·史蒂文斯的影响,那就可以直接用 supreme Fiction,简单一说就能告诉读者更多的信息——来自西方诗歌的影响。以西川为例,他阅读很丰富,所以翻译他的作品时,就要用到很点睛的词语,那种一言以蔽之的词,涵盖了他的态度、性格、风格、背景、重要的影响、融合了古典诗的特点等等。我还想提一点,这些语言知识是自成一体的,译者必须自己也是位诗人。

孙晓娅:今天的讨论、对话非常热烈,大家见仁见智。翻译是一项神圣而艰巨的工作,是技艺和创造的兼容。我认为翻译的目标就是要在诗歌中寻找到隐秘的、变化的、难以捕捉的声音、色彩、姿势。程抱一曾说过,汉语是最难直接翻译的语言。比如,它的四个声调的变化,不同声调的组合都会带来内在的隐秘的东西。同样在音韵层面,汉语的韵母"an"表达一种忧郁的情感;"ang" 表达一种高亢的情感,这些比较难翻译出来。同时,汉字又是表义的,这给我们的翻译带来更大挑战。

谈及中国诗歌的翻译问题,涉及的讨论非常多,而且有很多值得我们结合文本进一步深入研究和分析的问题。我们今天仅仅是一个开始,期待下次的合作和研讨。感谢诸位为中国当代诗歌的翻译所做出的巨大努力!

诗歌的多种可能

——阿莱什·希德戈与杨方的对话

主持:孙晓娅

翻译:鲍捷

时间: 2014 年 4 月 8 日

地点:首都师范大学中国诗歌研究中心

主办:首都师范大学中国诗歌研究中心

孙晓娅:主持今天这种小规模的跨语际对话,与其说是创意、努力,不如说是我多年的期待。我们偶尔会面临一种研讨的尴尬,即在一场大规模的学术研讨会上,大家多侃侃而谈、各陈其词,会议成为演说阵地。然而,在看似热闹的氛围背后,学术交流的有效性和针对性却在某种程度上遭到了或多或少的遮蔽。因此,今天除了两位主角、翻译和录音整理同学之外,我没有请任何人参与,根本旨意在于给两位对话者提供较为轻松自由的环境,于安静与专注的情境下互动、激发、敞开、延展,真实推进跨语际的诗歌交流。

首先,介绍一下本次对话的缘起。去年,我与赵敏俐教授、诗人明迪、诗人周庆荣应邀前往斯洛文尼亚访问交流,期间见到斯洛文尼亚当代最负盛名最具活力的青年诗人阿莱什·希德戈。后来我们去阿莱什家做客,偶然的一个话题引发明迪问我们可否请阿莱什明年到首师大诗歌中心驻校一段时间。我们当即确定请阿莱什以首都师范大学中国诗歌研究中心首届国际驻校诗人的身份来访首师大。如此才有今年阿莱什的驻校,并借此机缘安排首都师范大学第十位驻校诗人杨方与第一位国际驻校诗人阿莱什的对话。为促进这场别开生面的对话，我请美国诗人梅丹理老师将杨方新近创作的一组诗翻译成英文，第一时间发给了阿莱什；同时将明迪翻译成中文的阿莱什的诗歌发给杨方，分别请他们先行阅读彼此的诗歌，增进了解。担任本场对话翻译工作的是北京外国语大学斯洛文尼亚语系的鲍捷老师。

阿莱什·希德戈：非常感谢首师大中国诗歌研究中心邀请我来到贵校参加一系列的活动，这是一个宝贵的机会。感谢孙晓娅教授在我驻校期间全程周到细致的安排。作为一个国际化的诗人，我也经常在许多国家许多城市参加各种各样的诗歌交流活动，但是对于这样小型的、有一个面对面地和诗人做直接沟通的对话会，我还是第一次参加，同时亦非常珍视。在当代社会，虽然媒体对人类视觉进行了狂轰乱炸，给我们造成了极大的视觉冲击，但在我看来诗歌仍具有很强的生命力，它能够在人们面对这些娱乐性的媒体宣传之后，留给人们一种持久性的感受。在我看来，诗歌交流有时是一种安静的交流、一种具有亲密性的交流。我们今天的交流可能也非常符合这种理念。在这次对话会之前，我仔细阅读了首师大驻校诗人杨方女士的一系列的英译诗。

孙晓娅：梅丹理老师的翻译很细致。翻译前，他先全面了解杨方创作这些诗歌的背景资料，随后，亲自来到诗歌中心，逐句与杨方求证一些必要的创作信息。经反复修改，我们才见到了目前阿莱什手中的英译本。很敬佩他的翻译态度。

阿莱什·希德戈：最开始时，我可能会以一种非常放松的心情来看待这些诗歌。今天既然坐在了一起，我非常想问杨方女士，为什么在自己的集子里选择了这几首诗歌拿出来交流？您对这几首诗是否情有独钟，或者有一个更深刻的寓意？

杨方：我出生在新疆，并且在新疆生活了二十多年。大学毕业后我才回到祖籍浙江工作。我大学毕业本来可以留在新疆生活工作，但是因为新疆发生了一些事情，给我造成了很大的伤害，所以我离开了那里。这些伤害就在我的诗歌里面表达出来。我觉得这是一个诗人灵魂里面的疼痛。

阿莱什·希德戈:这些诗歌创作的时间是比较久远的还是近期的?

杨方:这些诗歌是我在驻校期间,近三个月创作的,收集到我的一本诗集《骆驼羔一样的眼睛》里。在这本诗集里面,大部分写的都是新疆,关于我故乡的题材很多。

阿莱什·希德戈:您的诗歌题材肯定是和新疆有很紧密的关系,在您看来,20 年前的新疆和现在的新疆还是保持着同样的状态吗?还是现在又发生了一系列的变化?

杨方:小时候,我的邻居全是维吾尔族人,我们就像朋友一样相处。但是,1997 年发生了暴乱,后来再加上 2008 年的事情,汉人和维吾尔族人就发生了一系列不愉快的事情。我觉得离开新疆对我是一种很疼痛的事情,我对故乡一边热爱,一边向往着回去,却又回不去。好像我们每个诗人心里都有那样的一个故乡,但是我那个故乡却永远也回不去。

阿莱什·希德戈:听到您介绍自己的诗歌创作以及讲述其背后的故事和经验,我感到很亲切。因为在西方文学中,特别是在欧洲文学世界里,也有很多类似的题材,比如驱逐、背井离乡、放逐等。在罗马帝国凯撒大帝执政时期,曾有一批人被驱逐到黑海边,他们创作的这些古代诗歌一直围绕着故乡与远离故乡等题材。在诗歌创作过程中,特别是针对这种远离故乡的诗歌题材,可以分为两类:第一种是把自身融入诗歌创作中,或者说这首诗是写给自己的,是说自己的故事;第二种情况是把一个群体融入诗歌创作当中,这首诗是描写一个群体的。您的创作想表达的是自身的感受,还是想表达同一类和您有相同经验的群体的感受?

杨方:我想表达的可能是同一类型的一个群体的感受。因为像我这样离开新疆的人比较多。可能我的诗歌受叙利亚诗人阿多尼斯、巴勒斯坦诗人达维什的影响比较多,我比较喜欢他们的诗歌,这两位都是伊斯兰诗人。叙利亚诗人阿多尼斯,他生活在伊斯兰的领地,那里的动乱我们众所周知。还有巴勒斯坦诗人达维什,他也是伊斯兰诗人,那个国家的状况就更不用说了。我觉得我们新疆也同样是受伊斯兰教影响比较深重的地区,跟这两个国家有很多相似的地方。所以我的诗歌创作,是从我自身的那种感受出发,但是我想表达的是一个群体,就是像我这种在新疆出生与成长的汉人对故乡的一种心灵伤痛。

阿莱什·希德戈:在当下的诗歌创作中,我发现很多人都希望为一个群体发声,把自己的想法转化成一个群体的声音。我觉得这种形式是多层次的,是立体的。为群体发声,诗歌本身可以作为一种媒介。20世纪产生了许多自由派的诗人,也就是诗歌的自由创作者。这些人有一部分,特别是在欧洲,也是放弃了自己的故乡,在另外一个国度或者是城市进行诗歌创作。诗歌作为一种语言,成为他们的一种工具、一种武器,去捍卫他们的声音和理念。阿多尼斯和达维什这两位诗人,也同样是借助了语言这种工具去达到他们的某种目的,起到了媒体宣传的作用。我在想有时是否诗人也在用自己的诗歌创作去揭露冲突,去诠释理念上和政治上的冲突,有时这种冲突又是一种强制性的、垄断性的。比如说,我今天和我们的外交官梅特卡·美什,我们都来自斯洛文尼亚。它是原属于前南斯拉夫联盟的一个独立共和国,只是近20年的时间才真真正正地脱离南联盟,独立出来。在我看来,在这个前南地区,有很多国家很多民族都有自己独立的文化以及独立的语言,却不能作为一个自由的群体生活在一片土地上。这种现象现在还在发生着、存在着,比如说在塞尔维亚的南部,有一群阿尔巴尼亚人,这群阿尔巴尼亚裔的居民,他们还是没有自己的独立国家。在这群人里面也产生了许多著名的诗人,在这里我就不再一一重复了。我想和您探讨的是,如何能用自己的故事去为一群人发声,用自己的题材以及自己的亲身经历写的这些诗歌,它们是具有共性还是具有一些特性?它会不会对诗歌创作造成一种垄断或者扼制呢?

杨方:这个问题很深刻。因为我是一个不太过问外部世界的诗人,我只在自己的世界里面思考。但是每次回到故乡所见所闻让我感触很深,我觉得不能不写。我以前写的诗歌里面从来没有提到过类似题材,就是最近几个月在首师大驻校学习期间才萌发了要写这种诗歌的想法。潜意识里面我不太清楚我想通过这种诗歌来达到一个什么目的,可能没有。我只是想把一种声音发出来,这种声音可能是我自身的,也可能是所有像我一样的群体的声音。它并不代表一种政治——与政治无关。您刚才提到斯洛文尼亚以前是前南斯拉夫的一个加盟共和国,我对斯洛文尼亚这个国家非常陌生,我不知道斯洛文尼亚的诗歌,比如说您本人的写作有没有受到西方现代诗歌的影响,或者是俄罗斯文学的影响,比如萨拉莫夫等人。

阿莱什·希德戈:我提这一点不是说对您的诗歌创作或者对您的理念有所批评。站在我的角度,我也非常喜欢您的诗歌。只是发现,现在有一部分现代的自由诗人,他们过于擅长运用一些诗歌题材,以至于把这些题材作为自己的一个工具,把诗歌工具化了。我从这一点引申一下自己的感受。我也非常喜欢您从自身角度出发创作一些诗歌,去表达一些您的所思所想。关于斯洛文尼亚的诗歌发展,在我看来,其诗歌创作非常活跃。虽然它是一个很小的国家,但是我作为一个斯洛文尼亚的诗人,我也一直坚持着用斯洛文尼亚语写作。尽管我知道世界上很少有人能听得懂这种语言,毕竟说斯洛文尼亚语的人很少,但是我还是希望能用母语去创作斯洛文尼亚人的诗歌。我没有专门受到某一种文学作品的影响,或某一个文学大家的影响,反而是在各式各样的文学作品中、多个国家的文学作品中,去找寻我所感同身受的那一部分,然后把它融入自己的诗歌创作当中。在诗歌,特别是在文学创作这个广义的范围里,许多人都在写过去,许多人都在聊故人。那么在故人的创作基础上汲取或者是添加一些自己的文化,然后再进行诗歌创作,可能我也属于这种人。

在我看来,诗人或者说诗歌创作者是世界的居民,所有的诗人在心灵深处都有一种通性,都能超越语言互相了解对方。这就如同一张看不见的网，把所有的诗人都打捞在一起，在这个网里面大家就像一家人一样，可以彼此沟通。您问到哪一位诗人对我有影响，我觉得太多了，可能这个名单从早说到晚都说不完。我觉得每一个诗人对我来说都有用，可能他们来自不同的国家，但是他们对我的诗歌创作都有很大的意义。

同样，我来自斯洛文尼亚，我也用斯洛文尼亚语来写作。斯洛文尼亚语在我看来，是我写作的工具和武器，甚至是我诗歌创作的一个实验基地。斯洛文尼亚这个国家小，会说斯洛文尼亚语言的人也很少，但是许多诗人都坚持用斯洛文尼亚语去写作，这也是非常有特点的一个现象。因为我们一直有一种感受，如果我们不用自己的语言去写作，就不能良好地保持我们语言的延伸性和连贯性，我们这种语言可能就会消失，民族性可能也会丧失。比如说，如果从我们的首都驱车往外走，三个小时的时间，很可能就出国了！就到了一个我们完全陌生的语言环境。从这个角度来讲的话，斯洛文尼亚的诗人反而对外国文化更有一份尊重、理解和包容。可能您也了解到，特别是在现在的欧洲，我们时刻在说的欧盟是许多国家的联合体。它推崇的就是一个多文化多语言的大环境。这样，我们面对的另一个新的问题就是翻译。如何准确地把作者的意思表达出来，也是我们现在面临的一个比较头疼的问题。

杨方：您的诗歌写得非常好，但是阅读不是那么容易。要慢读、多读，读的过程中要边读边体验诗的意味。很难给您的诗一个准确的结论，就是觉得诗中弥漫着事物和人自身的纠缠状况，更有一种深度意象的意味。有时您会从事物本身出发，逐渐向人的精神及生活状况推进，从而使得事物获得一种匪夷所思的转接效果，您可以把事物转接到人的生存状况之中。读了您的诗歌以后，我觉得可以把您的写作命名为“深度事物意味”，您是否认可我对您诗歌的这种理解？

阿莱什·希德戈：想请问您读的是我哪一本集子？

孙晓娅：是明迪翻译的集子。

阿莱什·希德戈:如果说您留意的话,这里面有好多诗歌其实是我专门为中国读者,或者说基于我对中国的感受创作的。它是一个概念诗集。这里面的许多诗歌,糅入了许多中国诗歌的元素,比如韵律。在诗歌创作中,有的时候更多的是通过朗诵去感受。我这个集子里面更多的是想让大家来听诗歌的意味。有的时候我们的感官就是反映我们心灵的镜子,它是对我们内心的一个反映,这是我对您读的这些诗歌的一个总的概括与阐述。与此同时,我一直在思考一个问题,特别是在资本主义社会,在许多欧美国家,人和人越来越具有相同性,形成了一种消费主义的氛围。在这种消费主义至上的环境下,人变得更加自私,更加看重对物质的掌握。从这个疑问的角度出发,我的创作理念是在我写完了很多诗歌后,才慢慢有一个基础的调理:我的很多诗歌都是在抵触这种消费主义社会,抵触这种消费主义至上的理念。这就是我对自己诗集的一个基本阐述,希望对您的理解能起到一点点帮助。

这一本诗集里面所包括的内容,我们可以称它为诗。但在我看来,我不想把它定义为诗,反而把它定义为一些随笔,一些小的句子和言语。它只是以不同的文字形式来表达我的内心想法,比如关于对一种平行世界的看法、理解与感悟。

杨方:我读您的诗,感觉您几乎每一首诗都是将事物和人的状态紧紧纠缠在一起,用您的话说就是一种平行的感悟。比如说像《猫》这首诗里面,"它闭上眼睛时,穿过你心中的怒吼";比如《门垫》这首诗歌:"它喜欢问题之间的无形通道,哪里疼痛就跌倒在它身上,答案永远是爱。"可以说这时候的物质是深入人的深处的,而事物始终在纠缠着人的行为、肉体、心灵,最终是精神。您是如何把物和人糅合在一起的,或者用您自己的语言说,如何使物和人形成一种平行状态?

阿莱什·希德戈:我感受的平行不是像您说的那样从物到人,而是反向的从人到物。我首先从自身出发,先把自己物化,然后把自己的所想所见所感受以物的形式体现出来,就形成了您所看到的诗歌文本。

在这本集子之后我又创作了一本诗歌集——《人体》。那里面我写到的所有主题,或者是形象和元素,都是人体的器官。其中一个非常有意思的是舌头。"舌头"在斯洛文尼亚语里面也是"语言",它们是一个词。在使用这个字时,就会产生一种像您所说的一种纠结的状态:它到底以哪种形象存在,哪种形象出现。

有时候诗歌就是我们描写事物的一种手段。在古代,可能我们对事物的记载,就是通过文字这种方式,还有一种方式就是通过绘画,通过素描来记录事情。在现代社会,对事物的描述形式越来越多了,有各种新媒体,比如说网络。可能我们在生活中拍一张照片发给朋友,就把一件很具体的事件通晓给了别人。就算在这样一个信息爆炸的社会,以诗歌为事件载体的这种记录模式还是被人们不断地延续,不断地使用。我读到了您诗歌里面的几句话,感觉非常棒,心灵受到很大触动。诗歌的名字叫《寄往故乡的邮包》,我觉得是否在这里面,您把自己物化成了一个邮包,这个时候可能诗人就是这个包裹,然后寄过去的不是包裹,而是诗人的灵魂。对我来说,我觉得这首诗非常棒,对心灵触动很深,我非常喜欢。

杨方:我在《寄往故乡的邮包》这首诗歌里面表达的,就像您说的——不是一个两公斤重的邮包,而是我自己,是诗人的灵魂沿着这个送邮包的路线,一路上经过熟悉的河流、街道,然后一辆疲惫的四轮马车把它带回故乡。送达的时候邮包被放在一个餐桌上。我是这个餐桌上的缺席者,我也是故乡的缺席者。您的理解可以说非常准确,我想表达的正是这样一个意思。

阿莱什·希德戈:我想和您分享一个小故事。我的妈妈就在邮局工作,我小时候就是在一群邮件里面玩耍。在我看来,有时候我们的文学、我们对世界的理解是具有通性的。就是因为我的童年在这样的环境里面度过,所以我对邮件、对这种从远处寄来的包裹有一种特殊的感情。在读您这一首诗的时候感触最深,因为我又结合了一些自己的感受，所以有时候我们不用区分到底是什么文化、哪一国文化，只要是文化，肯定是具有它的共通点。

您也不断地提到在您的诗歌创作中，童年或者是成长历程的伤痛可能成为您的一个文化符号、一种文化记忆。当然，新疆这个地域在创作题材上肯定对您有很大的影响，成为您的一个创作源泉。我不是很了解新疆这个地域，我只知道它是一个多民族的环境。那么我想问，新疆地域文化的特定性是否对您的诗歌创作有一些影响，或者说在您的诗歌创作当中是否能反映出来新疆文化的一个特殊性。其中包括比如说诗的韵律，或者是诗歌的一些具体的物象描写，或者是诗歌的技法上有没有融入新疆的元素和当地的文化。

杨方：这个一定是有的。因为我从小生活在新疆，新疆主要的文化是伊斯兰文化，伊斯兰的音乐是十二木卡姆音乐。伊朗也有木卡姆，伊拉克也有木卡姆，包括伊斯兰教民族的木卡姆。虽然都大同小异，但是存在着一种共性。我们新疆的木卡姆是一种即兴创作，想到什么唱什么，边敲着手鼓，边唱边跳，跳麦西来普那种舞，可能每一个人都是歌手，也都是诗人。木卡姆的韵律是比较悲凉的，可能受新疆大自然那种荒凉环境的影响。我在诗歌创作中，有意地融入了木卡姆这种旋律，它始终贯穿在我的诗歌旋律中。我每一首诗歌都比较长，这种写作方式就有点像木卡姆歌手的那种随兴歌唱。另外在我的诗歌中经常提到跟伊斯兰文化有关的词语，比如清真寺、伊玛目、安拉、大毛拉，还有诗歌中写到的建筑，比如说交河故城、伊斯兰的房屋廊檐曲折，以及清真寺绿色的拱顶。这些都是新疆的一种建筑文化，包括它的色彩文化，但是影响我最多的还是木卡姆的音乐旋律。

阿莱什·希德戈：我还有最后一个问题想和您交流一下。您的诗歌创作融入了很多新疆元素，甚至还有大量的伊斯兰文化元素。您现在又在北京进行诗歌创作，之前也曾移居到中国南方的浙江，那么对于活跃在北京或者南方地区的诗人，如果他们不了解伊斯兰和新疆文化元素，是否能与您一样对这一段历史感同身受？他们是如何接受您的诗歌的？对于他们来说，您的诗歌是像一个磁铁一样，把大家都吸住了，还是您的诗歌使您和他们的距离更遥远了？

杨方：应该是更遥远了。因为很多诗人、很多中国人根本不了解新疆的状况，仅此而言，我的诗歌与内地很多诗人所写的诗歌有所不同，这也是我发出的跟他们不一样的声音。人们可能会喜欢我的诗歌，但是可能读不懂我的诗歌，因为没有经历过那种伤痛，体会不到那种伤痛。

孙晓娅：完全不同的文化语境和个体经验，你们两位却在短短的时间内展开了丰富的交流和对话。作为听者，我不断地游走穿行在你们的精神空间和诗歌空间中。

阿莱什·希德戈：非常感谢能与杨方女士有一个近距离接触的机会，体会到您所说的迥异的感受。感谢孙晓娅教授的全程陪同和安排，我期待了解更多中国当下的诗坛和创作。

杨方：您的诗歌我读了很多遍，越读越喜欢。斯洛文尼亚对我而言是一个非常陌生的地方，今天第一次接触到斯洛文尼亚的诗歌，我学到了很多。

孙晓娅：感谢两位对话人。在跨语际的边界上，这场对话就是在挖掘诗歌的多种可能：在文化的、民族的、历史的维度下，实现个人与群体的交融、语言与记忆的交融，尤为难得的是各种生命经验的丰富立体的交融。预祝你们在驻校期间，纷纷收获和尽享灵魂的邮包。

诗歌与日常经验

主持:孙晓娅

翻译:西川　鲍捷

时间:2014 年 4 月 9 日

地点:首都师范大学北一区文科楼

主办:首都师范大学中国诗歌研究中心

孙晓娅:大家下午好！斯洛文尼亚杰出的青年诗人阿莱什·希德戈是首都师范大学首位国际驻校诗人,借阿莱什先生驻校时机,请朋友们汇聚首师大,共同围绕“诗歌与日常经验”这一主题进行交流。首都师范大学中国诗歌研究中心热烈欢迎阿莱什到首都师范大学驻校,感谢大家的莅临。首先请听学生和阿莱什分别用母语朗诵阿莱什的两首诗《鞋》和《巧克力》:

鞋

他们保护你
所以道路轻轻压向你。
信使在你和足迹的世界之间唰唰行进,
足迹擦去彼此。
由皮肤与针脚构成。
而你的足迹由皮肤和针脚的文字缝缀而成。
保护他们。
你可以衣不蔽体身无长物。

但只要鞋在脚上你就不会贫穷。
不会继续隐藏，
不会被撞翻到床下，
被丢弃在雕花衣柜，被遗忘在地窖。
与他们同睡。
穿着鞋沐浴，
做爱时也不脱下。
让他们随时警告你
你来这里只为一次短暂逗留。
很快你将不得不接着走。
永远不要脱下他们。
一脱掉，旅程就要结束。
他们把你当一个吉普赛人埋葬，
光着脚，没名字。

巧克力

他死了，为了变成在你面前的一条巧克力。
他希望你也能吞食他死亡的焦虑。

无限地。希望恐惧与解救融化在你嘴里。
他的甜肚肠，他调制的苦弯弯。

他让你给他松绑，把你自己亮在合适的光线下。
善良之外。仁慈与宽恕之外。

你们二人无言地触碰，以喑哑礼品的语言。
被你打烂和食用的，打烂并食用你。

你的口水，一张空嘴的秘密感觉是他的。
你的手指在抽屉里寻找他。但不是相反。

你必须保持饥饿，这样神才能依旧给予。
而你的神曾经给予过的东西，他不断取走。

吴思敬：阿莱什年轻而有创作潜力，在国际上非常有影响。仅从这本小册子中的几首诗作足以说明他的写作实力，尽管译本总会存在某些局限。首师大中国诗歌研究中心成立到今年已经是第13个年头了，驻校诗人制度也实行了10年，这10年我们走过很艰辛的道路，这离不开各位驻校诗人以及在座各位嘉宾的支持，希望大家畅所欲言。

阿莱什·希德戈：非常感谢孙老师给予我这次驻校机会。从我的国家一路跋山涉水来到中国，见到这么多优秀的中国诗人，我十分感动。在斯洛文尼亚诗坛，曾有一位杰出的但英年早逝的年轻诗人斯莱可·科索沃尔，他写过一首非常有趣的诗《透过自我来看待空间》，从这首诗我想到：不知是否所有的诗人都透过字母、文字来看待我们心中的空间，在这个只属于自己的空间里面，我们用我们的所写发声。我们不需要顾及文化的、社会形态的差异，而仅仅是听出我们内心的呼喊。我们每一个人都遵循自己的声音，在这一条道路上我们每一个人既是成功的又是不成功的，这是否和孔夫子所说的理论相像呢？

身处的大环境在不断改变，我们的写作语言和风格也会受到影响。比如说在50年前，在我的祖国斯洛文尼亚，某个人很可能由于进行了某种文学创作，出版了某本禁书就会遭受牢狱之灾。在那个年代许多人可能每一年、每个月都在期盼读到一本那时所谓的禁书。在今天这个信息轰炸的时代，我们可能再不会遇到这种情况了，文化信息的传播速度已经让我们无法企及。越来越难的是我们如何定义内心的那个空间——属于我们自己的空间。我们发出的声音和原来的声音还是否一样？现在，我们每一个人都接受了过多的信息，我们每一个人与他人的联系越来越紧密，和过去形成鲜明的对比。比如，在斯洛文尼亚，人们热衷于学习外语，通过这样的方式我们接触到了许多外国的文学。对于我们来说，学习外语是否就是一个拉近民族沟通的方式呢？今天中午我与几位中国诗人进行了交流，惊奇地发现虽然我们未曾谋面，但是都共同喜欢一些国际知名诗人，这些诗人可能来自秘鲁、罗马尼亚、俄罗斯……都是我们的前辈。从某个方面来讲，我们作为诗人都有共同的价值取向，都可以评价哪个诗人成功、哪个诗人不成功。同样，那些所谓的民族诗人，他们哪怕是只为自己民族的独立去创作，但在这个信息轰炸的时代，也已经成为人类的诗人、人类的共同财富。真心希望能与大家共同探讨诗歌创作以及在您灵魂深处的那个小空间。

蓝蓝：阿莱什是我认识的第二位来自斯洛文尼亚诗人。这些年有很多很好的外国诗人的作品都被翻译到中国。但是有个问题，现在那些更年轻、更有活力的小语种诗人的诗集，被翻译出来的比较少。出版社一般只愿意出版那些已经出名的或者获得诺贝尔奖的诗人的诗集，当然我们也需要，可是我更喜欢像斯洛文尼亚这样比较小的国家，被全球化边缘化了的文化里产生的诗人的作品，他们有可能在诗歌中保持更多的活力。

阿莱什的诗我也是刚拿到，不能立刻就给出评价。中午交流时，他说起斯洛文尼亚民间的一段俚语，说他们国家人民的理想是：生一个孩子、种一棵树、写一本书。尽管斯洛文尼亚面积上不是一个很大的国家，从语种上来说也是小语种，但是他们普遍有这种想法就很难得。我刚才随意翻阅了一下他的诗，欧洲诗人有一个共同的精神来源，比方说古希腊、古罗马的神话，他可以写奥德修斯等等。可是在中国就很难想象在我们的神话体系里有一个能够不断重现精神活力的人物或形象。我今天想得更多的是自己的问题，而不是斯洛文尼亚的问题，我觉得好的交流可能就是所有的问题都要反馈到自身，想想我们自己要解决什么问题。

阿莱什·希德戈：几天前，我参加了在扬州举办的“瘦西湖”诗会。诗会给每位被邀请的外国诗人出版一本诗集，这是一个非常好的机会。大家看到的这本诗集正是借助这个诗会出版的，这里面的诗不是由某一个人翻译的，三年之前，有五位中国诗人到斯洛文尼亚做诗歌翻译交流工作，那时我们就已经翻译出部分诗歌作品。在这样的活动中，我们翻译的不仅仅是彼此的创作，还包括来自对方国家的一些具有代表性的传统诗歌。在这次翻译中非常有意思的是，我们的目的不仅要将这些诗歌翻译成斯洛文尼亚语或汉语、英语，甚至还想把这些诗歌翻译成当地的一种方言。斯洛文尼亚这个国家非常有意思，虽然人口少、面积小，但是方言数量却非常多。在110种方言中，很多方言甚至是跑到另一个区域就不能被理解接受的。有的时候在电影电视里，我们甚至要针对方言做一个字幕。我也不需要在这里卖弄斯洛文尼亚的方言，我想方言在中国肯定更丰富。在翻译的过程中我们发现了一个非常有意思的现象，就是有一些中国诗人将斯洛文尼亚诗翻译成自己方言的时候，时常要停下来想一想我要用哪一个汉字，甚至有时候找不到合适的汉字，想一想是不是非得要用拼音来做替代。

放眼欧洲，很多国家都非常推崇用自己的方言来创作诗歌。但是在斯洛文尼亚，还是相对薄弱了些。在所有的欧洲国家里面，做得最成功的是意大利，很多意大利的优秀作品都是采用方言的形式进行书写的。斯洛文尼亚作为一个小国家的官方语言是有一定局限性的，甚至是濒危的地位，但是在我看来，不存在所谓的濒危地位。在斯洛文尼亚说斯洛文尼亚语的人一般同时还会其他语言，所以从这方面来说，斯洛文尼亚人自身就会去学外国的语言，学习外语的同时会去反思本族的语言，继而更好地保护本族语言。在十年前我和一位来自德国的诗人进行过交谈，他一直在和我抱怨整个世界已经被美国化、英国化，所有人都想用英语交流，他害怕有一天德语会因为英语占据了主导地位而消亡。我认为，这是因为他从未真正生活在一个多语言的环境里。我来自一个小语言的国度，熟悉多种语言，我从来不会觉得自己的语言会消亡。

陆健:在首师大诗歌中心为阿莱什做的这本双语小册子中,所选诗歌的题目基本上都是名词——与日常生活特别接近的名词。阿莱什天生就适合做一个诗人,他对身边的很多事物都有好奇感,有一种重新命名的冲动。其次,他有一种发散性思维,不断回到事物本质之中,然后再往外拓展。第三,他认为日常的事物之间还是有一种比较紧张的关系,一个事物随着他思绪的出发不断延伸出其他事物,不断与其他事物进行协调、冲撞,然后他将这种东西写出来。第四,他的作品是一种开放式的结构,所以直到结尾也不给出答案,但是他启发你,给你诸多可能,这也是他作品的突出优点之一。他的作品整体上有一种多义性,具体的句子上也有一种多义性,这种叠加促成了他的作品的丰富性。最后,我感觉到这可能与他的哲学观、审美观有关系,他把作品写成这样,题目全部是名词,他从"静"开始最后达到一种"动",作品中有紧张有冲突的东西,他在这样一个思维、感受、体验过程中表达他对世界的感受,试图通过文字塑造一个属于他自己的世界,成就他自己的诗歌。

阿莱什·希德戈:谢谢陆健先生详细的点评。到目前为止,我已经出版六本诗集,大家手上拿到的《阿司匹林》的小集子都是出自诗集《言语》。陆先生也非常敏锐地捕捉到我针对一些事物,从一些具体的事物出发创作诗歌的特点。从人类角度看,我们经常说人类是这个世界的统治者,事物创作出来就是为我们人类所用,但是事实可能会恰恰相反,物体也有它的存在意义,那么我们是否可以提出疑问:我们什么时候听过物体本身的想法?不久前,我了解到中国古典哲学也会给予事物灵魂。在东欧地区,我们认为事物是不存在生命的,所以我在写出这一本有关事物的诗集的时候,我个人感觉它更趋向于一本中国的诗集而不是一本典型的欧洲诗集。在写这本诗集时,我静下心,站在物的角度去感受物到底说了什么,我希望更多是聆听。同样,这种创作手法在别的国家也能找到,特别是中欧国家,比如说在捷克、罗马尼亚、塞尔维亚,也有诗人尝试用这种方式进行创作。在这里我想提两位知名国际诗人,一位是塞尔维亚裔美国诗人查尔斯·斯米克(Charles Simic),另一位是20世纪中期的法国诗人蓬热。这两位诗人的创作手法不尽相同,蓬热的写作手法是更倾向于对事物进行详细地描写,斯米克则更倾向于用西方的先锋派手法。我的写作方式就是用直接的方法把这些东西记录下来,这与个人经历也是相关联的。我想问,诗人针对日常生活中出现的具体的物进行写作,在中国的现代诗歌创作里有什么体现?

陆健:这样的情况在中国也很多,但是具体的写法大家都非常不一样。比较起来,我觉得阿莱什先生作品内容的密度比较大,意象很饱满。

潇潇:针对阿莱什刚才所讲的这种诗歌写作,我想起遇到过的一位台湾作家,他写的是小说和记事文学,但我觉得你们的手法是一致的。台湾的兰屿岛上住着一个少数民族——达悟族。这个民族非常有特点,他们以原始捕鱼为生,每次在杀鱼的时候,都会非常认真地用灵魂和鱼对话:"很对不起你,我杀死你是为了活下去,但是我不会滥杀。"在这样一场对话后才会吃掉鱼。同时,当他们在兰屿岛上砍树盖房时,都会非常虔诚地让自己的灵魂与树的灵魂交流。当时他对我复述的这些对话,就像是诗歌一样,简单而知性。他所描述的民族就是一个诗意的民族,虽然他们没有像诗人一样将这些句子记录下来生成诗歌,但是他们的生存状态就是用灵魂在写诗。这个民族的人民是天然的环保主义者,极少受到现代文明的影响。这位诗人就是夏曼,他的作品中四处都可以看到这种诗意。

阿莱什·希德戈:我们的生活当中也有这样的民族,他们并不是真正意义上出版诗集的诗人,但是他们却与我们对这个世界有相同的理解。在最开始的时候,我也不断在强调语言的塑造。很多时候,我们能看到一首诗写出来很容易就能被一些人所理解,但是另外一些人就非常难以接受。我诗歌创作的灵感来源于时常自问:作为阿莱什·

希德戈,一个个体,在这个世界上我感受到了什么、认知到了什么?很多时候,我并不能告诉世界什么东西。有关自我的这个话题一直是复杂而难以探讨的。在这里我也突然想到了一位来自爱尔兰的知名作家贝克特,他是一位非常成功的用英语写作的诗人。之后他突然转型,用法语进行创作,许多人问他为什么,他给出的答案竟然是用英语写作太容易了,所以想用另外一种语言去写,去体会这种复杂性、冲突,然后借助这种冲突去表达他想表达的真正冲突。所以在我的诗歌创作里面,有时候我也会趋向于用这种复杂性,不断拷问我是谁,借此来写出我觉得有意思的诗歌。

西川:对物的这种写法,中国古代诗歌对此很有兴趣,叫格物、致知。但是在具体写作的时候我们又有专门的、很有趣的写法,就是“花非花雾非雾”,意思是写一个东西实际上不完全写这个东西,可能这件东西外延会更大一些。另一方面,在中国古代的绘画当中,比如说要画一棵树,你不一定是画树枝,你可能画的是螃蟹的爪子,用画螃蟹爪子的方法画树。当你写一个人的时候,不是用写人的方法来写人,而是用写一个猴子的方法来写人。

阿莱什·希德戈:东欧的中世纪也有类似的写法,但是那带有更多的政治性,我自己是想通过对事物的观察而获得事物本身的理念,就是事物本身能用什么语言传递出来。

西川:你说得非常好。我刚才看到你此前演讲的材料,关于东欧1945年以后的诗歌:一方面是小气候,反抗;一方面是寻找形而上学的东西。你所关注的一定有一个对立面,比如说当你抵抗的时候一定有一个抵抗的对立面,当你强调小环境的时候一定有一个大环境。我们都分享社会主义经验,都可以说当年我们抵抗什么,但是这个抵抗已经是30年前的事了,这个抵抗的逻辑到今天有没有什么样的变化?

阿莱什·希德戈:在斯洛文尼亚还有老一辈的作家,这些人的思考还是停留在冷战时期的状态,就是要有一个敌人。但是到今天敌人已经不明确了,这时他们不得不发明出一些敌人。对我来讲,“抵抗”

是自1945年以来的，与冷战关系紧密，到今天抵抗的东西其实已经有了很大的变化。可能以前非常政治化的抵抗现在已经变成生态的抵抗，比如关于汽车、环境，对这些东西还是需要做出一些抵抗的。现在的生活与以前相比变化非常大，表面上看我们现在的生活更加容易了，但实际上并不容易。所以我们应该反抗对生活比较轻易的处理。

我们处在一个国际化的环境中，欧洲看上去都是欧盟，一个整体，但实际上欧洲的组成是像我们看到的马赛克一样，是由很多个不同的、小的、本土化的、以自己为中心的、小环境小气候的文化体构成的欧洲。在欧洲大陆十分有意思的是，文学交流有时候在某些国家、地区非常紧密，但是有时跨了几个国家就没有文学交流或者从来就不知道有了什么文学作品。我们国家有一位很有名的诗人叫达内·札耶齐，他写动物很有名，与他同时期的一位英国诗人泰特·休斯，他也写动物，这两个人的写作有很多相似之处，但是这两个人一个住在英国，一个住在共产主义国家，互相之间也没有任何联系，甚至互相没听说过。他们之间一定是有某种内在的联系、共同性。

林莽：中国语言与欧洲所处的语言环境的差别确实很大，相对于欧洲语言之间的紧密关系——不论是德语、法语还是英语，汉语是很独立的语言。所以他们有一种语言上互相交流的优势，而中国很难。把一位外国诗人的诗翻译成中文以后会产生很多歧义，甚至有时我们很难认识到这位诗人的诗好在哪儿。像弗罗斯特说的："诗是翻译中失去的部分。"我觉得这句话说得很有道理，但是中国诗歌还是受到很多外来诗歌的影响和帮助。我想，一个好的翻译可能会把诗的微妙丢失掉，但是它把意识和感觉传达给了我们，一个好的诗人会从中体验人家是怎么思考问题的。中国诗歌有悠久的传统，加上近百年来对其他优秀民族文化的学习，才有了今天的中国诗歌，这一点毋庸置疑。所以我认为，中国诗歌有它的特殊性。我在读阿莱什的诗歌时，觉得我们还是有很多思考是相通的。刚才谈到日常经验，就像杜威说的："什么是艺术？艺术即经验。"经验可能有两部分，一个是生命经验——人生的一些体验感受；另一个是文化经验，从前人或古典文集那里学来的东西，这两方面构成我们创作的基础。日常生活、文化经验还有人的感悟和思辨构成了一个诗人的综合素质。阿莱什在日常经验和思辨方面表达得更多一些，当然我只看到他这本小册子，我觉得他的思考与我们是共通的，就像读到米兰·昆德拉的作品时我们能够接受，同样阿莱什的作品我也能感到他与我们的文化经验和生命体验是相通的。比如《墙》这首诗，他用思辨的方法来表达墙对人的围困、阻碍、约束，同时又提到它是软绵绵的、不可见的、又随时都存在的这么一个物体，你想对它反抗却又无能为力，这点我觉得我们是相通的，我们也经常面临这种困境，在生命中的体验是很深刻的。

中国诗歌与欧洲诗歌也有很多不一样的地方——思维方式、表达方式；当然，也有相同之处，就像刚才陆健讲阿莱什的这本小册子里有很多用名词作题目，其实中国诗歌也有很多，像郑敏的《金黄的稻束》、牛汉的《华南虎》、痖弦的《红玉米》、芒克的《春天》、舒婷的《神女峰》……但我们的思考方法有不同之处，我们更多的是表达一种意味——更广泛的体验性的意味，而阿莱什的诗则有更多细小的思辨和哲理。中国诗歌倾向于将感受到的潜在地表达出来——内在的意蕴包含很多。比如娜夜的《起风了》："起风了 我爱你 芦苇/野茫茫的一片/顺着风/在这遥远的地方 不需要/思想/只需要芦苇/顺着风/野茫茫的一片/像我们的爱 没有内容。"她在这里没有说爱情是怎么一回事，只是通过一个物象表达内心的荒凉与无奈，更多的是一种意味的感受。我不知道阿莱什先生是否还有类似的诗作？

阿莱什·希德戈：有时候我也在想，是否诗人可以用一种自己不熟悉、不了解的语言来翻译，我们通过一系列的诗歌活动也做过尝试。比如说，我们让两国诗人在一起，通过翻译进行诗歌的再创作。除此之外，我们还在尽量寻觅两国诗人的共同点，在此之上进行创作可能会容易一些。但文学创作有时不能局限于翻译意思，而是应该尽量地再呈现，融入自己的感受表现出来。我和中国诗人交流时学到很多东西，这事我也有深刻的体会。比如说，在学校时我就感觉到了，当我阅读用拉丁语写的作品时会忘得比较快，中国诗人用汉字进行创作可能会有一种视觉上的冲击，反而会记得比较久。我用拉丁字母写作的时候发现没有任何历史联系感，至少在视觉上看不出联系，可能也只有词源学上的联系。这时我们可能就需要借助一些翻译的力量。如果仅仅是翻译，它又怎么可能通过拉丁字母感受到作者想要表达什么呢。当然我们可以通过翻译去阅读一些文学作品，虽然这些作品失去了一些本色。我通常会借助这些翻译再去深深地体会原作，然后尝试着再进行一些创作。

冯晏：我发觉小国家和小语种反而更加重视创意，可能是因为一个小语种本身就是对自己国家的封闭，带来了这种危机感，每个人都会多种语言，在诗歌和艺术的创意上反而体现得更好。小国恰恰是更开放的，在创作上的新意也是我们大国没有重视到的，所以我从来没觉得小国是封闭的。我觉得创意和超现实主义以及宇宙的沟通是最直接的，所以一个诗人没有完成创意的训练是没有前景的。因为创意最深层的来源是思想，但最重要的是打开和宇宙的沟通渠道。像我们这一代的中国诗人对于这个问题有很大的威胁感。

再一个问题，就是进入到事物本身。一个诗人应该深入到事物，而隐喻是比较过时的，我想问阿莱什如何看待这个问题。还有就是对语言的审美问题，正如阿莱什刚才所说：我们的时代不缺少对立面，我们有一种新型的对立、反抗，这与过去的作家的反抗是不一样，我们强调的是对生命和灵魂的保护。所以我认为像过去那样不痛不痒的语言已经过时了，现在更倾向于具有思想性、力度感的语言，这种语言上的审美是与当代结合起来的，诗人是不能脱离当下现实和生命关怀的。

阿莱什·希德戈：您对诗人的责任以及对世界的关注的想法，我非常赞同，感同身受。人类作为一种群居动物，就要或大或小地考虑到身边的环境。人类形成社会时就是从部落开始，在部落中就会有各种各样的仪式和群体活动,把大家都紧密地联系到一起。当然,随着人类的发展,这种相聚模式变得越来越不好了,包括您说的隐喻的方法也是一直存在的,不能说是新方法或是老方法,只是用得多少。我也觉得不同的人用的手法会有差别,会不断地基于自己的方法进行再创造。现在我们每一个人都生存在一个事件当中,是大事件的一个小的组成部分。在这个过程中,我们每一个人会通过自己的诗歌创作给大事件加一些东西,但是我们也要去反思自己并不是一个崭新的独立存在的个体。我也经常会提出疑问,为什么我是这样进行写作的?答案是各种各样的。我不想对每个人的工作做一个详细的定义,在诗歌创作过程中我们都是文字工作者,我们是与人交流、与人分享的,这时我们不知不觉就会找到彼此的共性,会发现差异性在慢慢减少,当然这个步骤是有点被动的,是我们无法完全掌握的。

爱斐儿:就阿莱什说的"人们为什么不站在物的角度去思考"我谈谈自己的看法。在中医学里,我们经常会用身边特别熟悉的花草去做药,为人们治病。当人们理所当然地用这些药时,有没有人会站在植物角度去想一想:它在太阳下开花的样子,它听风听雨的样子。人们过多关注自己的感觉而不关注身外的事物。所以当联系到环境问题时,我想是不是诗人可以通过他们的诗歌,让人们更多地去关注另一个世界——它们也是有生命的。我认为,植物在开花的时候就是它们在恋爱,捧着果实的时候就是它们在捧着太阳、雨露。如果我们以这样的姿态,会与万事万物做一个心灵的沟通,诗人的写作意义就不限于思想、语言的本身,而是一座桥梁存在于我们和所有生命物体之间。

阿莱什·希德戈:在西方的诗歌创作中,人们还是很关注大自然的,比如说在希腊诗歌里就有很多关于大自然的描写。我也非常赞同诗歌本身可以作为人类与大自然沟通的媒介。作为一个生活在现代社会的诗人,我时常问自己也想问其他诗人,我们生活的世界是这么现代化,大自然到底是什么?我们不断地破坏大自然,又建立起了我们所谓的大自然,比如说,我们从北京的中心出发,走 80 公里,这 80

公里的变化已经和以前完全不一样了。比如说,希腊人在古希腊时期对大自然的描写我想肯定不包括病毒、细菌,但是病毒也是我们生活的一部分,大自然的一部分。我们对大自然的理解和以前发生了很大变化,现在变得更宽泛了。谈到这一点只是为了把我们的思路打开,告诉大家我们的世界已经变得更加丰富了。

爱斐儿:物体不再仅仅是物体本身了,它已经附着上诗人所有的生命经验与对诗歌的理解。

阿莱什・希德戈:有时是很难用一种方式去阐释出有多重意义的事物,可能在一个更狭小的文化领域,人们更容易感受到一些事物。如果文学读者没有做任何文学准备就去读文学作品,很可能什么也读不懂,什么也感受不到。有一些敏感的做了功课的读者,他们可以通过作品理解到更多作者想要表达的意思。德国诗人保罗・策兰是一个非常纠结的人,喜欢在诗中把事物复杂化。他会用特定的表达方式去对植物做一些描写,用植物做一些特定事物的隐喻,比如会找一些生长在集中营附近的植物,然后通过对它们的描写来揭示一段历史。如果不了解这段历史的话,可能根本就不知道他想表达什么。之前有一位德国的文学评论家对他说:"你到底想说什么啊?"策兰很聪明地回答了这个问题,他说:"你就一直读吧,读到你读懂的时候就自然明白了。"之前我们也谈到了抵抗,我想这是不是也是一种反抗——不断地去读我们读不懂的东西。

安琪:我读完阿莱什先生的这本小册子,觉得中国的现代诗歌写作已经和世界接轨了。如果告诉我这是中国人写的,我也会相信。现代中国先锋诗人的写作意识、语言意识与西方诗人已经没有什么差别了,不知道大家有没有共同感受?

刘福春:你是与翻译过来的诗相比较的,所以不一定与原文相同。

安琪:是不是原作的排行就是这样的?还是译者的创意?

阿莱什・希德戈:是和原著一样的排行。我在诗歌创作最初期的时候是诗歌形态的捍卫者,希望诗歌有一个严谨的格式。同样我在诗歌创作时还遵循着欧洲的传统,比如会非常注意韵脚。但是我发现这些韵脚、韵律在翻译的过程当中已经所剩无几了。不说别的语言,单从英语来说就几乎已经看不出韵律了。

安琪:在这本诗集里我们看不到人民的疾苦、国家的苦难,但是我们都能感同身受。

西川:他的国家并不苦难,他的国家非常漂亮,整个国家就像是一个花园。

孙晓娅:斯洛文尼亚景美、人美,随处都是风景。

鲍捷:斯洛文尼亚有句话——一个人生下来就两把钥匙:一个是车钥匙,一个是度假屋的钥匙。

林喜杰:在晓娅没介绍你懂绘画之前我就看出来你的诗歌有着很强的画面感。我觉得你的诗歌概括起来就是:思维的绘本,悟性的哲理。我看待诗歌的标准是,这些诗歌是否适合 12 岁的学生读? 我这样说是因为你第一本诗集出版,是在 22 岁,你的诗歌里有着像我们中国人所说的"童心",那些东西很适合 12 岁到 14 岁的少年来读,这是非常难得的。你的《鸡蛋》《墙》都可以作为教材。我想问您 12 岁的时候有怎样的文学阅读经验?

阿莱什·希德戈:其实我的作品还真被收入了斯洛文尼亚的小学、中学课本里,但是我还是要重新强调,收录进去的诗主要面对的还是高中学生,大部分是 15—18 岁。我内心觉得这些诗不太适合孩子阅读。去年,我花了一年的时间为斯洛文尼亚的木偶剧院创作了一个音乐剧剧本,这个剧本特别成功,面对的主要是 9—15 岁的青少年。我觉得给小孩写文学作品还是充满很大的挑战性的,以这个音乐剧剧本为例,我从来没想过会花费这么多的时间和精力去完成这部作品。我想,写作的时候真的是要站在孩子的角度去考虑,写什么合适。在斯洛文尼亚,创作儿童文学还要遵从相应的法律法规。如果一个作家从来没有接触过儿童文学的创作,也不了解相应的法律法规的话,可能真的要花费大量的时间去做准备。我后来也发现,纸媒文本与其他媒介的文本相比，它们的写作方法和耗时也不一样。您非常敏感地感觉到了我这本诗集里的诗充满了视觉意味，其实这与我个人成长经历有关。我小时候很喜欢先锋派的艺术，经常关注一些大胆的艺术创作，这对我现在的艺术创作也产生了影响。我们再回到我给小孩子创作音乐剧剧本这件事情上，在这个创作过程中我反而抛弃了视觉艺术，而去关注听觉艺术。我会想，怎么样才能让我写出来的东西好听、好玩。孩子们永远是纯真的，觉得好玩他们就会去听，觉得不好玩就漠不关心了。有一些作者有很深厚的儿童文学的写作功底，我与他们也有一些交流，但从来没将他们视为同行对手。评价这些作品也很简单，就是从孩子的角度出发，让他们来评判，孩子直接就会说是喜欢还是不喜欢。

林喜杰：您的音乐剧的题材是什么？

阿莱什·希德戈：我来自斯洛文尼亚东部的一个很小的地方，那里还保留了许多传统的祭祀仪式，这些仪式都是存在于基督教之前的当地的仪式。在整个中欧、东欧地区有一种装扮，人穿上由长羊毛织成的很厚的外套，再带上头罩和用羽毛做的大耳朵以及伸出来的长舌头，身上挂上很多大的牛铃，手中拿着木棍。人们以这身装扮在街上蹦跳，来驱赶冬天。在斯洛文尼亚四季还是比较分明的，在冬春交替的时候我们就有这样的仪式，来迎接春天。在我的音乐剧里贯穿的一个概念就是冬天永远都没有了，世界的气候环境已经发生了变化，人们不用活在冬天里了。然后，因为没有冬天了，这样的祭祀活动也没有意义了，这群人就跑到世界各地去寻找冬天，他们发现冬天竟然被人们关在一个制造冰淇淋的工厂里。这可以作为一个环保的题材呈献给我们的小朋友。

宋晓杰：读了阿莱什的诗集，直观的感觉就是很客观、很简洁，词汇、物象很具体，完全是日常的经验，同时像前面所说的，有很多的画面在里面，可能和我们女性诗人写作的切入点不一样。从女性角度讲，我们更注重情绪或自己的感受，但你的诗是发散性的。刚才你提到的儿童文学，真正的诗人眼睛是像孩子一样纯净的，有童心才能创造出优秀的诗歌。

夏花：阿莱什的这本诗集，从宗教上来讲，是一种关照；从心理学上讲，是一种共情；从一个诗人的个人品质来讲，体现了一种悲悯。您有什么信仰？

阿莱什·希德戈：我在农村长大，还是共产主义时期的时候，我是少先队的大队长，同时也是天主教教堂的成员。对我来说，它们很相像。长大后，我再回头去看儿童时期的这些东西反而觉得不一样了。现在觉得人们进行宗教活动是带有某种政治意味的，我更想把自己定义为有宗教的怜悯之心，却不想皈依任何一个具体宗教。

娜仁琪琪格：我一直喜欢说一句话：诗歌是一个转经筒，把我们都转到一起。您刚才提到了地方语言还有音乐剧与童话结合的这部分我很感兴趣，一个好的诗人天生就是一个童话作家，有着一颗童心，他永远和这世界相关联。您有意识地将更悠远的意义与儿童教育相结合，我十分认同，希望看到你更多的这方面的作品。

阿莱什·希德戈：我写这个儿童音乐剧剧本的时候，同时还创作出了一本小说，也是给孩子读的。我一开始觉得没什么难的，但是越写越发现这太难了，要花很多的时间精力去做好，并不是技巧有多难，而是要用心去做这件事。我还是很喜欢儿童文学，也想保留住您所说的儿童的心态，放在以后的创作中。

张桃洲：今天下午的研讨会深入讨论了一些有意义的话题。感谢阿莱什先生为我们带来一个非常难得的讨论机会。阿莱什对本民族的一些悠久的传统是非常熟悉的，但是他的写作方法非常现代，好像没有“影响的焦虑”。中国诗人面对传统以及外来的影响通常会有焦虑，这种焦虑一直挥之不去，但是他的诗里好像没有这样的问题。阿莱什的影响遍及到全世界，而我们国家的青年诗人很难有这么大的影响，可能是我们的国家太大了，难以穿越整个国家。这是一种玩笑式的说法，但这也说明一个问题——我们的写作怎样才能在全球化语境里产生自己的巨大的良性的影响力。

孙晓娅：今天的对话非常充分，大家对这个话题都有切身的感言。诚然，诗歌在日常细节中，诗歌在我们的心灵中，它毗邻我们的生活和灵魂，关于这方面的讨论值得进一步深入思索。再次感谢阿莱什先生，感谢诸位嘉宾的莅临，感谢西川老师的翻译！

诗 歌 与 我

——国际诗人走进大学诗教课堂

主持：孙晓娅　明迪

翻译：明迪

时间：2014 年 9 月 17 日

地点：首都师范大学北一区文科楼

主办：首都师范大学中国诗歌研究中心

孙晓娅：大家上午好！欢迎六位外国诗人走进首都师范大学诗歌教学课堂，这是首都师范大学首次在大学课堂上同时请来如此多优秀的诗人，与同学们面对面交流、谈诗。今天对话的主题是"诗歌与我"，对于诗歌爱好者，这是何其难得和宝贵的机会啊。我依次介绍本次参与交流的外国诗人：

第一位是斯洛文尼亚文学中心的主任布莱恩·莫泽蒂奇（Brane Mozetic），斯洛文尼亚诗人、散文家、编辑、翻译家，1983 年毕业于卢布尔雅那大学比较文学与文学理论专业，后到法国攻读比较文学，著有 12 本诗集、一本短篇小说集和两部长篇小说，翻译过兰波、让·热内、福柯等人的作品，获得过 2003 Jenko 最佳诗集奖、卢布尔雅市诗歌奖、欧洲 Falgwe 诗歌奖。他创办了斯洛文尼亚文学中心，以及国际翻译工作坊，作为独立出版人，他出版的书籍包括两卷中国当代诗选。

第二位是美国诗人托尼·巴恩斯通（Tony Barnstone），美国当代诗人，翻译家。1984—1985 年同父亲威利斯·巴恩斯通在北京外国语学院执教，并合译中国当代诗，后返回伯克利加州大学完成文学创作硕士和英文文学博士学位，师从罗伯特·品斯基和罗伯特·哈斯，目前是惠蒂尔学院英语系教授。他已出版16本诗集和一张诗谱曲CD，获得过本杰明·索特曼诗歌奖，约翰·西阿迪诗歌奖，聂鲁达诗歌奖等，编写过教科书《亚洲文学》(2002)、《中东文学》、《亚非拉文学从古至今》(1998)，编辑、合作翻译的中国诗歌包括《空山拾笑语——王维诗选》(1991)、《暴风雨中呼啸而出——中国新诗》(1993)、《写作艺术：中国大师语录》(1996)、《安克辞典：中国诗从古至今三千年》(2005)、《中国情诗》(2007)。

第三位是尤兰达·卡斯塔纽(Yolanda Castaño)，西班牙当代优秀的加利西亚语诗人，生于1977年，先后任电视节目主持人、策展人、国际诗歌翻译坊负责人。17岁时出版第一本诗集，已出版6本诗集及数本翻译诗集，作品被译成15种语言发表，获得过许多诗歌奖，包括国家评论奖(1999)和最佳青年诗人诗集奖(2009)。她的诗融合了音乐、舞蹈、视听艺术以及烹调艺术，应邀参加过重要国际诗歌节，2014年参加中国青海帐篷国际圆桌会议、上苑国际诗人之家翻译项目、上海国际书展诗歌之夜。

第四位是姆芭丽·诺斯丁茨（MbaliK gosidintsi)，南非著名青年女诗人、话剧演员，1983年出生，2004年戏剧表演系毕业，扮演莎士比亚剧中女主角，得到Brett Goldin Award表演艺术奖提名(2006)，在德国、美国和日本巡回演出。2008年因改编莫扎特《魔笛》而获得音乐剧大奖。作为诗人，她常在朗诵中穿插歌唱、戏剧表演和民间故事，参加过非洲主要国际诗歌节以及部分欧洲诗歌节。

第五位是双语写作的伊朗诗人修蕾·沃尔普（SholehWolpe)，现居美国的著名伊朗诗人，翻译家，艺术家。出生于伊朗，成长于特立尼达和英国，定居洛杉矶，艺术硕士(电台—电视—电影)，双语诗人，出版有三部诗集、两本译诗集，主编了三本诗选(伊朗和中东诗选等)，获得过和平艺术奖(2005)、Lois Roth波斯语翻译奖(2010)、中西部图书奖(2013)、美国笔会海姆翻译奖金(2014)。她的剧本《羞耻》在洛杉矶上演。她不仅是优秀的波斯语翻译，还关注中东诗歌，主编了

《60位美国诗人对世界发声》(2013),她的个人作品发表于各种美国期刊和选集。

第六位是佐拉尼·米基瓦(Zolani Mkiva),20世纪70年代出生于南非贫穷地区的一个民间吟唱诗人之家,受家庭影响而成为诗人和音乐人,是非洲最古老的口头吟唱形式“赞美诗”的传人,90年代初一举成名,曾在曼德拉出狱以及总统就职典礼上朗诵,1994年被授予“曼德拉的桂冠诗人”,同年获得德国颁发的保护民间艺术的最佳艺术家奖,应邀到英国、美国、爱尔兰等国巡回表演,1995年在津巴布韦艺术节上被誉为“非洲诗歌王子”,新世纪以来在很多重要场合朗诵或致辞,比如曼德拉90岁生日庆典和葬礼,世界杯足球赛等等。他目前是南非著名音乐人、吟诵诗人,已出版15张音乐专辑 。

北京国际诗会在首都师范大学已经举办三届了,由于观念、时间等各种原因,以往没能将参加国际诗会的诗人请进首师大的课堂,今天借第三届北京国际诗会的召开,将六位活跃在国际诗坛上的诗人汇聚于我本学期的新诗课堂“新诗鉴赏原理”之中。可以说,诗教十余载,这是我多年的教学创想,今天终于得以实现,有期待也有感激:感谢诗人们的热情准备、感谢明迪担任本次翻译。先请几位诗人分别谈谈自己的诗歌创作和相关经历,时间控制在五分钟内,然后同学们可以提问,与诗人们互动。

尤兰达·卡斯塔纽:我来自西班牙,西班牙的官方语言不仅有西班牙语,还有加泰罗尼亚语、巴斯克语、加利西亚语。除了西班牙语,我还用加利西亚语写作,我的故乡西班牙西北部就使用这种古老的语言。我所出生的首都圣地亚哥存在相互联系密切的三种语言,在西班牙语和葡萄牙语的共同影响下,我们的这些语言都基本同根同源,到现在也一直在使用。创作之初,我使用的是加利西亚语,然后再翻译成西班牙语。后来我开始双语写作,诗集也常常双语发行,读者主要在西班牙语国家。七岁的时候,学校布置一项诗歌作业。我读到了第一本诗集,非常着迷,喜欢上诗歌的表达方式。适时,老师让我们练习写诗，就这样我七岁时写了自己的第一首诗，非常成功。今天，我能够带着诗歌从西班牙来到北京，能有机会在这里与你们谈论诗歌，感到非常高兴和荣幸。

永远不会忘记第一次带着我的诗歌旅行——从一个教室到另一个教室的旅行，那是我的老师带着我到隔壁教室为其他同学朗诵我的诗歌。从那以后，我一直在写诗，也得到了家人、老师和朋友的支持。我 15 岁的一天，看到一本非常漂亮的皮质封面的乔叟诗集，那时我对乔叟很着迷。这样的诗集对于 15 岁的我来说太昂贵了，我也不好意思让承担贫穷生活压力的妈妈给我买这样一本精致昂贵的诗集。也就在这时，我恰巧看到一则诗歌大奖赛的广告，获奖者会得到一小笔奖金，只要提交一首 100 行的诗就有可能获奖。抱着试试看的想法我参加了，最后还赢得奖金，买到了那本漂亮的乔叟诗集。在这次获奖之后，我继续写诗，接下来获奖的不再是一首诗了，而是一部诗集。我在 17 岁、高中毕业之前出版了一本诗集，也由此开始了持续到现在 20 年诗歌创作的职业生涯。现在，我已经实现了能够以写诗谋生的梦想。我一直在努力工作，因为从某些方面来说，这不是一份普通的工作，但我确实很喜欢我所做的工作，特别是我能够依靠它来到这里，见到了在座的每一位。我感激诗歌。

托尼·巴恩斯通：说到“诗歌与我”，我只想说这是“时间之谜”。我说这句话时，上一句已经变成了你们的回忆。我现在见到的你们都很年轻，也许再过 20 年，我有幸再来北京，再见到你们，那个时候你们都将是中年人了，有家、有孩子、有工作。而我，将会是一个老人了，但是我依然活着。实际上 30 年前，也就是比你们现在大一点点的时候，我刚刚大学毕业，在很偶然的机会下来到中国，在北京外国语学院得到一份文学教学的工作。在北外的时候，我问学生：“我喜欢诗歌，中国有哪些新诗人？”我的一个学生是诗人芒克的内弟，他介绍我认识了芒克，芒克又介绍我认识了西川、北岛等很多的当代中国诗人。我开始和他们合作，把他们的诗歌翻译成英文。我的第二本书就是中国诗人作品的英译本选集——显然这是合作的成果。现在我重回北京，当年的年轻诗人，有些在我翻译他们作品的时候只比你们年长一点点的诗人，现在都是白发苍苍的著名老教授了。这些经历对于我来说是个谜。诗人寒山有一行诗，大概意思是这样的："世间一切都在变化，转瞬之间我们都已变老。"这是一句伟大的诗。

说到这里，问题就变成了"诗歌为我们做了什么"。对于我来说，诗歌是一个小小的容器。它可以装入历史、装入神话、装入感情，可以装入一次开心大笑，也可以装入一个灵感、童年的某个时刻。随着我变老，沿着我们能享有的百年寿命前行，我试图留下装着我生命点点滴滴的一颗颗小宝石。这就是诗歌给我的启示。最后，我只想说谢谢。

修蕾·沃尔普：我的故事有些不同，我出生在伊朗，我母亲来自伊朗北部的土库曼斯坦，我父亲是伊朗人。14 岁的时候，我父母认为我太反叛，因为我不想顺从伊朗文化对我们女孩的要求，所以他们就把我送到了一个叫特立尼达的岛上。我姑姑住在这个岛上，在一个帮助接生的产科诊所上班，我们就住在产科诊所的楼上。我和姑姑、奶奶生活在一起。虽然我不是天主教徒，但是在天主教会学校学习。一年之后，我父亲说："你需要更好的教育。我打算把你送到英格兰，去上那里的寄宿学校。"于是，我就上了寄宿学校，虽然学校还不错，但是我的处境却很艰难，因为那儿的大多数女孩都是英国人，而我是外国人。她们有时候会取笑我，我也几乎没有什么朋友。所以我的中学时光很痛苦。我喜欢诗歌是因为诗歌在我的文化中很重要。诗歌有时候是从痛苦中产生的，因为痛苦你才开始写。我也是这时开始写诗的，因为与周围人的不同，因为来自异国的痛苦……我想表达自己的思想，所以我开始写诗，但我对自己的写作非常苛求。只有十分明确想向世界展示什么之后，我才会把自己的诗拿出来，否则我会一直把它们藏起来，不想发表，也不想给别人看。我写诗，但表面上我过着不同的生活，我做了很多年的秘密诗人。这就是我如何走入诗歌的故事。之后我开始写更多的诗,发表的也更多。我结婚、生子、发表诗、过我的日子。如是而已。

姆芭丽·诺斯丁茨:说起“诗歌与我”,我想谈一谈诗歌对于我的意义。记得八九岁的时候,我和同在塞拉利昂的澳大利亚朋友一起读“戴帽子的猫捉到老鼠”(“Cat in the Hat caught the rat”)之类的诗歌,都是一些儿歌、童谣之类的,其实这些不是真正意义上的诗歌,只不过押韵而已。我也为我的家人、我的母亲写诗。有一次,我写了这样一首关于我母亲的诗:“尽管您不化妆、不穿漂亮裙子,我依然认为您是世界上最赏心悦目的女人。”母亲却很生气,她说:“我有时也是化妆的!”我觉得诗歌富有激起情绪的力量。所以,如果说哪个人对我产生影响,应该说是我母亲。她非常喜欢阅读。我记得我们家里有她收藏的很多古籍,还有19世纪诗人的诗集。她后来还鼓励我学习戏剧表演。我刚开始表演就爱上了那些台词、古典文本,例如莎士比亚的剧本。莎翁剧中的很多角色我都喜爱。除此之外,诗歌还帮助我表达情感。和修蕾·沃尔普一样,我也曾经一度是秘密诗人。我写过各种各样的诗歌。我出生在博茨瓦纳,七岁的时候和家人搬到南非。在博茨瓦纳,我有各种族裔的朋友,爱尔兰的、中国的、印度的、博茨瓦纳本地的。来到南非,我突然发现由于历史原因,这里的种族隔离非常严重。突然之间,我只有黑人朋友了。所以,我写的诗很多都是关于身份的,因为我正面临着身份危机问题。

我发表的第一首诗是在我上大学四年级时,诗名叫《陷入中间》(“In the Middle”),这首诗描写的是身处各地的感觉。我去过很多地方,上过差不多十所学校,包括中学。我的诗歌内容很多都是关于这些,描述与表达自己在学校的所思所想。我从九岁起就开始对诗歌形式有了初步了解,我也变得更安静了,更愿意倾听,更愿意阅读、探索、了解诗歌到底是什么。我发现各种东西都可以封存在诗歌里。这个发现让我觉得很兴奋。诗歌不是现在才来启迪我的人生,它一直是我表达所有疯狂情绪的方式。我一直在写诗。昨天我去爬长城,回来后我的状态很好，我学到了很多有趣的事情，简直是一段改变人生的伟大经历。我对不同的语言形式有了更多了解。接触中国诗歌后，我对中国诗人和诗歌更感兴趣了。诗歌让我进入了一个广阔的世界。我曾经受到母亲的影响，她四年前去世了。我现在大多数时间里是演员。但我也写诗，写诗悼念母亲。诗歌对于我来说是一种理清所有情绪的方式，我把这些情绪付诸文字，借此认识世界。诗歌将会贯穿我的一生，不论我走到哪儿，因为正如前面所说，诗歌好像一个容器，可以容纳生活中的一切。

布莱恩·莫泽蒂奇：我来自斯洛文尼亚，我的母语比尤兰达·卡斯塔纽的母语使用范围更小。只有两百万人能说、能懂斯洛文尼亚语，这一点对于我来说很重要，因为你写作语言使用范围的大小将决定你的影响力。对于我们国家来说翻译很重要，我从很年轻时就开始翻译介绍法语作品，也把我的作品翻译成其他语言（主要是翻译成法语作品）。因为诗歌作业的缘故，我在学校时就开始写诗了。我的老师很满意我的作业。我当时正值青春期，有些困惑；加之那时我有了继父，而且我对性取向、性也很困惑。所以完成诗歌作业之后，我还继续写诗，把我的问题以及无人讨论的事情都写进诗里。所以，我写的诗越来越多。不知道为什么，我有这个需要，我要向其他人展示，所以很快，我 18 岁时就出版了一本小诗集，20 岁时出版了第二本。但是这些诗多多少少还都是个人经验。不过还好，这些诗集反响不错，我在学生中成了名人。所以我继续写，同时也开始翻译。20 岁之前我就把从未有人翻译过的一位法语诗人的诗歌翻译成斯洛文尼亚语。今天，我诗歌中的第一主题依然是个人对性的看法。第二个主题是对政治激进主义的看法。我曾生活在社会主义的斯洛文尼亚，在 20 世纪 80 年代，它曾经发生过很多政治运动，我也参与其中。第三个主题是战争，因为斯洛文尼亚 90 年代时发生过战争。这场战争对我影响很大，所以我有很多诗歌以及我作品中的很多灵感都来自于这段时间的经历。总体来说，我一直在试图寻找一个治愈自己的方法，而不是一个治愈世界的方法。但是如果我碰巧也治愈了其他读者,那我就太高兴了。

佐拉尼·米基瓦:在我家乡的传统习俗里,先发言的总是年轻人,然后让年长的人发表意见。尽管我是几个诗人中最年轻的,但今天我却是最后一个发言。我来自一个非常传统、非常保守的家庭。我是在农村长大的,在那里,传统是领导部落的主要价值体系。我出生的家庭有传统吟诵诗人的血脉传承,我深受我活到105岁的曾祖父的启发和指导。我的语言Kasa是非洲土著语之一。我们是用这种语言吟诵着我们部落的故事、吟诵着我们的历史。长辈们也一直在告诉我们语言和文化是紧密相连的。部落里的传统吟诵诗人作用是多面的。作为诗人,你有资格在任何时间对任何人说任何话,其他人没有这样的言论自由,不能自由表达自己的评判,但是传统吟诵诗人拥有这样的自由,他们有资格批评领导,也有资格批评人民大众。但是人民大众也有很多选择,如果你是个小男孩,人们是不会把你当回事的,只有你到了一定年龄,从少年步入成年后人们才会认真对待你。确实,学校启蒙对于我来说也是人生中的重要章节,因为从学校里我开始更深地认识自己,更多地了解到我在自己民族和团体中的作用和代表性。我开始认识到,我的国家所采用的政治体系在实际上已经通过肤色、宗教的隔离把国家搞得四分五裂,这也让我对国家有了一个全新的、整体的理解。那时我在上大学一年级,开始从更为广泛的语言意义上真正接触英语,这也给我的诗歌带来了新的元素,我把它称为抗议诗歌。通过这些诗歌,我质疑一切:政府所说的、国家所说的、领导层所说的以及军队所说的。开始写诗之前,我已经吟诵很多年了。写诗对我来说是最近的事,我写的诗实际上来源于我多年来吟诵的诗。我写过的具有里程碑意义的真正诗歌是一首抗议诗,这首诗将质疑指向被划分为七零八落的小阶层的境况。总之,对于我,诗歌是武器,是与社会邪恶抗争的武器。诗人还要承担一个重要的使命,因为诗人不仅要拥有持久的记忆去提醒人们来自何方、如何行事,而且应具有远见,能够看到肉眼看不到的未来，以此指导人们如何对待未来。

【交流环节】

提问1：各位诗人创作时会不会在诗歌的主题、风格以及情感方面受到性别的影响？怎样看待性别意识与诗歌创作的关系？

修蕾·沃尔普：性别问题一直是我诗歌中的一个重要主题。因为伊朗的女性在革命之后经历了许多困难。这对我影响很大，因为我还有很多朋友被困在伊朗。我对世界上的女性感到非常亲近，我写了很多这方面的诗歌。除了写诗，我还翻译。我翻译的第一本书就是一位非常有名的伊朗女诗人的诗集，有关妇女因性别而经历的苦难。要知道，作为诗人，你可以是男性，也可以是女性，我觉得性别不会影响诗人的风格，但始终会影响诗歌主题，至少对于我是这样的。

尤兰达·卡斯塔纽：对于我来说，性别意识也很重要。我一直有意识地从我自己的性别角度写作，表达我的女性观点。因为，文学最首要的一点是说真话，要诚实地表达自己的观点，直面自己的内心。我并不想被人误解成"每一句都要呈现文学真理"，就是说不要戴着面具写作。所以，如果我想表达女性观点，我就要以女性身份写作。传统上，文学一直是由男性主导的，文学史主要是他们撰写的。而现在，女性也进入了文学界，她们对永恒的主题，如爱情关系的诠释自然会带有女性意识。例如，在文学界，对于爱情这样的主题，女性的角色有了转变，由被思考的客体变成了思考的主体。在西班牙，也有很多很多女诗人从性别角度写作，她们为文学增添了新元素，这一点已经得到文学评论的关注和称赞。西班牙女诗人为诗歌带来了创新，带来了新态度、新主题，为诗歌做出了贡献。

姆芭丽·诺斯丁茨：这个问题确实很好。性别对于我来说十分重要，也是我写作的一个重要主题。性别之所以重要首先是因为它确立了我作为女性的身份，确立了我诗歌的内容特点。最近我在德国科隆进行了一次诗歌朗诵，其中一首诗是我写的《身体是我的》（"The Body

Is Mine"),关于女性身体、女性对身体的主权。发出这样的声音对我来说很重要。在我们的文化传统中,女性很多时候都是沉默的。但是文化传统在改变。诗歌可以打破女性的这种沉默,特别是我的文化传统中的女性。我给很多年轻的女性做过讲座,特别是在博茨瓦纳。我鼓励这些年轻女性用诗歌这个正义的载体去表达自己的思想,创造新的形象。我喜欢尤兰达刚才的表述,就是那个转变,女性从被写的对象变为自己去写作。

修蕾·沃尔普:简单插几句。记得我们之前的所有女性诗人,她们勇敢的写作为我们开启了女性诗歌写作之门。我想给你们举一个伊朗的例子,一位叫芙露歌的女诗人,她是20世纪50年代的一位诗人,也是伊朗几千年历史上第一位女诗人,她完全从女性角度去写作。我还想接着刚才所说,她曾经受了很多苦,因为她写过一首很性感的诗,叫《罪恶》。她曾写:"我犯了罪,我爱上了一个男人。这是一段伟大的经历!我喝酒,不觉得这样做有错。"几千年来男人一直在写恋爱、喝酒,但就因为她这么写,诗歌出版后,她在伊朗曾一度声名狼藉。事实上,她所做的事和几千年来男性一直所做的并没有什么不同。但慢慢地,她成了伊朗著名诗人,也就是因为有了她,我们伊朗的女性才能写诗。

尤兰达·卡斯塔纽:对我影响最大的一位诗人,碰巧也是一位西班牙19世纪重要的浪漫主义女诗人,她也是西班牙文学史上一位重要的浪漫主义代表人物。也许现在我作为女性更容易进入文学圈,但对于19世纪的西班牙女性来说,并不容易,所以这位女诗人很重要。我们女性进入文学界,但我想我们并不想成立性别独立的文学,什么女性文学、男性文学的。性别确实影响了文学,但我们并不是独立的,我们都属于文学界。最后,我想听听这几位男士对于性别的看法。我们在讨论性别问题,他们都遇到过性别问题,不是吗?你们是怎么看待性别的?

布莱恩·莫泽蒂奇:我觉得这个问题确实复杂,很难一下回答清楚。问题是语言本身一直以来都是男性主导的。当然,有些倾向于女性主义的作家想对语言进行改革,改变一些词,因为语言之间是存在很多不同的,而且大多数都是男性语言。

明迪:语言内也有阴性、阳性差异,如太阳(阳性)、月亮(阴性),这从一开始就存在了。

布莱恩·莫泽蒂奇:在性别问题上,我有过一个奇怪的经历。我曾被邀请参加日本的诗歌节,他们把我的英文版诗歌翻译成日语。其中一首,翻译根据诗歌主题就断定写作这首诗歌的人不可能是男性,所以翻译成的日语版本就变成了女性的口吻,因为日语里男性和女性的用词明显不同。活动开始之前半个小时才发现这个错误,但已经来不及修改了,因为日语里男性语言和女性语言相差很大,如果修改就需要通篇改动。这件有关日语的轶事可以说明,有的语言里,比如说日语,其实存在两种语言,一种是男性使用的语言,另一种是女性使用的语言。男人描述的事一听就是男人说的,而同一件事如果是女人描述的就不一样。其他大多数语言也存在类似情况,只是没有日语这么明显。

明迪:学生也问到是不是这种不同是仅仅存在于词汇上,还是整个语言上,如语气等,而不像有的语言那样存在阴性、阳性之分?

布莱恩·莫泽蒂奇:我想是语气不同。因为男人说"纸",也许女性另有更加女性的用词,我不知道,可能还有更深层次的不同吧。我想说的是,女性作家不仅仅是社会学研究的问题,女性作家、男性作家,还是语言研究的问题。也许可以研究一下语言变化。

托尼·巴恩斯通:补充一下:以中国诗歌为例,中国诗歌史上有一位伟大的诗人李清照,她是一位伟大的诗人,因为她流传下来50首美丽的诗。在过去朝代中,大多数流传下来的诗选诗集都是男性诗人的,只有最后很小一部分是女性诗人的。所以,在中国南方,有一种女性语言,叫女书,是女性创造的女性私用语言,用来写诗、写故事,供女性之间相互欣赏。她们知道不能发表,不会成为有名的诗人。但她们很喜欢这种语言形式,愿意推动它的发展。所以中国女性最伟大的文学传统是在地下聚会上产生的。所以有趣的是,在中国传统里,女性诗歌的主题往往有关爱情,这可以追溯到汉朝的爱情诗。中国男性诗人在写爱情诗、抒发浪漫或惆怅情感时常常会以女性口气写。这点我觉得非常有趣——他们会用女性口吻写爱情诗。对我来说,作为美国男诗人,我们那一代曾接受的教育是,男人能表达的唯一能为人接受的情绪只有愤怒,哭泣之类的事是女人的,不是男人的。所以对于我这一代人来说,重要的问题是挑战那些性别规范、种族规范。我们这一代有一部分人改变了美国。我们发起过各种各样改变社会的文化革命,其中之一就是如何让男人冲破男性规范的束缚,成为一个完整的人,这是我诗歌的一项重要内容。同时,也要清楚女性受男性压制的方式,即使是"男性注视"这样的小事,如果这样的注视被内化,女性就可能受伤害。中国有这样的传统,但女性诗人的数量是比不上男性诗人的数量的。

孙晓娅:中国传统女性在诗坛上发声的不是只有李清照,文学史上优秀女诗人的创作也是不间断的。

提问2:正如布莱恩·莫泽蒂奇所说:"要为自己写诗,如果为全世界写诗就无法创作。"请问各位诗人,在写作时是要把自己融入国家、民族或者宗教,还是把自己融入这个世界和宇宙。刚刚佐拉尼也说过诗歌的作用是召唤和预示。当我们描写政治民族的时候是冷眼旁观还是深入其中呢?

布莱恩·莫泽蒂奇:我说的是"我写作是为了疗伤"。我不相信你能脱离经历和周围的环境去写作。也许有人能,至少我不能,我所居住的国家、所到过的国家都会影响我。我写过很多完全关于其他国家的诗,也包括北京。因为从某个方面讲,我写作的内容都是来自记忆与经历的混合。我的经历当然也可能是电视上看到的、报纸上读到的或其他途径得到的,但确实是这样,世界上有些事对我影响可能大一些，有些影响小一些，我说不出哪个具体事件，也许都是一些近期的事。有一段很奇怪的经历，我不知道它是怎么进入我的记忆的，但始终无法摆脱这段记忆。因为斯拉夫发生战争时，战场在我家几百公里之外，我经常能听见从意大利机场起飞的美国飞机在斯拉夫降落的声音。那是很多很多年前了，后来我一听见飞机降落的声音，就会想起侵略、任何形式的侵略。

佐拉尼·米基瓦：任何一个诗人，不论是男诗人还是女诗人，如果说只会以世界公民的身份写作，没有自己的地域观念，内容就会虚假。我来自农民家庭，在农村长大，深受那个地方的影响，地方环境成就了我的个性。显然，我长大后，在与多元化背景的人物互动中也受到了影响，也由此获得了全球化视角。但是，尽管我有全球化思维，我的行为还是有地方特点的，这是由我出身的社会塑造的。我认为，你出生成长的环境和你的全球化行为是相互关联的。尽管有的人声称自己是国际人士，他们的思想还是会受出生成长环境的影响。尽管环境的边界可能会是无形的，但是大多数情况下，这些界限还是会影响你的观点和行动。

尤兰达·卡斯塔纽：佐拉尼·米基瓦所说的正是我想说的。我认为，作为诗人，必须诚实、真诚。你写得越具体越特别，你在世界上的读者范围就越广，你听起来也就越具世界性。这句话并不能直接从字面上理解，不是说我写了一个小地方发生的事你就会被吸引，而是叙述中透露的诚恳和真诚打动你。这一点可以回答你两个方面的问题。一定要真实地表达自己的内心。你说得越抽象，听起来就越虚假。

修蕾·沃尔普：我和在座的其他诗人都不一样，因为他们都有自己的国家、自己的文化。我住在洛杉矶，从很多意义上讲，我已经无法回到我的祖国。我被认为是流亡诗人，我的诗歌被归为政治诗歌、流亡诗歌。我一直在告诉学生，因为我也教课，我告诉他们：语言本身就具有政治性。所以你在使用一种语言写作的时候，就是在使用一种含有很多政治和社会意义的概念。选择这种语言进行主观创作，也就选择使用了它所含有的政治意义。诗歌具有力量。你可以主观创作，但如果写有关世界的，你就要从这个特别的角度出发，避免对我们说教。我能够理解尤兰达说的，要从自我角度真诚创作；但有的时候，你写作的角度不得不是国际的，因为你不在你的祖国，不在你的文化之中，你住在人种混杂的地方。

吴思敬：今天这六位诗人给同学们送上了非常精彩的一课。这个机会非常难得，我相信在座的同学在若干年以后也会记得这一堂课，记得我们几位诗人给我们带来的诗歌和他们对诗歌的深刻见解。今天也涉及很重要的诗学问题，其中之一是诗歌与自我，在座的六位诗人也都提到了诗歌与他们生活经历的关系，同时也提到了生活经历是如何触发他们诗歌想象的，这对我们理解诗和诗的本质是非常有益的。同学们提出的问题是对诗人自我与诗歌关系的进一步探讨，这实际上也是新时期以来诗学领域一直在探究的。在我们的讨论中也提到了性别写作，性别写作特别是女性写作也是新时期以来诗坛一直在探讨的非常重要的问题，女诗人比例很少的情况一直持续到"文革"。但进入新世纪以后，从 80 年代开始情况便不同了，中国的女诗人可以说成倍地出现，现代诗坛起码是男女诗人平分秋色的状况。对于女性写作我们今天在座的男女诗人虽然有不同的见解，但都给我们以启示，对于女性诗歌的研究与探讨也是我们当下很重要的任务，对于想要有志于研究此方面的同学也很必要。西斯有句话："心脏是不分男女的。"女性具有她独特的第一性征和第二性征，但是其内心深处的东西还是和人类的总体融合一体的。

孙晓娅：六位的优秀的外国诗人以诗歌为引擎带领我们在别具地域特色、文化传统的世界诗歌版图上徜徉：从欧洲到美国，从南非到东亚大陆，从过往到当下，从个体到人类，从经验到创作……他们畅所欲言，所谈论内容包罗万象，生动可感。我也被各位诗人坦诚的交流、活跃的思维、热烈的对话深深吸引，再一次感受到：从灵魂到社会，从历史到文化，从主体到客体，诗歌是内涵丰富的艺术，是一门永远上不完、学不尽的课程，其中的奥妙需要我们用一生去聆听、品味、感受、书写、传递！谢谢大家的参与！

诗歌的跨界以及诗选的编辑

主持:孙晓娅　张桃洲

翻译:明迪　胡续冬

时间:2014 年 9 月 15 日

地点:首都师范大学北一区文科楼

主办:首都师范大学中国诗歌研究中心

孙晓娅:大家下午好！首先,非常欢迎来自美国、南非、斯洛文尼亚、西班牙、伊朗的六位外国诗人。金秋时节,很高兴他们来到首都师范大学与中国诗人、学者相聚。我先介绍到场的诗人、学者:美国诗人托尼·巴恩斯通、斯洛文尼亚诗人布莱恩·莫泽蒂奇、现居美国的伊朗诗人修蕾·沃尔普、西班牙诗人尤兰达·卡斯塔纽、南非诗人佐拉尼·米基瓦和姆芭丽·诺斯丁茨、美籍华裔诗人明迪;中国诗人、学者有:西川、欧阳江河、翟永明、王家新、敬文东、西渡、张桃洲、姜涛、胡续冬、周伟驰、冷霜、潇潇、安琪、寒烟。今天研讨的议题实为两个并列的问题——诗歌的跨界与诗选的编辑,确定这两个研讨议题源于今年我们请来的几位外国诗人都有"跨界"创作的特点,此外托尼·巴恩斯通和布莱恩·莫泽蒂奇都在美国和斯洛文尼亚出版过中国当代诗歌选。今天的会议由我和张桃洲主持,明迪和胡续冬担任翻译。

托尼·巴恩斯通:我想从今天中午与中国诗人讨论的话题谈起。从对话中我得知中国诗歌在中国政治上的重要性已越来越低微了,这和我所了解的中国古代诗歌的重要性是截然相反的。通过搜集民歌等各种方式,中国古代诗歌在政治生活中扮演了一个非常重要的角色,而诗歌的政治重要性在当代中国已变得微不足道。就这一点而言，美国也是如此。以前，我们可以从销售量评价诗歌是否获得成功；但在当代，诗歌确实需要和更多领域合作，无论是歌剧、绘画还是流行音乐，都会为诗歌赢得更多接受者。现在的年轻一代，对涂鸦或者各种多媒体手段更感兴趣。如果这些热衷于多媒体的年轻人能够与诗人合作，可能会为诗歌带来更多受众。

尤兰达·卡斯塔纽：进行跨门类合作不仅仅是为了受众，就诗人本身来说，这也是一个抵抗写作的孤独的方式。写作是一件孤独的事，你很难将个人经验与他人分享。但有时候与其他门类的艺术家携手工作时，你又会发现工作过程是非常有趣的，能够起到互相砥砺的效果，而且在这样的合作中，我更能够认识并理解自己在做什么，就算仅仅是翻译诗歌。而与从事视觉艺术和从事听觉艺术的人在一起合作时，我更能从其他领域获得一些创造性启示与激励。每当我对自己的写作产生疑问时，解决这些困惑的方式通常来自于乐手、画家等其他领域的艺术家。与其他艺术家合作不仅是为了更多受众，这也是一个澄清、明晰自身写作问题的途径。

这段时间我更为关注的是，不同的艺术门类是否共享了一个核心的、根源的、范本性质的代码，人们只是以不同的艺术形式实现它而已。对于这种核心代码的表达，有的人更擅长用音乐，有的人更擅长用文字，而有的人更擅长视觉形式。以前，出于技术与交流方式的限制，不同艺术领域之间并不经常进行合作。而今，发达的技术手段使大家联结更为紧密，更易实现领域的僭越，比如我们并不需要高深的专业知识就能利用软件做视频剪辑或者作曲等等。不同领域之间共享一个核心代码变得越来越具可操作性，这将使得原创性的艺术门类更易相互接近并具有整合的可能性。

修蕾·沃尔普：我跟在座的诗人不太一样，在座每个人的国籍都是清晰的，而我说不清我到底是哪里人。我在伊朗出生，现居美国。在写诗时，我与音乐的联系是非常紧密的，这是维系我写作的一个根本方式。在伊朗，波斯语和音乐的关联是极其强烈的。去美国后我开始用英语写诗，有时也做一些英波互译。在美国强调诗歌与音乐的关系还是一件很新鲜的事，我只能这样要求自己：即使是用英语写诗时，也要体现出波斯语诗歌的基本乐感以及波斯音乐的基本特性。我特别希望看到中国诗歌或是中国诗的英译本能够和中国音乐契合。

尤兰达·卡斯塔纽：诗歌与音乐之间的联系是固有的，这一关系并非在现代才出现，而是在最古老的诗歌始初就产生了。问题在于，诗在不同的历史时期会被音乐、口语、新技术、网络等等"绑架"，诗歌通过各种努力使自己存活下来。诗歌利用各种各样的平台，通过各种各样的渠道，使自己具有如人类一般的存活能力。

修蕾·沃尔普：我所强调的并不是诗与音乐间的简单关系，而是经过翻译的文本应怎样保持原文的音乐感。

佐拉尼·米基瓦：我想谈两点：第一，诗歌确实和人类历史一样古老。人类的叙述起源于口头传统，这开启了我们对自身的认知。第二，音乐就像短跑，而诗歌就像马拉松；音乐传播讯息，而诗歌是要以耐力跑到未来的；所以你既可以说诗歌是最古老的，同时，诗歌也是属于未来的，因其有永恒的生命力，而音乐总是在更新换代。有时候诗集的销量没法与唱片相比，但是不要忘记诗歌才是马拉松长跑中最后的赢家。而且，诗歌就像一把伞一样庇护着音乐，很多音乐作品中内置着诗歌成分。

姆芭丽·诺斯丁茨：就我个人而言，最初，我的祖母使我萌发了创作诗歌的念头。在我小时候，祖母总是给我讲有关家族、部落以及民族的故事，这些故事极富感染力，使我沉浸于传统。我祖母去世后，这些故事与历史叙述也随之消失了。这正是我们这代人所面临的一个真正的挑战。我写诗，在很大程度上是为了记录祖母所讲的故事，老一辈人去世之后，我们伟大的叙述传统都消失了，这牵涉到诗歌的出版与流传问题。

在戏剧中，我尝试以多样的视觉化手段、表演性语言、声音和技术手段展现与诗歌相近似的内容，这给我很多启发。另外，就托尼所说，中国诗歌在当代的政治性被削弱,这个问题我不易评断,但在南非,诗歌可以折射身份。如在很多聚会中,我都感到一种关乎身份的微妙张力。在某种意义上,很多人通过诗歌创作参与对身份问题的反射。

我十分关注诗歌的跨界问题。参加国际诗歌活动时,包括此次在中国的活动,彼此听不懂他人的语言,诗人们的节奏与风格也不尽相同,但这背后就如尤兰达所说存在着一个核心性的事物,能够传递情感,情感如流水贯穿你我。我很愿意看到跨界的努力在不同国家间的实现及其最后的效果。

托尼·巴恩斯通:如果你在镜子里看见一个人,于是你说"我是真的,这个人是假的",这正有如庄周梦蝶,诗歌与音乐的关系也是如此。到底音乐是诗歌的影子,还是诗歌是音乐的镜像?我曾与很多音乐家合作,有时为了合作效果,我会适当降低诗的"真实",使音乐有更多可操控的空间。无论是音乐是诗歌的镜子,还是诗歌是音乐的镜子,真正的问题是,一旦你写下一首诗,其自身的既定秩序与内在逻辑就生成了。如果一个强势的音乐家想要改变这首诗,使之成为一个符合他审美的音乐形式,你是要放弃它呢?还是让你的诗变得更柔韧、更通融?

西川:讨论诗歌和音乐的关系,我首先想到两位:一位是加拿大诗人莱奥纳德·柯恩(Leonard Cohen),一位是美国民谣诗人鲍勃·迪伦(Bob Dylan)——他的诗写得很好。实际上,一个音乐家诗人或是一个诗人音乐家除了拥有更多可能性之外还受到更多限制。如果你是一位诗人,同时你又唱歌,那么你写的诗一定像歌词。站在古代诗歌立场谈论诗歌与音乐的关系是容易的,当然中国古代诗歌的来源是不一样的,比如《诗经》《楚辞》。但在当代,人们会批评当代中国诗人的诗作不像古人一样写旅行、友谊和宴会,可是当代诗歌还写哲学。诗人当然也受到其他领域影响,但一旦你开始接受这些影响,你就会变成一个更大于你自己的你,或者说一个新的你。

尤兰达·卡斯塔纽:音乐与诗歌相结合,是极富启发性以及当代性的。但我担心——在西班牙比较流行的做法是——随便将音乐乱塞进一首诗。对于这种做法,通行的说辞是,既然我们读不懂这首诗,我们就将它谱成曲,但这极不尊重诗歌。诗歌与音乐的真正合作必须从精神上出发,二者需经历深入的磨合,否则,随便添加音乐是侮辱诗歌。我比较向往能与真正的音乐家进行沟通与合作,但将诗歌与音乐随意结合的现象是很普遍的,这可能源于年轻人阅读方式的变化。现代人更多通过网络和多媒体阅读诗歌,通常一首诗配有音乐与图像,年轻人逐渐丧失了单纯聚焦于诗歌上的阅读能力,大家都拼命抱怨诗的单调,企图将其他事物赋予其上。如果没有经过和谐状态下的切磋与合作,草率地添加视听成分,不但不能使诗歌和音乐互添光彩,反倒可能减损诗歌尊严。

王家新:我完全同意她的看法。中国有一句话叫作"hold 不住",但作为一个诗人我们要"hold 住",我们需要一种定力,或者说要相信诗歌、语言本身的力量,以及诗歌自身的命运。去年,在美国一场爵士音乐季中,一位爵士演奏家要将诗与音乐相结合,但排练时效果并不好。他弄得很花哨,分散了人们对诗歌以及语言本身的注意力。"听"诗也是一门哲学。我虽然不反对,但我不愿在朗诵诗时加上配乐,如果有人要用你的诗来谱曲或做音乐则是另外一回事。

当今,我们希望获得更多听众,但是我觉得还是要"耗得住"。诗歌从来就不需要去迎合听众,否则就不会有伟大的诗人诞生了,只会产生一些转瞬即逝的东西。诗歌不是要迎合听众,而是要创造听众。同时,诗歌内部还有很多事情需要我们去做,比如明迪所翻译的这位伊朗女诗人的《外国银》,"外国银"这个词就用得很好。

尤兰达·卡斯塔纽:诗歌与音乐间的草率合作通常会分散我们对诗歌的注意力。我想补充三种音乐与诗歌合作的方式,可能会给大家带来启发。首先,我最讨厌别人将我所写的诗——不押韵,也没有任何形式上的古典感的当代诗——拿去作曲,我的诗并不具备音乐成分,这样的举动无疑是毫无意义的。第二,有时我会与一些优秀的音乐家合作,这些音乐家诗歌素养极高,他们会摸到诗本身的音乐节奏,再用音乐激发诗原本的乐感。这种合作方式是我所喜欢的,但需要彼此进行长期切磋、磨合。第三种是我自己写歌词,这就完全是另外一回事了,一旦你要为一些流行音乐填词,你就要放下身段,忘记自己的诗人身份。如果你想写出一首能被传唱的词作,你得放弃当代诗的语言和语体,用另外一只手/思维来写,这与你自身的诗歌写作完全无关。

修蕾·沃尔普:诗歌和音乐间的关系并不是诗人与音乐家应该怎样合作或现场演绎。我所希望看到的是,音乐家并不直接使用你的诗作,而是用音乐重新诠释一首诗。诗歌并不会被当今的唱片工业或强大的古典音乐吓倒或侮辱,只是,通过这样一种具启发性的渠道,音乐家可以创造能够完整表达你的诗作的音乐作品。我最期待的是,一首翻译诗能够与其源头语言的音乐契合起来。比如,如果将尤兰达的诗歌从西班牙语翻译成英语后,还依然能与西班牙音乐配合,这是令人激动的。

托尼·巴恩斯通:这牵扯到是用诗歌逻辑来看待问题,还是用科学逻辑来看待问题。科学逻辑中对就是对,错就是错,错误的手段肯定会导致一个错误的结果,但是诗歌逻辑中,一个错误的方式或许能够引导出一个正确的结果。比如柯恩在写歌词时,他对抑扬和音尺、音步的要求与标准的音诗是不一样的,他从一个歌手的角度突出了其音乐的节奏,虽然他像在写诗一样写歌词,但他所强调的重点乐感并不是按照韵律的要求所写。中国的古诗(五言、七言)是建立在平仄基础之上的,那么古诗与音乐相结合会产生什么效果?

王家新:中国古典诗歌已发展到一个极为完善的、难以超越的程度,比如杜甫的七律,我们很难超越他。翻译一首诗时,如果其音乐性能达到原作所具备的程度,是非常了不起的。托尼也翻译中国古典诗,我想知道他在翻译时如何处理这些问题。第一位在中国获得成功的古典诗译者庞德的译文在英文中极具节奏、语感和音乐性,相比较而言，帕斯所翻译的王维则不是特别成功，他拘泥于中国古典诗歌的韵律，导致其翻译中规中矩，并非伟大的翻译。布罗茨基不满意俄国诗歌的英译，认为英译没有将俄国诗歌的音乐、节奏、韵律译出。俄国语言特别适合格律诗，当今仍有很多俄国诗人在写格律诗，并占据主流。布罗茨基也翻译曼德尔施塔姆，但我恰恰不认同他的翻译。问题在于，我们在翻译时，该怎样来传达原作内在的音乐性、生命本身的呼吸、跳动与发音。

托尼·巴恩斯通：在写诗时，你或者带着眼睛去写，或者带着听力，从身体内部、器官来写，运用知觉、感觉、听觉。翻译也是如此，你可以用眼睛翻译，用耳朵翻译，用手指翻译。将俄语诗歌翻译成英语诗歌有两种方式，将俄语的格律诗译成英语的格律诗通常都是失败的。相反，如果将之翻译成自由体，自由发挥，带入新的声音，则会更成功一些。最近 20 年俄语诗歌翻译有很大进展，比如在声音的模仿上。

王家新：翻译诗歌要获得一种音乐性，我认同策兰的一个说法，即翻译是一种唤起。翻译不要拘泥于原作的音乐形式，而要在你自己的语言中重造一种语言的身体，重新获得一种诗歌的发音。我在翻译茨维塔耶娃时就此做出一些尝试。

欧阳江河：我们不能只是在常识的意象中讨论诗歌写作的音乐性问题。俄语、英语、汉语等等的格律是三个不同的外在于、超脱于诗歌音乐性的客观规则、范式。写作本身是在声音与意义即词与物之间进行的，在翻译时仍然有迹可循，但是每一种语言内在的格律是无法直接置换到另一个语言系统中的，所以这种翻译注定是失败的。格律本身作为一种公共性、客观性规则，不具备人性，具有个人经验的东西其翻译可能性更大。诗与音乐的关系最终是要超越这些公共性、客观性规则，而进入个人写作的深处。否则我们永远只是在不同的语种规则转换之间讨论问题。如果我们将英语视为一个中转站，那么诗人的声音在中转站中的呈现程度决定着你的诗歌的接受、影响和命运。

除了声音与意义之间需要进行转换，当代的转换应该更广阔，这也涉及词语的物质性转换。物质性转换包括对声音作一种消声处理，也就是说，不但不把意义作为一种简单的、优美的歌唱传递出来，反而为了“现代”着想，比如突出“听不见”“沉默”等声音元素，或黑暗的特质，我们可能对诗歌中的声音作限制、抹除，将之变为深海中的矿藏。如果我们只是简单地理解声音和诗歌的音乐性，那么我们就赋予了“好听”一个过高的地位，这是一个地狱般的判断，致使我们产生错觉：贝多芬还不如拉威尔伟大，因为拉威尔更好听。如果音乐不是以好听作为最高评价标准，那么诗歌更不会以其作为评判标准。不要忘了诗歌内部有一个非常重要的特质，那就是诗歌不是为了交流或扩大受众而存在。

修蕾·沃尔普：诗人的责任就是翻译，但翻译是一种灵魂上的联系与沟通，应把灵魂的个体化的声音放在翻译之中，而不是机械地将诗歌从一种语言翻译成另一种语言。

欧阳江河：诗和音乐的关系也不仅仅局限于流行歌曲或者旋律。比如翟永明的诗，并不是一种流行歌曲或爵士意义上的中国音乐，但它是中国戏曲，所以音乐也是多元性的。

王家新：大家所谈论的“音乐性”是借来的、打着引号的音乐性。诗歌是一种声音。我们借用音乐性这一说法，实际上二者并非相同。声音和沉默是密切相关的，翻译诗歌时最大的考验在于你能否把沉默翻译出来。

西川：刚才家新说到埃兹拉·庞德，埃兹拉·庞德不只翻译中国诗，他也翻译卡瓦坎蒂的诗歌以及法国南方的游吟诗歌。当他翻译中国古诗时，他使用的是 take over 而非“翻译”这个概念，当他翻译卡瓦坎蒂时使用的则几乎是从词到词的翻译方式。同一个人在面对不同的文本时，其翻译态度可能是不一样的。托尼说这是因为庞德的意大利语好，但中文不好。

明迪：汉学家翻译和诗人翻译之中，汉学家懂中文，但他们的诗歌翻译是失败的,相反,那些不懂中文的诗人与懂中文的人合作所进行的翻译相当成功。

西川:诗歌的命运在翻译手中。

欧阳江河:翻译只是单向传递,最高意义上的诗歌决不是为了交流。北岛的翻译者对此有两个论断:第一个论断是所有的诗在原文即母语里只完成了一半,在翻译里才真正完成。第二个论断是再烂的英语翻译都比非英语的母语写作更好。这个说法有点极端。

翟永明:我在“白夜”一直在做有关诗歌跨界的事情,我们做过很多活动都是有关诗歌与音乐、戏剧以及其他艺术门类的融合。这不是为了迎合读者或观众,但我希望除了诗歌朗诵之外,能利用其他艺术形式表现诗歌的独特魅力。诗歌有非常广阔的可能性,比如我的朋友将我的一首长诗改编成一个多媒体戏剧,这是具有探索性质的,也可以称之为现代诗剧,融合了舞蹈、肢体语言、音乐等形式。而关于翻译,我们在“白夜”也举办过翻译工作坊,比较不同的是,我们并不是通过翻译者进行翻译,而是诗人与诗人之间直接交流,通过译者进行传达。通过这种方式,你可以了解诗人在写诗时最真实的最直接的感受。

潇潇:在青海湖诗歌节中我曾与一位四川女诗人合作,以一首具有中国特点的古琴乐为背景,随音乐和朗诵诗歌的感觉舞动,效果很特别。

此外,我想谈谈诗选的编辑问题。我在 1993 年开始主编一套中国现代诗歌编年史丛书,到今年已有 21 年了。这个时代是一个知识爆炸的年代,但也是一个特别容易丢失的年代。作为一个诗人,该如何打捞一些可以留传下来的作品?以我的经验来谈,我所主编的这套丛书中《前朦胧诗全集》一书非常重要。大家通常只知道五六十年代较为主流的一些诗人,如艾青、郭小川等等,但更多优秀的诗人是被埋没、被遮蔽的。我希望像托尼一样的中国诗歌研究者可以了解那些被遮蔽的诗人的作品,了解 60 年代中国诗人真正的创作实力与精神。

托尼·巴恩斯通:“诗选”这个词源于希腊语,其原意是“插花”,编诗选如同在花瓶中注入水,给其以新的生命。但在编选集时,你是将爱情诗与战争诗放在一起,还是将前朦胧诗和朦胧诗放在一起,决定着你翻开这本书时所看到的一个国家的诗歌结构。在翻译时除了呈现一个国家的当代史以外,你还要以注释的方式解释某些诗句的背景、意义和用法。

西川:编者的身份是多样化的,以不同的身份编选诗歌选集,其效果不同。

托尼·巴恩斯通:编诗选就是创造一部正典。

欧阳江河:当代诗歌选集编选的困难在于中国当代诗歌的语言进程在近30年发展很快,很多东西也随之迅速过时,这种混乱局面可能是人类诗歌写作史上从未有过的。这种快速变化和国家的社会变化、经济进程、历史变化是相呼应的,也和长时期以来中国诗歌语言的单调以及宣传、党派、媒体语言的开放有关,和翻译也有关。翻译改变了中国诗歌写作的现状。这种快速变化不仅存在于不同时代的诗人之间,也存在于自身。这种情况和西班牙语、英语、德语诗歌写作及其语言变化的缓慢、相对而言的成熟形成很大的冲突、差异与张力。我们30年前写的作品在当时是比较先锋的,现在就已经不具备经典的意义了。这为编选正典意义上全面地反映中国诗歌的诗选带来巨大困难。

西川:过去是“为永恒而写作”,现在是“为过时而写作”。翻译要达到过去的效果是困难的。

张桃洲:感谢来自国内外的诗人、学者对本次讨论的参与。此次讨论富有成效,涉及诗歌与音乐关系、音乐性与格律、翻译、出版等诸多问题,其中有许多值得探究的议题,因为时间关系留待以后展开。再次谢谢大家!

相逢在“无止境”的“第二空间”

——“蓝色东欧”新书发布暨东欧诗歌研讨会

主持:孙晓娅　高兴

时间:2015 年 5 月 29 日

地点:北京金龙潭大饭店

主办:首都师范大学中国诗歌研究中心

孙晓娅:大家上午好！以国际化视野打开中国诗歌研究的视域是首都师范大学中国诗歌研究中心近些年始终致力的工作。今天,能够在“蓝色”的氛围中与东欧杰出的诗人们跨越时空“无止境”地展开、进行美好而诗意的相遇,要感谢“蓝色东欧”丛书的策划和出版:以十年功力,系统翻译东欧现当代百部优秀文学作品,需要深厚的底蕴、敏锐前瞻的眼光与远见卓识的魄力！尤其要感谢《世界文学》主编高兴老师的策划与联络。首先请吉狄马加为大会致辞！

吉狄马加:当年接触到东欧的文学作品,虽与特殊的政治环境和意识形态有一定关系,但更为重要的是东欧文学在我们的阅读经历中留下了不可磨灭的记忆。一方面是因为我们的成长经历,我们最早阅读东欧文学作品时,是将其视为社会主义阵营的精神成果;另一方面是东欧文学传统悠久深厚,在历史上就有许多大诗人、大作家在世界文学史上占有重要的地位。我们在阅读东欧经典诗人及小说家的作品时总会有一种感觉,即东欧民族的遭遇及其政治环境与我们自己的历史状况有许多相同之处。从 30 年代起,鲁迅先生和茅盾先生就已经开始介绍东欧一些弱小民族的作家和诗人,例如密茨凯维奇、裴多菲、哈谢克等人。东欧在历史上一直是处于大国、大民族的欺凌之下,生活在动荡和压抑之中。东欧民族在历史上曾被奥斯曼帝国、奥匈帝国占领,以及受到苏联的隐形挤压和统治,所以我们阅读东欧文学作品时,会感受到东欧民族在文学中所形成的悲剧感和悲剧意识。随着80年代后对东欧文学作品的大量翻译和阅读——比如贡布罗维奇的小说、昆德拉的小说、哈维尔的戏剧以及米沃什、赛弗尔特等人的诗歌,才让我们有机会逆向去看,并发现东欧文学精神中所形成的悲剧意识与其整个民族在历史上处于被压迫状态有着密切的关联。这种具有悲剧色彩和人道情怀的东欧文学传统一直影响着其后成长起来的几代作家。我还发现包括捷克、塞尔维亚、匈牙利等在内的这一区域的作家在气质上有一个共同特点,就是个性深沉、作品厚实有力度,受多种文化影响,在不同的国家形态变化中,作家个体都于夹缝中求生存。有的是在意识形态的夹缝中求生存,有的是在地缘的、政治的夹缝中求生存,有的甚至是在更强大的国家专制力量的压迫境遇中求生存。从总体而言,东欧作家,包括后来独立的立陶宛、马其顿、爱沙尼亚等国的作家都有一个共同的价值取向,就是把人道主义精神、悲剧意识以及道德力量至上作为创作追求的重要目标,所以,阅读他们的作品往往要比同时代其他区域文学产生更大的震撼力,除了与我们的社会历史、阅读经历有关之外,最重要的还是,这些作家承担了民族的苦难,是承担苦难的延续者,同时也是苦难的救赎者。其次,东欧文学具有强大的文化包容性,除其自身文化所具有的自由精神以外,还能广泛地吸纳其他民族文化。在东欧,差不多有一半的大作家、大诗人是犹太人。许多犹太人在东欧长期生活,特别是在波兰和匈牙利相当集中,后来由于二战的爆发和种族迫害,有的流亡美国,有的流亡到其他国家。东欧文化非常多元,正因为多元才形成了不同价值体系的文化生态——由于文化包容所形成的独特文化非常值得研究。东欧作家和诗人,无一例外都具有深刻的哲学思维,他们往往都不是一般意义上的作家诗人,他们中大部分还是思想家和哲学家。文化哲思在他们身上打下的烙印要比其他区域的作家诗人更深。

今天发布的这两本新书都是新近的翻译。尤其是《第二空间》中收录的基本是米沃什晚期的作品，体现了他对宗教、死亡以及人类终极的生命意义的看法与思考。这部分作品对于完整了解、认识哲学家诗人，或者说诗人哲学家的米沃什十足珍贵。这本书的出版为我们研究东欧诗人作品的思想源头、价值体系及其对宗教、死亡、人类终极命题的关怀与思考，提供了一个重要的参照体系。而扎加耶夫斯基的诗集《无止境》与之前已有的翻译形成了一种错位，使我们能更完整地看到扎加耶夫斯基的全貌。中国与东欧从历史上就有着特殊的关系与交往，在当今全球化背景下为何出现这么多影响世界文学进程的伟大的小说家、诗人、理论家的原因，这是值得我们去认真研究的。

孙晓娅：请赵敏俐致辞。

赵敏俐：诗歌是在全世界范围内沟通人类文化、文明以及情感的最佳形式。我们首都师范大学中国诗歌研究中心于 1999 年成立，当时为中心定名为“中国诗歌研究中心”。这个名称有两个意义：一是把它定位为“中国诗歌”的研究中心，我们的研究对象以中国诗歌为主；二是把它定位为“中国”的诗歌研究中心，研究对象包括世界各国的诗歌。这些年，我们一直朝着这两个方向努力，一方面研究我们本国诗歌，而且是跨越古今的研究，包括各地区各民族的诗歌；另一方面，中心近几年也开展了很多国际诗歌交流，收获颇多。今天，我代表诗歌中心，一是为本次会议的召开表示祝贺，二是借此机会表示我们的态度：作为教育部批准的全国唯一一个以诗歌研究为宗旨的人文社会科学重点研究基地，我们正在努力把它建成一个进行中国诗歌与世界各国诗歌研究和交流的名副其实的中心。

孙晓娅：请朱燕玲女士介绍丛书相关出版情况。

朱燕玲：这套丛书自 2009 年动议，2012 年出了第一辑。一路走下来，这套丛书到今年为止一共出版了二十多种，现在正编第四辑。一到四辑，一共 36 种，涉及 6 个东欧国家，其中阿尔巴尼亚 6 种，占了 16.7%；波兰 11 种，占 30.6%；罗马尼亚有 3 种，占了 8.3%；捷克 12

种，占了33.3%；匈牙利3种，占8.3%；斯洛文尼亚1种，占2.7%。现在此套丛书的出版已进入顺境。

孙晓娅：有请高兴老师主持本场会议的讨论环节。

高兴：感谢晓娅第一单元的诗意主持，研讨环节我们请树才第一位发言。

树才："蓝色东欧"这套丛书，首先具备了对文学的某种地缘敏感。"地缘"一词，在国际关系上非常重要，但文学其实也是一种国际关系，世界文学就是对"文学的国际关系"的一种描述。"蓝色东欧"体现了对文学的一种地缘敏感，诗歌可以有"地缘诗学"，事实上，确实有学者在研究这个问题。"蓝色东欧"这两本译诗集，可以视为"地缘诗学"的成果。下面，我就诗歌翻译来谈一点感受。

诗歌翻译，涉及对"双重性"的敏感。这种双重性既来自两种语言（跨语言）的双重性，也包含作者和译者（双主体）的双重性。我认为，文学翻译的主体性，既不完全侧向于译者，也不完全侧向于作者，而是在作者和译者"之间"。在翻译的文本中，作者作为最重要的主体，实际上在译文中已经被译者替代了，但是作者又总是在译者的翻译过程中隐形地存在着。最重要的是，这种双重性还体现为语言表达的双重性，因为一首诗被翻译过来，它需要一个新的语言的"身体"，这个新"身体"既受制于原文，又取决于它遭遇到什么样的译者——米沃什遭遇到周伟驰，扎加耶夫斯基遭遇到李以亮——如果遭遇到其他译者，就会出现另一个语言的"身体"。在近百年的诗歌翻译中，我认为有一个问题值得反思，那就是"欧化"的问题。欧化长期以来遭到我们的诟病，实际上它是一种很自然的语言现象，不必大惊小怪。我自己在翻译时，选择比较主动地接受"欧化"，但我在创作中会避开这个问题，因为我对两种语言之间的差异产生了一种敏感，我能看到它们在表达上的本质差异。我以为，由于语言自身的特点，原文作为"双重性"中第一主体的特质，在翻译过程中一定会表现出来，即它必然导致原文语言对译文语言的侵入，这一侵入是不以译者的意志为转移的。实际上，欧化自有它们的好处，它丰富了语言的表达形态。现代汉语的大部分词汇都来自外来语，这些外来语正是源自翻译。现代汉语，自胡适以来，一直受困于“白话语汇匮乏”的处境，而诗歌翻译极大地启示了中国诗人用新的词汇和新的句式，去探索新的表达的可能性。

诗歌翻译的功劳是巨大的，20世纪的诗歌翻译，从某种角度上可以说引领了白话诗歌的整体转变。我们应当从诗歌翻译的角度，来观察白话诗以来整个现代汉诗的进展。我提出翻译的“双重性”，是为了提示：诗歌翻译的可能性是在“原诗与译诗之间”。在译诗文本中，我们应该研究一首诗遭遇了什么样的译者，以及译者为什么将其译成这样的语言形态而不是那样的语言形态。译诗的关键还是译者，所以我们才信任“诗人译诗”。

高兴：有请王家新发言。

王家新：我第一次读到周伟驰所翻译的米沃什，发现他的语感以及语言方式与其他译者不大一样，这是译者艺术个性的体现。不同的译本，为我们带来不同的参照，使我们得以从不同的路径进入一位诗人。李以亮所翻译的扎加耶夫斯基，我很早就开始关注。扎加耶夫斯基是一位还有待我们深入认识的诗人，其诗歌处于见证与愉悦之间、激情与反讽之间，同时他的诗歌又有如自然一般的丰饶性，我们过去偏向于强调其见证性，其丰饶的一面、感性的一面没有给予太多注意，其实他的诗歌还有一种对感官的迷恋，对世界进行发现的敏感和热情。还有，扎加耶夫斯基对我来说最重要的一点是，他从诗的意义上重新发现了“脆弱性”。这一点使我想起了肖邦，两者有很多共通之处：脆弱、痛苦、尊严和美等等。这里的“脆弱性”不单是属于诗人个人的，还属于波兰整个民族。这个民族反复遭受两个帝国的蹂躏。从这个意义上，也可以说扎加耶夫斯基的诗歌是“弱者的美学”，这是他与米沃什最为明显的不同。比起米沃什，扎加耶夫斯基更为平民化，也使我们感到更亲切、温暖。

我相信诗人译诗对中国诗歌建设具有深远意义，不过，我们不要过于实在地看待翻译的意义，翻译的价值是要经过时间的长久检验才能被认识的，如戴望舒、穆旦的翻译。翻译是指向未来的，是为一个民族文化语言的未来而工作的。布罗茨基说过："翻译寻找的是对等物，而不是替代品。"翻译更高的目标是寻找在艺术价值上能与原作相称的对等物。

高兴：有请欧阳江河发言。

欧阳江河：我阅读东欧诗歌与俄罗斯诗歌、英语诗歌、法语以及西班牙语诗歌，同样会怀有感恩的心情。语言的恩典不可妄受，一旦得到，一定要追溯恩典从何而来，含有什么样的意义。比如阅读李白的诗歌，李白的汉语是诗歌的一个秘密的命名，汉语就是解密的途径。否则，其诗句于我们而言就如同密码，我们得到后就会将之抛弃。同样，来自东欧的迟来的恩典，比如汪剑钊所翻译的曼杰斯塔姆，那种以生命作陪的创造来临了，但我们是否做好了文化以及原创意义上的准备？刚刚家新提到了布罗茨基的对等物概念，这种对等物是否真的存在？它有可能于语言意义上存在，而在存在意义上是否存在仍然值得商榷。

翻译的乐趣在于——在粗略的对等物上进行原创，在粗糙的、热乎乎的，还有体温、心跳和呼吸感的意义上去接受，去寻找对等物。如果这种对等无法建立，其所保有的营养就将大受损伤。寻找对等物时，我们所寻求的建立于何种意义之上？可能是从政治的角度，或从见证意义上说是冷战意识形态角度。比如米沃什的诗作《一个自然主义者的日记》带有神学色彩，如果你只是从见证意义去阅读，东欧的多神教、一神教和异教的丰富层次与折叠就会被过滤掉，一首诗因而变得平面而笼统。如此，诗意的对等物就变得苍白。又如米沃什《拆散的笔记簿》中第一首诗，讲述了一个来自小地方的人受到巴黎人的冒犯，但他又努力保持其受小地方教化的宗教的高贵感。如果单从修辞、见证的角度以及格言化写作和被修饰过的语言层面上来看，你无法读出上述诸种感觉。所以我们在阅读东欧诗歌时，在思考语言的恩典时,一定要以开放性姿态回到生命的真实感动之中,回到日常之中。因为我们此时读到的都是时过境迁的东西,而非处于当下。这种当下与中国的当下是不一样的,中国的当下有太多与诗歌无关的东西——消费阅读、消费文化。这提醒我米沃什所谓"第二自然"——机器自然。翻译大多数要自英语中置换,英语成为消费语言或世界流通语言的"金本位",而如今正是取消"金本位"的时代。翻译者和写作者间的"交换",是自我的指认,是生命的相互确认,这是非常让人感动的。在美国的汽车旅馆房间里听纳粹浩劫的处境也是非常有意思的,因为有一个论断说大屠杀以后绝对不能写诗,如果要写,那么原先一些事物的有效性就被消解了,需要重新发明。实际上,关于后奥斯威辛以及纳粹浩劫之后的写作一直存在,它在哪一个房间里面?扎加耶夫斯基在写给别人的一首诗里提到在工作的房间和旅行中居住的房间里,黑人歌唱的声音穿墙而来。在后奥斯威辛时期,即使神学意义及道德意义上的诗歌不复存在,黑人们茂盛的生命力也一直存在,他们高唱生日的赞歌。面对诗歌,你没有道德审判权。日常性和诗性的混合在扎加耶夫斯基的诗歌中表现得极为高明,没有高下之分,没有审判。这也为我们今天的写作提供了一个角度。

高兴:有请潇潇发言。

潇潇:米沃什和扎加耶夫斯基是我心仪的两位大诗人。从米沃什的文字中,我总是能得到这个时代稀缺的力量。米沃什诗篇中那穿透性的人文同情和对"时代喧嚣"的了解,反对形式,追求道德的执着,是我们当代诗人或多或少缺失的。米沃什用他的流亡经历告诉我们:极权主义为先锋派的怪癖铺路,使诗人专注于某样东西,而不去影响现实。形式主义创造出某种特殊的语言,几乎是当代诗的首要诱惑。这正是我们当下写作所面临的困境和难题。

而对扎加耶夫斯基的偏爱,可以从他的一首诗说起。他的《尝试赞美这残缺的世界》,让我再次看到一个诗人、一首诗在这个遭毁损、矛盾世界的高度。诗人站在远处,他略带讽喻的眼光为我们这个纷乱而时有暴力的时代，用一颗和解的心，把赞美和残缺、善良和苦难、哀伤和残忍糅合在一起。每一个词，每一个句子，都敲击着我的灵魂。读这样的诗篇，是对这个残缺世界、残缺人性的慰藉！

高兴：有请张清华发言。

张清华：东欧文学在政治地理、文化地理、文化结构以及政治结构中都处于比较特殊的部分，相比西欧、美国和其他地方的文学，其使命感更强，文化抱负也更大更重。而且东欧文学中并不缺乏其他文化元素，比如对希腊文化、基督教文明的追溯，对人性的勘探等等；而东欧独特的历史、冷战时期作家所受的压力、民族国家的关怀，以及与我们相似或共同的历史经验、命运，对于我们中国人理解自己的文学也有一定的参照作用，尤与五六十年代的"地下写作"在精神上形成比照甚至对照关系。

我以为，理解一个民族的历史与文学，可以意识形态化，也可以文学化、历史化。东欧与中国文学间存在广泛的对话可能性，因为其内在的精神维度是相近的。而且我还觉得，中国当代诗歌也应该得到他们的回应，因为其在精神与诗意上是毫不逊色的。所以，我们不仅要把外国诗歌引进来，也要把中国诗歌推出去。当然我个人无力做什么，但大家共同努力则是必要的。

高兴：有请汪剑钊发言。

汪剑钊：论及我国对东欧文学的介绍，其实非常早。"五四"之前，鲁迅的《摩罗诗力说》就提到了四位诗人，密茨凯维奇、斯洛伐斯基、克拉辛斯基和裴多菲，对他们给予了高度的评价。50 年代，我们与苏联、东欧建立了更为紧密的关系，文学上的介绍就更多了，像密茨凯维奇、裴多菲的诗歌都出了单行本，哈谢克的《好兵帅克》也被翻译过来了。其中影响最大的可能是伏契克的《绞刑架下的报告》，书中的一句话"人们，我是爱你们的！你们可要警惕啊！"曾流传一时。我觉得，当时中国的文学艺术如同处于铁屋之中，而东欧文学可谓这间铁屋的一个小窗口，为我们提供了一种不同于中国文化传统的另一种视野。

新时期以后，当我们在改革开放中打开大门的时候，东欧文学这扇窗口却意外地逐渐关闭了。人们慢慢地认为，他们的文学艺术变得不那么重要了，这是一件非常遗憾的事情。“蓝色东欧”这套丛书，不仅可以为从事文学创作或外国文学研究的人提供一个参照，实际上也可以促使大学生们重新审视自己的专业定位，恢复文学在人们心目中的尊严。

今天，我拿到这两本书，非常高兴。两位都是我很喜欢的波兰诗人。同时，两位译者也是很出色的诗人。这是很有意思的事。历史上，俄罗斯和波兰的关系十分微妙，它们具有极深的因缘关系，但这两个民族却又是相互瞧不起的。俄国曾多次入侵波兰，分割过波兰的领土。波兰人自己觉得很优雅、高贵，同时就觉得俄国人粗野，缺乏教养。在波兰人看来俄国人是东方的，而波兰人认为自身属于西方。另外，这种分歧还与宗教信仰有关。俄国人绝大部分信仰东正教，而波兰人则信仰天主教。这正如周伟驰在译序中所提到的，阅读东欧或者波兰诗歌时，我们需要注意其宗教背景，如果忽略了这一点，阅读就会进入盲区。这两位诗人都具有强烈的置之死地而后生、死亡涅槃式精神。他们认可存在的虚无性，同时又通过写作去反抗、消解虚无，或者从虚无中寻找生活的意义，无中生有，这是其作品的高妙之处。

刚才，大家也谈到了红色文本和蓝色文本的问题。在我看来，东欧诗人处理政治与艺术之间关系的方式是值得中国诗人学习、借鉴的。作为人，作为一个公民，他需要完成政治的对抗或者对专制的控诉；但作为一个诗人，他不能放弃和降低自己的审美眼光和水准，哪怕去处理一些政治性主题。他们并非如政治家一样以政治口号和其他手段来对抗不公和强权，而是用诗歌和艺术同时完成了公民与诗人的双重使命。

高兴：有请敬文东发言。

敬文东：东欧夹在西欧与俄罗斯之间是具有悲剧性的。很有意思的一点是，基于我较少的东欧文学阅读经验，我发现两个极端：其一是黑色幽默、冷炽，这种在灾难中微笑的能力可能与东欧的整体处境有关；其二是悲悯性，比如赫拉巴尔在《过于喧嚣的孤独》中提到几句话："天道不仁慈，我也不仁慈，应该有比天道更高的东西，那是悲悯和爱，我都忘了，忘了。"杨乐云先生翻译得很准确。这两个比较极致的特质在我读到的东欧文学作家包括米沃什、帕维奇身上都有体现，可能与其宗教有关。中国汉民族所受到的灾难不比东欧少，但是悲悯和爱并没有更多。我所读到的米沃什的作品基本是其晚年作品，这很容易使人在直感上联想到杜甫，杜甫在《茅屋为秋风所破歌》中所使用的叹词"呜呼"是中国历史上使用得最为正确、最伟大的一个叹词，如果要为米沃什的宗教性找一个对比，杜甫可以为一例证。我在读周伟驰所翻译的米沃什《第二空间》时总是联想到《圣经》，从这一方面去思考，翻译会为我们带来另外一些东西。

高兴：有请周庆荣发言。

周庆荣：米沃什和扎加耶夫斯基的作品，我以前陆续读过，不系统，但这种片断式的阅读使我感到一种宿命般的亲切，这与诗歌的地缘性写作有关。在将国外不同宗教信仰、文化背景、生活习惯抛开以后，有没有一种原生态的人类共有的精神和心灵，这种心灵使你无论处于哪块土地上都有几句话要说。我们与东欧诗人或因社会主义阵营关系而更加亲切，东欧文学多表达对于社会、集合、集体以及个体的无可奈何，这种喟叹一方面使人意识到个人的渺小，另一方面又促使我们从诗歌的角度去证明任何一种力量都无法压抑我们的态度与内心的坚定。诗歌对于苦难的主动性消解，恐怕是当下很多写作需要借鉴和吸纳的。说起苦难，我们的当代诗歌尤其是传统的散文诗写作，有个极端，即我们熟视无睹于让我们感到沮丧、居安思危的所在，只轻描淡写地把笔停留在临摹事物表面，似乎外部世界本是如此，我们是否还有勇气走进事物的内部？写作者应该持有发现苦难的能动态度，我们的文字必须拥有自我确认的力量，需透过文字抵达远方。"蓝色东欧"系列使曾经被压减到集合性板块中的苦难个体，重新完成向远处的释放。远方是一个容易被忽视的话题，感谢“蓝色东欧”使我们得以观看另一种远方的精神风景。

高兴：有请于慈江发言。

于慈江：我特别同意家新的话，我也认为这两位译者难能可贵，作用不可替代，堪称这两本诗集当下最恰切的译者。

说到这两位译者，我同意方才树才的一个看法：无论是伟驰遭遇米沃什，还是以亮遭遇扎加耶夫斯基，都不是偶然的，都有一些独特的规定性在那里。比方说伟驰，他当然首先是作为一个诗人遭遇米沃什的，但从根儿上来说，他的哲学和宗教学背景至为关键。面对米沃什和扎加耶夫斯基这两种诗歌译本的时候，说实在的，因为自己也写点儿诗，也译一点儿东西，我还是更喜欢读扎加耶夫斯基的《无止境》，虽然这一译本比米沃什的《第二空间》要厚很多。这不是说伟驰翻译得不好，他翻译得其实非常好。只是，这样一本东西是米沃什高龄时所写（按伟驰序言里的说法，米沃什写这本诗集时不只是已届老龄，更是已届高龄），里头有很多与宗教和神学相关的思考，涉及生和死等终极性问题。这又让我想起杨绛先生晚年写的一本书《走到人生边上——自问自答》。它里头也有大量类似的思考。这些思考由于它的终极性和专业性，并不是每一个读者都愿意或是有足够的能力去欣赏的。

以亮将一首诗的标题译为《试着赞美这遭损毁的世界》。除了以亮的译本，我还接触了包括乌兰和黄灿然译本在内的大概五六个文本。我一直不大明白，“滴滴红葡萄酒”或“一滴滴红葡萄酒”究竟是怎么一回事儿——乌兰译的是“滴滴玫瑰酒”吧。乍一看这样的说法，我本能地在想：这是一个名叫“滴滴红葡萄酒”的葡萄酒品牌吗？原文 drops of wine 中的 drops 的确是“滴”“珠”或“点滴”的意思，但具体到酒上，应该是指少量的酒——譬如一口酒，一杯酒或一点儿酒。而这个“滴滴红酒”“滴滴玫瑰酒”或“滴滴红葡萄酒”的说法在我的脑海里，无论如何生成不了这样一种感觉。从日常饮用的角度来看，葡萄酒是按“滴”喝的吗？应该还是一小口一小口地啜饮吧。我也试着译了这首诗，一开始就遭遇到了这个困难，感觉这首诗里最难译的大概就是这句话。我在想，它会不会是对它前面并列的 wild strawberries（野草莓）的一种同位解释呢？而它后面并列的 the dew（露珠、露水），在英文里其实也有酒的意思。我能想到的一个折衷的办法是，把 drops 这一量词省略掉，把前三行径直译成“试着赞美这残缺的世界吧，/别忘了那长长的六月天，/以及野草莓、葡萄酒和露水”。

我想讨论的第二个问题是，我注意到，波兰诗人扎加耶夫斯基的作品中有一种对立，不是简单的二元对立。比方说，大家依照字典的基本义，把这首诗当中的 methodically 这个副词译成“有条不紊地”“有条理地”之类——以亮你译的是“井然有序地”。我觉得在这里，咱们能不能就从植物本身着眼，就把它译成“不枝不蔓地”，把原诗第四第五行就译成“还有那不枝不蔓/长满流亡者废弃家园的荨麻”？这个感觉是不是更好？因为我们说一个东西枝蔓，通常就是在说它比较没有条理，所以把形容植物的副词植物化处理，是顺理成章的。荨麻本身是一种蔓草，到处蔓延，就像国外舶来的、疯长的水葫芦那样可怕。这样一种随处蔓延的蔓草在长满、爬满流亡者遗弃的家园时，却偏偏能够做到不枝不蔓！这既是对立与悖谬，更是潜能与张力。

第三个值得一提的问题与片语 the mutilated world 的译法有关。有人把它译成“缺憾的世界”“残损的世界”。黄灿然和乌兰则把它译成“残缺的世界”。我特别留意到，所有的汉译版本里只有以亮把它隐含的被动语气给译出来了——“遭损毁的世界”。以亮的用心我特别能够领会，他要强调这个世界不是原本就残缺的，而是后来被人为地损毁了的。但是，经过反复的思量，我最后还是觉得把 mutilated 译成“残缺”更为妥帖。因为“残缺的世界”这一表述相对比较自然，没有生硬感，是大家广为接受的一种约定俗成的说法。与此不无相关，是如何翻译这首诗的标题“try to praise the mutilated world”。它既是该诗起首的第一句，也是点睛之笔。这句诗其实首先是一种呼吁：“试着赞美这残缺的世界吧!”我记得只有乌兰的译本在句末用了“吧”字。这个“吧”字从语气上来看,绝非可有可无:一上来就是“试着赞美这残缺的世界吧”,然后是“你必须赞美这残缺的世界”“你应当赞美这残缺的世界”,最后是“赞美这残缺的世界吧”。刚开始的呼吁不免有些犹豫、保留或拘谨。然后是“你必须赞美”“你(应)当赞美”,语气转为坚定。最后是“赞美这残缺的世界吧”,与第一句虽同为呼吁,但语涉迟疑的“试着”(try)一词已告消失——诗人“赞美这残缺的世界”的语气更加地肯定了。这首诗的英文原诗一气呵成,中间未分段落。汉译时为了语气的层次分明和朗诵的便利,无妨以每一个含有“赞美这残缺的世界”字眼的句子为起首句,将该诗分成四个自然诗段。

最后,似乎还有必要讨论一下该诗的尾句“and the gentle light that strays and vanishes / and returns”,以亮把这句诗译成“以及重重迷失、消散又返回的/柔和之光”。原文只是单纯的 the gentle light(柔和的光),好像多重的或重重复复的意思并不强烈。

高兴:有请西渡发言。

西渡:刚才大家在发言中提到我们与东欧作家之间的亲切性,这是我们接受东欧作家的一个重要前提。这种亲切性基于我们与欧洲国家共同的社会主义经验。东欧国家的此种经验在某种程度上已成为过去时,但我们还处于中国特色社会主义经验之中。对于我们而言,东欧作家的思考具有非常重要的借鉴意义。我觉得东欧文学对我们具有重要启示的一点是它的丰饶性,它有哈谢克这样的讽刺作家,也有米兰·昆德拉这样的小说文体家,还有米沃什这样的流亡诗人……这种丰饶性也表现在每个作家身上。欧阳江河刚才提到北岛能够欣赏米沃什的一部分诗,但对另一部分并不欣赏。这种态度实际上表现了北岛的狭隘性。也就是说,在我们的经验中能够成长出北岛这样的诗人,却难以成长出米沃什这样特别丰富、丰饶的诗人。北岛一代诗人,除了少数的例外,如多多、顾城,在成名之后,写作上大都缺乏成长、丰富、变化,仅仅以一种僵硬的姿态维护自己的存在,思想上也缺少提升、深入、丰富。对这种情形，骆一禾有一个话形容得特别好，“形销骨立地站着”。骆一禾这话主要针对一些追随朦胧诗的诗人，但用于高潮期后的朦胧诗人也一样合适，一些朦胧诗人后来的作品只是证明其以往特点的干巴巴的符号。成名作即代表作、出道段位即终身段位像是对很多中国作家、诗人的魔咒。所以，集中出版东欧作家的作品是非常重要的，可以成为我们重新思考、发现我们的经验、现实的借鉴和契机，丛书的策划者、出版者有眼光、有魄力，各位译者更是劳苦功高。我也特别想听听两位译者的感受。

高兴：有请张桃洲发言。

张桃洲：各位专家从各个方面，特别是从东欧文学、诗歌与中国当代文学、诗歌的关系，从各自的阅读经验和个人认识的角度，发表了富有洞见的看法，我很受启发。确实，正如伟驰在《第二空间》译者序中所说，不应简单、狭隘地从字面上去把握东欧诗人的诗歌作品，因为如果忽略了其中所包含的诸如宗教这样的重要维度，以及其他一些民族的、文化上的细节，我们很难深透地理解它们的意涵，而这些恰好需要慢慢体察。还有一点，就是对外国诗歌翻译之于中国现当代诗歌的重要功用，亦即“欧化”的意义，有必要继续或重新进行学理上的探讨。这个话题虽然不时有人谈及，但“欧化”总是被作为一种负面的因素受到非议，实际上“欧化”的问题是一种异质性语言、文化如何融入汉语、成为一种创造性力量的问题。

高兴：有请两位译者发言。

李以亮：我们所翻译的，往往都是一些已“完成”的诗人，是一些大家，我们只能寻找一定的“对等物”去企及他。想真正理解、吃透一位大家，就如同走向一座大山，好像近在眼前，其实往往需要用一辈子的时间和努力去接近。接下来还是要多用心、多花精力，去进一步吃透扎加耶夫斯基，包括他的散文、随笔作品，我现在也在翻译其中一些。在感激之外，我也期待大家能够持续地给予关注、批评，今天听到的很多很好的意见、建议我也将带回去好好消化。谢谢大家。

周伟驰：这本诗集在米沃什的全部诗作中只占很小一部分，是其晚年的作品。米沃什晚年所思考的问题实际上是一种心脑冲突，即心灵与大脑、情感意志与理智间的冲突问题。将这种冲突放置于欧洲人的心智史、心灵变化史中去思考，可能与殷周之际的变革有一些相似。传统的上帝观慢慢消亡之后，欧洲人于理智上否认天堂、上帝以及末日审判等等，但在意志、情感以及生活习俗、礼仪上仍保持对上帝的信仰。因此，米沃什在很多诗中写到20世纪大屠杀以及科学家解剖小白鼠等，他从宗教角度反对科学发展的无伦理、无道德及其所导致的现代性后果。同时，在许多诗中他谈到他与波兰同胞在教堂中一起祷告时感受到的宗教信仰所带来的淳厚及强烈的道德感，但他本人又是一个自然主义者，所以其诗歌的内在张力是非常强的。米沃什诗集中那首《假如没有上帝》虽然只有短短五行字，却简要、简练地将其与近现代欧洲人心脑之间的矛盾与张力表达出来：“假如没有上帝，/人也不是什么事都可以做。”在这里，米沃什的诗句与尼采、陀思妥耶夫斯基形成一种潜在对话。“他仍旧是他兄弟的照顾者，/他不能让他的兄弟忧愁，/说并没有上帝。”作为传统意义上的波兰天主教徒，米沃什诗歌的内在张力是非常强烈的。另外，我起初意欲翻译这本诗集，是想研究东欧如何在诗歌中处理信仰以及历史问题，如何表达历史感。除了这本诗集以外，辛波斯卡大致于2010年也出了一本波英对照的诗集，那本诗集仍保留了其技术上的精湛以及处理主题的能力，我不清楚陈黎是否将其翻译过来，但那本诗集是有亟待翻译的价值的。

孙晓娅：感谢高兴老师的主持，最后请吴思敬教授总结发言。

吴思敬：花城出版社是我国一个非常重要的文艺出版社，早在80年代，他们就设立了诗歌编辑室，这在当时是全国前所未有的。当时，《花城》在杨光治先生的主持下出版了一系列诗集及诗论，而今他们进一步发扬了80年代花城出版社的传统。开展如此庞大的出版项目是极有远见的，《花城》不是出版商而是真正的出版家。

米沃什和扎加耶夫斯基这两位诗人具有极其重要的位置。米沃什于1980年获得诺贝尔奖，可以说他是伴随着朦胧诗出现后对我国影响深远的一个诺贝尔奖获得者，其影响一直延续至今。扎加耶夫斯基是波兰著名诗人，其近几年对中国的影响越来越大，上一届“中坤国际诗歌奖”，国际诗人奖的获得者是扎加耶夫斯基，这是一位非常重要且具有切实影响力的诗人。其次，大家在研讨会中虽没有对这两位诗人的创作进行全面阐述，但对他们之于中国诗人的影响都有非常到位的分析，各位从地缘政治、对话性特别是东欧诗人与中国诗人所处的相近环境角度进行了交流阐发。出版东欧诗集，对我们当下诗人的影响及其重大意义是应予以充分估计的。第三，很多诗人在会议中对翻译研究发表看法。此次会议与会者皆为当下最优秀的评论家、诗人和翻译家，体现了当下诗歌理论界和诗歌翻译界的高水准，感谢大家的热情参与。

下编

诗歌随笔

括号里的译者

——翻译工作随想

〔德国〕顾彬(Wolfgang Kubin)

张依苹译

由于这些年我对翻译工作已经谈了不少①,相关内容在此不做重复。本文我想从一个普通的角度切入文本的翻译问题,阐发作为一名中国现当代文学译者的经验。必须承认的是,即便是这样,我也不是从一开始即认定自己为翻译家,这项自我认同晚近才开始。其理由主要有二:

首先,我不喜欢翻译那些让我有时颇为怀疑的文本,那些作者根本不懂我投注了多少心血在其中。我是诗人、小说家以及随笔作家,我常趋向于改善一部我认为未达水平的作品。这不是由于我"怜悯"笔下那些可怜的作家,而是因为我害怕被批评为一个不称职的译者。文本不好又被译成蹩脚的德文,这只会"反映"译者的水平,绝不是作者。

其次,翻译工作很少被当作自主的职业。不做翻译的人不知道,任何称职的翻译至少涵盖两大先决条件:译者必须为他/她自身的"母语"作主;他/她必须具备深厚的语言、文学、历史知识等。例如,不懂北岛创作背后的西班牙诗歌背景的译者不能翻译北岛。杨炼的例子也一样——没有充足的相关哲学修养,被译成的文本只是一团无法被

---

① 已出版成书的《影子的声音:翻译的艺术与技巧》(*Die Stimme des Schattens. Kunst und Handwerk des übersetzens*),慕尼黑:世界编译出版社(Global Edition),2001。

人理解的异质语言。

在承认“Yes！我是译者”——甚至“是一名充满激情的译者”之前，我需要被其他人认可，尤其是那些将翻译工作当作让文化交流变得可能的德国作者与译者们。为什么我的翻译被不谙中文的“外国人”认可，这对我有那么重要吗？我是一个怀疑者，充满怀疑！这些怀疑绝无止境！为什么呢？任何将语言当作他/她的目标的人会发现，语言本身不设限。所有的一切可以这样或那样讲，但怎样讲才是对的？出版了两本杨炼的诗集之后，最近我必须准备第三本，由于前二本早已售罄，苏尔坎普出版社(Suhrkamp)请我筛选旧诗加上一些新作合成一册；但我已把所有的旧诗都翻译完成。我为何这么不厌其烦？在读过那些以前我深引以为傲的旧作后，我越看越不满意——不只对我自己和作品，也是对杨炼的创作不满意。我开始怀疑自己，也同样怀疑他。我到底是不是好译者？杨炼是一个像人们看起来的那么伟大的诗人吗？在德国，为什么他备受知识分子和作家称赞？我需要从外界开刀解剖，仿佛他们可以检验我的内在症结。无论如何，我该停止漫无边际的设想，转向有关翻译的普通命题。

一　一般的想法

即使在著名译者当中，也存在大量有关翻译工作到底做什么的误解。例如，用德语翻译安东·契诃夫（Anton Ĉechov，1860—1904）的杰出译者彼德·吾尔邦(Peter Urban，1941—　)称，他的译文没有任何一行出自他自己。① 可能吗？契诃夫可能写完美的德文？或者他在死后继续做“阴间作家”，协助翻译自己的剧作和叙事体小说？当然不是。任何一句话，任何一个字，都是德语译者用德文翻译的工作成果，不是出自俄罗斯原作者。那么，这样看，他的漫想是一种诠释，一项必

① Anja Jardine：Und keine Zeile von mir，in：*NZZ* Folio 2/2009，pp. 24 – 28.

要的诠释（就算吾尔邦完全不同意这点）。没有进行诠释的翻译是不可能的。

不妨看看美国翻译家葛浩文（Howard Goldblatt，1939—　）的看法。这位也许是中国当代文学最著名并深具影响力的译者宣称："对他翻译的中文文本'忠诚'。"[①]这是否表示，他完全追随中文句子的结构翻译，类似于吾尔邦对自己作为契诃夫译者的认知？当然不是。如果是那样，他早就破坏了他的"流水式"风格。但也许葛浩文是在不一样的、比较开阔的认知上"忠诚"？即，他确实翻译原文所有的文字，再完整地以他优异的英文加以描写？不，他确实也没那么做。而我并不期待他守旧地眷恋于逐字翻译文本。我的看法和他的一致，翻译应该是充满创意与表现力，如埃兹拉·庞德很久以前要求的[②]，"创新它"（make it new），这是他的信条。其实葛浩文是把他翻译的每一部作品都创新了，他"再造"中国作家与著作，虽然他很可能不会如此公开承认。

在他通过电邮接受《中国日报》做的访问里，有一行既揭密又隐秘的句子：

> （对于出版社的编务决策）我不能想象有任何作者对译者删减其作品的做法表示欢迎。

我们可以参照他为姜戎（原名吕嘉民，1946—　）的《狼图腾》所做的翻译来解释这句话。已出版的英译版本里，对省略部分毫不知情的读者不会注意到，"不见了冗长而倨傲的结尾"：那从德语视角看到的法西斯迹象，那漫谈而啰唆的有关汉民族的评述。事实上，即便是知情而民主的读者，也觉察到文中对部分政治与历史思考的删除。是

---

① Liu Jun: *Faithful to the Original*, in: *China Daily*, March 12, 2008, p. 18.

② J. P. Sullivan: Traduttore, Traditoreä In: Eva Hesse (Ed.): *Ezra Pound. 22 Versuche über einen Dichter.* Frankfurt a. M., Bonn: Athenäum 1967, pp. 128 – 146.

美国出版社删减葛浩文完整翻译的某些部分吗？一如在慕尼黑的德国编者在没有告知翻译者(有好些是我学生)前提下删除相似的篇幅？我对此表示怀疑。葛浩文不需要编者为他选择——翻译的小说里哪些部分是好的、必要的,以便在全球市场取得成功。他的"秘密任务"有很多——民主,好文学,以及美国道德。

葛浩文用扼要的文本或文本的一部分取代逐字的翻译。他的做法可能来自他对中文小说应该是什么样的想法,即,假如每一段不按行数付费(在中国,字数越多,得到的钱越多),或假如书本不在急于出版的情况下推出。这么看,葛浩文不只是一位译者,也是一位自主的编者,同时是中国作者的编者。他的"忠诚"服膺任何文本。这样,葛浩文成了他翻译的中文小说的美国"合作者"。他的翻译呈现的甚至不是中文作者——他或她原初的概念,而是"葛浩文版本"。

我们都知道莫言写得快,他自己说,43 天写完《生死疲劳》(德文版书名为 *Der überdruss*,2009,960 页)。一名真正的德语作家最少需要三年写这么一部巨著,以避免日期弄错、人物混淆、逻辑不合的时序等形式毛病;以上这些是当代中国文学的典型缺陷。任何译者面对以上情况,都将发现,他或她被迫寻找解决方案,否则出版社或读者将误以为那是他们的无能。作者总是被光环保护,但译者从来没有这样的盾牌。相反,他或她必须比作者更懂笔下的作品。

如上,英文版的《狼图腾》还有被视作所谓"原作"的任何可能吗?回答是:不能。英文版其实是奉西方政治之名的西方读法所做出的正面"曲解"。《狼图腾》原著是姜戎对他在"文化大革命"(1966—1976)期间读到并挽救了他的杰克·伦敦(Jack London)的著作的模仿,标榜像《白房》(*White Fang*, 1905)那类小说的达尔文主义立场,一种在寻求合作而不是"适者生存"的全球化世界里完全显得过时的意识形态。

二　有“译者”功能的版本

英文版《狼图腾》给我们提供了一个讨论译者、作者与出版者角色与合作模式的好机会。作为译者，我们不属于任何作者，但作者从属于我们。作家不能用他们的出版活动破坏我们，我们却可能破坏作家的公信力，不是由于无法避免的翻译过失，而是由于语言能力以及对翻译理论的理解有限。翻译工作不是伟大的译者与中国戏剧学者白芝（Cyril Birch）所祈求的那类“阵痛”（itch and twitch）[①]，而是有着严肃目标的自觉的任务。在葛浩文的个案里，这目标是对读者产生明显作用。在这个脉络下，他论及作为译者的满足感。我们再看看引自《中国日报》的摘录：

> 把中文的文章变为可读、可解，甚至有市场的英文书。

葛浩文甚至在讲究“创造与忠实的张力”之余，宣称翻译本身是生存的手段。同样出自《中国日报》：

> 总是一再地，我找到让我沉迷地将之译成英文的、很棒的作品。换句话，我为保持活力而翻译。

这和我曾针对翻译做过的发言刚好相反，我说“我保持死与恨，作为它们的邻居，不是爱与生”。[②] 现在我们明白葛浩文的翻译如此成

---

① Cyril Birch: Translating and Transmuting Yüan and Ming Plays. Problems and Possibilities, in: *Literature East and West* XIV. 4 (1970), p. 493.

② Wolfgang Kubin: Die Bücher werden dich töten! übersetzen und Thanatos oder: Ein übersetzer wider Willen, in: Rolf Elberfeld et. al. (Ed.): *Translation und Interpretation*. Munich: Fink 1999, pp. 133－142.

功的原因所在。目前，这些译本成为想了解中国当代文学现况的德国出版界的唯一标准。当一个出版者打算出版德文版中国文学，他/她有时甚至不请德国汉学家做翻译，而是请一名有经验的英语译者，把具有可读性的英文译本写成可阅读的德文版本。这种做法含两层意思，先让我们检验其一：

自2009年初，德国主要报纸就把英文版《狼图腾》大肆称作"全球畅销书"。[①] 小说刚印出来，同时已出版有声书！广告语和前言如此写道："有史以来最广为阅读的书。"德国有悠久的书评传统，在这种宣传之中，小说通常由一位著名德国作家或知识分子推荐。但是，上述个案里，三位推荐的评论者没有一个著名者，英文版《狼图腾》的"掌声"出自三家书商。三个名字都是女人，因为德国读者大多是女人，她们要读别的女人的文章。

还有其他1979年以降的中国当代文学著作被同样地宣传吗？没有，连我的六卷本《鲁迅选集》(1994)也没有这样的待遇，虽然《狼图腾》沿袭了与鲁迅(1881—1936)提出的与国民性课题相关的"狼与绵羊"的主题。可惜，我们在此无法谈论更多细节，得把注意力投注在编务与翻译的课题以及它们之间的关系上。

在德国，一本书的出版者、译者和设计者分不开。德国读者爱读故事，可是德国作者一般不再说故事，而以专注于一个人、一项细节和一段特定时间的"洗炼文学"(sophisticated literature)来取代。假如有任何德语作者还敢滥写"传奇故事"，恐怕连大众也将给他/她贴上"低级趣味"标签。在德国，"低级趣味"也有名字，叫作"Schinken"。Schinken英文叫ham(中文叫"火腿")，用来形容一本书的话则是"fat tome"(中文指"大卷宗"或"大部头")；我们的祖先靠这么一块肥厚的火腿可以过活几个月。现在典型的德国读者喜欢在旅行或度假时捧

---

① Cf. for instance, *Frankfurter Allgemeine Zeitung*, Jan. 24, 2009, p. 35; *Die Welt*, Jan. 17, 2009, p. 3.

一本得用双手握住的厚书，可以陪他/她很长的时间，这样就不需携带第二本书。

英文版《狼图腾》的出版社古德曼（Goldmann）专出"大部头"，它的读者多为一般民众。这就是为何姜戎英文版《狼图腾》厚重庞大的原因了；印在上面的字体大到阅读者根本用不上眼镜。封面上狼眼睛对一般读者有什么意义？它传达了这样的信息：这里有一本书，它具备一定的娱乐效果，没有太多要求，不会让你太失望，更重要的是，你将会读到一些熟悉的事物。它的德语题目会唤醒我们曾经有过的愉快阅读经验。我是读杰克·伦敦（Jack London）小说成长起来的，我们都喜欢70年代由杰克·伦敦的作品改编而成的电视系列。《狼图腾》的德文题目是"狼群的愤怒"（*Der Zorn der Wölfe*），给人一种在阅读杰克·伦敦的基础印象。

这么做似乎在世界上是有市场的。我听说在中国已经有42个姜戎"跟随者"印制了他们的《狼图腾》仿作。这种做法叫"the subculture of the common Chinese people"——中国老百姓的次文化，山寨文化，它被做成"副本的副本"（copy of a copy）。在这个框架里，葛浩文扮演着很重要的角色，正是他以精湛的翻译手法使《狼图腾》登上国际畅销榜。正是他，让读者感觉到：如果中国作者对风格较有安全感，思想更深一点，不那么简化，少一些说教，那么，他们是可以写得出或曰创造出这本全球畅销书。当然，国际畅销书不必然一定是好的文学。

三　翻译作为艺术与翻译作为破坏的手段

诚如上文所言：作者从属于译者①，译者却不从属于作者。然而，

① I got this idea from a special issue published by the magazine *Die Zeit*, 43/1997. Most of this issue which was meant for Frankfurt Book Fair in 1997 is devoted to translation and translators, including Yang Lian and me. Its title is *Die Abhängigen*.

译者从属于他们的出版社。这不在于所得的酬金,而关系到他们的出版品。葛浩文用他的诸多中国当代文学的翻译作品为德语译者设定了一个高标准。现在,人们在德国可以观察到“葛浩文现象”,这位美国教授译为英文的所有作品都很快出现在德国,以此作为德文译本的英文原版,或是作为德国编者对已先有美国葛浩文版本的同一本小说德译本进行审核的指南。虽然德文版《狼图腾》的译者极其优秀并富有经验,然而,因为有美国版作为他们的翻译底本,在他们不知觉的情况下,工作实际上自动减轻。或选取 2005 年翟永明(1955—　)德版诗集的例子,在这本诗集中所有译成的诗歌都被出版社加上标点符号,即便原著没有任何时序或标点。作为译者的我,从不曾被询及同意与否,我只能够默许。

如果在翻译程序的一开始,译者拒绝让编者做任何修改,那会怎样？很可能,译者和出版社之间将无法合作,出版社会找另一个翻译。在中国,尤其是这样。我的德文版《古典中文诗歌史》(2002 年)译成中文后,在 2008 年由华东师范大学出版社出版之际,北京的译者与上海的编者就翻译风格的问题产生歧义:译者不接受任何来自编者的修改,而编者对他们称为“不可思议的描写”的部分则不妥协,最后,他们无法合作,那本书也没有出版。

如果是小型的、没法聘用编者的出版社呢？在德国,许多小型出版社做的常是“一人生意”。他们还是能出伟大的文学,例如德文版《红楼梦》(2007 年)。这种个案里,出版者做他自己的编者,同样的,译者也得做他自己的编者。当然,两者皆对他们自己要求太多了。

在德国,中文译者通常是未经翻译工作训练的学者,大多对什么是德语原文没有充分理解。汉学家说错德语也是普遍的。然而,翻译的一点点错误或误差,有可能抹杀掉一部好的文学,尤其是诗歌。

如果我的印象是正确的,那么,当代中国小说家在美国很成功,在德国则不是。莫言绝不会在德国得到像最近在美国大学里所受到的拥戴。我甚至不能想象任何严肃的德语作家会去读他的书。虽然,德国主要的报纸每天都刊登外国文学的评论,但极少包括像他这样的小说家。这些报纸的读者是对文学一般没要求太多的民众,只要读起来有娱乐效果就足矣。换句话说,他们的读者中有一部分是对文学并没有细致品味的读者。可是,当二手"葛浩文译本"也面对这种情况时,我不禁自问:背后原因是什么?当代中国叙事体作家算不上好的文体家——他们用一种狭窄和过时的方式讲述故事。简而言之,他们的文字不练达。在我看来,这和他们不能掌握任何外语,以及不能从原语言阅读异国文学经典的事实有关。由于翻译工作在中国不受重视,中国作家很难把翻译工作当作他们的要务。这在德国很不一样,就算著名作者,也不会认为他们能视翻译为无物。我不能确定,现在的德国文学是否是伟大的文学,我只是要提出一个普通的看法——翻译的盛世也是文学的盛世。

在当代中国文学翻译的庞大数字里,是否有任何作品文类能在德国的文学界扮演要角?让人惊讶的是,当代中文诗歌让人感兴趣。几乎每一个 1979 年以后的中国诗人都有一至两本诗集出版,有的还被邀请到德国,在读书会中经常受广大听众的欢迎。这么看,对比中国小说家在美国有"家",中国诗人在德国找到了他们的"家"。为何是这样呢?诗人真的好过写虚构体(fiction)的作家吗,还是诗歌的德语译者不只好过他们的虚构体同行,也好过他们翻译诗歌的美国同行?很难在不令人尴尬的情况下回答这个问题。

德国有好的散文体译者如乌立兹·考茨(Ulrich Kautz),马克·荷尔曼(Marc Hermann)和凯琳·赫(Karin Hasselblatt),但他们从属于美国的图书市场,因为德国出版社直接从美国买书,不是通过中国!出版社不问译者什么应该翻什么不该,原因就在这里。对出版社来说,来自美国的推荐是唯一标准。这在诗歌领域行不通,因为,根本没有诗歌市场。是德国译者自己发掘他或她的诗人,找出版社,并且对他/她要介绍给德国公众的人通常是熟悉的。在我们的文学传统里,几乎每座城镇都有文学屋,中国诗人与他们的译者经常在德语国家巡回签售,介绍及售卖他们的译本新书。付费入场的观众有时多达两百五十人。

如果我的理解是对的,像杨炼和多多(1951—)这样的中国诗人,在英语国家并没有在德语世界成功。北岛诗集《战后》(*Post bellum*),甚至在2001年5月获选全德的"本月之书"。

中国诗人比中国小说家更需要翻译。在过去,来自出版社的版税和德国文学中心给予的基金,资助了很多中国诗人。杨炼和多多当然也被译入英语世界,他们虽然在英语国家住了近二十载,英语水平却不尽如人意。这意味着,他们不能与英语译者进行翻译合作,也不能检查译文。他们能做的是,信任他们的译者做的是准确的、好的翻译——这就是我说的从属。在德国,他们是幸运的,在那儿有好的译者,因此他们被认作两个世上最好的诗人。他们两个都被收入第三版京德乐文学辞典(*Kindlers Literatur Lexikon*,2009),世上最庞大的词语百科全书,他们俩出现在《诗经》和"翟永明"之间。

我不知道,类似对杨炼和多多的评价是否出现在英美语系国家。如果没有,那有可能与他们那全然是"灾难"的英文版诗歌有关。我不怪他们(英语译者)。我自己也常犯错。问题是,英语译者未掌握中国诗人的母语,也没有看到诗中个别部分之间的联系。特别是杨炼的个案,译者隔绝了最细微部分相互间的联系。这样的诗意或语义翻译对读者不造成任何"意义",这也符合杨炼的期待,例如,他认为他被译成外国语言的诗也应该同时是"外国"诗本身,构成该"外国文学"史的部分。

像杨炼这样的诗人是否对他的译者要求太多?我宁愿说是的,而不想对他的译者太苛刻。我必须承认,这是很难的,但我必须接受,我将创造出我个人的语言。有时,他们在德文里找不到对应对象。这就是为何,我被迫创造一种具有自主性的翻译语言,一种听起来不像德语而偶尔看来像是受德语影响的语言。

我们应该秉持公平的原则。杨炼不是唯一这样做的诗人。澳洲诗人乐·慕蕾(Les Murray,1938)做得更绝。他的德语译者必须跨越巨大的困难,以至于德语版本常常读起来根本不知所云。[①] 我们可做出什么结论?不思考读者,独坐一隅,依靠字典和个人力量,以这样的手法来翻译暧昧、阴郁的文本,是不可能的。当代中国诗歌的译者需要诗人的帮助,然而,他/她是否愿意解释他/她自己?不总是这样,即使解释,也不完整。这是出版者和读者很少去想的事。对他们来说,译者经常只是机器(有时中国诗人也这么想),在很短的时间能创造出尽可能好的产品;只有作者被当作一回事。很多时候,我看到自己的名字被封在括号里,或在文末示以微小的字体,而文本却是出自我的文笔!译者能不能改变这种情况?在德国有很好的前例,译者在七八十岁时与最伟大的作家平起平坐,他们获得许多奖项和荣誉。但这只发生在普通话的世界中。德国绝不会颁发奖项给德版《红楼梦》的译者莱纳·苏沃茨(Rainer Schwarz),或是唐诗译者君特·德邦(Günther Debon)。我们可以为此哀号,但更好的做法是,希望有一天幸运降临到葛浩文身上,这样,美国即将开启翻译史新的一章。

① Les Murray: *Gedichte, groβ wie Photos*. Tr. by Margitt Lehbert. Önneköp: Nimrod 2006 (= Edition Rugerup).

中国当代诗歌
——彼岸之观

〔美国〕乔治·欧康奈尔(George O'Connell)
史春波译

我于2003年来到中国,至今已结识很多重要的中国诗人,也与我的合译者史春波女士译介了不少他们的诗作。然而,我并非一位汉学家。这对谈论中国当代诗歌具有怎样的劣势,我留给读者去评判。把文学、社会政治和翻译等方面的理论置之一旁,我相信就诗人而言,无论他们来自哪个国度、哪个年代,其价值观念、看问题的角度和整体的认知倾向还是大同小异的。即便这样,我对当今中国诗歌的观察也难免会经过我个人的经验、文化及审美趣味等透镜的折射。我对中国当代诗歌的认识主要来自于对它的翻译,这一事实既限制又扩大了我的眼界,尤其当我们所追求的是在目标语言中创造出有生命力的诗歌而非散文式的脚注或者阐释。我们所遵循的“信”(fidelity)并非局限在原诗的语言之上,而是忠实于原诗的技艺和灵魂——忠实于诗人有可能用地道的美国诗歌的语言所写下的英语诗行。汉语诗歌和英语诗歌之间的差异,一部分必然来自二者在语言层面上的天壤之别,而其他方面无论是显而易见还是微妙隐蔽的差别,则取决于各自的文学对构成其当下最好的诗歌写作的要求,这种要求往往既非一成不变,也不流于言表,并且会随着时间的推移和期间此消彼长的派别更替而发生变化。拿当代美国诗人为例,他们可能不擅长像一些当代中国诗人那样直抒胸臆,这或许是源自文化上的克制,或许是出于将生命本身那触手可及的混乱阻挡在后现代不确定的思维方式之外的习惯,但无论原因为何，它们显然已经构成了此时此地诗歌被阅读与接受的环境。而在翻译过程中，如果译者希望为严肃的西方读者提供一个相对公平的译本，变通之道就极为重要。通常来说，英语浩瀚的词汇使得在尊重诗人原意的前提下为译文找到另一个表述方式成为可能，难易程度当然取决于具体的文本。

杨键有一首诗题为《母羊和母牛》（“Nanny Goats, Cows”），字里行间带着一股热量，读来令人印象深刻。其中“我的心融化了”（“my heart dissolved”）在第一节中出现了两次：

那一年，
在山坡上，
我的心融化了，
在我的手掌上，
在我捏碎的一粒粒羊粪里。
那原来是田埂上的青草，
路边的青草，
我听见
自行车后架上
倒挂母羊的叫声，
就像一个小女孩
在喊：
“妈妈、妈妈……”
我的心融化了，
在空气里，
在尘世上。

这里的动词“融化了”，如果直译为“melted”，对大多数阅历丰富的西方读者来说就可能显得过于情绪化，显出一种伤感的陈辞滥调，好比流行歌曲中令人不屑一顾的东西,因此也会无可挽回地损害到原诗的艺术分量。而若将这个动词译成“dissolved”(本为溶解、消散等意)便会绕开那种多愁善感的调调。在此,一个相对中性、非过度使用的词语得以有效保护诗人所呈现的意象,但此类问题并非总是简单地换个措词就能轻易解决。

我的普通话还不好,不敢妄称自己有能力直接阅读汉语原诗并体会到其中绝妙的回响。即便我能“读懂”一首诗的核心意象和戏剧性,我还是会错过诗中那些仅向以汉语为母语的读者敞开的音乐和魅力。而面对诗中那些超越了平凡个体的幸福而神秘的诗意的交叠,我几乎就是个聋子了——此处我是指词语及其含义的唱诗班所织出的乐音的绣图,那一根根微妙而暧昧的丝线所唤醒并释放出的东西可能远比诗人最初下意识的构想更为丰富。如同轻风细浪,它们在看不见的地方发生,穿越节奏和词语、旋律和意象,被潜意识暗暗传送。这种时刻往往在写作完成之后才更容易窥见。要在翻译中精确复原这一过程显然是痴人说梦,但假若译者的双手幸得上帝的眷顾,那么另一股湍流便可能从新的语言内部涌出,将译文穿起如同一支旋律减半的歌。尽管我无法重现原诗全部的优雅与力量,尽管我始于一只眼睛和一只耳朵,尽管听起来渺茫,但我还是能够从一首诗中挖出足够的材料,并使其在译诗语言中成功地发出一道平行的波动,追随一条相似的路径,最终跨过语言的水域中那等量的深度。

汉语诗歌和英语诗歌在写作主题与动机上的相似之处是不可计数的。在当代,无论诗人“家”在何方,他们写诗的机缘大致相同,也比我们能够轻易设想出的更为繁复。拯救或完善记忆及其丰富联想的迫切性依然是众多诗歌写就的理由;此外则多是对时过境迁的嗟叹。爱情苦乐参半的无常,政治、国情或宇宙间万物的风云变幻也无时不在催生出更多的诗篇。有些诗人被历史或科学吸引,从中窥探我们自身不安的、新奇的甚至正在愈合的部分。每当凝视我们眼前的风景时,诗人总能找到狂喜、忧郁、庆祝、愤怒和悲歌的理由,正如同他们向内凝视自己的内心。因此，诗人可以书写的事物是没有界限的，无论他们生活在北京还是昆明，纽约还是芝加哥。不久前我们为《天南》杂志翻译的西川的一首诗就描绘了这样一幅当代城市的景象：无止境的购物商场，用来促销商品的庸俗音乐，夏天里穿着人字拖的女孩，赝造的欧洲小镇等等，全部被诗人幽默中略带酸楚的措辞联结在一起。诗的结尾还委婉地道出了一种令人不安的当代维系友谊的方式——通过手机。《下午》（“One Afternoon”）写在中国，却又适合任何一座现代都市：

从咖啡店走出的女孩甩头发，戴上墨镜。阳光爱着她。
她胸罩的粉红色肩带露在肩膀上，拖鞋打着脚底板发出“噼噼”声响。

而比她更小的女中学生走着日本女孩的小碎步，不过将来
她还是会走回中国人的步伐，嫁鸡随鸡嫁狗随狗。

来自小县城的中年男人仿佛一下掉进了洞天福地，看不懂外文广告，
却仍能享受电影《泰坦尼克号》抒情的主题曲：又该有新产品上市。

我坐在咖啡店的露天散座上，被老婆孩子要求让出一个下午。
偏西的太阳还在走它的弧线，一会儿更会加快速度。

但老婆去购物了，孩子去滑冰了，我给朋友打电话，通了。
我先前数次电他他都关机。我以为他被抓了起来但这次他接了电话。

他活得好好的，但他母亲肺癌转骨癌。他尽着最后的孝道。

我们约好过两周见个面，其实也没什么要紧的事情。

我们同时翻译的西川的另一首诗《走过湘西洪江古商城。2010年7月》在地理上则更局限于中国。诗歌通过对粗鲁的旅游业以及潜在腐败现象的描述，敏锐而戏剧化地渲染了中国日渐被掏空的相对农业化的过去。作为最为西方熟知的中国当代诗人之一，西川扮演着多种角色，目前正游走在诗歌与常伴有复沓的散文诗的边界之间。西川眼中当代中国的图景，无论其展现的是社会现象还是个人经历，都带有一种老练且略微自嘲的反讽语调，尽管这声音时而哑默，时而率真。除了诗人和译者身份，西川还是一位散文家，并且对中国文学与学术对话中那场无休止的辩论——“新”与“旧”之间的碰撞和张力直言批评。

与西方相比，对这种张力的知觉在中国显得更为强烈（大多数美国人赶在50年代末就被工业化和“电视化”了）。王家新有力的诗作就经常触及投射在乡村主题中的现代人清醒的自我意识。从英译来看，《田园诗》（“Pastoral”）是王家新最为动人的作品之一。诗中，叙述者位于他汽车的方向盘旁，行驶在冬天的路上，眼前是一群被运往屠宰场的羊的眼睛。叙述者注视着它们的无知，也注视着它们的感知，忽然间一种共犯的意识迫使他回避这一情景。那最后的招供借助叙述者油门上的一只脚为诗人和读者同时拉下了诗的帷幕，读来刻骨铭心。

田园诗

如果你在京郊的乡村路上漫游
你会经常遇见羊群

它们在田野中散开,像不化的雪
像膨胀的绽开的花朵
或是缩成一团穿过公路,被吆喝着
跌滚下杂草丛生的沟渠

我从来没有注意过它们
直到有一次我开车开到一辆卡车的后面
在一个飘雪的下午
这一次我看清了它们的眼睛
(而它们也在上面看着我)
那样温良,那样安静
像是全然不知它们将被带到什么地方
对于我的到来甚至怀有
几分孩子似的好奇

我放慢了车速
我看着它们
消失在愈来愈大的雪花中

(2004)

我和史女士几年前就翻译了这首《田园诗》,当时发表在纽约的《圆周》(*Circumference*)诗刊上。不久前美国库伯·坎宁出版社(Copper Canyon)出版的中国当代诗选《推开窗》(*Push Open the Window*)中收录了此诗的另一种英译,可惜这一版本不够简洁,也缺乏生气。王家新集诗人、批评家和译者于一身,对东西方文学(当然也包括欧洲与美国的诗歌)都很了解。我对他的写作感到一种特别的诗学与美学上的亲近,因此与史女士编译了一本他的个人诗选《变暗的镜子》(*Darkening Mirror*),计划在美国出版。

蓝蓝是当代中国最好的诗人之一。她悉知往昔与当下、传统与现代的摩擦，并一直在以自身独到的魅力书写着非凡的艺术。《歇晌》（“Siesta”）是我们所译蓝蓝的诗歌中最为读者喜爱的一首，透过诗行，我们看到了乡间夏日午饭后休憩的宁静。诗的吐纳呼应着诗中睡者——一个圣洁的农民的家庭和他们圈养的动物——的呼吸，一股沉静的能量焕发出光芒。醇厚而不伤感，有关乡村，也有关宇宙，这首诗呈现出了一幅可谓之典范的生动的寂静。对于淹没在都市骚动的街道、商店和办公室里的读者来说，这首诗就是一个低调而松弛的对优雅和静止的想象。与中国人不同的是，北美人没有午睡的习惯，因此除了“小睡”（nap）之外也就没有一个合适的词语可供翻译，这种情况当然随时可能遇见，但值得庆幸的是西班牙文化里保有这种宜人的习惯，英语也就顺便借来了“siesta”这个词。

歇　　晌

午间。村庄慢慢沉入
明亮的深夜。

穿堂风掠过歇晌汉子的脊梁
躺在炕席上的母亲奶着孩子
芬芳的身体与大地平行。

知了叫着。驴子在槽头
甩动尾巴驱赶蚊蝇。

丝瓜架下，一群雏鸡卧在阴影里
间或骨碌着金色的眼珠。

这一切细小的响动——
——世界深沉的寂静。

没有几个读者不会被神移到这首诗的小宇宙之中,在它静止的中心,一个困倦的发光的内核正在呼吸。蓝蓝的诗歌里还有一些会因其带刺的致命性而让人牢记在心的作品,譬如那首著名的《野葵花》,它措辞的精准仿佛刚从磨刀石上取下的一把利刃。

《推开窗》中收录的孙文波的诗显示了他哲人的一面,也刷新了我对他的认识。我所了解的孙文波的诗歌通常被个人经验的电量所充满,尤其是通过他对以往经历的鲜活叙述。孙文波也善于巧妙地唤起我们内心的情感、物理世界真实的质地以及存在于其中的严酷的现实,而在它们的对岸栖居着灵魂或随波逐流的理智。此处我想到的是他那首《夜泳之歌》(“Night Swim, A Song”):起初是灵活的肢体被水托起,结尾却是灵魂轻逸地逃脱至天际。身体的意象还出现在他那首赤裸裸的令人触目惊心的《文革镜像》之中,只是作为堆放在卡车上的尸体而出现。我们为《亚特兰大诗刊》而译的包括《七月半》在内的孙文波的诗引起了不少美国读者的关注,使我感到好奇的是,《夜泳之歌》在汉语读者那里似乎并不像它的译文在英语读者眼中那样迷人和引人注目。可这又有什么大惊小怪呢,普希金在英语里就远不如他在俄语中来的有气魄。有时候语言之间的转换就是这么怪异。再说孙文波的写作,我认为,他诗歌的一大特点是随和而不矫揉造作的真诚:

夜泳之歌

深夜,到京密引水渠游泳,
只有这时可以不穿游泳裤,
无比舒服!轻轻划水静静地想。
累了,躺在水里,抬头望夜空,

一颗颗星星，明亮。感叹自己不懂
星象学，惟一认识的只是北斗七星
——一把大勺挂在虚无之中央。
胡乱猜测人马是哪一个，天秤又是哪一个。
觉得一片像柔美天鹅，另一片像雄壮狮子。
突然感到水中有什么东西在腿上轻碰，
低下头，透过水看见好像是鱼。
这是多么惬意的事情！
水与天空仿佛属于我一人——几句诗
就此跳出来——深夜，赤裸身体游泳，
我希望游得灵魂像星光出窍，
在水是天鹅，在天是人面狮。

这样的诗，对我而言，就是诗艺最好的体现，它通过语言及语言的暗示，以热烈而惊人的澄明攫取并唤醒已经消逝的瞬间，把我们席卷入那更为深沉的意识之中。正是在这种时刻，我们才会吸入诗歌的养料，任其拓宽、加深并振荡我们的包容力。当我们读到一首好诗，无论它是用汉语还是英语写成，我们都被给予了一个至少是成为诗中那不多的几缕气息的机会，体会到生命在接近。在我看来，翻译的最终目的就是释放出原诗中那股势不可挡的力量。

我对中国当代诗歌的理解一部分植根于我早年对中国古典诗歌的阅读。我不确定有多少当代中国读者知晓中国古诗对西方尤其是美国诗歌的影响，可以毫不夸张地说，她曾促使 20 世纪英语诗歌重新焕发出了生机，特别是在美国。埃兹拉·庞德（Ezra Pound）借力于东方学者厄内斯特·费诺罗萨（Ernest Fenollosa）的著作以及他在日本学者的协助下从日语转译的中国古诗所掀起的一场浪潮不仅改变了我们的诗歌，还几乎从整体上改变了我们的文学。庞德向西方世界展示了中国诗歌中所蕴藏的惊人的优雅和那一直潜伏在我们身边的日常生活中近在咫尺的神秘。庞德的翻译或许很自由,但他敏锐的感受力却出奇地与原作的精神相契合。他迫切地寻找一条通往现代性的清新的实验之路,他预知到某种力量即将横扫美国的散文与诗歌写作。与威廉·卡洛斯·威廉斯(William Carlos Williams)和海明威(Hemingway)等作家怀有相似的初衷,庞德拒绝维多利亚式的陈腐和假模假式的伤感情绪,他更为关注那个20世纪的男人和女人生存其中的可触可知的人类维度。

在我读本科和研究生那些年里初次与庞德、韦利(Waley)、伯恩纳(Bynner)、雷克斯罗斯(Rexroth)、葛瑞汉(Graham)和沃森(Watson)等人的翻译相遇时,并没有意识到这些译诗会如何塑造我日后的审美趣味。如今来看,它们几乎改写了我的生命。现在,我依然惊叹于中国古诗的精华在上述译者手中所呈现出的现代性,或者更准确地说,是无时间性。它们自身明澈的质地、对多余的果断拒绝、对普通事物的注视乃至充满张力的模棱两可全部成为了我实践中的典范,无论我距离那理想的高度还有多远。虽然这其中有译者的功劳,但这些品质显然早已存在于原诗之中,它们也可用来形容我那一时期最为珍视的美国诗人的写作——庞德、希尔达·杜丽特尔(Hilda Doolittle)、艾略特、威廉斯、詹姆斯·赖特(James Wright)、W. S·默温(W. S. Merwin)、加里·斯奈德(Gary Snyder)、罗伯特·勃莱(Robert Bly)、熙德·柯尔曼(Cid Corman)。在当时,这些诗人共同哺育并肯定了我青春而充满希望的偏好。虽然我的品位在其后多年的阅读中不断拓宽与加深,但我受惠于这一阶段的感受力却始终相伴。

在美国的大学里教了多年创造性写作与文学课程之后,我开了一门英译中国与日本古典诗歌及其对20世纪美国诗歌之影响的研讨班。这门课程不仅令学生们非常痴迷,也引发了我进一步了解中国的愿望。2005年,我作为富布莱特学者来到北京大学,力图通过这一项目所提供的机会回报中国古代诗人曾经对我的馈赠。除了一门贯穿整个学年的研究生现代美国诗歌课程,我在春季学期还开设了创造性写作与诗歌翻译工作坊,参与的学生由我亲自筛选。工作坊是在史春波女士(我叫她 Diana)的协助之下进行的,她的能力和对文学的敏感也促成了我们日后持续的翻译合作。谁也没有想到,此番经历再次改写了我的命运。如果我相信有神灵,我会说,是命运之手将生命之书翻动。

那一年里,我结识了不少中国诗人,起先在北京,后来在中国其他地方,并与他们当中的一些人成为朋友。我逐渐意识到,尽管如今众多的欧美诗人通过阅读译文对中国唐代与宋代的诗歌早就不陌生,但他们对中国当代诗人却知之甚少,尤其是 90 年代之后的情况,虽然不少中国当代诗人游历甚广,一些还在国外旅居多年,懂得至少一门外语,并且熟谙世界文学(包括美国与欧洲)中的诗歌经典与当代动向。因此,我们决定集中北大工作坊的精力翻译中国当代诗歌。课堂讨论过后,初步的英译文再由我和史女士进一步商榷与雕琢,最终把其中大部分译诗收入了我们后来编译的《亚特兰大诗刊 2008 中国诗歌专刊》(*Atlanta Review* 2008 *China Edition*,以下简称《专刊》)。工作坊期间所译诗人包括鲁西西、孙文波、王家新、西川、于坚、臧棣和翟永明。虽然我们也翻译了已故诗人顾城、戈麦、海子和骆一禾的作品,但限于篇幅就没有收录在《专刊》里,而是把机会主要留给依旧活跃于中国诗坛的内地诗人。

其后数月里我们又陆续翻译了多多、韩东、胡续冬、蓝蓝、树才、王小妮、萧开愚和杨键的诗。2008 年 5 月,《专刊》出版,首发式在中国人民大学举行,国内有不少诗人和学者参与了这次诗歌盛会。后来我听说《专刊》中的译诗曾给不久前来访中国的美国前桂冠诗人罗伯特·哈斯(Robert Hass)和他的夫人——美国颇有名气的当代诗人布伦达·希尔曼(Brenda Hillman)留下了深刻的印象。美国诗人兼译者简·赫斯菲尔德(Jane Hirshfield)也来信表示赞赏。为此,我和史女士深深感谢所有让这份诗意得以传向西方读者的人们。

如今,中国诗人在努力寻找这样一种语言:它既不属于革命后纪元的社会主义叙述，也不仅是传统的遗赠，而是能够与更加接近当前的存在进行对话。中国的主要城市已经像西方那样，挤满了高速公路和川流不息的车辆，离唐朝的亭阁楼台、丝绸蓑衣相去甚远，甚至离30年前中国人的生活也相去甚远。与西方诗人的处境相同，他们希望在消费主义蔓生、电视宣传庸俗不堪的氛围中为想象的头脑留出空间。他们被商业、广告无穷尽的欺诈所包围，意识到诗歌的声音愈加边缘化了。

无论在中国还是西方都不乏这样一类诗人，他们认为无人可以控制自己的生活，知识和经验根本不值得信赖，并且，在我们的时代，最忠实的诗歌信念纯粹是迷失方向的表现。然而对另外一些中国或西方的诗人来说，诗歌的中心任务岿然不动：在人类真实的境况中发现可以称之为神圣、崇高的事物和时刻，并将这些始终与我们同在、始终植根于我们生命之中的苦难和美丽表达出来。他们渴望用我们时代的语言创造词语的价值。

然而，那些现已步入中年的中国诗人的确有着一段独一无二的共同经历："文化大革命。"这段历程在很多诗人的作品中留下了印迹，比如王小妮的一些诗就在今日繁荣景象的映衬之下凸显了往昔的苦与乐。杨键在《1967》里记录了自己在这一梦魇中的成长与日后的觉醒，还有那驱使诗人提起笔来的复杂情感。王家新则在《少年》一诗中以无比生动的笔触搭建起一段童年浩劫间的记忆。

在西方人看来，无论中国经历怎样的社会动荡与朝代变迁，她的诗歌始终保有一种顽强的韧性。中国是这个星球上诗歌传统最为悠久的国度，尽管如今这里的一切事物几乎都像西方那样日趋商业化了，但诗歌依旧生生不息。作为演讲者、教授和各类文学节或会议的参与者，我游走了中国很多地方，并无处不为这份持久的坚定所打动。我想这其中的原因是复杂多样的，它显然与在中国延续了几千年的诗性表述以及诗歌压缩并保存人类经验之精髓这种能力的普遍文化意识相关，同时又不断变换着面孔出现。此外，汉语本身也发挥着作用，正如一百多年前厄内斯特·费诺罗萨在其里程碑式的著作《中国文字,诗意的介质》(*The Chinese Written Character as a Medium for Poetry*)中所描述的词与物之间的对应与调和那样。尽管费诺罗萨在文中认为许多汉字已不再承载其最初的象形含义,也有不少汉学家对费诺罗萨的观点提出了质疑,但在我看来,他文章中的深知灼见却是无可争辩的。费诺罗萨认为,被汉字捕获并持存其中的"物性"(thingness)使得用汉语说话和书写的人不至于迷失到抽象中去,离词语基本含义有形的现实渐行渐远。当然大家都清楚抽象与空洞的口号会把我们带向何处,甚至说误导向何处。政客、商贾与当权者们总是利用抽象来隐瞒或缩减我们全部的真实。抽象魅惑我们迷失自己。而费诺罗萨的看法是,无论哪个国家的诗人,他都可能顺着语源的藤蔓追随语意,直到抵达生命的主根,抵达"初始"语言的具象呈现,从而最终够及那远古的原型隐喻,其中某种"物"的力道、形态与样式将变身为一种几乎可以领会并传达相似性的模子或奠基石,好比一条大河的支流可能对我们建构出金融系统的流程有所助益。汉语趋向于维持这种关联,正如那个经典的"信"字,一个人守住他的言辞便是有信。这块泊于具体现实中的锚在西方语音体系的字母里并不存在,而在汉字中(无论简体还是繁体)却依然有迹可循。这才是费诺罗萨真正想要传达的意思,并非什么汉字不过是图像云云。若要衡量这种天赋的隐喻化在什么程度上促进并刺激了中国诗歌的发展,无论对古诗还是新诗来说,我们也只能去推测。然而有一点可以肯定,即汉语内在的对某种真实的诉求起码起到了一定作用。更为关键的是,好的翻译至少可以将这一优势中的一小部分传达给另一种语言的读者。

与此相关的还有隐藏在汉语中的箴言警句(aphorism)的脾性。除却不同民族与方言可能造成的差异,中国文字与文化的长寿性和同质性(homogeneity)总的来说有助于节略与压缩。几乎每个以汉语为母语的人都对产生其语言的文化熟稔于心,因此,任何可能被意会的东西就成为多余,继而有被滤掉的必要。譬如,"是"可以在汉语的很多句子里缺席，而一旦英语中少了“be”动词的某一形式，就会显得不够完整。砍掉多余的枝蔓才可能清理出一条通往我们称之为诗歌的理想的写作。法国大作家福楼拜(Flaubert)就曾在给乔治·桑(George Sand)的一封信中这样发问:“为何最伟大的思想的浓缩总是在诗歌中找到归宿?”压缩与切除术为必要的词语创造了空间，取而代之的寂静默默放大着余下的词语所发出的潜在的共鸣。

汉语中充满了形形色色精简至骨髓的说法，也正像骨头那样，它们留存下来，构成一间智慧与洞见堆叠的无法盘点的仓库，提炼已哑默的声音，集体幸免于自身文字所塑造的形态。孩子在成长的过程中聆听并且记忆，而其中内心携带着诗歌的细菌与脉动的那部分人，无论自觉与否，都注定会创造出属于自己的话语。汉语还偏爱成双成对的事物，很少见到某个成语或习语由单个的汉字构成。这种制造平行的倾向诱使思想在作为认知方式、观看与言说方式的同时更加注重对比，从而将字里行间的和谐吸引到诗歌中来，释放出它们的音乐性。福楼拜还这样说过:“每当我在自己写下的语句里读到一个糟糕的叠韵(assonance)或重复的时候，我就知道自己正辗转于谬误之中。反复寻觅之后，我通常会找到那个适当的表述，那个永远唯一的、和谐的表达。想法一旦形成，词语就永远不会缺乏。在一个部件精准的配置当中，难道就没有一个永恒的、秩序般的东西存在吗？若非如此，那么正确的词语与悦耳的词语之间还有什么关系可言呢?”

汉语同音异义的属性使它显示出一种自然的平衡与乐感，并包含着一种有益且诗意的缺席。比方说，汉语有时可以暗示但并不指明时态，而作者也无需明示主语是自己还是他人。因此，汉语诗歌中渗透着某种生动的模糊性，它超然于时间与空间之外，允许读者不受阻碍地进入其中，使他们的思考与感受恍若流动的芬芳，回味无穷。虽然我极不情愿将这一特征贴上后现代的标签，但这种不确定性反而很可能成为吸引一部分后现代读者的特质。

我可以享受并欣赏各类风格的诗歌，但最使我感到亲近的还是那些多少与我个人的审美价值相平行的无论东西方的作品，又或者它们能够展现出超凡的技艺和智慧，个体的喜悦与激情。我常被这样的诗歌吸引并沉醉其中：它们尊重那个立于自我之外的客观世界的完整性，认可其自在的现实并尝试还原它的面貌。我无法接近那些呼啸于事物表面的超现实却往往轻易获得的无常幻象，那些支离破碎的后现代迷宫与藤蔓交织的主观制品，这类东西最终折射出的不过是一种孤绝的、割裂的自我陶醉。我也不太欣赏那种为了晦涩而晦涩的矫造之作，因为其初衷并非向读者奉上具体、明晰而生动的见地。人生在世，早已为各种奥秘所织缠，而艺术的最佳效用则在于它赞颂、展示并最终引领我们去细察这些奥秘中难得清醒的部分，拓宽我们的意识与心智，同时也不乏趣味。美国大诗人华莱士・史蒂文斯就一再回归到这样一个基本主题：世界正如其所在，我们无法通晓它全部的奥秘，因为人类的思考与品性总是站在中间。但现实的确存在，它详尽、丰富并且神秘，我们须用仅有的手段尽力将其获取。史蒂文斯认为，语言和修辞有助于我们想象这个世界，在这里，"最终的价值是现实"，诗歌则是"以文字为手段的文字的呈示"。我们的世界或许粗鄙不堪、伤痕累累、缺乏公正又冷酷无情，但它同时也充满了意想不到的令人昏厥的美。终究我们共同生活在其中，无法将它作为一个单纯的投影而随意地打发掉。在《必不可少的天使》(*The Necessary Angel*)这本有关想象力的活动方式的书中，史蒂文斯宣称："重要的是要相信，那看得见的和看不见的是相等的。"作为一位诗歌读者，我对诗人的种族或国籍并不感兴趣，我所重视的是一首诗中所承载的普遍的人性和艺术，是它是否能够成为一场持久而超越国界的审美对话。我对诗歌最深刻的理解，有一部分来自上文中所提及的美国诗人的哺育，而这也顺势注定了我所受到的古典中国与日本诗歌的影响，无论它们在庞德或其他译者的笔下以怎样的面貌出现。

虽然我对中国当代"垃圾派"和"下半身"这样的诗歌流派有所耳闻，我对他们的写作却了解有限。新的诗歌运动或许会产生新的能量，益于打破陈规，但有时候它们对浅薄的新奇或震撼效果的追求反而胜过了对艺术中那道更为卓越和持久的光照的探索。或者，它们只是先前叛逆的回声。在《推开窗》所收录的此类诗人当中，我认为朵渔的诗还是具有可读性的，尽管简介里说他是“下半身”的发起人之一，不知是翻译的缘故还是我根本对“下半身”的写作宗旨有所误解。在艺术和文学的历史进程中，每一次先锋运动所提倡的较为娴熟和精明的元素都可能使其升华为独具一格的新传统，进而制度化，登上新的宝座，有时候比被其替换掉的先锋运动更为专横。然而那些从这种虚荣的痉挛以及随俗浮沉的大众口味中幸存下来的诗歌，常常与宋人魏泰的此番明察不谋而合：“诗者述事以寄情，事贵详，情贵隐，及乎感会于心，则情见于词，此所以入人深也。如将盛气直述，更无余味，则感人也浅，乌能使其不知手舞足蹈，又况厚人伦，美教化，动天地，感鬼神乎？”这就是我们如今依然阅读李白与苏轼的理由，也是我们依然从莎士比亚（Shakespeare）的著作中汲取营养的缘故，正如庞德曾确切地指出，莎士比亚不描写，他呈现（presents）。

中国当代诗人的写作面貌是丰富且持续开阔的。上文中我提到了几位诗人，这里还想说说多多，他的诗有一股摄人的魅力，仿佛在其中挂起一幅语言的织锦，极具乐感又意象丰盛，比起有条理的叙述或说教，它们更倾向于追求一种爵士乐般的表现主义，并在最佳状态下透过不同棱面释放出力量与情感。他那首著名的《阿姆斯特丹的河流》（“Amsterdam’s River”）便跨越了横亘在不同语言乐音之间的藩篱，我曾目睹完全不懂普通话的听者被他口中那恍若催眠术的音符深深打动并醉心其中。

阿姆斯特丹的河流

十一月入夜的城市
惟有阿姆斯特丹的河流

突然

我家树上的桔子
在秋风中晃动

我关上窗户,也没有用
河流倒流,也没有用
那镶满珍珠的太阳,升起来了

也没有用
鸽群像铁屑散落
没有男孩子的街道突然显得空阔

秋雨过后
那爬满蜗牛的屋顶
——我的祖国

从阿姆斯特丹的河上,缓缓驶过……

翟永明的诗有着狄金森式的高度个人化的质地,因此对翻译也是一项挑战,当然这是我从包括西敏(Simon Patton)、柏艾格(Steve Bradbury)以及我们自己译文在内的诸多英译本中得到的印象。对西方与中国当代很多读者来说,翟永明代表着一个强有力的女性诗人的声音。无论读者怎样解读,她所书写的真相似乎总是趋于私密和个人化,从根本上讲也极富诗意。她清楚地看到了语言自身的能量与活力如何迫使那扇真正的艺术之门打开,无论写作者意欲何为。从她的诗中理出一条清晰的路径是困难的,因为它们有时候从情感上来讲无比流畅,但同时又从意象上拒绝被轻易识破。人们尽可钦羡她无畏的艺术信念、独立的审美趣味以及她立于当下的无可替代的身影。

我对韩东的写作了解不多，但就我所见，他的诗歌精练而节制，以直白的语言和敏锐的智力探寻普遍存在却鲜为关注的意识层面，譬如这首《你的手》（“Your Hand”）：

你的手

你的手搁在我的身上
安心睡去
我因此而无法入眠
轻微的重量
逐渐变成了铅
夜晚又很长
你的姿态毫不改变
这只手象征着爱情
也许还另有深意
我不敢推动它
或惊醒你
等到我习惯并且喜欢
你在梦中又突然把手抽回
并对一切无从知晓

《推开窗》向西方读者译介了49位中国当代诗人，年龄跨度从食指到王敖，其中除了依然在世的诸多较有影响力的诗人之外，也收入了已故的戈麦、顾城、张枣、海子和马骅的作品。让我感到困惑的是书中没有收录的诗人，比如多多和欧阳江河。我们先不讨论这本诗集所选的诗人诗作是否或者具有怎样的代表性，单从翻译的角度来看，它所呈现的水平是良莠不齐的。这也同样适用于描述中国古诗的英译——尽管向来不乏诗意的诠释，但总有些字面上相对忠实，读起来却平淡寡味、啰哩啰嗦的译本，我想这多半是因为学术化的翻译缺少诗人的技艺。因为这本选集是英汉对照的，所以懂汉语的读者可以自行去判断。其他读者则要靠运气了，这运气往往取决于译者与诗人之间是否心有灵犀。使我和史女士感到幸运的是，我们受邀翻译的两位诗人——树才和杨键的诗作我们都很喜欢，也比较熟悉。编者王清平所选的树才的《马甸桥》（“Madian Bridge”）和《安宁》（“Tranquility”）可以说比较直观地展现了诗人作品的一面，而这两首令人信服的优雅诗篇也让我们翻译起来倍感愉快。库伯·坎宁出版社的编辑最终选用的杨键的两首译诗我们也很满意。诗人树才说一口流利的法语和英语，并且向中国读者译介了大量的法语诗歌，是当代具有国际视野的诗人之一。昆明诗人于坚那首广为人知的《一枚穿过天空的钉子》被辛迪·卡特（Cindy Carter）译得干脆而得当。作为中国当代较有影响力的诗人之一，于坚除了写作，还导演纪录片。萧开愚是另一位颇具“国际”胸怀的诗人，我们曾在《专刊》中翻译过他的作品，其中包括收录在此的《北站》——这首诗写得相当有气场，其他译者也译过，只是此处的译文相对散文化了。萧开愚的另外一些诗作，譬如《阴影之诗》和《为一帧遗照而作》，则镶满了不同向度的想象或真相的碎片，它们拼成一组神秘的马赛克，露出具体而纯粹的表情。诗人自信如画家挥洒油彩，他这样为后一首诗作结：“你虽然擅长但你不会愿意来到/一个有飞行但没有飞翔的世界/从视窗成就所有你想成就的。”

还有一些诗人的作品十分适宜地建筑在现代世界的感受力之上。王小妮就是这样一位诗人，她个性化又不失宇宙风度的叙事性诗篇像是在刺探我们的判断力以及我们彼此间的交流和背叛——这些我们都曾亲历。虽然有时候对比显得可笑，但王小妮的真诚，她的写作强度与焦点，还有她谨慎的诗艺，都使我想起了美国诗人勒芙朵芙（Denise Levertov）的诗。请看王小妮这首《许许多多的梨子》（“So Many Pears”）：

许许多多的梨子

植物的声音
在桌上光滑地演奏。
像婴儿，站在
燃烧的鲜红草坪上
它苍白至死。
我第一次听到植物的呼救。

在我家甜橙似的灯罩下
一双人的手灵巧透明
一把敏锐的刀
游动而来。
你不能这样削响梨子！

果实悬吊在树上
随风自由。
你优雅地转动着刀
优雅地伤害。
刀影巨形地走过
在我身边突然
游动出了活的强暴。

我贴近了看我的双手。
观察我日夜喜爱的别的双手。
我看见了甜的血。

但是有许许多多的梨子。
树轻易地
哺育又摇落它们。
许许多多梨子的地球
人们见了就叫渴。

诗人胡续冬通晓多门外语,曾在巴西生活过一段时间,还从葡萄牙语译了不少诗。他诗歌的画布具有多种情绪和色彩,正如这首《水边书》(“Written at Waterside”)所呈现出的令人目不暇接的转变与跳跃,宛若一幅夏加尔的画作,开头一节抒情而耀眼:

这股水的源头不得而知,如同
它沁入我脾脏之后的去向。
那几只山间尤物的飞行路线
篡改了美的等高线:我深知
这种长有蝴蝶翅膀的蜻蜓
会怎样曼妙地撩拨空气的喉结
令峡谷喊出紧张的冷,即使
水已经被记忆的水泵
从岩缝抽到逼仄的泪腺;
我深知在水中养伤的一只波光之雁
会怎样惊起,留下一大片
粼粼的痛。

《推开窗》中吸引我的还有两位我从前不曾了解的诗人。陈先发的诗《前世》,译者黄丽明(Lisa Lai-Ming Wong)以崎岖的句法穿起一线逼人的意象,同时将抒情与反讽之下的盛怒糅合在了一起。《秩序的顶点》是一座只有六行的舞台,台上一出诙谐而危险的戏剧,而当剧尾那紧迫的一幕拉下,滞留在我们眼前的是一只老虎深深的喉咙。托马斯·莫兰(Thomas Moran)所译蒋浩的《海的形状》则贡献了一场机智的意象的嬉戏,巧妙衔接的诗行推动着诗意的动量。我相信当代中国还有比这本英译所提供的更好的诗人诗作,以上这些看法仅来自我个人有限的观察。

毫无疑问,中国诗歌在漫长岁月的洗练中历经了风格、形式、观念和主题上的变化,而当中国向世界敞开,当中国诗人逐步迈向一个更为广阔的文学舞台,某种东西也在经历蜕变。20 世纪以来,中国诗人就受到了本土之外其他国家古典与现代文学的影响,比如清末就曾有模仿惠特曼的诗歌写作。如今这种趋势正在加速,无论结果好坏,随之而来的将是对诗人身份更为专业的要求。中国文学和文化领域中一部分人对自身古老传统的丢失或损害的担忧已经不再切题,因为中国早就从与世隔绝的状态中逐步脱离了出来。较之中国,英美的诗歌传统显然还十分年轻,而一个世纪之前李白、苏轼、杜甫和王维等伟大诗人的到来(在此向那些优秀的译者致敬)不仅没有拖累,反而深化并丰富了这一传统。可是今天,我们的诗人、学者和学生依然把目光投向乔叟(Chaucer)、莎士比亚、弥尔顿(Milton)、约翰·邓恩(John Donne)和惠特曼,并从他们的宴飨中汲取营养。

当代中国日趋繁荣,高等教育机构日臻完善,似乎人们对实践类艺术——音乐、绘画、雕塑、舞蹈、文学——的学习也随着社会的现代化程度而有增无减。我想,在未来的中国,人们将不仅从消费和欣赏的角度,更会从实践者的角度对艺术投入更多的倾注。当下已有一些诗人在大学里教授文学(中文系的居多),香港的几所大学也开始重视创造性写作课程的设置。然而中国的高等学府是否会像美国高等院校半个世纪以来的那样持续欢迎当代诗人与作家担任教职,还不得而知。但不管怎样,中国诗人今天最优秀的声音已经汇入了世界诗歌的大河,歌德所预见的"世界文学"业已降临我们的四周。

在克罗地亚翻译中国诗歌

〔克罗地亚〕米诺斯拉夫·柯瑞恩(Iroslav Kirin)
史春波　译

译者应被看成忙碌的媒人,他把一位蒙着面纱的美人领到我们面前,说她是天下最秀丽的女人,让我们忍不住去看看她的模样。

——歌德

在文化意义上,翻译一直是“他者”和“他物”的象征。那么,如果成功的翻译也因为其源语言的“他物”性质而受到质疑呢?明确地说,全部译介到克罗地亚的中国诗歌都转译自汉语之外的其他语言!虽然这听起来有些荒谬。1932年,第一部中国古诗翻译集《黄皮肤的东方之诗》(*The Poetry of Yellow East*)在克罗地亚出版,由译者扎特科(Zlatko Gorjan)从英语、德语和法语转译。从那以后,类似的译本陆续出现,其中不少译者是克罗地亚有名望的诗人,比如汀·乌耶维奇(Tin Ujevic)、以超现实主义诗歌闻名的德拉戈·伊万尼塞维奇(Drago Ivaniševic)、诗人翻译家沃约·辛多里奇(Vojo Šindoliĉ)等等,也包括我自己。然而遗憾的是,这些译本都不够全面,也无法为中国诗歌提供一个历史视角或者一幅当代的“快照”。2002年,萨格勒布大学人文社科系出版了“东方图书”系列,其中艾青的诗选《冬天的池沼》(译者布兰克·墨林[Branko Merlin])是第一本直接从汉语翻译到克罗地亚语的中国诗集。

从政治和文化的角度介绍克罗地亚和克罗地亚语很有必要。克罗地亚语与塞尔维亚语、保加利亚语、马其顿语和斯洛文尼亚语同属南斯拉夫语支。20世纪90年代初,南斯拉夫社会主义联盟共和国解体之后，原来的塞尔维亚—克罗地亚语被分为三种独立的标准语言——波斯尼亚语、克罗地亚语和塞尔维亚语（BCS），现在分别是前南斯拉夫共和国中分立出来的不同国家的官方语言。

此外，中国和克罗地亚在翻译外国文学方面有一种奇怪的文化上的对称。必须要提及的是林纾（1852—1924），字琴南，曾因为中国读者译介西方文学而享有盛名，虽然他并不懂任何一门外语。他与别人合作，用文言翻译了170多部英国和法国文学作品，以小说为主。虽然有明显的“误译”，但他的翻译却为一些汉学家称道，尤其是他“准确、经济的风格”，有时甚至“改善”了原文。林纾的翻译，实际上是“改编”，在当时非常受欢迎，其文化价值和影响力很可能在一定程度上促成了世纪之交的中国对西方的开放，虽然他保护文言、反对白话的态度在当时看来有些可笑。

一

谈及翻译到克罗地亚的中国诗歌，要从汀・乌耶维奇（1891—1955）说起，汀・乌耶维奇在我看来是20世纪克罗地亚最好的诗人。乌耶维奇是一位兴趣广泛的多产作家，著有包括诗歌、散文、翻译（波德莱尔、福楼拜、普鲁斯特、爱伦・坡、惠特曼、康拉德……）和风格相当糅杂的其他文体在内的九卷文集。他还被誉为克罗地亚最伟大的波西米亚人，去世近60年后依然拥有一大批追随者。在几乎吸收了全部西方诗歌传统（从但丁到歌德到波德莱尔、兰波、惠特曼、庞德）和克罗地亚的马尔科・马鲁利奇（Marko Marulic）、季沃・贡杜里奇（Ivan Gundulic）等伟大诗人的遗产之后，乌耶维奇的诗歌创作形成了一种无法效仿的高贵品格。他的主题可以这样来形容——太阳底下和太阳以外的一切。从神秘主义的多神崇拜到谦卑的基督教精神，从人、非人、神祇的肉体存在和狂喜的统一状态到安静的沉思，从嘲弄现代科技文明的讽刺诗行到献给古代达尔马提亚头盔的温柔的口头音乐,从对情欲的热烈渴望到对人类命运的顺从——乌耶维奇的诗歌包含了多种生命形态的想象,把地中海理想的和谐之美和精湛无比、异常深奥的存在主义感性诗篇等往往彼此冲突的不同传统融合为一体。

乌耶维奇于 1955 年去世,而他在萨拉热窝时(1930—1937)翻译的中国诗歌(包括傅玄、陶潜、孟浩然、王维、杜甫、李白、韩愈、刘禹锡等诗人的诗)在 2007 年才得以结集出版,在截至目前所有翻译成克罗地亚语的中国古诗中,他的翻译具有最深刻的洞见。遗憾的是,这些诗并非直接从汉语翻译,乌耶维奇也没有注明转译的文本来源,可能是从英语或法语的诗集吧。他跟林纾一样,都不会说也不曾了解他们所翻译的文学作品的语言!不管怎样,乌耶维奇明显没有被“信”的问题所困扰——他脑子里只有“诗歌的格式塔”,就像托尼·巴恩斯通(Tony Barnstone)在《中国诗歌读本》(*The Achor Book of Chinese Poetry*)的前言中说的那样。譬如,从译文就可以看出他已经放弃了把中国的五言诗翻译成五六个词一行的念头。所以乌耶维奇可以自由地选择——是采用押尾韵的格律诗形式,还是自由体。他不仅主要采用了后者,还故意把相当数量的诗歌翻译成散文诗,这种风格很可能是乌耶维奇从阿洛伊休斯·贝特朗(Aloysius Bertrand)和法国象征主义诗人那里借来的。这些散文诗中可能有一大部分最初就是“赋”——流行于古代中国的一种散文诗式的描写性文体,因此,乌耶维奇才会把它们翻译得惟妙惟肖。然而这一切都已无从考证,因为乌耶维奇从来没有透露他翻译的来源。

尽管他自己的诗歌(充满了复杂性)没有直接反映出他所翻译的中国古代诗人,但值得注意的是,乌耶维奇对社会问题的敏感和对细节的观察可能受到了他们的启发,尤其是杜甫。此外,乌耶维奇那个时期的诗歌语言更加通俗,充满了口语化的短语和底层人民日常生活中的具体意象。而且,他 1920 年以来的早期诗集明显带有法国象征主义诗歌的痕迹,特别是波德莱尔和马拉美。我们不是很清楚乌耶维奇怎么会对中国诗歌感兴趣。也许正像克罗地亚文学理论家左兰·

克拉瓦尔(Zoran Kravar)所说,是受到了当时现代主义背景下“反现代主义倾向”的影响,即一种尝试所谓“反向世界”的愿望,在那个世界里,没有自由资本主义现代化带来的“现代的罪恶”。这种“文本考古”始于对现代社会的批判。这一点在艾略特的《荒原》中也能体会到。

二

不像乌耶维奇,不懂汉语却翻译了大量的中国诗人,20 世纪下半叶具有开创意义的罗马尼亚诗人约瑟普·塞维(Josip Sever,1938—1989)作为第一批留学北京的罗马尼亚汉学家的一员,曾于 70 年代初在萨格勒布的外国语言学校教授中文。据传他翻译过一些中国诗人的作品,却没有留下任何发表的痕迹。这些“遗失的”译文已经成了一个都市传奇:2004 年,Svježa dama Damask trese 出版社出版了塞维生前未曾发表的作品,主要是诗歌和一些自传性的材料,但没有一丁点翻译中国诗歌方面的内容——或许,我希望,这些资料还有待发现。不可思议的是,他的一些朋友依然记得他的翻译①,尽管他们无法追查其来源,也不记得译诗曾在哪本杂志上发表过(如果确有此事的话)。塞维被认为是社会主义时期最后一个伟大的波西米亚人——他刻苦写诗,却很少发表,手稿上的字迹也很凌乱。该书的编辑,诗人和批评家布兰科·梅尔斯(Branko Maleš)尽了最大努力去辨认塞维留在他衣兜大小的记事本和各种废纸片上的写作。可以确定的是,他还翻译了不少俄语作家:巴别尔(Issac Babel)、纳博科夫(Nabokov)、马雅可夫斯基(Vladimir Mayakovsky)。塞维本打算在北京多待一段时日并完成学

① 塞维亲密的朋友、俄罗斯的诗人翻译家 Fikret Cacan 曾为我背诵了毛泽东诗词的一个片段“*Three Short Poems*: Horse/ I' m not dismounting the horse/ The whip and more speed/ Behold, the sky is just a meter away.”(译注:应为毛泽东《十六字令三首》之一:“山,/快马加鞭未下鞍。惊回首,离天三尺/三。”)

业，却不得不在中苏政治局势变得紧张时去了莫斯科。他在莫斯科的日子让他意外地收获了俄罗斯先锋诗歌的“第一手材料”——他遇见了阿列克谢·叶里谢维奇·克鲁乔内赫(Aleksei Eliseevich Kruchenykh,1886—1968)，俄罗斯未来派最激进的诗人之一——其他还有马雅可夫斯基、大卫·布尔柳克(Davidovich Burliuk)、赫列勃尼科夫(Хлебников Велимир)，“zaum”的发明者。克鲁乔内赫在1913年首创的“zaum”由俄语中的前缀“за”(超越，在……之后)和名词“ум”(思想，理性)组成，一般译为“超越理性”或“理智之外”(Paul Schmidt)。学者杰拉尔德·贾纳斯克(Gerald Janecek)说，“zaum”可被定义为一种意义不明确的实验性的诗歌语言，就像塞维在他诗歌中实践的那样，通常被称作语言诗或“语言经验的诗”(Zvonimir Mrkonjic①)。用塞维自己的话说，是“声音定义理智”，但始终保持着对词语魔力的信念。

塞维生前只出版了两部诗集——其中一本《独裁者》(*Diktator*,1969)影响很大，它们极大地影响了克罗地亚20世纪70年代到80年代的诗歌写作。应当指出的是，早在40年代末，克罗地亚就放弃了所谓的“社会主义写实主义”诗学，当时南斯拉夫彻底脱离了苏东集团，此后，南斯拉夫社会主义时期的文学向所有的文学及哲学思潮(以西方为主)开放。譬如，50年代初期译介到克罗地亚的艾略特和庞德的作品就影响了后来许多诗人的写作。60年代时，文学界的情形主要是阅读存在主义哲学家萨特、海德格尔的著作，所以那一时期的诗歌主要关注人类的生存境况，即所谓“大问题”。约瑟普·塞维的《独裁者》不仅与注重本体论的诗歌划清了界限，还背弃了以理性为中心的思维方式，采取了不合逻辑的语言结构。

---

① 关于波德莱尔生活时代巴黎的瓦斯灯，还有当时文学家和艺术家对瓦斯灯的思考与表现，特别是瓦斯灯在波德莱尔作品中的特殊地位，参见瓦尔特·本雅明(*Walter Benjamin*)的《波德莱尔笔下第二帝国时代的巴黎》(*Das Paris des Second Empire bei Baudelaire*,1937)第二节“散步者”(“Der Flaneur”)。

《独裁者》里有一首诗叫《为凤凰而作的歌》。在这首诗里，塞维声称任何与语言打交道的人在把诗人周遭的世界翻译成文本世界的时候都可能犯下一个"严重的错误"。对诗人而言，理解意味着理解的不同，它甚至允许犯错或误读的可能性——建造"空中楼阁"的意象，"铁打的数学风景"，"中国墙上吝啬的天气"——或克罗地亚语中的"Kitaj"（诗中语）。在《为凤凰而作的歌》中，诗人将自己比作中国神话（或其他典故）中的凤凰，终将从语义的"灰烬"中再生，重新发明诗歌的语言。塞维对克罗地亚诗歌的贡献正是语言的"复活"。其后的几代诗人都应对他感恩：他们的写作要么继承了"语言诗"的血脉，要么与之相抗衡。

塞维诗歌的另一特点是他的"文化游牧"，这是克罗地亚文学理论家杜布拉夫卡·奥拉伊奇·托利奇（Dubravka Oraic Tolic）在塞维身后出版的诗集《北方的马》（*Borealni konj*, 1989）的前言中给出的定义。塞维的诗歌世界里塞满了一切文化的边角料——那些与历史、地理或神话相关的名字被平等地对待。从中可以看到：基督与佛祖并列，从悉达多到乔尔丹诺·布鲁诺，从马丁·路德到伏尔泰，从戈林到亚历山大大帝，从莫卧儿人到蒙古人，从库尔特·瓦尔德海姆到库尔德人，从"绿色的塔木德"到"陀思妥耶夫斯基的制服"，从泰加林到鲁尔区，从"火山人民"到"温柔的警察"等等。引用中国和中国文化的地方也很多——它们包括地名（戈壁滩、北京、太平、上海、万里长城）、历史人物（毛泽东——"毛即毛发/泽是水/扩张，一切/它可以是湖/河海。/东是东方或/太阳在树的半腰"；另一首关于毛泽东的诗写的是他80岁时某一天的生活）、著名诗人（"星期二走进一星期。/像古中国一样燃烧/诗人杜甫"）、普通人（"吃大麦的中国人"）、哲学（阴阳）以及对中国诗歌的沉思（"中国诗的中央属于意象：/年轻的酒/和声音"）。此外，还有他在克罗地亚语中掺入汉语的语音游戏：

xxx

Ou – Džou Ao – Džou	/ou zhou ao zhou
Mej Džo	mei zhou
Fej Džou	fei zhou
Pej Ti	pei ti
Nan Ti	nan ti/
Ledene kape	Ice – cold caps
Dijamanti	Diamonds
OUN	UN
Nulantne divizije	Nulant divisions
želudaca	of stomachs
Zmajeve vjetar	Dragons are being
baca	blown away
Zmije promice	Grass stirs
trava	the snakes

塞维的自传材料中还记载了他对鲁迅等十位中国诗人的翻译。从乌耶维奇和塞维那里,我们“可以”得到这样的结论,他们通过跨文化的东(中国)西方诗歌阅读所创作出来的作品为当代克罗地亚诗歌树立了一套标准,但愿也为中国学术界对中国—斯拉夫研究提供了很好的学习材料。这也说明了克罗地亚诗人持续研究中国诗歌的兴趣——我们现在亟需新鲜的中国当代诗歌译本。萨格勒布大学人文与社科系已经设立了中国语言文学研究(始于 2004—2005 学年),这将为中国和克罗地亚未来的文学交流带来更多的希望。

谈　翻　译

〔美国〕詹妮弗·克诺罗弗特(Jennifer Kronovet)

伊恩　译

一

在关于英格尔·克里斯藤森(Inger Christensen)的诗集《字母表》(*Alphabet*,苏珊娜·尼德[Susanna Nied]译)的评论里,怀亚特·莫森(Wyatt Mason)这样写道:

> 翻译的诅咒,就是在它最好的情形下,它也只能仅仅是充足的——而在我所有的文学阅读里,对翻译者的依靠让我对充足性不只是充满感激,也相信在翻译中,这种充足本身即是一种美,是值得努力去达到的。

作为一个译者和一个翻译爱好者,这句话让我感到不适,原因在于它不仅忽略和小瞧了翻译可达到的高度,也没能看透翻译语言表面的充足性,最主要的是这句话的知名度。我们经常听到关于翻译的不可能性,或者什么在翻译中被“丢掉”,译者的烦恼等等。这些都是关于翻译的陈词滥调,它们不停地纠缠着翻译,总是在暗示任何被人所爱的翻译作品后面都藏着一个更好的作品的魂灵。

所幸的是,我们有很多关于翻译的探讨,都在辩护翻译可以怎样超越“充足性”,指出了为什么翻译有很重要的政治和文化地位,以及它如何达到和文学作品原作同样的美。艾略特·温伯格(Eliot Weinberger)关于这个问题的论述写得非常有力。但对我来说,为什么要去做一件需要为之辩护的事?为什么有些事情人们总相信它会失败?(诗人可能问这个问题问得很熟练)在这里,我想从个人角度来看一个翻译过程会给我们的自我带来什么。先不要考虑翻译后的作品,而看这个翻译过程本身。对我来说,让这个工作做到凌晨三点都是值得的。那时,桌前只有词典,作品唯一的读者就像是我们都不能相信的鬼魂一样。在开始我的探讨时,我会先看一些其他翻译家对翻译过程所做的描述,然后谈谈我自己的翻译乐趣。

二

在《失调》(*Dissonance*)[①]这本书里,翻译家、诗人罗斯玛尔·沃尔德罗普(Rosmarie Waldrop)公开地自问翻译的理由:

> 我经常问我自己我为什么总是在翻译,而不去注重我自己的诗歌创作。翻译者的烦恼我们都太清楚了:有限的致谢,可怜的薪酬,无穷尽的折磨。除此之外,目前美国出版商对翻译作品的兴趣,比原著兴趣要少,你能想象吗?

沃尔德罗普认为她持续翻译的理由在于"她与原文的关系"。她写道:

> 在我读原作时,我敬佩它,我被它制伏了。我希望可以把它给写出来。很明显,我眼热,眼热到我要把它变成我自己所拥有的,就是把它毁掉也不在乎。更坏的是,我充满乐趣地去毁灭一部作品,因为这会使我把它变成我自己的。我通过承诺去把作品

① *Dissonance*, The University of Alabama Press, 2005.9.30.

恢复过来以平复我心中的愧疚感，我会努力把毁掉的作品，重新用我的语言来还原它，同时，我知道我不会在作品的原文里做出任何修改。

沃尔德·罗普在翻译中获得的乐趣是很明显的。但这并不是成功的乐趣或者技巧与手法，而是拥有权的乐趣和毁灭的乐趣。这个乐趣不是从一种责任感中产生的，而是由一种嫉妒心态形成的。是的，翻译这份工作是从一个毁灭的愿望产生的。乐趣和罪责共谋，迫使沃尔德罗普去修补，去给我们创造美。这里，关于翻译的公共和政治性的争论不再产生作用，沃尔德·罗普是被另外一种，只能通过对一个作品的热爱才能产生的责任来限定。

对于安妮·卡森（Anne Carson）而言，翻译的过程可以帮助我们走出在用语言思考时所陷入的圈套。翻译的过程不只是一个狡黠的乐趣，而是一种走向心中新的空间的朝圣。在 ***MOLY*: *Variations on the Right to Remain Silent*** 中，卡森提出，在她所信奉的写作和生活中，有两种选择：俗套或灾难，命名或混乱。在安妮·卡森关于贞德的谈论里，她说："有一天，审判官们在逼着她去定义她所听见的声音是单数还是复数时，她很奇妙地回答道——我的信仰从那声音里出现。"那里有一阵沉寂——这句话不能用逻辑来解读。贞德拒绝去命名，那跟随她的命运，就是灾难，是她的死亡。她抵制了她所处时代中上帝的那一套，而这动作的结局就是死亡。是选择俗套还是灾难，虽然这是一个很残酷的审视世界的方法，但是很多写作者都感受到同样的选择的极限。不过，安妮·卡森认为，有一种办法让我们走出这个对偶性空间：

对于大多数人而言，如果在混乱或者命名，灾难或者俗套中做出选择，我们会选择命名。而恰恰是在这里我们可以看出翻译的善意。翻译是一种练习，一个手段，或像荷尔德林所说，是"心灵的体操"。它的确给我们提供了一个第三个可以存在的地点。

> 在一个停止它自己的词语前，在那沉默中，一个人可以感觉到什么事情过去了，什么还在继续，有些可能性被释放出来了。

翻译的劳动，是一个心智的工作，它所提供的是新的思想方法，它让语言走出俗套的包围，不掉进灾难的陷阱。对于卡森来说，翻译是一个可以带来新的意义但同时又不牺牲作品本身的过程。最后，最重要的是翻译过程中所激发的思考，而不是它最后产出的作品。

作为策兰诗歌最好的英译者之一，皮埃尔·乔瑞斯(Pierre Joris)用一个工业技术的模式去谈翻译，让我们理解怎样可以让译者进入新的语境。在他写给《4×1》的序言里写道：

> 我为写作去读书。我发现到的最精心的阅读就是翻译。它本身就是写作。这样一个螺旋开始转动。阅读的乐趣，加上写作的欲望，产生了第三者——翻译作品。翻译就像一种可以回收能量的汪克尔引擎(Wankel)①，有它特殊奇怪的管子，和Peritrochoid一样的外形。从这个发动机的运作中，也就是在从阅读和翻译产生的力量那里，加上空气里的情调——就是“她的日常感”，产生了新诗歌的灵魂。

翻译的过程作为一个虚构而复杂的机器，可以带我们回到写作中。乔瑞斯说，一个人投入到翻译的力量，是可以回收和重生的。这也解释了为什么很多美国诗人也都是翻译家——许多年轻诗人是通过翻译学习写作的。翻译是老师，是一个启发者，它从语言中创造出语言，它帮我们从熟悉的惯用语体中走出来。现在，翻译也不再是一门注定费力不讨好的艺术，因为它为人的心智所做出的贡献，更像是

---

① Wankel发动机，以德国工程师Felix Wankel(1902—　)的名字命名的一种发动机。

一门值得翻译者感谢的艺术。

按照沃尔德·罗普庆贺巴西诗人 Haroldo de Campos 的说法——“Lucifer”(金星,明亮之星,早晨之子)是翻译艺术的天使。通过她,我们接触到这个艺术的鬼性和轻慢性,同时基于翻译理论历史的洞见也是一种预示,就是它可以升高到天堂般的位置。瓦尔特·本雅明在他著名的散文《译者的任务》(*The Task of the Translator*)里写道:

> 如果那里存在着某种我们都在努力寻找的真理的语言,那真理的语言,就是真实语言。并且这种特别的语言,它所有的神圣和叙述是哲学家唯一可希望的完美,就隐藏在翻译的密集手法里。

这是一个超越语言世界的语言的理念。在这里,语言和世界的距离在缩小,在其中交流是个一对一的过程,这就是每个诗人所梦想的。可能这正是意义产生的地方。对本雅明来说,当一名译者联结起两种语言的时候,语言可以超越对方,而带给翻译者一种“纯语言”的意义。这里,本雅明可以成为一个新教派的教父——翻译的教派。让我也加入吧,对我们这些热爱文学的人,加入这个教派可能会产生些作用,我们可能也会得到一些天堂般的——超物质性的回报。

三

我自己在翻译过程中得到的,不像沃尔德罗普那样鬼气,也不像卡森所说的那么悲惨。在与一些文字争辩时,我找到了翻译的乐趣和奖励,并在这个过程中学会怎样从中找到乐趣,让我定位怎样最准确地为翻译诗歌工作。

诗歌的翻译工作要从我的家庭经验谈起。在我的家里,有一个惯于把事情听错的家庭文化。小时候,我就把一首很著名的民歌中的歌词“Bonnie”听成“Body”。这歌词说“我的 Bonnie 躺在大海上，把我的 Bonnie 带回来”。但对我，“Body”这个词是完全正确的，因为灵魂是会与身体分开并留在另外一个地方。我那时能有这种感觉和我成长中感受到的犹太移民文化有关。犹太人因为二战而移民，丢掉了他们以前的生活，丢掉了灵魂与他们多年生活的地方的关系。

也是因为我希望能感到我的灵魂和身体在同一地结合，我才开始学习犹太人在流散地使用的国际语——意第绪语（Yiddish）。我想没准这个语言可以联结我心里的分裂感，帮助我找到一个我归属的地方。但结果不是这样的。没有任何语言可以达到这种目的，但通过学习，我也爱上了意第绪这门奇妙的语言，同时也接触了诗人西莉娅·德鲁普金（Celia Dropkin）。德鲁普金出生于 1888 年，原名 Zipporah Levine。她在青年时开始用俄语写作，1912 年她移民纽约，然后开始用意第绪语写作。她死于 1956 年，留下 5 个孩子。她一生出版了很多诗歌和短篇小说，还有一本诗集《在热风里》（*In Heysn Vint*）。在 20 世纪前 50 年她是在纽约意第绪语文学圈里很受尊重的一位作家。她试验性的笔法，世俗而色情的关注点，和她笔下干枯的意象……除了这些，她用复杂、坦诚、多义的叙述描述了一位母亲的生活。2000 年，我和两个懂意第绪语的朋友 Faith Jones 和 Samuel Solomon，以直译的方式开始翻译她的作品。

那时，我所有的乐趣都来源于这份翻译工作，每两个星期和朋友们谈论她的诗歌是一件非常美好的事情。我也见到了德鲁普金的九十多岁的儿子，他对他母亲的自豪使我的工作有了更多的迫切性。但除了这些以外，我也从翻译中得到了什么——与此同时，我创办并编辑了一个关于诗歌翻译的刊物《圆周》，通过它我读到了很多很优秀的翻译作品。我那时还是一名年轻诗人，还在摸索我和英语的关系、我对语言的感觉、美学上的考虑等等。德鲁普金的作品离我本人的风格很远，它也带给我很多恐惧感。我怕她会把我带进她的作品中，让我丢掉我自己的声音。同时我对我的意第绪语水平也没有太多信心，所以在翻译过程中,尽量让我的翻译和意第绪语原文接近,但没有试图表达出德鲁普金当年的语感和她那些先锋的语言形式选择。翻译完后,我有很多年没有去读这些作品。

但 10 年后,我回到了德鲁普金的诗。我个人经历过很多变化:我已经写诗 10 年,同时也教过诗歌,这些经验让我的写作更加扎实。也正是这些扎实感,才让我敢于在我的写作和翻译中更加冒险。同时作为一名母亲,我也回到了德鲁普金的诗歌。一个人不需要当母亲才可以去理解她的作品,但当母亲后,在我读到她那种赤条条地诚实地去描述母亲这个角色的语言后,还有在想她是如何偷出时间来写作的,我又对她产生了更大的尊重。她的精神给予我新的力量去翻译她。这 10 年内,通过阅读很多翻译作品和理论,我对这门艺术也有新的理解,我不再把"直译"当作好翻译的代表,而是以新的方式来表现我阅读作品原文时产生的感受。

这个过程真的充满了乐趣,有力而振奋——在练习武术中我找到比喻这种感受的方式,即在习武中,我学到怎样通过攻击、防守、吆喝运动来回击对手,通过了解对方的优势和缺陷,更深地了解自己的身体。所以,当我再次回到我当初翻译的德鲁普金的诗歌时,我修改了很多。虽然我还是和她靠得很近,但这不仅仅是普通的靠近。我和她一起互动。这时,我感到了解一个人的作品的乐趣,同时我也发觉我对一个诗人的感知在加深,我对英语的控制力在增强。好像她变成了我的老师,在教我怎样更加激进、坦率、自我。通过这个搏斗性的艺术,我学到了怎样不去和德鲁普金的诗歌做斗争,而是互动。最终,我爱上了翻译的过程,而不是我的翻译作品,这个过程也终于让我的英文翻译表达出德鲁普金的诗在意第绪语中那种非常微妙的感情。

从以下的译作,可以看到我后来的翻译和我最初的翻译之间的变化:

My Hands (final translation)

My hands, two little bits
Of my body I'm never
ashamed to show. With fingers—
the branches of coral,
fingers—two nests
of white serpents,
fingers—the thoughts
of a nymphomaniac.

My Hands (original translation)

My hands,
two little bits of my body
that I'm not ashamed to show,
with fingers, like the branches
of coral.
With fingers, like two nests of
white serpents.
Or . . . like the thoughts
of a nymphomaniac.

You Plowed (final translation)

You plowed deep
into me—fertile earth—
and sowed there.

Tall stalks grew—love – stalks—
with roots down deep in the ground
and golden heads to the sky.
Surrounding your stalks, red poppies
amazingly bloomed.
You stood, suspicious,
and thought: Who planted poppies?
A wind passed through;
you had an impulse
to show it the way.
A bird flew through;
you followed him
away with your eyes.

You Plowed (original translation)

You plowed deep into my fertile earth
and sowed it.
Tall stalks grew up-love-stalks
with roots deep in the earth
and golden heads to the sky.
Over your stalks, red poppies blossomed splendidly.
You stood, suspicious,
and thought: Who planted the poppies?
A wind passed through;
you had an inclination
to show it the way.
A bird flew through;

you followed him far away with your eyes.

我经常给小女儿唱“我的身体躺在大海上，我的身体躺在大海上”。我喜欢这么唱，虽然它是错的，就像每一个翻译作品都有“错”的一样。但我相信这个错误反而会扩展这首歌的意义。可能有一天我女儿会意识到这个错误，但我相信因为这个错误，这首歌对她才有更大的影响，会变成她自身文化的一部分。有一天她也会把这首歌唱给她所爱的人，像窃窃私语小秘密一样，和那人共同分享——通过理解两个不同版本里的含义而产生的乐趣。

波德莱尔散文诗中的叙事

李金佳

散文诗作为独立的文学体裁，诞生于19世纪中叶的法国。关于散文诗的源头，文学史家有各种不同的说法，有人追溯到17到18世纪盛行的基督教说教文学，甚至预言文学；有人认为散文诗的嚆矢，更应该是前浪漫主义时期的翻译文学，特别是法国作家对翻译文学的风格模仿；有人想到夏多布里昂(Chateaubriand)的小说和史诗，把这些作品中富于诗意的描写或抒情段落，当作散文诗的滥觞。更求切近的追索者，则常举出1830至1850年间盛行一时的短小散文，特别是那些富于玄想、静观、自省倾向的作品，代表性的作家有斐利希忒·德·拉莫内(Félicité de la Mennais)、阿尔封斯·拉博(Alphonse Rabbe)，特别是儒勒·勒弗维尔-多米埃(Jules le Weaveville Domille)。探求散文诗形成的源头时，诸家说法莫衷一是，然而对散文诗历史诸多关节的勘定，却又表现出惊人的一致。研究者一般都认为，散文诗文体创立的标志，是1842年出版的阿洛依修斯·贝尔特朗(Aloysius Bertrand)的《夜的伽斯帕尔》(*Gaspard de la nuit*)。散文诗成为一个不可忽视的体裁，拥有自己代表性的杰作，进而形成自己的承传和演变，在文学史上占据一席之地，则要归功于1869年出版的波德莱尔的《巴黎的忧郁》。这两部奠基之作，再加上1886年出版的兰波的《灵光集》，被公认为19世纪散文诗建立时期的三部经典①。

---

① 应该一提的是，这三部作品都是在作者去世之后，由作者的朋友编定出版的。而且，《巴黎的忧郁》和《灵光集》，并不是目录完备、结构清晰的书稿，而是以零散的遗文的形式，流传到编辑者手中。《巴黎的忧郁》中的个别篇章，《灵光集》中的许多作品，在作者生前从未发表。作为体裁标志的作品，以这样一种方式成书，这当然涉及一个重要问题，那就是散文诗的定义，起码是当时作者们给它的定义。

如果将这三部散文诗著作,同那些被认为是散文诗源头的作品对峙并观,最清晰直观的区别,就是前者含有一种特殊的叙事倾向,后者则完全没有。先前的说教文学、预言文学也好,后来的哲理小散文也罢,它们都是静态的文本,或以抽象的语言阐发道理,或靠具体的形象外化之,无论虚实详略,总悬浮于时间之上或之外,构成一种陈说,而不是关于某一"发生"的讲述。而翻译文学和夏多布里昂的作品,虽然从总体上说具有叙事性,或者根本就是小说,但研究者们摘引出来,认为对散文诗之生成影响最大的那些段落,恰恰是文中叙事停顿,转而进入大段的描写与抒情之处,可以说是叙事作品内部的游离成分。因而,以叙事之有无而论之,对于散文诗源头的各种指认,其实都失于迂远,只对具有追根溯源癖的文学史家才有意义。若对文本本身进行切近观察,我们只能说,散文诗是一种相当孤绝的文体,它起于一人之手,成于景仰此人的另一人。它同现代性与对现代性的反观一起诞生;它和它之前所有种类的诗化散文关系甚微。

散文诗之所以成为一种孤绝和崭新的文体,一个重要原因就是它叙事性的独特。贝尔特朗的《夜的伽斯帕尔》,正文51篇,附录13篇,其中半数以上的篇章,都在以一种飘忽的手法,断片式地叙述一个事件,或者说一个事件的某些环节。这本书在叙事的旨趣和方法上如此特殊,使它完全不能进入当时兴盛的浪漫主义文学的主流,虽然具有明显而崇高的风格造诣,问世之时却很少有人问津,甚至连熟知作者其人、本身又是诗歌宗匠的读者,比如雨果,也对它毫无兴趣。一直要等到四分之一世纪后,波德莱尔在介绍自己的散文诗时,不遗余力地赞美《夜的伽斯帕尔》,将它称为自己效法的楷模,而他的这番言论,在他去世后又被当作序言,加在《巴黎的忧郁》之首,贝尔特朗才免于被完全遗忘,渐渐引起追求创新的象征主义诗人的重视,并被后来的超现实主义运动视为遥远的祖先。而波德莱尔自己的散文诗,一方面继承了《夜的伽斯帕尔》的若干倾向和趣味,一方面又在主题与风格上呈现出根本的不同。单从叙事的角度看,波德莱尔在技巧创新上不及贝尔特朗,《夜的伽斯帕尔》给人的那种文体革命的震撼和新奇,读《巴黎的忧郁》的人,一时感受不到。然而,从文本的稳定性和深厚性,特别是文体同现代的切身关系上来看,《巴黎的忧郁》又远胜于《夜的伽斯帕尔》。本文拟对波德莱尔散文诗中的叙事因素,通过一次分类描述,考察它们的表现手段和美学追求,研究它们以哪些方式与非叙事因素勾合在一起,共同构成一种特殊然而又关系到每一个现代人的叙事类型。

一

《巴黎的忧郁》共 50 篇,具有叙事性的篇章构成全书的主干。根据叙事因素在每一篇作品中所占的比重,可以按照由弱到强的顺序,粗略地将全书所有篇章分成七个类别。一、完全没有叙事。二、叙事若有若无。三、叙事出现,但作为例子或插曲一笔带过。四、叙事与非叙事因素在文中同等重要。五、叙事占主导地位,构成文章的线索。六、叙事具有压倒性的重要地位,构成文章的结构框架。七、小小说。这七类作品,各自既构成一个相对清晰的梯度,它们之间的界限,又不是斩然截断的,而是存在若干交通的暗道。在每一个类别内部,又可划出若干分支,其叙事比重和叙事特征,也不尽相同。只是为了描述的方便,我们暂时运用这种粗线条的七类划分。

第一类,完全没有叙事的散文诗,在全书共有 11 篇。它们或描述一个感觉,宣叙一种情绪,如《沉醉吧》(“Enivrez - vous”)、《作画的欲望》(“Le désir de peindre”);或围绕某一象征物,兴起咏叹,比如《头发中的半球》(“Un hémisphère dans une chevelure”)、《港口》(“Le port”)、《纯种马》(“Un cheval de race”);或以献词的形式,描摹和颂美其他艺术家的成就,比如为李斯特而写的《酒神杖》(“Le thyrse”);或对某一社会现象,进行观察和思考,比如《群众》(“Les Foules”);或对某种人生意愿,做出白日梦般的表达,比如《旅行之邀》(“L’invitation au voyage”)。更有一个重要分支,是虚拟的对话,通过接合警句隽语,激扬渺漠的玄思,比如《异乡人》(“L’ étranger”)、《光环的丢掉》(“Perte d’ auréole”)和《除去世界,哪里都行》(“Any where out of the world”)。需要指出,在虚拟对话这一分支中,叙事因素并非完全缺无,比如《光环的丢掉》,对光环如何丢掉这一“事件”的诉说,具体程度,足以让读者想象出场景和动作。只是,此一事件—— 一个也许是神的人在横过马路时,头上的光环落到泥中,他终于决定不去捡取,并因而觉得豁然轻松——象征性太强,显然是为导出抽象概念而铺设的“口实”。况且,事件的讲述者,即对话者之一人,在文中完全隐没,只以声音的形式浮游于空间,故而我们把这样的作品,归入第一类非叙事性的散文诗之中。

非叙事性的散文诗,在《巴黎的忧郁》中不乏名篇。《旅行之邀》,任何讲波德莱尔散文诗的人,都必定会提到它。而《异乡人》,作为诗集的开篇,单看它的题目,我们就可以猜测出它怎样给出了全书的情绪基调,又怎样在思想和母题上影响着后世的现代主义文学。然而,从诗集的总体布局观之,非叙事性散文诗在全书不占主要地位,以篇目数量而论,只占目录的五分之一;从文本长度上说,比重更少。

第二类作品,即叙事若有若无的散文诗,只有三篇。数量虽然甚少,但在写作方法上却极具特色,而且篇篇都可独自构成一个分支,所以在这里必须稍加解说。叙事之若有若无,写的可以是某一次具体而微妙的心理感受,比如《已经!》(“Déjà!”)一篇,在一种冲融衍漫的情境中,写某时某一片大洋上,某一艘船进入港口,乘客们表现出种种不同的情绪,都把脸转向即将登上的土地;而“我”则仍固执地面向大海,怀着惆怅和哀伤,慨叹已经结束的航程。全篇动词都用过去式,一贯而下,似乎在追诉过往某一次真实的经历。然而,经历发生的时间和地点是这样模糊,经历者和经历的讲述者又如此无间地是同一个“我”,以至于我们不能不把这一经历,读作诗人一整个人生经历的象征,它作为某种物我反应的原型,某个一旦存在就无时无地不存在的态度,决定了他的人格甚至行为规范。在文中,“我”对“尚未”之留恋,对“终于”之漠然,在神秘的未知由翻涌到消失那一瞬间所感到的怅惘,都完全不是某一前在经历的结果,而是作为一种既存,一种超乎生命始终的广大情绪,蓦然给出。所以,它们虽然完全由过去时动词道出,但这个过去时是一种通假的过去时,把既往一个特殊事件,还原为当下或无时的心境,一种我化的永恒。这种叙事技巧,句句向实而全篇向空,可以说是“若有若无,自有入无”。

同一类散文诗中的第二篇,《艺术家的悔罪经》(“Le ‘Confiteor’ de l’artiste”),从具象与抽象的关系上看,正好与《已经!》相反,叙事“若有若无,自无入有”。作品通篇用现在时,写秋日之长空触发于“我”心头的种种感觉,像水上荡动的反影,组成翩跹的遐想,没有任何时空的定义。然而这翩跹的遐想之中,忽然起一转折,刹那间似乎给出某种时空指向,使作者的感觉,猛地脱离一般的境界,急变为一次特定、特别、不可重复的心理活动,一个“心理事件”,正在发生于写作之笔下、阅读之眼前。这个突变,发生于文章接近结束之时,由一个模棱两可的时间副词“而现在”完成。“而现在”之前,是海阔天空的逍遥神游;之后,是丢失了翅膀、旋转着坠落者的叫喊。文本的语调,也随之由散淡疏阔,一变而为沉郁激狂。“而现在”引起的这个变化,如此突然和特别,似乎发生于时间之中。然而又纯然是心理的,并无外界因素介入,似乎逍遥神游本身的快乐,强烈到极点,便一转而成其反面,不可避免地引起了伊卡洛斯式的跌落。

第三篇可以称为叙事“若有若无”的散文诗,写作方法更加特别。全篇由连续的描写构成骨干,有声有色地交代环境,描摹人物的身体、动作与行为,不厌其细,几乎达到汉赋一般的繁冗。这样堆砌而成的描写,似乎准备着某一即将发生的重要事件,为它构设场景、铺垫情节。然而,文本动力一致导向的这个事件,却始终不曾发生。重重描写所造之势,已达到迫在眉睫的地步,然而文章戛然而止,将读者悬置于一个不可确定的“即将”当中。这样的写法,在《巴黎的忧郁》中只有一例,那就是《美丽的多罗泰》(“La belle Dorothée”)。这首篇幅较长的作品,自始至终都在写一位土著美人在正午骄阳下的行走。文章提供若干蛛丝马迹,让读者猜到,这位美人生活在某一殖民地岛屿,不久前摆脱了奴隶的境地,现在要从老鸨那里赎出年幼的妹妹,因而冒着炎炎烈日,赶到某个法国军官或殖民者那里,以身体为筹码,换取情夫的金钱与保护。这一事件可以说十分独特,很有情节性甚至戏剧性,然而它的前因和后果,它的存在本身,都是读者通过隐晦的只言片语,驰骋想象在自己的头脑中形成的。文章自己,只是纯然从外部描写一个场面,或者说贯穿这个场面的一个动作,那就是多罗泰的行走,特别是这种行走的盈满、芬芳和美好。而这种强大的、具有征服力的盈满、芬芳和美好,似乎使行走不再是一种行为,转而变为一个独立的本体,获得固有的意义。换言之,它的美把它抽象化,脱离出时间和逻辑之外,使它永远也不会到达目的地,其实也没有目的地。在这里,描写渲染出一种动人的“境”,笼罩着一件不发生或尚未发生的“事”,“境”不再是“事”的准备和铺垫,而取代了“事”,作为一种核心的结构力,支撑散文诗的文本。这种叙事写法,与汉赋在情趣和机理上,有所投合。我们不妨把它称为“若有若无,以有赋无”①。

第三类作品,是叙事一闪而过的散文诗。在这类作品中,叙事因素确实存在,然而只行使特定的功能,支持思考、议论、抒情等非叙事因素,在文中间奏性地出现,寥寥数笔匆匆写出。这类作品有五篇,分别为《双重的房间》(“La chambre double”)、《黄昏》(“Le crépuscule du soir”)、《孤独》(“La solitude”)、《窗》(“Les fenêtres”)和《善良的狗》(“Les bons chiens”)。它们在语言上的最显著特征,就是在统摄全文

① “若有若无,以有赋无”的散文诗,要求十分成熟的描写技巧,高超的语言影射力,和与之相适应的具有神秘倾向的主题。特别是,作者要有恰到好处的度量感,因为稍有不慎,他的作品就会或者瓜葛连蔓,云山雾罩,或者枯索割裂,库藏浅露,甚至综合此二病,沦为充满匠气且了无深意的饰物,就像在中国很多赋体著作中所发生的那样。赋作为一种古老的技巧传统,如何能积极地作用于当代的散文诗创作,对《美丽的多罗泰》的阅读,也许会给我们一些他山之石的启发。

的动词现在时中,以动词过去时为主的一二段落,忽然冲进,又忽然冲出。这种冲入与冲出,可以集中发生一次,但也可能是重复性的,屡次间断文本的时态,使之增强动感。

需要注意,在这一类作品中,叙事虽然只作为例子或插曲,掠影一般一闪而过,然而从文本的结构上看,有时却起到重要的作用。最突出的一例,是《双重的房间》,文中要害部分的"蜂腰",即幻想的房间和真实的房间两个描写板块之间的衔接,恰恰是由一个短促的叙事段落承担:沉重的敲门声忽然响起,随后一个幽灵般的人走进房间。再如全书最后一篇《善良的狗》,以苦涩和自嘲的口吻,描述现代社会中诗人和艺术家丧家之犬的境地,但在这种象征性的描述之中,插进若干简短的叙事,对狗的行为进行一番几乎社会学意义上的考察,妙趣横生地打破了象征的氛围,使文章不在单纯的维度中进行。特别是,在接近结尾时,又以极为精简的笔墨,穿插进埃尔莫沙别墅街小酒馆里的一件轶事,在诗人和画家之间围绕狗而发生。而这件轶事,似乎正是文章写作的起因。

第四类散文诗作品,叙事因素与非叙事因素在文中并驾齐驱,重要程度大致相同。叙事因素可以说是非叙事因素的具象化凸显,非叙事因素也可以说是叙事因素的抽象化胶合,二者相辅相成,甚至有相互转化的倾向。这样的文章有三篇,分别为《女野人和窈窕淑女》("La femme sauvage et la petite - maîtresse")、《寡妇》("Les veuves")、《穷人的玩具》("Le joujou du pauvre")。这一类文章的构成形式,通常是以抽象、玄远的思考而起,思考某种普遍的人类境况,而后笔锋突然一转,几乎没有过渡地跳到某一个人、行为或场景,将它们作为那种境况的化身,以一种满怀悲悯又不乏调侃的语调,近切细致地写出。

比如《寡妇》一篇,先用四个自然段,写到寡妇作为一类人的特征,或者说在这一类人身上体现出的人类性格的本色:孤独,清苦,即使年轻也已经是老人,满怀成为灰烬的激情,沉浸在自我的世界中。而后,在第五段正中,以一串省略号为分界,由"什么样的寡妇最悲惨,最令人黯然神伤?”这样一个类型性的追问,突然过渡到一个人,一个陌生的老年寡妇。作者以一种偷窥者的眼光,写到她在一个下午的所作所为,或者不如说无所作为。而这无所作为的人物身上,格外吸引着作者的,是一种神秘而凛然的男子气质,像黑色的光芒一样映射而出。此处,由普遍到个别、由抽象到具体的这种转变,占据了两个半自然段。而后,文章写到寡妇走进公园里听免费的军乐演奏,重新回到比较普遍和抽象的层次,对寡妇的行为做出一番揣测:

> 也许,这就是这位青白的老妇人(或者说被净化了的老妇人)的一次小小放纵吧,就是她以又一个没有朋友、没有交谈、没有欢乐、没有知己的沉重日子,努力赚得的一种安慰。这样的日子,大概多年以来,就是这样一年三百六十五日,日日由上帝的手中落到她的头上。

紧接着这一番揣测,一个自成段落的短句“还有一个”,又铁骑突出一般,使叙事转到另一个老年寡妇,场景和行为几乎和上一位相同,都是在公园里听一场音乐会。这第二个寡妇,身上焕发出的庄严和高贵,使她与场内入座的富人和场外的贫民,同等地格格不入,像一尊残破的铜像,站在两个人群的界限之上,把人的隔绝——诗人本人无时无刻不经历着的隔绝——昭然体现出来。

在《寡妇》中,作者的思路沿着由抽象到具象、再到更具象的轨迹,通过全然外部的描写,最终展示出一个外化为人形的境况。这种境况,不光为一个人或一类人所有,而是带有普遍性,揭示出人的某种底色。因此,作品中不断加深的具象,最终又把它推进一个更高层次的抽象。层层的具象,与其说为这个更高层次的抽象提供范例,不如说是从它本身照射而出的表象或幻象。在这里,抽象和具象彼此生成,理与情萦回并进,引导读者思考一种人类境况,并从感情甚至感官上进入它,与它合二为一,从而产生真切而深沉的同情。这样一种写法,受到 16 和 18 世纪“人性研究者”,

特别是蒙田(Montaigne)、帕斯卡尔(Pascal)和拉布吕耶尔(La Bruère)的影响。《寡妇》一文,就是以引用一位著名的"人性研究者"沃维纳格(Marquis de Vauvenargues)开篇的。

第五类作品,叙事在散文诗中占主要地位,作为一个结构性的线索,促成文章的起承转合。而诸种非叙事因素,比如抒情、思考和场面描写,积极地存在着,有时甚至数量可观,但它们都在叙事所开辟的路线中进行,不游离于叙事之外,而是前后左右伴随它。这样的作品共有七篇,分别是《小丑与维纳斯》("Le fou et le Vénus")、《恶劣的玻璃工》("Le mauvais vitrier")、《老杂耍艺人》("Le vieux saltimbanque")、《时钟》("L' horloge")、《穷人的眼睛》("Les yeux du pauvre")、《伪币》("La fausse monnaie")和《月亮的恩惠》("Les bienfaits de la lune")。在这七篇中,非叙事因素,比如作者就叙事中某一细节的分析、议论或讽刺,时而散见于叙事各个端口,不断打破叙事的链条,产生一种特出的幽默效果,《恶劣的玻璃工》即为一个显例。但更经常采用的结构是,非叙事因素作为一个楔子,沉实地打在叙事之前,对它行使引入或铺垫的功能。例如《小丑与维纳斯》,开头大段描写公园和人群,交代事件发生的环境;行文至中,才突然转入"小丑"——或"疯人"——在维纳斯雕像前的表演。需要指出,在波德莱尔散文诗中,非叙事因素打下的这种楔子,常常是一个反向的楔子,或者说,它所给出的场面,制造的氛围,恰恰与后面所叙事件、特别是事件中的人物,异质甚至完全绝缘。《老杂耍艺人》是最突出的一例。文章前半部分以场面描写,营造欢乐、躁动、盈满、热烈的节日气氛;后半部分借叙事者之口,写出老杂耍艺人的沉郁、静止、空虚、冷漠;二者之间的反差,使文章在结构和意义上,同时获得强大的张力。

以叙事为主线、间杂非叙事成分的散文诗,还有一个特殊的分支。叙事的情节神奇美妙,笔调深沉隽永,感情激越崇高。然而,到叙事结束,文章行将结尾的一刻,却突然出现一串简短的非叙事语句,调侃神奇美妙,揶揄深沉隽永,嘲弄激越崇高,以一种恶魔般的口吻,狞笑着瓦解刚刚建成的叙事。这种自我戕害式的散文诗,有《时钟》和《月亮的恩惠》两篇。《时钟》十分著名,令人过目难忘。大家回忆这篇散文诗的内容时,都会立刻想起天朝悠远的太阳与土地,从猫眼看时间的神奇,以及诗人由此生发的美妙遐想:他从猫一样的情人眼中,看到的时间,将不再以小时、分、秒分割和计数,而是永恒本身,一个"广阔、庄严、伟大的时刻"。行文至此,可以说已经揭示出一个深刻而美好的主题。然而,即便熟知《巴黎的忧郁》的读者,也未必记得,文章并未就此收束,而是又突然加上一个令人不知所措的段落:

> 不是吗,夫人,这难道不是一首卖弄才情的短歌,写得象模象样,和您一样矫饰浮夸?说真的,编织这样一套矫揉造作的情话,给了我这样大的乐趣,以至于我决不会向您索取任何东西作回报。

在这里,作者凭空加入一个"夫人",似乎前此的文字,都是为她而发。而读者受文势逼迫,不得不进入这个"夫人"的位置,脑中种种遐思尚香烟缭绕,却忽然裸身站立于作者面前,成为他恶毒的话语的承担者,本来自以为是作者的兄弟,现在摇身一变成了夫人!作者之"我"忽然唤出一个"你",与其说是为了促成思想和情感的交流,不如说是为了瓦解交流、毁灭交流;而交流本身,却又正是整篇作品写到此处,必然实现的语言效果,而且实现得何等强大与完满①!在《时钟》

① 文本进行这样的自我戕害,同时也就戕害了围绕文本形成的某种特殊而真切的作者和读者的关系。这种关系,是一种基础性的社会关系,它产生于文学,由历代的文学、每一部作品,一砖一瓦建设起来。简而言之,这种关系就是人和人之间没有理由的信赖。或者说,一本书的存在,使作者和读者在不同甚至阻隔辽远的时空里,无缘无故把对方设想为一个好人,甚至一个亲人,并不知不觉地把这种设想出来的亲缘感,扩及身边存在的真实的社会关系中。我们可以称它为虚伪,它确实就是一种虚伪,然而在所有社会关系,所有人能想象并实现了的社会关系中,它却是最真诚的。现在,波德莱尔用寥寥数语,却让它不攻自灭了。"自杀",是波德莱尔思考现代性的关键线索之一。而自杀之折射于文本,形成各种主题、意象、情境,特别是结构。这个问题非常重要,但离本文的题目太远,我们日后再另加讨论。

里，文本主干的一成，与文本末尾的一毁，都是真诚的，不能说这个是那个的影壁或障眼。文本的自戕，在这里是文本的人格、冲动，一种阴沉而伟大的力。这正如时间——《时钟》的主题——本身的人格、冲动和力量，其实就是它的自我毁灭一样。

第六类作品，叙事占压倒性优势，构成文章的结构框架。从时态上看，文本由过去时动词承担，从头至尾一贯而下，极少被其他时态的动词打断。而叙事的各大要素，虽然经常不是样样具足，但给出的要素，足以构成鲜明的情节。至于非叙事因素，它们有时存在，但被叙事框架有力地囊括和支配，成为叙事的一个有机成分；并且，总是一经写到，就立刻被叙事内部的强势因素吸收，变成叙事的一个齿轮，引动另一个或另一些齿轮。最明显的例子，那就是思想和议论：在这类作品中，它们几乎从不无人称地凭空而发；而是由某一人物口中道出，带有这一人物的性格和主观，又常常会勾出别的人物的思想或议论，延续它，反对它，共同构成情节的一部分。在这里，非叙事因素虽然不是纯粹功能性的，但它们的意义，倘若离开叙事的框架，将变得完全不可理解。

叙事占压倒性优势的作品，全书共有 17 篇。在我们所厘定的七个梯度中，它是最为丰盛的一个类别，而且其中多有名篇。这类作品数量既多，我们可以划出三个支脉，分头考察。

第一个分支，寓言或哲学故事。有十三篇，分别是《老太婆的绝望》（“Le désespoir de la vieille”）、《狗和香水瓶》（“Le chien et le flacon”）、《各有各的鬼怪》（“Chacun sa chimère”）、《哪一个是真的？》（“Laquelle est la vraie”）、《镜》（“Le miroir”）、《爱讨女人欢心的射击者》（“Le galant tireur”）、《仙女的馈赠》（“Les dons des fées”）、《诱惑——爱神、财神和荣誉女神》（“Les tentations ou Eros, Plutus et la Gloire”）、《计划》（“Les projets”）、《一个慷慨的赌徒》（“Le joueur généreux”）、《意愿》（“Les vocations”）、《射击和坟场》（“Le tir et le cimetière”）、《让我们击倒穷人！》（“Assommons les pauvres !”）。前六

篇极短，后七篇较长。无论长短，在场景和人物设置上，都不追求模拟真实，有时甚至反其道而行之，从喧嚣街市一步拐入飘渺之境，并且坦然居之，从容交接神鬼仙人。这类作品总体的风格策略，是以生动换真实，越不真实之处，越是写得活灵活现，妙趣横生。

第二个分支，追述某一个或一些亲历事件，篇目有《玩笑家》（“Un plaisant”）和《凌晨一点钟》（“A une heure du matin”）。这两篇作品的时间和地点都是现世，讲述者与经历者皆为“我”，在记录事件和描摹行为时，讲求一定程度的逼真。文章所表现的思想和情绪，很明显为作者本人具有。

第三个分支，其实是前两个分支的融合，即某一亲身经历的事件，或起码当作亲历事件讲到的情节，被作者以某些抽象化的手段，写成了人类行为或关系的标本，因而上升到寓言和哲学故事的高度。这个分支的作品，可以举出《汤和云》（“La soupe et les nuages”），特别是《蛋糕》（“Le gâteau”）。在写法上，日常与非日常，人间与幻域，在此完全是一体，说顿入顿出亦可，说不即不离更切。

17 篇作品在三个分支上的分配，明显地指示出：在《巴黎的忧郁》中，叙事性鲜明而强烈的篇章，绝大多数毫不掩饰地带有寓言性和思辨性，即使是那些以轶事琐闻为题材的作品，也常有向寓言和思辨转化的倾向。至于寓言的寓意或思辨的路途，应该说波德莱尔散文诗比较明白易懂，不刻意追求恢诡玄秘。寓言通常有寓意，清晰地由作者本人道出；思辨通常有结论，思路不违背一般的逻辑。然而，在波德莱尔笔下，已开始存在一些作品，寓意隐晦，呈现综合、漫射、自返的特征，可以引发出多种大相径庭的阐释。《老太婆的绝望》和《爱讨女人欢心的射击者》即属此列；《镜》和《让我们击倒穷人！》在较弱的程度上，也呈现相似的特征。《老太婆的绝望》大概是全书中最难理解的一篇。它写最常见的一种人——老太婆，最普通的一件事——想逗婴孩却把他逗哭了，而且完全是从外部去写，貌似只是给出一个趣事小景，没有任何深意。读者只有读到十遍以后，在这十遍的间隔中自己也衰老了,对这篇作品的寓意,才会有些许领会。至于《爱讨女人欢心的射击者》,它的故事十分特别,带有明显的寓意,然而正由于它情节的古怪、惊人和有趣,使读者在捧卷玄想那个显然存在的寓意时,总是不知不觉又回到情节上来,无法停留于抽象的层次。也就是,具象的情节,在这里不光是一个意义的相,而且是它的本相,这个意义没有也不可能有别的相来表述它。透过寓言追索寓意的人,猛一抬头,发现自己又回到寓言中来,正站在靶场外边,兴趣盎然地看那位拙劣的射击者,如何把标靶想象成情人的脸,瞄也不瞄地举起枪来。这一类寓言作品,文本毫不晦涩,内容清晰,不弄悖论,风格简洁,不掉辞藻。然而就是这样光明如镜的文本,意义却让人难以把握,具有鲜明的现代性,其实已难以用寓言这个古典体裁框范之。从文学源流上说,它们直接启发了20世纪某些伟大作品。我们把《爱讨女人欢心的射击者》同卡夫卡的某些短篇小说并列齐观,它们在旨趣和方法上的亲缘关系,是不难找到的。

第七类作品,即"小小说",叙事如此丰满,人物如此复杂,以至于按照当代的体裁标准,很难再把它们视为散文诗。这最后一类作品,共有四篇,分别是《英勇的死》("Une mort héroïque")、《绳子》("La corde")、《情妇的肖像》("Portraits de maîtresses")和《手术刀小姐》("Mademoiselle Bistouri")。以篇幅论,都可以说是书中的大制作。《英勇的死》在题材和结构上,深受爱伦·坡(Ellen Poe)小说的影响,时间为不确定的古代,地点为莫须有的王国,气氛阴沉幻怪,情节充满象征性。其余三篇,都是以作者生活时代的巴黎为背景,设置比较具体的情节,揭示现代人与人之间复杂、暧昧、病态的关系。在写法上,虽然不无细致入微之处,但并不像当时盛行的现实主义小说那样,以逼真为头一个美学原则;对"社会原因"的探索,以及人物心理的分析,也没有真正的兴趣。文本只是集中写出现代人的一个"状态"——隔绝、冷漠或不可遏止的毁灭冲动;并进而概括和表现某种现代人的人格。至于这种"状态"、这种"人格"的前因和后果,还有它在每一个人身上的生成发展,则并不在作者注目之列。由于这种独特的写作指向,有些评论者,如亨利·勒麦特尔(Henri Le Maître),在分析《手术刀小姐》这样的篇目时,冠之以“象征现实主义”这样古怪的名词。

二

以上按照叙事因素在各篇作品中的强弱梯度,对《巴黎的忧郁》做了一番纵向的分类描述。现在,我们把目光腾驾于全书之上,再次围绕叙事,对它进行一次横向的全景考察。

从数量上看,叙事因素缺无、模糊或只是一闪而现的作品,共计19篇,在全书占2/5。叙事因素鲜明、突出乃至占压倒性地位的作品,共计31篇,在全书占3/5。篇目数量显现的这个倾向,以文字数量观之则更加明显,因为叙事性强的作品,经常篇幅也较长。因此,讲到《巴黎的忧郁》的总体构成,认为叙事是一个关键的支柱,作用不可或缺,这应该不是一个夸张的说法。

应该注意,在某些篇目中,作者叙述的事件,不止一个,而是若干个,时密时散地组成一个序列,形成并置或递进的结构。这种序列叙事,甚至是波德莱尔散文诗的一个特征,在后来的散文诗中,很少出现。序列叙事的形式,可以是清单,比如《凌晨一点钟》,讲一天之内发生在“我”身上的八件事,组成一个事件的单子。而这八件事,又被一个后起事件——“我”于凌晨一点独处陋室,黯然回顾过去的一天——统摄于它的视野之内。序列叙事的形式,还可以是谈话,比如《意愿》和《情妇的肖像》,结构十分相似,都是让四个对话者——前者为四个孩子,后者为四个赌徒——就同一个主题——人生意愿或男女关系——依次发表不同的意见,讲述自己身上发生的典型事件。序列叙事的第三种形式,可以称之为“类引”,即先叙述一人一事,再由此人此事联想到另一人事,叙事之间循类相引,源源而出。前面讲到的《寡妇》,就运用了这种手法。《黄昏》中之“第一个朋友”和“第二个朋友”,《恶劣的玻璃工》中从“朋友”到“朋友”再到“我”的推进,也都是类引的例子。

类引式的序列叙事,递进性通常很明显。前一个或几个次要叙事,在情节和情绪上,为最后一个主要的叙事,起到提领和准备的作用。次要叙事和主要叙事,在篇幅长短、细致程度上差距显著。叙事的序列,可以说是沿着自虚而实的轨迹进行。然而,先写之务虚的叙事,有时又具有自己的厚度,并不完全被后写之务实的叙事遮蔽或代替,而是以某种形式注进它,形成一种景深弥散,边缘混沌的效果。《寡妇》是最明显的一例。文章讲到两个人,叙事手法不同,前一个寡妇是虚写,只有线条;后一个寡妇是实写,给出画面。然而,前面虚写的线条,写的是一串动态的行为,人物构成一个积极的核心,承担着所有行为;后面实写的画面,写的却只是一个静态的姿势——倾听,人物只是一个消极的核心,或者说是空,与她有关的一切,都是通过包围她的环境和其他人物给出的。因而,“虚”因“动”而获得某种程度的“实”,“实”因“静”而染上某种程度的“虚”,二者并不绝对,而是互相渗透滑滩。“虚实”借“动静”而形成的这种冲融,在意义的层面上,又因人物共同的“相”性——她们都只是作为表象、作为外部观察的对象而被写到——有所加强。因此,读者在回顾这篇作品时,头脑中其实无法分清彼此,形成两个寡妇的独立形象,而只能设想出一个人,或者说寡妇这个“概念人物”来。这种手法,当作者描摹的目标是类别而不是个体时,自然十分适用。

谈话式的序列叙事,来源古老,可以上述至《十日谈》,甚至古典时期的哲学对话。这种叙事形式,优点是能自然而然地打开局面,生发文本,使它枝繁叶盛。缺点是容易虚假,作者虽然借了好几张嘴,其实总是在说他自己想说的话。这个缺点,在小说中可以借助人物的个性,即发语者在性格和语气上的不同,加以弥补。而在散文诗中,文章篇幅一般很短,人物塑造经常无法也不追求鲜明的个性,因而格外容易把谈话写得形式化,失去谈话的存在理由,亦即引入各种根本不同的声音，让它们共同振响于一个文本空间。波德莱尔的散文诗，在这方面也是不成功的，《意愿》和《情人的肖像》，都在全书最薄弱的作品之列。《意愿》中四个孩子说的话，尤其是第三个孩子讲的故事，虽然十分有趣，但它们并列于一个作品中的唯一理由，就是它们都是波德莱尔的心声。

清单式的序列叙事，讲到的事情既多，每件事上用笔就十分简省。叙事骤起骤结，顶踵而进，节奏紧凑。这种叙事构造，通过对不同材料的错杂和并置，常能制造出幽默效果。《凌晨一点钟》，即是全书中最悲怆的一篇，也是最具有喜剧色彩的一篇，而它之所以令人发笑，也恰恰就是来自它的悲怆，或者说来自悲怆的重复、纷繁、了无尽头。清单作为一种表现手段，与现代生活根蒂性的支离破碎，有何种内在的关系，或者说，清单作为艺术形式，在现代怎样成为一种必然，中国读者只要读一读《0 档案》，就可以了然，这里不必多说。

《巴黎的忧郁》中那些叙事性单薄的散文诗，比如上面讲到的叙事一闪而过的第三类作品，有时会给读者这样一种感觉，那就是叙事只是非叙事因素的图解；它构成文中比较孤立的部分，切入文本的方式很突兀，好像是文章大致写成时，作者为了使行文更生动具体，最后加进去的。读《黄昏》一篇，读到讲“两个朋友”因黄昏而疯狂的那几个段落，很多人会有这种感觉。

然而，真实的情况恰恰相反。《黄昏》是波德莱尔最早写成的两首散文诗之一，第一次发表是在 1855 年①。比较 1855 年发表的初稿和

① 1855 年 5 月，《黄昏》和《孤独》两首散文诗发表在《枫丹白露——向 C-F · 德内古尔致敬》（*Fontainebleau-Hommage à C-F. Denecourt*，巴黎，阿歇特出版社）一书中。该书为一部不同作者的诗文合集，波德莱尔除两首散文诗外，还加上两首诗作，《夜晚》（《Le Soir》）和《早晨》（《Le Matin》），组成一组。诗在散文诗前，又顶以一封致费尔南 · 德努瓦耶（Fernand Desnoyer）的信，要旨为反对当时流行诗坛的自然崇拜。两首诗作《夜晚》和《早晨》1852 年 2 月已经发表在《演剧周报》（*La Semaine théâtrale*）上，1857 年收入《恶之花》，在 1852 年和 1857 年发表时都题为《黄昏》（“Le Crépuscule du soir”）和《黎明》（“Le Crépuscule du matin”）。

1869 年出版《巴黎的忧郁》中的定稿，可以发现很大不同。最明显之处，就是初稿不到定稿三分之一长，而它很短的篇幅，几乎全被“两个朋友”的轶事所占据。叙事的内容与脉络，也与定稿基本相同。也就是说，《黄昏》这首散文诗创作的真正源头，不是思考或抒情，而正是事件[①]，而且是很特殊的一种事件：由黄昏所代表的自然，本来最是一种抚慰人心的力量，然而在现代城市的环境里，却变为一种神秘的压迫力，一个抚慰的鬼魂，使最需要它的一类人——诗人和艺术家，更加孤立隔绝，陷入疯狂。作者从叙述这一事件出发，从一稿到另一稿，加入了许多思考和抒情，以一种清虚疏阔的意境，将叙事的内核包裹起来。然而，这个内核始终存在，本身没有什么变化。可以推测，正是由于这个坚硬、稳定、富于时代特征的叙事内核的存在，使波德莱尔觉得，这个作品的形式，不应是古典的格律诗，必须运用一种新型的体裁，才能足够柔韧、灵活和贴切。而散文诗提供的文本空间，在外与内、具象与抽象之间，既然能够自如周转，捭阖多变，波德莱尔选择它作为工具，去捕捉“现代大城市错综复杂的关系”，记录现代人心灵中“抒情的冲动、幻想的波澜与意识的跳跃”，也就是很自然的事了。

至于《巴黎的忧郁》中那些叙事性鲜明的作品，也就是上面列举七类作品中的后四类，如要简略地归纳其根本的叙事特征，那么应该首先提到两点：一、自足性；二、原型性。在这两点上，波德莱尔对散文诗的发展做出了决定性的贡献。

自足性，指每篇作品中的叙事，即使十分短小，灵光乍现式地写

---

① 1855 年的散文诗《黄昏》，与发表于 1852 年的诗作《黄昏》，标题完全相同。如果直译，这个标题将不是一般名词“黄昏”，而是一个词组“夜晚的黄昏”。散文诗《黄昏》和诗《黄昏》，在母题上有若干联系。但从内容、意境和感情色彩看，二者又有明显的差别。特别是，散文诗的叙事内核，诗中完全没有。因而，诗《黄昏》或许对散文诗《黄昏》的创作有所启发，但却不能看作是它的源头。大概正是因为这个缘故，波德莱尔觉得可以把这两篇作品编在一起，发表在 1855 年的《枫丹白露》一书中。他只是为了避免混淆，在此次发表时把诗作的标题改成《夜晚》，却丝毫也未担心两个作品在文本上会有重合之弊。至于 1869 年的散文诗《黄昏》定稿，从内容上看，也不是 1855 年散文诗《黄昏》与 1852 年诗作《黄昏》的杂糅，而是 1855 年散文诗的生发和扩展。

出，但此乍现之灵光，本身总能自成一天地，有头有尾，呼应相成。它们根据一定的逻辑，生成清晰的脉络，虽然与非叙事因素紧密勾合，但并不依赖它们而获得意义。在这一点上，波德莱尔与贝尔特朗十分不同。在《夜的伽斯帕尔》中，叙事经常残破碎裂，光怪陆离。它的每一部分有时写得清晰如画，但部分与部分之间的过渡却经常丧失；即使存在，也总是朦朦胧胧。因而，它们共同的意义倾向十分模糊，要靠读者凭自己的想象甚至知识去弥补。贝尔特朗的叙事给人这样一种感觉，就是有一个更大、更完备细密的叙事沉于水下，水面上只能看到这个叙事的若干凸出；而这些凸出由于水的晃动，本身形体不断变幻，它们的组合，也似乎偶或随机。这当然是一种有意为之的写作技巧，与人的记忆，以及历史的浮现，在形式上十分吻合。对贝尔特朗抱有的创作意图——复活古往、重现消失、塑造梦境——来说，大概是最好的一种表现方法。波德莱尔的叙事却完全不是这样。叙事的内容无论多么玄秘，叙事自身也从不失连贯清晰。叙事的诸大要素时常并不全部出现，然而出现的要素是充足的，它们之间的关系也一目了然，即使完成于三言两语，也总是遵循逻辑和时序。

叙事的自足与否，在此引出另一个问题，那就是散文诗的结集。《夜的伽斯帕尔》有 64 篇作品，单摘出一篇，没有相当诗歌经验、历史知识和美术素养的读者，根本不知所云。对这样一本书，读者要随着阅读渐次深入，渐渐熟悉它篇章的构成方法，才能体会到它的妙处。换言之，书中各篇在结构上互相重复和反射，而这种重复和反射，对读者的理解，甚至理解最基本的内容，是至关重要的。篇章依赖于全书，在它的统摄下获得意义和深度。因此可以说，《夜的伽斯帕尔》是一部严格意义上的诗集。读者要进入诗的境界，最好按照目录，依次读下去。《巴黎的忧郁》却全然不是这样。它的每一篇都完全自足，因而也十分独立；内容和结构明了，词句的含义，一般读者都可以立刻理会。从全书来看，它是 50 篇作品松散的组合，篇次没有不可动摇的顺序，即使目录也并非作者拟定，而是 1869 年作者去世两年后，由作者全集的两位出版者夏尔·阿斯利诺(Charles Asselineau)和蒂奥多尔·德·邦维尔(Théodore de Banville)议定的。对《巴黎的忧郁》中篇什组合的松散,波德莱尔自己有明确的意识。1862年8月,他将14首散文诗集成一束,邮给友人阿尔塞内·乌塞(Arsène Houssaye),以便以《小散文诗为题》,发表于后者主编的《新闻报》(*La Presse*)上时,在信中谈及这些散文诗创作时说:

> 人们若说它没头没尾,那将是不公道的。恰恰相反,在这里,每一处都既是头又是尾,交替地,相互地。请您想想,这样一种组合,为所有人,为您、我和读者,提供了多么大的便利!我们可以随时中断:我,中断我的遐想;您,中断看稿;读者,中断阅读。因为,我不愿促令读者把他那桀骜不驯的意志,悬置起来,让他跟着一条细密的情节之线,一路走到无穷。您且看这些蜿蜒蛇行的幻想,您从中抽去任何一节脊骨,它的两端还会毫无困难地重新接合。您用一把斧子将它切成若干断片,您会看到各个断片都能单独存在。

随信寄去的14篇,和同月续寄的六篇散文诗,绝大多数都是叙事性鲜明的作品。这就是波德莱尔在信中,何以会用"细密的情节之线"这样的语句。因而,信中讲到"每一处都既是头又是尾",又讲到"各个断片都能独立存在",这显然也与作品的叙事特征直接有关。散文诗以叙事为骨干,而叙事又具有自足性,这就势必会使"篇"相对于"集",构成相当独立的个体,从"集"中抽去一篇甚或若干,集依然成立。20篇已是如此,50篇则更显然。这个特点,波德莱尔不待人说,已夫子自道地指了出来。可以猜想,他在指出这个特点的同时,不会没有意识到一个问题:各篇既然都是"断片",都能"独立存在",那么有什么必然、内在的理由,能把这些各自完整的断片有机地组合在一起,形成一本名副其实的诗集呢?随处抽去若干"脊骨",却仍岿然不动的一本诗集，还称得上诗集吗？虽然波德莱尔在信中使用蛇的比喻，形容这种非集之集的好处，但那明显是回护之辞。我们只要想一想，在《恶之花》的立目、分章、排序上，波德莱尔花费了何等苦心，就会明白：他根本不是那种喜好断片和散置的作家；至于编辑或读者的“便利”，那更丝毫也不会进入他的考虑之内。容使波德莱尔将散文诗结集发表的真正原因，更可能是他在致乌塞的同一信中，隔下几段讲到的创作意图，那就是挪用贝尔特朗创立的表现手法，借以“描写一种更抽象的现代生活”。正是在这个共同的创作意图下，作者十余年间零星创作的多篇散文诗，才能集合在一起，组成一本虽然松散，却拥有某种共同追求的诗集。

“描写一种更抽象的现代生活”？如此宽泛的美学和哲学追求，在文本构成的层面上，真的足以使形式各异的篇章，超越本身的自足和独立，组成一本血脉贯通的诗集吗？散文诗的合集，是散文诗作为体裁的一个本质性难题，对叙事性较强的散文诗来说，尤其如此。这个难题，波德莱尔没有真正解决，只是在他去世之后，出版者们替他一刀斩断而已。波德莱尔在上面提到的同一封信中，对贝尔特朗表达无比的崇敬，并且自愧弗如，评论者历来都以为这是夸大其词的谦虚。然而，波德莱尔是话不空发的作家，他如果不是真诚地推崇贝尔特朗，没有必要在给朋友的信中，三番两次谈到他，将那本早已被遗忘的书，称为自己创作的“神秘而辉煌的范本”。波德莱尔的散文诗，与贝尔特朗的散文诗，在主题与风格上，没有可以指实的影响关系。波德莱尔称其为“范本”，并声言在效法时没有达到同样高度，我猜想这种说法的一个重要原因，就是波德莱尔认为贝尔特朗的散文诗，写成了一本书，而他自己的散文诗则没有，自始至终只是独立篇章的聚积。诚然，在《夜的伽斯帕尔》中，贝尔特郎以一种贼胆包天的勇气，让残缺与残缺相互镜照，为诗集创造出一种飘忽的统一，并且创造得十分成功。然而即便对这部“神秘而辉煌的范本”而言，诗集之构成其实总是一个问题。当 1841 年 4 月，贝尔特郎贫病交加，躺在一生中最后一张床上时，依然日夜为这个问题所困扰，并决定将那本很短的诗集，再劈去三分之一。幸而因为他的猝然死去，这个计划没有实现。

波德莱尔散文诗叙事的另一个特征，是原型性。简言之，就是叙事不以讲述一个事件为终极目的，而以通过事件导向某种抽象而普遍的类型。这个类型和一般所说的典型不同。它不是一种实有，作为母题在文中写出；而只是范畴性的，作为文本的一种意义倾向而存在。或者说，典型在型之中，是型的代表；原型在型之上，是型的抽象。

《巴黎的忧郁》中叙事的素材，要而言之有四个来源：一、作者在巴黎散步时的见闻；二、发生在他或朋友们身上的轶事；三、他在外省或海外的旅行回忆；四、对神话或文学神话的挪用。四个来源中，前三个明显占据主要地位，后一个只是偶一用之。可以说，从素材来看，波德莱尔散文诗的叙事是朝向现实的，它们大多发生在真实的时间和地点中，毫不超凡出尘的常人身上。对于若干篇章，甚至可以在作者的随录和书信中，找到真实的人和事，寻出它们激发创作的轨迹。而作者之挪用神话或文学神话时，也正是把它们蓦地推置于现代，使希腊的神灵或基督教的天使，徜徉于巴黎的大街。波德莱尔的散文诗，创作的背景是他生活的巴黎，这个背景渗透到他的字里行间，即使当他写虚无缥缈之地，如《各有各的鬼怪》，或一个荒凉壮丽的山顶，如《蛋糕》，他写的其实也只是巴黎①。作者对此十分清楚，他在致费尔南·

---

① 《巴黎的忧郁》中，明确讲到“巴黎”的篇目，寥寥无几。即便是《巴黎的忧郁》这个题目，也并非作者为全书拟定，他只是在 1864 年 7 月和 12 月，在《费加罗报》(*Le Figaro*)和《巴黎杂志》(*Revue de Paris*)上，零星发表自己的散文诗时，两次用过这个题目。作者生前在集束发表散文诗时，以及在书信中提及它们之处，最常用的题目是《小散文诗》(*Petits poèmes en prose*)。1869 年阿斯利诺和邦维尔把 50 篇散文诗合编，发表于波德莱尔全集第四卷中时，用的正是《小散文诗》这个题目。然而，书中作为氛围而无处不在的“巴黎”，使《巴黎的忧郁》这个原本只是偶然用过的题目，一经 1910 年代后期的某些出版者选为副标题，加到《小散文诗》之后，便在一般读者心目中生根，甚至很快凌驾于正标题之上，成了这本书众所周知的名字。虽然文学史家屡屡大加指摘，这个书名却根深蒂固地流传下来。

德努瓦耶[1]的信中说："当我坐在树林深处，被圣器室圆顶或天主堂穹隆那样的苍天笼闭着，我心中想的却是我们那些令人惊异的城市；而山顶上滚荡着的那一阵阵奇妙音乐，在我听来只是在翻译着人的哀叹。"

然而，作者以真实的现代城市为背景，倾听着真实的现代人的哀叹，创作自己的散文诗时，他所选取的叙事策略，却不是写实主义的，而是履着抽象化的路途。这个特点，在叙事的诸多要素上都清晰地显现出来。

从地点看，时间发生的场域，除了最后一篇《善良的狗》给出三个实有的巴黎地名之外，在其余的情况下，总是以"街""人行道""公园""花园""报亭""公寓""房间"这样的一般名词给出。这些一般名词，通常不伴随场面描写，似乎街就是街，假设读者自然对它了解，不必再做额外介绍。在名词之前，通常冠以定冠词，似乎讲到的"街"，不是某一条街，而是"街"这个概念本身。至于那些拥有场面描写的地点，场面描写的对象也不是地点，而是包裹这个地点的氛围，特别是人群的迅速、不间断、尘埃一样的运动，以及由这种运动产生出的光影斑驳。这样一种地点，第一次提到时，仿佛已是印象中的地点，或者说地点的印象，具有虚远斑杂的特征，不像是正在观察的对象，而像是回忆中泛起的形象残存。

需要指出，《巴黎的忧郁》除"巴黎"外，还写到一些地理名词，比如"波罗的海""荷兰""鹿特丹""巴塔维亚""托尔内奥""里斯本"，还有"俄罗斯""中国""苏门答腊"等。但这些专有名词，在文中都完全失去了实指性，只是象征某种意愿或情绪的符号，作为"别处"的假托，与"这里"对峙着提出而已。而且，它们通常是在非叙事的篇目中，例如《旅行之邀》，成串地列举而出。

地点经受的这种抽象化，在时间上也可以清晰地观察到。全书 50

---

① 见于 1855 年《枫丹白露——向 C-F. 德内古尔致敬》。

篇作品,没有一处提到具体的年份日期。所叙事件发生的时间,是“一天”“早晨”“中午”“黄昏”“夜晚”“凌晨一点钟”;写到最具体,也不过是“新年”或者“节日”。这样一些普通、亘常、心理化了的时间标志,与其说是在为事件界定时刻,不如说是把它扔进永恒的一个小小凹陷当中。同样,那些能够标志时代特征的“东西”,在书中也极少写到。绝无仅有的一处,是《穷人的眼睛》中提到的那盏瓦斯灯①。而当时所有敏感的作家都写到,并当成现代之表征加以思考的东西——火车,在《巴黎的忧郁》里毫未提及。我们只要想一想在《恶之花》中,与火车有关的许多名词,如何屡次出现,甚至充当关键的隐喻;再想一想《巴黎的忧郁》创作的时代,巴黎怎样大规模修建火车站,把它们作为新的坐标,为古老的城市重新规定方位感,就会明白:波德莱尔,这位巴黎的漫步者,现代化进程的观察者,现代性概念的创立者,在他追求描写现代的散文诗中,对现代的表征毫不提及,这大概不是疏忽,而是一种有意为之。

现代,在波德莱尔的散文诗中,是作为潜在的背景和弥漫的氛围而存在的。这个背景和氛围如此强大,包裹、支配、映照着作品的一字一句,用自己的搏动打击它的节奏,用自己的呼吸浸染它的色彩,使它无论写什么、怎么写,都是现代,都只是现代。因而,作者不需要,甚至也不应该再从意义的层面上,将现代当作一个时间、一个地点或一个母题加以书写。需要注意,在波德莱尔的作品中,作为既定状态而存在的现代,很大程度上是作者内心世界的投射,它既是环境性的,又是精神性的,是一种环境与精神彼此冲融而成的“精神环境”,具有客观环境、真实的时间与地点所不具备的稳定性。而这种“精神环境”之稳定性的基础,其实也就是无时无刻不盘踞于作者心头的情绪,那种巨

① 关于波德莱尔生活时代巴黎的瓦斯灯,还有当时文学家和艺术家对瓦斯灯的思考与表现,特别是瓦斯灯在波德莱尔作品中的特殊地位,参见瓦尔特·本雅明的《波德莱尔笔下第二帝国时代的巴黎》(*Das Paris des Second Empire bei Baudelaire*,1937)第二节“散步者”(“**Der Flaneur**”)。

大的、因巨大而几乎成为喜悦的悲哀。因为这种悲哀,波德莱尔写到的许多黄昏,其实只是一个黄昏——“黄昏”;写到的许多公园,其实只是一个公园——“公园”。

叙事的原型化,在人物塑造上尤为明显。《巴黎的忧郁》中,除了经常出现的“我”之外,正面写到的人物有四十余个。这许多人物无一例外,都有一个突出的特征,那就是模棱。他们的外貌和衣着,通常并不交代;动作和语言,只用最精简的笔法写出。除了在归为“小小说”的那三篇作品中,人物从来没有名字。他们的社会属性很暧昧:“寡妇”“孩子”“疯子”“小丑”“杂耍艺人”“手术刀小姐”。如果一定要给他们一个社会属性,那就只能说他们都是“穷人”,不是经济意义上的,而是陀思妥耶夫斯基笔下的那一种,因自己的贫穷,使整个世界变成一场贫穷的喜剧。

波德莱尔散文诗写到的人物,也没有心理活动。作者只从外部接近他们,以一种窥探的眼光,观察他们的景况,揣测这景况中隐藏的废墟,然而不对他们的心理做直接涉入。这些人物,因作者的注意,突然从人群中抽离而出,像是刚从一个闷热的梦中醒来,额头上还带着人群的无法定义的定义,缺乏特征的特征。而他们之所以被作者注意到,经常是因为他们的静止或呆滞,使他们在潮动的人群之中,构成一个孤立的异样的点。《巴黎的忧郁》虽不是戏剧也不是小说,但就人物塑造而言,却直接继承了毕希纳(Georg Büchner)的《丹东之死》(*Dantons Tod*),也与同时代创作的麦尔维尔(Herman Melville)的《书记员巴托比》(*Bartleby, the scrivener*)有明显的亲缘关系。这种继承与亲缘,不是文学史家们刻意勾划的所谓“影响”,而是一种内在精神的一致,而这种内在精神,直接产生自现代性这同一个伟大而黑暗的母体。像毕希纳的丹东和麦尔维尔的巴托比一样,波德莱尔的人物,也是历史漩涡里的不动者,人世喧嚣中的虚静者。他们毫无个性,或者说他们的个性正是个性的消失,而这种消失,来自他们于某一瞬间,从各自的角度,同历史的虚无发生了过于亲密的关系。因而,就人物的塑造而言,这三位伟大的作者,与浪漫主义直至今日的绝大多数文学创作,包括戏剧、小说和诗歌,有根本区别;反而与古典时期的文学,乃至上古时代的悲剧与神话,有旨趣上的相通之处。他们在塑造人物时,都不追求表现独特的个人,而着眼于普遍的原型。不过,在这三位现代作者这里,文本构设的原型,不再是关系——社会关系、行为关系、性格关系——的原型,而是一种更加抽象的境遇的原型。这种境遇,在特定的作品中,发生于此时此地此一人物身上;但它是如此根底和本色,完全可以发生在彼时彼地彼一人物身上,只要此与彼处于同一世界,即现代之中。体现这种境遇原型的人物,既完全产生于文学的造作,不追求对现实的模拟;其内在的本相性和无介质的辐射力,又使他们能突破文学的限度,直接关系到每一个现实中的"我"。在这一点上,他们远胜于现实主义文学中的人物。他们既抽象,又动人;因抽象而获得的光滑,使他们能够在心灵之间通行无碍。

不难理解,以境遇原型为追求的作家,在叙事时有一个共同的倾向,就是对事件的起因和结果,毫无兴趣;即便写到,也只做功能性的处理。他们的笔力,完全集中在书写某一既存的状况。在这一点上,波德莱尔散文诗的叙事,提供了一个很好的范例。我们不知道,年老的杂耍艺人是谁,被哪一条路途引到盛大的节日;也不知道,节日结束之后,他会走向何方。作者只是告诉我们:有一个年老的杂耍艺人,在笑语喧阗的欢乐场上,默默地坐在一个角落,"不笑,不哭,不跳舞,不做手势,不喊叫,不唱任何快乐或悲伤的歌,不乞求。只沉默着,动也不动"。这个状态,这一连串的"不",要给出哪一种境遇原型,揭示现代生活怎样的内核,可以有不同理解。然而,若一言以蔽之,那就是无。年老的杂耍艺人,还有波德莱尔笔下别的许多人物,他们体现出来的,都不是人的原型,而是人的无的原型。一种被盈满锻造的尖利的无,从地面升起,像中国人常说的地气一样,由脚心钻入人的身体,直贯向他的头顶,使他心脏的每一次跳动,肺的每一次起伏,词语的每一次发出,都立刻化为乌有。而个别的人,一旦体认无,接受无,化为无,自觉或不自觉地以无向无,他反而成为一种“不”,一个否定甚至挑衅,并因此被孤绝和弃置,化为一种古怪的无外之无。现代社会特有的无,每个现代人都参与生产并恬然享用的无,是一种力,伟大而可怕,能摧毁任何朝向意义的努力,使一切信仰的冲动、理解的欲望和爱的要求,都事先变为一种疲惫。像毕希纳和麦尔维尔一样,波德莱尔准确地观察到现代社会这一庞大机器中作为中心动力行使着的无,并用自己的艺术手段,把它直观、简朴、机智地表现出来,使它由一种能够立刻击毙我们的力,转化为一个审美对象。

波德莱尔的《巴黎的忧郁》是散文诗的源头作品。没有它,散文诗后来的历史不可想象;而贝尔特朗的开创之功,也将早已湮灭,不成其历史。这部散文诗集中的叙事因素,也对后世的散文诗影响甚大。如果说,法国本土的散文诗作者,从马拉美开始,经兰波到克罗岱尔和谢阁兰(Victor Segalen),再到马克斯·雅可布、皮埃尔·雷维尔蒂(Pierre Reverdy)和弗朗西斯·蓬热,在叙事性上总体趋向虚淡,然而前面讲到的那种若有若无或一闪而过的叙事,始终没有从这些作家笔下消失,甚至渐渐稳定为一种常用的表现技法。而1930年代以后成熟起来的散文诗作者,特别是亨利·米肖(Henri Michaux)、让·达尔丢(Jean Tardieu),都十分注重叙事,只不过经过超现实主义运动的洗礼,叙事手法更加诡秘和晦涩罢了。至于法国之外的散文诗作者,他们首先从波德莱尔那里学到的,恰恰是他独特的叙事手段,并且经久不衰地实践和发展了它。19世纪下半叶,深受波德莱尔影响的三位散文诗巨匠,俄国的屠格涅夫(Иван Сергеевич Тургенев),英国的王尔德和波兰的博莱斯拉夫·普鲁斯,都是叙事类型的作者。而叙事因素在东方散文诗的创建时期,也起到至关重要的作用,黎巴嫩的纪伯伦,印度的泰戈尔和中国的鲁迅,都可以为我们提供范例。当然,在每一位作家笔下,叙事与非叙事的勾连,抽象与具象的关合,又因时代的特征和写作的追求,各有不同,必须切近观察,才能有所理解。不过这已超乎本文的范围,只能留待下一次讨论了。

细菌的志向

——读马林·索雷斯库

高　兴

1996年12月6日,马林·索雷斯库因患癌症逝世,年仅60岁。又一位过早离去的罗马尼亚诗人。罗马尼亚著名评论家尼古拉·马诺内斯库不禁悲叹:“索雷斯库之死令我不知所措,令我悲痛不已。多么残酷的岁月啊!我们的诗人正一个接一个地死去。”

面对死亡,索雷斯库本人倒显得十分的坦然。只是一次离去,和平时没什么区别:

他走了,没有检查一下
煤气是否关上,
水龙头是否拧紧。

没有因为新鞋挤脚
需要穿上旧鞋
而从大门返回。

从狗的身边走过时,
也没有同它聊上几句。
狗感到惊讶,然后又安下心来:
“这说明他
不会走得太远。

马上就会回来的。”

——《离去》(高兴译)

最后的时光，他写了不少诗，谈论死亡主题。这便是其中的一首，离去世仅仅几天。我在《罗马尼亚文学报》上读到这组诗时，有一种莫名的感动。依然的平静语调。依然的朴实手法。依然的温和气息。只是稍稍有些伤感，而适度的伤感令这组诗格外的动人。诗人在以自己特有的方式告别这个世界。我愿意郑重地称之为：索雷斯库的方式。

在罗马尼亚当代诗坛，索雷斯库享有极高的声望。他的诗歌题材极为广泛。爱情、死亡、命运、瞬间与永恒的关系、人与自然的冲突与融合、世间的种种荒谬、内心的微妙情感等等都是他常常表现的主题。于是，人们想一定是丰富的阅历使他写出了丰富的作品。其实，他的阅历简单得几句话就可以概括：1936 年 2 月 19 日出生于罗马尼亚多尔日县布尔泽西狄乡一个农民家庭。童年和少年在乡村度过。中学期间，对文学，尤其是诗歌，发生兴趣。1955 年至 1960 年，就读于雅西大学语言文学系。诗歌写作正从那时开始。大学毕业后，先后在《大学生生活》杂志、《金星》周刊担任编辑。期间，曾到联邦德国和美国短期学习和考察。从 1978 年起，长期担任《枝丛》杂志主编。1994 年至 1995 年，也就是在罗马尼亚“剧变”后，担任过罗马尼亚文化部部长。

他的“从政”在罗马尼亚文学界引起了一定的争议，多多少少影响了他的声誉。好在创作实绩已为他确保了足够的“底气”，也为他赢得了难以替代的文学地位。在四十余年的写作生涯中，索雷斯库出版了《孤独的诗人》(1964)、《诗选》(1965)、《时钟之死》(1966)、《堂吉诃德的青年时代》(1968)、《咳嗽》(1970)、《云》(1975)、《万能的灵魂》(1976)、《利里耶齐公墓》(3 卷，1973—1977)等十几部诗集。其中，

《诗选》《利里耶齐公墓》等诗集获得了罗马尼亚作家联合会大奖、罗马尼亚科学院奖等多种文学奖。罗马尼亚文学史、文学报刊和无以数计的研究专著都对他的每一部作品作出了迅速的反应。他的诗歌被译成英语、法语、德语、俄语、汉语等几十种语言。除了诗歌外,他还写剧本、小说、评论和随笔。他的富有象征意味的剧作《约安娜》曾获罗马尼亚作家联合会大奖。罗马尼亚评论界因此称他为一位难得的"全面的作家"。

中国读者早在20世纪80年代就通过《世界文学》等刊物读到了马林·索雷斯库的诗歌。许多中国读者,包括不少中国诗人,都对索雷斯库的诗歌表现出了特别的兴趣和喜爱。关于索雷斯库,诗人车前子在《二十世纪,我的字母表》一文中写道:"很偶然的机会,我读到罗马尼亚诗人索雷斯库的诗作,感动之余,我觉得该做点什么:必须绕开他。诗歌写作对于20世纪末的诗歌写作者而言,差不多已是一种绕道而行的行为。"绕开他,实际上是一位诗人对另一位诗人最大的认可和敬意。而诗人蓝蓝如此评价索雷斯库:"他正是从日常生活'特定的场合'捕捉观察自身和事物时闪电般的感受,并将此化为令人震惊的诗句,而这一切都是在专制统治、个人独裁背景下发生的。"毋庸置疑,相似的经历,相似的背景,使得中国诗人更容易贴近东欧诗人,包括索雷斯库。

在我读过的罗马尼亚诗人中,马林·索雷斯库是最让人感觉亲切和自然的一位。亲切到了就像在和你聊天。自然到了没有一丝做作的痕迹。写诗,其实多多少少都会有一点做作的味道。当今社会,道德力量和心灵力量日渐枯竭,这种做作的味道,似乎越来越浓了。要避开这一点,不是件容易的事。所谓大艺无痕,说的大概就是这个意思。

而面对索雷斯这样自然的诗人,你就很难评说。所有的评说和归类都会显得极不自然。

要理解索雷斯库,有必要稍稍了解一下罗马尼亚诗歌的历程。罗马尼亚,巴尔干半岛的一个异类。它实际上是达契亚土著人与罗马殖民者后裔混合而成的一个民族,属于拉丁民族。同意大利民族最为接近。语言上,也是如此。在历史上,长期被分为罗马尼亚、摩尔多瓦和特兰西尔瓦尼亚三个公国。这三个公国既各自独立,又始终保持政治、经济和文化等各方面的密切联系。作为弱小民族,长期饱受异族侵略、统治和凌辱。19 世纪起,借助于几次有利的发展机遇,罗马尼亚文学出现了几位经典作家:爱明内斯库、卡拉迦列和克莱昂格。真正意义上的罗马尼亚文学始于那个时期。1918 年罗马尼亚实现统一,进入现代发展时期。

由于民族和语言的亲近,罗马尼亚社会和文化生活一直深受法国的影响。一到布加勒斯特,你就能明显地感觉到法国文化的影子。在 20 世纪二三十年代,布加勒斯特甚至有“小巴黎”之称。那时,罗马尼亚所谓的上流社会都讲法语。作家们基本上都到巴黎学习和生活过,有些干脆留在了那里。要知道,达达主义创始人查拉是罗马尼亚人,后来才到了巴黎。诗人策兰、剧作家尤内斯库、音乐家埃内斯库、雕塑家布伦库西、文学和哲学家齐奥朗,也都曾在罗马尼亚留下过自己的人生印迹。

统一给国家的发展注入了异常的活力。文化最能体现这种活力。或者更确切地说,文化本身就是一种活力。两次世界大战之间,罗马尼亚文化,包括哲学、文学和艺术,曾出现过空前的繁荣。诗歌领域就曾涌现出图道尔·阿尔盖齐、乔治·巴科维亚、伊昂·巴尔布和卢齐安·布拉加等杰出的诗人。他们以不同的诗歌追求和诗歌风格极大地丰富了罗马尼亚诗歌,共同奠定了罗马尼亚抒情诗的传统。这些诗人中,卢齐安·布拉加(1895—1961),对于罗马尼亚当代诗歌,更具有承上启下的意义。

然而,在走上社会主义道路后的相当一段时间里,罗马尼亚紧随苏联,全面推行苏联模式。极“左”路线在 50 年代达到登峰造极的地步,给整个国家带来了灾难。文学自然也无法幸免。文学评论家阿莱克斯·斯特弗内斯库在其专著《罗马尼亚当代文学史:1941—2000年》中形象地说道:“文学仿佛遭受了一场用斧头做的外科手术。”布拉加等诗人建立的罗马尼亚抒情诗传统遭到否定和破坏,罗马尼亚诗歌因而出现了严重的断裂。言论和创作自由得不到保证,不少作家和诗人只能被迫中断创作,有些还遭到监禁,甚至付出生命的代价。诗人和哲学家布拉加同样受到种种不公待遇:作品遭禁,教研室被取缔,教授生涯中止,被迫当起图书管理员。从 1949 年直至离世,诗人索性选择了沉默,在沉默中保持自己的尊严,在沉默中抗议这野蛮和黑暗的岁月。这段岁月后来被小说家马林·普雷达称为“苦难的十年”。

进入 60 年代,由于国际和国内政治形势的变化,罗马尼亚文化生活开始出现相对宽松、活泼和自由的可喜景象。这一时期已被史学家公认为罗马尼亚的政治解冻期,时间上,大致同“布拉格之春”吻合,也不排除“布拉格之春”的影响,因此,也有罗马尼亚评论家称之为“布加勒斯特之春”。这一时期,卢奇安·布拉加等作家的作品被解除了禁戒。人们重又读到了两次大战之间许多重要诗人和作家的作品。也正是在这一时期,尼基塔·斯特内斯、马林·索雷斯库等诗人,仿佛听到了诗歌神圣的呼唤,先后登上诗坛,努力恢复和延续布拉加等诗人建立的罗马尼亚抒情诗传统,并以自己具有独特风格的诗歌,为诗坛吹来清新之风,开始致力于罗马尼亚诗歌的现代化运动。

在某种意义上,索雷斯库是以反叛者的姿态登上罗马尼亚诗坛的。为了清算教条主义,他抛出了一部讽刺摹拟诗集《孤独的诗人》,专门嘲讽艺术中的因循守旧。尽管在那特定的时代,他还是个“孤独的诗人”,然而他的不同的声音立即引起了读者的注意。在以后的创作中,他的艺术个性渐渐显露出来。他的写法绝对有悖于传统,因此评论界称他的诗是“反诗”。

有人说他是位讽刺诗人,因为他的诗作常常带有明显的讽刺色彩。有人称他为哲理诗人,因为他善于在表面上看起来漫不经心的叙述中突然挖掘出一个深刻的哲理。他自己也认为“诗歌的功能首先在于认识。诗必须与哲学联姻。诗人倘若不是思想家,那就一无是处”。有人干脆笼统地把他划入现代派诗人的行列,因为无论是语言的选择还是手法的运用,他都一反传统。但他更喜欢别人称他为“诗人索雷斯库”。一位罗马尼亚评论家说:“他什么都写,只是写法与众不同。”

写法不同,就需要目光不同,就需要想象和创造,就需要一双“不断扩大的眼睛”:

我的眼睛不断扩大,
像两个水圈
已覆盖了我的额头,
已遮住了我的半身,
很快便将大得
同我一样。

甚至超过我,
远远地超过我:
在它们中间,
我只是个小小的黑点。

为了避开孤独,我要让许多东西
进入眼睛的圈内:
月亮、太阳、森林和大海,
我将同它们一道
继续打量世界。

——《眼睛》(高兴译)

自由的形式,朴素的语言,看似极为简单和轻盈的叙述,甚至有点不拘一格，然而他会在不知不觉中引出一个象征，说出一个道理。表面上的通俗简单轻盈时常隐藏着对重大主题的严峻思考；表面上的漫不经心时常包含着内心的种种微妙情感。在他的笔下，任何极其平凡的事物，任何与传统诗歌毫不相干的东西都能构成诗的形象，都能成为诗的话题，因为他认为："诗意并非物品的属性，而是人们在特定的场合中观察事物时内心情感的流露。"

电车上的每个乘客
都与坐在自己前面的那位
惊人地相似。

兴许是车速太快，
兴许是地球太小。

每个人的颈项
都被后面那位所读的报纸
啃啮。
我觉得有张报纸
伸向我的颈项
用边角切割着我的
静脉。

——《判决》(高兴译)

这已经是世界所面临的一个普遍问题了。个性和创造力的丧失，自我的牺牲，私人空间的被侵入，恐怕算是现代社会对人类最最残酷的判决了。如此情形下，诗人面临的其实是个严重的时刻，甚至是个深渊，就连上帝都是个聋子，他的声音还有谁听得见呢。

我忽然发现,骨子里,索雷斯库原来是那么的忧伤和沉重。

目光和思维,始终都在不停地转动,然后,不得不用诗歌表达,这就是马林·索雷斯库。“你内心必须具有某种使你难以入睡的东西,某种类似于细菌的东西。倘若真有所谓志向的话,那便是细菌的志向。”诗歌因此成为生命的有机组成部分。他是个什么都要看看、什么都要说说的诗人。而且每次言说,都能找到一个绝妙的角度。对于诗人,对于作家,角度,常常就是思想,就是想象,就是智慧,就是创新。索雷斯库极为注重创新。他也十分明白创新的艰难。他认为诗歌的艰难到最后实际上就是创新的艰难:“写诗就像弹钢琴一样必须从小学起。我们创作活动中的艰难阶段常常与我们自我更新的愿望紧密相联。我所谈的是主观上的障碍。就我个人而言,我总尽力避免使自己在一种类型中衰老。从一种类型到另一种类型的转变无疑意味着巨大的努力。但一旦成功,你便会享受到一种来自新天地的喜悦。你必须时常努力从一个新的角度来审视自己。”

当然,角度也就是情感。索雷斯库自称性格内向,喜欢含蓄。生活中,他不善言语,在公开场合常常会由于不知所措,不停地捻着自己的胡子。诗人,仅仅用诗歌说话。他是个典型。因此,他的情感往往都潜藏于诗歌的深处。

可惜,罗马尼亚始于60年代的开明时期并没有持续太久。而70年代和80年代可以说是专制统治最为黑暗的时期。但恰恰是这种黑暗,能让我们看到一名真正的诗人的智慧、勇气和力量。

俄罗斯诗人布罗茨基在评论立陶宛诗人温茨洛瓦时,说过这样一段话:“艺术是抗拒不完美现实的一种方式,亦为创造替代现实的一种尝试,这种替代现实拥有各种即便不能被完全理解,亦能被充分想象的完美征兆。”这段话适用于所有在专制政权下生活或生活过的诗人和艺术家。当然也适用于马林·索雷斯库。在专制政权下生活,也就是在禁忌下生活,也就是在夹缝中生存。夹缝中的生存需要勇气、坚韧和忍耐,更需要一种有效而智慧的表达。诗歌以其婉转、隐秘、浓缩和内在，成为最好的选择，在社会和文化生活中，发挥着自己隐秘却不可忽视的作用。

于是，我们便可理解，为何在专制统治最为严酷的80年代，在小说、戏剧、散文受到压抑，相对难以发展的情形下，罗马尼亚诗歌却一直如暗流般悄然奔突着。有一些作家，包括诗人，以沉默对抗着专制。也有一些诗人选择了流亡和出走。但更有一些诗人，立足于主流之外，不求名利，不畏专制，只顺从文学和内心的呼唤，孜孜不倦地从事着诗歌创作。他们将笔触伸向日常生活，伸向内心和情感世界，关注普通人物，关注所谓的“琐碎题材”和“微小主题”，或者充分调动想象，以象征和寓言手法迂回地影射政治和现实。他们重视诗歌形式，重视角度和手法，重视语言的各种可能性，把艺术价值放在首位，同时也并不忽略社会效应、道德力量，以及同现实的连接。通过诗歌探索和实验，表达对专制的不满，对自由的向往，对教条和空洞的反叛，也是他们创作的重要动力。尽管诗歌抱负相似，但他们各自的写作又呈现出了强烈的个性色彩。在他们的作品中，我们也听出了各种语调，感到了各种气息，看到了各种风格。反讽，神秘，幽默，表现主义，超现实主义，文本主义，沉重，愤怒，寓言体，哀歌，等等等等，正是这些写作上的差异和不同，让他们发出了自己的声音。对于文学而言，发出自己的声音，是多么的重要。而不同的声音的交融，便让80年代罗马尼亚诗歌有了交响乐般的丰厚，以及马赛克似的绚丽多彩。而在这些诗人中，斯特内斯库和索雷斯库以各自的方式，成为领军人物。随着时间的推移，我们愈发意识到了他们的意义：他们实际上在一个关键时刻通过自己的诗歌写作和诗歌行动，重新激活了罗马尼亚诗歌的生命力和创造力，让罗马尼亚诗歌再度回到了真正的诗歌轨道，并为罗马尼亚诗歌的未来积蓄了巨大的能量。

每天晚上，
我都将邻居家的空椅

集中在一起，
为它们念诗。

倘若排列得当，
椅子对诗
会非常敏感。

我因而
激动不已，
一连几个小时
给它们讲述
我的灵魂在白天
死得多么美丽。

我们的聚会
总是恰到好处，
绝没有多余的
激情。

不管怎样
这意味着
人人责任已尽，
可以继续
向前了。

——《奇想》(高兴译)

怎么能没有诗歌？任何时代都不能没有诗歌。它可以帮助你寻找灵魂、抵御灰暗和孤独。它甚至就是你的灵魂。诗人何为，尤其在苦难和灰暗的年代？索雷斯库似乎在告诉我们：对于诗人，生命意识、社会担当和道德责任同样重要。

诗人蓝蓝写过一篇精彩的文章，谈论罗马尼亚诗歌。她说："语言是生命的居所，是一切隐秘事物的幽居地，也是爱和意义的诞生之处。诗人的作用在于激发出语言的某种独特的形式，使无语中的事物开始说话和表达自身，这即如对生命和爱的呼唤，以便和人内心对爱的渴望和牺牲付出的愿望相对称。在这两者交汇的雷电中，生命和诗互相被照亮，洞彻我们晦暗不明的存在。"

蓝蓝说得真好。她显然就是在说马林·索雷斯库，在说尼基塔·斯特内斯库，在说切斯瓦夫·米沃什，在说所有真正意义上的诗人。

2012 年 7 月 12 日修订于北京

从扎加耶夫斯基的一首诗谈起

于慈江

我再一次读你的诗，
一个无所不知的富人，
一个无家可归的乞丐，
一个形影相吊的移民写的诗。

——节译自扎加耶夫斯基诗《读米沃什》①

一

因参加“蓝色东欧”诗歌研讨会的机缘，得以静心细读波兰当代诗人米沃什和扎加耶夫斯基的诗，也有幸与其汉译者黄灿然、乌兰、周伟驰和李以亮等诗人或觌面一聊，或沿着文字神交。

延伸阅读时，扎加耶夫斯基诗歌译者李以亮的两段话引起了笔者的注意：

……读诗、写诗，必须使读和写的人感觉到，虽然世界混乱，不乏邪恶的阴影，虽然生活似乎只暴露出它暴力、喧哗、压抑、无意义的诸多方面，但并非不值得我们在每个早晨为之醒来。

……我以为，诗歌必须有益于世道人心——这似乎也是一句

① 波兰诗人扎加耶夫斯基这首《读米沃什》由笔者译自英文。详见“Reading Milosz” by Adam Zagajewski, From *Eternal Enemies*, published by Farrar, Straus and Giroux, 2008(http://www.poetryfoundation.org/poem/247930)。

“宏大”而“明显”的话,但却并非人人确知。①

好的诗作为精神食粮,无论出自于何时何地何人,的确都应该也一定会有益于世道人心,有益于夯实人们生存的精神信念,有益于矫正人们的精神匮乏与畸曲,有益于提升人们登临或期许的精神高度——这既是一首好诗的底线,也是题中应有之义。作为可以信手拈来的例子,波兰当代诗人扎加耶夫斯基的诗就既能予人以高质量的审美享受和知性愉悦,也能使人充分感受到,虽然世界不免混乱、邪恶,生活可能过于粗粝、让人压抑,“但并非不值得我们在每个早晨为之醒来”。

且看他的一首诗《试着赞美这残缺的世界吧》(“Try to Praise the Mutilated World”):

试着赞美这残缺的世界吧。
别忘了那长长的六月天,
以及野草莓、葡萄酒和露水。
还有那些荨麻,不枝不蔓
长满流亡者废弃的家园。

你必须赞美这残缺的世界。
你望着那气派的游艇和轮船;
其中一艘有着长远的前程,
而其他的注定在咸腥中湮没。
你曾见过走投无路的难民,
你也听到过刽子手们欢歌。

① 李以亮:《诗歌存在的一个根本标准》(ttp://blog.sina.com.cn/s/blog_939bf7e50101p8ev.html)。

你应当赞美这残缺的世界。
还记得那些时辰,我们一起
待在白房子里,窗帘飘动。
冥想重返乐声骤起的音乐会。
你秋天在公园里采集橡子,
而树叶在大地的伤口上飞旋。

赞美这残缺的世界吧,
连同画眉鸟掉落的灰色羽毛,
以及那柔和的光,
它迷失、消散复又折返。①

(于慈江译)

这首乍看并不如何打眼的诗其实非常有名,仅乌兰等给出的汉译版本就多达五六种。② 笔者如上所示的译文有一些与众不同之处。

譬如,在原诗第四、五两行 The nettles that methodically overgrow / the abandoned homesteads of exiles 中,副词 methodically 被不同的译者依照最基本的字典义项,分别比较省事、比较书卷气地译成"有条不紊地"(乌兰),"有条理地"(黄灿然),"井然有序地"(李以亮)。笔者以为,还是不妨从植物本身的属性着眼,将这个副词"将植物就植物"地就译成"不枝不蔓",将这两行就译成"还有那些荨麻,不枝不蔓/长满流亡者废弃的家园"为好。因为通常说一个东西很枝蔓,是说它条

① 扎加耶夫斯基此诗由笔者译自英文("Try to Praise the Mutilated World" by Adam Zagajewski, From *Without End*, published by Farrar, Straus and Giroux, 2003)。

② 该诗李以亮、乌兰、黄灿然以及姜海舟的汉译诗名分别为《试着赞美这遭损毁的世界》《你试着赞颂残缺的世界吧》《尝试赞美这残缺的世界》《尝试赞美这残损的世界》。其中,李以亮的译文详见李以亮译:《无止境:扎加耶夫斯基诗选》,广州:花城出版社,2015 年版,第 76—77 页。

理性差；说它不枝不蔓，则是说它比较有条理。荨麻本身作为蔓草可到处蔓延，却居然能不枝不蔓地爬满流亡者废弃的家园——这样一种更为直观的悖谬更具冲击性，让人们思考的余地也更大一些。

再譬如，原诗第七行 You watched the stylish yachts and ships 中的形容词 stylish 被分别译为“优雅”（乌兰）、“时髦”（黄灿然、姜海舟）、“漂亮”（李以亮）。笔者以为，考虑到它所修饰的是体量巨大、不乏气势的游艇和轮船，还是译成“气派”来得更为恰切和精准。

又譬如，原诗第九行 while salty oblivion awaited others 被分别译成“只有带盐味的虚无等待着其他船只”（乌兰）、“别的则有带盐味的遗忘等着它们”（黄灿然）、“另外的，带咸味的遗忘等着它们”（李以亮）、“而咸涩的湮没等待着剩下的”（姜海舟）。问题之一是，无论将片语 salty oblivion 译成“带盐（咸）味”的“遗忘”还是“虚无”，都不仅有过于拘泥于原文的字面含义之嫌，也不免让人费思量——究竟什么是带着盐咸味的遗忘或虚无？不带盐咸味的遗忘或虚无该又是什么？其实，与“遗忘”这一义项相关联，oblivion 还有“埋没、湮没、湮灭”的含义，一如姜海舟所译。而 salty 除了意指“（含）盐的”或“咸的”之外，还有“海洋的、海洋生活（气息）的”等含义。所谓 salty oblivion，无非是“在海洋或海洋的生活（气息）中湮没（灭）”。笔者因此将这一片语径直译成“在咸腥中湮没”——所谓“咸腥”，正是海洋独有的气息。姜海舟的“咸涩的湮没”与此较为接近。问题之二是，若是过于拘泥于原诗的字面意思和语序，反而会使所译过于欧化，读或理解起来不免多少会有些别扭——所谓“等待”（awaited）无非意指命运无可逃避的规定性、注定性。故而，将整句译成“而其他的（船只）注定在咸腥中湮没”不仅顺理成章，也更其自然和易解。

然而，扎加耶夫斯基这首诗之所以会暴得大名，主要是因为它在 2001 年 9 月 11 日纽约世贸大厦恐怖袭击之后不到一星期，就被《纽约客》(*The New Yorker*)杂志醒目刊出,①诗意地填补温抚了9·11事件之后美国普遍存在的心灵创痛这一空白。② 不过,据扎加耶夫斯基在美国接受采访时披露:他这首被美国人青睐的诗并非直接受9·11事件触动而作,而是写于约一年半之前的欧洲,在波兰或德国的火车上;他所说的"残缺的世界"(the mutilated world),首先是指他自己儿时的世界——记忆所及的孩提时光田园诗般朴质宜人,而所处的环境却又的确并不让他愉快。③

这首诗不乏美好的意象,譬如"那长长的六月天/以及野草莓、葡萄酒和露水",还有"公园""橡子""白房子""音乐会"和"柔和的光"等。它也并未回避令人不免心寒、不免黯然神伤的严酷现实——"流亡者废弃的家园"、得意的"刽子手"和"走投无路的难民"。诗人想把世界的本相及其复杂性展示出来:作为一种随意蔓生的蔓草,荨麻偏偏能把流亡者废弃的家园弥漫得不枝不蔓,实在不免有些意味深长;世界的残缺一如鸟的褪毛掉羽和光的明灭闪烁、飘忽不定,需要人们以平常心淡定面对,而不是一味地沮丧或愤世嫉俗;无论这个世界多么可怕,人们身边不起眼的小事都能充满意义地让它值得赞美、珍惜和不轻言放弃;那一缕虽微弱但却无处不在的柔光不论多么闪烁不定、不易捕捉——哪怕珍稀得一如吉光片羽,毕竟还是光,还是希望。

---

① 这一期的《纽约客》(*The New Yorker*)注的是2001年9月24日,却是在9·11恐怖袭击之后不到一个星期(大概是9月17日)提前印发的。详见After 9/11:An E - Book Anthology by The New Yorker, August 19th, 2011(http://www.newyorker.com/news/news - desk/after - 911 - an - e - book - anthology)。

② 据《纽约客》诗歌编辑称,扎加耶夫斯基此诗的英译2001年一经在美国发表,便引起极大反响,不仅在网上被广泛传播,也被很多单位贴在告示栏上,被很多家庭贴在冰箱的门上。详见Cynthia Haven, "Risk, Try, Revise, Erase", *Poetry Foundation*, April 17, 2006(http://www.poetryfoundation.org/article/178036)。

③ 详见John O' Rourke, "Famed Polish Poet Adam Zagajewski Reads Tonight", *BU Today*, 09.15.2010(http://www.bu.edu/today/2010/famed - polish - poet - adam - zagajewski - reads - tonight/)。

二

扎加耶夫斯基这首《试着赞美这残缺的世界吧》虽然意蕴深远、富含张力,不拘执于对生活表象的简单描摹和体味,但还是透过对“流亡者废弃的家园”与“走投无路的难民”的人文关怀,触及了放逐或出走、流放或流亡这样一个既敏感又恒常的诗歌主题。在他2003年出版于美国的诗集《无止境》(*Without End*)中,直接间接、或隐或显地涉及这一主题的诗包括但不限于《游船》《漫游者》《流亡者之歌》《会有一个未来》《给我自己,在一本相册里》《在陌生的城市》《旅人》《休斯敦,下午六点》等。①

就其悲壮、惨烈或决绝的质地而言,放逐(流放)和出走(流亡)本质上并无二致——无非前者出于被动,后者出于主动而已。当然,当事者双方心照不宣、半推半就的居间状态也时有出现,且愈益普遍。而无论是放逐还是出走,流放还是流亡,作为艰难蹀躞或迂曲跋涉的人生姿态,都骨子里可以与 on the road 或“在路上”这三个充满姿势感的打眼字眼对接。作为不预设目标的一种陌生化体验与追寻,作为追求心灵极致自由的一种暗示性意念与决心,既是精神灌注又体现为直觉行为的“在路上”早已超越了约60年前美国小说家兼诗人杰克·凯鲁亚克(Jack Kerouac,1922—1969)同名小说设定的具体语境和文化氛围(按作者郑重其事的解释,是“两个天主教伙伴漫游整个国家寻找上帝”②;按当时众多读者的印象式解读,是几个穷极无聊、无所事事者一起外出寻求刺激),成了绝不从众、“一意孤行”、义无反顾的独标异彩或前行姿态的一种象征。

---

① 详见李以亮译:《无止境:扎加耶夫斯基诗选》,广州:花城出版社,2015年版。

② 笔者转译自 Fellows, Mark, “The Apocalypse of Jack Kerouac: Meditations on the 30th Anniversary of his Death”, *Culture Wars Magazine*, November 1999 (http://www.culturewars.com/CultureWars/1999/kerouac.html)。

纯从诗歌的视角来看，所谓“在路上”，就是诗人杨炼所谓“把所有旅行都纳入一个内在的旅程，去书写一生那部长诗”，“永远出发，却永无抵达”；[①]就是通过目的虽模糊却充满希望的执着行路与决不妥协的艰苦行吟，咀嚼历史的辽远与时空的味道，对抗现实的压迫与精神的腐蚀，获取直觉与体验的精神力量，搜寻新鲜的语感与诗意的颖悟或温暖。

而作为“在路上”这一永不妥协的不断前行姿态的极致性表现，诗歌的去国或出走古今中外就从未断绝过。譬如，波兰诗人米沃什20世纪50年代初出走，波兰诗人扎加耶夫斯基80年代初出走，叙利亚诗人阿多尼斯50、60和80年代多次出走，以北岛和多多等为代表的相当一批中国当代诗人80年代末90年代初出走……

诗歌本质上是一种精神流浪或智性走神，而诗歌的出走国门与其说是迫于情势或现实压力，毋宁说更是一种精神自觉或宗教式苦行；与其说是要更好地获得世界性视野，毋宁说是要有现场感地置身于一个他者场域，更好地反观自身的历史与现实。因为，想获得国际性视野不一定非得走出国界，在异域生活——当代实力派诗人西川始终在中国大陆写诗和生活，却绝不乏国际眼光，就是一个显例。对于流落他乡或出走国门的两难、凄楚、无奈乃至宿命性，叙利亚诗人阿多尼斯的诗句“外部不是我家园，内部于我太狭窄”[②]鞭辟入里，堪称最形象具体也最简约精当的归纳与刻画；对于诗歌出走的本质，已故波兰诗人、诺奖获得者米沃什也有过非常精辟、道地的解说：

> 我在哈佛大学作报告时，曾指出：一个波兰诗人无论住在哪里，其真正寓所是他国家的历史……因为他并不是通过空想去揭

---

① 杨炼：《什么是诗歌精神？——阿多尼斯诗选中译本序》，阿多尼斯：《我的孤独是一座花园——阿多尼斯诗选》，薛庆国选译，南京：译林出版社，2009版。

② 转引自姜妍：《阿多尼斯：自由地表达，才是我的祖国》，《新京报》2012年10月25日（http://www.bjnews.com.cn/ent/2012/10/25/229598.html）。

示人的条件，而是在某个时代、某个地域范围实现这一意图的。①

这意味着，米沃什虽然长期去国，甚至最终为环境所迫改换国籍，成了所谓美籍波兰人或波兰裔美国人，但他却始终活在其祖国波兰的语言与历史当中。诗歌的出走在他这里实质上是出而未走，变而未离其宗。套用阿拉伯语诗人阿多尼斯的名句“我的祖国是阿拉伯语”②，波兰诗人米沃什这段话的潜台词就是：“我的祖国是波兰语！”

而本文前面细读过的《试着赞美这残缺的世界吧》这首诗则暗示人们，很大程度上，波兰诗人扎加耶夫斯基把整个世界理解为一个大的流亡或放逐场域。他在本文开篇节录的《读米沃什》一诗中，把前辈诗人米沃什概括为“无所不知的富人”“无家可归的乞丐”“形影相吊的移民”。这正是精神高贵、知识渊博、流离失所、孤独落寞的去国出走者的标配（“无所不知的富人”一句以学养渊博为富，指的主要应是诗人精神上的尊贵），也实际上可视为扎加耶夫斯基本人自况。

以这一理解为基础，与其说诗人扎加耶夫斯基对这个世界的基本态度是叛逆、冷漠、嫌憎、厌弃，毋宁说是谦卑、热诚、悲天悯人。或者说，他将自己的或诗歌的出走理解为一种命定，归结为一种天然——他不过是顺势而起、应命而为。这正是他在讨论或面对这一出走时的态度低调之至、冲谦之至的根本缘由。这也就难怪，扎加耶夫斯基笔下的野草莓、鸟羽与柔光不仅鲜活、有亲切感，也在不无缺憾和悲凉感的同时，显出其正向、优雅、值得赞美的一面。

这又很自然地让我们想起了叙利亚诗人阿多尼斯如下这段话：

---

① 仝小虎译：《历史、现实与诗人的探索——米沃什访谈录》，节选自法国《文学杂志》1987年10月号，红岩文学微信（http://chuansong.me/n/663932）。

② 阿多尼斯具体是这样表述的：“对于我来说，祖国，重要的不是地理意义上的祖国，而是什么地方能让我感到自由。自由地表达，才是我的祖国。对我来说，我的祖国就是我的语言，阿拉伯语。因为只有通过阿拉伯语我才能够感受到我的存在，感受到我作为人的价值。”引自姜妍：《阿多尼斯：自由地表达，才是我的祖国》，《新京报》2012年10月25日（http://www.bjnews.com.cn/ent/2012/10/25/229598.html）。

> 我从未停止在诗歌中对流亡的真正意义的追问。其实某种意义上,我们每个人都生活在流亡地。因为人的梦想往往是不能实现的……在诗歌创作、文学创作中,诗人所梦想的,他通过语言所能企及的境界几乎也是达不到的……无论一个人写什么,怎么写,无论他怎么思考,他怎么流亡于世界,他其实都是朝向一个最终的流亡地在前进。这个最终的流亡地就是死亡。①

一如阿多尼斯所自承,他曾在自己的诗歌中反复追寻流亡的真正意义。他认为,其实我们每个人——尤其是每个诗人——都"流亡于世界","都生活在流亡地"。这就把流亡或出走的主题或内涵提升了,也泛化了——诗意化、哲理化、经典化了。

究其实,正是诗歌的流亡或出走,才造成了诗人的不在场或缺席。在去国出走多年的诗人北岛那里,黯然或昂然出走的缺席与不尴不尬的在场于反讽之外,于自嘲之余,完成了一场颇富戏剧性意味、颇具精神提升意义与思想反省之功的错位或转换:

> 正因为缺席,才会领悟我们所拥有的空间;正因为缺席,才会探知这镀金时代的痛点;正因为缺席,才会让命名万物的词发出叫喊。②

中国诗人北岛的这番以奇为正、奇正相倚的翻新或别出机杼——缺席即是在场,在场又何异于缺席——让人不由得又想起了波兰诗人扎加耶夫斯基如下的两行诗:

---

① 《阿多尼斯:每个人都生活在流亡地》,《中国新闻周刊》2012 年 11 月 21 日(http://m.douban.com/group/topic/35320585/? session = 02e630ce)。

② 北岛:《缺席与在场——中坤诗歌奖获奖感言》(http://tieba.baidu.com/p/2303105403)。

我在道路的一侧写作,我必须看,
而非仅仅知道,我必须清楚看见……①

不在于具体处于路的哪一侧,关键是得能清楚地看见,便于看见。而能否清楚地看见,甚至非关立身远近:有时需要近觑,有时则需要远观——为的是跳出“身在此山中”之蔽或弊。因而,我们才会说,诗歌的所谓出走,无非是有人指称的“诗人在路上”,无非是选择了另一侧,哪怕是比较冷僻险远的一侧——所谓“月亮未被照亮的一侧”:

生活实际的一面
像月亮未被照亮的一侧
并不缺少神秘。②

三

2014 年 3 月 30 日,在中国广州举办的第九届“诗歌与人·国际诗歌奖”颁奖典礼上,波兰诗人扎加耶夫斯基上台发表获奖感言:

诗歌仿佛建立在一条窄道上——在这条窄道上一边是可怕的、非人道的东西,另一边是友好的、鼓舞人心的、崭新的、欣喜若狂的东西。诗歌激励我们,让我们抖擞精神,恢复我们的童真,但与此同时也不允许我们忘记困难和痛苦。③

① 扎加耶夫斯基:《看见》,《无止境:扎加耶夫斯基诗选》,李以亮译,广州:花城出版社,2015 年版,第 4 页。

② 扎加耶夫斯基:《姑姑们》,《无止境:扎加耶夫斯基诗选》,李以亮译,广州:花城出版社,2015 年版,第 22 页。

③ 《扎加耶夫斯基先生获奖答谢词》(第九届“诗歌与人·国际诗歌奖”),网易艺术(http://fashion.163.com/14/0330/22/9OKC8US300264MK3.html)。

扎加耶夫斯基所强调的无非是，诗歌作为不可多得的精神食粮，在让人不忘生活困苦的同时，是能而且必须让人振作、能而且必须让人打起精神的。另一方面，正因为他特意强调了“诗歌仿佛建立在一条窄道上”这一现状，扎加耶夫斯基这番话又暗含为诗歌本身加油打气、希望诗歌自身打起精神来的意思。

与波兰诗人扎加耶夫斯基这段获奖感言不无相关或呼应的是，对于诗歌及其精神血缘的神奇作用与意义，中国诗人杨炼曾经做过很充分的申说：

> 我们知道，确实存在某种贯穿了所有诗歌的东西。每当我们调动生命的全部能量，聚焦于一个句子，就通过写，在贴近它、确认它。我们知道，自己有朝一日也将整个融入它。这是为什么，我写得越多、越久，离所谓“当代”越遥远，却感到屈原、杜甫日益亲近；同时，也对是否“中国”愈不在意，因为诗歌比国界、语种深远得多，它的精神血缘毫无障碍地流注于不同语言之间，构成一个只有诗人能被允许进入的国度。①

当杨炼说他已越来越不在意诗歌是否当代，是否中国，不是表明他古典地或激进地选择了无政府主义或所谓“去中国化”思维，也不在于他时髦地认同了“天下一家”的地球村理念，而主要在于他认同诗歌远比国界或语种深远或神圣，认同诗歌作为一种最具世界语意义的文化载体的精神性存在。

诗歌作为庇护或安顿人类心灵的灵魂栖所或憩所，首先是一种精神砥砺与寄托、颉颃与望乡、妥协与救赎——诗歌当然是与世界彼此遥相对视的僵持、角力或颉颃，更是一场关注内心的精神望乡。对个

① 杨炼：《什么是诗歌精神——阿多尼斯诗选中译本序》，阿多尼斯：《我的孤独是一座花园——阿多尼斯诗选》，薛庆国选译，南京：译林出版社，2009年版。

体而言，诗歌是一种精神砥砺与灵魂寄托；对世界而言，诗歌是一种沟通性妥协与灵魂救赎。诗歌作为一种妥协，说到底是日常沟通与拒绝这一沟通之间的妥协。

关于诗歌的这一妥协性需求，波兰诗人扎加耶夫斯基有过很诗意化的表达：

> 诗歌召唤着我们来到更高处的生活，
> 但低的一切却同样富于雄辩，
> 比印欧语言更有颤音，
> 比我的书籍和唱片更强有力。[①]

对“更高处的生活”的召唤正是诗歌作为精神需求或生活的表现，代表着一种可观的精神高度——也正是诗人北岛所谓“向上的路”[②]。在这个意义上，诗歌是精神的、思辨的、形而上的。但也正因为“低的一切却同样富于雄辩”，诗歌又是气息扑面可感、包容具体生活的。或者说，诗歌既是内向的、神性的，也是充分周延的、接地气的。波兰诗人米沃什与扎加耶夫斯基的诗歌便具有如此充沛的气场和张力。

从另外一个角度来看，诗歌既是对绝对孤独的先天性界定，也是对在精神同类间展开的精神交流的一种持续性呼唤。德语诗人里尔克便以自己的生命哲学佐证了这一点：“而我们从里尔克给不同的通信者——主要是女人——的书信中知道，他生命中标志性的两步舞，

---

① 扎加耶夫斯基：《休斯敦，下午六点》，《无止境：扎加耶夫斯基诗选》，李以亮译，广州：花城出版社，2015 年版，第 362 页。扎加耶夫斯基这首《休斯敦，下午六点》与他写于不同时期的另一首诗《欧洲去睡了》意境与主题近似或关联。

② 北岛的原话是：“与民族命运一起，汉语诗歌走在现代转型的路上，没有退路，只能往前走，尽管向前的路不一定是向上的路——这是悲哀的宿命，也是再生的机缘。”详见北岛：《缺席与在场——中坤诗歌奖获奖感言》(http://tieba.baidu.com/p/2303105403)。

是逃避亲密和争取无条件的同情和理解。”①

而这一切某种程度上都可以用一个词、一种表述，也就是所谓“诗歌精神”来容而纳之。“说到诗歌精神，就是感情和智慧的表达，那是真正的文明意义上的奢侈生活。我想把奢侈这个词还给精神生活。”②——多年来穿梭于北京和纽约的诗人严力如是说，朴素直白如一杯凉浸浸的白开水。而旅居英伦的诗人杨炼的定义则更其简截、更其开门见山，毫不煞有介事：“什么是诗歌精神？……以‘诗歌’一词命名的、持续激活诗人的精神。”③

就事论事，无论针对诗歌精神的界定热闹与否，有否必要，或是否千人千面，当诗歌被刻意地作为一种精神或精神因素来提倡、呼吁或讨论，就事关所谓精神质地或价值诉求，就形同于与宗教信仰相类的某种热诚或虔敬，就直指对脆弱敏感的精神家园的期盼或瞻望。撇开政商势力永恒的媚俗与角力不说，在世界全球化、全球互联网化的当下，一切的物事或气象无论如何纷纷扬扬、煞有介事，如何颇具形状，似乎都已无法逃避被碾压得粗粝扁平、被暴露得一览无余、打回原形的命运：

而夜幕降临，
我把书搁在一边，
城市惯常的喧嚣再起——

---

① 苏珊·桑塔格：《一九二六年……帕斯捷尔纳克、茨维塔耶娃、里尔克》，黄灿然译，黄灿然小站（微信），2014－12－30。详见苏珊·桑塔格：《同时：随笔与演说》，黄灿然译，上海：上海译文出版社，2009年版。

② 李天靖：《严力诗五首及其访谈》，《新纪元诗人》，2015－04－16。

③ 杨炼：《什么是诗歌精神？——阿多尼斯诗选中译本序》，阿多尼斯：《我的孤独是一座花园——阿多尼斯诗选》，薛庆国选译，南京：译林出版社，2009版。

有人咳嗽，有人哭泣并诅咒。①

有鉴于此，诗歌，无论是否在意“在路上”，无论出走与否，或无论在怎样的边界间游走或悠游，能够高张得独善其身、独标异格地保有自己特有的精神气质与品格、尊严与力量吗？更何况，晚年的波兰诗人米沃什还这样颇为无奈地感慨过：“要表达。没什么可以被表达。”“从人的言说到诗句的静穆，多么远！”②

无论如何，诗歌之所以必须挺身而起、打起精神——姑不论终究能或不能，或许正在于它是人类良知的后花园（叙利亚诗人阿多尼斯曾语涉神秘、意味深长地说过“我的孤独是一座花园”并以此作为他一本汉译诗歌读本的书名）③，是人类精神独立性的最后一道屏障或防线。在这个意义上无妨说，诗歌的抖擞或打起精神一如波兰诗人扎加耶夫斯基笔下：

……那柔和的光，
它迷失、消散复又折返。④

2015 年 5 月 31 日，京北上地

---

① 笔者节译自波兰诗人扎加耶夫斯基《读米沃什》一诗，是该诗尾段。可与作为本文开篇语的首段参照着读。详见“Reading Milosz” by Adam Zagajewski, From *Eternal Enemies*, published by Farrar, Straus and Giroux, 2008 (http://www.poetryfoundation.org/poem/247930)。

② 摘自米沃什：《笔记本》，《第二空间：米沃什诗选》，周伟驰译，广州：花城出版社，2015 年版，第 47 页。

③ 参见阿多尼斯：《我的孤独是一座花园——阿多尼斯诗选》，薛庆国选译，南京：译林出版社，2009 版。

④ 扎加耶夫斯基《试着赞美这残缺的世界吧》（“Try to Praise the Mutilated World”）倒数一二句，笔者自译。

穿透死亡牵缠的光芒

——读特朗斯特罗姆

孙晓娅

我听见我们扔出的石头，
跌落，玻璃般透明地穿行岁月。
——特朗斯特罗姆《石头》

"'我的一生。'想到这几个字，我眼前就出现一道光。细看，是一颗彗星。最亮的一端，头，是童年和成长时代。核心，最密的部分，是童年早期，我们生活最主要的特征在那里已被决定。我试图回忆，试图穿越那里。但在这密集的领域里移动很难，很危险，感觉我在接近死亡。彗星越往后越稀疏——那是较长的部分，尾巴。它变得越来越稀疏，而且越来越宽。我现在处于彗星尾巴靠后的部分，写这些字的时候我已年近六十。"(《记忆》)当诗人特朗斯特罗姆真如他所写，彗星般消失在北欧辽远的星际，我的内心犹然生起潮湿的悲痛。"这是春天，空气十分强大"(《牧歌》)，我们却突如其来收到特翁仙逝的消息。算是遥远的悼念吧，以肃静之心打开《特朗斯特罗姆诗歌全集》①，翻阅到的第一首诗作就是特翁的散文诗《记忆》。"彗星越往后越稀疏——那是较长的部分，尾巴。它变得越来越稀疏，而且越来越宽。"重读这段文字，让我联想到凯·瑞安(Kay Ryan，1945—　)的一次旅行经验，这位2011年获得普利策诗歌奖的美国当代女诗人，曾在

---

① 《特朗斯特罗姆诗歌全集》，四川文艺出版社2014年1月第五次印刷。译者李笠，旅居瑞典的中国诗人、学者、翻译家。

穿过科罗拉多胡希尔关口时,突然感到“一道激光”袭来……。从不多产、惜字如金、灵气炳焕、奇思的意象、善于在短诗中施展语言的大戏、坚持只用诗歌一种文体进行创作等方面看,凯·瑞安与特翁有着奇妙的巧合。最重要的是,凯·瑞安“一道激光”袭来的瞬间感受触动了我此时的心绪——将我引向特翁神秘的宇宙空间和生命斑驳的维度。

是的,此前、现在和未来,当诗人们都在赞叹特朗斯特罗姆的修辞技艺,我却被他灵魂深处那淡定的忧伤和沉静的力量击中了。对其诗歌的尊敬与喜爱不是因为他是当代欧洲乃至世界最杰出的象征主义和超现实主义大师,不是因为他头上闪烁的诺奖光环和广泛深度的国际影响力。仅仅因为:那些作品震慑了我,它们敞开了我心灵的闸门,通往一片浩瀚隐秘的海,一片融通了死亡与时间、自然与现实、思想与灵魂、存在与历史的透明汪洋的月光。

一

从诗文本的深邃开放、直指人心的魅力来看,特翁是一位超越诗体界限和文化界限、秉具坚实强大精神力量的诗人。恰如波兰诗人亚当·扎加耶夫斯基称赞赫伯特所说:“每一位伟大的诗人都生活在两个世界之间。其中一个是真实的、有形的历史世界,这个世界对某些人来说是私人的,对另一些人来说则是公共的,而构成另一个世界的是密实的梦境、想象和幻像。”特翁的卓然不止于在两个世界之间任运穿行,他尤其善于唤醒两个维度世界之间的牵连。他在首届“新诗界国际诗歌奖”授奖辞《诗是一种积极的禅坐》中说道:“约定俗成的语言和观点在对付世界,达到有限具体的目标时无疑是不可缺少的。但在生活更重要的瞬息,我们发现它们往往是贫缺不足的。一旦它们完全主宰我们,我们就会陷入隔绝、毁败的境地。诗歌,我认为,正是对这一趋势的抵抗。诗是一种积极的禅坐，它不是催眠，它是唤醒。”①特翁的语言造型能力一向出其不意，11 年前，在失语十载后，他以跨文化的视角将诗歌隐喻为东方禅宗文化和身心修为的“积极的禅坐”，这个生动的感悟，几乎消解了我们观念中有关记忆和遗忘、期待与本相、意义和价值的区分，既突然又合理，既精准又意深，他俨然找到一种方式去阐释他的内在经验和毕生的诗写行为：晚年的“唤醒”与他第一部诗集的第一行诗句“醒，是梦中往外跳伞”，多么圆满而契合的诗歌观念的轮回！

诚然，特翁的写作不存在进步与否的问题，他一出场就臻至创作的顶峰，20 岁出版的处女作《17 首诗》时，他已然一位沉着的智者，不为外界干扰地创作，独立于纯粹自主的诗歌世界，他一生的创作和诗集出版暗存着稳定的律动——不妨先回顾一下特翁诗集的出版情况：《17 首诗》(1954)、《途中的秘密》(1958)、《半完成的天空》(1962)、《音色与足迹》(1966)、《看见黑暗》(1970)、《小路》(1973)、《波罗的海》(1974)、《真理的障碍》(1978)、《野蛮的广场》(1983)、《为生者和死者》(1989)、《记忆看见我》(1993)、《忧伤的贡多拉船》(1996)、《监狱》(2001)和《巨大的谜》(2004)等。“直到光追上我/把时间叠起”(《签名》)，在时光普摄中，我们叠起特翁的诗集时会发现，这是一位内心定力强大，极具韧性而又十分从容的诗人，他不惧怕光阴的追赶，不被其催促所牵绊。他大约每隔四年出版一部诗集，每本诗集一般 20 首左右，以平均一年只创作 4、5 首作品的节奏“唤醒”着内生命的隐秘和无量空间。

谈及特翁的诗，常被人援引的是诺贝尔委员会颁奖词：“通过凝

① 特朗斯特罗姆：《诗是一种积极的禅坐——首届“新诗界国际诗歌奖”授奖辞》，《光芒涌入》，李岱松主编，新世界出版社 2004 年 6 月。2004 年中国首届新诗界国际诗歌奖设立的“北斗星奖”分设国内、国外、海外华裔诗人三个奖项，分别颁发给牛汉、特朗斯特罗姆、洛夫。特翁的授奖辞非常谦虚，他说：“我感到十分荣幸被授予‘新诗界国际诗歌奖·北斗星奖’。我由衷感谢此奖的评委。和大诗人牛汉，洛夫分享这一殊誉，对我来说是莫大的欢乐。”《光芒涌入》收录特翁近一百首诗作。

炼、透彻的意象,他为我们提供了通向现实的新途径。”诚如授奖词的评定,大家关注其诗歌的焦点也多集中于此,比如“意象诡异而辉煌”(北岛),“意象完整,扭转空灵”(唐晓渡)……可是我更为看重特翁诗中意象的唤醒力量——唤醒我们视觉展板上潜隐的画面,一个意象带出不同色彩、形象、感受的画面。这让我想起美国的纳瓦霍语——一种没有文字却极为复杂的语言,它以语调的强弱不同来表达语言内涵,同一个音用四种不同的声调说出来就表达了四种不同的意思,纳瓦霍的族人描述自己词汇的生动和形象时说:“一个词就可以让你的脑海中浮现出整幅画面。”特翁在创作中有意识地从具体的意象出发:“从一个物体或状态着手,为诗建立一个‘基础’。这基础有时是一个地点。诗从一个意象中渐渐诞生……我用清晰的方法描绘我感受到的神秘的现实世界。”特翁善于从现实生活中提炼意象,意象的隐喻与创造经由内心世界的丰富最终返回现实。“数千人的目光/在细长影子的世界里漂移//桥把自己/慢慢/筑入天空”(《雪飘落》),他沉稳平静地审视着匆忙的人类世界以及弥散其中浮躁空虚的功名心,借助那些平凡、浮动的意象营造出熔铸了现代经验和超现实的意境美。

特翁的诗极有中国古典诗学的意境美,印染着西方人的视野和感受,同时又惊人的东方化。“但现在,时间从太阳和月亮那里奔流而下,进入所有滴答作响的同样的钟表。但这里没有时间。只有夜莺的歌声,那朴素悠扬的音色磨着夜空明丽的镰刀。”(《巴特隆达的夜莺》)触物以起情,索物以托情,特翁在静默间观照大自然的生息变化,在现代生存空间中渗入了只可意会、不可言传的意境美。目前,没有任何资料显示特翁深入研究过中国古典诗歌,但是他的诗歌却和中国古典诗歌有着几分神似。置身城市,却拥有远离尘嚣的澄明淡泊之境,“黄昏,无人拨弄的弦丝/奏出万籁俱寂的世界。/森林在雾中默默站立,/水的苔原倒映着自己”(《悲歌·四》),“宁静的房间。/月光下家具站立欲飞。/穿过一座没有装备的森林/我慢慢走入我自己”(《尾声》)。特翁笔下幽然超脱的意境带我们回到王维的《鹿柴》和

《鸟鸣涧》中永恒的静谧,两位不同时空的诗人如约般际遇,无非王维多了一颗清净明洁的禅心,特翁多了一份现代经验的表达和主体性鲜明的"我"。

特翁认为诗最重要的任务是塑造精神生活,揭示神秘,诗是对事物的感受,不是认识,而是幻想,一首诗是"我让它醒着的梦"。与这种创作观念对应,他的诗尤为关注"我"的情绪、立场、经验、感觉和想象方式,在奇妙纷呈的舒展中,在不同创作阶段,他的笔下频频闪现出"瞬息"的踪影:"这短暂的自由瞬息/溢出我们躯体,旋转"(《联系》);"山谷里/瞬息迷惘的举动/叫喊着从树梢/飞往熟手"(《石头》);"猝死的一瞬:马骤然扬身"(《歌》);"此刻,落日像狐狸悄悄走过这片土地/瞬息点燃荒草"(《果戈理》)……世界瞬息演变,时间无情流逝,特翁敏锐地捕捉到时间、生命最脆弱的本相——瞬息,他不止于关注其形态、特性的变幻,在面对、抗拒和警示它的短暂的同时,他期待唤醒瞬间的精彩和短暂生命的亮色,表达被隐蔽的生命意识:"雨停歇。树停止走动。/它在晴朗之夜静静地闪现。/和我们一样,它在等待/空中雪花绽放的一瞬。"(《树和天空》)亦如"脆弱的平庸与坚韧的崇高的转换"(《拉丁语》),特翁试图藉由瞬息的短暂唤醒内生命与大宇宙紧密的连接与永恒性:"我站在一间容纳所有瞬间的屋里——/一座蝴蝶博物馆。"(《途中的秘密》)早在1990年7月,在与李笠的对话中,特翁就阐释了他的观点——"完成一首诗需要很长时间。诗不是表达'瞬息情绪'就完了。更真实的世界是在瞬息消失后的那种持续性和整体性,对立物的结合"!"持续性""整体性""对立物的结合"近似于佛教十二因缘法中的缘起生灭,世间万象无不在演说空寂不灭的清净妙法:"海是一堵墙。/我听见海鸥在叫——/向我们招手。"(《俳句·十一》)

二

多年来,特翁一直保持智性、冷静、沉潜式的书写风格。他从容地掌控着内心的火炽、丰沛的情绪和敏感的触觉、锐利的洞悉,让激情在冷静的平原中穿越,让闪光的崇高在阴暗中站立。他轻松地绕开蜂拥而至的词语的缠绕和写作技术策略的诸多诱惑,当然还有政治伦理的干扰。从始至终,他更为关注自我与周围世界的关系,历史细节和日常镜像是其作品中常见的主题。作为一个现实象征主义诗人,他通过“凝炼、透彻的意象”,为我们提供了通向现实与精神深处的多重途径。“为追猎一个信筒/我拿着信穿越城市”(《航空信》),在其诗作中,不同层面的唤醒付诸为“穿越”:穿越真理的障碍、穿越边界的束缚、穿越思想的迷雾、穿越表象的虚假、穿越灵魂的沉寂。归纳起来,特翁毕生的诗写穿越于四个维度的世界:自然物象,历史记忆、日常生活和精神世界。

“牛舌草,牛舌草/从柏油路上站起/像一个乞丐//发黄的树叶/珍贵就像死海里/捞起的《圣经》”(《俳句·五》);“林荫路戴着/阳光的脖套在走/是谁在呼喊?”(《俳句·七》);“鸟状的人群/苹果花纷纷绽开/这巨大的谜”(《俳句·十一》);“突然,漫游者在此遇上古老/高大的橡树,像一头石化的/长着巨角的驼鹿,面对九月大海/墨绿的堡垒//北方的风暴。正是花楸树果子/成熟的季节。在黑暗中醒着/能听到橡树上空的星座在自己/的厩中跺脚”(《风暴》);“从高处能看见北方无边的蓝针叶地毯/那里云影/静立不动/不,在飞”(《打开和关闭的屋子》);“山顶上,蓝色的海在追赶着天空”(《黑色的山》);“走吧,他们已被埋葬……/一朵云遮挡住太阳//饥饿是一栋黑夜里/自动搬迁的大楼//卧室里,电梯的鼓/向内脏掏出黑棍//沟中的花。鼓乐和沉寂/走吧,他们已被埋葬……//白银餐具靠大西洋/黑色深底而成群地活着”(《沉寂》)。诗中,那些舞动着姿态的物象,从静默中蜕变出压抑的性格,它们插上诗性的翅膀丰富着自然的谜语,它们不再固守本性的局限,被诗人赋予了不同主体的性格,时而被人格化、时而被动物化——它们与不期然的世界碰撞和交谈,这种异化的穿越,强化了客观对应物的生命蕴含,延展了诗人敏感的内生命,直抵无以言说的精神内核。特翁有一首写早春二月的诗，非常精彩地展现了他与自然物象之间角色的置换与生命碰撞感："二月，活着的静立不动/鸟懒得飞翔，灵魂/磨着风景，像船/磨着自己停靠的渡口//……有一天某个东西走向窗口/工作中断。我抬头/色彩燃烧。一切转过了身，/大地和我对着彼此一跃。"(《脸对着脸》)实与虚、动与静、单调与色彩持重地结合……，变幻对立，最后，一切情境和意象刹那间融汇，多重生命的撞击，一个跃动的灵魂从季节的渡口升腾而出。

以自然物象存在的姿态昭示某种隐蔽的观念，延伸那些习以为常的存在现象，幻化个体之思，这是特翁捕捉或描写自然物象最特出所在。"矮个子松树在沼泽里昂头：一块黑暗的破布/但你看到的根本无法与树根/相比，那些向四面扩展，悄悄爬动，不死或半死的/根部//我你他她与枝杈般伸展/在愿望之外/在都市之外……"(《几分钟》)，全诗赞叹的是"沼泽中低矮的松树"倔强蓬勃的生存姿态，最终隐喻了主体生命对生存空间的渴望——"愿望之外""都市之外"。特翁俨然一位魔法师，他深谙一切诡异的把戏，他喜欢描写各种树，带着我们聆听它们的想法、观看它们的姿态，最终返还人类的心向世界，引发我们探究灵魂的隐秘、探究生存的无限与各种的可能，就此而言，《树与天空》可谓达到了极致："有棵树在雨中走动/在倾洒的灰色里匆匆经过我们/它有急事。它汲取雨中的生命/就像果园里的一只黑鸟//雨停歇。树停止走动/它在晴朗之夜静静闪现/和我们一样，它在等待/空中雪花绽放的一瞬。"谈及特翁的诗作，几乎没有漏掉这首诗的，除了个体与空间等问题的展现外，这首诗最感动我的是诗人在细节的描写中捕捉到的生命的刹那升华，特翁的很多诗情最终都落实到这一感悟上："两颗松树/腾空跃起，继续敲打空荡的信号长鼓。"(《久旱后》)不难看出，特翁对树有格外的偏爱，他一生创作了很多与树有关的诗作：《序曲》《尾声》《歌》《十月即景》《天气图》《联系》《牧歌》等等。这些描写树的诗作，无一例外，都有一个终极的指向"穿越森林"(《穿越森林》)——"我像指南针的指针被心脏狂跳的奔跑者带着穿越森林”(《回家》)。不难看出,那些以个体形态出现的树,浸染了超现实的神秘色彩,它们的存在就是独立行走,穿越精神的森林、穿越生命和信仰的森林。

在特翁的笔下,诗一方面是汇聚点,“让被约定俗成的语言和观点隔离的现实各部分发生联系,让景象中大大小小的细节彼此撞击,让不同的文化和人物,自然与工业交错一起”,“让貌似矛盾冲突的东西揭示内在的关系”。① 另一方面,特翁的诗极具穿越意识,他可以很自然地在“六月的一个早晨”听见记忆的呼吸,感受到“记忆用目光追随”着他(《记忆看见我》)。无论是写历史记忆还是日常生活,特翁都赋予它们以开放式的结构,而不是固守在细节或某个点上,他秉持当下的在场意识,又穿越于历史和日常生活的表层与琐碎。他写果戈理(《果戈理》)、中世纪的女人(《女人肖像——十九世纪》),他写锡罗斯(《锡罗斯》)、里斯本(《里斯本》)、上海(《上海的街》),他写教堂(《解散的教会》)、小旅馆(《悲歌》和《画廊》)、车站(《车站》)、村庄(《尾声》)、海岸和港口(《波罗的海》)……无论写什么,他都不在具体的人事或场域中停滞,他关注的是如何跳出个人的历史、如何跨越现实的权力和界限,如何跨越时间的围困:“请读言外之意。我们将在两百年后相会”(《给防线背后的朋友》),“就像楼梯的灯光熄灭,手跟随——用信赖——黑暗中那识途的盲瞎的扶手”(《舒伯特》)。他习惯于以火车“驶入”的姿态穿越生活现场的庸常、重复:“一列火车驶入。请向我靠近。/雨,雨在我们头顶上行走”(《一幅 1844 年的速写》),“阳光透明的巨龙/像一列郊外的火车/驶过——我们没看到它的头”(《光芒涌入》),“一列火车驶入。一节节车厢停立在这里”(《车站》)。对于存在,“驶入”具有特别的进入和激活的行为意义,目的是挣脱各种角色的束缚、打破牢固的成规,它不同于暗道中的“飘

① 特朗斯特罗姆:《诗是一种积极的禅坐——首届“新诗界国际诗歌奖”授奖辞》,《光芒涌入》,李岱松主编,新世界出版社 2004 年 6 月。

荡”《蓝银莲花》)；当然，这需要诗人灵魂深处葆以萤火虫的激情，唯此，才得以“穿越夜色中橄榄树的踪影”(《火的涂写》)和玻璃背后“我自己的肖像”(《冰岛飓风》)。

“冰封的河流在闪烁，沉默。/影子深深躺在这里/无声”(《沿着半径》)，“我感到死者/比我更好地/在阅读我的思想”(《自1990年7月》)。这两首诗的创作时间相差二十余年，可是我惊奇地发现它们之间可以完美地对接成一首诗。跨越时光的冰河，诗人彻底放逐了死亡的恐怖，没有救赎意味，没有教化对象，只是一如既往，在冷静地面对死亡的无常、思考它僵冷的形式与终结的句号应该画在哪里。不只是特翁，诗人们几乎都要触碰死亡，如海子从少年时代对死亡的沉迷，如叶塞宁、马雅可夫斯基等行而上的自杀，如保罗·策兰以死抗拒历史的罪恶。从里尔克到荷尔德林，诗人们不由自主地被死亡笼罩着，对于现存在而言，他们沉迷于死亡的不可代替性、不确定性、绝对性。几乎无法回避，诗人们在文本内外，思索着存在的意义和个体生命的终极价值——亦如德国当代诗人迈克尔·克吕格在《林中》所写：“人生偶尔呈现如森林般面貌/似乎我们仍能将它引向/某个终点/那并非死亡，而在超越死亡之彼岸。”比较而言，特翁对死亡独特的思考在于：他将死亡从天堂的高度与地狱的底部抽拉出来，他是如此平静地面对它，如同日常中面对镜中的自己：“生活中，死亡有时会登门/丈量人体。拜访被遗忘/生活仍在继续。但尸衣/在无声中做成”(《黑色明信片》)；“如同某人生命垂危/往事化作几粒光点，视平线上/一抹冰冷的小漩涡。//火车完全静止。/两点：明亮的月光，两三颗星星”(《足迹》)。诗人如此淡定地意识到命运本自残缺，死亡就是一场旅行的终结：“火车开动/带走外衣和灵魂”(《旅行》)；死亡就是“你体内的穹隆在无限地打开”(《罗曼式穹顶》)的一部分……特翁“试图解释灵魂”(谢尔·埃斯普马克)，并试图引导强大的创作内驱力穿越生死之界。他在诗歌中自如地穿越于不同空间，推动社会经验、历史经验与诗人个体经验的深度融合。当后现代主义大师詹明信对人类在后现代主义时代的命运心存忧虑时，[1]特翁的诗抚慰了这一忧虑，至少，在他的诗中，死亡不再可怕，它在虚空之中滋生出强大的介入力量，“桥：一只驶过死亡的巨大的铁鸟”（《1966 年——写于冰雪消融》）。

黑塞曾经说过：“每一位思想家的每一部著作，每一位诗人的每一个诗篇，过一些年都会对读者呈现出新的、变化了的面貌，都将得到新的理解，在他心中唤起新的共鸣。”阅读特翁的诗，每每都会收获丰富扩展的经验，感应那不枯竭的灵感的召唤，在他诗歌的深密冥灵的空间隧道和森林之海中飘荡是多么惬意的感受啊，这恰恰是我们都热爱他的诗歌的原因之一。“地面深处/我的灵魂/彗星般默然滑行”（《鹰崖》），写到这里，我很想说：当“星空穿过阴沟的盖子”（《冬天的目光》），当灵魂的光芒穿透海底的沉冰，当月光唤醒子夜幽深处的期望，死亡的牵缠与存在的困苦，还有什么可以畏惧的？在特翁的诗中，生命和历史所有“奇迹的美永存”（《夜间旅行》）！

2015 年 4 月 27 日　花园桥

---

① 詹明信认为：“目前，人类已经在没有深度、没有崇高点以及被遗忘的状态中生活。”

后　　记

立足跨语际交流的全球化视野，将六年来在首都师范大学中国诗歌研究中心主持的讲座、研讨会录音以及相关随笔整理出来，以期更多读者分享，是我多年的心愿。

本书分三编，上编为我主持的中外诗人讲座。外国诗人讲座的主题多为命题或半命题，中国诗人的讲座系近年在首都师范大学组织的“外国诗歌与我”系列成果。来自不同国家和地区、经历迥异的诗人从个体的诗歌际遇、精神向度、深切的生命体验谈起，主题各有侧重并自成体系，涉及诗歌功能、审美旨趣、技艺策略、诗性机制、生产阅读、出版传播、实验革新等诸多方面。各场讲座生动可感、风格迥异，本土与异域比照、传统与现代兼容、规范与创新交织。主讲人多立足此岸观瞻彼岸，从不同维度彰显了他们的主体情怀、宏富的诗学储备，以及对诗歌意涵与形式的理解与创造，对时代生活、哲学文化、地缘生态、民族宗教等焦点议题的探察。上编犹如不同小宇宙的汇合体，个体智性的光芒熠熠于诗歌澄明辽阔的星群之列。

中编收录了我近年在首都师范大学中国诗歌研究中心举办的三届“北京国际诗会”和首届“国际驻校诗人”讨论会，以及几场中外诗人主题对话的录音整理，它们均属国际协同合作。召开这些研讨会的初衷出于如下思考：吸纳跨语际交流的文化资源与互动空间；梳理挖掘中外诗人共同的精神血统与差异诉求；促进中外诗人之间的沟通，搭建多方位比较研究的平台。为保证讨论的有效性，每场研讨都有针对性地邀请二十余位嘉宾，围绕设定的话题，但是不拘于此，议题的复杂性、观点的个性化、思想的深度在活跃而紧张的氛围中被激发出来。从这些讨论中我们感受不到影响的焦虑，鲜见翻译的隔阂与语言的障碍。略有遗憾的是，部分议题因为现场时间所限，未及深入展开，有待读者继续探讨。在场感、后延性、开放的姿态、前瞻的眼光是本编的独异之处。

下编收录的是与前两编相关的随笔和论文，侧重外国诗歌的中译和中国诗歌的外译等翻译问题，偶有兼顾中外诗歌的品鉴与评论。在中国现当代译诗界，外国诗歌的中译自陈独秀 1915 年在《新青年》第 1 卷的翻译始，历时百年，各方面都比较成熟，相形之下，中国诗歌的外译显得薄弱，始终不见格局。汉语的结构与西方语言差别很大，中西方诗人的思维方式也不尽相同，由此，自新诗发轫以来，少有外国诗人、学者热衷并投入中国诗歌的外译工作。在本编择录的三篇研究中国诗歌外译的文章中，来自德国、美国、克罗地亚的诗人、学者、翻译家分别论述了汉诗在目标语环境中接受与变异的内外因由，关涉到文体因素、思想因素，语言因素、时代因素，以及原语与译语的结合。本编实为抛砖引玉，以期引起学界对汉诗外译及相关研究的重视。

本书旨在为当代汉语诗歌的创作与研究提供新异的经验、丰盈的思想资源、流动的审视维度，活跃并扩展新诗的研究与建设工作。在整理书稿的过程中，尽量剔除口语的重复、跳跃、错杂，讨论中的语义散失、无逻辑、零碎不连贯等问题，尽可能再现讲座与对话的精义和主脉。此外，本书呈现了首都师范大学中国诗歌中心这些年为开展中外诗歌交流所做的工作，每场学术活动都贯穿着明确的学术理念——古今诗歌并重，中外诗歌互动，置身国际前沿领域，深化中国诗歌研究。作为这些活动的组织者，很幸运能将我个人点滴的学术理想、对中外诗学粗浅的思考，渗透在讲座的开场与结语之中。

经由北京大学洪子诚教授的推荐，本书得以纳入北京大学出版社的“新诗研究丛书”，特此表示感谢！诚然，本书凝聚了一批同仁的心血与汗水，铭感多年来切实支持、协助过我的师长、诗友、学生，在此一并致谢！

截至目前，我个人或与诗友合作组织的诗歌讲座、讨论远不止本书收录的内容。鉴于篇幅等因素，仅挑选有代表性的一部分先整理成文，至少可以避免它们遗失于虚空的片影中，留存住过往的诗歌记忆和有价值的资料。从工作的持续性看，这不是本书的终点，我们相信，经由跨语际的交流、启示与滋养，诗歌必将遒劲地生长，我们仍在行进中。

孙晓娅

2015年10月19日